东城西岔 [上]

蓝药师　著

本小说纯属虚构，请不要对号入座

团结出版社

图书在版编目（CIP）数据

东城西咎：全 2 册 / 蓝药师著 . -- 北京：团结出
版社，2011.8

ISBN 978-7-5126-0642-5

Ⅰ.①东… Ⅱ.①蓝… Ⅲ.①长篇小说—中国—当代

Ⅳ.① I247.5

中国版本图书馆 CIP 数据核字 (2011) 第 176411 号

出 版：团结出版社

（北京市东城区东皇城根南街84号 邮编：100006）

电 话： （010）65228880 65244790［出版社］

网 址：www.tjpress.com

E-mail：65244790@163.com

经 销： 全国新华书店

印 刷： 北京正合鼎业印刷技术有限公司

开 本：787×1092 1/16

印 张：34

字 数：580 千字

版 次：2012年4月 第1版

印 次：2012年4月 第1次印刷

书 号： ISBN 978-7-5126-0642-5

定 价：56.00元（上下册）

自　序

　　《东城西咎》是一部想让你"笑着哭泣"的小说，原作在网络点击超过三千万，长期排天涯小说类点击第一位，多次被天涯文学、新浪文学头条推荐。也曾引发社会和文坛的巨大争议。堪称一部"誉满天下，谤满天下"的奇作。这一年里，我静下心来，前后七次进行了修改强化，增加了更多有深度的思考，删除了不少浮躁与浅薄，并努力减少争议，希望更多以纯文学的姿态展现给读者纯粹的文字体验和快感。小说家就是讲故事的人，讲好故事就是作家全部的动机和动力，此外，没有也不该有其他。我坚信这部磨砺过后的书稿比它以前更加优秀和成熟，当然，也不会失去本来的幽默与韵味。

　　小说以80后爱情为主线，对都市边缘人群、酒店大亨和酒店服务人员的凄凉命运进行了不少视角独特的描写，如《红楼梦》一般，姹紫嫣红开遍，都付与了断井颓垣。是灯红酒绿、纸醉金迷、龙蛇混杂的世界里一曲警世恒言。它充斥了残酷的现实批判和汪洋的文学想象。相信看完本书，会让很多读者认识到人性与社会的复杂，包括堕落生活的残酷代价。这是一本直面人生，在"幽默里悲凉"的小说，也是近年来网络文学难得的扛鼎之作。

　　值得一提的是小说的语言，我认为幽默是小说很重要的成分，如《超好看》所言，"一切不以好看为目的的小说，都是要流氓"。小说家就是讲故事的人，把故事讲精彩了才是硬道理。所以这部作品创作了很多幽默语句，也直接引用了不少经典桥段，必须承认，这也是小说多人看的原因之一。这部作品堪称近年网络经典语言的集大成者，当然，这也引起了一些人对作品不少句子拾人牙慧的诟病与争议。但无论如何，从语言角度来看，都可以相信这至少是一部耐看的小说。

当然，搞笑的语言，不会是小说的灵魂，真正的灵魂必须是表象以内的东西，是一种悲凉。《东城西咎》对现实的洞察、对人性的拷问、对死亡意识的探究才是我真正想表达的东西。姹紫嫣红的覆灭，似水流年的流逝，才是作品真正的内核。中山大学哲学教授、博士生导师翟振明先生就曾对该作的哲学触觉给予过赞赏和鼓励。很多文坛前辈也给了我不少支持和赞扬，自然也不缺少争议和嘲笑。必须承认，作为一部小说，它有很多不成熟的东西，包括硬伤。我从来就没有想过作品能完美，因为我深深知道自身的不完美。只希望朋友们能看完后，或者嫣然一笑，或者鼻子一酸，如果能再长吁短叹那么几个刹那，也就心满意足了。

最后感谢慕容雪村等文坛大哥、大姐，还有太多、太多支持我的所有朋友，以及一路走来的药粉，有你们的陪伴，我才能忘记孤单。

目 录
Contents

东城·西咎

[上]

目　录

Contents

东城·西咎

［上］

第01章

你全家都叔叔

我是80后，坐在网吧干了件老土的事情，玩CS，刚爆了个土匪的头，在刹那间惯性地百无聊赖，当在长泥里打手枪的次数超过在床上打手枪次数时，游戏就真他妈让我有点腻。

我的同年人好多都有房有车有儿子了，我还在这没心没肺没老婆地过。我的青春就交给一个高二玩起的流行时间超过抗日战争加抗美援朝的经典游戏吗？它经典关我屁事？我的人生目的是什么？世界还和平吗？股票还会练跳水吗？要不要到魔兽世界里捡点宝贝或者看个动画片《海贼王》，还是装个大人给那恶心的领导送个水果篮争取评个优秀再去天涯发贴骂他？不想了，不玩了，瘫在椅子上，空虚，就像蒸笼一样封住了所有的空间，而我就成了里面的"狗不理"。残墙边的破风扇唧唧喳喳地叫着夏天，香烟的香烟压抑地在风中疯中，纯粹只是满足手指的饥渴，却点燃了更多莫名其妙的脑残寂寞。

寂寞是哲学的春药，我却是哲学界不承认的专家，慧根与无聊让我突然悟到：人只是个载体，不负责编写程序。我混成这个狗屁样子的程序不是我编的，我不应该为他负责！多么美妙的玄机啊，我突然有些激动了，我被自己震惊了，ORZ，这么深奥的无我之境的东方不败的哲理就被我在这破机房悟到了，一个伟大的哲学家就这样横空出世了？这一刻，我不是一个人在战斗，黑格尔、费尔巴哈、康德那一刻灵魂附体，伟大的狗不理包子原来是这样有思想、有水平、有深度、有忧伤宛若王杰一样啊，我理了一下头发，越发觉得自己帅了，思想如闪电潮涌而来的时候，我感觉我的哲理即将形成系统，与儒释道三家凑成一桌麻将！

抬望眼，猛地看见了一个妹妹，她穿得真是性感，水嫩的肌肤配上粉红色的吊带装，还有黑色的鱼网丝袜，那丰腴的婴儿肥啊，掩盖在齐肩的青丝中。那不就是我痞子磊的轻舞飞扬吗？我赶紧将烟熄灭，卷起千堆虚伪的笑，向她投了个张国荣似的媚眼，她羞涩地低头，像一朵水莲花不胜凉风的娇羞，我一看有戏，暗乐着以最磁性柔和的声音对着老板道："死狗，来两瓶可乐。"我向美女递过去一瓶，调整了一下眼神的电量，低沉着声音道："靓女，我请你。"她莫名其妙了一下，然后宛然一笑，接了过去，那小手好柔啊，她非常大方礼貌地说到："谢谢啊，叔叔！"

我像根冰棍矗立在烂电脑边。

我他妈就叔叔了？你才叔叔，你全家都叔叔！老子80后！今天太倒霉了：玩游戏时想起哲学，想哲学时总看见美女，看美女时她却叫我叔叔。

那美女估计怕我在可乐里下毒，又可能觉得这叔叔太奇怪了，不如麦当劳叔叔好玩，拿起个小背包转身走了，嘟着小嘴对呆若木鸡的我晃动了一下手指，还眨巴眨巴眼睛甜甜地叫了句：叔叔再见。

无颜独上茅房，月如沟，对着烂镜子顾影自怜，怎么都接受不了叔叔的现实。望着马桶边那本不知谁摊开的杂志，上面那个人类的远祖，拄着拐棍过河的非洲猿猴，那深深的皱纹，严肃的耍酷表情，突然有种同类相怜的伤感。但很快我就释然了，奔三了，装什么嫩，老就在弹指一挥间啊，英雄都要白头何况一头狗熊。

我明明记得前两年我还被人指着不屑地说我是80后是小皇帝的，刹那间声音变成了"你有孩子了吗"？前两年我的几个同学还在考研满口的香草美人边城围城，现在都在讲"股票跌得老子桑拿都没钱了"？我多少岁呢？我看了一下镜子，28？我怎么记得是25呢？但好像号称25好几年了。我一敲脑袋，算了，什么80后，马上就要过时的名词了，早该扔到太平洋、北冰洋、印度洋、伶仃洋的历史的垃圾堆里了，别骗小妹妹了。写一篇"最后的80后"，悼念一下我和我那群就要或马上就要不年轻到无法装嫩的朋友吧。毕竟他们让我如此熟悉，就像野猫熟悉发春的味道，毕竟我们曾小船儿荡起双桨黑猫警长葫芦娃机器猫圣斗士灌篮高手过，曾少先队员共青团员大学成员社会闲杂人员过，曾大学扩招自高自傲求职失业饱受打击过，曾网恋热恋畸恋失恋莫名其妙过，曾挑灯夜读考试作弊上课睡觉网聊网游过。我们有的结婚了，我们有的离婚了，我们有的结婚又离婚了，我们有的离婚又结婚了，我们有的还在独身，我们有的还在游戏，我们在不知道什么叫做"爱"的时候就知道了什么叫"做爱"，我们是最后的80后。

问君能有几多愁，恰似一壶二锅头，朋友如果你看到这里，就要远走，请干了这杯酒。

第02章

杨二兵出事

在这三年里，我从一个人人羡慕的国家机关里辞职，教过学生写过书，跑过江湖养过猪，炒股炒成股东，炒房炒成房东。这些小事都不值一提，需要说的是我干过两件可以载入我生命史册的大事。

一是我在天涯论坛一个狗不拉屎的版块，组织过一个"邪"教组织"大水剑派"。这个派由五、六个无聊人士组成，其中有两个骨干，他们也是80后，每到夜深人静正常人都休息的时候，就爬起来跟另外一群更无聊的"丐帮"人士在网上火拼。当时江湖上的人尊称我为魔尊。回首一看，我半夜三点起来，在别人把精力放在女人肚皮下的时候以一种莫名其妙的亢奋极其自豪地在网络上敲字，是多么别致的脑残。

二是我在红网论坛一个从来不超过百人上线的版块，为了自己那所全国不闻名的大学跟另外一个马马虎虎到可以忽略的大学，为哪个学校更强大一点，吵了三天三夜。从中我发现了一个哲理，虽然说争论狗屎和猪粪哪个更有价值有点无聊，但这样驱赶寂寞非常有效，而且极大地提高了人类的思维能力，或许这正是一切哲学的源泉。我的对手总在证明那猪粪是约克猪下的，国家认可，那猪粪的尖尖冒着热气，是那么地强大；而我就从狗屎主人的血统谈起，论证他那头约克猪最早时只是一头普通家猪，而我的狗一出生就是纯种藏獒。吵着，吵着，日子就过了。

当我关了红网去一个成人网站下载片子时，突然接到几年不见的大学铁杆杨二兵的电话："江磊，我被抓了，带3000块钱来东城浅水。"我一惊："什么？你被抓？你他妈干什么了，杀人还是贩毒。"杨二兵说："搞了一把妹坨，碰到扫黄。"

我被雷了，外焦内嫩的。

这家伙不是大学时的师院级三好学生加现在的模范丈夫吗？他玩图图？我想着他那清纯的大眼睛上飘舞的睫毛，总觉得不太对味。那柳大波还不把他蒸了？在其他地方玩图图被抓很正常，但在东城都被抓，那得倒霉到什么程度啊。不是搞传销骗老子吧。

我说："好，你放心，我马上过去！"心里暗想：如果是传销，马上回家。我跑到楼下找到了张小盛，道："喂，跟我出去玩一下。"

张小盛正在玩魔兽世界，赤着上身，露出一掬健硕的肥肉，头也不回道："忙，没空！"他那个58级"路过人间"的魔法师正在打怪。战争处于攻坚的关键阶段，他们那个公社，张小盛是骨干中的骨干，人称骨灰，每天打机时间都违反劳动法。他瞪圆着的两眼发出精光，望着显示器的幸福感就像猫望鱼、狗望肉、奥特曼望见了小怪兽。估计现在要是地震了，张小盛会毫不犹豫地为魔兽世界献出自己幼小的生命。

我轻声道："去东城。"然后华丽转身。

"啪"的一声，张小盛直接按总机按纽关机了。

第03章

梦一场

派出所里见到杨二兵的时候，他又像一个三好学生一样坐着，无辜地像自己刚被人猥亵了，是来报案的。民警很有服务精神，已经写好了罚款收据，见到我们和蔼地笑着，连句批评都没有。弄得我这个看多了电视连续剧的犯罪分子亲属一时间很不适应。我在车上同张小盛准备了很多台词，却什么也用不上。所里收完钱就放人了。

杨二兵疑惑地看着民警，道："要不我写个检讨书？"

那民警一挥手，意思是快滚。

杨二兵不甘心地又道："还是写个检讨书吧！"

民警皱着眉头说："不用。"

杨二兵讨好地微笑道："就写一个！"

民警火了，用标准的果岭普通话狠狠道："回去反审反审（原音），再讲拘留你！"

走出派出所的大门，二兵无限遗憾地回头一望道："妈的，检讨书都不写，老子四年中文系白读了。"

张小盛道："呵呵，别生气，哥们，能这么快出来就不错了，你在哪里玩的？"

我道："二兵，我们有四年没联系了吧？"

二兵丢给我和小盛一根白沙烟，道："没这么久吧？……也不一定……有五年了。"

我唏嘘道:"大学毕业五年了,你他妈的怎么突然来果岭了,长泥也不错啊,不在职业学院做老师了?"

杨二兵道:"来散心的,被'十万佳丽下东城'刺激了,还得回去,钱等会还你。哥们,别提老师这个词,我听着烦。"

我笑道:"叛变了,我也叛变了。柳大波都不管你呢?那不是嫂子的风格啊,那囡囡嫩不嫩?"

张小盛来"性"趣了,道:"我是江磊在神山的兄弟,倒破铜烂铁的。你玩了全套吗?味道怎么样?你怎么被抓了,这里没理由严打啊。"

杨二兵苦笑道:"被耍了,仙人跳。老子要是去个大点的场子,复尊俱乐部也好,乐去临酒店也好,屁事没有,结果踩了两天场子,就图便宜两百块钱,被一肥猪一样的娘们耍了。"

我道:"你胆子变大了啊,敢瞒着大波打别人的波!"

杨二兵咽了口气,对我道:"江磊,我对柳大波没话说吧?啊?以后别提她了,分了!"

我胸有积雷面如平湖,当年杨二兵听说柳大波想吃师院的包子,寒冬腊月晚上十一点多,揣着两个包子走到二十里开外的湘水大学去,人冻成冰棍了,包子还热乎着。

杨二兵吐了一口烟圈:"哥们,我们大学宿舍411最后一对,还是分了。我本来想白头到老,创造我们大学一个神话的,真的。你知道我们高中就在一起了。"

我搂着他的肩膀,示意不用说了,再这样缠缠绵绵地抒情也不符合我们的年龄。

杨二兵见到我却像便秘已久的人突然被灌肠,滔滔不绝起来:"江磊,当年她多好啊,每个周末都过来,陪我看一晚上的电影,我们什么都不做,你知道,真的什么都没做,牵牵手啊,就感觉好幸福。有一次我在网吧打红警,她看不懂,又很困了,我要送她回去,她笑着说不用,说就想再陪陪我,那晚的星光——一晃,被我弄分手了。"

张小盛道:"你就错在什么都没做。"杨二兵白了他一眼。

我说:"哥们,这就是生活,谁他妈的还没点挫折了。不过柳大波不错啊,人挺好的,呵呵,波也挺大,没辜负了这好名。你们也算青梅竹马了,怎么闹成这样?是不是嫌你穷啊,要是小事就别闹了。"

　　杨二兵道："屁个青梅竹马啊！真是梦一场啊，刚毕业两年还好，后来没工作她整天在家上网聊天，还取了名字叫寂寞妖精，个人介绍是翻过窗，跳过墙，一夜睡过三张床。我见她无聊，网上有个把老公当不得真，就随她。哪知有个晚上我跟她做，做着做着，她小声叫着别人的名字。你说这说明什么？"

　　沉默——我心想这说明什么，一时还很难回答。从逻辑学角度，有很多可能，最大可能是大波红杏出墙，我看到二兵头顶已隐约间露出了忍者神龟的高手相；当然也可能是二兵的技术有问题。

　　张小盛一贯比较直接："这说明，你'太阳'了别人的女人，你还有什么不满意的。"

　　二兵想了一会，飞地一脚过去，张小盛轻松闪过，哈哈笑着："兄弟，开开玩笑，腿踢得不错，我们留着精神找那仙人跳的贼人去。"

　　杨二兵呸了一口，倒很快平静了，对我道："你说嫌我穷，也不是没道理，大波没明说，可毕业一直没工作，我也帮不了忙，怎么说呢，生活啊女人啊爱情啊，通通那么回事，我要是开个凯迪拉克，装一车的钱，然后一打火机烧掉。谁不跟我好好过？你说，谁不跟我好好过？哎，怪自己没本事。那仙人跳的猪婆摆明了跟联防队联合分钱，还去找她们麻烦，找死啊。算我倒霉好了。"

　　张小盛眼里射出玩魔兽世界时打怪的精光，道："我们先租个的士，砸了场子逼那个仙人跳的娘们跪着给我爽爽，你们两个在外面放风，顶多三分钟，闹完了就坐的士回神山，公安没这么快。"

　　二兵翻着白眼道："哦，原来你这么快！"

第04章

居然是她

这种砸场的活动，绝对是无聊生活的调剂，80后的生活本身就平淡，连个上山下乡都没得玩，如果一个80后的男人连架都没打过，就更平淡了。打架有利于身体健康，又能留下忆苦思甜的场景，比拍艺术照还有纪念价值。毕竟到了某某年某某月某某日晚上灌了黄汤后还可以向当时不在场的某某人吹嘘自己像第一滴血的男主角一样，多爽。杨二兵怒气难消，张小盛是挑事的主，我虽然衣冠禽兽胆子又小，但也要讲义气。三人都决定去报仇。

我们包了一辆车，准备好退路，盘算着形势不对就跑，杨二兵有点慌了："江磊，算了吧，别人的地盘。"

我说："没事，果岭人其实胆子小，不像我们潇湘人那么野蛮，到时凶点。不对头再跑，再说张小盛是主力，是武林高手。"我把一顶高高的帽子放到了张小盛头上。

"切，顶多几个小崽子，到时你们给哥哥看风就行了。"张小盛抖了抖肌肉，朦胧间张小盛仿佛成了张三丰。说他是武林高手倒也不完全是吹牛，他是赣都某大学体育系的学生，武术专业，自称拿过赣都省某散打王大赛亚军，后来有一次我帮他搬家，从抽屉里找到了张奖状，上面写着某某市大学生散打比赛第十七名。

侦查好地形，走入一条悠长的巷子里，我的手心都是汗水。

"张三丰"一脚踹开那粉红色灯光下虚掩的门，只见一排白花花的大腿。

"大哥，这么凶干吗？是来推拿吗？中式推拿48，泰式l28，欧式298，欧式不比大场差。"一个半老徐娘，耷拉着半边胸脯，迎上来道，声音没有想象中的害怕也没有妩媚。

张小盛扬扬嘴角，冷哼一声，觉得这徐娘太没眼力劲了，拿着根刚从仓库捡来的弯弯斜斜的棍子，一字一顿道："刚才是哪个妹妹骗了我兄弟的，站出来。"

"妈的，出来！"杨二兵吼道，两只眼睛四处扫描。我一脚踏在门框上，不让人出去，又盯着巷子口租的的士。

那个四十岁左右的半老徐娘，缓缓起身，往二楼看了一眼，片刻道："几位大哥别急，可能是误会吧，你们先喝杯茶。"

"喝你妈的茶，把那个臭婆娘叫过来，跪下，让老子用用她的小嘴。不然砸了你们的店。"张小盛气势凌人地冲了上去。我心里奇怪道：你都没见过人，怎么知道她是小嘴？

张小盛一棍子打在茶几上，我得承认，一个人的学术背景对人格的影响还是很大的。张小盛同志的学术背景就是打架，学校多年以来就培养他打架了，还给了他一个打架方向的本科文凭。所以关键时刻他真敢下手，那个玻璃茶几碎了，完全不顾忌飞出的玻璃残渣方向。我和杨二兵就不行，我们是中文系毕业，学校多年以来就培养我们吵架了，本来我们打架前还打了腹稿准备说几句的。

失足女青年吓得鸡飞鸡跳，好在都没有受伤。在此起彼伏的惊叫声中只听见"哎哟"一声，杨二兵被飞出的玻璃渣砸中了手，血染鸡窝，张高手这玻璃飞出的水平和米国在南斯拉夫的导弹一样精准。

技师管理员赶紧迎了过来，扬起充满鱼尾纹的媚眼，两滴眼泪，一脸惶恐，突然发出林志玲般的嗲声来："大哥干什么嘛，大哥，你要什么我红姐都给好嘛！"全场肃静了，包括杀星张小盛，如果不是亲临其境，无法相信一张充满褶子的黄脸能发出如此摄人心魄的嗲音。

沉默，沉默，沉默是今晚的东城。

技师管理员抱住还在发麻的张小盛，轻轻将头放在肩膀上，小鸟依人地用小眼睛抛了个带泪的媚眼，又嗲道："别生气，靓仔，姐陪你吧，用哪儿都行。"

毒品，大麻，也就能麻到这程度了。

张小盛解冻了，一推，推不开，黏。又推，还不开，还黏。再推，一声惨叫，男声，张小盛被技师管理员撞了本该来这里保养的地方。

技师管理员突然大吼："妈的，老娘十五岁出来混，砸老娘的场子……"同时二楼飞下了六条汉子。

我暗道不好，一根棍子已经打到了跟前，勉强用手挡住，疼。张小盛还真不含糊，一脚就踢倒了一个，又用肘打退了一个，然后被第三个人一棍子打倒在地上。杨二兵还在跟手上的玻璃残渣做阶级斗争，已经被一个人踢倒了。

张小盛鲤鱼打挺，脑袋又挨了一拳，红着眼大叫："兄弟们，杀！"一脚蹁开前面一个汉子，刚想一拳接着打过去，看见倒地的人拿出一把匕首来，张小盛后跃叫得更大声了："兄弟们，撤！"

杨二兵已经从衡山派绝学"屁股向后平沙落雁"的招数中缓了过来，正一拳打向前方的空气，招未用了，闻言转身就跑，我也拼着背后挨了一棍的疼痛，转身跑开了。

我们三人都跑出了自己生平最好的百米成绩，张小盛最快，依稀间感觉有刘翔的影子。杨二兵速度也不慢，一边跑，一边"啊啊"地叫。三个快30岁的男人，像小学生闯祸后躲避老师一样紧张地飞跑，但老师拿的不是教鞭而是棍子和匕首。

跑着，跑着，不对了，巷口边我们叫的车呢？

"妈妈的，我们包的车已经跑了！"杨二兵凄厉地叫道。

三个粽子被押回了按摩店，捆我们的绳子是绿色的，这样也好，混着我们被打出的血，有一种六月荷花别样红的艺术效果，如果绳子换成白色的，就是三具不折不扣的木乃伊，不好看了。

东城，多么温柔迷人的城市，男人天堂，三个男人在天堂里心情像不知要去哪个地狱的鬼。

我们像三个土豆，被随便扔在厕所边一个破房间的破沙发上，红姐跑来，嘻嘻哈哈地摸了一把张小盛的胸，道："靓仔，肌肉不错，不知下面中不中用啊，要不要红姐验验货。"又用黑色高跟鞋踩了一下张小盛的下面，伴着张小盛男高音天籁般地一声"啊"，红姐扯着脸上的褶子，眨着仿佛无比善良清纯的眸子，笑了。

她道："坏东西，爽了吧，看红姐的高跟鞋，给你玩了免费的制服诱惑。"然后扭着屁股转身走了。

张小盛，满头痛苦的汗水，蜷着身子，"啊啊"地呻吟着。

半晌，杨二兵叹息道："早就说不来了，也怪我，报仇心切，你下面还能用吗？"

张小盛说："还好，有点痛，等会找个桑拿试下，应该还能用的。"

"不能用时说一声。兄弟你是为我受的伤，又是江磊的哥们。"杨二兵一脸义气道，"那就是我大哥了，以后不能用了，有事我一定帮忙。"

我道："如果嫂子漂亮的话，我也可以帮忙的。"

张小盛道："呸！老子纵横东城养出来的东西，驴大的行货，没这么容易坏的。"

别看张小盛体育出身，约等于半文盲，但还真是个文学票友，对《金瓶梅》、《蜜桃成熟时》、《满清十大酷刑》、《官人我要》这四大名著都很熟悉，驴大的行货引用得非常恰当，虽然据我了解，不符合客观事实。

我们三人哈哈大笑，各自的伤口，好像不那么疼了，又旋即沉默，毕竟这不是喝酒吃肉打屁的地方，张小盛阴森森道："你们觉得，他们打算怎么对付我们。"

杨二兵道："管他，还能先奸后杀不成？"

张小盛道："先奸后杀倒还好，怕的是先杀后奸，据我观察，东城服务，该有的都有了，就'冰恋'还没出现过，她们会不会拿我们做实验。"

我不寒而栗："口味不会这么重！我知道《满清十大酷刑》你看过三十遍，但请你不要乱联想。"但我不争气的脑子已经呈现出无数革命烈士的影子了。

张小盛说："这种地方用脚趾想也知道与黑势力有联系，我要想办法弄掉绳子出去。要不就被他们弄死了。"说完气沉丹田，脸憋得通红，运气上身，只听见咔嚓一声，绳子丝毫未动，骨头被折了一下。

我们环顾四周，菜刀，剪刀，修脚刀，没熄灭的烟头，打火机，刀片——小说和电视里面主角逃跑一定会出现的东西，一个都没找到。

杨二兵对张小盛说："嗨，张哥。那部文学名著《羊脂球》你看过没有？"

张小盛说："什么屁？什么时候了，你和江磊还文学名著？老子没看过。"

杨二兵道："那里面有失足女青年的。"

张小盛说："啊，那应该是好书，我要买一本。"

杨二兵说："讲的是一个法国失足女青年为了一车同胞的生命，忍辱伺候一个敌国的男人的故事，江磊，没错吧？"

我道："还给老师了，记不清，差不离。"

杨二兵咳咳嗽道："张哥，你不会比那个失足女青年都不如吧。"

张小盛说："什么意思啊你？"

杨二兵道："那个，那个，我觉得红姐对你挺有意思的，不如你陪陪她，兴许她心情一好，就不冰恋我们了。"

张小盛说："换一个行不！"

杨二兵道："不行，她是头，她才有用。"

张小盛说："那我委屈一下。"说完闭上眼睛，几分钟后睁开，道："不行，做不到，想到红姐的声音和褶子，我裤子安静得像图书馆。"

杨二兵道："替代想象，懂吗？文艺理论里很重要的替代原理，东国人那么多爱情动作片，闭上眼再想过……"

张小盛还没进入状态，门开了，红姐带着五个男人，冲了进来，很娇娆地道："靓仔们，姐姐的靓仔们，你们怎么办啊？是去见警察还是见阎王啊？见警察吧，姐姐不想野蛮了，就说你们调戏我们良家女子，打扰按摩店的公共秩序好不好？要不就强奸未遂？"

杨二兵一头大汗，说："我们赔钱吧，不麻烦警察叔叔了。"

我才想起，二兵还是个没赎身的四流偏下的大学的老师，进局子还真有点麻烦，警察叔叔从上世纪50年代起就喜欢给单位打电话，这习惯半个世纪没变过。二兵回长泥还要见人啊。

所以俗语说得好，要想江湖混，还得是光棍。

我和张小盛已经赎身很多年了，不怕见警察，再说商场上混的人，在按摩店被讹了很正常，江湖上跑的不去玩那叫不务正业。

张小盛道："切，有本事放我下来，一对一，你们没人是我的对手。"

红姐冷笑，转身对我道："你呢？"

我想想道："我们做几天鸭好吧，这样你们店可以多项经营，降低风险。"

红姐道："哈哈，你们的要求我都满足，打电话给齐哥，跟这个高手一对一。想做鸭的那位，看看他身体好不好。想赔钱，准备3万吧。"

我刚想"替代想象"证明一下自己的身体，按摩店的三个打手想法显然跟我不同。他们把我从二楼的木梯上举了起来。

难道要把我从二楼扔下去，这样证明身体？我一向羡慕的鸭不好当啊。而且这扔下去后果难料啊，我估计下面没有树枝挡着，也不会有山洞，更没有山洞里藏着的死乞白赖要跟我的美女和武功秘笈。我挣扎着，大叫，头脑一片空白，但我还是真的被扔了下去。

楼不高，没死，估计腰摔折了，痛得想死。偏偏脑袋清楚，想死而不能，想昏而不得。

呻吟很久，没人理我，有种被独自遗弃在败战战场上的感觉。

楼上，齐哥出现了，一袭耐克，还挂着墨镜，运动鞋踏出咚咚的声音。张小盛被松了绳子，神情凝重，摆出个散打的造型，他就这点强，姿势超标准。

齐哥一丝冷笑，缓缓地摘下墨镜，惊呼："小盛！？"

张小盛揉揉眼睛："周扒皮，你怎么在这里，你不是保送研究生了吗？"

齐哥呵呵一笑，对左右说："这我师弟，他妈的还是这么差劲。"蹦地一脚踹在张小盛的胸口，张小盛没反应过来，就横飞到了墙上。齐哥哈哈地拉他起来。

我想这下好了，运气来了，主角果然死不了。刚想转身，腰上锥心地疼，我看着楼上的红姐，求道："他妈的，帮帮忙啊，我要死了……"

看得出齐哥还真有点面子，红姐对二兵他们抬了抬手，又对一个刚从房间里出来的女人道："苏小箫，去楼下给那小鸭子擦点药。"得，我成宠物了。

苏小箫走下楼梯，目无表情漫无所谓地踱向我身边。我大骂贱人，快点。

她来了，挥一挥衣袖，带着一瓶红花油，在离我指尖50公分的距离里，我忘了疼痛。

我抬望眼，刹那冰冻，居然是她？

第05章

狗日的大学

我，江磊，非雌性，性取向正常，口味偏重。正规二流本科1999年大学扩招的产品，山寨版研究生进修班学历，时间到了都有的中级职称，国家三级心理咨询师，记住是三级片的三级。在一个拥有19个员工或者1个老板和18条狗的号称准备上市的大型国际化教育集团任职，首席讲师，高层白领——用不伤手的立白洗的。主要工作是帮老板骗家长买教学书本和磁带。头衔很多：用450元从维港买的国际注册心理咨询师，用280元买的某教育研究会会员，用250元买的某现当代文学研究会会员。装起A与C来很能唬人，其实就是个屁。我总安慰自己，人，谁都有屁的时候，虽然我做屁的时间长了点。

现在过得一地鸡毛，但人总得有目标吧，起码也能骗骗自己，我现在就有三个愿望：

1. 夏天一定要回潇湘吃凉面。

2. 年底前下载10G的东国爱情动作片。

3. 今年买车，成为一个有车阶级，然后开回到我的母校去追回我大学丢掉的女人。

什么车呢？两个轮子的肯定不行，怎么说在老家那群哥们眼里，偶也是天价，面子上挂不住。四个轮子的呢？只买那四个轮子我是肯定没问题的，可惜车行的说不拆卖。我想，操他妈，我就来辆三轮的吧。

那天我去买三轮，才知道这狗屁车要有残疾人证才能买。我问为什么？他反问：正常人要三轮的干嘛？我无语凝噎。

咬咬牙，狠狠心，跺跺脚，来到汽车市场，看了看宝马、大奔还有销售小姐粉嫩的大腿间，便不置一词地走到了标价3万9的瑞奇QQ前。这车好啊，四个轮子都有，铁箱子里面还有方向盘！更重要的是很少出交通事故啊，时速绝不超过100码，堵车和不堵车时差不多……我想，就它了，还不用贷款，借几千小钱就办了。这时，一个30多岁的销售奶妈，也穿着超短裙走到了我面前，说："老板，送给女人啊，这不错，先生这么年轻，就这么有钱，真是年轻有为啊……"见我有点发愣，还往上拉了一下本来就短的裙，说"先生，要不要找个房间谈"，我一声叹息。

我的生活是以装专家骗家长钱为主线的，工作不忙，现在的人沾上毛都和猴一样精，珠四角的人不粘毛都和猴一样精，所以钱不好骗，就整天尽忙着无聊了。

前段日子，借了同事一辆破单车，忒没面子地蹬到作协去开会，见到了一群跟我一样粪的人，楼下停着一群跟我一样粪的单车，都不上锁，七倒八歪地玉体横陈在光天化日之下，与作协黑黑白白的招牌交相辉应，领导照例讲废话；苍蝇照例在空中飞舞，而且不是一只，是一群；我照例在睡，还时不时地被吵醒。突然有个农民老伯伯叫我的名字，神经反射下我差点就要喊：买一个西瓜，要甜。定睛一看，不对，这不是作协CEO、老一辈剧作家、果岭文化的权威、乡土文艺的大师、热情讴歌过土改的副厅级干部某某某吗？（不是我故意不说，实在没记住他的姓名，我这人记忆力差，大家知道。）他问我："后生崽，你最年轻了，你也说说对'文章千古事，得失寸心知'的理解吧。"我一下子就出汗了，心想，不就是干不了其他事，写点文章糊弄人吗？有什么好讲的。嘴里虚伪地说："我还年轻，主要是向大家学习的。"可他还是很关心地追问："新青年，不要谦虚，我们老家伙就是要听听你们新人类的看法？"我想，靠，老子要是会拍马屁，还在广府文化局做二掌柜呢。顿时脑袋不清楚了，说："在21世纪，会写文章跟会唱卡拉OK的没有区别，当然也还是需要初中以上文化的，王朔说'你能干什么'，'我什么都不会'，'认识字吗'，'加上错别字认识两千多个'，'那你就当作家吧'。这就是我的理解。"

主席伯伯宛然一笑后，面似猪肝。

我会加入这家国际化教育大公司，是很久很久以前的事：记得那是甲申年，惊蛰，太阳晒着屁股。我从三楼走下，他从一楼走上，相遇于二楼，其时为戊，主凶，不宜打牌、玩CS、晒尿布。

同饮马尿同吹牛。

他言必卡夫卡、杜拉斯，还有很多斯基，我回之金庸、古龙，还有痞子蔡、琼瑶。

酒酣，携吾同去其庐，见漫天藏书，多达九吨，线钉绝版，庸俗海派，自绝缴海外，奇书无所不置。他言必卡夫卡、杜拉斯，还有很多斯基，我回之央国足球。

之后，我成了他的手下，一起在神山忽悠人。

张小盛是我还在吃公家饭时认识的兄弟，能成为兄弟的人有三种：一起扛过枪的，一起坐过窗的，一起嫖过娼的，其他的都是扯淡。我们都没有坐过牢，也没有当过兵，但我们是兄弟。

当东城苍茫的夜色一次又一次雕刻住我们的流氓模样，请记住我们也曾清纯过。就在眨眼之前，大学里，我们都像三好学生一样潜伏了四年。

第06章

四堵墙之酒记

酒色财气四堵墙，人人都在墙中藏。我这人除了不爱生气以外，其他三个都魂牵梦绕。

说到酒，我实在没有什么好吹嘘的，不仅无量，而且酒品极差，每次看到天龙八部里萧峰豪饮的镜头，或读到李白斗酒诗百篇的句子都自惭形秽，惶惶然觉天地虽大，却无我立锥之地。然翌日，再饮，再耍痞，每饮则双脚湿透，于是真的无立锥之地了。

因此，一年的酒桌生涯，未尝一醉却得海量之名，名酒喝遍却不知谁是敌手。终有一日，一老板家长请喝人头马，我想我的处女醉，交代给它也不冤枉了。

这一次，纯凭真材实料，酒到即干，14杯入肚，还吃了5块西瓜，但觉人头马盛名之下其实难服，就比葡萄酒冲一点而已，也就40度上下，色泽气味无一特殊。身边海量声此起彼伏，人飘飘然若海上神仙。如厕，思维清晰，两脚却始踏凌波微步，斗折蛇行，数秒方止。呕于厕，望着那红彤彤的呕吐物，心里一阵抽搐，隐隐约约从里面看见几个月的饭钱。

说到喝酒，我酒量固然不值一提，但喝酒的历史还是可以吹嘘吹嘘的。由此上溯到18年前，我就是一条喝酒的好汉了。那年我6岁，寄居在伯伯家里，和我的生命中第一个老婆小花花过家家。小花花用玩具碟炒了菜，嘟噜嘟噜小嘴叫我去打酒，我在伯伯的柜子里打了酒，费了老大的劲咬牙切齿地拔那酒瓶，然后在小花花的不知死活的加油声中做到了。小花花高高跃起，拍着手，流着鼻涕，红着脸蛋，大声唱着欢庆胜利的歌曲：聚啊，油啊，送到哪里去？送给那勇勇的解放军。我挺了挺胸，被歌声瞬间熏成了"勇勇"的解放军，那份自豪感丝毫不亚于人类第一次在太空溜达了一圈。小花花颤颤地递过一只倒满了酒的大杯子，两只眼睛含情脉脉地鼓励着他的"老公"，连脏兮兮的裙子也刺激着我幼小好胜的心灵。顿时我感觉到一种强烈的责任感，一种不管前面是万丈深渊还是地雷阵，我都要义无返顾，鞠躬尽瘁，死而后已的责任感。我一口干这一整杯。小花花又倒了一杯，为了鱼水情，我又干了。再倒再干，再倒再干，也不清楚喝了几杯时，伯伯进来冻结了我酒桌生涯的唯一一次英雄行动。有没有醉，我真的记不清了，事实上，从小花花递给我第一杯辣椒水般的酒后，我干了些什么，除了记得喝了不少杯以外，我就彻底失忆了。比较刻骨铭心的是我为这件事挨了篾片子炒肉，在家庭的"封建专制"下，我被迫和第一个老婆——我亲爱的小花花"离婚"了。

第07章

四堵墙之色记

酒讲完，再来讲色。大三下学期以前的二十一年，是白长的二十一年，连个女朋友都没骗到，我还记得当时每想到此，便有一种望天地之悠悠，独怆然而涕下的绝望感。看着别人双双对对，我却在无人处暗弹相思泪，就有一种找一根面条上吊的冲动，我的大学在乡下，在我孑然一身时，我总会在乡间的小路上看见猪啊，狗啊，鸡啊的交配，这给我一种猪狗不如的挫折感。孟子云：食色性也。有没有女朋友丝毫改变不了某些部位亘古不变的冲动，每到此时，就只有自己动手，丰衣足食了。

记得还是大一军训的时候，人跟中学生还没有什么本质区别，谈谈东国爱情动作片时大家都是扭扭捏捏，去矿院路口看场电影，寝室里还只有江勇敢去老板那借三级片。我和杨二兵直到大四时都还清楚地记得当年江勇跟女老板要片时那副勇敢的流氓嘴脸。那时大家都很纯洁，公开谈论自己动手之类的话题是不可思议的，直到有一天晚上，寝室里那个黑黑的胖子突然对一个白白的胖子说："尹群，你打手铳吗？"又问我："江磊，你呢？"黑黑的胖子怕我听不懂，仔细地将手铳的含义解释了一遍。刹那间几年的疑惑烟消云散，除了杨二兵还在装纯洁以外，大家都招供了。黑黑的胖子也一举奠定了大学时期他在我心目中的偶像地位。对于我来说，大学生涯正式拉开了序幕。

回忆起来，大学宿舍的床上实在是留下了我不少的青春痕迹，当乳白的生命之缘飞舞在血红的床单上时，我便不由地想起了"青山有幸埋忠骨"的诗句。那时侯自己真的很强，记忆最深的是有一次射在墙上，准确地击毙了一只苍蝇，这种快感当时还很朦胧，随着时间的推移，越来越清晰。让我甚至怀疑，李商隐是不是有过同样的射苍蝇的经历，才写下了"此情可待成追忆，只是当时以惘然"的不朽诗篇。

大一大二时，人挺纯洁的，看个三级片就激动得一柱擎天，看到"二十四桥明月夜，玉人何处教吹箫"，整个身体都会轻微地颤抖，看到狗皮膏药国另类点的片子就觉得很不可思议，哪像现在，可思议的片子根本不看。前些日子毛董在我家看了段爱情动作片，两个多小时，世界安安静静，连科学家所说的变暖都没有。唉，想当年迎风尿三丈，而如今顺风湿裤中。

那时我在追一个叫江林的女孩子，结局很惨，离她最近的一次身体接触是搂着她的肩膀，结果我的半身衣裳全部湿透了，她眨巴眨巴眼睛很不满地问我："你刚打篮球吗，还没洗澡就抱我了？"吓得我马上把手松开，准备了一个晚上的甜言蜜语是一句也没有说出来。最后我跟她在明湖吻别，感觉整个湖水都是我的眼泪。

江林实在没什么好讲，在我心中她是图腾之类的东西，跟四堵墙里的色完全不挂钩，但那毕竟是我的初恋，巨丢人和巨美好混杂的初恋。所以，我又觉得，那湿透半身衣裳的感觉，就是色的最高境界。

多年以后的现在，我还得强行压抑住自己，才能尽量不去骚扰早已嫁为人妇、孩子一米高、身材走形并多次明确表示并不喜欢我的她，这就叫人贱合一型的痴情。

寝室里那个黑黑的胖子这时候天天跟女朋友边塞吵架，确切地讲，是天天被女朋友骂。男人的尊严已经完全不知为何物了。但辨证地说，我们还是很羡慕他的，毕竟他有稳定的性生活。况且他的女朋友虽然谈不上秀色可餐也还差强人意，两只咕噜咕噜的大眼睛配着她丰腴的身体，就像一头白嫩嫩的狗熊，估计手感不错。偶像就是偶像，被铁道学院的前女友抛弃后，只跟我在寝室抽了半个晚上的烟，就被边塞以老乡的身份叫出去吃夜宵，再欲拒还迎了那么几天，就被慰安了。而我们仍然要自力更生，真是"朱门酒肉臭，路有冻死骨"啊！不行，我想，是时候打一炮了，对了，我网络上不是还有个老婆吗。

第08章

网络时代

　　网络是个好东西，当我偷偷摸摸地第一次链接上成人网站快乐大海时，我就完完全全地相信了人类即将进入计算机时代的伟大预言。于是我就钱包渐空终不悔，为伊消得人憔悴地没日没夜地泡吧，在几个成人网站里以"蝶梦倦客"为马甲留连忘返，迅猛地发表了一系列变态无耻荒诞堕落的郁派之作，比如诗歌《雪山上的伊人》：

　　白雪皑皑的山里，
　　伊赤裸的肌肤，
　　与雪山夺色。
　　是谁？
　　让你完美的土地
　　鞭痕累累。
　　又是谁？
　　让你远离故土，
　　孤寂地流离。
　　伊不是住在水边吗？
　　唱着那千年的蒹葭苍苍。

缘何，

被绑到这里，

任狂风肆虐起白色的汹涛，

请最后一次睁开那妩媚的双眸吧，

再次让你长长的睫毛，

顽皮地摩挲着我的肚皮。

请让我最后一次骄傲地站立，

去探索那森林覆盖的小溪。

黄土并红尘，

聚散两依依，

纵使金樽全是泪，

思不尽，高潮起，

蝶舞离离。

　　这样的文章我还写了很多，但网友一篇都不买账，上成人网站看文章的都喜欢纯牲口型的作品，像我这样又当婊子，又立牌坊的文字无疑属于垃圾。呕心沥血的作品被人不屑一顾，饱受打击下，我不由地想起了卡夫卡、曹雪芹、蒲松林、李贺、川端康成、海子、食子、顾城、莫泊桑等所有我想得起名字的、倒过霉的、发过疯的、上过吊的、自过杀的作家，心理平衡了，才接着又用百折不挠、坚强不屈、宁死不降、颜回亦不改其乐的精神一篇一篇地写下去。那一天正写得欲火浑身斗志高昂的时候，QQ里我的老婆笨笨狗回话了："我们五一在长泥见面吧！"

第09章

破处记

在长泥火车站红蜡烛钟楼下等候佳人，我人模狗样地穿着一套借来的西服，手里捧者九朵玫瑰，脑筋飞速地运转着：怎样才能哄她开心？怎样才能哄她听话？怎样才能把她哄到床上去？跟笨笨狗网恋了一年，给网吧创了多大的收，死掉了多少脑细胞，炮制了多少莫名其妙的情书啊（这至今都是我写得最好的文体），才能走到今天这一步。老天赐我弹簧枪，20年来无用场。网络送来胭脂狗，丐帮神功要逞威。20岁了，是该破处了。

时间流得极慢，一点也找不到逝者如斯夫的感觉。我抽完第七根白沙烟时，苏南的火车还没有到。我提前了20分钟接车，按道理应该在抽完第三根白沙时火车到站——追江林时我常在女生宿舍门口抽着烟等她，然后数着地上的烟蒂告诉她又迟到了多少分钟——所以在时间上一定不会错。火车的毫不羞耻的晚点更增添了我的苦闷，顿时理解了南洋的郁达夫。我站在一群群旅客、小贩、乞丐、小偷中间凝视着出站口蚂蚁般的人群，只希望那个照片里的身影能像QQ里一样突然降临。

会不会火车提早到了？突然，这一念头倏地在我心中闪过，我浑身打了一个冷颤。笨笨狗可是一个路痴啊，上次在夫子庙就迷过一次路，让我半夜三更接着她哭泣的电话聊了一个通宵。在长泥这个流子成堆的地方，会不会……我不敢想下去，头上冒着冷汗，飞奔向咨询台，一问，火车晚点了。暗笑恋爱中的人果然弱智，火车什么时候早到过？我放心下来，慢慢踱到二搂再去买包烟，给老板一百块，要找我九十五块五。老板说没零钱，便蹓到另一个候车室换零。这时广播声响起：T377次从苏南赶往广府的列车已经到达长泥站……我真想飞奔下去，无奈烟已拆开，老板又去换钱了。我只好等待，三个两分钟过去了，老板还没回，等佳人变成等小贩，这一大变活人的魔术让我极度郁闷，冲着老板的老婆急了起来，心中又问候着老板的老妈。五个两分钟过去了，老板终于嚼着槟榔蹓了回来，我抢过他手中的散钱，没等老板弄明白，便冲了下去。

红蜡烛下，笨笨狗穿着米黄色的裙子正在左顾右盼地啜泣着，我从后面搂过去，递给她花，说："笨笨，想死我了。"她哇地大哭起来，身体一挣道："我就知道你不喜欢我，火车晚点了，你还迟到。火车欺负我，你小石头也欺负我。"一边往火车站气冲冲地跑去，说要马上回苏南。旁边一群人都在看着我们——主要是愤怒地看着我，几个保安也密切注意着我的动向，抽着棍子随时准备立功。我只有苦笑赔罪，她不管，依旧愤怒地硬往火车站里钻。我见她手里还紧攥着玫瑰花，心里稍安，决定冒点险，吼道："老婆，别闹! 有什么事回去说! "她显然被我一声怒吼镇住了，眼泪停滞在双颊，圆圆地睁大了眼睛瞪着我，又向左右瞟了一眼，见保安很失望地走了，只有群众围在旁边看笑话，觉得再闹也没意思。潇洒地耸了耸肩，大度地说："算了，谁叫我是你亲亲的小狗老婆呢。帮我拿着包回去吧。"一把挽着我面带笑容地往外走。

我问她："包里有些什么? "

"内裤、胸罩、小雨伞。"笨笨很认真地回答。

我俩坐在的士上，笨笨软绵绵地靠着我，悄悄地抓着我的手轻轻地划着圈，胸不大，很失望。好在乳沟就像海绵里的水，挤挤总会有的。她靠近我，拙拙的气息随着汽车的颠簸跟我的手臂若及若离。笨笨不是很漂亮的那种，略胖，除了眼睛外其他部位按照情人眼里出西施的标准也顶多能给五十九分，好在身材还马马虎虎，自称做过模特——我估计也是村政府文化站级别的模特。我真的很羡慕网络爱情小说家的运气，他们在网上泡妞时都认定QQ上尽是恐龙，见面时见到的都是美女。不像我，网上意淫时见到的是美女（她第一次聊天时就告诉我她做过模特），见面时见到的却是一抓一大把的货色。但我还是坚持根据聊胜于无的原则，以革命大无畏的精神，直接带她去宾馆。

路上她问我："火车站的红蜡烛标志是什么意思？"

我回答："这是长泥的标志之一，上世纪70年代修建的，你看这红蜡烛直直地插向天空，是有典故的。传说蜡烛的设计是往东方偏下，取东方红之意，可是有人提意见，说是向台军投降；又有人提议往北偏，可是北方是苏联修正主义的地盘；往南偏是关系恶劣的越国；往西偏的主意提都没人敢提，就只好直直地插向天空了。"好不容易有了个卖弄的机会，我口若悬河道。

"这样子啊，我还以为这红蜡烛代表勃起的"根雕"象征着潇湘男人的力量呢。"笨笨一句话没说完，正在喝茶的的士司机猛烈地咳嗽起来，回头望着我们停不住地大笑。

终于到了凯礼宾馆，我拿了一个月的生活费选择这里，就是因为这里安全。服务员问我们开几间房，我正在琢磨怎么哄她大被同眠。

笨笨回答说："一间。"我怔了一下，21世纪来得好快啊。我的纯阳童子身就要毕业呢？事到临头还真有点彷徨。脑袋里开始打退堂鼓，问题是从14岁开始，我的下半身就不怎么听上半身的，这次也没例外。

我两一进房间就紧抱在一起，她像八爪鱼一样缠绕着我。玫瑰花和行李散落在我们四周，形成零落的花环。我用舌尖挑开她的双唇，再挑开她紧闭的虎齿，两个舌头缠绕着缠绕着，相濡以沫。禄山之爪颤颤地探入觊觎许久的山丘，她闭上了眼睛，脸上红了一片。我的手颤抖着，颤抖着，开始游荡，她猛地推开我，说让她先去洗个澡，说着走进浴室。两分钟后，水声大哗，浴室的门却拉开一个小小的缝，笨笨披着浴巾露出一个甜甜笑脸。说："不准偷看。"然后砰地一声把浴室的门严严地关上了。里面娇笑与水声并作。我的战斗力被本能和诱惑激发出来。只听见浴室里又传来该死的歌声："接过雷锋的枪，雷锋是我们的好榜样。"

浴室门紧锁着，我几次用最大的毅力才按下了踢门而入的冲动，直到微软兼并了奔四。浴室的门终于打开了，笨笨一身红裙走过来，居然还魔术般地化了一点淡妆。见我痴痴地望着她，甩了甩头发，娇嗲道："抱抱——笨笨。"在一堆青春少女淡淡的体香中，我又有了东山再起的冲动，她用身体摩擦着我，又含住我的嘴唇，伴着断断续续的几声呻吟，我一把抱起她扔到床上，酝酿着生命里第一次爆发，然后像一只饿虎扑向一只羚羊，羚羊突然轻巧地翻身逃脱，反过来从上面压住了我。

不像话，什么时候见过羚羊压着老虎的？羚羊还抓住老虎的爪子，威胁它不许动。

"先说，你是怎么想我的？"笨笨问

"像春天的两只熊，我们一起走着，路过一个长满青草的山坡，我抱着你从山顶上骨碌骨碌滚了下去，滚啊滚啊，滚了一整个下午，我就这么地想你。"我漫不经心道。

笨笨嘟着嘴，沉默了半天，狠狠地掐了我一下，生气地说："不准骗我，我要听你自己的话，不要听春上春树说过的话。"说完眼角就流出泪来。我一把搂过她，正不知如何解释自己的懒惰时。她收起了眼泪，用好可怜的语调求我说："我要听你自己的话，听我的小石头自己的话，我从苏南赶来，就是为了听这些话，我恨你恨你。"她的秀发随着小脑袋摇摆着，像个拨浪鼓。

刹那间，我觉得自己和她都好可怜。

"怎么说呢？我想你，在图书馆的一声叹息里想你，在喝茶的袅袅清雾里想你，在该死的英语四级词典里想你。真的，我从来就不故意想你。只是夜深人静的时候，你的名字自然地来到我的梦里，在清晨空荡的思绪中，你又会嘟拉着嘴，叫我小石头。你知道吗？你是个幽灵，我们隔得太远了，远得我甚至产生错觉，我在和一个虚幻谈恋爱，虚幻却拼命缠饶着我的现实。我心神疲惫，我总是感觉你从我的手指间溜走，剩下的，只是溅起呜咽的伤痛。"

笨笨盯着我的眼睛好久，紧接着，我的脖子遍布吻痕。

穿过她的裙子的我的手，在一个柔软的角落里游泳。我压在她身上了，神魂俱寂。

"开门，开门，宾馆要查房，快开门。"几声流里流气的长泥话在门外响起，"逗老子火还不开门就踢了啊，好韵味是吧？"

我眉头一皱，气愤、痛苦、害怕交织在一起，心跳猛然加速。笨笨已经愤怒地冲过去开门了。

第11章

宾馆魂惊

笨笨蹬着小蛮脚冲过去开了门，见是两个保安，插着腰立马开骂："你们要干什么？讨厌死了，土匪啊？"两个保安也不理她，嚼着槟榔，就冲进房来。其中一个矮一点的敬了一个不伦不类的军礼，摇摇摆摆地坐到床上，开口说："我们保安部的，接到举报，这里有人卖淫嫖娼。我们来查房，你们自己说怎么才难吧？"一边说一边挽上袖子露出半截刺青。另一个直直地盯着笨笨，笨笨的裙子因为刚才的孟浪还没有完全扎好。

我见到不是公安心里安定了很多，如果只有我一个人的话，多半给点小钱消灾，想不通下次找齐几个人还可以回来扫场子。但是带着个女人，破财消灾的事就太丢面子了，怎么才能不丢脸又全身而退这是个问题。怎么才能把他们唬住？我正严肃思考着。

猛笨笨已经向那个说话的保安一口啐去："呸！你们强盗啊？我在男朋友房里玩一下、说说话不行吗？我们交了钱的，你们怎么能随便闯进来？我要投诉你们？凯礼店大欺客吗？你们还做不做生意？你们还开不开店？你们有没有点服务的意识？你们这店子怎么不被火烧掉？我要见你们经理，你们滚开！我从来不跟狗爪子说话……"语言像匕首，像机关枪一样扫去。保安红了脸，腾地站了起来，我见要坏事，忙将笨笨扯到身后，也腾地站了起来笑着说："兄弟，你想干什么？"

保安骂了句婊子，阴阴地冷笑着指着我挑衅道："你们想干什么？"另一个保安也向床边靠拢。

那个高个保安又说："老子就想教育一下你们，你们还别报警，你敢打110，我就会让你们打120。"

我知道没办法了，现在除了下跪就是打架了。我犹豫了一下，我其实是想下跪的，但女人在，觉得下跪好像不太符合我的审美观。

"你们想干什么，老子就想干什么！"我突然吼到，一手提起桌子上一个玻璃瓶打碎，心里热血沸腾："小屁崽子！我看你们是不想在长泥混了，有种留个万，我们'人武'的怕过谁？"打赢这场架，我半分把握都没有，我的身板不是打架的料。但是从小武术迷的我，自信至少可以废掉他们其中的一个。更重要的是，既然唬人当然要装得像一点。

那个矮个保安显然有点犹豫。打过架的人都知道打碎的玻璃瓶意味这什么。而且显然我身后的女子不是失足女青年，因为没有男人会为一个失足妇女拼命。跟带着女朋友的男人打架，道上混的人都不会做这种傻事。另一个保安还盯着床上搜索着，希望能发现精液、小雨伞之类的东西。

矮个的保安轻哼了两声，仍然盯着我，盯着我。我知道现在到了唬人的关键时刻了。我也轻哼了两声，一步不让地盯着他。

空气在两道目光里凝固，那个高点的保安显然有点不知所措，笨笨站在我身后紧紧攥着我的衣服。我打定了注意，真的动手了，先废那个高个的。我的手心有点出汗，心里有点发麻。

我看到高个的保安踢了矮个的一下。

"兄弟，'人武'的吗？"矮个保安口气软了很多。说是"人武"的倒不纯粹是唬他，虽然我至今不清楚"人武"在哪里，也不太清楚"人武"是什么性质的学校，只知道好像在长泥不是正规的军事院校，但也培养军官。学生在外面打架心狠手辣，公安还真不能管。去年一个"人武"的朋友因为感情问题也因为喜欢耍拽去农大悬公歌舞厅踢场，我去跑了一下龙套还吃了点亏，所以也许叫得到几个人。

"有必要告诉你吗？"我不屑地回道。现在形势很明显，听矮个的口气，架打不起来了。保安不过是一群拿着800块月薪的人，能诈点钱就诈点，但决不会为它拼命。我和笨笨还没来得及进行最后一个环节，酒店没有证据，不会出面，就不会纵容保安打客人。这么好的机会下不体现一点英雄豪气，还泡什么姐？

"行，我卖'人武'一个面子，现在要上班，今天就算了。改天有种来这里找我赵狗屎。"说完两人转身就走。

"看我哪天心情不好吧！"我看了看门外，学古装片里的项少龙说道。

刚把两个瘟神送走，笨笨便从背后搂了过来，兴奋地大叫到："小石头，小石头，你真的太酷了，我爱死你了，我要把你吃掉！"倾在我身上上下摇摆着。我长嘘了一口气，不理她，倒在床上，腿开始发颤，赶紧用被子遮住。

"起来，起来，快起来！看我哪天心情不好吧！"笨笨学着我的语调怪模怪样地说道，显然这句话让她很兴奋，仿佛看到维港古惑仔里陈浩南、山鸡、乌鸦什么的。

我可没有这种兴趣，在街上砍人，初中以后就没做过这种梦了。我百无聊赖把手伸进笨笨的衣领里，笨笨笑着俯下身子，来迁就我的手。近在咫尺的笨笨厚嘴唇里吹气如兰，让我的鼻子痒痒的，暖暖的，很难受却舍不得移开。突然她伸出舌头舔了一下我的鼻间，又一闪地收了回去。歪着头，用媚眼斜望着我，我看到她红色的高跟鞋已经褪去，两只纯白的小腿摇摆着，让我有点眼花，而这时我的嘴已经被她的嘴封住了，一种软软潮湿的味道在我口腔里蔓延，让我想起小时侯在春天资江河边草地里打滚时的惬意。笨笨娇咛一声，从我嘴里抽出舌头，横了我一眼，顿时满园春色。我感觉好热，却突然一个念头在脑海里升起，外边不会有人再来抓吧，于是看了看门外，没有人，心里舒弛了点，但蓄势待发的血脉喷张也跟着云淡风轻。笨笨笑笑地用手帮我，一边小嘴含住我的耳垂吸吮着，在柔荑的抚摩下，一股邪恶的势力又高昂地抬起了头，我总算知道为什么叫温柔乡是英雄冢了。可我不经意间又看到大门，耳朵里不争气地响起敲门的声音，注意力总是集不了中，正感到万念惧灰时，笨笨已经趴下了身子……我想到兰陵笑笑生的作品，古人诚不我欺。强烈的刺激让我觉得生命如此美好，以前20年算白过了，头脑一片炙热，士气高昂。笨笨翻过身来，说开始吧。我正准备锄禾当午，最后一丝清明在我灵台里闪过，我知道谁投诉的我们了！"不行，不能在这里！"我用最大的毅力推开娇喘吁吁的她。

笨笨被我推开，人有点发怔，见我还在整理衣服。哇地哭起来，把脸埋在枕头下呜咽着不出来。我不想解释，只是帮她穿上衣服，她不合作，手脚乱舞地挣脱着像只小鸭子。我被她孩子般的动作弄得忍俊不止。笑声和哭声弥漫在一起，形成一种名副其实、哭笑不得的噪音。笨笨听到我还在笑，大光其火，猛地一脚把我踢到床下，然后自己鬼哭狼嚎起来，弄得好像是她被我踢了一脚。我笑着爬起来捂着生疼的屁股，向正准备破口大骂的笨笨做了一个嘘声的手势，在她泪眼涟涟又委屈不解的目光下，悄悄走到门口，猛地将门打开。门外，赵狗屎和那个高个的保安呆呆地站着，口里叼着烟，地上还有几个烟蒂。

"这么快，你没问题吧？"赵狗屎明显失望地说道，又努力地看了看房里床上。

"辛苦你们站岗了，还要查房吗？不要的话，我们退房！"我将钥匙退给他，然后冷冷地将门甩上。

笨笨坐在床上瞪圆了眼睛。

我奸笑地走向有点惊惧的笨笨，装酷地耸耸肩，心想这下又出了大风头了，不知笨笨会怎么奖励我，只可惜退房了。

笨笨果然柔柔地趴在我手臂上，将最后悬在眼角的两滴泪珠抹掉，温柔地问我："你怎么知道的？"一边用嘴唇轻点着我手臂上的汗毛，我得意地回答："因为我突然明白是谁投诉我们的。你知道是谁吗？"笨笨在我怀里轻轻地摇了摇头。

"宾馆！"

"什么？"笨笨失色道。

"因为长泥所有的宾馆都有固定的失足女青年，在这种特殊部门罩着的酒店里，或者所有好点的酒店不论是华地、小鸭子还是紫西阁，找失足女青年都是百分之百安全的。但是酒店不会让别的女人抢了自己酒店失足女青年的生意。所以见到我俩在一个房里，酒店就贼喊捉贼了。"我得意地说。

"什么，就是说跟女朋友做爱违法，跟失足女青年做爱合法，是吗？"笨笨气愤地嚷道，"什么世道？"

"是的，一点也没错。"我回答。

笨笨狗不说话了，倒在我怀里，垂着头，嘟嘟地趴着，仿佛在睡觉，最是那一低头的温柔，像一朵水莲花不胜凉风的娇羞。笨笨呢，更像是一棵狗尾巴草张扬地飞舞着又会突然地向着大地呻吟。

"可是，我们时间不多了，我们还要上课呢。"笨笨委屈地哽咽着，声音轻柔地飘着。

"我只能待两天。"笨笨抚摩着我的头发。眸子凄迷。

一瞬间，我觉得天地温柔到了极限，无情地温柔着，残忍地美丽着。

我抓过她的手，伤感是放纵的理由，放纵是伤感的迷茫。

我抱着她，冲动得没有原因，就像一个小男孩紧紧抓住手里的糖；她抱着我，激动得没有道理，就像一个小女孩紧紧抱着她的毛毛熊。我热吻她冰冷的唇，却感觉是吻着飘碎的树叶。

　　她的身体颤抖着，颤抖着，我第一次感觉到她身体的颤抖，升起一团欲火却感觉与情欲无关。我只想就这样，就这样，就这样抱着，不敢奢望地老天荒，只是累了饿了挺不住时，才一起柔柔地躺下。她却弯下腰，含着我的手指吸吮着，裙子映照着我满脸的迷茫。

　　"啊！"我一声大叫，左手小拇指渗出血来，一环齿印整齐绕着。

　　"这样，你就不会忘记我了。"笨笨幽幽地说道。

　　我呆了一下，满脸无辜。

　　但钻心的疼痛迅猛地击碎了我所有温柔的迷茫。痛苦地骂道："TMD金庸，你不会写点别的吗？"

[第12章]
集体无意识

　　我带着一支血迹累累的手指和一对一无所出的肾，委屈地走下凯礼。赵狗屎正站在一楼大堂里跟一位酒店服务员"策"着。服务员见客人下来了，忙低着头去翻账本。挽着我手臂的笨笨显然心情极好，从我手里抢过包，走到赵狗屎的背后拍了几下。赵狗屎惊讶地转过身来，见到笨笨甜甜地冲着他笑，也只好跟着笑。笨笨幽幽地嗫嚅道："对不起哦，赵大哥，刚才骂了你。"一边不安地把玩着自己的衣角。

　　赵狗屎觉得狂有面子，摆着手说："没关系，没关系，细伢子吗。在长泥，有事就来找我赵狗屎……"笨笨亲昵地拍了几下他的背，高兴地说了声谢谢大哥。在我不满的眼光中，转身蹦蹦跳跳地跑出酒店，又转过头甜甜地奖给我一个笑脸："小石头，追我啊！"

　　我只好追了出去，笨笨跑得好快，还是穿着裙子跑的，心情郁闷的我居然追她不到。她一边在前面跑着，一边咯咯地笑，不时回过头来扮个鬼脸，又或是回头撒娇地埋怨道："磊磊哥哥，快点啊，快点啊！"就这样穿过两条街，我才勉强把她追上，她一个转身急刹车，正好让我抱个满怀。温香软玉贴着我气喘吁吁的脸，在大街上，她居然吻了过来，我红着脸想推开她，她却贴得更紧了。长泥最繁华的街道上，下午下班的黄金时间里啊，我有一种被女性光天化日下公然强暴还要无可奈何享受着的复杂感觉，这个即使在我最狂野的梦里都没有出现过的场景，让我突然有了一种幼儿班时尿了裤子被伙伴们嘲笑的惊慌失措。20秒后，笨笨终于"住嘴"了。我看到笨笨的脸色非常奇怪，像是努力地憋着什么事，终于憋不住了，大笑起来，捂着肚子蹲在我脚下。

"小石头，我们回宾馆看看好不好？"笨笨抬起头笑容神秘地问着我。

"为什么？"我丈二和尚摸不着头脑。

"因为……"笨笨咯咯地笑着站了起来，附在我耳边，"因为我出来时在赵狗屎背上贴了一个保护膜，他现在一定帅极了！"

"什么保护膜？"

"就是女人每月都要用的创可贴啊，懂了吧？"笨笨怪笑着绕着我的脖子。

我和笨笨沿着马路，从阿波罗走到了平和堂，仍然没有想到合适的落脚的地方。像两只流浪狗在灯光下徘徊着，灯光将我们的影子拉得很长。我挖空心思考着，这次我怎么说也要"黄沙百战穿金甲，不破楼兰终不还"的，不能让寝室的兄弟笑话，对不？但我在长泥的朋友大都在大学读书，总不能跑到别人寝室去"抵死缠绵"吧？酒店说什么都不敢去了。笨笨明天晚上就要走，带她回湘水照样要找酒店住，还耽误时间。我想，就去潇湘大学旁找一个包厢吧。委屈是委屈了一点，也没有办法了，就当刚买的名牌衣服马上打折了吧，怎么说还省了一笔钱，我卑鄙地想。笨笨兴致倒很高，一路上唧唧喳喳，看到路上华地、小鸭子、紫西阁很多星级酒店，不禁赞叹道："长泥真是繁荣昌盛啊，长泥的男人真性福啊。"一边不怀好意地向我瞧瞧。我说："是啊。不过我是良民，请组织放心。"笨笨横着眼睛，说："你们潇湘娱乐很发达嘛，女孩也很漂亮嘛，怎么你就没泡一个？太没用了吧。"我捂着胸口作痛苦状："呜，我人虽然差了点，但对你还是守身如玉从一而终的。"笨笨很认真地望了我几眼，抱住我同情地哄道："好了，好了，不要哭了，笨笨知道了，笨笨不会抛弃你的，笨笨专门捡破烂。"

我们坐着去潇湘大学的骊珊专线，很快到了目的地。找一个朋友帮忙，在堕落路附近弄到了一间房。房间是他一个宿舍的兄弟为了跟女朋友"缠绵"在外面租的，女朋友回家了，他回寝室打牌，就同意将"用武之地"借给我们，只是反复叮嘱"小雨伞"千万别留在房间里，上次他女朋友就因为在垃圾桶里发现了一个不属于自己的套套差点跟他玩完。

我俩在堕落路吃完饭，就冲进了房里。正准备大快朵颐，笨笨一只手搂着我的脖子，一只手拂开我调皮的爪子，幽幽地问我："小石头，你是第一次吗？"

我心里一怔，不知道该怎么回答，老实说："不算五兄弟的话，应该是吧。"说着伸出手看看自己五个手指。

笨笨沉默良久，只是靠着我反复抚摩我的背部，场面有点尴尬，我不清楚笨笨怎么突然不开心了，正准备说点什么调节一下气氛时，笨笨猛地坐起，直视着我的眼睛说："我不是处女了。在你之前，我还爱过一个男孩子。"这时她的脸，像一朵冻残的黄花，仿佛在将所有忐忑深藏在这瞬间的停顿里，那么僵硬，又那么哀怨，"你在乎吗？回答我，小石头。"

我在乎吗？我问自己。

我不知道，我不保守也不够开放，所以在那一瞬间我不能确定。以前自己也凭空想过这个问题，结果无一例外的是不在乎，不认识你的女人当然没有义务对你负责，这难道不是显而易见的吗？可是，可是，我为什么又要一而再再而三地思考这个不成问题的问题呢？

我觉得有点窒息，我突然明白了荣格的集体无意识讲的是什么，我想找个地方透口气，可是我怀里还抱着一个女人。

"哈哈，其实我也不是处男了，我也有过一个女朋友，对不起，我骗了你。"我嘻嘻哈哈地说道，尽管脑袋有点发蒙。

"那你说说你的第一次经验吧？"笨笨脸上很随意。

"第一次，这是我的第一次。她一直在我上面，主导着一切，当我往后躺下时，我的肌肉紧绷着，我想找个借口把她推开，但她却不受动摇地接近我。她问我是否会害怕，而我只好勇敢地摇着头。她有很多的经验，但这是她第一次同我做，她的手指找到正确的部位，她深入时我颤抖着，我的身体紧绷着，但她温柔得就像我不能承受的毒。她深深地看着我的眼睛告诉我必须信任她，她以前已做过很多次了。她的微笑使我轻松了不少，我也张得更开使她有足够的空间容易深入。我开始恳求她快一点，但她却慢慢地掌握着时间，试着让我觉得越舒服越好。但当她压得更深入时，仍然有痛楚剧烈地传遍了我的全身，当她继续时我甚至感到有血流出来。她奇怪地看着我，关心地问我是否觉得非常痛。我的眼睛充满着泪水却坚决地摇头，还点头意示她继续。她开始很有技术地移进移出，但我已麻木到感觉不出她在我里面。过了一段几乎时间冻结的时刻，我感到像是有什么东西跑了出来，是她抽了出来。我喘着大气躺着，高兴着这全都过去了。她看着我温和地笑着，低声轻笑着对我说，我度过了自己最值得骄傲的一段时间。"

笨笨很疑惑地看着我，显然觉得我说得不像。

我接了下去："我笑着对我的牙医说声谢谢。毕竟，这是我第一次，第一次的拔牙经验。"

第13章

人生初次

一阵胭脂拳向我袭来，笨笨终于笑了，俯在我身上偷偷地乐着。良久，深掩在我肩膀上的笨笨发出一声轻微的叹息，然后抬着头，对着我鼓起小嘴闭上了眼睛。

我靠近她，让她长长的睫毛刺激着我的肌肤，嘴唇一点而过，手却不听话地解下她的裙子，又想解下游泳镜让小白兔得到自由，可是试了几次，终不得其法。笨笨骂了一声笨，红着脸玩魔术般地褪下上半身最后一丝轻纱。两只饱满的生命之源骄傲地呈现在我的眼前，我看到两座雪白的山上却带着粉红的山巅，这分明是大自然的杰作，让亘古的火山布满积雪，我控制着自己颤抖着的心灵，战战兢兢地一步一步地爬山，仿神山上真的住着长生天。羊脂白玉，谁发明了这么贴切的词语？面对她，我已经不能思考——人类一思考上帝就发笑，我也什么都不能做——除了一步一个亲吻，我含着那柔嫩的樱桃，仿佛含着整个世界的糖，山下不时传来轻声的娇喘，都化作天籁寂静里的呻吟。而我无法停留，只好在千里雪地中缓缓南下，一身豪气，只为那传说中美丽的草原，江湖到处传说，她的美丽如海棠花蕊般深藏。

我关了灯，苍穹一片幽暗……什么，接下来？我不是告诉你我关灯了吗？接下来的事我就什么都不知道了。

我疲倦地搂着笨笨闭上了眼，笨笨睡不着，温柔地用手在我背上划着圈，我却枕着笨笨的手臂呼呼入睡，没隔多久自己就兴奋地醒了。毕竟这是第一次跟一个妈妈以外的女人同床而度，想睡却总舍不得浪费光阴，感觉也怪怪的。笨笨骨碌着眼睛无聊地左顾右盼着，任我枕在她怀里，手一直没有移开，见我醒了，才把我的脑袋像旧社会推翻三座大山一样推开。我见到她的藕臂被我压得有点变形了，不免有点心疼，怪爪微张地为她轻轻按摩。

"小石头，你怎么打鼾啊，鼾声像海浪一样。"笨笨狗笑道，"我要录下来，放到你们学校网站上去，呵呵，没想到你这么斯文的人居然鼾声这么流氓。"

"你跟我结婚好吧？我跟家里讲了，让他们帮你在我的老家泗阴找个学校教书，我毕业了肯定要回去的，你愿意跟我回泗阴吗？我们一起在小县城里慢慢地变老。"笨笨的脸上写满了期待。

"在泗阴教书可以赚多少钱？"我问。

"700多吧，第二年就有900多了，我爸爸也是老师，高级职称，他可以拿到1400多呢。"

"以后再说吧，我先看一看。"我随意地答道，笨笨翘着嘴不说话。

我突然想起了什么，鬼使神差地停下了手里的活，冷不丁地反问道："笨笨，我和你的第一个男朋友，你更爱谁？"

笨笨的眸子里闪过痛苦的光芒，盯着我看，我觉得一股寒流顺着我的头顶直直地击下。顿时冷汗直冒。好在她的眼神马上变成了一片迷茫，像是飘了很远很远。却令我更加忐忑。

"你还是很在乎。"笨笨平静得像在跟一个陌生人说话，脸上挂着残忍的笑，"我早就应该知道的，我根本不该来。"

"我只是随便问问。"我笑着，望着天花板回答。

"好，那我告诉你。"笨笨郑重地说，"我爱他，现在仍然爱他，他永远是我心里的最爱，你永远也比不上他。"

我抓住她的背，猛地加力。怒火和妒火将我怜香惜玉的心击得粉碎，我狞笑着，将身体全压在她身上……这已经有点施虐的味道了。笨笨强忍着，我却感觉她分明在笑，她居然有种受虐的体质。呻吟声在我身下此起彼伏。我站了起来，插着腰，抓住了她的头，这是我纵横成人网站这么多年，最喜欢看的姿势——消魂、刺激又大男子主义。笨笨不屑地望着别处，睡在床上一动不动。我本想把她的头抓起来——像很多东国爱情动作片里一样满足兽欲的，终究有点舍不得。叹了一口气，无力地躺下。心里也在暗自庆幸，总算十分不利的条件下，控制住了自己禽兽的一面，将斯文败类的嘴脸又装进了套里。哪知笨笨看着我，居然骂了句真没用。我腾地站了起来，就要发作，却发现笨笨已轻盈盈地笑着跪了起来。"腰缠十万贯，骑鹤下扬州"，古代的男人真会想，毕竟扬州的桥多啊！

"小石头，你死人啊？你叫我明天怎么吃饭，恶心死了，我要报复。"笨笨趴在我身后，咬着我的耳朵，两只大眼睛溜溜地转着，不知在打什么主意。我心惊胆战地摸了摸背后，没发现创可贴。

"哼，我害人从来不用第二次！"笨笨骄傲地说，"你如果想减刑，现在你带我出去玩。听着不准讲让我不开心的话，不准惹我生气，不准看其他女孩子，一切行动听我的。要搂着我，护着我，紧紧地抱着我。我吃东西你要喂，我上厕所你要在外边守着，你是我的免费男仆、男奴，听到了吗？"

"坚决完成任务！"我敬了个礼说。

旁边最有名的地方就是飞麓山了，我借了两张潇湘大学的学生证（潇湘大学学生不要钱），搂着笨笨上山。刚过了检票站，笨笨说走不动了，我说那就回吧，她横了我一眼，说就是想去山顶。我说那坐旅游车吧。她说不。我说莫不成让我背你上山。她说是的。

我痛苦地背着她走了250米，实在走不动了就说："笨笨休息一下吧？"哪知背后鼾声大作，两脚夹得我更紧了。一个和尚唱着《纤夫的爱》，骑着摩托车飞驰而过，看到我哈哈一笑后又换了一首"记住我的情记住我的爱"，倏地不见了人影。我苦笑着，不禁第一次对做和尚充满了向往。又死挨了几十步，正想把笨笨叫醒，笨笨自己跳了下来，兴奋地向前跑。我才发现前面有一个小泉，笨笨脱去袜子，把脚放进去，扑哧扑哧地玩起水来。我瘫痪在一边心里不禁骂到：刚才她真的睡着了？可比我清醒多了。

天空阴沉沉的，打起雷来，天色又已晚，飞麓山已经没有一个游客。我说："回去吧，要下雨了。"笨笨说："不，要雨中登飞麓。"我说："可是我们没带伞啊？"笨笨努着嘴说："你为什么不带？反正我不管，下雨也要玩。"我说："你怎么不讲道理。"笨笨穿上鞋袜说："就是不讲。"说完就向山顶跑去。

我有点生气，就懒得追她，也知道追也不一定追得到。心里只盼望雨慢点下，好让这个死丫头玩一圈就回来。我掏出一根烟，慢悠悠地抽着等她。

　　五分钟后，天突然大黑起来，笨笨已经跑得没了影踪，我不禁有点担心。十分钟后，眼前的山路只剩下几米的可视距离，雨也淅淅沥沥地往下砸。我心里一咯噔，忙起身去寻找笨笨。我一边往上追一边喊着她的名字，可是连自己的回音都没有听见。千山鸟飞绝，万径人踪灭。一种可怕的焦虑感让我加快了脚步，雨水滂沱的黑暗里飞速地奔着，黑暗却像一个威力无比的怪兽将我吞噬。在几个稍微陡一点的山路上我都摔了跤，爬起来更感到由衷的恐惧。我的笨笨在山上的哪个角落？她有没有摔跤和迷路？我不是答应她要搂着她，护着她，紧紧地抱着她吗？怎么话音没落就让一个女孩子黑灯瞎火地游荡在陌生的地方、下雨的深山？我怎么搞的，我真是混蛋，我骂着自己呼叫着笨笨的名字。我的声音却淹没在风雨中。间或几道闪电将整个深山照得明亮，风吹树摇的影子却显得更加狰狞。我发疯似地冲向山顶，鞋子早已泡得不成样子。

　　好在飞麓山还不是很高，任性的笨笨一定爬到了山顶上等着笑我，一定是这样。我一直这么跟自己鼓着劲，过了很久，我终于到了山顶。正逢一道闪电划过头顶，边上空无一人。我呆滞地站在大雨中，哭丧着脸四顾张望，大声呼叫着：笨笨，笨笨！可是唯有雷鸣作答。我发疯般地往回跑，突然觉得有一种犯罪的惊栗，两脚软软地几欲跪倒。我挣扎着一口气跑到了检票口。仍然没有笨笨的影子。我问检票员有没有女孩子下山，她像看疯子一样看着我，表示连鸟也没飞出去一只。我只好又往上冲，皮鞋完全成了拖鞋。两只脚却像灌了铅，越来越慢。我嘴里嘀咕着：笨笨——笨笨。幻想着这个鬼灵精怪的姑娘突然从哪个角落里钻出，捂着我的眼睛或者大哭或者大笑。可是没有奇迹。这山安然地躺着，它见过太多的沧海桑田，不会为一对小儿女的离散搵一滴眼泪。我的头脑里甚至产生了错觉，看到元初飞麓书院殉国的冤魂遍布在山中，化作青石、藤树和风中飘零的味道。我迈着沉重的步子逶迤地走着，雨稍小了一点，可天已经暗得不见五指。我只能听到耳鸣声，不知道已经到了山的哪里。脑海里呈现着笨笨冷冷的凝视，还有来至苍穹的叹息。我跟跟跄跄只知道要走，低着头浑无目的。

　　一道歌声猛地响起，不知是梦还是真。"第一颗石头，炼成了苍穹，梦般颜色不只是七种。第二颗石头，化育了石猴，梦般人物不只是传说。我想在多年以后，我们相逢，我会问你，记得否。那一颗属于我们晶莹的石头……"石头，小石头！对！我头脑如闪电击过。是笨笨在唱歌，在找我，我狂笑，我奔跑，我向歌声传来的小路上冲刺。"第三颗石头，造一座红楼，多少人流连最后失落。这么多石头你送给了我，诗人曾说可用来酿酒。"我已经能清晰地感觉到笨笨的召唤，我甚至能闻到笨笨的呼吸。"一直到多年以后，我们相逢，我会问你，记得否，我想你回笑着说，石头只是石头，不再有情缘，年少编织的纯情洒脱的性情，飞扬翻腾热情如火……"感谢上苍，我终于看到了笨笨，流着眼泪握着一块小石头，头发湿漉漉地披着，正在大声唱着歌："用三颗石头，叠了一个我，有手有梦也有愁……"我跑过去搂着她，用全身力气紧紧地搂着她，流着眼泪叫着笨笨。笨笨看着我，马上推开我望着别处，用发颤的哭音接着唱着："这三颗石头按时间先后我排不出个最爱的结果……"

是啊，有多少人的石头，按时间先后，能够排出个最爱的结果。

雨一直下，世界不算融洽，泪里的笨笨，像个娃娃，打碎了自己最爱的瓷碗。

我突然忍不住了，我大吼："我爱你！笨笨！我爱你！我要永远在你身边。"说完这句话，我自己也惊呆了，我不是来破处的吗？这不合逻辑啊？

笨笨停止了唱歌，怔怔地望着我，蹲在雨中湿漉漉地大哭起来，我蹲下抱起她小心翼翼地吻着，像我怀里抱着的就是整个世界。我感觉我脸庞的水格外地多起来，汇成了一条灵河，洗刷着我的整个灵魂。我连忙闭上了眼睛："不哭，笨笨，我们回家，我们回泗阴。"我笑着将她抱起，稳稳地抱起，一步一步地下山。

我神情恍惚地抱着笨笨，沿着山路拐着，笨笨不哭了，像个洋娃娃听话地蜷缩在我的怀里，雨水将她的裙子浸透，玲珑毕现的身材朦胧地和夜色缠绕在一起。风急雨骤间像朵独自忧戚的百合，突然觉得有点美，或者本来所有的女人都是很美的，只是什么时候，在谁眼里。

我走着走着却总觉得有点不对头，往前一看，居然到了爱晚亭。我知道这条路也能下山，错得不算离谱。就绕过亭子继续走，却发现路中有一个很深的水滩，道路被暴雨蹂躏得一片狼藉，根本无法通行。

我的体力透支了，只好放下她，一起走到亭子里休息。笨笨气鼓鼓地说："我刚才没有到山顶上去，等一会儿雨小点，小石头我们再一起爬上去。"我看一看自己抽筋了的腿，顿时明白了生活的残酷。只好像海燕一样祈祷着，让暴风雨来得更猛烈些吧！

笨笨又问我："这里是不是有个很牛的书院？在哪里呢？"

我说："是啊，飞麓书院，惟楚有才，于斯为盛，就是指那里，算千年学府吧。就在右手边。"

"那好，等一下我们也去。"我苦笑着欲言又止。

"小石头你不许不听话了！"笨笨见我脸色很怪，迅速将我的反对意见扼杀在摇篮里。

"这亭子挺大，这是哪里？"我强行咽下自己的悲愤，恭恭敬敬地回答说："回老婆大人的话，这个亭子也很有名，叫爱晚亭。"

"爱晚亭？爱晚亭？"笨笨反复地念到，"是不是'停车坐爱枫林晚'的那个爱晚亭？"我说："是啊！"笨笨兴奋得跳起来，飘着裙子转了几个圈念到："停车坐爱枫林晚，停车坐爱枫林晚。"她读诗的音调有点怪，好像把两个字错读成了重音。

"磊磊哥哥，我们不爬山了，我们做爱吧，别辜负了诗人的美意啊！"笨笨搂着我坚定地娇笑道。我惊呆了，在这里？这里是一级风景保护区啊，我以前顶多就想过趁没人时刻个江磊到此一游之类的。今天是什么日子？梅开二度了还要在这么别致的地方梅花三弄？

我的嘴被一个柔软潮湿的东西封住了，我决定豁出去了，就算精忠报国了——总比陪她爬山累死好吧？我不免有点兴奋，天这么黑，又下着大雨，这么好的机会，错过这村就没下店了。我决定彻底被她打败，坐在石凳上，抱起她，在"德配天地"的书院边"天人交战"，用残存的最后力气，验证着活塞的物理学原理。亭外晚风如刀，雨打芭蕉，我们躲进小楼，独自偷欢，开心得像两只偷了整瓶子香油的耗子。这一次体力确实太差，很快就像一堆软泥瘫痪在笨笨雪白的怀里。

[第15章]
沉默年代

笨笨叫着："不准睡，小石头，我们还要爬山了。"我朦朦胧胧看着她谋杀亲夫的罪恶嘴脸，两眼已然闭上。任笨笨推着就是不起来，"你强任你强，清风拂山岗"，我躺在她怀里想，大脑皮层的惯性让我继续梦到我是锄禾，她是当午。之后发生了什么，我不记得了，只模糊的有个被人拖着走了很远的记忆，然后就是回到了房间的床上。

我睡了很久。昨日的飞麓惊魂加上高强度运动让我身心惧疲，醒来时，大概已经到了中午，我感觉头还有点生疼，就闭着眼嚷到："笨笨，抱抱，抱抱。"笨笨没有回答我，我笑着睁开眼睛左右一看，哪里还有笨笨的影子！我大惊，呼喊着笨笨的名字，起身要找她，可是几次都没有起得来。冷静下来一看，居然被人用绳子和床绑在了一起，除了手臂和头能自由运动外，其他地方都成了"粽子"，床边还点着一根快燃尽的红蜡烛。我有一种"黄粱一梦"的感觉，我笑着柔声骂到："死丫头，别躲了，你要玩女王吗？也不要玩滴蜡啊，我怕疼。"半饷后还是没人回答，我的手臂碰到一块冷冷的铁，一看是把剪刀，剪刀下还放着一个信封。我的心顿时比铁还要冷，多年的庸俗的电视剧告诉我，笨笨可能不辞而别了。

我挣扎着拿起剪刀，将上半身的绳子剪去。赶快拆开信封，那熟悉的用蓝钢笔认真写出的一坨坨幼嫩字体，布满了我的眼帘。

嘟嘟的小石头：

我走了，你的笨笨狗老婆要永远离开你了，我爱你，但我知道你不属于我，不属于泗阴。

你昨天太累了吧，从宾馆到飞麓山爱晚亭，我终于骄傲地把你给榨干了，哈哈。你真是个糊涂虫，居然一次都没想起要带雨伞，如果我怀孕了怎么办？如果我要挟你结婚怎么办？如果我本来就有孕在身，要找个冤大头，你怎么办？嘟嘟的小石头，下次和其他女人时不要这样，你这人色色的还讲义气，很容易被人骗的。

其实我是故意不让你带雨伞的，影响感觉，哼，我只有两天——不，是一天时间，我才不要小气球来多事呢！说不定啊，我一回苏南就生个小小石头出来，哈哈，又有人可以写《红楼梦》了。

磊磊哥哥不知道你能不能成为作家，可惜我不能陪在你身边，否则，就算你成不了作家，也肯定能成为做爱专家的。请不要骂我OPEN好吗？在家里，我可是一个乖乖女啊，可惜后来受了好重好重的伤，伤得我好疼好疼……感谢上苍，你来了，小石头，我想你是上天派下来救我的人，是一块刮痧用的玉！我渐渐沉醉在虚拟的爱恋里一点一点地疗伤，直到有一天我再也无法觉得这份爱是虚拟的，正如你所说的这个虚幻却缠绕着我的现实。我心里挣扎着就来了。在火车上我好怕，你知道吗？有人说，大学谈恋爱的结果是大四了我们一起分手。那么，网恋呢？他们说结局是见面了我们马上分手。我不想，真的不想再受一次伤害。我根本不敢奢望我们的网恋会多么不俗，那么至少让它有些许的美丽吧。我想给自己一个交代，一份感情的交代，一个年轻时故事的交代，一个值得回忆的交代。所以我才会一直引诱着你，小石头，我要把我最好的一切送给你，我的风情和我的温存，我的迷恋和我的沉醉，统统在这几十个小时里给你。让你永远记得我，让你永远回味着我。这样至少我不会空手而归，嘻嘻，我做得还不错，是不是？（你夸夸笨笨嘛！）哪怕这一切最后都像诗里讲的：原来姹紫嫣红开遍，似这般都付与了断井颓垣。

见过你后，我庆幸自己没有失望，你是一个好人，大大咧咧的没有心机，清瘦的书生也敢打架，你一笑啊，两只小眼睛就眯到了一起，甜得我想咬你。我爱你，真的，一直都爱你，或许会有饱经沧桑的大人嘲笑我们根本不懂爱情，网恋见一次面就上床那多像游戏。可是他们凭什么给爱情下定义呢？谁又能给爱情下定义呢？恋爱一定要像数学按照某个公式解题吗？天啊，我最恨数学了。我知道我对你爱得多深，我知道，我会经常想你，就算我着了一次电脑聊天的魔吧，这就足够了，没有人有资格嘲笑着魔的人，我总觉得，一张白纸的人应该难过而不是骄傲。就在刚才我还准备在你身上滴点蜡玩的，（哼，谁叫你昨天让我……）可是我就是舍不得，我看见你皮鞋的样子，我哭了。我想起你说你要跟我回泗阴，我又哭了，我走时看了你一眼，天啊，我要把我的眼泪都流干了……我真的要拒绝再收一封你那甜蜜到死的情书吗？

不要怪我吧，我还是走了，你醒来时我应该在车上，我买的是中午十二点的票，走时是十一点二十，你还睡着。我走了，我承担不了感情的炙热，我怕你又会问我一些傻问题，我怕你在小县城里埋没后突然对我发脾气，我怕你后悔了又不肯说出来却脸上挂着迷茫，我怕……我发过誓我再也不要为感情受伤了啊，我投降，我鸵鸟，我悬崖勒马。你睡得好甜啊，像个孩子，亲亲你我走了，我不想让你送我，让火车讨厌的汽笛嘲笑我的眼泪，让你痛苦的眼神一层层地揭破着我血迹累累的痂疤。我要走了，我要安静地走，回苏南，回泗阴，相个亲，搭个窝。找一个以为自己是我第一个男朋友的人，装着纯情把他变成我的亲人，然后躺在属于自己小屋子的阳台上，一边想着你，一边饱饱地闻着那被子被晒干的味道。你知道的，我最爱被子晒干后的味道。

忘了我吧，狗狗的小石头……

永远爱着你的笨笨
她的小石头破处之日的第二天

我猛地站起来了，竟然挣脱了脚上的绳子，我将泪渍涟涟的信紧揣在怀里，我猛地向外面跑去，我叫了一辆的士，我一根接一根地抽着白沙烟，我将第七根烟蒂丢在了的士车上，我赶到了火车站，我看到红蜡烛钟楼的表指着十二点，我没有去二楼买包新烟，我发现这一次火车没有晚点。

[第16章]
庄生迷蝶

　　星星还是那个星星，月亮还是那个月亮。生活不会太好，也总不会太坏。回到校园里，又恢复到了白天没球事，晚上球没事的单身男人素雅生活。大学是很好很美很让人着迷的——但那只存在于没考上大学的向往和大学毕业后的回忆里，处在其间，不过是个精致点的"围城"，当你想有所成就时，必然被野心和竞争折磨；可当生活跟生存压力无关时就离无聊的感觉很近，老天总是这么微妙地公平着！

　　那时，我经常旷课，大清早去泡网吧，还经常找不到位子。"无聊运动人人练，大学生是总教练。"结果中文系只要贴出旷课者名单，都有我的大号，"军书十二卷，卷卷有爷名"。倒多出了一分死猪不怕开水烫的从容；傍晚跑去租成人动作片，结果那个胸不大的老板娘翻箱倒柜地拿出两麻袋的存货，愣是从中间找不到没看过的了。急得老板娘想自己亲自脱衣服，被我满脸严肃地一把制止：别，熟女不带胸这么小的，脱了衣服都看不见咪咪。

　　晃晃悠悠，晃晃悠悠，又是天凉一个秋。我就大四了，我怎么就大四了呢？我不是刚军训完吗？没道理啊？我脱了袜子，深情地数着自己的脚趾：大一时在一食堂吃过一次清蒸鱼味道很不错；大二时三食堂扩建，那个打饭的阿姨徐娘半老；大三时四食堂来了个新师傅，做的粉蒸芋头，吃起来酥软如少女之胸；大四时又吃了——一个女人，不知现在何处；没错，我掰痛了自己的脚趾，真他妈的大四了。

　　偶尔听着王杰的歌：看过冷漠的眼神，爱过一生无缘的人，才知世间人情永远不必问。心刹那紧缩一下，仿佛碰到一根冰冷的针，接着迅速满脸堆笑地打牌。宿舍的弟兄纷纷觉得我成熟了很多，一致认为我又失恋了。几个兄弟知道我见网友，居然破处了，居然回来这么迷茫，都嫉妒中作出了自己的判断：一，我是个神经病；二，我是个占了大便宜还卖乖的神经病。我说我动了感情，他们都不相信。慢慢地我也有点怀疑了。觉得那个刹那迷离，或许只是人生的一个笑话。

无所谓，人生无非就是有时笑笑别人，有时被别人笑笑。

我在QQ上，再也没有碰到过笨笨狗了，开始我给她留了很多言，可是因为忙，她一条也没有回过。慢慢就淡了下来。我朦胧中觉得：也许爱情就是种"强迫症"，你说它有，没有也有；你说它没有，有也没有。人不可能不得病，也不可能总得病。大多数人，就在这常态和病态中徘徊着——折腾——没完没了。但，有折腾总比没得折腾好，没折腾人就真完了。

六月一号，我给自己放了一个假，旷课上网，恬不知耻地庆祝自己的节日。惯性，真的只是惯性，打开QQ，寻找笨笨狗的头像。居然找不到了。我看了五遍，结果总是丐帮打狗棍法的最后一式，"天下无狗"。好友群里却奇怪地出现了一个没见过的头像，名字叫做"瞬间"。也是一个女孩子，也是泗阴。我笑着点开她的个人简介，上面写着："瞬间，美，不会凋零，不会衰老，不会死亡，它长生不息，长存不朽，也许，美，就是你拥有的几个瞬间，那生活的石头缝里挤出的几滴眼泪。"

我问她：你怎么改名字了。她回答：你是谁啊？我说：呵呵，你不是笨笨狗吗？她说：你找错人了。我说：狗狗我想你。她说：无聊，我真的不认识你，有事先下了。

手指冰凉，脑袋真空，白沙无言，唯剩青烟。我以迅雷不及掩耳之势打开一个成人网站，继续麻木在人体艺术的殿堂上，常记溪亭日暮，沉醉不知归路。

然后我就笑着回寝室了，继续无所事事，偶尔读书、偶尔吃饭，日复一日。

瞬间就是笨笨狗，抑或真的不是笨笨狗？我怀疑。又或者，那个飞麓山上跋足狂奔的少年，就真的是我吗？

第17章

东城欢迎你

我认为我永远不会和笨笨见面了，沉默年代，网络恋爱，本来就应该这样结局，属于80后的一场普通游戏。所以当苏小萧递给我那瓶红花油时，我还是呆了。

"笨笨狗？！你在这里干什么？"我说完后，就后悔了，经典傻问题。

"我在……上班……你是小石头？！你来这里干什么？"笨笨狗说完也后悔了，经典傻问题。

我们尴尬了一下，旋即大笑。快三十岁的人对二十出头时产生的感情，总有种隔着纱布的感觉，当纱布突然揭开，该流脓的地方仍然在流脓。

笨笨狗挤出一些笑来，我给你换药吧，熟练地扒光了我的衣服。

我也想扒光她的衣服，但身体不允许。

杨二兵和张小盛已经和齐哥握手言欢，一起来看我。

杨二兵道："摔哪里不好，偏偏摔了腰，又一个以后晚上要我帮忙的。咦，你们认识，刚才我听见你叫笨笨狗？好熟悉啊，好像大学听你说过……"

我停了一下，摊手道："我认错人了。"

杨二兵道："你没有事吧，刚才你掉下去时那声音真好听，闷闷的撞击。呵呵，我送你去医院。"

笨笨狗道："不用，我搞定。"笨笨狗眼睛好像瞬间红了，太短，让我怀疑是自己的错觉。

张小盛搂着齐哥一脸兴奋地对我说："周扒皮，我大学同学，绝对的武林高手。"

周扒皮冷道："叫我齐哥，在这里没人用真姓名，以后出事了打我电话，或者说认识齐哥，在浅水行得通。"

笨笨狗给我涂了一层药水，道："你在这多待几天吧，养养，错位就麻烦了。"笨笨是学护士出身的，一个什么狗屁卫生职业学院，七年了，不记得了。

我扭扭腰，确实走不掉，道："好的，我包个房间。"我们眼神相接，很快又游离了。笨笨和我都有点不好意思，我快三十了，突然发现他妈的还会不好意思。

笨笨道："睡我宿舍好了。"

张小盛奇道："江磊，你长得不帅啊？真的被选中做鸭了。"

我道："那没办法，天生丽质难自弃。"

齐哥很大哥地道："先把江磊抬一下，然后哥哥带你们去浅水最好的桑拿压压惊。"两个畜生一片雀跃。

齐哥和张小盛把我抬到笨笨的宿舍里，宿舍不小，挺乱，两个畜生嘴里说着不做兄弟的电灯泡，然后就迅猛地离开了。妈的，就凭老子现在的腰，就算把东城的电灯都灭了，我就能自燃吗？有异性没人性。

笨笨打来一盆热水，我才仔细瞧了一下她，脂粉挺多，妖艳，胖，胸小而垂，真的一点漂亮的感觉都没有了，这就是我魂牵梦绕被破了二十一年童子功的女人？我想起，她也二十七了，二十岁的女人自然怎么都要漂亮点，而现在到了残花年龄了。

我道："笨笨，你还是这么漂亮，你走了后我好想你的。"

笨笨道："是吗？刚才在同学面前，你不是说认错人了吗？"

我道："那是怕你不愿意被人知道。"

笨笨沉默了一会，道："算你有点良心，不过你也知道我干什么的了，没必要用以前的名字了，我现在叫苏小箫。"

我说："嗯，很有文学色彩的名字，江南，苏州，悠扬的箫声。"

我哎哟一声，笨笨按得我腰很痛。

笨笨冷冷道："什么啊，就是吹得好。"

我道："轻点，痛，痛。"我故作轻松地问道："你怎么不去桑拿做，那里不是比按摩店好。"

笨笨道："你看我还行吗，桑拿要漂亮女人，漂亮女人都是'打火机'，我呢？我都快'灭火器'了。也就这小店子还有点钱赚。"

我闭着眼睛道："你还是很漂亮的……那个齐哥是什么来头，他们去哪个桑拿了。"我的口水流了出来了。

笨笨道："齐哥是浅水金牌打手，你们如果不是认识他，今天就完蛋了，几个外地人敢砸一个按摩店？傻了？没有背景可以开这种店吗？去哪个桑拿不知道，浅水桑拿多着了。"

我脑袋冒汗，一群老江湖干这种幼稚的事，只是摔伤了一个腰，算是祖坟冒青烟了。我随口问道："到底有多少桑拿啊？"

笨笨道："不知道，百万佳丽下果岭，十万嫖客入东城。你去健快南路看一下，十个女的中有八个都是做这行的。"涂完药后，笨笨的手不规矩起来。

我不说话了。我决定明天腰好了去街上送只宠物给笨笨，不然她老摸我的鸟。

电视里放着大哥的"京都欢迎你"。笨笨呵呵笑道，我会唱"东城欢迎你"，唱给你听啊！《东城欢迎你》：

迎接另一个晨曦，
带来全新空气，
气息改变情味不变，
叫床充满情谊，
……

在我目瞪口呆中，笨笨趴在我腿间，道："本护士要检查一下你的零件。"一切完好，然后我被抱着睡了，一瞬间我回到了七年前。第二天我起床已经十点了，外面下着小雨，笨笨早已经起来了，给我煮了碗面条吃，那面条在桌上已经冷了，不少结黏在了一起变成了面糊，我很是感动了一把。我知道，除了工作需要，十个图图十个懒，能这么早起来煮面条给我吃，确实有心了。

我看她笑吟吟地把面条放在我桌前，似乎很幸福的样子。我想让她更幸福一下，于是咬咬牙，掏出钱包，拿出一千块钱递给笨笨，道："晚上的钱，别嫌弃啊。"

笨笨看了一下钱，一把夺去，冷冷地笑道："谢谢啊，老板。"

这天早晨，雨一直下，气氛不算融洽，在同一个屋檐下，渐渐感到心在变化。一种奇怪的难受时不时地在胸口涌动一下。而这个早晨还发生了一件我人生里最具转折点的事，彻底地搅乱了我的生活节奏，让我以一个奇怪的身份突然又顺理成章地进入了东城酒店业，业内称为"酒店业"，在这个绝对风流温柔之地，见识了太多似锦繁华与阴暗无奈。我承认，我在大学毕业后的几年里，在东城"缠绵"过一个加强营的囡囡，但都是男人劣根性的简单表现。她们有的很漂亮，有的很妖艳，有的貌似高贵，有的貌似清纯，但她们在我眼里都只是一个"过客"，我从来没有想过走进这个圈子，走进她们的内心世界。这一次偶然，我成东城酒店业不少人的座上宾，有的成了朋友，有的成了酒肉朋友，这中间有妈妈桑，有皮条客，有打手无赖和"管带"，甚至有一个叱咤风云的绝对大哥，当然更多的是在桑拿里讨生活的囡囡们。

曹雪芹写《红楼梦》是为了给闺阁做传，第一次为卑微的女性发出了振聋发聩的呐喊，我混入黄都，也着实见到红尘间真有几个奇女子，有几个喜怒哀乐的故事，她们不仅仅是一群器官，江磊才学低下，品德卑微，注定写不出红楼来，但很愿花点笔墨，就自己的见闻，写几卷《青楼梦》。

第18章

心理咨询师

　　笨笨很快把情绪调整了过来，叹息自己是肉的理想，白菜的命！就这样有一句没一句地搭着讪，突然她泯着嘴道："江磊，你肯定看不起我了。"我道："哪有？说不定你的钱赚得比我还多了。"笨笨道："是，挺多的，那有什么用，我现在把赚的钱都给你，你愿意娶我吗？"我闭上眼睛，嘴唇动了几下，没有回答。笨笨叹了一口气，平静地说道："以前旧社会啊，小姐少爷是被人伺候的，现在新社会了，小姐少爷都是伺候人的。"我道："现在这个现实的社会，多赚点钱就是一种幸福。"笨笨道："这不叫幸福。"我道："那什么叫幸福？"笨笨道："一家三口，天天在一起，你帮我盛饭啊，我帮你夹菜，那才是幸福。"我触动了一下，转移话题道："笨笨狗，有没有很难伺候的客人啊？"笨笨道："多的是，不过我都不在乎了。""有变态吗？""有，谁都会碰到几个。""那你接吗""加钱就接。"我闭上眼睛，假寐了会，忍不住道："你有没有想过收山。"笨笨道："你包我啊？"我道："我没有钱。"笨笨道："每个做图图的，都会收山，但不是现在。"我道："为什么？"笨笨道："因为我已经不会干其他的事了。"

　　"苏小箫，有老板点钟。"楼下传来红姐嗲后级的声音，很佩服老巫婆假装小女孩的声音。

　　笨笨高兴道："下来了！"跳起转身找梳子，冷不防看见多了个我，停了下来，望着我。我摊开手，让出了一条路。笨笨浅笑了一下，慢慢走了出去。

我笑道："赚了钱请我吃宵夜啊。"

见她走远，我才笑着抱着被子，把头全部埋了进去。哀悼了整整十五秒。我告诉自己，江磊，身为一个心理咨询师，一定要用强悍的方式面对一切生活。于是我打开体育频道，欣赏110米栏，想找点坚强的精神鸦片，正好看见刘翔折腾了半天，然后像铁拐李一样被扶了下去，我震惊了一会，居然莫名其妙地有了丝快感。当我心情不爽时，我喜欢一切倒霉的人，包括刘翔。

"别啊！楚妖精！"我正在幸灾乐祸，听见红姐尖锐的声音，划过半个浅水的天空，我听见一阵男人皮鞋在楼梯上踩出的急促而杂乱的咚咚声，比昨天收拾我和张杨二人的人还多。然后就是一群女人的哭叫声。

"红姐，红姐！楚妖精要跳楼！"好几个女人大声呼叫着。

我硬挺着腰，走了出去，看到宿舍走廊尽头挤满了人。

楚妖精散乱着头发，干嚎着道："不要靠近我，再走近我就跳了。"

红姐和那一群来路不明的男人都停住，红姐哭着道："别傻啊妹妹，你这是干什么呢，你吓红姐啊？"楚妖精不回答，只是站在三楼的走廊栏杆上，猛地摇头。

我抬头看着这个女人，奇道，这小小的按摩店，居然也藏有这么精致的女人。

我回忆起心理学的内容，有自杀倾向的人中间，真正执行了自杀行为的只有20%，而其中在自杀行为最后阶段放弃了的，又占了70%。我有种冲动去劝劝她，我赢面大，她又这么漂亮。但我还是犹豫了，毕竟没事找事尤其是找有麻烦的事，不符合不姓雷的大多数央国人的人生观，我矛盾着，手心攥着都是汗。

笨笨一身的汗水冲了上来，看着楚妖精，着急地跺脚，突然转头看着我，我看着笨笨紧张变形的脸，突然挤出人群，心里七上八下，却面带笑容地缓缓踱过去，轻声道："楚妖精，还记得我吗？"

楚妖精听到这温柔的询问，一脸茫然地看着我。我要的就是这茫然，我满脸真诚地往前走了两步。还是本能的茫然。

我摇摇头，轻哼一声，生气道："您可真是贵人多忘事啊？"我悄悄前移了一步，侧脸笑道："记起来了吗？"

楚妖精皱了一下眉头，我猛地跺脚，把受伤的腰都震痛了，然后很痛苦很怨愤地一拍自己的头，红着眼睛，用最高分贝恶狠狠地道："江磊！江磊你都不记得！"我大迈步挪到了伸手可及楚妖精的地方，睁圆了眼睛。

楚妖精似醒非醒，我已经紧紧地把她搂在了怀里，猛退两步柔声道："宝贝，别怕，我是救你的，心理咨询师江磊。"我对着目瞪口呆的红姐等吼道："快扶她进去啊。"红姐如梦方醒，一群人七手八脚地扶着楚妖精进了旁边的房间，楚妖精拳打脚踢。但我知道，成了，自杀一次失败后，又去自杀的人从概率上讲少之又少。

红姐满脸笑容地抱着我猛摇，那肥硕的肉峰压得我无法呼吸，我大叫："我……我……我……"

红姐亲了我一口道："知道，知道，你好厉害，你救了我的红牌。"

我大叫："我……我……我……"

红姐道："姐知道，姐知道，你太厉害，刚把姐都骗了。"

我道："我……我……我……"

红姐道："姐知道，姐昨天不该打你。"

我把头努力挣扎出来，一把鼻涕一把泪地呻吟道："我……我的腰！"剧烈的疼痛，让我倒在了走廊上。

……

笨笨和红姐把我扶进宿舍，笨笨帮我把一身汗湿的衣服脱了，用热水热敷，又按摩，呲牙咧嘴了会，疼得没有那么厉害了，红姐还在不停地讲着谢谢，说，没有我，楚妖精就完蛋了，按摩店就完蛋了。

我心里明白，今天就算没有我，她跳下去自杀成功的概率也只有20%，嘴里道："没事，没事，我帮公安局救过好几个要自杀的。"红姐一脸崇拜道："你还认识公安局的。"我赶忙道："神山公安，不是东城的。"其实，楚妖精是我救过的唯一一个。

笨笨道："江磊，骗人越来越厉害了，当初又没见你这么厉害，要不，我早嫁你了，当初你骗网友的技术好烂。"我停了会，脸色变青道："我当初可没骗你。"

笨笨停住了，道："好了，我的大爷，我再帮你按按。"我不去理她。

笨笨果然是科班出身的，技术很好，我忍不住道："笨笨，你不做护士真可惜了你的专业。"

笨笨道："我也想啊，我找过好多个医院，不是不收我，就是不要我，好不容易找到个卫生院，就是不给我编制。编制你知道吧，有和没有完全是两个层次的人，或者说在卫生院没有编制的就不是人，每周值四个夜班，天天挨骂，赚几百块钱，你试过吗？"

我道："我还是觉得可惜，你读了这么多书。"笨笨道："得了吧，累和穷就不说了，干同样的活却人下人的感觉你不知道！再说我一个职业技术学院的学生，有什么了不起。你救的楚妖精就是本科生，听说复尊俱乐部还有个研究生。"

我道："自考、成教的吧？"笨笨道："那就不知道了。楚妖精应该是真的，我见过她接个鬼佬时，用英语对话，当时就把红姐给震了。"

我问道："她怎么不去桑拿，她算'打火机'了吧，这么漂亮。"

笨笨道："在桑拿做过，后来嫌东城服务太复杂，不肯玩脏活，不像在小店张张腿就可以了，所以又回来了。"

我正咀嚼着不肯接脏活的内涵，楚妖精走进了房间里。

她拿着把剪刀，直直地盯着我，慢慢向我走近，我不寒而栗，腰痛让我无法逃脱，她沙哑着声音，连问我两遍："你是心理咨询师吗？你真的是心理咨询师吗？"

第19章

谁都悲伤

我道："是，我是，宝贝，你放下剪刀，有什么问题慢慢说。"我把声音放柔，配合着朦胧的小雨，装出自己都觉得恶心的笑容。

楚妖精突然拥到床上，抱紧我嚎啕大哭，一时梨花带雨。我只好搂紧她，一刻都不敢放松，她把我抱得更紧了，那温香满怀的味道，楚楚动人到了极点。我正得意，看到她手上还拿着的剪刀正对着我的后脑勺，几次想轻轻地夺下来，都没成功，她抱得我更紧了。

我知道她需要发泄，也不敢动弹，那一点原有的性感空气全被一把破剪刀毁了。我是那把破剪刀的人质，21世纪了，恐怕没有几个人会被一把剪刀挟持了吧？我骄傲啊。

终于，我把她推开了一些，一身冷汗。我挥手让笨笨狗出去，心理咨询需要单独的空间。我想，心理咨询收费是三百一个钟，我跟她咨询一个钟，然后她给钱就给，不给就让她陪我一个钟，她应该也值三百，就抵消不收钱算了。我想。

笨笨白了楚妖精一眼，转身走了。

我清了一下喉咙，正襟危坐道："我是国家三级心理咨询师，江磊。希望能够帮你，你接受过心理咨询吗？"

楚妖精道："没有，我一直以为自己很坚强的……他们为什么这样对我？"

我道："你先别急，慢慢说。心理咨询是协助求助者解决心理问题的过程，你是第一次接受心理咨询，所以希望你能先了解一下：心理问题是人类最复杂的问题，有的问题能通过咨询得到很好的解决，有些问题不是一次两次咨询就可以解决的，有的问题咨询效果会出现反复，还有个别问题，恐怕得不到完美解决。更重要的是，心理咨询和一般的治病不同，不是开药吃药被动接受治疗就可以了，还需要自己的主动思考和配合，你必须相信我，配合我，明白吗？"

这一段话，是我每次干心理咨询师这活时都要说的话，我很喜欢这段话，说完后责任的大头就落到求助者身上了，我发现全世界的心理咨询师都喜欢这段话，同时巫师神婆也会讲类似的话，诚实地讲，心理咨询师和巫师神婆是同行关系，效果也都是时灵时不灵。我也是如此，做心理咨询的成功率跟段誉"六脉神剑"的成功率差不多，但我坚决不承认我是骗子，应该说，人类的心理学就只发展到这个水平，比我差的心理咨询师到处都是。

楚妖精，似懂非懂地点点头。

我道："那我们就算确定咨询关系了，按心理学的讲法，一切心理问题都源于冲突，你说说现在最让你难过的冲突是什么吧？"

楚妖精想想道："我觉得我很命苦。我也看过一些心理学的书，但我怕心理学也管不了命苦。"说着眼泪又下来了。

我装作微笑道："先谈谈吧。"心里暗喜，心理咨询师最喜欢这种半懂不懂又喜欢心理学的求助者了，这些人最好忽悠——专业术语是最容易被心理暗示。我曾经接过一个整天看一些神神叨叨书籍的失眠者，开口潜意识，闭口小宇宙，然后坚决要求我帮他催眠。我拿出我450元在维港买的国家心理咨询师证书在他眼前晃了一下，又讲了几个弗洛伊德的绯闻，然后让他闭眼，说催眠开始了。结果，我还没催他就眠了。

楚妖精道："我是好人家的孩子，真的没想过做这行，但大学毕业没找到工作，几个月没有工作，钱都花光了，以前大学有个男朋友，也找不到工作，家里也穷，没办法。我应聘按摩师，就慢慢地……但我坚决不去桑拿做，太不把女人当人了。我去了一个月，屋丽大酒店。三十几个服务项目，什么猫式狗式的，我接受不了……你知道我第一次接的是什么人吗？一个六十多岁男人，根本起不来了，拿手指弄了我几个小时，还老问我爽不爽，我说不爽！被投诉，这个钟的钱就被扣了，还有更变态的……我第一次做时哭了好久……"

我心想这个屋丽服务还真是可以，以后要去去。脸上无限同情道："嗯，每个囡囡背后都有辛酸的往事。"我递给她卷纸巾。

她抽泣了好久说："我那男朋友，吃了我一年的白饭，结果找家里关系找到了工作，然后就不要我了，还是我的初恋，这个就算了。他知道我做了这行，肯定不会要我，我早就知道，对他再好也没用。后来我不在桑拿做了，钱多也不做。来这个小按摩店，没有这么复杂，钱少但至少开心一点……开心一点。"

我看她声音越来越小，打断她道："你是为工作压力和失恋而内心冲突，是吗？还有听笨笨说你的学历挺高的，是哪个大学毕业的？"

她道："不是，工作压力是小事，再说，这能算是工作吗？客人说我机车，我就是机车，反正就是赚几个钱，也不缺钟。失恋？太遥远的事情了，恋爱，我哪有这个资格？我的大学——不好意思——我不想说。"

我道："嗯，可以理解你的痛苦，但好像你还有其他的心事。"

楚妖精道："我后来又去屋丽了，A牌，什么都做，我弟弟考大学了，没考好，三本，每年学费要交一万多，还是艺术生，买颜料什么的更贵。生活费每个月要一千。"

我说："都是你给？"

楚妖精说："不是我给谁给？我爸妈，一个下岗，一个开了家水果铺，也就能吃口饭了，我也想通了，不就是卖吗？还在乎卖的方式干什么？我又去桑拿了，跪式服务，红绳全套我都干，我弟弟很聪明的，画的画很漂亮。过年都是第一时间给我打电话，叫姐姐不要太辛苦，等大学毕业赚到钱就养姐姐。我就是大学生，虽然觉得他的想法幼稚，但心里还是很高兴的。有一年过年我回去，他给我画了一张素描，我一直挂在墙上。我跟弟弟是从小玩到大的。"

我道："你和弟弟感情很好，对于一个孤独在外漂泊的人来说，亲情是最可靠的。"

楚妖精苦笑道："可靠，太可靠了。大四来东城找工作，逛了一圈，什么都找不到。这也不说什么了，时代不好。我亲弟弟，我养着，他说找工作要西装，我给他买名牌，要手机，我给他买最好的，我的亲弟弟有什么，我赚到钱花在他身上我高兴，总比其他姐妹养小狼狗强。他在这逛了半年，大概也猜到我是干哪行的了。但他从来不说，我想，我真有个懂事的弟弟。后来我叔叔给他在老家找了关系，可以在派出所干活，要考，但关系找好了，送八万包过。我又给了他八万，真的过了。我高兴坏了，我觉得钱赚够了，又回到了按摩店。想再赚点轻松钱，就开个服装店。"

妖精又哽咽了，沉默了很久，酥胸一阵阵起伏。我估计到了一个关键时刻，也不再插话。

停顿了好久，楚妖精突然歇斯底里地大叫："这个王八蛋，前两天来东城，我以为是好心来看姐姐，还好好打扮了一下，买好早餐去火车站接他，这个王八蛋，居然在火车站扔给我八万块钱，说老家都知道我是干什么的，要还我钱，和我断绝关系……呜，呜，我还活着干什么啊！"

我抱住大哭的楚妖精，冷静住自己，轻抚她的背部，陪着她叹息。我承认我被震了一下，作为一个中文系毕业的心理咨询师，我看过太多多情女子负心汉的故事，但这是弟弟和姐姐！亲弟弟和亲姐姐的！！从小玩到大的亲弟弟和亲姐姐的！！！我道："你是说找工作时，他已经知道你是囡囡，但一句话都不说，找到工作后赚了钱就过来和你断绝关系吗？"

楚妖精点了点头。

我看了看窗外，窗外寒风凄雨，几朵窗花孤零零地摇曳着。我自信自己的道德品质足够低下，但仍然有些无法接受。

我见窗帘边挂着两串纸花，轻笑道："好漂亮的纸花啊。"

楚妖精望了一眼道："是我剪的，花谢花开花满天，红消香断有谁怜。"

听到这诗，我呼出很长的气，精致的面庞，姣好的身材，良好的教育，走在除了东城的大街上回头率都会很高，谁把她逼得姥姥不疼舅舅不爱，自寻短见？

我道："今天就聊到这里吧，一般来说一次咨询的时间不超过50分钟，我对你的情况已经有了初步了解，我需要整理一下思绪，你也要平静一下情绪，好吗？最后我告诉你一个知识，米国有个叫艾利斯的心理学家，曾经有这样一个理论，导致人不开心的不是事件本身，而是对事件的看法。事情无所谓好坏，意义是由人主观赋予的。你的看法是导致你不开心的原因。"

楚妖精将眼睛睁得很大，若有所思。

"改变你可以改变的，接受你不可以改变的，这就是生活。"我说道。

杨二兵和张小盛不敲门就进来了。

杨二兵道："咦，这个妹妹我曾见过。"楚妖精破涕为笑："是吗？宝哥哥。"又转向我道："谢谢你啊，江什么磊？其实我说出来就好过多了。我先走了，以后再来找你。"

我望着她婀娜的背影，居然忘了要钱。后悔啊！

杨二兵道："这个按摩店有这么漂亮的姐，还这么有文学修养。刚才我在魅力滩玩的女人漂亮是漂亮，少了那点韵味。我跟她说这个妹妹我曾见过，她跟我说全套四百，不要后面。服务是好，少了韵味啊。"

张小盛啐道："你这孙子刚才还不是爽得个什么一样，见个金鱼缸，还浑身冒汗，没见过世面。"

杨二兵道："确实没想到东城玩到这种程度了，几十个囡囡，全部真空制服，一起向你鞠躬，叫老板好！当时就酥了，随便挑了一个，没想到服务这么好，连脚趾也……"

张小盛道："切，第一轮都没看完，还点了个四百的愣货。一看就是幼狼，丢人。周扒皮——哦，不对——是齐哥开车到西京，让我们玩，多有面子，你挑了个愣货，连齐哥都笑了。"

杨二兵道："愣货质量不错，很嫩的，不就是矮了点吗？我喜欢。我连雨伞都没有戴。"

如果不是腰痛，我差点从床上弹了起来，张小盛睁圆了眼睛，伸出大拇指道："你有种，别人玩囡囡，你玩命。你到底知不知道这个世界上还有种东西叫HIV啊？"

杨二兵满不在乎道："牡丹花下死做鬼也风流。再说那玩意都在传，谁真见过。"

我和张小盛一起摇头，惊呼："幼狼，绝对的幼狼！"

我转头问张小盛："你那个怎么样。你好像不是很兴奋。"

张小盛道："不是几年前了，现在去之前很兴奋，选秀时兴奋，做时没有什么感觉了。我一进房间，囡囡不脱衣服时还好，一脱我就完全知道下面要发生的每一个步骤，没意思。出了那点废物后，只想赶囡囡走。"

我道："审美疲劳，有时我也有。"

张小盛苦笑道："我要的不是器官，是感觉。可我找不到感觉，谁能可怜我啊？"

杨二兵道："是不是，红姐踹的那脚？"

张小盛伸出中指道："幼狼，你不明白。"

杨二兵还要反驳，他的手机响了，杨二兵看了一眼手机，脸色变了，转身出了房间。良久后回来，低声对我道："柳大波的电话，叫我回去。"

我不看他道："你和她的感情以前这么好，怎能说分就分，在东城再玩两天，就回去吧。"

张小盛道："对，做不了'程冠希'，咱就学学'解霆锋'。"

两天后，我和张小盛送杨二兵回潇湘，在车站张小盛送了杨二兵一包小雨伞，语重心长道："以后记着戴，生出来再打死就来不及了，咱可以先憋死他。"

第20章

穷人妖精

　　我和张小盛在健快南路一家牛肉面馆吃晚饭，窗外的街道车水马龙，到处都是名车，美女的超短裙在粉红灯光映照下，显得格外迷人，论美女密度，"京都沪地略输妩媚，川成渝庆稍逊风骚，一代天娇，烟雨江南，只识秦淮修脚刀"。据我浅薄的人生阅历观察，全世界比得上东城的地方并不多，单论"娱乐业"，东城早已超越了维港、紫荆城这些腐朽的资本主义地区。

　　我抽着张小盛买来的利群香烟，让青雾挡着我看美女的眼睛，我道："张小盛，我不想回神山了，我找到了一条发财的路。"

　　张小盛道："切，就你这身板做鸭行吗？"

　　我急道："凭我这满腹经纶，丢在东城那也是一代名鸭啊，你想做累了我还可以背诗给她们听，多难得的人才啊。"

　　张小盛道："你酱板鸭吧。就你这身板，能对着墙壁二十秒内起来吗？那是做鸭的基本功。你不是真打算做鸭吧？"他睁大眼睛看着我。

　　我想了下自己真不属于对着墙壁会发电的牛人，道："算了，女上位也不符合我一向的审美观，我是找到了一条发财的路，但不是做鸭。"

　　张小盛道："妈的，有屁快放。"

　　我道："你知道这两天楚妖精找了我几次吗？"我伸出四个手指道："打了我四个电话。我突然想到，东城这么多失足女青年，她们有心理问题的人有多少？我准备开个心理诊所，以失足女青年为主要服务对象，三十五岁，老子就可以退休了。"

张小盛道："你觉得可行吗？风险、收益和成本。"张小盛在商场摸爬滚打了三年，没有死掉，还赚了不少来东城的肉金。可见智商差，情商更差的人，财商通常都是不错的。老天是公平的。

我道："成本不高，租个房子，什么手续都不办，先开个山寨公司。风险也不高，我想过，顶多没生意，创业哪里有没风险的，我在珠四角这么多年，一分钱不赚靠我以前存的钱，也能撑个两年，失败了我再找工作。收益应该还可以。"

张小盛道："生意场上没有应该。"

我道："第一，失足女青年有心理问题的人够多，有足够的利润想象空间。第二，现在这块市场还是一片空白，几乎没有竞争。第三，失足女青年赚钱够多，不在乎花点小钱，治不好也不会斤斤计较。第四，失足女青年基本都是外地人，看心理医生压力比较小，你知道很多有心理问题的人不好意思去心理咨询，尤其是在本地心理咨询。第五，如果我失败了，我就找你借钱，你要是不借，我就把你玩囡囡的丑闻写成小说挂到天涯杂谈，名字我都想好了，叫《东城西岔》。"

张小盛道："好啊，好啊，把我写勇猛一点，双人两个钟都很坚挺的那种。"

我道："屁，叫声一二三，翻身就买单。"

张小盛笑了，我们一起望了会外面的美女，吃冰激凌的感觉别是一番风味。

张小盛道："我不懂你那行，感觉你这个生意能做，总比给人打工强。你这人就是倔，跟着我去拍拍马屁，赚钱多容易。"

我道："就你，和我一样一起坐公共汽车，不就积了点破铜烂铁吗？都堆满仓库了，能赚钱吗？"

张小盛道："你不懂了，倒钢材是最赚钱的了，你等我做完这笔就买车。以后我们来东城就方便啊。还有，过几天我的财神爷就从辛龙来了，你要真在东城发展，不回神山了，也过来陪陪。"

我说："就是那个辛龙的主任，他从你手里捞了多少钱了？"

张小盛道："打通他花了一辆广本，带他玩女人有一辆奇瑞了，不过值得。你不懂辛龙钢铁厂有多大，他手上稍微落下点残渣，就够我一辈子花差花差了。不是我说，在东城请他桑拿，他还不来了。"

我义愤填膺道："呸，国家的蛀虫。老子什么时候能当上。"

张小盛道："你不是有机会当，自己不干吗，后悔了吧？"

我低头道："当时是有点不成熟。"

张小盛道："不成熟就是欠操的意思。要不现在也是个科长吧。"

我道："科长有点难，副科长应该是了，倒霉也是副主任科员了。"正说着闲话，手机又响了。

"你再不过来，我又自杀了啊。"楚妖精道。

楚妖精穿着双高跟鞋，身材特别好。让我有种脱离尘俗的感受。我马上道："美女，好点了吗？还有上次你心理咨询的钱没给，是三百元一次，等会你一起给了吧。"

楚妖精假嗔道："你怎么这么现实，对美女都谈钱？"

我道："这叫职业精神，况且文思三千不如胸脯四两，才高八斗不如胯下半斤，我的劳动还没有你们值钱，你应该发扬人道主义精神，支援贫困。"

楚妖精俯下身子说："我不值得你免费吗？"她的乳沟是我见过最精致的，她故意弯了会腰，挺直后，用手轻拨了下长发，活像个淑女。

我收敛心神，吞了口口水，一脸正经道："心理咨询师不能和求助者产生双重关系，这是行规。如果我免费了，我们成了朋友，我就不能再帮你咨询了。"

楚妖精坐正了，停了会，伸出大拇指道："很好，看来你是真的心理咨询师，我就放心了。"

我心里一阵失落，如果她再色诱我一下，我其实也不介意双重关系的。

楚妖精道："我很迷茫。"

我道："迷茫很抽象，能具体点吗？"

楚妖精道："我不知道下步怎么走，也不知道为什么要活着。"

我道："你还记得你的理想吗？"

楚妖精道："理想？对不起，我戒了。"

我思索半天道："理想不是什么大不了的东西，就是你希望过的日子，你现在最希望过的日子是什么？"

楚妖精沉默了很久，敲敲脑袋道："消失掉，但我不知道怎么消失，我好怕。小时候经常听说有人因为生活压力大而自杀，那时我懂得死亡，却不明白压力是什么，现在长大了，我懂得了什么是压力，开始不明白为什么还有那么多人活着。"

我道："因为活着不是一个问题，是上帝交给我们的一个事实。"

楚妖精道："你说话有点意思，你能告诉我该怎么办吗？"

我道："不能，你必须明白你想成为怎样的人，心理咨询师不能代替你决定。这很重要。"

楚妖精说："我想自由，完全的自由，不想赚这种钱了，当年在大学，我也是一个很有个性的女人，不会整天带着面具取悦别人为生。"

我道："完全的自由不可能。保留个性还是可以的。"

楚妖精道："我觉得连保留个性都不行，房东不会因为你有个性而不收你的房租，央国移动也不会因为你有个性而不收你的漫游费。"

我点点头，心想，这丫头不好忽悠啊。

我道："你应该自己决定自己的生活，理想很重要，你要找到。"

楚妖精望着我，不再说话。

我微笑道："你好像有了阻抗——哦——阻抗就是内心对现在咨询关系的反感，你原来以为找我就可以给你一个明确的指引，结果我却在给你讲一些不切实际大道理，对吧？"

楚妖精道："有一点。"

我道："心理咨询就是这样，你不要期待像其他病一样吃点大夫的药就好了，心理医生是协助求助者成长的，是助因。促使改变的主要力量，在你自己身上。"

楚妖精道："我想赚很多钱，但又不想不自由，这怎么办。"

我道："很好，你还记得我第一天给你讲的话吗？心理问题都来自于冲突，恭喜你找到自己的冲突了。世界上所有事情都有成本，你现在把要想的变成了一个问题，你是更在意成本还是收益？"

楚妖精道："我想想，不行，这两天总是头疼。"

我忙道："等会我给你开点药，吃了就没事了。"我从提包拿出几片药来，交到她手里，提示她每天晚上吃一片，饭后两小时和着凉的蜂蜜水服，服后半小时内不要运动。这是米国进口的特效药，专治神经性头痛。

楚妖精道："谢谢，我先回去想想。"

我道："好的，希望你找到自己。还有，你以前为家人活着，为弟弟活着。现在你可以想想怎么为自己活着了。"

楚妖精闭上眸子，点了点头，正准备离开，我道："两次咨询六百元，那十二颗药二百四十元，一共八百四十元。"

楚妖精突然嗲道："太贵了啊，我上四个钟才有这么多钱。江磊，你便宜点吧，我在一个小按摩店也不容易。"

我笑着道："一个好的电视机修一下就要几百块，你比电视机值钱多了。"

楚妖精道："我真的好穷的，除了被我弟弟骗，我还在买六合彩，欠了很多赌债，你便宜点，收我七百好吗？"她的身子已经靠到我臂上了，眼睛似乎红了。

我这人一向对美女心软，听她说自己穷，又在一个小按摩店做事，心里不忍道："算了，你也不容易，今天的药我白送，你给六百吧。"

楚妖精像一个中学生一样"嗯"了一声，道："江磊，你是个好人，我回去再想想。"

我道："放心吧，根据心理咨询师的职业道德，我们谈话的内容都会保密的，你有什么心事都可以跟我说。"

楚妖精道："保密没有必要，反正也没什么人在乎我了。"说话时又哭了。

我望着她离去时楚楚可怜的身影，心道，这个女人也真是命苦，据我所知，十个图图有九个好赌，对她买六合彩输钱，我毫不怀疑，再说老窝在一个小按摩店里干活，也不一定能赚多少钱，少收点当做善事吧。我自豪地目送她走，做善事是很能满足虚荣心的，但很快自豪感被击得粉碎。

穷人楚妖精上了一辆轿车——不是三轮的，也不是QQ，是华晨宝马，高科技的"别摸我"，我梦寐以求认为下辈子可能有的坐骑——开着走了。

我打了自己一个嘴巴，笨蛋，东城有比自己还穷的漂亮图图吗？浪费了我的头痛药啊。我失落地盯着自己十块钱买来的一大堆维生素C。

恨恨地回到按摩店找笨笨按腰，看见红姐在做面膜，才发现红姐做面膜时比真人好看。

第21章

声色犬马

两天后，我在浅水租了一间五十平米的民房，客厅改造成了心理咨询室，里面有间卧室，厨房卫生间都有，我比较满意。做了块"点石心灵工作坊"的牌子，挂在窗外，又把我那杂七杂八的证书放大后挂在窗内，就算是开业了。

点石点石，点石成金，我等着我江磊的磊字里的石头都变成黄金。

笨笨挺兴奋地帮我收拾房子，问我道："我可以住在这里吗？"

我说："好啊，做我文秘吧，本公司需要一个文秘，接电话，联系生意。"

笨笨高兴道："好啊，我在按摩店闷死了，你开多少钱给我？"

我很有诚意地说："每月一千二，包住不包吃。"

笨笨道："哦，等会我回按摩店了。"

我发现，女人在二十二岁和二十八岁时完全不同，二十二岁的女人会告诉男人夜空有多少颗星星，二十八岁的女人只会告诉男人青菜多少钱一斤。

我将在旧书摊上收购的心理方面的杂志摆满一个桌子，捋着袖子，想着楚妖精，想着还要进一些维C片，正踌躇满志，壮怀激烈，楚妖精给我打来电话了，道："江磊，我病好了，谢谢你的帮忙。"

我急了，这刚开张的，什么兆头啊，假装关切地问道："没有这么快吧，要不再聊两次？"

楚妖精道："没事了，我找到人生目标了。现在充满力量，不需要心理咨询师了。"

我道："你找到什么目标啊？"

楚妖精道："我回屋丽了，那里的老板对我挺好的。我的目标是今年内成为屋丽的王牌，两年后成为浅水第一名凤，五年内赚够五百万，然后退隐江湖。江磊，你说得对，我要为自己活着了。"

这娘们悟性还真好，一点就透，早知道我就慢慢点了。

我哽咽道："嗯，你的想法很好，但……心理问题可能会有反复，我劝你还是来看看，我刚开了家心灵工作坊，最好来巩固一下疗效。"

楚妖精嘻嘻笑道："不用了宝贝，我时间很紧，既然找到目标就要快马向前，革命工作，只争朝夕，我一定要用浅水第一名凤的实际成绩向东城人民献礼。"

我更加哽咽了，好上进的女孩啊，让我出师未捷身先死啊。

我道："嗯，我祝福你，但作为心理咨询师，我还是想劝你一句，绝对化要求并不好，浅水这么多囡囡，你要成为第一，压力会很大的。"

楚妖精道："你不相信我的实力？"

我淡淡地道："你是很漂亮，但我见过浅水太多美女了，你凭什么这么自信？"

楚妖精道："哈哈，就凭我想开了，只要想开了，我可以满足男人所有的幻想。"

我预料中的第一笔生意告吹了，我道："那好吧，祝你好运……现在你不是我的求助者了，我们可以成为朋友了。"

楚妖精呆了一下，呵呵笑道："你是想做我的哥哥，还是老板，还是少爷啊？来屋丽找我吧，A牌，楚妖精。"

我正准备说点什么，笨笨在旁边嘟着嘴强行按掉了电话。

我正要发作，笨笨插着腰道："反了你了，当着我的面和别的女人打情骂俏。"

我被镇住了，半天没反应过来，心虚得可以，好像自己真的做了什么坏事，被女朋友抓了现场。一阵寒风吹来，我醒来一想，不对啊，她是我什么人？她都当着我面接客了。

屋丽，月色朦胧，露出一角银灰装饰着黑暗的走秀台，台下闪烁着一群绿色的眼睛，还有死一般的寂静与怦怦的心跳。狼群在猎物出现前高密度地埋伏着，突然间炫目的灯光打亮了森林的天空，高昂的音乐响起，狼群集体发出长啸。T台上发出一个浑厚悠长的男中音，以一级甲等的普通话诱惑道："疼惜交错爱恋，清纯牵手甜蜜，欢迎老板来到屋丽，这是你们的乐园，这是你们的夜晚，屋丽水晶秀场正式开始，请屏住你的呼吸，准备好你的鲜花，你是这里的国王，请尽情挑选并尽情享用您的王妃……"

声音刚落，T台背后巨大的液晶背投，放映出无数的烟花，灯光再度闪烁，重金属音乐伴随着断断续续的呻吟，刺激着每个狼友的神经。

狼友们有的西装革履，有的休闲打扮；有的一身肌肉，有的大腹便便；有的十六，有的六十；唯一的共同点是，都激动地看着走秀台。男人们心照不宣地伸长了脖子，简化成一群器官。

闪烁的灯光很快熄灭，黑暗的五秒被拉得很长，狼友们怦怦的心跳声异常响亮。我身边的张小盛还有身边的身边的一位老头子已经被逼得喘起气来。

气氛陡然彷徨，这时橘黄色柔光亮起，二十多个青春靓丽的图图穿着统一的紫色低胸短裙从T台两侧缓缓出场了，她们站成一排，微笑着一齐鞠躬，男DJ发话道："邻家阿妹，深情相望，请欣赏，青春的旋律，青春的舞——舞！"

音乐响起，邻家阿妹们，盈盈笑着整齐地半蹲脱下一水的高跟凉鞋，温柔摆好后转身跳起舞来，当场就有几个男人冲上台去，送上鲜花。

张小盛不屑地道："幼狼，鄙视。"

接到鲜花的图图十分高兴，没接到鲜花的图图跳得更卖力了，一会儿，她们两两结对，当众假凤虚凰起来，紫色的制服在同伴的手里失去了作用，让台下的朋友更冲动了，又有几个拿到了鲜花。

音乐停止，灯光变得正常，图图们个个香汗淋漓，脸带红润。这批图图长得都不错——屋丽没有长得很错的女人，但个子普遍不高，有几个还有虎牙，小巧地站着，确实就是邻家妹妹的感觉，我见有一个瓜子脸上挂着大大的眼睛，很像我青春期的梦中情人，一帘幽梦里的紫菱，当时就有冲动送花，看一看张小盛，忍住了。

两秒后，紫菱等几个挺秀气的图图就被送花了，我心痛了几秒。接到花的图图下台去陪送花者了，没接到花的只好等没来秀场的朋友补点，失落地退到台后。

男DJ的声音响起："邻家妹妹都回家睡觉了，谁陪我睡觉呢？寂寞啊！"下面一片嘘声，都没心情听男人讲普通话，男DJ居然很不知趣地跑到T台上，无法想象刚才那充满磁性的声音背后居然是这样一副猥琐的尊荣。

男DJ道："兄弟们，邻家小妹走了，你们痛苦吗？"装酷地将话筒对着台下。

台下一片鸦雀，没人理他。

男DJ道："没人理小弟? 我痛苦啊!"

台下有人在吼了，滚下去，我们要看美女。

男DJ一幅欠揍的样子，假装没听见，梳了一下自己的头发，大声道："什么? 你们要看我表演?"

台下一片哗然，男DJ居然唱起了爱拼才会赢。

连我这么好修养的人都怒了，难道他没有念过书吗? 难道他不知道春宵一刻值千金吗? 难道他不知道浪费别人时间就是谋财害命吗?

而且他的歌声极度难听，当然，现在这个时候，就算陈奕迅亲自来唱，也照样难听。

他还在爱PIA爱PIA，突然PIA的一声，不知道哪个猛士，将一个坚硬的摩托罗拉手机顺手扔到了DJ头上，DJ "啊" 地一声倒在T台，血都流出来了，手劲很大啊。我回头望去，扔手机者果然一身肌肉。

我们都被这变故怔住了，全场沉默。还是一个很秀丽的部长冲上台，大声吼旁边另外一个囡囡，快拨120，又对着扔手机的猛士怒目相视。

完了，出来玩的好心情全毁。就让那男的唱会嘛，唱完囡囡不是就出来了吗? 我心里嘀咕着，那个部长眼泪都下来了，想冲下台和扔手机的拼命。

部长对着台下叫道："都不准走，等下警察来了做个见证。"事发突然，我们还在发懵，耳边居然真的传来了救护车的声音。有狼友准备走人了。

整个屋丽一片垂头丧气。

想离开的朋友都被保安挡住，几秒后，T台上跑上来四个护士，手忙脚乱地拿着担架，我眼睛发亮了，好漂亮的超短护士裙啊! 不对啊，COSPLAY! ! !

然后一个女警穿着制服高昂着头威风地从门外走上T台。恶狠狠地对着台下道："刚才谁扔的手机。我要代表人民枪毙你!"说着，真的拿出一个手铐来。

台下一片欢呼，抓我! 抓我!

……

又过了一阵，灯光亮起，背景音乐响起，是飞机启动的声音，一群囡囡穿着空姐制服，走上T台，初步鉴定，都是明星脸，身高也都在一米六以上。她们鞠躬齐声道："欢迎乘坐屋丽号航班，我们将把你们送到天空，送到你们想去的每个地方!"

话音未落，就被哄抢一空，每个囡囡都收到了鲜花，还有几个跑得慢的狼，呆呆地拿着鲜花站在T台边懊悔不已。

再看张小盛，面带邪恶地坐在我身边一动没动，我道，你怎么没有冲上去。张小盛说已经冲了，送给了左边第二个。我一看他的花确实送走了，张小盛自豪道："快吧，后面那个人跟我抢姐，也不想想我是学什么的，赣都最快二十米。"说完，还咂咂嘴巴。

我无语了，我以为他一直在我身边的，什么时候送的花？难道水浒传里神行太保不是虚构？T台上，空姐开始表演集体钢管舞，慢慢的空姐制服就不见了，和张柏芝、小S等比囡囡们无论身材还是风骚都没有明显差距，就是钱少了点。

灯光彻底黑了，送了花和没有送花的兄弟都伸了伸懒腰，满足地打着哈欠，有送过花的兄弟已经迫不及待地拉起了自己的囡囡。

正在大家要离开时。灯光大闪，DJ大吼："今日抽奖活动马上开始，一等奖一人，将免费获得绝色高材生女秘书！二等奖三人，将免费获得帝王套间。"所有兄弟又坐下了。

灯光变得柔和，T台上突然多了张办公桌。一个老板叼着烟坐在办公椅上，那老板长得不错，明显是女扮男装。"叮铃铃——"，办公桌上电话响了，一个女秘书飞快跑来接电话。她带着黑色眼镜，很职业的OL制服，黑色丝袜，面孔十分精致，胸部十分可观，用无比酥嗲的声音接电话道："喂，你找李总啊，他在。"扭着屁股将电话送到"李总"耳边。

"李总"一手接电话，一手将秘书搂到大腿上，秘书挣扎着道："不要，不要。"一边被迫趴在经理身上给经理拿电话。

电话接完了，"李总"一把将秘书扔在办公桌上，秘书躲闪无果，被经理十分粗野地撕破了黑色丝袜，裙子和外套都被摘了下来，眼镜被扔到一边……

所有的狼友都希望自己就是那个经理，张小盛突然道："这秘书有点面熟啊。"

我仔细一看，道："是楚妖精！"

第22章

大堂风云

除了一次用二十块钱买彩票中过一包价值三块五的洗衣粉以外，从小到大我抽奖都没有好运过，这一次也不例外，仍然是正常水平。楚妖精被一个猥琐的中年胖子抽奖抽走了。我带着怨恨的眼神注视着那个胖子，妈的，秃顶还不戴假发，腰粗到直接可以游泳，横竖一个长度，脖子看不见，和脑袋成梯形分布，脑袋下还套着一大金链子，看上去没一斤也有十两那种，典型的肥猪型二世主。

我用樱木花道的眼神杀人法，盯了他好久。他得意地搂着楚妖精扬长而去。

我瘫倒在屋丽舒适的沙发上，姹紫嫣红开遍，良辰美景虚设，谁能拯救我的空虚？

部长陆陆续续推荐给我一些没收到花的落选者，其中也有几个秀色可餐的，但我总是打不起兴趣来。对于一条江湖上打滚多年的狼来说，江湖越老，美女越少，经历越来越多，激动越来越小，这是必然的代价。所以也不要羡慕那些美女大把、随手可摘的大大。或许他远没有你守着糟糠之妻那么幸福，甚至没有你性福。我现在就很怀念我的师院我的江林甚至我网恋的那条其实就在不远处却如同远在天边的笨笨狗，我会为了一场电影，在宿舍背三个小时台词，为了牵到她们的手，汗湿衣裳。如果丢在屋丽，她们连B牌都比不上，但，我能在这里湿透衣裳吗？

部长拼了一把，将剩下的二十来个囡囡全部带到我面前，一字排开，燕肥环瘦，只要我随手一指，就会有一个囡囡，一百二十分钟被我完全占有。张小盛已经抱着自己的小虎牙去了楼上，他一向有异性没人性。我突然有些厌烦，我对部长说："我想要你。"

部长盈盈笑道："老板，我老了，退出江湖了。"

那部长长得不错，也不老，假设80后不算老的话。

我说："美女，我就是想要你。"

部长得意地转了一下头，道："为什么啊，这些女孩都不错，这，还有这，都是90后，这，这，是波霸组，这，这，还有这，绝对温柔顺从……"

我说："我就想上你了，因为你衣服穿得最多，我突然想上个衣服穿得多的。我想我大学的女朋友了。"

部长愣了，笑笑道："不行。"

……

我躺在沙发上等张小盛，屋丽就这点好，哪怕你没玩，也不赶客，还会送你一壶茶，反正家大业大，羊毛又出在羊身上。正在打盹，突然觉得脚下有东西在动，睁眼一看，一个和我年纪差不多的大男人正跪在我脚边，给我擦皮鞋。

那汉子至少有一米八，虎背熊腰的，除了黑了点长得也还可以，就单膝跪在我脚边擦皮鞋。我心里感觉很怪，不高兴道："我没叫你擦鞋啊。"

那汉子一脸谄媚："老板，没关系，你鞋脏了，我帮你擦掉，不要钱。"说着就低下头劳动起来。东城的桑拿就是这样，有奶不一定是娘，但有钱就一定是爷。

我不再理他，又睡了。模模糊糊间，听到那汉子轻声道："老板，鞋擦好了。"我道："嗯。"他又道："老板鞋擦好了。"我奇怪地睁眼看他，道："嗯。"他居然双膝跪地，双手托起一个盘子，上面放满了二十、五十的钞票，又道："老板，鞋擦好了。"我才醒过神来，不好意思地给了他二十块钱。他满脸堆笑："谢谢老板。"起身走了。我看到，他拿着钱一起身，所有谄媚的笑容瞬间就没有了，脸上冷若冰霜，腰杆也挺直了。出于心理咨询师八卦的职业特性，我又盯了他一会，只见他走到另一客人前，又单膝跪下，脸上以迅雷不及掩耳盗铃之势布满了笑容，转化之快，为我生平仅见，实不在川剧变脸之下。

我正睡着，听见旁边叫骂了起来，睁眼看见一个客人插着腰，用方言骂道："你这捞佬，说擦鞋不要钱的，现在举着这盘子干什么？"

那个汉子，脸色本来就像包公，现在完全变成木炭了。木炭很快烧红，烤成笑容，还是固执地跪着，举高托盘道："谢谢老板，皮鞋擦得还满意吗？"

客人大骂："雷呢个捞佬，就想着讹钱，几衰的雷！"

我想点的那个部长赶紧跑来鞠躬说："阮老板别生气，等会我叫小翠来陪你，帮你泄泄火。"给了擦鞋大汉一个白眼，道："大黑崽，还不快走。"

那大汉刚要走，阮老板站起来不依不饶地大骂："老子睡得好好的，被这个衰仔吵醒了要钱，点算啊，明姐，佢扑街啊。"我才知道那个部长叫明姐。

大黑崽拿着盘子，被指着鼻子骂，进也不是，退也不是。我想他看起来年龄和我差不多，也快奔三了吧。

明姐一把抱住客人，嗲道："阮老板你大人不计小人过嘛，我已经给你准备好了帝王房，小翠也到了，何必坏了心情呢？大黑崽，快给老板道歉。"

那大黑崽，咬着牙道："对不起，老板。"

阮老板又骂："明姐，你看，他还要咬我。"

明姐道："跪下，跟老板说对不起。"

这个桑拿里到处都是跪式服务，大黑崽也是跪惯了的，但这次大黑崽就是不跪，膝盖半弯就挺起来，挤出个比哭还难看的笑容，道："对不起，老板。"

明姐白了大黑崽一眼，大黑崽也看了明姐一眼，那一眼里满是可怜，又有一丝骨气。明姐怔了怔，转头对阮老板说："阮老板，今天是我们屋丽桑拿工作人员不对，今天我免了你房费好吗？"

阮老板用中指点了点大黑崽的额头："你下次注意点了，捞佬！明姐，我跟你们毛老板是朋友，要你免什么房费，我拿不出钱吗？"帝王房要四百多，看来阮老板没放在眼里。

大黑崽鞠躬道："谢谢老板。"转身没走几步，又被阮老板叫住。

阮老板拿出一块钱，扔到大黑崽的托盘里，道："外面擦鞋都是一块钱，本来不给你的，算了，算了，不要说我们本地人小气，你讹钱这是不对的，知道吗……"

骂完后。大黑崽脸上肌肉完全挤成一堆。退着离开。

看完这一幕，我肯定，东城的治安算倒霉了，有这么多大黑崽，又有这么多阮老板，乱是免不了的，要是哪天大黑崽想不通了，捅阮老板几刀，是完全符合心理学规律的，任何人憋着的火总是会发的，只是哪天，对谁而已。东城被传为玩都，也是南部的巴格达，说句俗气一点的话，如果你喜欢一个人，你把他送去东城，那是天堂，拥有第一多的美女；如果你讨厌一个人，也把他送去东城，那是地狱，拥有数一数二的疑犯。

我看见大黑崽拿出一把剪刀，紧步赶来，我心里一紧，这么快就要出事？却见他咬着牙齿，快步向前，一步又一步，踩得那柔顺的波斯地毯都是深坑，我想真的完了，看到阮老板还在安详地熟睡，明天的《东城日报》估计会有一个豆腐块写一场血案了。再回首，却又见他绽放迷人的笑容，蹲到另一个客人沙发下，给人修脚了。

从小喜欢水浒的我，即安心又有点失落。

部长明姐扭着胯，走到我面前道："靓仔，你还真新鲜，要玩衣服穿得多的。我真有你大学女朋友的感觉吗？"

我一听有戏，道："是啊，你很像我大学的一个同学。"

明姐道："你这话好老土啊？不过姐姐喜欢，要是早一年，我就去陪陪你了。现在不行，我收山了。你以后给我电话，我可以给你所有的房费打八折。"说完给了我一张名片。我也给了她一张名片，上面刻着点石心灵工作坊首席咨询师的名字。道："我从来不占美女便宜，这里的囡囡有需要的话，可以来找找我，所有心理咨询打八折。"

她用一种看怪物的眼光望了我一眼道："你治精神病的啊，我们桑拿没有精神病。"

我道："你这是很世俗的误会，心理咨询师是给正常人做心理健康辅导，跟精神病医生有联系，但是两个工种。"

明姐冷淡地哦了一声，道："你不是来做推销的吧？"然后迅速离开了。没关系，我对自己说，星巴克老板被拒绝了五百次，我还差得远。

张小盛终于回来了，以他的能力，这二十分钟属于超水平发挥了，他打了一个长长的哈欠。

我说："又不爽？"

张小盛道："不爽，浪费我七百块钱。"

我道："服务不到位？要不要投诉囡囡？"屋丽和很多桑拿一样，有投诉制度，被投诉的囡囡直接扣完这次服务的钱，而且没有申辩机会。

张小盛道："不用了，囡囡把二十八个流程全部做了，每做一个都报流程的名字，问我到不到位。囡囡已经尽力了，是我的原因。"

我问："真废了？"

张小盛道："没有，只是我要的是感觉，不是器官。这里却只有器官。"

我向他举起大拇指，道："你终于有一项接近我的境界了。"

　　我和张小盛起身离开，我惯性地一摸口袋，手机被偷了，转身寻找了半天，踪影全无。也只有暗道倒霉，被偷个手机还能怎么样？去麻烦110？在东城，这也算个事？

　　我郁闷地随便找到桑拿一个倒水的服务员，竖着中指骂道："FUCK YOU！"这一刹那，我和阮老板没有什么区别，都有点仗势欺人。仔细想来，桑拿还真有出气的功能，跟心理咨询室异曲同工，都为人类和平作贡献。

　　那个胖胖的小女孩呆了，满脸笑容道："我听不懂英语。"

　　我道："我想太阳你。"

　　那小女孩，停下倒水的活，一脸迷茫问："太阳你是什么意思？"

　　我道："就是日你。"

　　那小女孩笑了，道："大哥，你们知识分子就是多弯弯肠子，想日就日嘛，说什么太阳……"

　　在张小盛的笑声里，我丢盔弃甲而逃。

第23章

风云人物

其实我是个庸俗的人，比如，开这家心理咨询室，我唯一的目标就是赚钱，赚很多很多的钱，足够把我埋在东城所有桑拿里的钱，所以每次接到客人，我都会装出一副对钱没有兴趣，对她的心理健康充满兴趣的圣徒模样。尽管如此虔诚，我的生意还是很差。全央国的心理咨询师生意都不怎么样，有几个好的，百分之百都是骗子。

我在窗台数了数，基本上笨笨狗接十个客，我这里还接不了一个客，因此我得到一个结论：灵永远没有肉重要，上半身永远斗不过下半身。知识分子赚钱赚不过失足女青年。

开张五天的时候，我整天谋划着去哪个桑拿玩；开张十天的时候，我开始谋划着去哪个按摩店玩；开张十五天的时候，我居然对巷子里站街的大嫂们产生了一定的兴趣——"五块就五块，纸巾自己带"的那种；开张第二十天的时候，我直接打电话给笨笨狗吃霸王餐了。对于我的堕落我是这么解释的，在人生道路上难免会有一些丢人现眼的时候和一些丢人现眼的事情，我遵从疯狂英语李阳的教导"I LOVE LOSE FACE"。后来霸王餐吃多了，笨笨狗的工作岗位无名按摩店，都认为她养了一条小狼狗。

这段日子，笨笨狗经常窜到我空荡荡的店子里陪我，偶尔，她的一颦一笑，还能让我莫名其妙一会，但我和她都知道，回不到从前了，回不到网络上学轻舞飞扬和痞子蔡的单纯岁月了，回不到她在苏南夫子庙迷路凌晨两点哭着打我电话，我焦急得睡不着觉的时光了。六七年，生死都可以两茫茫，何况两只野鸳鸯。雨丝风片，烟波画船，锦屏人忒看的这韶光贱。

以前笨笨经常跟我炫耀："小石头，春上春树的小说我都看过。"

现在笨笨经常跟我炫耀："小石头，什么样的鸟我都见过。"

有一天，笨笨逼着我去网吧上网，逼着我面对面在三十公尺的空间距离内，用两台不同的电脑QQ聊天，我回忆好久才找到自己的QQ号码，笨笨狗也是，上线后，我们都不会聊天了。天蓝的显示屏上，只留着我的一些虚伪到毫无意义的客套，和笨笨狗一串串紧张的错别字，忍受了很久后，笨笨狗一摔鼠标，大喝："蝶梦倦客，跟我做爱去！"

虽然这是东城，但整个网吧坐着四五十个人，还是被豪放雷住了，集体外焦内嫩。

我明白，我和笨笨都在寻找点什么。

我们清醒的时候也明白，要寻找的东西早就被时间弄丢到外婆家了，但我们仿佛都愿意间歇性地患点迷糊。

生意也不是完全没有，在郁闷了二十天后，我也接了一个客，十七八岁的样子，长得无比阳光灿烂，皮肤白得没有天理，一看就是宅男菜鸟，一进咨询室就鞠了一躬。

"请你一定要帮帮我，医生。"

"呵呵，别着急，你有什么心理上的难言之隐，我会帮你想办法，放心，我们心理咨询师的职业道德可以保证为每一个求助者保密。"

求助者紧张地四处张望了一下，又把耳朵贴在墙壁上，确定没有人潜伏。

他认真说道："我被窃听了，有人能听到我的思维。"

我说："什么？谁窃听你，窃听思维？"

他道："我的爸爸，他整天监听我，能利用天上的卫星窃取我内心在思考什么。"

我笑道："你爸爸为什么要监听你？"

他道："因为我不是爸爸的亲生儿子，我是海王波塞顿的儿子，迟早有一天会被圣斗士接到印度洋去的，我爸爸害怕我离开，所以买通了熊国和米国的宇宙空间站，用最先进的卫星来监测我的思想。"

我吞了吞口水，愣了会道："那——你——报案了吗？"

他道："报了，110不管，他们说心理医生会管，我就找你了。其实我知道找公安局，找你都没有什么用。我爸爸动用的是联合国最高级的卫星，你们的技术没有办法感应得到，我是波塞顿的儿子，我才能感应得到。"

我摇了摇脑袋，东城的公安真可爱。

那孩子怒了："你不相信我吗？我就知道讲的东西你不信。"

我道："太跳跃了，我需要整理下头脑。"

那孩子点点头道："你脑袋不清楚，那是我爸爸的卫星起作用了。"说完后从大袋子里拿出两个硕大的铝锅，一个戴在脑袋上，一个递给我，严肃地道："快戴上，要不你的脑袋就完了，会变成精神病的。"

我看着那大铝锅，估计可以煮十斤米，我道："你每天戴这个吗？"

他道："每天戴八个小时，睡觉不戴。"

我道："你不嫌累吗？"

他很英勇地如革命烈士般回答道："为了不被监听，我愿意付出一定的代价。"话声没落，那孩子一声惨叫，满身大汗，抽搐着大叫："卫星来了，卫星来了！"把铝锅强行框在我脑袋上。我正准备取下来，笨笨狗带着红姐，还有几个图图过来玩，一进门就看见两个大男人在三伏天里，顶着两个巨大的铝锅，正襟危坐……无颜面对江东父老啊。

我被梦想和生活逼迫着给楚妖精打了几个电话，让她给姐妹们宣传一下，东城有一个愿意给图图们打八折的心理咨询师。楚妖精每次都是咯咯地笑，表示没人愿意来，我说我还可以顺便做鸭。楚妖精道："你要真的做好心理咨询师，你就别惦记那事，我记得你说过心理咨询师要避免双重关系的。连跟她们玩都不行。做事要职业。"

这不是"逼娼为良"吗？

我又打电话给楚妖精，楚妖精不接，正在工作，真的好有职业精神。两小时后再打，楚妖精又是咯咯地笑，道："别找我了，我一说心理咨询师，姐妹就说我神经病，都躲着我，你说我还能帮你吗？"

过两天，又去骚扰，楚妖精还是咯咯地笑，道："现在姐妹们都乐观着了，没你想象的那么悲惨，你还是别打这个主意了。"

东城的夜空，充满了霓虹，我像是一只趴在窗户上的苍蝇，前途是光明的，却找不到出路。

我又拨电话给红姐，红姐嗲道："你们那心理咨询，就是把锅放在脑袋上防卫星啊？我们可不敢去……"

再拨打楚妖精——反正丢人现眼的事干多了，也不在乎再多两桩。终于有一次，楚妖精道："江磊，我还正要找你，刚才有个客人，一定要在我身上撒尿，这是什么心理啊？"

我说："权力欲与占有欲太强，同时缺乏安全感，相当于……有些公狗喜欢同样的动作，在自己抢到的地盘边界上撒尿，表示自己的领土。"

楚妖精道："那我们应该怎么迎合？"

我说："这个问题复杂了……别说，我对男性性心理有些研究，你过来一下，或者……可以向你的老板推荐下，让我给图图们讲讲课。"我突然灵感发现，给失足女青年讲解男性心理未尝不是一条新的生财之路。

楚妖精道："你可真市侩——嗯，是个可以嫁的男人——我帮你向毛老板推荐下——哦，我去一下你们咨询室，我还真有个问题要咨询。"

咨询室里，楚妖精一身白色旗袍，带着裹满善良的眸子和雪白的肌肤，像个仙子般温柔地问道："有个叫何青的婊子，我很讨厌她，你能不能用催眠术把她弄成痴呆，你要多少钱都好商量。"

我说："不能，技术上做不到。她怎么得罪你了？"

楚妖精咯咯笑着，温柔地道："那个臭婊子，跟我抢男人，长得这么丑，还想和我斗，我就是想解决她这个婊子。"我奇怪了，第一，明明是句粗话，为什么会说得这么温柔；第二，她怎么能骂别人做婊子。

我苦笑道："心理咨询师不是巫师，催眠术也不是巫术。"

楚妖精眨着媚眼仰望着我："那是你不行啊。"

我道："是心理学只发展到了这个地步。"

楚妖精如铃般笑着，清醇地笑出个酒窝，道："是吗？你不行吧。"

那触手可及的芬香，让我心旌荡漾，我慌了神，道："千万别在一个男人面前，说他不行。"

楚妖精轻笑道："咯咯，你行吗？"楚妖精身上是法国名贵的香水，一点都不呛人。

我道："要不我证明一下。"

楚妖精伸了个长长的懒腰，打了个哈欠道："送我回去吧，你这里没有我需要的产品了。"那声音，真好听，让我感觉失落中又感觉有希望。我牵着她的手送她下楼，前面是一辆黑色的沃尔沃，我越来越兴奋了——难道妖精约我在轿车里玩？这么好的车，这么好的夜色，那将是多么值得收藏的记忆啊。

楚妖精回眸一笑，纤纤玉手打开车门，一扭屁股，旗袍的开口已经到了内裤处，露出肉色丝袜。她前踏一步，微低修长的粉颈，像伊豆的舞女般迷人。

她指着开车的那个四十来岁的男人说："毛老板，我干爹。"

梦醒了，车里还有一个"干爹"的男人，我不自然地笑了下，伸出一只手去，弯腰掩饰自己的某部分。毛老板挺着腰板，点了下头，一副养尊处优后的样子，他伸出手来道："毛介卫，毛润之的毛，蒋介石的介，汪精卫的卫，是小楚的干爹……"

第24章

煮茶论英雄

我赶忙伸出手去，专业心理学的背景，让我看人很少走眼。这家伙，绝对是个养尊处优的大流氓，因为气质是装不出来，尤其是眼神，现在流行玩沧桑，装酷，其实没有用，沧桑是写在脸上的东西。

我道："毛介卫，好霸道的名字，近现代三大风云人物都聚集在一起了，看得出您也不凡啊。"

毛老板笑笑，挺直腰，一件普通的黑色T恤衫，却衬得他更生龙活虎，他道："江磊，心理咨询师，潇湘人，对吗？"

我道："对。毛老板。"

毛老板望了一眼窗外道："潇湘那地方好，当年我当兵的时候就是在潇湘，山清水秀的地方，度过了我的好几年，特区和东城的潇湘人也挺多的。"

我道："毛老板在潇湘当过兵，在哪里，什么时候？"

毛老板道："在平化，你知道吗？我是1979年的兵。当兵后就跟越国打仗了。"

我见毛老板手臂上凹进去一块，心里一动道："那是枪打的吗？"从小听《血染的风采》，让我这个无德无才的80后，对打过仗的军人充满了崇敬。

毛老板淡淡地说："是枪打的，再打正一点，我就没有了。"那语气像在说别人的事。

我激动地站直了身躯，道："毛老板打过老岭？"

"没有，很想去，但没机会，一直在平化值班。这个小洞，是在深蓝被一个同胞打的。"毛老板微笑道，"失望了吧，后生仔。不过，难得你这么年轻还知道老山。"

我敬了一个军礼道："我一向羡慕戎马之人，只可惜梦想多半完不成，我变成了一个手无缚鸡之力的书生。当过兵的人脸上都有一种英气。"我说这话，一是真心，二也是为了拍毛老板一个马屁。作为心理咨询师，拍人马屁是基本功。作为一个熟悉成功学的非成功人士，我可以较有把握地把成功学简单浓缩为四个大字"会拍马屁"。

毛老板果然露出了笑容，而且不是由肌肉牵引而是内心牵引的笑容。他道："江磊，有没有时间陪我去叹杯茶？听说你想给屋丽的技师讲心理学，你也让我这大老粗学学。"说完看了楚妖精一眼，楚妖精只是优雅地笑着，一句话都不说。好聪明的女人。

我感激地看了眼楚妖精，道："好的，我本来是很忙的，但毛老板请，再忙我也要去。"

我坐上沃尔沃的后排，跟楚妖精坐在一起，但分开一定的距离。她像个处女，我像个纯洁的唱诗班的学生。当着干爹面连调个情都不敢，干爹？骗鬼鬼都不信。

楚妖精嗲道："干爹，我们是去乐去临还是华都？"

毛老板道："小楚，那种地方是喝酒的，不是叹茶的。"

楚妖精道："叹茶啊，小楚最会了，我大学选修过茶艺。"

毛老板道："你要是没有两下子，我也不会疼你了。"

车子开了很久，停在浅水北部一个很郊外的草棚前，根本不起眼。毛老板走出沃尔沃，我才发现他居然穿着短裤和拖鞋。身着短裤拖鞋，开着沃尔沃，这实在是别有一种风味，这在沪地京都是很难看到的，在神山啊、东城啊还真有一群"土"老板就是这种装束，我认为果岭人的低调务实很难得，果岭有钱人很多却很少张扬，甚至你骂他他都笑笑，接着做他的生意或者打他的边炉。

这家草棚也卖食物，果岭那好吃之地，毒蛇作羹，老猫炖盅，斑鱼似鼠，巨虾称龙，烤小猪而皮脆，煨果狸则肉红，但毛老板只点了一盘鹅肠，一碟水煮花生而已。让我想不到的是，毛老板对服务员无比客气，对每一个送茶、送菜的服务员，都会说声多谢。

毛老板将一壶大红袍放在桌子中间，楚妖精亲自帮洗紫砂杯。土色的小杯子在她的皓腕下溜溜地像听话的小球。

毛老板道:"我是个大老粗,小江,你是知识分子,我不了解你的心理学,你说说看你能帮我的屋丽做什么?"

我道:"按照弗洛伊德的理论……"

毛老板抬着手,微笑道:"你就说,你能帮我做什么?"

我道:"心理咨询主要目的是提高技师们的心理健康水平。"我见毛老板眉头微皱了一下,赶忙说:"我可以帮你安抚一些技师波动的情绪,提高工作效率。另外我对男性性心理也有些研究,可以解决技师工作上的一些疑惑,提高她们的业务水平。"

毛老板道:"你是说你想做我的桑拿培训师?我的桑拿培训师都是在这行出身的行家啊,你以前做过这行?"

我道:"毛老板误会了,我教过书养过猪,还真没有做过这行。现在我也不准备进入任何一个公司,我已经自己创业了,想去屋丽做事,也只是做自己的业务,当然是双赢。"

毛老板双手接过我点石心灵工作坊的名片,道:"不错,不是猛龙不过江,我像你这么大的时候,还在村子里吊儿郎当了。"

我脸皮虽厚,也红了一下,道:"不敢当,瞎混,毛老板家大业大,才是真正的猛龙。"

毛老板道:"我不是猛龙,只是经常做着猛龙梦的米虫。你读过毛主席的书吗?那些很多都是经典,你们是早晨八九点的太阳,世界是我们的,也是你们的,归根结底还是你们的。"

我想起他们这一代人,好像都有浓厚的主席情节,我道:"毛主席的诗词经常看,还读过不少毛主席的书。"

毛老板道:"哦,那是一种幸福啊。我去韶山瞻仰过主席,心里很激动。我天生敬仰英雄。还有我书读得是不多,但历史我非常喜欢,《资治通鉴》我读过两遍。"

我心里大惊,《资治通鉴》文言文著作,又长,像我这种半科班人士,都知难而退,他读了两遍,这人不仅是会赚钱而已,我挤挤笑容道:"那太好了,我也是个历史票友。"

毛老板高兴道:"哦,那你说说看,我名字里的毛、蒋、汪,你最喜欢谁?"

我道:"这些人都太大,我没有能力评估。"

毛老板道："我们本来就是业余的，只是吹吹水而已，票友嘛，就吼两嗓子，要是你不愿意，那也就算了。"

我道："毛主席不用说，功劳很大，虽然晚年也有错误，但他是一个让国人从骨头里站起来的人，他指挥解放军援助朝鲜与美国打平，发明原子弹，让世界侧目，作为一百多年来受尽欺凌的国家来说，这样强硬的英雄，是不可以缺少的脊梁，那些侮辱他的人，尔朝身与名俱裂，不废江河万古流！"我见毛老板微微点了下头，又道："蒋介石独裁无量，专制无胆，又碰上主席这样天才级的对手，失败难免。打日本他还是努力过的，但打得有些丢人。"毛老板不置可否。我又道："汪精卫是个帅哥，早年刺杀清摄政王，也是条汉子，可是为了争个总统，丢宗弃祖，晚节不保，实在可惜。"

毛老板道："老弟，你的看法不错，看来你读过一些书。我曾经找过一个历史系的大学生做文秘，他还比不上你——但我还是有些不同观点。"

我微微一笑，说："你认为蒋的抗战打得好，要为他平反？"

毛老板道："作为一个前军人，我确实认为蒋在军事上已经做得不错了，军事拼的是工业，当时国内有什么工业，农业国打工业强国，国内还有一群反对派大佬。能拖到美国援助已经很好了。工业在军事上的作用，远强于你的想象，毛主席要打朝鲜战争很重要的原因，就是获得苏联的信任，换取苏联的工业援助。但我不是要给蒋平反，我是要给汪平反。"

我惊道："给汪精卫平反？"

毛老板轻笑："是的，给汉奸平反，我认为他是为国人着想。"

我道："这，有些荒谬了吧。"

毛老板道："你认为当时一定能胜日本吗？未算胜，先算败。就像我开桑拿一样，我不是先算能赚多少钱，先算的是如果倒闭了怎么办，我能亏多少。如果败了，如果只有蒋，整个国家都可能变成南京。有了汪，老百姓可能还有条生路。然后汪就牺牲了自己的名节。"

我觉得匪夷所思，道："毛老板以君子之心度小人之腹了吧？"

毛老板道："或许，但我想君子和小人未必是可以量化，有时根本无法准确得知。我只是猜测，我们现在用结果反推过程，汪自然是大错。但当时知道结果吗？在战争爆发的1937年，'英法美'和'德意日'阵营正处于紧张的对峙中，当时人们根本无法预测哪个阵营会取胜。蒋介石赌'英法美'取胜，坚持抗战；汪精卫赌'德意日'取胜，主张对日讲和。如果我们不以'胜者王侯败者贼'的历史观来评判汪精卫的话，当时汪精卫对日讲和的行动并不是什么卖国行为。如果二战是'德意日'阵营取胜的话，我们如果站在'英法美'阵营一边，就不可避免要作为战败国受到割地赔款的惨烈制裁，那时我们可能真要被并入日本的一个省，几千年的中华文化就要划上休止符了。个人认为，这就是汪精卫一派对日讲和的想法和目的。就个人而言，汪当时已经得了绝症，不久于人世，他如果只是为了自己，他应该继续作战，哪怕失败也会享受英雄的待遇，我想不明白他这么聪明的人，会算不清自己的得失？小看汪精卫了。汪曾给蒋写信说'君为其易，我任其难'。在当时的爱国气氛下，走高唱抗战的道路当然比较容易，而走与日本讲和的道路就比较艰难。所以汪精卫对蒋介石说'你去领导容易的抗战吧，我来承担艰难的和平工作'。于是他让我们成为了双保险国家。"

我沉默了，又道："匪夷所思，我还转不过弯来，毛老板确实博学。"

楚妖精准备上茶，插嘴道："我也喜欢汪，好帅的，就像，就像干爹一样。"

我道："你是说蒋汪演双簧，去留肝胆两昆仑。"毛老板笑道："这只是我一己之见，就当笑谈了。"

我道："那如果'德意日'、'英法美'都没有赢，苏联横扫世界了呢？"

毛老板道："你忘了还有窑洞吗？"

我一拍脑袋，觉得自己这个当年学校的高考历史单科状元白学了。

毛老板道："我的名字毛介卫，取得真好，我太喜欢了，有了这三人，我们怎么都是赢，我也希望我能四处下注，就一直会赢了。"

楚妖精道："别谈这些无聊的事了，看我的茶艺，刚才洗茶杯叫狮子滚球，接下来有洗杯放茶——悬壶高冲——观音出海——平分秋色——关公巡城——观赏汤色——喜闻幽香，没了，可以喝了。"

我不愿被刚才炫耀了把历史的毛老板瞧低，我望着壶底故意炫耀道："小楚，你错了，壶里还有点，那是精华，你应该把最后几滴平均一下，各杯子里洒一点，这叫韩信点兵。"

楚妖精眼睛发亮道："你也懂茶道？"

我谦虚地看着天空。

毛老板笑道："这个我就不明白了，太繁琐了，我是粗人，只懂一杯到底，每天都要。"我说："毛老板这么喜欢喝茶，已是高手了，这些技术活只是我们无聊人做的。"

毛老板道:"老弟,你不要叫我老板了。你没有瞧不起图图,喜欢历史,喜欢喝茶,你就叫我卫哥好了,屋丽的人都这么叫我。"

我心里非常舒坦,他毕竟是大酒店的老板啊,这么礼贤下士,忙敬茶道:"卫哥,我敬你。"

卫哥轻啜道:"其实现在桑拿界也很复杂,京都玉宇凡尘已经转行,珍海会龙的老大去年被抓,可见什么样的背景,在这里都是表面风光,夹缝里生存。虽然东城天下第一,浅水东城第一,但群龙无首。这块蛋糕实在太大,又处在灰色状态,想分一杯羹的、想翻桌子的人都很多,生意难做啊。我也需要很多帮手。"说完看了我一眼。

我道:"如果卫哥需要,我可以尽能力帮点忙。"

卫哥不置可否道:"今年年底,在紫荆城,业内的几个大佬,都要带一个图图参加濠江花会。东城有四席,我也被邀请了,到时真希望我的屋丽不会贻笑大方。江磊,如果你真对这行有研究,你可以帮我训练下技师。"

楚妖精眼睛亮了,道:"干爹,濠江花会你带谁去啊?"

卫哥一顿,闻了一下茶香,道:"呵呵,这茶采时少了点时辰。江磊,我现在还判断不了你的价值,只能先给你一百一节课,你来屋丽训练室试上两节课,如果有效果,你帮我准备濠江花会,钱不是问题。如果没效果,老弟,我们不谈生意,继续煮茶论英雄如何?"

我没有理由反对,飘飘然地接单了。

楚妖精道:"干爹,年底让小楚陪你去紫荆城吧,我还没去玩过了。"

卫哥对服务员道:"你叫老板过来——刘老板,不好意思麻烦你了——你这茶有些不对,铁观音应该是上午十点到下午两点采茶,效果最好,你这茶叶是早晨六点采的,有露水味。"

刘老板点头道:"毛老板行家,我不说什么了,今天这茶我请了。"

卫哥道:"刘老板骂我,兄弟对不起了。"说完站着鞠躬,赶快拿出钱,很客气地交给服务员。

我和楚妖精对望了一眼,毛老板既然喝茶精到这种程度,怎么可能不懂功夫茶里最简单的泡茶顺序。我们刚才居然还在炫耀,毛老板就看着我们炫耀,也不点破,是在看我们要宝了。我一身的汗。

卫哥对着楚妖精道："采茶时间要对，早了就变了味。濠江花会我会考虑人选的，还有江老弟，你放手做，周末下午一点，你就来上课吧。我派楚妖精接你，卫哥用人不疑。"

我忙站起道谢。

我这人喜欢想象，我得意地哼着小曲，派楚妖精来接我？什么意思，派她干女儿先来考验我？我愿意接受这种考验啊！我偷瞥了几眼楚妖精，真是出水芙蓉。

卫哥道："小楚，你要叫江磊叔叔。"

我和小楚一愣。

小楚道："为什么？"

卫哥道："你是我干女儿，江磊是我老弟，你不叫叔叔叫什么？快叫。"说完睁圆了眼睛。

小楚道："呵呵，狗屁小叔叔。"

卫哥道："正经点。"

小楚好像很怕卫哥，吐了下舌头道："叔叔。"

妈的，又一个叫我叔叔的。我最恨叫我叔叔的美女了。

我瞄了眼毛介卫，这老狐狸，估计是为了让我做了叔叔不好意思吃侄女的豆腐吧？太小看我的智商高估我的道德了。

回去的路上，卫哥讲了很多恭维话，但没有一句过火的，让人很受用。迷迷糊糊下了车，我憧憬了半天后又想了半天才想清楚了两个事实：一，我答应去屋丽讲课，工资是一个钟一百块，比B牌还低，跟按摩店差不多，是我心理咨询以来从未有之超低价，自己还乐了半天；二，"毛介卫"让国家四处下注，毛介卫很欣赏，我就是他为濠江花会下的一个注，他用两百块小赌了一把而已。

两天后，我正在"备课"，楚妖精打来电话说："狗屁小叔叔，你要帮帮我，有人要抢八十八号。"

第25章

首席红牌

"屋丽八十八号?"我大惊,在酒店业,客观点说,有不少桑拿,但都有个不成文的规定,八十八号就是首席红牌。一般来说,这是一个没有囡囡敢要的号码,除非你美若天仙出类拔萃到无可争议傲视群芳且不惧嫉妒——能单挑一群妖艳女子的小心眼和吐沫星子且自信必胜——那才有点可能开口要这个牌。屋丽是浅水数得着的大场,五星级酒店,两百多个囡囡,苏浙甜点、川潇辣子、北东烈酒、果岭土鸡,甚至异域的天山雪莲,应有尽有,你凭什么就是八十八号?

我道:"谁啊,这么大胆子,你不是听错了吧?"

楚妖精道:"就是那个不要脸的,我都只敢要六十八号,她居然敢抢八十八号!"

我笑道:"你就让她拿着呗,拿不稳烫手了,她不还得扔。"

楚妖精道:"不行,我看着她就来气,不就是本月最多点钟吗?老娘不是忙着自杀,未必就是她得了。"楚妖精气喘嘘嘘道。

我说:"本月最多点钟,她被点了多少个钟啊?你如果不想让她得到八十八号,可以跟你干爹说嘛。"

楚妖精道:"被点了一百零四个钟,平了屋丽的记录,然后就开口要八十八号。我找过干爹了,那个死干爹,居然同意了给她这个号码。"

我说:"一百零四个钟,平均一天三个多钟,也不是很多嘛。"

楚妖精道："我说的是点钟，不算排钟！只是熟客提前一天以上预约的点钟就是一百零四个。加上散客随点的排钟是二百七十八个。"

我又算了一下，每天九个多，效率惊人。

楚妖精又道："她除了休了五天假外，还请了一周假去旅游，这个骚货就会发骚！"

我又算了一下，这个月是小月，扣除十二天假等于工作了十八天，我赶忙拿出计算器，二百七十八除以十八，每天十五点四四四四四个，后面的四无限循环，约等于每天一个排的兵力。我错愕了，江湖上曾有过"舞藤兰"劳模的传说，这位图图劳动积极性不在传说之下啊。

我说："谁啊，叫什么名字，你让我怎么帮你？"

楚妖精道："何青，记得吗？我跟你说过的那个婊子，干爹不是让你来培训吗？你跟干爹说，我的表现最好，我才该拿八十八号……不不不，干爹知道我们认识，这样太明显……你能不能想想办法，建议干爹先让八十八号空缺着？"

我道："我试试吧。你也用不着这么反对她拿这个号码吧，毕竟就一个牌子而已。"

楚妖精急了："你知道什么？她业绩这么好，如果再有了屋丽八十八的名号，就没有人可以把她从头牌的位置上赶下来了，那么濠江花会，我就去不成了。"

我道："没事，如果你去不成，哥哥带你去，去紫荆城办张通行证，过去就几十块钱路费……"

楚妖精道："上一届花会是三年前，在沈阴银色时光开的，干爹带着玲姐去了，为了那次花会，给玲姐做了件裙子，花了多少钱你知道吗？十二万，回来后，玲姐就退隐了。你带我去紫荆城会为我买十二万的裙子吗？"

我沉默了会，道："你直接杀了我吧，那样快点！"

楚妖精道："哎……你备课备得怎么样了？你救过我，我真想你能来屋丽帮帮我，屋丽复杂着呢。我提醒你一下，屋丽有五个培训师，其中四个女的，一个男的。女的都是桑拿红牌师姐出身，文化不高，但都是实战派；那个唯一的男的叫李鹰，你要特别小心他。喂，狗屁小叔叔，你到底会不会啊？"

我道："忽悠水平全国第三，你给我发个你们的培训教程来吧。不是我江磊吹牛皮，只要有了教辅资料，我能胜任从幼儿园到研究生各年级的教学工作。"

楚妖精道："咯咯，好的，我送我的培训资料给你。诶，你忽悠水平全国第三，那忽悠水平前两名是谁啊？”

我道："赵老根和范厨师。"

我拿到了屋丽的培训资料，点了根烟，以学术研究的态度，认真审视了两个钟头，我承认，以东城服务为核心的培训体系，是非常严谨科学人性化的。整个流程设计比我平时体验的还复杂得多，因为基本上没有几个客人有能力享受完全部的服务。

它把服务分成了五个时间段，每个时间段要干什么，做出了明确的要求，仅举一例：

二、迎宾时间。1. 热情大方微笑主动与客人打招呼，九十度鞠躬，给客人一个拥抱，问客人如何称呼。2. 坐在客人大腿上撒会娇，然后耐心地介绍服务项目并加以说明；身体黏在客人怀里，向耳朵轻轻喘气。3. 把灯光调整好，放出音乐，跳艳舞，并力争与客人互动。4. 半蹲后野猫之吻。5. 跪在客人右侧，为客人换好鞋袜。邀请客人沐浴。6. 水底柔情：含水乳交融、金嚷玉液、四季如春、波涛汹涌等五项内容。

一、三、四、五四个时间段，含四十八个小项，如皇帝选秀、漫游世界、君临天下等等，至于它们分别是什么意思，请参照《小龙女》主题歌：我有很多小秘密，小秘密，就不告诉你，就不告诉你。

在服务前，图图必须给客人一张服务菜单，服务后，会有部长来询问图图服务质量，如有投诉，立即扣钱，不给图图申诉机会。同时会对着菜单询问是哪项服务没有到位。

我认真思考着这个培训方案可以改进的地方，偶有得，就写在备课本上，但总觉得不成熟。我决定去屋丽亲自感受一下，就找那个八十八号，看看我的想法可不可行，同时也想看看何青有什么弱点，或许能帮帮楚妖精。

我打电话给张小盛道："喂，你那个辛龙的主任还没来啊，要不要我们先去玩会？"

张小盛生气道："我都跟你说过很多次了，我要退出江湖了，去玩桑拿有什么意思，只有器官，没有感觉！下不为例！"

老马识途，一路顺畅，我和张小盛在秀场开幕一小时前抵达了屋丽，结果来到门口停车场一看，心就凉了半截——我靠，车都停满了啊！尤其是南A、南B和维牌的车最多，本想早起的鸟儿有虫吃，没想到这里早成了"百鸟天堂"。宋人说得好啊：莫道君行早，更有早行人，我和张小盛望着密密麻麻的车和金碧辉煌的酒楼！心里无限理解抢劫银行的罪犯。

进入屋丽平时走秀的秀场，果不其然，上座率已经超过了八成，最丢面子的是，居然临时加了几十张塑料板凳，当年被无数文人骚客吹嘘的十里秦淮与八大胡同，可有今日之繁华奢靡？全场选秀结束，张小盛挑了个萝莉走了，这家伙的口味越来越变态，老牛吃嫩草很正常，但一定要在东城酒店女子里找清纯的感觉，这就不是一般的地球人的逻辑了，地球人都知道清纯的应该去图书馆找背书包的。他又嫌费事费感情。我环顾一圈，没有发现八十八号。

我想到过两天我要来给图图讲课，案板上的肉何必还花钱买，所以强行压下冲动，省下几百块钱，坐到大厅沙发上等张小盛。明姐走过来说："又是你啊，治精神病的。"

我苦笑着点点头，明姐见我又不消费，有些不高兴道："屋丽的小姐你都看不上，老板眼光好高哦？A牌，B牌，护士——要不明姐给你挑两个好的，双人？"

我道："有的是机会，今天休息。"我穿着一件价值二十五元的T恤，耐克牌的——那勾勾还勾反了——恬不知耻地坐在五星级酒店桑拿大堂里，享用着免费的咖啡。

明姐低头哼了一声，就走开了，也没有说什么，只是我咖啡就没人续杯了。

我望着明姐嚷道："明姐，没咖啡了。"

明姐仰头和大黑崽聊天，装作没听见。

我望着明姐嚷道："包租婆，点该冇水啊？"

明姐玩着手指头。

我真的口渴了，嚷道："明姐，点图图了。"

明姐打了个哈欠，踱过来愠道："吵这么大声干吗？B牌已经没有了。"

我道："我找何青。"

明姐眼神闪出丝诧异道："何青，你找何青？"她低头审视了一下我"阿迪达斯"的拖鞋，哂道："你从哪里听到的何青的名字？听姐姐的话，明天带四百块钱来，我给你找个不错的B牌。"

我道："我就是要何青，怎么，她不上钟啊？"

明姐道："她只上帝王房，价格一千五起，加房费就两千了？你真的要玩，还得预约，至少排一个星期的队。"她望着我悠悠叹道："你们赚钱也不容易，何必呢？"也算明姐风月场上转了几个圈，有修养，没给我白眼，转身就走了。

我招招手，将大黑崽叫来。

大黑崽皱着眉头过来，道："老板，做什么啊？"

我道："擦皮鞋啊。"

大黑崽昂首道："哼，你擦不起的。"也转身走了，还走到吧台上，拿起一本杂志读起来，不时地用仇恨的眼神鄙视我两眼。明姐百无聊赖地玩着手机，做过失足女青年的人，不管是高雅如京都玉宇凡尘，还是通俗似温洋城，都酷爱玩手机，这是个职业特点。

不久，陆续有快枪手从包房出来了，明姐一个个热情地上去招呼，大黑崽迅速嗅到猎物的味道。老板擦鞋吗？老板擦鞋吗？有一个稍微有些犹豫，就哈地一声满脸笑容地跪下了。

我招手让忙着招呼客人的明姐过来，明姐不好意思当着其他客人冷落穷客人，肌肉牵动着笑容，走来道："咖啡嘛。等会有人送来。"

我道："不是，我想问下，何青在吗？"

明姐烦道："没有可能的。"

我道："那楚妖精下钟没，我找她。"

明姐道："你听说蛮多人的啊，经常上成人网站？一出手就要压仓的红牌啊，她们可都是开着宝马来上班的啊。老板，你好像打的过来的？"

我有点挂不住了："明姐，我就找楚妖精了。"

明姐笑道，"好好好，明姐帮你把何青、楚妖精叫过来双人好不好？再帮你把白素素也叫上，凑一桌麻将，怕你玩不动啊。"

我道："不可能，楚妖精和何青合不来，不可能双人。"

明姐这才抬头正眼看着我，一脸诧异，我心里暗爽，知道我的分量了吧，明姐犹豫了一下，道："你……哦，你有朋友在屋丽做保安。"

我无语垂地飙泪，决定明天一定要买件四十块的耐克T恤。

明姐道："想想就行了，楚妖精太红了，你也没必要赌气，如果不是玩得很精的客人，女人吗，晚上都一样。"

我道："听你说得楚妖精和何青像仙女一样了，她们谁好啊？"

明姐道："楚妖精可以满足男人所有要求，何青能让所有男人找到初恋的感觉……谁好，明姐就不明说了。但有一点，明姐可以明说，她们都可以让你申请破产。"

我道："说不定，楚妖精看我长得帅，免我的费呢？"

明姐道："哈哈，免你的费不可能，顶你的肺有可能。如果你这样的能让楚妖精免费，那屋丽早就可以申请破产了。"明姐转身又走了。

大黑崽听到这话，跪在地上哈哈大笑起来，又把客人吵醒，连忙道歉。

我赌气打起了楚妖精的手机，楚妖精正好下了钟。

张小盛一脸落寞地回来了，

我问道："嫩草吃完了。"

"嗯。"

"情绪不高啊？"

"嗯"

"没有找到清纯的感觉？"

"妈的！本来找个90后，以为会清纯点，结果她什么都会，一进门就把我强奸了。还老告诉我姿势不对，有什么味道？你说还有什么味道。"

楚妖精从电梯里冲了出来，一把抓住我的手臂道："请我吃宵夜。"不顾大堂一群人嫉妒的眼神，坐在我的腿上。我能感觉到身后明姐和大黑崽的目瞪口呆，强忍住没有回头看他们。

"那你今晚陪我哦。"

"好啊。"楚妖精不加思索道。

张小盛道："互动吧。"

我道："滚！"

我们起身离去，刚到电梯，张小盛像被施了定身法，突然不走了，眼前闪过一个清纯脱俗的女子，高挑白嫩的肌肤，吹弹可破的容颜，若有若无的眼神，一袭白色的旗袍，遮不住的怜惜妖媚，让我也在刹那间迷离了，想起了大学学的戴望舒的《雨巷》：

她静默地走近，

走近，

又投出太息一般的眼光，

她飘过像梦一般地，

像梦一般地凄婉迷茫。

……

我希望飘过一个丁香一样的

结着愁怨的姑娘。

我心里一阵激动，肯定道，屋丽八十八号，何青？

她款款走近道："楚姐姐，你去哪儿啊？"

楚妖精娇艳地笑着："白素素，下班了，我和朋友去吃夜宵。一起去吧。"

我想，原来还不是何青。张小盛兴奋叫道："你是古墓派的，一定是，走，我请你吃宵夜。""啪"地一声，楚妖精把张小盛拉白素素的手打开，"你以为你是杨过啊。"白素素居然羞红了脸，在这个地方，羞红了脸是多么难得，她居然羞红了脸，讷讷道："我还要上班，你们玩得开心。"张小盛一提醒，我才发现，她长得真有几分像李若彤，只是更加高挑，略多点丰满。

我和张小盛怅然若失，我还好点，张小盛已经昏头了，一路上缠着楚妖精问白素素的电话，楚妖精火了，凶道："张什么的，在一个绝色美女面前老夸另一个女人，不礼貌知道吗？她的电话啊，110，知道了吧。"

张小盛喜道："哦，110。"一边认真地把号码储存到手机里。

我问："白素素跟何青比怎么样？"

楚妖精道："她比不过何青，在屋丽她排第三。"我看着楚妖精精致到没有瑕疵的面庞，又想想白素素的巨乳童颜，这个何青，该长成什么样子啊？

楚妖精和我刚喝了交杯酒，我就接到了笨笨狗的电话，笨笨狗哭道："你在哪里，我病了，发烧，你回来吗？"

我赶忙打摩托回去，顺路将楚妖精送回，回到家里，笨笨狗一脚踢了过来："死江磊，跟楚妖精喝交杯酒？你不想活了啊？你？"

[第26章]
白马非马

我大怒，跟死婆子打起来了，"居然敢盯我的梢，你是我什么人啊？"

笨笨狗道："小石头，我是你老婆。"

我怔了一下，道："我对你没有感觉了。"

笨笨狗道："我也没有了，但还是不许你碰别人。"

我道："你他妈的……凭什么啊？"

笨笨狗道："不凭什么。你用过的牙刷会给别人用吗？"

我道："那你还接客呢？我不也没说什么吗？"

笨笨狗道："我是赚钱，你是赔钱，那不同……"

我道："你真把我当你养的小狼狗了？"

笨笨狗道："是啊，你咬我啊！"

我们俩在床上打了起来，打了会就气喘吁吁了。

老了就这样，像很多80后一样，多年的忽悠生活让我除了平滑肌，哪块肌肉都不发达。笨笨也出了一身汗，脸也红了，像个大皮球一样压到我身上。我不能反抗，就只有享受了，我们一边打架，一边打战。笨笨说，戴雨伞。我说不戴。笨笨道："谁知道你搞过多少野女人，老娘不想死，戴！"

事毕了，点上香烟，尼古丁夹杂着烦躁，扭结得如同天津卫的麻花，无法分辨清晰。笨笨狗大字型睡着，打起鼾来，鱼尾纹趴在眼角，幻变成年轻时的影子。

　　我看着笨笨，我想，七年前，我是真的在好多个瞬间想过和她结婚生孩子的，破镜重逢，更应该欣喜，如果生活真有逻辑的话，我可以从风尘之间将前情人救起，前情人因为生活所迫或一时糊涂而误入红尘，见到我后，抱头大哭痛改前非，然后我经历一番良心挣扎，发现自己还是爱着她，不顾别人不解的目光和家长的反对，终成眷属，那将是多么琼瑶的爱情故事啊。可惜的是，生活就是生活，我对笨笨狗没有感觉了，我甚至有些厌烦地看着笨笨，有些厌烦地看着镜子里的自己，这家伙和那家伙都太不专一了，80后太不专一了，可耻！

　　说真的，我不想虚伪，我完全没想过救风尘，而笨笨也根本不想被救，我不是纳兰性德，现实也不是小说。我和她没有感觉了，不需要理由地没有了，以前的爱哪怕是对着QQ隔着千里也是真的，现在的不爱哪怕是躺在一张床上，也同样是真的。

　　所有刻骨铭心的爱都灵魂般游离于床上的瞬间——我没有例外。

　　有读者甩过来一块砖头：你丫的，你前面写这么长的笨笨，一转身就写其他婊子，你耍我啊？我摸一摸脑袋上的包：原来写那么长，是因为当时我爱过她，现在我不爱了，不行吗？行吗？不行吗？多少人曾忘记爱过的谁，又有多少情感遗失在风中，我们都是偶尔飘零的一片树叶，都别太正经，行吗？！

　　于是，我向莫奈的印象画派学习，捕捉瞬间的光和影，我决定放弃逻辑和生活的主线，去捕捉真实生活中那让我激动的一点点：奔跑在飞麓山的笨笨，面对秀场囡囡的刹那激动，还有电梯口白素素的红了的脸，我身边只有太多的过客，而太多的人也只能是过客。很遗憾，没有彩虹可以历久如新，如果天空只剩下阴霾，那就相见不如怀念吧。现在的我和笨笨的生活，大半都源于怀念而已。

　　我帮笨笨把被子拉上一点，被梦中的笨笨一脚踢中了肚子。

　　屋丽四楼，桑拿技师培训中心。

　　东城最大的产业，没有之一，这产业内最好的黄埔军校，之一。

　　在验证身份后，我走了进去，长长的白色大理石过道上，布满了鲜花，地面一尘不染，两边墙上，被价值不菲的几幅唐代仕女图点缀着，路途尽头随意摆着两只镀金的貔貅。一对男女健步迎了过来，女的有些丰满，年纪也不轻了，但仍然看得出美人胚子，可以遥想其几年前的风韵。男的精瘦，鹰鼻，雪白衬衫，笔直西裤，伸出手来，完全外交性的笑道："江磊吧，毛老板等了很久了。认识一下，培训部李鹰。"

　　我伸出手去："呵呵，久仰，早听过你的名号，屋丽首席培训师。"

李鹰道："客气了，江湖上的兄弟给面子，我不是什么首席培训师，只不过不算骗子而已。"我怔了怔。

那女子伸过手来笑道："东东，这里都叫我东东姐。江磊是毛董请来的贵宾，还是心理咨询师，知识分子，以后还要多多指导。"

李鹰道："前两天有几个中水大学酒店管理系的毕业生来求职，说什么自己专业对口，名牌大学，当过学生会干部，开口就问我采取的是哪种国际通行的管理模式，如何用先进的管理方法在酒店里禁止三陪等色情服务，把我给气乐了，当场就把那几个书呆子赶走了……当然，江老弟是毛董的客人，应该不是书呆子。我要好好向你学习。"

我尴尬地笑道："李兄损我了，李兄花丛里打滚这么多年，我初来乍到，还请李兄多多关照。"

李鹰道："不敢不敢，不是猛龙不过江。做这行的基本上是东东这样红过的前辈师姐，男的做这行的不多，除了几个特聘的小东国，浅水只有寥寥数人，我李鹰算做得好的。以后只怕要加上你江磊老弟了。"

我看他眼睛放出的光，就知道不是善类。

李鹰又道："你刚才说我是首席培训师，是听屋丽哪个囝囝说的？"

我心里暗打了下鼓，鬼知道楚妖精和他是什么关系，笑道："江湖到处传诵，我听好多个技师说过。"

李鹰站住身子，盯着我道："不可能吧，这一行是要保密的，怎么可能把培训师的名字到处乱说。"

东东道："哎呀，李哥，肯定是复尊俱乐部的人说的了，你这样一个'AV词典'，又一手带出了复尊俱乐部，在业界怎么可能完全瞒住了。"

我笑道："对，对，就是复尊俱乐部听一个囝囝说的，李兄喜欢东国AV，同道中人啊，喜欢哪个女优啊？"

李鹰道："我从来不看AV，特别是东国的AV，至于那些什么舞腾兰、吉明步、苍石空、松岛松、米岛爱、神玉姬、小泽莉亚、高树丽亚……我更是一个都不认识！根本连听都没有听过！真的！"

我咽了口口水，东东笑着将培训大厅的门打开了。

灯光闪烁，豪华的大厅一阵雷鸣般的掌声响起，我眼花了，大约三百个囝囝，穿着紫色爆乳制服，整齐地坐着。主席台上，毛介卫望着我，轻轻地拍掌。

我望着台下，有些发虚，看见楚妖精期待的眼光，还有明姐迷惑的眼光，和一群囵囵看热闹的眼光，愈发有点紧张了。我感谢我那个相当凑合的母校，四年的师范教育让我能在讲台上迅速保持住冷静，我见李鹰一只手抓着凳沿，一只手玩着手机游戏，正眼都不看我。突然充满了力量。我从口袋里拿出U盘，对卫哥说，能背投吗，请拿台手提电脑过来，我做了课件。卫哥一招手，一台电脑接到了背投上，我打开我做的PPT，翻开我的教案看了一下，拼了。

"前些日子，卫哥，哦，就是毛老板请我喝了一次茶，毛老板，我叫你卫哥行吧？"我故意亲密地问着卫哥，卫哥笑着点点头，我看见听到这话的明姐，眼神都变得恭敬了，一些不听课的坏同学也都认真了。我要的就是这效果。

"前些日子，卫哥请我喝了一次茶，茶是铁观音，大红袍，好茶，我和屋丽的一个囵囵讨论茶道，功夫茶该怎么泡，怎么程序，卫哥笑了笑，不理这些理论，一饮而尽，谦虚说自己不懂喝茶，只是每天要饮。我当时没有在意，后来仔细一想，才悟到卫哥是真正会喝茶的人。会喝茶有三种，下者得其味，中者得其韵，上者得其道。江磊自认为是得其韵者，卫哥不理会繁文缛节，只是喜欢喝，高兴着喝，这个喜欢二字，就已经是上者得其道了。各位囵囵，一个个美艳动人、如花似玉，但恕江磊直言，女人的青春是最短暂的东西，一旦过了二十五岁，贬值的速度就和中石油的股票差不多了。在座的有没有买过中石油的？问君能有几多愁，恰似满仓中石油。江磊笨，就专门买过，奔驰车进去，QQ车出来；篮球进去，乒乓球出来；D罩杯进去，A罩杯出来。然后我就来屋丽做培训师了。"

有些囵囵已经笑了。很明显对我教学设计的导入语感觉良好。

"所以我们一定要抓住短暂的青春，尽力做好一个囵囵，才能在这个黄金行业收获自己的果实。怎么才能做一个好囵囵呢？做一个好囵囵应该像卫哥喝一壶好茶一样，喜欢，高兴着喝，这就是上者得其道。只有你真心喜欢这个行业，能在赚钱的同时收获高兴，才能真正做好这个行业。"我握握拳头。其实哪行的人力培训都干的是这活。

全场鸦雀。我点开幻灯片，红底的幻灯片上面写着娼妓两个艺术字。

"看到上面两个字了吗？你认为是在说你们，骂你们吗？你们不喜欢这两个字，于是改为小姐，小姐臭街了，又改成技师，囵囵，对吗？但江磊很悲哀地说一句，这不都是一回事吗？你们觉得娼妓两个字丢人是吗？江磊认为，你们恰恰误解了'妓'这个光辉的行业！"

这一下，连卫哥都怔了。

"我想考考各位，三个臭皮匠，顶个什么？"

"诸——葛——亮！"技师们齐声回答。

"那诸葛亮的偶像是谁？"半天后，只有七八个技师们低声嘀咕着答案，我点着楚妖精道："这位技师，你说说看。"

楚妖精款款站起，声音洪亮道："乐毅和管仲，《出师表》里写过。"台下一阵哗然，佩服楚妖精太有文化了。

我微笑地点点头："很好，诸葛亮的偶像管仲，我要重点说说，他跟各位还有点渊源。他就是我们这一行的祖师爷。这个世界上最早的妓院就出现在山东，这个行业的祖师爷就是战国七雄之一的齐国的宰相管仲，也就是刚才那位图图说的诸葛亮的偶像。当时齐国很穷，于是管仲为了齐国的强盛，想出了一个精妙绝伦的办法，他在王城外开了第一家官方妓院，吸引了无数有才华的人还有大商人奔向齐国，一时间齐国的都城临淄举袂成幕，挥汗成雨——就是说人很多，临淄很繁华，举起袖子会遮住天空，路上的行人挥挥汗，就像下了雨一样，于是齐国从一个默默无闻的小国强大起来了，与后来统一六国的秦国并雄于当世，称为西秦东齐，'半部论语安天下'历史上没有实例，但一座妓院强一国，确是铁一样的事实。可见妓女这个行业，一出生就带着强国的影子，做得差可以救济家庭，做得好可以安邦定国。朋友们，这还不够伟大吗？"

我转眼望了望自称把《资治通鉴》看过两遍的毛介卫，见他喝着茶默默笑着。

"图图们为国为家默默无闻地作出了极大的贡献，从战国开始。比如，请问，如果东城没有我们，会不会有今天的繁华？浅水没有我们，会不会有八家五星、十一家四星级酒店？"

"没有。"有几个活泼的图图已经叫了起来。有个图图道："上一次临检，我们集体取钱回老家，结果银行顶不住了，第二天就不扫了。"

"那我们为什么会被人看不起呢？"有图图问道。

"好问题，因为，你们大多数人都不是妓，你们只是娼！"我冷冷地点燃一根香烟道。好久没给学生上课了，感觉真好。

我点开幻灯片，里面出现一群古典美女的图片。

"什么是妓，南朝的苏小小，现在坟墓在西湖边，一级保护文物，她是妓；唐代的公孙大娘，杜甫为她写诗，她是妓；北宋的李师师，倾倒了皇帝宋徽宗，她是妓；

南宋的梁红玉，助丈夫韩世忠大战金兵，名扬千古，她是妓；明代的柳如是，一曲昆歌惊秦淮，她是妓；清代的陈圆圆，吴三桂为她不爱江山爱美人，她是妓。还有杜十娘、董小宛、赛金花、小凤仙，这群人才是妓。看到没有，这群人干的是和各位一样的活，个个名扬天下。谁又能看不起她们呢？各位看电视剧的，这些名字不少都很熟吧？"

"这是为什么？"我沉默了一下。我点一点电脑，出现一个图表。上面列出了妓和娼的不同。

"妓和娼不同，古代做妓的，要有一定的文化素养，一定的容貌，琴棋书画样样都要懂点——你们如果懂最好，现在学也不现实了。但一定要给客人有文化的感觉，还要懂一定的心理学，掌握男人'得不到就是最好的'心理，欲拒还迎，眼角含羞，假冒清雅，以及给男人一种情人的感觉，上面的那些美人，论长相，也就是屋丽A牌的水平了，但论技术，她们比你们好多了，因为她们能抓住男人的心。不要跟我谈东城ISO，那只能刺激器官，而不能给人感觉！停留在怎么停怎么动的阶段，永远是娼，高级点的娼！"

说到这，我突然想起了张小盛那变态。我能培养出能给他感觉而不是器官的图图吗？如果能，那将害死多少男人？船载的金和银，填不满烟花寨。我突然有种犯罪的战栗感。我感觉到一个熟悉教育学和心理学却邪恶的人，或许真能在一片邪恶的土地上种植出一批罂粟花来。

我接着道："娼，她们只是赤裸裸地卖身，她们只把这个工作当成工具，以为张张腿就可以发财，对工作敷衍潦草，这当然要挨骂。妓也是要卖，但妓不把自己当成一个完全的性工具，她们用气质涵养或者装出来的气质涵养征服了男人，实现了自己人生的价值，你们也是行的！妓一夜的价格是娼不敢想象的，但妓与娼的本质都是一样，成本也差不多，比如世俗的轻视，但价格完全不同。这就好比一个萝卜，在普通的饭店里烧成菜，价格只要十元钱左右，但一到大酒店，被厨师雕成花，那可就身价百倍了；可是不管你的花样如何地翻新，萝卜就是萝卜，也不会变成其他的山珍海味。妓与娼，就是要价不同，嫖客不同，地点不同，本质相同。可一个留下风流韵事，供人凭吊——就是怀念的意思。一个留着不屑的骂名，仅能糊口。你们是要做妓还是娼啊？"

"做妓……做妓赚钱多……做妓还可以有美名，哈哈哈哈……"台下纷纷说道，大家的积极性很高啊。

"老师，妓和娼的区别是不是桑拿技师和站街的区别啊，我们和她们比赚钱也多很多啊？"一个囡囡问道。

"不是，只是高级娼和低级娼的区别，在你们没有学会迎合男人的感觉，而不仅仅是器官的时候，你们只是娼。"

"对不起，江老弟！"李鹰突然站起，盯着我眼睛道，"本人想讨教一下，能不能少说点抽象的东西，本人从复尊到屋丽，带出了两个红场。我只对具体的东西感兴趣，请问红绳的十五种玩法最难的一种是什么？怎样才能训练好？"

我沉默了，道："不知道，但大多数客人未必对杂技运动员有兴趣。"

李鹰冷哼了一声："我喜欢东国的所有东西，除了空手道。能不能现两手给兄弟瞧瞧，张队长，叫保安把水床、S椅搬一套来培训室，请江老弟指导一下。"

我笑道："呵呵。"环顾左右，见卫哥低头品茶，又笑道："呵呵。"

李鹰盯着我一步不让。

楚妖精道："AV词典，培训时间到了，我没吃午餐，都饿了，下次再上课吧。"那眼睫毛飞舞得很是漂亮，平时不太觉得，穿上工服的楚妖精，身材都现出来了，前凸后翘。

我摆摆手道："不用这么麻烦。"我环顾左右，指了指楚妖精："这位是你们的压寨红牌吧？我从眼神就可以看出来，最符合男人的感觉。"

李鹰嗤笑道："楚妖精魔鬼身材，天使长相，瞎子都猜得到是顶级。"

我又环顾了一下全场，假装慢慢寻找，然后指着白素素道："这个，也是压寨的。她是在场的最接近'妓'的人，你叫什么名字。"白素素与我有一面之缘，但风月场上，阅人无数，我赌我认识她，她不记得我了。

白素素绯红了脸颊，道："过奖，白素素。"

全场哗然了，有囡囡开始鼓掌，显然，这两位的点钟名列前茅，在屋丽众所周知，无可争议，但被"第一次"来的一个培训师在群花之中一眼瞧了出来，这个培训师是有本事的。

李鹰顿了一下，道："江老弟有眼光，你再看看还有谁和这两个一样红呢？"

我憋住气，考验来了，何青，何青在哪里？我认真地从东看到西，从南望到北，绝色美女还有几个，但整体美艳没有能明显超过白素素，娇艳精致没有能超越楚妖精的了，难道传说中的八十八号没来？

我道："没有，这位楚妖精和白素素就是压寨的一、二号，屋丽最接近花魁的人，对吧？"我手心冒汗了。

李鹰停了一会，道："有两下子，不知道江兄对器具的运用，有什么心得？"

我心里舒了口气："李兄，如果我没有猜错的话，这位白素素，应该杂技技术不怎么好吧？可她就是顶级红牌，我对器具没有兴趣。"

李鹰口呆了，我又猜对了。白素素单从长相和气质上看，并不在楚妖精之下，为什么只会排在第三，于是我赌她技术一般。我又赌赢了。

毛老板站起大声道："好了，江磊，你以后经常来帮帮我，你的课很精彩，也很有道理，如果真能把这里的囡囡从迎合器官培养成迎合感觉，哪怕培养成一半，钱，都是兄弟们的！李鹰，你陪陪江老弟去洗个澡，我要和朋友喝下午茶，就不陪你们了。"说完后，带着两个保镖从三百个技师中间，穿行而过。

全体起立，毛介卫突然变了一个人，不看左右任何下属，包括我，虎步阔行地离开了培训室。培训室马上热闹起来。

我赶忙拍着李鹰的肩膀道："今天我上课，主要是给囡囡们动力与目标，有了目标才能更好地发挥技术。李兄技术达人，以后还要多多指导，我也是配合李兄的工作。"

李鹰场面中人，抬头哈哈大笑："江老弟确实有意思，我在东城桑拿混了十二年，第一次见人这么培训的，不要道具，不讲技术，精彩，但兄弟智商低，请问这次培训要达到的目标是什么呢？"

我道："小弟是心理咨询师，从心理学上讲，马斯洛说人有五个层次的需要，其中有自我实现的需要，包括你李鹰，我江磊，还有所有囡囡，都有这个需要。我只是想用一节课，帮囡囡找个奋斗的方向，一个在桑拿工作中自我实现的亮光。"

李鹰低着头，思考了一下。

这时一群囡囡围了过来，"江老师，那我们也能成名吗？"

"我也能被写进戏里面？"

"能，我准备把你们都写进去，刚才那个答题的叫什么？楚妖精？还有那位，叫白素素，还有你，你，和你，统统写进去。司马迁写了《史记》，江老师也准备写个《史伎》，我还比他还多个小鸡鸡，就不信我写不出来了。"

离开屋丽的大门，李鹰和我握手道："晚上请你夜宵，去华都，我准备带太太一起来可以吗？洗澡就算了，这行久了，真的没有什么感觉。"

我道："当然可以，把孩子也带来吧。"

李鹰道："我没有孩子。我这人，对造孩子没有兴趣，只对造孩子的过程感兴趣。你有孩子吧？"

我笑道："还在寻找他的妈妈。"

李鹰也笑道："老弟幽默，我喜欢有幽默感的人，爱桑拿爱生活。晚上见。"

我看着李鹰离开，有种交卷后的放松感，桑拿培训师？我不是心理咨询师吗？人生真是奇妙。

明姐突然从后面抱着我，道："喂，江磊，你不是说喜欢衣服穿得多的吗？就要明姐吧。"

我摸了一把道："改日吧，我要回去洗个澡。"

明姐道："在屋丽门口回家洗澡？毛老板都会骂的！你要是看不上明姐，你是这的培训师，三百个囡囡你招个手。"

我一阵激动："那何青呢？"

明姐道："她不行。"

"她今天没有来上课？"

"她从来不参加培训。"

"为什么？"

"没人能教她，可能她就是老师你所说的那种'妓'，天生尤物。还有她是所有男人都看不出是妓女的那种妓女。"

[第27章]

酒店业硝烟

在华都的总统套房里，李鹰点了四只鲍鱼，一份龙虾，一碟生蚝，开了一瓶红酒，两个身着东国服的年青女子跪在我们身边伺候着。很明显这家伙是想用奢豪震住我。我装出一幅见惯世面的样子，满心欢喜地准备将计就计，把这些东西统统吃掉。

李鹰道："江老弟，我差点被你骗了，你本来就熟悉楚妖精，后来又听她介绍了屋丽的情况，并在培训之前就认识了白素素对吧？"

我道："李兄……聪明……上课之前备课，是我在我那所三流师范大学里就养成的习惯。李兄怎么这么快就知道了？"

李鹰道："爽快！这些事情不提了，江兄是准备在屋丽长干，还是走场？"

我道："都不是，我有自己的生意，来屋丽是自己生意的一部分。"

李鹰笑道："这一行太赚钱了，恐怕会让江老弟无心自己的生意的。而且看毛老板的意思，他好像是为了网罗你这个人才，为濠江花会做准备，不过江老弟我也想提醒你，这一行利润大，风险也大，这口饭不是谁都能吃的。"

我道："富贵险中求啊。"

李鹰道："哎，我倒是想吃碗安稳饭，如果我像你这样是知识分子。我会去考个公务员。账面上钱是少点，但其实有多少钱，谁都不知道。过的是神仙日子啊，要不，我让毛老板帮帮你的忙，跟领导说说，你这样的，实在没有必要出来捞偏门啊。"

我道:"李兄,别说了。当年我年少轻狂,辞掉的第一个工作,就是体制内,省厅的公职,现在经常后悔得想撞墙,但是我这人也有自知之明,我生得贱,天生受不得安稳和拘束,现在虽然狗屁不是,但叫花子习惯了知县都不换啊。"

李鹰苦笑道:"江老弟,这个性格我喜欢,我也受不得拘束,我就是只老鹰,哪里飞得畅快去哪里,后来才发现,我的天空是黄的。"

我道:"我是一只野猪,好吃懒做,又向往自由,不愿意圈养。我的理想是,去自己任何想去的森林,搞自己想搞的母猪,不拍老虎和狼的马屁,也不看人类的脸色。反正有两个獠牙,就不会饿死。"

李鹰道:"当年复尊俱乐部黄总不听我的话,一个好好的浅水旗舰店,现在没落到二线偏下了。毛董把我挖走后,复尊老总甚至请杀手来做掉我,幸亏毛董出手摆平。一年后屋丽就成了浅水桑拿的旗舰。但这个位子不好坐啊,浅水屋丽、嘉年华、华都、乐去临、会展中心、菲索特帝色滩、洋悦花园、裕满八个五星级酒店,还有两个在新建的,除了华都不太插手桑拿业外,没有一个是省油的灯,东城是世界上高档酒店最密集的地区,说白了就是全国酒店业的硅谷。西京镇、常闹镇、见熊囤镇这两年也在飞速崛起,几个老牌场子各有特长,如果这次濠江花会,屋丽失败了,我是死路一条,毛老板也会元气大伤,这中间的厉害关系,你知道吗?"

我一怔道:"还真不是太清楚。"

旁边的小姐帮我倒了一杯红酒,李鹰和我一干而尽。

李鹰道:"这次濠江花会,全东城收到了四个席位,除了浅水屋丽外,还有西京九五玉与魅力滩收到了请柬,但另一席位大会组委会没有确定,东城酒店业表面平平静静,里子里已经争得不可开交了,尤其是西京虎波堂、常闹大唐盛世宫、中都后起之秀金水,还有我的老东家复尊俱乐部,现在争得不可开交,有的认为这四个席位的最后一席应该进行东城预赛决定,有的认为这四个席位都应该空出来,公平竞争,江湖上一场血雨腥风无法避免了!"

我道:"这个花会是什么来头,如此重要?"

李鹰道:"这个说来就话长了,你知道渡边芬东吗?"

我摇摇头道:"这个美女我不是太熟。"

李鹰笑了,道:"这句话要是在东国说,你可能有大麻烦,他不是女的,他是男的。"

我道："哦，李兄对东国男的也感兴趣？"

李鹰一口红酒吐在白地毯上，咳嗽道："江老弟总听说过山嘴组吧？"

我肃容道："东国山嘴组？听说是最厉害的东国黑帮。"

李鹰道："这个渡边芬东就是东国山嘴组第五代话事人，他们东国人叫做组长，1989年开始领导东国黑道，2005年才退出组织，他是这次花会的首要发起人。江磊，你别睁这么大的眼睛，自古黄黑不分家，你要在酒店业上混，捞偏门的兄弟你是避免不了要打交道的，所以我还是劝你吃碗安稳饭。在黑道上带这么大一个帮会靠什么？一是钱，二是钱，三还是钱。什么东西来钱最快？白黄而已。东国白粉抓得严，那就只有黄一条发财捷径了。渡边是一个很有才华的人，加上东国本身的文化，在他任内，东国色情业发展很快，甚至从墨西国、南美洲、中东、熊国等国贩卖去了很多美女，拥有了世界上最多的性奴，你没听错就是性奴。作为东国黑道的半壁江山，山嘴组自然靠这行赚了个流油。但渡边还不满意，又为了宿新的歌舞伎町与本土东关二十日会火拼了一场，东关二十日会也是东国一个历史悠久的帮会，背景很复杂，会长就是东国国会的议员，歌舞伎町是这个帮会的传统地盘。黑社会组织东关二十日会利用舆论，痛诉山嘴组的黑暗，东国民众人受感染，掀起了反黑运动，山嘴组没有占到便宜，反而逼得渡边提前退休，将组长一职传给了现任的莜田建市。"

李鹰抓了一把旁边小姐的前胸道："歌舞伎町一战成为渡边一生最大的耻辱，于是他一边退出江湖，一边利用自己在山嘴组的威望以及在世界上的人脉，全力打造一个全新的全球性的性基地——少女工厂，来重新挑战宿新歌舞伎町的地位。东国人的野心和执着是李鹰无法不佩服的。"

我道："这个与濠江花会有什么关系？"

李鹰接着道："有，渡边为了完成自己的愿望，做出了很详细的计划，其中有一个关键点就是最大可能地吸收世界的资源，以最快的速度向各国酒店业渗透，并吸取各地最优秀的图图，最先进的技术，建立起自己的情色帝国。花会就是他在了解世界酒店业并在世界酒店业树立自己地位的最重要手段。你要知道，他做了山嘴组十六年的老大，现在的第六代组长莜田也是他提拔的，他可以随意动用的资源完全超过我们的想象。"

我看了看窗外，有人骑着自行车穿过，我确定是我熟悉的土地，我又用专业眼光打量了下李鹰，确定他不像精神异常，我道："这怎么像写小说一样。"

李鹰正容道："如果这是个花花世界，我们就是世界的花花，我们看到的本身就是很多人一辈子无法想象的东西，我也不知道这是幸福还是不幸。不同世界的人看到的世界本身就不一样，你认为我在吹牛，这也很正常。我见过一对乡下的老夫老妻，他们活了大半辈子第一次看东国爱情动作片，两个人都看得哭了。老头子说，第一次知道干这个还有这么多花样，一辈子白活了，老太太说，第一次知道牛牛居然还可以吃，一辈子白活了……"

我身边的那个跪着的囡囡忍不住大笑起来。

李鹰道："别笑，等会给你吃。"

囡囡温柔道："随你的喜欢。"

李鹰摸了把囡囡的臀部，又道："如果只是小东国，我们也不会这么在乎，但除了山嘴组的渡边，花会还有三家重量级的组织者。一个叫Dailyplanet，中文名叫日日新星，是澳国的一家上市集团，也是全世界唯一一家上市的妓院。2008年全球金融危机，但它的股票一直飘红。毛老板曾派我去澳国考察，很悲哀地说，东城的任何一家桑拿如果以日日新星做标杆，还落后十五年，作为世界妓院唯一拥有上市集团身份的龙头，它的面子同行基本都会给，同时也不想放过这个学习的机会。"

"第三家是米国的西顿集团，在全世界的酒店业里，它排在前五位，但金融危机，它的业绩也非常糟糕，入住率回到了1971年的水准。为此西顿的董事们承受着巨大的压力，本着为米元服务的米国精神，他们也准备大规模地发展色情业，于是联系了渡边，高额资助了本次花会。世界十大酒店，米国占了八个，西顿是名气最大的，现在的世界是一个扁平的世界，对于酒店业来说更是如此，内地的酒店正在向酒店业一线进军的途中，没有人敢不给这个同行中的大佬面子。"

我举杯，手有点发颤，我承认，我有些崇拜地望着李鹰，我是井底之蛙。

李鹰和我又干了一杯红酒，我和他一起如厕。华都的总统套房，厕所大得可以打斯诺克，一进门，已经有四个囡囡在守望着。我和李鹰各占着一个便池，便池装修成了裸女的模样。有两个囡囡跪在我两侧，一个拿着热呼呼的毛巾，一个帮我拉开拉链，扶着它放尿，我死活尿不出来。拿毛巾的妹妹，轻轻地吹起了口哨。

旁边李鹰已经解决了，重重地叹了一口气，怒其不争道："国内的服务还是差劲，去年我在东京，根本就不用亲自上厕所……"

雷住了，身边的一个囡囡也变了脸色。

李鹰道："第四家说来好笑，是一个大学，叫瑞国里诚兵酒店管理学院。在酒店管理这个领域，据说这个学校排在世界前三位。还出了本杂志，专门评定世界各地的酒店服务质量，其中就有夜服务质量这个项目。这个学校在学术界和酒店业都很有影响，尤其是欧洲的一些高端客户，很信任它的排名。为了开拓市场，洋悦花园公关部曾经飞赴瑞国，做过杂志的工作，结果灰头土脸回来了，他们和有关部门不同，不收贿赂，不做广告，油盐不进。这次濠江花会，花魁比武与软件评分，裁判十有八九还是他们的人。"

"花魁比武？是什么形式？第一届沈阴花会举行过吧？"

"真正的世界比赛是在山嘴组的老窝户神举行的，叫户神花会，并没有邀请国内任何酒店参加，沈阴花会只是在沈阴的银色时光举行的一次为户神的下一届也就是濠江花会而准备的国内热身赛，据说几个东国来宾看了后直摇头。而这次濠江花会是全球性的。也是央国队第一次走出国门，和海外豪强面对面。花魁比武是花会的重头戏，是各酒店的王牌综合素质的比拼，头名可以获得四百万米金，和一张米国的绿卡。"

我嘘了一口气，楚妖精是想参加这个……鸡王锦标赛？

李鹰悠悠地对我说："每次花会，各酒店都会派一名培训师参加，我们屋丽不知道会派你还是我去。"

我赶忙道："那当然是李兄，我算什么？一个初出茅庐的潇湘混混。李兄，你放心好了，我只是混口饭吃。"

李鹰盯着我看了会，道："那样最好，老弟，东城治安很差，你要时刻小心。"

我一听有点火，压制着自己说道："那是，我前天还见到一个大街上抢包的，谢谢李兄关心。"

李鹰道："屋丽也很复杂，你要不就跟着我，要不就是我的对手，我这人很坦率。在复尊时就有一个不识相的，在培训部跟我唱反调，后来我的几个朋友实在看不惯，他就不见了，哦，对了，他也是你们潇湘的。"

恐吓，赤裸裸的恐吓，作为职场跳蚤我知道，虽然新人被老人恐吓一下是各单位的惯例，但我可是想创业骗钱的，做你小弟？那我辞那么多职干吗？

我道："呵呵，江磊当年成绩差，没有考上厦门大学。（意为：我不是吓大的。）"

李鹰冷看我一眼，我低头喝了口红酒。

我想没必要太快得罪他，转移话题道："濠江花会在紫荆城开，这么大阵势安全吗？"

李鹰冷笑道："紫荆城有什么，就两个，一个赌，一个黄。这样的盛会，紫荆城求之不得，和家已经表态了，只要不在媒体公开，全力支持活动。"

我拍马道："那就是李兄这个AV词典一展生平所学的好时候啊！到时候李兄成名了，不知道我还能不能跟你一起喝酒。"

李鹰不理会我的话，道："来日方长，你还想点点什么，尽量点，吃饱了才有精力工作，这生蚝是最补男人身体的。"

一个囡囡拿着菜单进来了，道："老板，还想要什么，猴脑、牛鞭、天鹅肉、鳄鱼肉，或者法国蜗牛和鱼子酱，玉佛国的鱼翅，还有东国的九指虾……华都什么都有，还有……"

我抬抬手打断她道："来份臭豆腐，奶奶的，老子又不是傻子，我只选对的不选贵的。"

我承认，我很自豪，我成了这个五星级酒店的总统套房里吃臭豆腐的唯一一个人。

第28章

天堂地狱

卫哥跟我定了一个为期三个月的合同，让我在三个月里天天去培训部帮李鹰备战濠江花会，我非常坚决地否定了卫哥的妄想，我刚开了一个公司——虽然非常山寨——但我不想半途而废。我对卫哥说，我有自己的生意，不可能专门做培训师。他伸出一只手来对我说一个月五千，我说不行，男人还是要打自己的江山。他说那一个月八千，我摇摇头，我说这不是钱的事，我是一个有原则的人，定好的东西绝不轻易变动。卫哥道，一个月一万二，我说，成交。

我见过很多劳模，我认为如果国内没有职业歧视的话，李鹰完全属于可以去领奖的那种。他对自己与图图的工作要求都近乎苛刻，在我与他共事的几天里，我亲眼见证了一个工作狂人对事业的热忱。他每天早晨六点就开着小车来到培训部，研究从东国带来的最新的各大影视公司的作品，一旦发现某个新颖的动作或眼神，都会细心揣摩几十遍，五个小时后，他会草草吃个快餐，然后亲自教图图每个动作，然后到日落西山的时候再吃一个快餐，接着上各大成人网站寻找新的BT资源，偶尔他会很失落，因为网站更新太慢，还有东国的各大影视公司新片发行速度达不到他的要求。据东东说，他曾经为了训练图图的一个红绳动作，摔下地板头先着地被缝了二十七针。我自卑地想，如果我有这种精神，估计现在已经在苏南大学读我钟爱的古代文学博士了，于是我经常偷懒。

这是一段值得我终生回味的黄金时光。我拿着高薪，住在五星级酒店，吃着特级厨师每天给经理级人员烧制的饮食，和绝色美女楚妖精玩着暧昧游戏，或者随意地检验下各囡囡的丰乳肥臀。尤其是李鹰对我防范很严，基本不让我参加培训工作，我拥有了大量闲得发霉的时间休养，我心里暗喜着假装郁闷，天天几个小时泡在大堂边的咖啡厅享用咖啡和杂志。然后看着太阳公公慢慢落山后的云彩，发几句怀才不遇的牢骚——这绝对是中文系最专业对口的工作。不久，整个屋丽都知道了，一个年富力强的才子被李鹰排挤而无法展现自己的悲惨事件。我内心实在是欢喜得无法表达啊。

当然，有时我也会到培训部跟囡囡说几句要敬业爱岗，要给男人感觉之类的废话。如果花会成功，作为培训部一员，也能分点功劳。如果失败，那是李鹰不让我干，不是我的责任，整个屋丽都可以作证。我这样的人从省厅辞职是国家的损失。

有时，我让两个囡囡一左一右帮我捏脚，不自然地会犯一阵迷糊，我他妈运气怎么这么好？老天太不公平了，金融危机，大把80后颠沛流离，我踩狗屎了，还好大一坨。想当年潇湘科大中文系的四大才子。有一个写诗歌的，在大学时写了大量金黄的麦田唱着动人的哀歌的句子，现在已经进了精神病院。一流的诗人都在精神病院，他三流，就先进去了；有一个写散文的，现在任小卖部部长，整天与城管叔叔斗智斗勇，谁跟他谈文学，他跟谁急；另一个写浪漫主义小说的，在居委会负责妇女工作，主管计划生育和分发老鼠药，弄得每次巷子里的猫看见他就咬；最后一个就是我了，我早就悟到现当代文学都是浮云，于是大三就毅然走上了网络颓废文学的道路，现在还真能用上一点。可见，选择正确的道路比走得快更重要。

参加培训的囡囡主要是两种人，一种是刚从工厂出来想通了的打工妹，她们往往在思想上和身体上都没有做好准备，以为真的是钱如潮水，只要张腿。第二种是刚被客人投诉了，被罚到培训部来回炉深造的，往往很有情绪。李鹰都能够亲力亲为，因材施教，恩威并重，理论与实践相结合，基本上无人不服。我想如果他哪一天又从红绳上摔下来死掉了，我的悼词都写好了。

李鹰，一个久经考验的桑拿战士，他的一生奉献给了伟大的桑拿事业，兢兢业业，勤勤恳恳，对技术精益求精，对工作从不拈轻怕重……是一个高尚的人，一个纯粹的人，一个绝不脱离低级趣味的人，一个有利于淫民的人。

我又一次在大厅喝咖啡，喝得摇摇欲睡。被一阵婴儿的啼哭声吵醒，再睡，再被吵，无比烦躁。那婴儿的父母不断哄着孩子，没有任何效果。喝咖啡的大多喜欢清静，不少已经皱着眉头了，孩子父母不断道歉，来者都是客，孩子又是襁褓之人，郁闷的客人和大堂服务员也没有什么好办法。有些客人已经拿包准备走，我也起身离开，准备上培训室再说几句废话。

此时，咖啡馆走进一个女孩，让我和我们都停住了脚步，那是个满脸笑容的女孩。高挑的个子，肤色白得恰好，五官长得恰好，没有任何化妆品却非常典雅，一种高贵与野性并存的感觉涌来，让我有种莫名的自卑感，但嘴角的轻笑，还有笑后甜甜的酒窝，又给人自来熟的亲近感。她着一袭绿纱裙，脖子上挂着圆润的夜明珠，一看就是高贵家的女儿。我突然没有理由地想起《荷马史诗》里的海伦，在五星级酒店里出现几个豪贵家的女儿很正常，奇怪的是，她一出现，像一剂清静散，咖啡馆的烦躁刹那间消散了。很多要走的人又重新坐下来，觉得空气中洋溢着氧气。

那女子走到婴儿旁边，婴儿还是在哭。她笑着去抱孩子，清脆如黄莺般说道："让姐姐抱抱。"那孩子也就不到一岁的样子，看了一眼姐姐，居然停下了哭泣。

那女子道："我弹首曲子给宝宝，宝宝就不会哭，你们继续喝咖啡啊。"

我们齐声道："好的，好的。"好像这位姑娘跟我们每个人都是老相识一样，她款款走开，我却感觉心跳加快。

这位姑娘走到大厅的钢琴后，微微一笑，已让人醉了，她弹的是莫扎特的催眠曲，我在学心理咨询催眠术时经常接触，这姑娘指法纯熟，奇怪的是有一些音节她还有自己的变化。宝宝睡了，所有的人都进入一种如梦如幻的境界，飘飘欲仙，万有引力在屋丽已不存在。

飞机正在抵抗地球，我正在抵抗你。

好不容易催眠曲停了下来，我看见所有男人都呆望着大堂钢琴处。那女子轻笑颔首，整理一下长裙，两只眼睛亮得随时都会涌出泉水来，波浪形的长发，衬得瓜子脸分外妖娆。这是哪个艺术学院的学生？

她又笑了，又弹了。这次她是边谈边唱，声音柔美得不在专业歌手之下，唱到动情处，眼泪就溙湿了长长的睫毛，全场凝结，她唱到：

时光挥一挥手，大海就变成了大漠。

曾经的渔舟唱晚，只留下几条河痕。

昨日的百草牛羊，眼下的万里黄沙。

烈风掠走了最后一点绿意，

暴日舔皱了残存的水印。

胡杨目睹了这一切，

可它老得不会说话了。

曲罢，所有人都在发呆，包括大堂几个开房的，都停下了手里的活，我屏住呼吸脑袋一片混乱，整个屋丽只有美人和天籁，一群凡夫俗子，在现实世界里升入了审美世界，至少刹那。我肯定，她是艺术学院的大学生，国家音乐学院还是海星音乐学院？来走穴的？

我身边的一个老头，刚才喝咖啡时还是病快快的，现在却是一声长叹，一身大汗，满脸红晕，我暗叹，也许这就叫：

绿纱裙白羽扇，

珍珠帘开明月满，

长驱赤火入珠帘，

无穷大漠似雾非雾似烟非烟。

静夜思驱不散，

风声细碎烛影乱，

相思浓时心转淡，

一天青辉浮光照入水晶链。

正胡思乱想，那女子走到了我咖啡桌边，我揉揉眼睛，赶忙把踩在凳子上的脚拿下。

女子呵呵笑道："你是江磊吧，你的感觉论我听后非常有感觉，受教了。"

我结巴了："你……你……你是哪个？"

那女子弯身道："敖登格日乐，科尔沁草原的人，汉名何青。"

我还在发愣。

何青道："不请我喝杯咖啡吗？"

何青一携裙角，坐在我身旁，如果眼光可以杀人，那我早已经万箭穿心。

我道："敖什么日乐，你……你来上班了？"

何青伸出手来跟我握手，道："敖登格日乐，在我们那是星光的意思。你叫我何青好了，当年在京都玉宇凡尘时，大家都这么叫我。"

我握着那白嫩的手，竟有些颤抖，何青道："你讲感觉论时我在云贵做义工，但我已经派人抄好了笔记。好久没有让我心动的课了，江先生才学让我佩服。"

我道："哪里，我就一忽悠。"这是我踏入江湖以来，难得对美女讲的一次真话。

何青道："先生过谦了，屋丽有李鹰，有先生，一定生意兴隆。还有，先生请您对小楚说，何青不是有意要抢八十八号，只是我在玉宇凡尘就是这个号码，何青念旧而已，得罪的地方还请原谅。"

我道："原谅，原谅，一定原谅。"讲完后，我就后悔了，我又有什么资格代替楚妖精原谅，何青又有什么做错的地方，还有何青怎么知道我和楚妖精有关系？

我知道自己脑子很乱，赶忙稳住心神，转移话题道："京都的玉宇凡尘，如雷贯耳了，听说那里玩一次要几万块钱，关系硬得很，你在那里工作过，是不是真的？"

何青笑道："以讹传讹了，贵是真的，有关系也是真的，但没有那么夸张。我就是玉宇凡尘的四大花旦之一，我出去应酬一次也就五千元罢了，当然有个别喜欢烧钱的，给几万我也没意见。不说这个了，玉宇凡尘已经垮了，当年武陵少年争缠头，一曲红绡不知数，现在是同为天涯沦落人，相逢何必曾相识了。"

我心道，这北方女子语言功底不赖啊，学什么出身的？我道："姑娘过谦了，现如今玉宇凡尘被查封，不知京都城里还有没有老大？"

何青道："八路公馆，还有一个山庄……先生不知道也罢。"

我道："那何小姐为何只身果岭，以您的素质，管他是八路公馆，还是国民公馆，应该是非常受欢迎的啊？"

何青道："何青在京都读书四年，受够了京都的风沙，尤其那风沙是从我家乡科尔沁刮来的，我就更难过了，我心中的科尔沁，永远是我小时候的科尔沁，漫地大草原，云彩与羊群一色，天和地青青相接。后来啊，我家门前的科尔沁，一片黄沙，我伤心了，就躲，以为像鸵鸟一样将头埋在沙里，就不会难过了。于是躲到京都读书，还是躲不过故乡的沙，我一怒之下就来果岭了，总算国家够大，一时半会还不会被黄沙灭了。刚才我弹的曲子就是我最喜欢的：曾经的渔舟唱晚，只留下几条河痕。昨日的百草牛羊，眼下的万里黄沙。何青在江湖游走，赚的钱大多就是为了治沙，先生相信吗？"

我点点头，心里觉得很别扭，治沙？囡囡入这行原因千奇百怪，但大多不脱"穷懒贪、被骗、被逼"几种而已，为治沙而入青楼，别致得过分了吧。我望了她一眼，长得好纯应该不会骗人，但张无忌的妈妈早就教导过我们，越漂亮的女人越会骗人，我得小心了。

我笑道："何青你是京都哪个学校毕业的？"问完我就后悔了，楚妖精都不讲，何青估计也不会讲，毕竟这一行……没必要将师门再说出来了。

何青笑道："我那学校是京都四大名校之一，先生猜猜？"

我惊道："华京大师？"

何青点头。

华清不可能，那地方只产恐龙，大北可能性也不大，未名湖的女子太多光环了，好嫁；大人应该熏陶不出这么灵性的女子。我道："学高为师，身正为范，何小姐难道是大北师的？"

何青大大方方地笑道："江先生不愧是心理咨询师，一猜就猜到可能性最大的了。不过何青本身是怪物，不怪先生猜错。"

何青一点也没有遮掩，大大方方笑道："我是华清的，华清哲学系。"

我硬吞了口口水，从小就向往青蛙大学，今天终于见到了一只活的青蛙，居然长得像天鹅，还是学哲学的，如果何青没有撒谎，那此人智商与外貌都达到的层次，还叫别人活吗？

我还在发怔，何青笑道："先生，可以把我的手松开了吗？"

我才发现我握着她的手，这么长时间，居然一直抓得紧紧的，比抓钱还紧。我赶忙松开，她若无其事地抽离被抓红的手。

我说："对不起，忘记了。"

何青低着头，露出长长的粉颈，半晌后红着脸望着我道："下面……"那眸子秋波荡漾。

"下面？"下面去干什么，我心里也在荡漾。

她红着脸，用只有我能听见的小声温柔道："下面……"我一阵紧张，难道下面她想让我单独指导她业务吗？我愿意啊，虽然我是忽悠，但一定尽我生平所学，好好培养她。

何青道："下面……"她居然用手指指着我腹下。

我的亲娘耶，我还真有些紧张，我只觉得天地温柔，不枉此生，江磊，加油。

我像处男一样红着脸激动道："我在培训室的房间是……"

何青打断道："江先生，你下面拉链没关。"

晚上，楼下声色犬马，男人天堂。我还在像吸毒一样回想着何青，宛若自己飘在天堂。突然接到杨二兵的电话。

杨二兵道："柳大波说她没有出轨，骂我又没本事又多疑，不像个男人。"

我道："也许是真的呢？你不能单凭着老婆做爱时叫别人名字，就认定自己的老婆出轨，这个证据本身就不充分。"

杨二兵道："你他妈的是不是也是湘水大学读法律的，我老婆也这么说，还追问我去东城干什么了？"

我道："你怎么回答？"

杨二兵道："我去东城看看有没有和尚庙，准备出家为僧。"

我雷道："这个……牵强了点吧？出家你跑这么远干吗……再说，有来东城出家的吗？"

杨二兵道："反正空即是色，色即是空，两者也差不多，况且她也没有我去东城不是想出家的证据啊。我也想通了，不和她计较了，生活就是这样的，聋子听到哑巴说瞎子看到鬼。"

我道："你怎么变得这么沧桑了，不像我们中文系那个纯情美少年啊。"

杨二兵道："得了吧，奔三了，我还想玩清纯但玩得过来吗？嗯，我想问你一件事？"

我道："你欠我的钱慢点还没关系。"

杨二兵道："我有说还你钱吗？我还没有决定还不还你呢？我是想问你，上次，就是上次我没有戴套，会不会染上艾滋啊？"

我笑道："怎么，恐艾了？"

杨二兵道："就是被你那狗屁兄弟张小盛吓的，弄得我回来查了好多资料，本来还不怕，越查越怕，狗日的艾滋，全国都有八十四万了，我这也算高危吧？"

我说："当然算，你不算谁算？"

杨二兵沉默了，道："那我不会得吧？你一定要说不会。"

我笑了："呵呵，那你还问我干吗？"

杨二兵道："妈的，老子倒是无所谓，就是我爸妈，没有享过我一天福，要是我二十七八岁就走了，还是这种病走的，叫我爸妈怎么见人啊？"

我漫不经心道："那你查查呗。"

杨二兵道："没用，这病潜伏期长，我都快神经了，每过几个小时就把自己的小弟弟掏出来瞧瞧，看有没有异常。还有，我也不敢去抽血检查，我这两天都去医院了，每次都害怕查出什么问题来，又转身走了。"

我道："你不是疑病神经症吧，这病可厉害，大多数心理医生都没辙，我劝你如果怕得厉害，还是去抽血检查一下。"

杨二兵应了一声，就挂了电话。

过了两个小时，杨二兵又来电话了："江磊，你说我不会得艾滋吧？"

我说："你抽个血不就完了吗？我又不是防疫站的。"

杨二兵道："我走到医院门口就回来了，我怕。"

我说："操，你怕个球啊？老子现在就在东城。玩的男人多了，没见几个艾滋的啊？你放心，这病没这么容易得，男的比女的更难得，好像只有百分之一的概率。"

杨二兵道："是一千五百分之一，我查得很清楚了，你这么说我好点了……但我还是怕。"

我道："抽血检查。"啪地挂了电话。

凌晨三点，手机又响了。

杨二兵道："江磊，没睡吧？我下面有一个红点点，会不会是艾滋啊？"

我抓狂了，道："拜托，现在是凌晨啊，老子不要睡觉吗？"

杨二兵道："啊，现在凌晨了，哦，我看了自己三个小时的小弟弟了，那个红点不会是艾滋潜伏期的症状吧？江磊，我本来就瘦，这两天我又瘦了三斤多。"

我道："不会的，好不好，概率很低。"

杨二兵道："哦，那也是……那为什么全国快百万人得艾滋了？肯定还有那么多没统计的。"

我气道："你运气不会那么差的。"

杨二兵道："我想我运气也不会那么差……那为什么女明星脱点衣服更红了，而我脱光了衣服，却被警察抓了？"

我道："杨二兵，我再讲一次，验血，免费的，懂吗？"

杨二兵道："哦，那我和柳大波搞了那事，如果她被我感染了，怎么办，我怎么办？"电话那边已经是哭声了。

……

我直接把电话静音了，第二天楚妖精扶我起来，我打开手机一看，六个未接电话，全是杨二兵的，我知道，他已经生活在地狱中了。

"喂，江磊，辛龙的牛主任就要来了，你安排一下，要最好的服务，哥哥不缺钱。"张小盛在电话那头嚣张道："你争取把房费免了，送两个夜宵，最好免费送几瓶啤酒，白金龙就行。"

我无语了会，道："房费没问题，夜宵和啤酒就不好说话了。给你安排楚妖精和白素素吧？"

"好啊，好啊，白素素就给我吧，楚妖精给他应该可以了。"张小盛想了会，又道，"不行，不行，你不要派白素素来，万一被牛主任看见了，要抢怎么办？一朵鲜花搁牛粪上了。"

我说："你他妈不就想靠着牛粪养着吗？过屋丽来坐坐，我带你看看囡囡怎么训练的。"

张小盛道："不了。"

我奇怪道："狗不吃屎了？"

张小盛道："反正今晚就要去了，要养精蓄锐。再说我挺忙的，走不开啊。"

我道："忙什么啊？魔兽吧，又有工会活动？"

张小盛道："今天工会要打怪分宝贝，算了，你不懂的。"

我挤兑他道："你怎么还这么不务正业呢你，你说你这几年不是在玩魔兽，就是在去玩魔兽的路上，这样下去你老爸什么时候才能抱上孙子？"

张小盛道："呸，你好，也没见你拐到一个老婆。"

我道："我是万花丛中过，片草不沾身，这意境你不懂。"

张小盛道："你装A与C的毛病什么时候能改呢？"

我道："改不了了，就靠它行走江湖，有本事你也装个给我看看。"

张小盛道："你怎么这么咸不知耻？"

我道："是恬不知耻？恬，天上人间的天的第二声，懂吗？"

张小盛道："你就喜欢在体育生面前谈文化，文化人面前谈体育。都不稀罕说你了。"

我道："行了，玩你的魔兽去吧，你就这个特长了，再在电脑前多坐点，大会不发言，小会不发言，前列腺发炎的那个就是你了。忘了问了，除了魔兽，你还玩得动别的吗？比如，囡囡。"

张小盛长叹了一声："哥玩的不是魔兽，是寂寞！"啪地挂了电话。

我愣了好一会，非常气愤，这二百五长本事了啊，都敢在爷面前装A与C了，不枉跟我这么久，近朱者赤啊。

在培训室里，李鹰一边让大黑崽跪在脚下擦皮鞋，一边一脸郑重地对我说："江磊，有没有其他酒店向你要过屋丽的培训资料，你不小心给了的。"

我怒道："李鹰，当我第一天混啊，怎么可能？"

李鹰盯着我好一会，道："前天屋丽新推出了一个服务项目霸王敬酒，昨天西京魅力滩和浅水复尊就同时推出了这项服务，流程和屋丽的一模一样，这可奇怪了啊。"

我道："李鹰，这些天我都在大堂喝咖啡来的，连新项目都不太熟，你怎么可能怀疑我？你自己培训部出了内鬼，是你管理不当，要不打个电话给卫哥，严加管理一下？"

李鹰道："哈哈，这种事情就不麻烦毛老板了。我知道不是你干的，只是培训部的员工都要例行谈话而已。看你这样子也是江湖老鸟。不会为了一点钱，坏自己名声的。"

我道："废话，我是卫哥的人，怎么可能干这种事，我和你实话实说吧，老子有自己的生意，是迟早要走的，以后做生意怎么都还要卫哥帮衬的吧。"

李鹰假惺惺地搂着我的肩膀道："那是，那是，毛老板黑白两道通吃，以后江老弟前程似锦啊？江老弟是不是毛老板在潇湘当兵时战友的儿子，以前认识的？"

我干笑两声，李鹰知道失言，也跟着干笑两声。

李鹰道："江老弟，你别怪我多心，你要知道，现在的东城大大小小上百家桑拿，服务同质化严重，要新创一招半式的，需要我多少心血。如果有内贼我一定不放过他，问题是会是谁呢？"

我也假惺惺地搭着他的肩膀，不伦不类道："李兄节哀顺变，会不会是其他桑拿派了潜子过来拿到的，或者客人玩了后把技术传过去的？"

李鹰道："桑拿之间互派潜子打听新技术，是惯例。我也没有打算一个新技术可以永远保密，在这个时代这是不可能的。但创一个新技术，如果没有内奸的话，别的桑拿模仿不了这么快，学习也需要时间。这样创出新技术的桑拿总会有一段独享的时间。这段独享的时间里赢得客人，就是培训部创新带来的效益。可是我前天编一个技术，昨天就有两个场子同时采用了，只可能是内鬼。"

我道："会不会是训练了的囡囡里有潜子？"

李鹰道："应该不是，训练了霸王敬酒的三十多个囡囡，都是屋丽的老人，从厂里出来就一直在这里，况且这两天她们没允许出去。靠电话不演示或者没有教案是说不清楚的，只可能是培训部内部有人将我的教案偷写了一份，送了出去。"

我道："你能不能把这霸王敬酒演示一下让我开开眼？"

李鹰愣了下，道："当然，当然，江老弟是这里的培训师啊，应该的。说实话，我对这个小把戏流出去并不太在意。我在意的是濠江花会，那时出了内鬼，就没得补救了。东东，你演示一下给江老弟看看。"

一个厨师好不好，看他家常豆腐做得好不好，一个培训师好不好，看他随便一个设计勾不勾引人。从霸王敬酒来看，李鹰不愧是黄色天空里的一头雄鹰，屋丽的注册商标——请认准这只鹰。

看完后，李鹰骄傲道："这动作很简单，但东东的眼神、喘息、爬行等都是设计好了的。江老弟认为没有内奸偷教案能在一天内学会吗？"

我摇了摇头。

李鹰一扬手，让男试钟员离开。任何一个桑拿都有男试钟员这个职业，就是免费和所有囡囡试钟的，羡慕吧？但江磊告诉你，这是世界上男人最辛苦的职业，没有之一。屋丽曾经找过几个找不到工作的年轻农民来做试钟员，刚开始那几个后生不相信免费可以玩囡囡还拿工资，以为是骗子不肯来酒店；后来发现是真的，纷纷觉得自己祖坟冒了青烟；工作一周后，都恨不得挖了自己家的祖坟。作为实验教学工具，每个囵囵都拿你做练习，那是什么感觉？嗯，你有刚打了三次手枪，睡得正熟时被老婆叫起交公粮的感受吗？他们每天都过着这种日子。我认识很多试钟员都辞职了，进来时个个像摔跤的，出去后个个像吸毒的。

我拍拍试钟员道："辛苦了。"转身对李鹰说："是有潜子，可培训部除了你和东东，还有我，只有西蒙、果冻、翠翠三个前代师姐了，难道……"

东东道："不可能，我们四姐妹都是屋丽老牌师姐，忠心耿耿。"

李鹰道："不可能，西蒙、果冻、翠翠能做培训师，不仅是技术好，他们都是屋丽几个股东的人。应该是有机会进培训室的内勤人员干的。"

我赶紧道歉道："是我不对，来的时间晚，不知道屋丽的内部关系。"

李鹰郁闷了，猛地站起，老人头皮鞋踢在大黑崽的小腿上："你这是什么跪姿，我教了你几次，单膝着地大小腿应该是四十五度，你呢？你多少度？你存心赶走我的客人是吧？"

大黑崽痛苦地流汗道："哎呦，我改，我改。"

我拦住发火的李鹰，扬手让大黑崽快走，都是80后，谁都不容易。摆明了李鹰这是在找技术被偷的出气筒，大黑崽最好欺负了，不踢他踢谁？

这时毛董打来电话道："李鹰啊，你马上去趟联防队，还有你叫江磊下午来我家一下。"

联防队，我惴惴不安地送李鹰出了培训室，去联防队？屋丽出事了？还有卫哥让我去他家干什么呢？不会是叹茶讲历史吧？

李鹰一脸郑重地开车走了。

又接到张小盛的一个电话，拜托我晚上千万不要派白素素出来，我说神经。

吃完特供的饮食，李鹰还没回来，心里还有些没来由的担心，走下大堂休息，正逢着李鹰回来了，正在停车，满脸春光灿烂。

我迎到车前，问道："没事吧？我一直在等你呢？"

李鹰道："没事，经常去开会的。联防队真抠，午饭都不安排一个，我的特供还在五楼吧？"

我道："在，什么会议啊？"

李鹰道："扫黄打非会议，我作为屋丽的代表去领奖，并做了主题发言，介绍了酒店防止卖淫嫖娼的经验。"

我睁大眼睛，外边风和日丽。

李鹰从汽车里拿出两块很大的铜牌奖状。

"发什么愣，帮拿一块啊，江磊。"

我俩举着牌子雄赳赳地走到大堂，挂在了屋丽墙壁上。

一块牌子是东城市文委发的，授予屋丽酒店精神文明建设先进单位。一块是东城旅游局和浅水镇联防队联合发的，授予屋丽酒店扫黄打非工作突出贡献奖。

毛老板住在竖未湖别墅群里一个叫海逸豪庭的地方，离屋丽倒是不算远。走去一看，毛老板的房子，独门独户，气势磅礴，仅大门就宽达十米，这份张扬怎么也无法同喝茶时那位会跟服务员微笑点头的内敛老人联系在一起。开门者是一个妙龄少女，带我走到后院，曲曲折折的小道边竹影婆娑，这房子，配得上庭院深深深几许的句子，一会儿，遥闻深巷中犬吠，几十步后见到毛董正弯着身子给一条大狼狗洗澡。

那妙龄女子宛然一笑道："爸爸，江磊来了。"转身走入书房。我心里一惊，没想到毛董能生出这么漂亮的闺女。

毛老板站起，很有礼貌地示意我坐下，一边给爱狗洗澡，一边跟我谈话道："江磊啊，听说你整天在大堂喝咖啡啊？"

我赶紧站起道："毛老板，不是这样的……"

毛老板正色道："叫卫哥。"

我故意吞吞吐吐道："卫哥，实在是培训室很难插手啊？李鹰很能干……我……帮不上什么忙？"

毛老板对着狼狗冲了一下水，转身对我和蔼地笑笑道："等我给黑虎洗澡后，再给你叹茶啊。"卫哥小心翼翼帮黑虎擦干了身子，然后从身后拿出一大罐上好的牛肉来，放到黑虎的嘴边。黑虎汪汪两声，一脚踢开了牛肉罐。毛老板道："黑虎啊黑虎，这东国牛肉吃厌了也不要发这么大火气啊，爸爸马上给你弄点海鲜泡饭来吃啊。"

毛老板向我招手，示意我跟他走，我们走进一间日式风格装修的大房子，两个很漂亮的女孩穿着东国服齐身鞠躬道："爸爸好。"我才反应过来，这年头叫爸爸的不一定是女儿，也可能是妖精。毛老板交待中间的一个"女儿"弄些桂鱼搅碎了泡饭喂给黑虎吃。另一个"女儿"马上走过来跪着倒茶。

毛老板道："江磊，嗨，李鹰这人我是知道的，工作够拼，人品也不错。但就心胸狭窄了点，容不得人啊，这个鼠目寸光的东西，东国为什么先进，不仅仅是技术一个环节，还有大批围绕这个产业服务的人才，搞性文化的、性创意的、研究性心理的，是一个完善的系统。还亏着他李鹰天天研究东国，我们花会时就要面对东国人了，他还是只学到了点皮毛。"

我暗惊，毛老板的眼界就是不同，马上道："也不能全怪李鹰，可能江磊初来乍到，一些地方做得不到位，水平也入不了李哥的法眼。"

毛老板道："江磊你不用谦虚，卫哥用人不疑。既然用你，就说明你在卫哥眼里有可用之处。李鹰在技术细节方面确实有点东西，但在文化视野和心理把握的认识方面，他比不上你，你要发挥你的特长。江磊，李鹰上次来我家说你是空手道，我已经骂他了，你不要让他看扁，让卫哥失望哦。"

我心道，激将法，表面装出感动的神情，道："谢谢卫哥。"

毛老板将拖鞋往前一甩，那个倒茶的"女儿"，赶忙爬到毛老板脚边，捏起脚来。

毛老板悠悠道："江磊啊，你知道南部桑拿最强的地区在哪里吗？"

我道："那当然是东城。"

"东城哪里？"

"当然是我们浅水屋丽。"

毛老板眯着眼睛，显然对我讲的我们屋丽很满意，他将一只脚踏在"女儿"脸上道："江磊啊，除了东城，第二是什么地方？"

我道："珍海吧，听说挺强的。"

毛老板点头道："2007年以前最强的确实是东城和珍海，但现在不是了，现在仅次于东城的是咸水，珍海桑拿已沦落到二流了。你知道原因吗？"

我道："卫哥是这行的行尊，我只有请教学习的份，确实不知道。"

毛老板道："珍海最强大的桑拿是会龙山庄，他的老板很有想法，也很有实力，黑白两道都有着卫哥自叹不如的人脉。在他的领导下，珍海连续几年都和东城不相伯仲。但就这样一个强大的桑拿，去年一次扫黄，老板被抓，百多个图图被抓，多年苦心经营的事业刹那间烟消云散。然后就被咸水取代了。"

我道："涉外酒店不是不抓吗？以会龙那位老板的人脉应该不会被这种小事弄窗里去啊。"

毛老板道："什么是人脉？你赚钱多，想分一杯羹的人多，你就有人脉。但别忘了，这也意味着，你的对手和得罪的人也多，能量也不小，你掉井里面去了，投下的石头也会更多。况且涉外酒店不抓是哪个法律规定的？法律只规定了组织卖淫罪要到牢里去。他可以不抓你，也可以抓你，也可以养肥了你再抓你，无论什么时候抓你，都是正义战胜了邪恶。"

我点点头，又说了一句蠢话："屋丽刚被评为扫黄打非先进单位。"

毛老板道："这破铜烂铁做的牌子珍海会龙有十几块，这种事我见得太多了，脱了裤子上床，穿起裤子扫黄。况且就算买通了当地的管理部门，如果省里要动你，部里要动你，你能把全世界都买通吗？你是非法的，必须明白？"

毛老板舒服地叫了一声，脚下的"女儿"正用中指关节用力顶着他的脚心。毛老板道："知道我为什么讲这些吗？我想告诉你，别看着这一行的老板表面风光，其实都是在走钢丝，不得不走的钢丝。"卫哥飘渺地望了一眼远方，轻叹了一口气。

我道："每行背后都有自己的苦衷，我可以理解。"我心想，难道，卫哥是叫我来做心理咨询的，如果是他的咨询费我收不收呢？要不要给他开点维C呢？

毛老板道："江磊，你知道什么样的场子容易被扫黄吗？"

我想了想道："小场子吧，还有那些街边的按摩店。"

毛老板赞许地看了我一眼道："严谨地讲，是交税少的场子，还有不会引起社会不稳定的场子。屋丽要成为行内公认的桑拿大场，大到一被抓，整个酒店业都风声鹤唳，无心经营，我们就安全了。怎么才能成为业内公认的大场呢？内部花会取得好成绩，整个业界才会承认。我让你来，就是希望老弟能发挥自己的长处，为屋丽花会作点贡献，也是为了卫哥的安全。"

我站起道："我肯定会努力的。"

毛老板轻抿了口茶，道："两个月后就要去紫荆城了，东城还有一席名额，东城预赛将在十天后举行，西京虎波堂、常闹大唐盛世宫、中都后起之秀金水，还有浅水的复尊俱乐部要争夺最后一个席位，到时李鹰和你都要去做裁判。我们在一个月后也要确定赴会的名单和首席技师的名单。我们的老对手西京九五玉与魅力滩也不会闲着，都在厉兵秣马。现在我给你一个任务，在一周内去这几个场检验一下，把他们的技术情报收集起来。"

我睁大了眼睛："卫哥是说让我做潜子？"

卫哥道："对。"

我心里暗喜道："为什么不让李鹰去？"

毛老板道："李鹰在这一行人头太熟了，一进门就知道是屋丽的人来了，还收集个屁情报。你是新人，适合做潜子。全力考察，尤其是九五玉、魅力滩，还有中都那个狗屁金水，去年还寂寂无闻，金水？听这名字就不爽，听说他们推出了一个什么动画片的服务，你去好好看看，鉴定一下。考察费找李鹰报销。"

我心里一阵暗爽，愁眉苦脸道："为了卫哥，我一定尽力考察。"

捏脚的"女儿"道："爸爸，你的脚脏了，是要舔干净还是洗干净？"

毛老板道："用热水泡泡吧。"那"女儿"十分开心地笑了。

毛老板送我出去，一路上碰到十来个叫爸爸的，我道："卫哥，你'女儿'可是个个漂亮啊，你这别墅改名叫大观园算了。"

毛老板道："她们都是李鹰选出来的。江老弟要是喜欢，这些'女儿'，随便用，不用客气。"

我赶忙推辞掉了，分享老板的女人是不成熟的表现。

毛老板指着旁边一栋更豪华的房子道："这是一个小领导的宅子，里面的女人很不错。你好好培养囡囡，只要还有有权有势的男人在，这就是永远的朝阳行业。"

走出海逸豪庭，离高尔夫球场不远的地方在搞活动。我走近一看，一群贵妇人抱着自家的狗在爬，场地上面挂着很大的牌子，叫豪庭名狗嘉年华。还有一个公司在卖狗。那些狗真他妈漂亮，都长得跟画出来的一样。一问价格，最便宜的一只狐狸狗要十四万。我悲哀地想，我一年的薪水，什么时候能超过那条最便宜的狗啊。

的士开到浅水高速路口时，车被堵了，一个工厂的工人堵着街道，拉着横幅，在烈日下抗议厂子随意打人，不发加班费，工资达不到东城最低标准790元。我又心理平衡了，我想，他们应该想不到有十多万的狗，我又无端地猜想我的囡囡甚至卫哥那些女孩子，大多是他们家的宝贝。

这就是东城，咫尺之遥的地方，穷人忙着吃饭，富人忙着养狗，各有各的痛苦和焦虑，站在天堂看地狱，人生就像情景剧，站在地狱看天堂，为谁辛苦为谁忙。

晚上，张小盛一个人过来了，那辛龙钢铁厂的牛主任又放了他鸽子，说现在厂子里廉政建设，他的事情要研究研究。张小盛道："总是这样，男的研究研究，女的日后再说，这是某些国企干部的惯例了，算了，明天再送点烟酒去，总之要打通这个关节。你叫白素素陪陪我，我憋了这么久，要泄泄火。"

我道："白素素今天例假，给你找另一个好的吧。"

张小盛道："那我要楚妖精。我要杀她个片甲不留。"

三分钟后，张小盛一脸蜡黄地从房间里出来了。

我问道："丢了东西？"

张小盛道："丢了人。"

我道："怎么了。"

张小盛摇摇头就是不说。

这时，楚妖精给我发来短信道："江磊，不好意思，没伺候好你兄弟。但已经两次了。"

我看了短信大笑。

张小盛讪讪道："不是兄弟无能，是对方太狡猾。楚妖精实在太厉害了，没见过这种水平的。"

我道："你不是要杀楚妖精一个片甲不留吗？赣都最快二十米？要改成赣都最快二十秒了。要不要回去报仇？"

张小盛垂头道："你陪我出去吃个宵夜，吃点韭菜什么的。"

屋丽右边不远处就有一个市场，我们吃着吃着，突然看见前面有两个男子在抢一个女人的包，还用脚踢那个女子。那女子痛着喊救命。人来人往的夜宵市场就是没人上去。

我道："张小盛，张三丰，你要不要去救人，武林高手？"

张小盛咬了口韭菜道："关我屁事，没有买社保和人寿保险之前，不要在东城的夜晚行侠仗义，这是我成熟了才明白的道理。"

那女子大叫："救命啊，救命！"

张小盛转身道："来两块里脊肉。"

我笑道："这声音怎么有点耳熟？"

张小盛一顿，大叫，是白素素，丢下韭菜，飞奔过去，赣都最快二十米，重现江湖。

第30章

大场潜伏

在我赶到时，战斗已经结束，张小盛发挥了自己四年体育系所练就的所有本事，或者说难得一次超水平发挥了自己的本事，或者说出其不意——现如今没有几个小混混相信自己会在东城亲身碰到见义勇为这种古老的传说——猝不及防间，被张小盛踢中了裆部。以赣都最快二十米的瞬间爆发力估算，这两个小混混估计这辈子可以和蔡伦、郑和、小安子凑在一起打麻将了。张小盛叼着从烧烤摊拿来的牙签一边站在市场装周润发，一边拉起白素素道："靠，老子汗都没有出。"

那两小混混相当不专业，狠话都没放一句，就在地上打滚。我顺便踢了两脚道："妈的，两个大男人，欺负一个女人，要不要脸？看什么看，要报仇是吧？明天来屋丽找我好了，我……叫李鹰！"

白素素看见我，哭哭啼啼地抱着我，梨花带雨也不说话，显然是被吓坏了，张小盛赶忙把我推开道："白素素，别怕，别怕，有我张小盛在以后没人敢欺负你。"一边说，一边去抱她，白素素跟张小盛不熟，使劲往我这边靠。

张小盛小声嘀咕道："靠，江磊，人是我救的。"一把站到我和白素素中间，一脸关切地搂着她道："素素，伤在哪里？让我看看。"说罢就要掀素素的衣服。素素打开他的手。

我白了张小盛一眼，有异性没人性，她跟你很熟吗？泡妞也要讲点节奏好不好。

白素素看了眼张小盛，又看了我一眼，道："谢谢你们……江磊……我好怕。"

张小盛道："东城就是这样的，没有办法，南部的巴格达。上次我和江磊就跟二十多个地痞在这边的一家按摩店打了一场，我把他们都打跑了……嗯……也受了点轻伤。你这样的美女怎么能一个人晚上走啊，太危险了。"

我道："要报警吗？"

白素素使劲摇头，低头道："不要了。"

张小盛道："我也觉得不要了，地痞这么多，警察根本管不过来，下次你要逛街，打电话给我好了，十个八个不在话下。"

白素素望着我道："不是地痞，是……是何青！"

我道："什么？"

白素素肯定地点点头。

我追问道："科尔沁草原的星光？"

白素素抽泣道："她何必呢……我都说过我不参加花会……一定要下这种毒手啊？"

我默不作声，有三个人的地方就有斗争，屋丽三百个囡囡的勾心斗角我也略知一二。顶级的楚妖精摆明了跟何青势同水火，普通的囡囡也有潇湘帮、北东帮、川成帮、云贵帮好多派系，面合心不合，前天还有一个潇湘帮的囡囡到我这里来拉老乡关系要一起对付北东帮，白素素好像就是川成帮的老大……国人嘛，从上到下估计都这样。只是想起何青那天仙般的面庞，我打了个寒颤。

张小盛搂起袖子道："何青是谁，素素，带哥哥找他去。打不死他。"

白素素低头不语。

我问道："你能确定是何青叫的人吗？你怎么知道？"

白素素道："我见过他们，他们以前都给何青开过车——不过是一个花会，我本来就比不上她红牌，至于这样吗？"说着拉拉裙子，膝盖上面一点，被男人的拳头红了一块。

我们俩赶忙叫的士送她回屋丽，我不想介入囡囡之间的争斗，一路上默不作声了。

白素素也不再多言，只是时不时抽泣一下。

只有张小盛一路上义愤填膺，张牙舞爪的，又是骂何青丑八怪，嫉妒自己的素素妹妹；又是骂自己出现得晚，让素素妹妹受苦了；还人猿泰山地锤锤自己的胸部，表明自己痛不欲生的感受。白素素受惯了男人的恭维，也都觉得不好意思了，反过来安慰张小盛。

张小盛道："我这人从不记仇，一般有仇当场我就报了。江磊，带我去见见那婊子。"

我道："她被点钟，飞去沪地了。"

张小盛道："那我明天来。"

我道："明天她被点钟，从沪地飞维港。"

张小盛道："那我后天来。"

"后天大后天她都在京都。"

"她什么时候有时间？"

我道："不知道，来屋丽这段时间，我就见过她一次，而且当晚就飞了东国。"

白素素抱着楚妖精大哭，楚妖精大嚷："何青，你敢这么下作，看我怎么收拾你。素素，你别怕，我马上就跟干爹打电话。"

"干爹，我没办法活了……白素素这么好的人都容不下，要派人下黑手，那我还能活吗……下一个应该就是我了啊……什么造谣啊！白素素就在我身边，腿上被打得红，不是，是青了一大块……不就是花会吗？何青这么做，干爹你都不处理，我们谁还能安心做事啊……嗯，对对，没有安全感了……什么？你会调查？调查什么啊，明摆着的事，我可怜的白素素啊，哦，对了是江磊救的她，江磊可以作证……什么？什么？你别挂电话啊……卧槽泥马的！"楚妖精圆睁着小嘴，大声骂道。

白素素道："楚姐姐，濠江花会毛老板摆明要何青撑台面的，肯定不会有什么处理的……都是我素素命苦，家里……做了这个，被人欺负也没有办法……我们斗不过她，算了吧。"

楚妖精大叫道："你就这么算了啊？人白打了啊？这个事情不可能完。"

我偷偷瞄了楚妖精几眼，心里突然有点犯嘀咕：楚妖精和白素素一个精致娇娆，一个温柔可人，都是极品。但跟何青比，总感觉少了点光芒四射的气场，而且这种缺少很明显。按道理说，何青犯不着这样对付白素素啊，何青也不像这么没自信的女人啊！难道是何青这么小气，容不得任何威胁？难道是楚妖精……

我摇了摇头，不想理会这个事情。楚妖精搂着白素素还在大骂何青，我笑着说有点事走了，楚妖精道："江磊，你走可以，但明天一定要主持公道啊，告倒何青这婊子！"

白素素道："江磊，刚才你们吃夜宵没吃好吧，我给你做碗面，吃了再走吧。"

　　白素素是屋丽的顶级，她被打的事很快就惊动了屋丽很多人，第二天李鹰和屋丽四娘东东、西蒙、果冻、翠翠，带着上百个图图来宿舍看望她，楚妖精高兴地说着是何青干的，但除了几个川成图图，没人敢接这茬。

　　毛老板来电话道："江磊，谢谢你救了白素素啊。楚妖精说你能确定是何青干的？"

　　我冷静下头绪道："是我救了白素素，但我并不能确定是不是何青干的。"

　　毛老板高兴道："很好，很好，江磊，你很客观，没有为了楚妖精而骗我。本来啊，这些小女孩的事情我不想管，但这毕竟是我的几大红牌，濠江花会又近了，女孩子间斗斗小心眼是难免的。怎么说了，也是我的责任，这几个红牌我准备派保安二十四小时监护。江磊，你就不要介入这些图图矛盾中了，她们的关系也很复杂，还有我不太相信是何青做的，我问过她了。"

　　我道："她否认了？如果是她做的，她肯定不承认。"从感情上，我还是倾向于是何青做的，毕竟除了她，楚妖精嫌疑最大了。

　　毛老板道："她也没有否认。她压根就不回答。"

　　我问："是心虚？"

　　毛老板道："是不屑。"

　　我关了手机，很复杂地看了一眼楚妖精，她正和白素素勾肩搭背，准备上街看衣服。

　　小时候就写过作文《我的理想》，当时交给老师的都是胡诌的，什么科学家啊工程师啊，那都是假的，其实我真实的理想是两个：一是梦回唐朝，做一个闲散的王爷，整天游手好闲没事戏弄一下女子；二是做个特务，潜伏在敌人内部，整天灯红酒绿，一边玩敌人的美女，一边收集资料。

　　踏入大唐盛世宫时，我知道，我梦想达成了。

　　大唐盛世宫最大的特点是它的走廊，走廊的两边和墙顶上是大幅的唐代仕女图，我看着绘图暗暗心惊，作为伪文艺青年，前两年曾为了另一个文艺女青年，与丹青一道，下过一些狠功夫，虽然画不会画，但眼光练出来不少，这画居然是滇池画派一位著名教授的手笔，重彩浓墨，却纤微毕现。转弯处的红烛灯笼与尽头白玉长桥后的温泉池腾起袅袅热气，营造出一种别致的氤氲。微红光色下，几个裸女正在温水洗滑脂。远处飘过几声古筝，是《高山流水》的旋律，你不由地掉入穿越时空的莫名快感里，加快了前行的步伐。突然间，长长的走廊的灯光全部熄灭，走廊和温泉前的白玉长桥上，几秒内幻变出上百个穿着古典裙子的"仕女"来，朝你浅浅一笑，躬身请安。唐代仕女的服装你见过没有？该丰满的地方一定会让你看到丰满。曾气得宋朝的卫道士朱熹老爷子大骂：脏唐烂汉。

一个仪态翩翩的部长，缓缓走来，笑着拉过你的手道："老板，欢迎走进花街。"

"欢迎走进花街！"一群美女齐声发出清脆整齐的乐曲。

花街？我反应不过来了，以前没有见过啊。我还在发呆，那一群囡囡一齐转了个三百六十度，"仕女"的衣服都脱下了，只剩下一层白色的轻纱，裸选！传说中的裸选！所有没上钟的囡囡全部集中在这窄窄的走廊和桥上，数百女子，全部仅披轻纱，任意挑选！

走过，路过，不要错过，节省时间，震撼心灵。你可以在这人肉胡同间来回穿梭，顺手揩油，不要有任何负担，但老实说，即使是我这么厚脸皮的人，穿过时仍然会有种巨大的压迫感，还有紧张的心跳，身边媚眼电流，轻吟酥人，更重要的是无边无际，欢迎临幸，那感觉太好了。我一手拂过，满城尽带黄金乳。部长道："欢乐宫所有没上钟的侍女都站在这里了，请慢慢欣赏，有喜欢的就下手哦！"

我左顾右盼，是要章柏芝还是周欣桐，还是一起呢？我痛苦地想着，除了不能使用录像机，在这里，带上两千块钱，你就拥有程冠希的待遇和权力。

屋丽落后了，我心里嘀咕道，屋丽还是原始的T台选秀，节目虽好但有好几个缺陷：

1. 时间拉得太长，客人往往耐心不够或一时冲动，送了花挑了囡囡后才发现有更好的，懊悔不已。而花街所有囡囡一字排开，可以在所有可选项里选最中意的，效率高，满足感强，不易后悔。

2. 视觉冲击程度不够，T台一次登上十几二十个，花街瞬时上来数百人，一眼望不到边，那就是二十四寸黑白电视机和四十二寸等离子彩电效果的区别。

3. 更重要的是，花街的薄纱裸选，让所有囡囡的优缺点都一目了然，不可能A杯作弊成C杯。而包括屋丽在内很多囡囡的工服里，华北平原硬塞成了黄土高坡。

花街唯一的缺点是，容易眼花。

我挑选了一对极品双胞胎做双人，什么？太奢侈？公款腐败？我这是为工作献身！知道军统吗！看过潜伏吗！我容易吗我！我吃着鲍鱼在总统套房里心想。

屋丽的帝王房是欧式装修风格，蓝色落地玻璃，两米的席梦思大床，巴洛克风格的桌椅台灯，还有透明玻璃门后的卫生间，你可以在床上无聊地点根烟欣赏图图上厕所。床的顶上还是玻璃，可以满足那些一边做事一边检查的认真的有科研精神的朋友。加上红绳、S椅等，屋丽的房间被李鹰联手打造成了简约而不简单的豪华欢房。

大唐的房间完全是另外一种风格，雕花柚木的大床，处处飘着紫檀木香味的家具，古典的茶具，桌椅，红色灯笼，还有山水画的屏风，青花瓷的装饰，居然还摆着张素琴。沐浴间很大，浴盆也是木制的，可以容三人同时洗澡，但居然没有沐浴器，用大瓷缸装满热水，上面飘着几朵玫瑰和一个木瓢。值得一提的是，李鹰喜欢的红绳、S椅这里也都有，仍都是古色古香的样子。是一个让心灵去旅行的欢房。

两个图图服务很好，训练有素，和屋丽比，也没有什么新意，东城很难在服务上有什么新意了。但绝对没有任何机车的地方，管理水平很高，任何一个动作，客人不叫停，图图绝对不停。而且双胞胎的感觉，甚是奇异，左看是一个人，右看还是这个人……

半夜起来如厕，不想惊醒身边的图图，轻手轻脚走到厕所，结果找不到地方，又憋着回来了，图图被惊醒，手忙脚乱地笑着从床底拿出个铜制的尿壶来，两人捧着蹲在床沿。

我想，为了整体风格，大唐连现代的厕所都不设，使用尿壶和马桶。复古到怎一个牛字了得。

我打发走图图，想给毛老板打个电话汇报情况，犹豫了会，还是决定先给李鹰汇报。毕竟他是我直接领导，报销要从他那里拿钱，而且工作上的事还是要有分寸的，毕竟我是老江湖了，不能像刚毕业的菜鸟一样办事。

"老鹰，老鹰，我是野猪，我是野猪，野猪呼叫老鹰。"

"老鹰收到，请讲。"

"常闹1号，验证完毕。管理到位，风格复古，出现新型选秀方式，花街。卑职恐怕会对基地产生不良影响，请指示。"

"将详细信息写成绝密文档，交给组织。"

"接头人是谁？接头密码是什么？"

"直接交给我或者毛老板。"

"毛老板收到后，那戴老板处，要不要给？"

"不用。"

"野猪下一步做什么？"

"去西京、九五玉与魅力滩继续卧底，收集对手最新技术资料。"

"有无接头人员？"

"九五玉四十四号是我们的潜子。接头密码'好好学习'。"

"然后她说天天向上？"

"能不能给我弄颗米国手雷，关键时刻我可以和敌人同归于尽。"

……

"你真上瘾了啊？你他妈好点说话，累不累啊你江磊！"李鹰挂了电话。

"喂……喂……五四手枪也行啊……"

在魅力滩三天，我才知道，我原以为东城很难在服务上有什么新意的看法是何等的错误。这个日新月异的时代，这个日新月异的行业，发展速度超出了我的想象！难怪毛老板总是忧心忡忡，东城再也不是那个靠着浅水打天下的东城了，各地的发展速度让人瞠目结舌。真是三天不学习，赶不上魅力滩啊。

第31章

西京之星

　　跨入魅力滩时，说实话有一些失望，从硬件上看，能不能到三星都要打问号？东城是什么地方？一个镇的星级酒店可以超过四十家，三星级在这里就是一个屁——偶尔可以为扫黄作点贡献。我扫兴地随手点了个背影很清纯的图图，转身一看，吓了一跳。这个图图长得挺有特色——有点丑。所以看背影点图图是不成熟的表现，真是玩鹰的被鹰啄了。

　　但魅力滩的靓女部长扭着屁股说的话，让正准备换人的我呆住了。

　　"特工，你有眼光。"

　　我心里一惊，特工，我这么快就暴露了？

　　我脸红着说："嗯，嗯，随便看看。"

　　魅力滩部长一脸狐疑，转着狐眼，一拍桌子道："装什么装啊？"

　　我全身蜷缩了起来，在别人的地盘做特工被发现，有什么好果子吃？能开这种店的，黑白两道谁不熟？东城本来就乱，趁黑夜派两个保安找个巷子修理我一顿，报警都没有人理。我抬头看看窗外，估摸着自己逃跑的可行性，很快就放弃了这个计划。有一次我见张小盛腿痛，热情邀请他跑五十米，结果先跑了五米，还被超了五米。我心想，这里总没有渣滓洞吧。

　　那部长笑道："特工的服务是最好的，你真会玩，魅力滩是东城第一家设特工的，有专用的器具，保证你有个愉快的夜晚。"

我放松了面部表情："特工？有什么服务啊，我可是一只来自北方的狼啊。"

部长道："虐恋啊，你不知道就点了个特工啊？"

我一阵激动道："刚刚点的我换货，你这里有多少个特工？全部叫过来我选选。"

部长道："十七个，有十二个已经上钟了，剩下五个我帮你叫来。这个不错的啊，人是不漂亮，但不论S还是M都做得很好，双向的。"

"能做到什么程度？"

"基本上就是意思意思，当然太血腥的没有。"

"脖套有吗？"

"有！"

"滴蜡有吗？"

"有！"

……

"有！"

在连问了八个问题后，我脑袋发蒙了。如果这个部长所说属实，魅力滩将成为东城，甚至行业一个标杆，东城酒店业就此再度完成档次级的飞跃，甚至可以改写青楼史。

有人说，古代的央国是虐恋爱好者的天堂，央国的古代史，就是一部虐恋的历史。还有人说：央国只有两个时代，一是坐稳了奴隶的时代，一是想做奴隶而不可得的时代。红火的辫子戏里经常有这样的表演，宫女跪在地上，捧住一主角的脚：主子爷，奴婢该死，一边爬在地上打自己的嘴巴。这就是经典的虐恋表演。等级森严的古代社会，其实竭力维护的就是这种虐恋关系。很遗憾的是，在虐恋文化源远流长的央国，却没有衍生出流程化、系统化的服务系统。正如一位著名教授所说："你们心中的辫子是有形的。"这殊为遗憾。

只有在零星的古典文献中，还能找到一些端倪。宋赵德麟《侯鲭录》云："宣城守吕士隆，好缘微罪杖营妓。后乐籍中得一客娼，名丽华，善歌，有声于江南，士隆眷之。一日，复欲杖营妓，妓泣诉曰：'某不敢避杖，但恐新到某人者，不安此耳。'士隆笑而从之。"

又如清俞樾的《右台仙馆笔记》中记了这么一件事："乾隆间有某甲者，以县尉至滇南，莅任未一年而卒，无子，止一妻，一妻弟，一仆一媪。居无何，妻弟亦死，仆妪皆散去；妻尚少艾，寄居民舍，久之无食，为人浣濯衣服以自给，十指流血，而不免饥寒。有邻媪者，在官之媒氏也，一日过而谓之曰：'何自苦乃尔？今有一策，可暂救饥寒，能从之乎？'妇问何策，媪曰：'新到县官，少年佻浮，而慕道学名，喜笞妓，笞必去衣，妓耻之，以多金求免不得，又以多金募代己者，亦无其人；若能代之到官，吾当与诸妓约，受杖一，予钱千也；伍百诸人皆受妓略，行杖必轻，且形体是而名氏非，初不为泉下人羞也。'妇以贫失志，竟从其策。嗣后邑有妓女应到官，悉此媪为介绍而代之，县中皂隶无不识者，皆笑其顽钝无耻也。然妇竟积二百余金，以其夫之丧归葬。余谓此妇受辱虽甚，然究未失身，不得谓之不贞，不惜父母之遗体，以归其夫之遗骸，不得谓之不义，君子哀其志，悲其过，未可重訾之也。"

对这些古文，想必很多朋友比较郁闷，作为苏南大学古代文学落榜硕士，我做一些简单解释：有一无钱妇，有一有钱男，有钱男喜欢用鞭子抽女人，找不到愿意被抽的妓。无钱妇为了钱让有钱男抽，完了。附加一句，作者认为无钱妇为钱被抽，但未失贞洁，是个纯粹的人，是个高尚的人，值得表扬。

古人的道德观十分奇怪，对此我不感兴趣，但上面的古人笔记至少说明了几个事情：一，虐恋源远流长，从不缺市场。二，虐恋不被大众所接受，甚至下九流的妓也耻之。三，大众确实把虐恋当变态处理。不是走投无路，没几个女人愿意玩。

顷刻间，五个特工过来了，长得都不怎么样，我摇了摇头，部长道："老板，跟你说实话吧，这些特工可以……年青漂亮的不会做这个的。你要年轻漂亮的，我叫几个春丽过来。"

"春丽？"

"就是青春美丽的A牌。"

我随手点了个勉强及格的特工，道："算了，我玩个新鲜的。"

十分钟后，一个戴着犬脖，手铐脚链，全身皮革，屁股上插着尾巴的女人被部长牵进了我的房间。打开她的工具箱一看，电动的、遥控的、皮制的凡属应有，无所不有。

那囡囡应该有三十五六了，问为什么干这个，她卑微地道："回主人的话，失业了，要吃饭。"

……

情报反馈到屋丽，引起了一场地震。李鹰迅速召开培训部紧急会议，囡囡一片恐慌，深受东国爱情动作片影响的李鹰，准备推行虐恋了。

屋丽四老中的果冻叹息道："现在图图的命太苦了，当年我在一线的时候，哪里有这么复杂啊，张开腿就是钱，还挑客人。别说虐恋了，ISO都没有。爱来不来，姐姐还不爱搭理。"

东东道："果冻，十几年前的事还讲什么？那时候有几个酒店啊，现在你看看东城，哎，张开腿就收钱的好日子早就没有了。"

李鹰道："东东说得对，我这就去跟毛老板商量，马上推行。要知道现在的东城，洗澡的地方比厕所还多。今天我们落后一步，明天就可能是两步，半年后可能就没有客人来了，不行，马上推行。"

我见白素素眼泪汪汪的，道："也没这么夸张，魅力滩也就十七个特工，还基本属于徐娘半老的，年青漂亮的都还不愿意做。"

李鹰一拍手道："江磊，你入行不久不明白。这种东西一开始，马上就是扩散。有钱赚，马上会扩散，今天是十七个，明天就可能是二十个，过了三十个，她们就会习惯了，当年刚推出ISO时，图图们不也都是要死要活不适应吗？什么死也不舔脚趾，恶心会吐啊，结果呢？你要我再等等，等几周后魅力滩的春丽也加入了，我们还在磨蹭，那我们很快就没饭吃了！"

我道："那也要注意一下，这个口子一开，市场是没有问题的，但图图的安全怎么保证，这一个服务可是有危险的啊……"

李鹰一摆手道："别的场子图图能做的，我李鹰的图图当然也能做，在这圈子里我从来没有丢人过。"

大多数图图都在沉默，有的是恐惧，更多的是茫然，毕竟这是个新生事物，也有几个跃跃欲试的，楚妖精就笑道："没问题，不惧任何挑战。"

我也不再说什么。

果冻叹道："妹妹们有苦吃了。"

离开会场，白素素在走廊等我，冲我使了几个眼神，我疑惑着随她去了她的专用帝王房，里面还住着一个十二三岁的胖男孩，正趴在床上写作业。

我捏了捏孩子的脸，道："你弟弟挺胖的。"

白素素一声不吭就脱裙子。这，这也太直接了吧？我揉揉眼睛，只见白茫茫一片好干净。白素素张开大腿，我的血压猛地升高。

白素素指着大腿上好几小块红色的印记，泪眼朦胧道："江磊，你看，两年了，用好多烟头烫的，还没有消。我有个好姐妹玩这种变态被弄残了。"

"江磊，你帮帮我，帮帮我的姐妹。"

"如果真的推行这个服务，会害残很多囡囡的……我知道李鹰和毛老板都不在乎……所以我求求你，不行的话，我和几个川成的小妹，只好走了。"

"囡囡也是人，也会痛！"白素素用少有的重语言说到。

我不好说什么，笑笑去摸她弟弟。那小胖子很温顺，道："叔叔，谁欺负姐姐啊？你要帮帮她，她又漂亮又温和，肯定受人欺负的。"

叔叔？姐姐？我靠。

白素素道："江磊，如果你愿意帮我，以后屋丽的川成囡囡都会感谢你的。"

我看着白素素梨花带雨，有点不好意思了，别人真把我当成在屋丽的靠山了，我内心明白自己只是一个屋丽骗饭吃的。被美女哭得脑子一热，我道："好的，我帮你打个电话给卫哥说说。"

出了房门，也没有多想，打电话给毛老板，建议他缓行新服务，因为很多囡囡反对，可能会引起囡囡队伍不稳定等等。打完电话后，我一身轻松，让美女欠自己人情的感觉真爽。谁知道，这一个电话，彻底惹火了李鹰，让我轻轻松松骗饭吃的生涯告一段落。

第二天清晨，毛老板被李鹰请到培训室，他当着屋丽四大师姐，指着我对毛老板道："毛老板，这个人我指挥不了，要不你就让他辞职，要不你就让我辞职！"

我一呆道：李兄，可能有什么误会吧？

毛老板也道："李鹰，也怪我，昨天就把江磊的意见说给你听了，你没必要这么大的意见，都是屋丽人，江磊提点建议也是正常的。"

李鹰道："毛老板，我是你从复尊挖来的，你对我有恩，我知道。我也对你忠心耿耿，你也知道。但这个人，如果是培训部的，有事情为什么不先向我报告？却直接向您报告？如果他不是培训部的，天天在我眼前晃悠，我心烦。如果毛老板不信任我，派这样个小人来监军，我李鹰只好辜负老板，卷铺盖走人。"

毛老板很有修养地给李鹰点了根烟，道："李鹰，你放心，我是信任你的。濠江花会首席培训师还等着你去拿了。我多次说过，江磊有自己的特长，他来辅助你，兄弟齐心，其利断金。"

李鹰冷笑道："不敢有这样的兄弟。他的特长，我看出来了，喝咖啡，讲笑话，越级告状，拉帮结派，明里一套，暗里一套。"

毛老板看了我一眼，我站起来道："李兄，越级上告是我的不对，昨天确实应该先和你商量一下的。但拉帮结派什么的？你把兄弟我也看得太什么了吧？"

李鹰道："要我明说吗？你反对我的意见没问题，你会上直说啊？你会下勾结白素素干什么？想用川成帮，还有你的潇湘帮压我？就算囡囡都支持你，你以为你就干得来吗？有本事你带队去濠江啊！"

我这才明白过来，我确实犯了李鹰的大忌，越级报告，在他的地盘公然反对他的政策，这些就算了，还有几个更敏感的问题，一定让李鹰感觉到了威胁。比如，我和白素素是什么关系？川成帮？潇湘帮？还有楚妖精？和毛老板的关系？如果我真的控制了屋丽的两大王牌白素素和楚妖精，又受到毛老板的信任，又想抢他的位置。李鹰确实是有理由紧张的。

我道："李兄，我和白素素只是泛泛之交，也没有打算拉帮结派。李兄才气横溢，首席培训师的位置是谁也抢不走的。"

李鹰脸色一白，旋即大笑道："哈哈，你以为是我怕你抢我的位置？就凭你，一个整天在大堂喝咖啡的仙人？"

我有点火了，道："我在大堂喝咖啡，责任也不全在我吧？"

李鹰道："哦，你是说你怀才不遇，我没有给你机会对吧？"

我道："不是这个意思，只是……"

李鹰道："那我给你机会，我明天不上班了。"

毛老板道："胡闹！"李鹰还是有点怕卫哥，停了下来，脑袋还冒着青筋。

东东道："李哥，歇歇火了，不值得为这种人生这么大气。"

我道："李兄高才，屋丽怎么离得开你了，哎，你坐在这个位置最合适了，我不跟你吵了，我让你，我走好了，卫哥明天给我把工资结了吧！"

我反正是想干点自己活的，也不怎么在乎。

李鹰火冒三丈地跳起道："什么你让我。你让我？好，好，我压制你无法施展才华，你让我坐在这个位置上……"

"李兄，我不是这个意思！你语言理解有问题。"

李鹰道："去你妈的语言理解，我知道你是中文系的，我不同你空手道。这样吧，毛老板，我把桑拿的A牌分一半给江磊，让他带，一个月后，我们比比业绩，输了的离开屋丽。"

毛老板、东东、西蒙、果冻、翠翠，还有我都呆了。

半晌，毛老板道："你要决斗？你开玩笑！"

李鹰还在歇斯底里的状态中，他道："是的，输了的，滚！"

毛老板对我看看，我呆了呆，觉得李鹰傻掉了，他年薪是我的十倍，长工，我，短工，混饭吃的，他居然要跟我赌，拿十块钱和我一块钱对赌？他傻啊！？唯一的解释是：冲动，冲动是魔鬼。

全场沉默了一会，我看到李鹰在抹汗。估计后悔了，但话还在嘴边又不好改口。

毛老板看着我道："江磊，你觉得呢？"

我点点头，又有点心里不忍，道："李兄，你这么赌，你吃亏了。"

李鹰也算硬气，或许他根本就无视我，道："放心，我没有可能输，就这样赌。"

毛老板看了看天空："以前在潇湘当兵，觉得那里的天好蓝啊，那里的人好冲啊……那里现在好穷啊……这样吧，你们也别输了就走，你们都是人才，输了的，继续在培训部做事，工资降一半，赢的那位，作为屋丽首席培训师，带队参加濠江花会。如何？"

李鹰和我都点了点头。

毛老板抓住李鹰的手，望着李鹰道："都好好干！谁是首席培训师，酒店再奖十万。"说完后看着我道："江磊，你要加油，还有你的情报仍然要继续，今晚你去九五玉，会一会它们的一百零八号？"

"一百零八号？"

毛老板郑重地点头道："九五玉已经内定她参加濠江花会，她外号叫西京之星，又叫长安之星。"

破车，我心道。

第32章

山林之争

深夜走在西京街，驻立在至尊门前，一样的璀璨灯光，一样的繁花似锦。唯一不好的是，接待我的部长出奇地冷淡，很有点店大欺客的味道。

我说："总统房。"

她道："没有。"

我说："A牌。"

她道："都上钟了。"

我说："带我看看金鱼缸。"

她道："没有。"

我说："秀场和花街？"

她道："没有。"

我火了，说："我要换部长。"

她道："没有，就我一个。"

我像忍者神龟一样进了一个普通房，但等了会，我就不郁闷了，走来两个很漂亮的女的。

我挥一挥手道："下一批。"

"都在上钟。"

我说："那我走了。"

她道："不送。"

我心道：这要在屋丽，早就被李鹰炒鱿鱼了。一股傲然之气涌上心头，老子偏不走。

我指着旁边一个还不错的女子说，就你了。

部长冷冷地离开。

那女子直接上了床，直接道："来吧！"

我愣了会，这服务？辛辛苦苦几十年，直接回到解放前了。

我机灵一动，心道：难道暴露了，没有理由啊，我是新人啊。

我轻轻搂过囡囡的肩膀，道："宝贝，陪我睡会吧，我知道，你也很辛苦。"

囡囡睁大眼睛，迷茫地望着我，眼里居然有了感动。我得意地挂着微笑，囡囡欲言又止，终于开口道："你有病吧你。"纠结啊！

我重整旗鼓道："不是，觉得你好可爱，像我邻居家一个妹妹，就想搂着你睡会。"

那囡囡轻笑着，吐出个虎牙道："那我就轻松了，关灯睡觉就拿钱了。"

我笑道："没问题，九五玉不是本来就没有什么服务吗？"

那囡囡马上道："谁说的，西京就我们最好了。"刚说完了，用手遮住自己的嘴巴。我已经基本明白是怎么回事了，还是要验证一下。

我道："哦，那是你没有什么服务，二十九号，那我投诉你了啊。"

那囡囡很得意道："没事，你投诉吧。"

我道："我会去几个成人网站投诉，让狼友都知道九五玉二十九号非常机车，不要来点她。"

囡囡急了，腾地坐起，道："你……那也随便你。"

我搂着她坏笑着道："网上传播很快的哦，不过没事，你这么漂亮，不怕没有生意。"

囡囡犹豫了会，开始亲我耳朵，慢慢道："我现在给你服务好吗？你不要说出去。"

"好啊，好啊，服务好了，我让你部长表扬你。"

"不要……不要跟部长说……部长不让。"

"为什么，你部长还说什么？"

"我们做服务吧。"

"好啊,你们一百零八号在吗?叫她过来双人。"

"西京之星?要预约的。况且部长不会派她出来接你的。"

"为什么?"

"你不是别的场子的人吗?来偷技术的!"

......

掩面而走,门外站着个青年男人,微胖,见我出来,笑着盯着我,道:"屋丽培训部江磊,心理咨询师,认识一下,九五玉小五,同行。"

我尴尬一笑道:"混口饭吃。"

小五道:"没什么,我理解,而且我还打算帮帮你。"

"为什么?"

"所有让李鹰不好受的事情,我都愿意做。"

"嗯?"我心里嘀咕着。

"你们今天早晨不是吵架了吗?要争濠江花会培训师的位置。今天下午我们开了会,老板发了话,全力支持你。"

"为什么?"

"老兄,你问得太多了。"

"你怎么帮我?"

"李鹰所有的培训资料,第一时间传给你。"

刚要走出大堂,九五玉一个趔趄不小心撞到我,顺手摸了一下我并不存在的胸,将一张小纸条塞到我衬衣口袋里,骂了句娘,若无其事地走开了。

我上了的士,悄悄打开纸条一看,上面写着:转告鹰,九五玉有人想偷你的培训资料,帮助你的对头,死士死。

死士死,四十四,我看了看窗外:九五玉,为什么要对付李鹰?——是李鹰在这行太久,得罪的人太多,比如复尊,比如小五。二是李鹰太强大,竞争对手们觉得,我会比较好对付,干掉李鹰,就干掉了屋丽。我悲哀地想。

但至少有两点可以确定,屋丽内部有九五玉的潜子,而我和李鹰的矛盾已经暴露了。有些外部因素可以利用。

我想了会,获得首席培训师就有十万块钱,该不该勾结外人对付李鹰呢?

李鹰做事一向雷厉风行,在我回到屋丽培训部的时候,培训室已经分割成了两半。

"三十六个A牌，一人十八个，一个月后比上钟数，名单我已经拟好了。"李鹰拿着咖啡道。

我看了一眼名单，他居然把何青、楚妖精、白素素全部分在自己组。

我笑了，指着这三个名字道："我要这三个，用六个跟你换。"

李鹰道："这是东东分的组，分组时主要考虑了图图自己的意愿。"

我道："你是说楚妖精和白素素自愿分在你那一组？"

李鹰道："对，怎么？你没有想到？你应该想到的。"李鹰啜了口咖啡。

我道："你胁迫的吧？"

李鹰道："没有，绝对没有！李鹰从不做胁迫图图的事。我只是告诉她们濠江花会快到了，让她们都做好准备。"

我怔了会，李鹰道："很不幸，你的两个朋友都很有眼光，一致不看好你。"

我苦笑道："未必这样吧，我再去谈谈。"

李鹰道："如果你真是她们的朋友，我劝你不要用感情胁迫她们，那很卑鄙。图图的青春很短暂，她们失去了很多……濠江花会是每个顶级图图梦寐以求的机会，是雏鸡变凤凰的机会，图图自己知道怎么获得最大的利益，那就是跟着我李鹰。你去找她们谈无非是让她们难受一下，何必呢？"

我借口上厕所，还是给楚妖精打了个电话，但没人接。

"那就不要比了，你赢了。"我垂头丧气道。

"一定要比，我答应过毛老板给你机会的。"

"你给我央国足球队，自己带着桑巴足球队，还有什么好比的？"

"呵呵，你也可以认输，输给我李鹰也不丢人。忘了告诉你了，我后来又跟毛老板打了电话，我明确表示，如果输了，就离开屋丽。当然你可以赖在这里，只是薪水减一半而已，还有六千，等于一白领了，反正你也就一白领。我是你的话，我就留着，这年头，脸算什么？"

我道："何青不算，给我楚妖精，公平点再战。"

李鹰很奇怪地看着我道："这是我的地盘，在这里我都十年了，我的地盘我做主懂吗？再说，这是图图自愿跟我的，不能怪我，要怪只能怪李鹰名气太大，人够帅。"

我道："这个分组我不能接受，我会和毛老板、何青她们再谈过。你一面之辞，我无法相信。"

李鹰淡淡地说："好的，反正你也蹿不了几天了。"

我道："你认为你一定能赢我吗？"

李鹰说："当然！"

我道："我们必须走到现在这个地步吗？老实说，我知道你不喜欢我，没关系，反正我也不喜欢你。但你确实是个人才，我也没想过要和你打对台，我只是混口饭吃的，不想太累。"

李鹰道："迟了，你们读书人有句什么话来的，床旁边岂容他人打鼾？一片山林里，只能有一个霸主，野猪称霸了，那老鹰吃什么？"

"我很欣赏你的坦率和狂妄，但我不认为你一定会赢我，野猪也有两颗獠牙的。"

李鹰摆摆手，意思是不想跟我中文系的扯嘴皮子，他斜着眼睛道："我会赢，因为我很黄很暴力，你很傻很天真。"

我认真分析了一下名单，按李鹰的安排，战没有办法打，但凭什么我按他的安排？

我又认真分析了一下李鹰的话，产生了些疑惑。李鹰是怎么找到何青的？她空中飞人一个，是否不清楚这边的情况，就被李鹰忽悠进了他的组？楚妖精白素素都投靠了他？楚妖精毕竟被我救过一命，不可能答应这么快吧？白素素根本就不愿意虐恋啊？一天内，他给了她们什么好处，从心理学角度来说，一定有什么筹码？濠江花会！一定是这里出了问题，濠江花会就算他担任首席培训师，也只能派出一个花魁来，他没有足够的筹码对三个女人同时承诺的，除非欺骗。

我顿时清楚了。

"喂，何青啊？我是江磊……李鹰是不是承诺你参加濠江花会……哈哈，我就料到了，你被忽悠了，这个位置你本身就是最主要的人选啊……你知道，你知道最好。你还知道吗？她同时还许诺了其他两个女人……以你的技术，李鹰还有办法让你提高吗？……你完全应该退出这场比赛，你还需要跟别人比钟数证明自己吗？赢了是正常的，输了呢，何必呢？"

"喂，白素素啊？我是江磊……李鹰是不是承诺你参加濠江花会……哈哈，我就料到了，你被忽悠了，这个位置你本身就是最主要的人选啊……你知道，你知道最好。你还知道吗？她同时还许诺了其他两个女人，何青跟楚妖精……"

"喂，楚妖精啊？……你不用不好意思，我没有怪你……李鹰是不是承诺你参加濠江花会……哈哈，我就料到了，你被忽悠了，这个位置你本身就是最主要的人选啊……你知道，你知道最好。你还知道吗？她同时还许诺了其他两个女人……以你的技术，李鹰还有办法让你提高吗？你对何青能必胜吗？那他有权力或有可能提前认定你吗……什么，李鹰是个王八蛋，对，他就是个王八蛋。"

"喂，卫哥啊？我是江磊……我想问一下是不是濠江花会提前确定了名单……那为什么李鹰能同时向三个人承诺呢……"

第二天早晨，情况大变，李鹰青着脸同意重新分组，按上个月的点钟数基本平均分开。因为计算困难，我们精简了规模，何青不再参赛，但李鹰还是抢走了楚妖精，给了我白素素。然后把七个川成帮和潇湘帮的A牌给我，自己选了北东帮和浙温帮业绩基本相同的七个图图。

下午开始在自己的培训室，训练我的嫡系部队，我正在第一讲《微笑面对图图的生活》，李鹰突然满脸微笑地走到我面前，很不好意思地道："江磊，帮一下忙，我那里有台新机器坏了，一个图图卡在里面了。"

我道："我也想去帮忙啊，但没有时间，对不起哦。"

李鹰道："是楚妖精卡里面了。"

我赶忙走过去，我的八大美女也跟了过去。一看，是屋丽从东国新进的一台全自动逍遥椅，楚妖精正卡在一个枷里出不来了，李鹰手下的八个图图正在忙着救人，都不得法。

我不断地去找开关，没有找到，用蛮力救人，结果那个枷越来越紧，痛得楚妖精叫了起来。我和白素素都急得浑身是汗。忙了十来分钟。都想拿个电锯锯了它得了。

这时，一直坐着的李鹰轻巧地站起，拂了拂白衬衣的衣袖，道："还是我来吧。"他轻轻一旋枷里面一个突出的机关，又左右一搓，枷被打开了。

李鹰当着众图图瞟了我一眼道："这个东西你原来不会啊，东国1993年的产品，十多年了，很落后啊？！"

楚妖精一掌打在李鹰胸口上，大骂道："李鹰，你会打开，还让我痛了这么久。"

李鹰道："我是觉得昨天那样分组对不起江老弟，想给他个英雄救美的机会，没想到……"说着摇了摇头，还望了眼白素素，白素素和我的七位囡囡都觉得不好意思。

李鹰你有种，在我第一次给囡囡培训时，故意落我面子，来打击我的威望和我这一组的信心，确实厉害。

我道："李兄器具达人，我自愧不如，只是不知道这么复杂的机器，有多少客人玩得转，是不是每次囡囡被枷时，你都冲到客人的房间去，当着两个裸体救人？"

我笑着离开了李鹰的培训室，心里不是滋味，开门第一站，出师不利。我独自走去厕所，拿出九五玉四十四号的纸条，轻轻撕掉，扔到了冲水马桶里。

上万的月薪，十万的奖金，随手可得的美女，五星级的住宿，既然老鹰不打算给野猪留这点红薯，那就只好抢一抢这片山林了。

晚上我坐在金碧辉煌的大堂里，吃了特供，思考着下一步的培训方案，我知道现在的生活像场夜宴，但是十面埋伏。

这时大黑崽跑来报告，说有个很凶的女人来找我，说是我老婆。

我道："我没有老婆。"

大黑崽很得意地道："我就知道这么凶的女人怎么可能是江哥的老婆，而且长的也违章。放心，我把她拦在门口了。"

突然大黑崽摔倒在地上，我被拧住了耳朵。我一看，笨笨狗跑来了。高跟鞋跺了大黑崽两脚后，笨笨狗嚷道："老娘想你了，你还不想我，反了你了。"抓着我就往房间跑。

"死婆子轻点，轻点。"我忒没面子地在五星级酒店的大堂上，被一个女子抓上了五楼。

笨笨狗撕开一片小雨伞，那套干干的。我问："没有过期吧？"

笨笨狗道："放心，避孕药的有效期三年，避孕套的有效期五年。药和套都不会过期，只是爱情就已经过期了。"

我装做没有听见，又一次沉迷于插头插入插座的活动，来忘却初衷是为了点亮内心那盏爱情的灯！

第33章

出牌

我的牌：白素素，川成帮首席，清纯或假装清纯到以假乱真无人发现型，无数人能从她身上找到杨过的感觉，还不用残废。

剩余七女，各有胜场。

朝天椒，一米六八，潇湘帮首席，邵阴人，就是那个大白天可以割人脚筋的邵阴。为人极为火辣，无论性格还是身材，床上还是床下。嗜辣，因此脸上时不时落点坨——唯一影响她进步的缺陷，且屡教不改。否则，花魁级人物。

琳琳坨，一米五九，湘水人，湘水有三宝，龙牌酱油灯芯糕，坨坨妹子任你挑。琳琳坨就是坨坨妹子的代表。可爱邻家妹妹型，超人气美少女。

红雁子，一米六四，衡阴人，原来在衡阴最大的夜总会做首席，后来碰到自己家亲过来玩，悟到近赌远嫖的真理，落荒而逃，从此衡阴雁去无留意。

杰安娜，纯种长泥乡下安乡人，八代贫农，不带任何外国血统。偏偏喜欢叫自己杰安娜，身高一米七二，野模出身，冷艳，高挑，无比鄙视乡下人，口头禅是：你这个乡里鳖。擅长角色扮演，OL、空姐、护士都扮演得入木三分。在大多数人还不知虐恋时，就玩过无数男奴，女王范。

猪猪，一米六二，川都人，屋丽第一波霸，豪乳到没有道理。经常威胁客人，要把客人夹死在怀抱之中，外号珠穆朗玛。

秀秀，一米六六，住在白眉山下，整日暮鼓晨钟，青灯古佛中，悟到色即是空，就一直以空侍人。为人单纯人缘好，但做事极糊涂，笑话大王，赚了钱就买六合彩，迄今为止没赚过。

水蜜桃，一米六八，90后，屋丽经常吹嘘的绝版九四就是她。其实是九一年的，很漂亮，但技术……最大的爱好是吃雪糕。

李鹰的牌：

楚妖精，不属于屋丽图图各大派，湖鄂荆洋人，单枪匹马，傲视群芳，端有点巾帼赵子龙的风范。身材、长相、技术都属于梦幻级，具备让人瞬间迷失的柔情魔法，也继承了湖鄂女人骂人十五分钟绝对不带重复的强悍。

张姐，一米七一，北东帮首席，沐浴着国企下岗的春风，一群群身材火爆的北东妹南下觅食，张姐就是其中的一个，话说十年生死两茫茫，那一批的图图大多或归隐，或色衰，或在监狱，或流落于街巷。张姐以二十九的高龄，仍然坚守在五星级酒店A牌的行列，色尚未衰，技术却已入化境。是少数能和李鹰探讨技术细节的图图，内定的嘉华下一任师姐。

梅花，吉木人，只讲一点：三年前曾独闯沪地滩，被业内称作洋东第一红娘。

小鹤，齐哈人，只讲一点：三年前曾独闯津天卫，人送外号海渤湾媚后。

大眼睛，黑沙人，这里要讲两点：一年前曾独闯京都，四里屯三家最大的酒吧为之大打出手，先后出场的有京都黑道六十余号爷，后躲到石头庄，这伙爷又追到石头庄，发现当地帮会太没有礼貌了，又与当地帮会擦出了灿烂的火花；只好躲过红河、长水，跑到珍江来了。二，此人混血儿，央国熊国混血，长得让无数女人自卑，一米七八，肤色白皙，腹部没有一丝赘肉，跟罗纳尔多前女友——那个女模，极像。附送一点，东城图图有服务好不好的问题，但她没有，她是服务有没有的问题，此女拒绝任何服务，爱来不来。

粉条，云贵帮首席，来自果黄树，长相妖娆，技术精良，而且唱歌水平极高，参加过超女，很难置信地在预赛被淘汰。每次和客人进房间后，往往会献上一曲。无数朋友，听入迷了，就让粉条一直唱啊，一直唱，唱着唱着，客人来感觉了，想动手了，粉条说，下次吧，到钟了。

阿措沙红、阿措日果，简称阿红、阿果，云贵双子星，一向双人，黄金搭档，别的图图跳艳舞，她们跳民族舞蹈。在贵阴时不知道自己的身价，经常八十元双人出台，被出差的毛老板发现，即时制止了这种暴殄天物的行为。于是在东城大放异彩。顺便说一句，阿果是个白粉妹，有些危险——但因此，所有活她都接，只要给钱多。赖账？呵呵，以前有个贵阴的保安就干过这事，为了八十元钱被这两姐妹剁了一只手，忘了说，她们都是西南大山里"野伕"部落出来的，有个废除不久的古老风俗——猎人头。根据阿红亲口用不太流利的普通话介绍，她那健在的爷爷就干过这事……

该出牌了，李鹰。

李鹰果然开始整理自己的牌，在人员分配的当天下午就开始了培训，不愧是东城劳动模范。他上课的题目是《东国新技术与运用技巧》，在他下课的同时，我的手提收到了九五玉小五传来的全套上课视频资料，在课堂里，李鹰充分展现了对东国文化深入骨髓的理解，也展现了浅水龙头屋丽酒店超强大的实力，屋丽居然为了李鹰的一个建议，在二十四小时内从东国空运过来一整套器具，将培训部一室改造成了一个巨大的牢房：空吊设备，蜘蛛网，水缸，木马……李鹰认真讲解了各个器具的用法。

当李鹰用皮鞭狠狠地打在椅子上时，众图图反应各有不同，楚妖精睁大眼睛，居然有点兴奋，白嫩的肌肤微微颤抖，红晕香汗都出来了，给人跃跃欲试的感觉，这是天生的水性杨花，不干这行是人力资源的巨大浪费；见惯世面的张姐看得眉头紧锁；梅花、小鹤、大眼睛、粉条都已经面如土灰。只有阿红和阿果非常冷静，可能这点东西在野伕部落看来，还不算野蛮。

李鹰道："今晚大家的道具里，将多一根绳子，一根蜡烛，一根皮鞭。不过大家放心，我还放了一个紧急求救的呼叫器，不会过分伤害大家的身体——当然疼是有点的，但东国玩这个很普遍，也没见什么不良后果，还让很多女人喜欢上了这个活动，女人根子里是有受虐性的，国内只是太保守，你们大胆去试试——收费统一为两千，一个钟相当于原来两个钟，更重要的是，你们是屋丽的王牌，你们一出手，那些被逼无奈的特工，还有江磊那个组，统统完蛋了，要说江磊那个组的图图还是不赖的，可惜了……"

大眼睛道："让我玩这个不可能，毛老板同意过我可以什么服务都没有的。"

李鹰温柔道："你特殊，你是混血儿，按照洋马处理，价格也升到两千。"

粉条道："我也不玩这个，太恐怖了，怕疼。"

李鹰道："可以，只是江磊手下的潇湘帮，你不是说她们一直欺负你们云贵图图吗？你如果肯玩，我保证你会压倒朝天椒，朝天椒上次还在说搞这么多云贵驴子过来干什么……还有我准备和毛老板商量，送你去南部电视台参加歌曲新秀比赛，你不会让我失望的。"

梅花刚要站起来,李鹰十分体贴地先开口道:"梅花,你爸爸的肺癌手术做完了吗? 中水医院的费用不低,但技术最好。你要是缺钱,就跟哥说一声啊,别客气。"

……

我关了视频,思考良久,正准备召开自己图图的培训会,我想过李鹰会推行虐恋,但没想到他这么绝、这么快,第一天就压上几乎所有的王牌,还涨价。如果按照比赛规则,李鹰的组一个钟收两千,相当于我两个钟,那还比个屁啊,形势紧迫,只争朝夕啊。我认真想着对策。

明姐跑过来说:"江磊,不好了,不好了,白素素和朝天椒她们吵起来了。

不好,川成帮和潇湘帮内战? 后院起火! 我赶忙跑去潇湘帮宿舍,空无一人。又冲去川成帮宿舍,人踪无觅,群架? 我急了,这帮败家娘们!

打电话给白素素,道在洞庭春饭店。

我满头大汗冲过去,一群娘们正在饮酒言欢。

朝天椒对我大嚷道:"江磊,白素素居然说川成人吃辣椒比潇湘人厉害,我吵不过她,你也是潇湘的,你来帮忙。"

我愣道:"你们是为哪里吃辣椒厉害吵啊? "

红雁子道:"是啊,是啊,大家都知道潇湘人吃辣椒最厉害了。不吃辣椒不革命。"

猪猪道:"川成人吃辣全世界都知道,川成菜比潇湘菜有名,是四大菜系。你看我这么丰满,就是吃辣椒吃的。"猪猪挺一挺她的珠穆朗玛峰,我想,这不胡扯吗?

我如释重负地坐下了。白素素拿出湿纸巾给我抹汗,轻眼笑道:"你怎么一身的汗,不是怕我们打群架吧? 你看我白素素会打架吗? "

我道:"我来看看你们吃什么,来买单的。"

图图都一声欢呼。

朝天椒道:"不行,素素,虽然你们川成妹业务可能比我们潇湘妹好,但吃辣椒肯定比不过我们潇湘的辣妹子,要不我和你单挑,看看潇湘川成谁最厉害? "

秀秀道:"不要欺负素素姐,我来跟你比。"

朝天椒道:"无所谓,无所谓,你们两个一起上也无所谓,靓仔弄点邵阳的宝庆辣椒仔来,用油和盐先炸过,跟厨房牛师傅说我要,快点! 秀秀,我们只吃辣椒不吃饭,一边吃一边说话,谁说话结巴了,谁就输怎么样? "

秀秀道："哼，我也无所谓，好巴适的！"

辣椒上桌了，秀秀傻眼了，红红的朝天椒露出点白白的籽，是放几颗就辣完一个火锅的那种。

朝天椒拿着筷子就夹起一块，吃了后随手一挥，道："请！"

秀秀咬着牙，慢慢将筷子探到辣椒前，又将手伸回去，再探过来。

白素素将秀秀挡住，笑道："秀秀，你下次上。这次是我和朝天椒的比赛，我就不信了……"说着夹起一块辣椒，放到嘴里。

全场猛地拍手，以朝天椒拍得最狠，道："素素啊，看不出啊，你这小馒头受欺负的样子，还能这么火辣，老娘跟你拼了。"连续夹了三块放到嘴里。潇湘囡囡一阵欢呼。

白素素汗出来了，仍然笑着去夹辣椒，我对白素素使了个眼神，叫停道："你们都错了，其实全国吃辣椒最厉害的不是潇湘和川成。"

囡囡们停下筷子，我道："全国吃辣的名气最大的确实是潇湘、川成，有句话叫潇湘人不怕辣，川成人辣不怕，赣都人怕不辣，其中尤其是潇湘川成名气大。但我走南闯北后发现，真正能吃辣的，不在这两个省。"我停了一下，略带神秘地道，"最辣的是云贵果黄树一带，还有赣都的萍村。我看潇湘和川成就不要比了，打个平手算了。"

囡囡果然感觉到了我的博学多闻，朝天椒道："江磊，你读了这么多书，去了这么多地方，怎么也干这行啊？"我噎住了，朝天椒道："云贵果黄树？哼，我明天就叫粉条这个云贵驴子出来，辣不死她！"我再次噎住了，朝天椒又道："什么叫平手啊，素素，我们继续比？江磊，你也是潇湘的，该不是心疼白素素了吧？"我第三次噎住了。

白素素笑道："朝天椒你不喜欢云贵人，我也不喜欢，但也不要骂人驴子吗？"说着也夹起三个辣椒，吞到肚子里。

朝天椒道："不是有篇课文叫黔之驴吗？江磊，是不是？本来我也不想骂她的，她们还有人吸毒，她们的阿果就吸毒，她们死光了就算了，还想带琳琳坨跟着吸，琳琳坨是我的人，我抽不死她。"说着又夹过一块辣椒。

白素素笑着，也夹过一个。

朝天椒停了会，用研究动物的眼光研究了一下白素素，道："素素，你没事吧，吃不了就别吃了。"

白素素擦了一下汗道："不行，我还没输了。"

朝天椒竖起大拇指，一口气又吃了两个。全场都伸直了舌头，这种辣椒看着就恐怖。

白素素粉白的脸红得像苹果，还是笑着去夹辣椒，秀秀挡住到："我来，我试几个。"

朝天椒得意了，唱起歌来："无所谓，我真的无所谓……"

白素素静圆眼睛，娇叱道："秀秀，我还是不是你姐姐？你要听我的！"夹起两块辣椒就放到嘴里。

全场沉默了，都望着柔弱的素素。

素素人缘挺好，潇湘的红雁子也道："算了，算了，平手算了，你们两个都很厉害。"

朝天椒一边叫着平手，平手，一边又夹起一个辣椒。

素素也叫着平手，夹起一个辣椒。

夹到第六个时，朝天椒出汗了，还在大声喧哗，素素一直跟着夹，第十个时，朝天椒不说话了。素素也不说话，轻轻地挥一挥手，说道："请！"

"不了。"朝天椒撑着腰道，"你们川成人赢了，我要……要回去吃西瓜了，一起走……走吧。"

白素素满脸笑容道："你们都走吧，我要和江磊说点事。"

朝天椒眯着半只眼睛道："江……江磊，你和素素有什么猫腻？你不是……是跟楚妖精有猫……猫腻吗？"

"我……"白素素马上瘫到我身上，轻吻了我一口道，"就是有猫腻，你们还不快走！"

朝天椒带着一群美女打着哈哈走掉了，白素素马上没有了笑容，撑着肚子，蹲了下来，我去倒水，白素素从玻璃往外看到一帮人走了，咬牙道："救护车！"

当晚，白素素打了四袋盐水的点滴。

我也重新认识了这个温柔的可以为劲霸男装打广告的女人——狠角色！

楚妖精对我焦急地道："狗屁小叔叔，今天李鹰让我们学虐恋，你们怎么没有学啊？你会输的啊，要不要我把李鹰的教案偷偷告诉你？"

我道："好啊！"

楚妖精惆怅道："我转到你那一组吧？我在李鹰这，努力也不好，不努力也不好。"

我道："转是不可能了，你努力干吧，毕竟你还想参加花会。"

楚妖精道："好的，我做你间谍好了，我挺喜欢做特务的。只是，江磊，我看你会输，你被算计了？"

"没有啊，是按上个月点钟数平均分组的啊？"

"是，可是上个月白素素被包了十天，算的是全天满钟，是她来屋丽的最好成绩。而我上个月痛经，多请了两天假，是我最差成绩！"

后来，我才发现，李鹰给我下的套，远不止这一个。

[第34章]
露出獠牙

第一天，我推掉酒店特供的伙食，请我的八朵金花吃午饭，闭口不提比赛，也不给囡囡任何要求，毕竟在劳模李鹰的调教下，她们基本功都很扎实，是屋丽的翘楚。单天业绩，李鹰组高出我六成。

第二天，我推掉酒店特供的伙食，请姐妹们吃午饭，闭口不提比赛，也不给囡囡任何要求。单天业绩，李鹰组高出我八成。

嘻嘻闹闹之后，朝天椒坐不住了，道："江磊，云贵驴子和北东佬们都在搞新服务。我们也开展新业务吧。"

我沉默了会，摆摆手道："算了，那玩意儿对囡囡太残酷了，我再想想看。"

朝天椒道："切，你对囡囡还挺好的啊。"

我收获了白素素一道感激的眼光。

小五发来短信："你怎么搞的？李鹰在他的小组会议上说你就是一个骗子，根本不懂这些新颖的技术，要不要我发点东国的资料给你？"

我苦笑道："不用了。"

半小时后，小五短信道："我们老板说你烂泥扶不上墙！"

第三天，我推掉酒店特供的伙食，请姐妹们吃午饭，闭口不提比赛，也不给囡囡任何要求。单天业绩，李鹰组高出我整整一倍，李鹰组的囡囡对虐恋服务熟悉起来了，因为新鲜，这项服务也迅速受到狼友的欢迎和追捧。

朝天椒道："江磊，你怎么老请我们吃饭啊？你赚钱这么少。看在潇湘老乡，又同在资江河洗澡的份上，你不用请客了，我和潇湘图图都支持你。你想做什么就大胆做吧！"

杰安娜道："云贵那些乡里鳖，懂什么虐恋游戏，我在长泥时就养过两个男奴，不过是李鹰会教而已。江磊，你要是不会，我帮你训练，我在星城模特大赛时，碰到的老板教过我很多。不用怕她们。"

白素素低头夹菜。

朝天椒道："就是就是，我问过小鹤了，就是把自己先包成粽子而已，无所谓，真的无所谓。你要是会，也培训下我们吧。"

秀秀道："包成粽子我都无所谓，就是那个鞭子疼了点，昨天梅花就被打安逸了，都哭了。"

朝天椒道："哪个敢打老娘，反了他！"

我苦笑了一下，摆一摆手，严肃地道："这个服务对图图是种摧残，虽然我也不想输，但我更不想你们……还是让我再想想吧。"

第四天，李鹰组业绩再次高过我五成，这还得益于白素素被包，算成满钟。我又一次请八朵金花吃饭。饭桌的气氛，有些压抑，我叹了口气，独自一口喝了一玻璃杯啤酒。图图们都不说话。

90后水蜜桃用舌头卷起唇边的一点冰激凌，小声翼翼道："江哥哥，这样你会输的。"

我苦笑道："我输了没什么，就当交了你们这群朋友吧。"

猪猪道："我们赚一千，她们赚两千，这怎么可能赢，江磊，你要是输了，还能在屋丽干吗？"

我摇摇头道："李鹰已经拿话挤兑过我了，他输了他走，我输了我走。"

水蜜桃咬牙道："江哥哥，你别走好吗？好难碰到你这么好的培训师，又天天给我买雪糕吃。要不我们也玩玩那个，听说当时很疼，涂点药就没事了，身上都不会有痕迹的。"

我道："水蜜桃，没有你想的那么简单，这游戏有风险的，我不想你这样的小姑娘被折磨……"

红雁子道："你走了，有下家吗？"

我道："哪里有下家，现在金融危机，找个工作也挺难的——不过，不要为我担心了，我找个一千八百的工作还是没问题的。"

红雁子红着眼道："一千八百？你怎么活啊？在屋丽还玩不了一个通宵啊！我们也开始新服务吧，没事，老乡一场的。"

我道："算了，我说过，这对囡囡是种摧残。"

我苦笑着饮了一瓶啤酒，囡囡时不时感激地看着我。刚拿出钱要买单，被白素素抢在前面买掉了。

白素素皱眉道："谢谢你，江磊，你是真的把囡囡当朋友的人。要不我们也……"

我迅速用手打断了她想说的话。

春江水暖鸭先知，世态炎凉鸡最懂。

白素素的这句话，我等了整整四天了。

……

第五天清晨李鹰笑着拍着我的肩膀道："江老弟真是怜香惜玉啊，还天天请囡囡喝酒。不愧是中文系的才子。李鹰佩服得很，只是这是东城的五星级酒店，不是慈善学校，江老弟的业绩就——哪天，江老弟也请我喝顿酒？告诉你一个秘密，你把耳朵靠近点，对，我已经推出虐恋服务，很受欢迎，你应该已经知道了啊——如果你不懂，你问一下我嘛，不要见外，我可以教你的——当然一时半会可能也教不会，小东国在这绳子的绑法上，就有十二种讲究……"李鹰心情挺好。

我一脸纯朴道："李哥，不瞒你说，我还真不懂，这玩意太新颖了，有空你教教我。"

李鹰道："好说，好说。"

我心里焦急地想：奇怪？四天了，李鹰组该出点问题了啊！

上午十点，我终于等到了我要等的东西，李鹰组的梅花发飙了，在培训一室她推攘着李鹰大吼："老子在沪地都没有碰到这么变态的人，用烟头烫我，用鞭子打我。李鹰，我们不是人吗？为什么江磊组的不干这种变态的事情，还天天被请着吃饭？"

粉条道："我也受不了了，李鹰，昨天有个人绑着我，在我头上尿尿，说这是圣水。操他妈的，还要我钻裆，精神病我们也要伺候？"

小鹤哭道："我要求换组，我要去江磊那个组……"培训一室业务会变成了诉苦会。

培训二室，我的八朵金花面面相觑，满脸幸运和感激地望着我。

我捏捏满是汗水的拳头，我知道我赌中了。李鹰的囡囡该逆反了，李鹰这么做，她们总有受不了的一天，而且时间绝不会太长，那时囡囡的愤怒就一定会对着李鹰发泄出来。

哥们，你太着急了，玩这个能着急吗？玩这个可以不限范围吗？你以为你一说虐恋，囡囡们马上就可以接受？Too simple, sometimes naive。有些女人或许第一次就可以接受，有些女人永远都不可以接受，这决定于本能的性倾向。你以为几个小时的思想工作可以改变人的本能倾向，让恶心的突然不恶心？你知道这个圈子狼多肉少到什么程度吗？你开了这个口子，一群疯狼会蜂拥而上，其中不乏超级变态者，而且这个圈子没有最变态，只有更变态。你以为你那些囡囡可以为了两千块钱满足一切？四天了，变态者该闻到了腥味，来捧你的生意了，你的囡囡也该逆反了。

李鹰也不愧一个人物，他镇定地满脸笑容道："姐妹们，你们如果受了什么委屈，回来就打我李鹰几鞭子吧。但服务还是要坚持下去，因为……"

我想，是时候露一露野猪的獠牙了。李鹰你懂技术，我懂心理，鹿死谁手，还不知道呢！

我在培训二室突然拿出粉笔，做出了战略动员："昨天吃饭时，很多囡囡都表示愿意玩新服务。我江磊很感激大家……我想了一个晚上，今天决定在我们组也开始推行虐恋服务，李鹰说的没错，这是一条财路，囡囡们牺牲这么多为了什么啊？就是为了赚够了早日退出江湖！没有理由看着别人吃肉，自己喝汤！但我有言在先，我只准你们玩虐恋游戏——只是游戏——在客人进房间前，就先说好，血腥的不玩，伤害囡囡身体的不玩，脏活恶心的活不玩。我们只玩一些最简单的，当然你们如果谁不愿意，我江磊也不勉强，还有像杰安娜喜欢玩女王的，我也非常支持。"

白素素、朝天椒和囡囡们几乎都点了点头。我在黑板上写着六个字：金属系、绳艺系。我道，这就是东国虐恋最大的两个流派……

我拿出根鞭子来，叫道："朝天椒你爬过来。"啪地一声，囡囡们都打了一个寒颤。我问道："疼吗？"朝天椒一愣道："吓死我了，倒是不怎么疼。"

"这是李鹰买来的皮鞭，本来打起人来是疼的，我用特制的热水泡了两个钟，现在声音仍然会很响亮，但根本不痛。"

"白素素你来试试，呵呵，怎么样？不对，你不能笑，你要哭，你一定要挤出眼泪客人才满足，知道囡囡是什么工作者吗？是演艺工作者……"

这一天下午，梅花、小鹤请假，号称扣钱也不来上班。李鹰损失了两员大将。

我的八个囡囡却有七个开始了简化的虐恋服务，只有白素素没来，她又被包了，算全钟。

晚上八点，我打电话给楚妖精道："喂，我给你买了一些乌鸡白凤丸。"

楚妖精道："干吗？"

我道："你上次不是说你痛经吗？"

楚妖精沉默了会，道："我知道了，我痛经——你够狠的啊！"

第五天，第六天，第七天，我连胜三天，将前几天的劣势基本挽回，而且我的囡囡没有抵触情绪。

李鹰，我江磊不懂虐恋？也不去圈内最早的虐恋网站，现在的黎家大院，找个老人打听打听，蝶梦倦客是谁。

第35章

鹰击黄空

东城花会如期在龙门一个正规俱乐部里举行，由九五玉、魅力滩、屋丽三家培训师做评委，西京虎波堂、常闹大唐盛世宫、中都金水率队参赛，浅水的复尊俱乐部听说李鹰做了裁判长，临时退出了花会。

屋丽李鹰和九五玉小五两个男人，一见面就激动地拥抱，嘘寒问暖了半天，互叙了两人悠久的革命友谊和深刻思念的衷肠。

李鹰抱紧了小五，还使劲摇了两下，又抓着我道："江磊跟你介绍一下，这个是我的兄弟，铁的，叫小五。这是江磊，很能干，在屋丽帮了我大忙，我可喜欢他了。"

小五装做很迷惑地望了我一眼，道："哦，江磊，新来的？难怪面生，好好跟着李哥混，当年我在他身上就学了很多东西。对他啊，我只有说不完的感激。"

真是宁可相信大白天见了鬼，也不要相信男人的那张破嘴。

我笑了笑道："初次见面，请多关照。"

小五道："本来有人把我排着做裁判长的，我也蛮高兴。但我一看名单，靠，李哥在！这不是打我的脸吗？当场就拒绝了。在东城风月场上，谁敢飞得比老鹰还高？"

李鹰哈哈笑道："你看你，就是客气。哦，难怪我今天老打喷嚏，飞姐来了。"

小五冲过去抓住飞姐的手，道："飞姐，想死你了。你上次包的饺子太好吃了，今晚我和李兄去你家吃饺子？"

飞姐，矮矮胖胖的，一口北东话，豪爽地道："当然欢迎，兄弟几个都去哦，我给做拔丝地瓜，猪肉炖粉条，三鲜饺子，不喝醉不准回家。"

李鹰道："飞姐的酒谁敢不喝，飞姐不准我们回家谁敢回家，同睡同睡。"

全场哈哈大笑，飞姐笑得最大声："姐这么老了，留不住你们啊。"

如果不是看到她身后那几个不俗的美人，飞姐那其貌不扬的尊容，活像街边三流北东饺子馆的老板娘。谁能想到，她就是美女如云的西京魅力滩首席培训师？

最先出场的是大唐盛世宫，在灯光照耀下，她们表演了集体舞《酒池肉林》，一个个古装美女在舞台朦胧的蒸汽中，跳着很原始的舞蹈，灯光被舞美工作者调试成一颗颗树木的样子，树林中美女慢慢地脱下轻纱，整齐地跳跃起来。空中几个大桶很均匀地倒泄出紫红色的葡萄酒——到今天我都没有想明白，这是怎么做到的。在酒香和脂粉香之中，灯光和烟雾慢慢散开，跳舞者背过身去，都已全裸，台上一片纤腰肥臀，又由蹲着慢慢扭了上去，站直了才发现三十多个囡囡，个个身高都在一米六五以上，面容姣好——大唐盛世宫几乎把自己的最好的A牌都搬来龙门了。

几个评委面无表情，李鹰还打了个哈欠，正要扬手时，三十多个囡囡呈两列后退散开，全部跪伏在地上，舞台中间空了出来，灯光黑了，只剩台下几个哈欠声。一声"起轿"后，灯光重新亮了起来，出现一台轿子，轿子上雕刻着精美的凤凰。音乐转成了宫廷皇后出巡时典雅的乐曲，两侧的囡囡也瞬间披上了紫色的丝绸。轿帘慢慢被拉开，轿中女子一袭白纱，头上还插着根白色的鹅毛，再无任何装饰品——也不需要——她轻转的眼珠就是最好的黑宝石——照亮了整个星空。轿中女子，缓缓拉开面纱，瓜子脸婉转一笑，李鹰和我等都睁大了眼睛。

妲己！

万籁俱寂！

第二个出场的是老牌劲旅虎波堂，她们将舞台用灯光迅速装扮成了一艘船，配上海浪与海鸥的声音。船舷上站着一对男女——那女孩一张开双臂，所有人都明白了——泰坦尼克号。

飞姐道："老土。"所有评委都摇了摇头。但在歌声响起的同时，所有人都改变了想法。节目是老土，但挡不住人家唱得好啊！那纯正的英语，高亮辽阔的意境，浑厚磁性的声音，几乎瞬间淹没了评委的傲慢与偏见。台上的烟雾腾起，虎波堂的龙套上场了，一群美人被海水冲掉了半身衣裳，以现代舞的姿势，东倒西歪，受苦受难着，中间居然夹杂着几个芭蕾高手，我终于相信了，从公孙大娘开始——红尘之中从不乏舞林高手，配合着 "My heart will go on……" 的音乐，像几只折翼的天鹅，在海滩中挣扎，死去。"Rose" 一转身，旁边众多的美女也遮不住她的光芒，她眼角含着泪水，配合着珠圆玉润的脸庞和无辜的眸子，那模样就是央国版的温斯莱特，戴个黄发就可以以假乱真的那种，她款款前行两步，微一低头，又依稀有些张曼玉年青时的影子。

玉女!

心旷神怡!

最后出场的是金水，杂乱的音乐响起，台上飘过漫天的樱花——据说是刚从昆都空运来的，突然跑出来一群卡通片里的人物，我睁大了眼睛，心里惊道：火舞影者!!!

l6位身穿lP和2P火舞服装（不要想歪了，玩过KOF的人都知道，1P是红色衣服，2P是蓝色衣服）的图图们，迈着矫健的步伐向我们走来! 他们在T台上，上演了一场精彩的真人PK，只见lP火舞拿着招牌扇子，2P火舞拿着绳鞭（就是捆在火舞两个肩膀上那条绳子），开始了激烈的对决，而他们身后，还分别站着两位火舞，组成了一个KOF的团队! 中间的火舞是你来我去，鞭对扇打得不亦乐乎，但明显是排列过的，很有节律感。而身后的火舞，则像游戏里一样，身子上下起伏波动着! 是真正的波动，火舞都是身材比较有料的。看来他们还真是对KOF做了一定的研究啊! 不过，这打的地方怎么都有些奇怪啊! 不是对着一个中心，就是对着两个基本点，还这么整齐，太有才华了!

台下站着他们的培训师，是个未满二十岁的男孩子——早就听闻，东城最年轻的培训师在金水了。长江后浪推前浪，前浪死在沙滩上，后生可畏啊!

正当大家看得不亦乐乎的时候，场上情况发生了巨大的变化! 两队火舞一看打斗无法分出胜负，改成了肉搏! 但见他们不甘示弱地要把对方压在自己的身下，于是便不可避免地发生了扭打! 那场面，是胸压着胸，屁股压着屁股，而被压在身下的火舞，那挣扎的样子也是非常和谐啊! 怎么感觉两个人在磨麦? 哎呀呀，这个火舞还把嘴都用上了，你用上嘴就算了，干嘛咬人家胸啊，你咬人家胸算了，干嘛还要舔一下啊!

打到最后，火影忍者终于都被打死了，只有一个囝囡嘴角流着番茄酱，艰难地从尸体中站到了台中央，从身后拔出一把东洋刀来，青春可爱地虎视眈眈着，长得非常卡哇伊，她嘟嘟嘴，又吐出了点番茄酱。

烈女！

面面相觑！

金水的节目太有创意了，我给了最高分，但最后结果是全场最低，李鹰小五和飞姐还有好几个培训师，都没看过这个卡通片，觉得整个节目热闹是热闹，就是乱七八糟不知所云。

大唐盛世宫的妲己获得了最后一个濠江花会的席位。

小五伸伸腰道："李兄，可惜了，你的老东家复尊俱乐部没来。听说黄总招了个苏州的绝色，很神秘，黄总一直都没让她'会'过客，就为了花会养着。我还真想看看。"

李鹰嘴角抽动了一下："切，小五，干我们这行的谁没见过美女。"

小五道："是啊，只是这个女人一定很特别。"

李鹰傲然道："我走之后，复尊也就剩下美女多一个优点了。"

小五道："是啊，但新来的那个苏洋美女，给自己取了个假名字。"

李鹰道："废话，除了傻子，谁会用真名字？江磊，不是说你啊。"

小五悠悠道："她给自己取的名字叫西施。"

我笑道："是小西施，还是赛西施？从古到今很多人用。"

小五道："就是西施，没有赛也没有小。复尊管理是一般，但美女最多。她就叫自己西施，据说复尊内部还没有囝囡不服的！"

我靠，比何青抢八十八号还高调啊！

李鹰刚回屋丽，楚妖精请假了。例假加痛经。

梅花、小鹤是刚请假回来，粉条也一身情绪。

李鹰就是李鹰，他迅速开会，做出了自我批评，将新服务的范围缩小到囝囡可接受的范围内，一切脏活和伤害身体的活动都被取消了，将虐恋完全变成了一种表演，一种满足客人好奇心的游戏。价格也降到了一千五。

与此同时，花会结束的当晚，他开车跑去了广府中水医院，找过了梅花动手术的父亲，说自己是梅花单位的领导（这没有说谎），是单位工会组织（绝对撒谎）派他来看看老人家的。李鹰送去了三万块钱——这还不算什么——他亲自伺候了这个老人一个通宵，包括三次倒屎倒尿。清晨为刚做完化疗的老头子亲手煲了一锅皮蛋粥。这一切都是瞒着梅花干的。

第二天一回到屋丽，他就给了粉条一张白莲达影视学校的录取通知单，告诉她学费已经交了，每周两个上午，可以借他的车去广府函授听课，李鹰道："你唱歌这么好，别浪费了，这里不是久留之地。"

他转身对小鹤说，明天是你的生日吧？我有没有记错？你在这边也没有什么亲戚，去我家过吧，我叫嫂子给你买蛋糕。

三天后，缺少了楚妖精的李鹰组，在业绩上居然没有被我们组甩开太远。

楚妖精平时例假一般只有三天，但第四天，她说痛经，没有回去，李鹰亲自跑到她宿舍，什么都没说，就带了一袋红糖，煮了一锅红糖水，给楚妖精补血。

第五天，李鹰又去了，又是一锅红糖水。

第六天，又是一锅。

这一天，楚妖精看着李鹰在厨房忙碌的身影，吞吞吐吐道："李鹰，江磊救过我的命……"

李鹰道："嗯。"

楚妖精道："我痛经是……"

李鹰打断了她，沉默了半晌，道："应该的，你做得对。"

楚妖精道："明天我就去上班。"

李鹰想想道："多休一天，他毕竟救过你。"

一周后，楚妖精回归了，三天内把我组一周积累的优势瓦解得一干二净。顺便的，李鹰给我下了第二个套。

第36章

一败涂地

楚妖精的回归,敲响了我们组的丧钟。因为百分之八十的客人在她房里撑不过十分钟,单位时间内,她的钟太多了。下面是客人和楚妖精的经典对话。

老板一脸兴奋道:"你真漂亮,看我怎么弄你。"

楚妖精一脸哀求道:"老板,我刚出来没多久,您轻点啊!"

……

五分钟后

楚妖精一脸陶醉道:"老板,您真厉害,都两次了。"

老板抹一抹汗,一脸憔悴道:"老了,老了……想当年……"

楚妖精四十五度仰望着老板,一脸崇拜道:"老板怎么会老了,刚才我都High了,让楚妖精再伺候您一次。"

老板翻个白眼,向空中一望,一脸白灰道:"好……好……好,哎呀!"老板掏出手机强行按出个短信来,然后一脸痛苦地道:"来短信了……真不巧,我今天要赶时间。明天我再来找你。"

楚妖精一脸落寞道:"哥哥,还没有到钟啊。您就再陪一下妖精嘛。"

老板一脸惋惜道:"我也想啊,只是今天有笔单要谈,已经约好时间了。"

楚妖精轻轻抽泣两下:"那你会投诉我的,我都没有陪您到满钟?"

老板当即拍胸道:"没事,没事,我跟部长说,你是一百分。"

楚妖精充满感情道："哥哥，我会想您的。"

老板道："妹妹，我也会想你的。"

……

五分钟后，单机循环一次。

于是楚妖精有了一个新外号"榨汁机"！

更大的问题出在组织内部，包白素素的那位"放暑假"了。还记得她房间里那位十二岁的小男孩吗？我后来才发现那不是白素素的弟弟，是包了"白姐姐"的一位客人。正在读初一，迷素素迷得昏头转向的，拿家里的钱包了素素半个月。每天放学回来就背个书包进了屋丽，先和白素素玩一会，然后就坐在房间里写作业，写到十一点，再自己回家睡觉，绝对不准其他臭男人碰他的神仙姐姐。有时候晚上功课做错了，被白素素指着脑袋骂，小男孩被骂得一身汗，那白胖胖可爱委屈的样子，弄得我好几次都有去辅导他功课的冲动。汗！放假了，小男孩期末考试成绩进步飞快，常年在外做生意的父亲一高兴，带他出国旅游了。

包白素素的小男孩，一脸不舍地离开了屋丽，离开前在白素素的怀里哭得那叫一个天地为之变色，日月为之无光，不知道的以为东城又发生凶杀案了。

于是，白素素只能和楚妖精拼散钟，我无奈地发现，拼散钟，白素素完全不在楚妖精一个档次上。

按照屋丽的规矩，图图一旦有一天被包，就算成全钟，这也是何青为什么整天天南海北地被包，钟数却是屋丽第一的原因。白素素一被包，她是全钟，不被包，就要跟楚妖精比点钟数，她们两个几乎都不存在没被点的现象，都是抢手货，于是拼的就是速度。

可惜，白素素太温柔了，都是满时间再下，有时候客人都不是来跟她玩的，就是跟她聊天的。一个是茶马古道，古典悠闲，一个是高速公路，效率优先。拼速度，怎么赢？

理论上，楚妖精做了六个钟后，白素素才能做一个钟，当然现实没有这么夸张。减去楚妖精每次的补妆，洗澡，换衣服的时间。楚妖精的业绩基本上是白素素的两到三倍。

这一周，没人包白素素。包楚妖精？那倒也没有，其实很少有人包楚妖精的，谁敢？

主将沦陷，这本身就是李鹰的第一个套，没什么好说的了。

过了几天，朝天椒发脾气说："每次客人选妃，东东部长都把我们排在第一轮，这怎么能赢？"我才发现了李鹰的第二个套。

有经验的客人基本上都不选第一批的囡囡，他们普遍有一种心理，好牌在后面。还有很多客人，觉得自己出了这么多钱，心疼，当然要多看看，换回票价。囡囡要跟部长搞好关系，很大一部分原因就在这里。如果部长不喜欢你，每次来了客人，都让你第一批上，你很难被选上，这是潜规则。

李鹰利用自己在屋丽的人脉和关系，通过负责囡囡排钟的东东，把我的人统统潜规则了。

于是，剩下七个，我的业绩也比不过李鹰组。

我的优势，只有小五的情报了，于是我省了备课的时间，直接把李鹰的课程修改一下，然后加上一句，完事后侧卧在客人怀里十分钟，给客人一些温馨的回忆。这一招是我发明的专利，在东城还没有普及的不是技术的技术，市场反响很好。结果第二天，李鹰组也开展了温馨回忆——除了楚妖精。我痛苦地发现，我的组也有李鹰的潜子，上次皮鞭煮后不痛的秘方，第二天李鹰组就懂了，我还以为是巧合，或者李鹰查了资料，这一次，我明白了，有内奸。我在想会是谁呢？潇湘帮应该不会吧？欠了高利贷的秀秀？波霸猪猪？甚至……白素素？我摇了摇头，李鹰在屋丽根深蒂固，远不是我这个外人轻易可以撼动的。调查？任意去怀疑？以我的根基，这战就更没得打了。

到第三周快结束时，我的业绩被李鹰超过了将近三成，尤其是阿红和阿果组合，成绩非常好，甚至超过了白素素加朝天椒，我才猛地回过神来，李鹰的最后一套！我捶着头道，完了，我不输谁输？

原来以为自己数学差，也没有什么，反正做个加减法买个菜还凑合。今天算是吃到了苦果，我做错了一个很弱智的数学应用题。阿红阿果，黄金双人？这意味着什么？意味着她们赢定了。双人一次，等于两个钟，但时间呢？仍然只是一个钟的时间，下钟后可以同时梳妆打扮，马上接下一组。这个组合又非常有特色有效率，配合默契，肯定能超过非组合的任意两个人——李鹰下了一个很明显的套，聪明的我，听话地踩了下去。主帅如此智商，焉能不败？前两周，因为白素素的被包以及楚妖精的放水，我没有注意到这一点，注意到时，已只剩一周，败局已定了。

更麻烦的是：楚妖精一个月总有那么几天的日子已经过了，而白素素的是下周！除非李鹰把楚妖精送给我，或者我得到两个楚妖精级别的图图，并且白素素在例假期间被包，才会有一线生机。显然，这几个条件都是天书，都是聊斋，都是不可能的。

粉条已经在挑衅朝天椒了。

"阿红阿果？我们怎么这么差啊，比潇湘那帮妹子才高了这么一点点，不应该哦。对了，要不是楚妖精放水，超过她们五成是小意思吧。这叫什么？叫秒杀？"

朝天椒腾地站了起来，一凳子飞了过去，要知道她养的小狼狗，是东城邵阴帮老大啊，什么时候受过这种气？

粉条镇定地躲过椅子，阿红阿果站了起来，轻蔑地指着朝天椒，道："你想干什么？"

朝天椒道："关你们屁事，老子想打架。"

阿果从腰里顺手拿出一把小刀来，道："哼，那就来啰。"

朝天椒呆住了，她在屋丽就是一霸，甚至连老板、李鹰统统不怕，只有阿红阿果，她还真的畏惧三分。

据说有一次，阿果去拿粉，那个卖粉的调戏她。阿果没有二话，当场就脱衣了。事后卖粉的舍不得，见阿果单身一人，想赖账。阿果笑盈盈地咬掉了他的下面。这卖粉佬当时痛得没了知觉，阿果拂衣而去，回宿舍睡午觉了。

能干白粉的，都是亡命之徒，当天晚上白粉佬去医院包扎了一下，就叫四个弟兄包围了屋丽的宿舍。保安们紧张地通知阿果快逃跑。结果这两姐妹一人拿两把刀，冲出来就砍，卖粉佬的弟兄哪见过这样的怪事？立在当场忘记了逃跑，有两个大男人被砍伤，逃走三个，连那个卖粉佬又一次被砍去医院了。当然，这样的战果不是因为这两女人武艺高强，而是事情发生得太快，太匪夷所思了。两个弱女子，面对五个男人，居然进攻？

这两女人倒也聪明，知道这事情没有这么容易了难。阿果连夜逃走了，卖粉佬当天出院后，带出二十多人，天天守在屋丽，连毛董的面子都不给。过了四天，终于见到阿果了，她胡汉三又回来了，大摇大摆的，卖粉佬正在兴奋，发现后面还跟着一卡车同族人，一律配着刀，从车上跳下来后，没有任何废话，顺便给卖粉佬和他的弟兄们补了几十刀，之后又大摇大摆地去吃了天桥上几个旧疆人的葡萄干，硬是一分钱都不给。那卖粉佬被砍成了终身残疾。后来警察也被惊动了，一是接到了毛老板的电话，二是据说民族问题非常敏感，三是反正砍伤也不是什么好货，又收了毛老板五万元保证金后，放了阿果，此事不了了之。

后来，阿红在屋丽说了一个不知真假的故事，彻底奠定了自己无人敢惹的江湖地位，她说，在她们野佤部落，有猎人头的习惯。有一次，旁边一个与他们有仇的部落的女人迷路了，跑到了他们寨子里，把全部落的男人高兴坏了。年轻女人的肉最是鲜嫩的。她爷爷和哥哥冲在最前面，终于在深山里找到这个迷路的女人，刚把她绑好，女人尿裤子了。她爷爷很伤心地道："完了，好好的汤料散了……"

朝天椒见两位拔了刀，也是不惧，很快拨通了自己小狼狗的电话，我赶紧冲了过去，按了电话，把朝天椒等人叫开，对着粉条说了一句很虚伪的话："鹿死谁手还不一定了。"

水蜜桃最年轻，吓得含在嘴里的阿根达斯都化成水了。

朝天椒被我拖出去后，看着我大骂："都是你没用，要不云贵驴子这么嚣张，我要找我王哥教训她。"

第二天，风平浪静。

据说，男朋友兼小狼狗兼保镖兼司机的王哥，听说有人居然敢欺负朝天椒，顿时火冒三丈，后来听说是这阿红阿果两个主干的，迅速冷静了下来，他很气愤道："如果是个男的，早被我打死了，只是我一个邵阴帮的老大，总不能带着弟兄去打两个女人吧。"

只剩一周，一败涂地！

第37章

生日快乐

　　胜负已分，很快，我就要回到人间生存了。好吧，做个总结吧！我拥有了一段玫瑰色的记忆，尽管时间很短，但奢华到足够百分之九十的人羡慕，奢华到足够年老的时候对着大多数不管是后现代还是非主流们吹嘘，我在一个叫东城的风流富贵之地享尽了温柔，更过分的是，还免费，比免费还惨绝人寰的是，还赚了点散碎银两。于是上帝嫉妒了，准备向我收回这讨好不费力的肥差。

　　我衷心地喜欢这段日子，在如云的美女中，悠游卒岁，是大多数男人可望而不可即的理想，括弧包括我。偶尔再卖弄一下自己的才子风骚，简直就有些柳永、唐伯虎的影子，可惜好花不常开，好景不常在，现在我就要回去了，回到我那过了二十七年的平庸里。

　　好吧，我承认，我痛苦，我过了太多按部就班人云亦云的日子；我知道人生最终只是一个土馒头，我还是觉得在土馒头之前，有点戏剧情节比一生平淡要好一点。简单安静的生活其实不幸福，所以我只想拥抱刹那。绵延持久的感觉根本不快乐，所以我只信仰瞬间。于是我来到了屋丽，屋丽的刹那和瞬间太他妈的迷人了，尽管终归也只是刹那和瞬间，但对于一个普通人来说，有这样的刹那总比没有好吧？又但，长点总比短点好吧？又又但，成功的人生不就是一场由足够多的绚丽瞬间才能组成盛宴吗？

　　我要了瓶啤酒，皱着眉头，行万里路，读万卷书，可惜，面对李鹰，一筹莫展。

张小盛来电话道："喂，明天你能不能把白素素叫出来？"

我道："干吗？"

张小盛道："白素素明天生日，你不知道吗？"

我道："啊？你他妈够能套近乎的啊，手够长的啊？你怎么知道的？"

张小盛道："废话，哥哥泡了多少女人？每个女人拔根毛都可以织件毛衣了。你明天把她带出来吧。"

我想了想，反正输了，也不用去拼时间了，道："可以，我明天下午带她出来，你打算怎么泡她？"

张小盛道："不是泡，我是认真的。"

我道："知道，你都认真很多年了。"

张小盛道："对你这么庸俗的人说不清，那就说好了，明天下午，观音山，我请客还有晚饭。"

我道："好啊，好啊，你准备出多少血，我多带点人来吃。"

张小盛道："放屁，老子钱是捡的啊？观音山东西那么贵，带两三个她的闺蜜就行了。"

我道："那就带楚妖精来吧？"

电话里沉默半天，张小盛道："别……她就别来了。"

哈哈，我乐了，八成又一位得了"恐楚症"的，央国足球有恐高症，张小盛有"恐楚症"。央国足球患病的原因是碰到高国队九十分钟不射，张小盛的问题是碰到楚妖精射得太快。

当晚，我召集了我的组道："明天下午我想放个假，组织各位到观音山旅游一下，感谢各位这么长日子对我江磊的照顾和关心，另外明天我们组也有个女孩子长尾巴，我们可爱的白素素同学，让我们一起去庆祝一下好不好，我请各位吃晚餐。"

全场沉默。

朝天椒道："还有一周就放弃了吗？哎……是扳不回了。"

秀秀道："江磊，我真舍不得你。"

水蜜桃说："江哥，谢谢你给我买了这么多雪糕。"

猪猪叹了一口气，低头玩起了手机。

白素素哽咽了，道："对不起，江磊，害你输了这么多。"

完了，这哪跟哪啊，都以为我请她们吃最后的晚餐了。

朝天椒的嘴巴一向天马行空，她道："江磊，老乡，资江河的老乡，你要节哀。"

节哀，我呸，我满脸无奈地道："能与各位妹妹并肩战斗，是我的荣幸，但这次请客与比赛无关，更不是告别宴。只是倾述我们友情的宴会，还有庆祝白素素生日的宴会，各位开心点，妈的，别弄得遗体告别似的。"

白素素道："江磊，还是我请客吧，我的生日，再说，你暂时也没有什么钱……"

白素素说这话是留了面子的，在外边比，我的收入一向属于中等偏上，甚至是典型的白骨精——白领骨干精英。但在我手下这八朵金花面前，那就是一经济适用男。

我大气地点头道："素素，哥哥请个客还是没有问题的，明天想吃什么尽管点。"

白素素感激地望了我一眼，惯性地低了一下头。

我心里大乐，我只是说我请客，又没说我买单。

我带着我组八朵金花租了一辆车前往，顺便还叫上了笨笨狗，本来白素素一向是开自己的宝马去玩的，看到我没有车，就不开了。

张小盛在人潮人海的观音山大门口等我们，大热天穿着整齐的西装，以将近三十岁的高龄，拿着一大串玫瑰花，交给满脸纯情的白素素，这模样，简直就是把色狼两字雕刻在头上。

他看见白素素的表情就活像一个傻帽，看见后面还跟着一群人，当场就更傻了。

好在这家伙有一个优点，在女人面前绝对能装A与C，一见我拉来的个个如花似玉，也强堆起满脸笑容，妹妹前妹妹后地装起人来熟，开口的第一句话是："妹妹们啊，想死我了。"（语气参照冯巩）

朝天椒们也都很高兴，自从进了桑拿门，只碰到过逼着她们干活的老板、培训师、部长。主动要求放假，带她们出来玩的，真没见过，水蜜桃直接从的士上跳了下来，满脸欢喜地买了十块钱的饲料，一路跑去放生池喂乌龟，一边喂一边跟小乌龟说话，我才想起，她还没满十八岁。本来就应该是在父母面前撒娇的年龄啊！

白素素五体投地在巨大的观音像前，喃喃自语道："请菩萨保佑我奶奶、爸爸、妈妈、弟弟身体健康，尤其是奶奶病快点好，花多少钱都无所谓。"

张小盛马上跟着跪下道："顺便也保佑一下我的素素，永远开心，永远漂亮。"

我白了她一眼，素素什么时候变成你的呢？

猪猪非常虔诚地捧着一把很贵的香火，见菩萨就跪。猪猪悄悄地问我："江磊你读过很多书，你说菩萨会不会保佑我们这样的坏人？"

我一震，看着大雄宝殿上释尊温和的眸子，很肯定地道："会，当然会。"

猪猪苦笑着又点了一把香，磕了一个头，道："我已经不干净了，菩萨不会保佑我这样的人的。"

我搂过她的背，笃定地道："佛普渡众生，你当然是众生之一，还是受苦的众生，佛不会抛下你的。"

红雁子疑惑道："是这样的吗？我们衡阳乡下都说，女人做了囡囡，惹了这么多不干净的东西，是犯了淫戒，会遭报应的。"

我心里嘀咕一下，道："哈哈，没有这种事情吧？拜佛吧，不要相信那些封建迷信。"

众女跟随着我去后山玩，路上的回头率非常高。废话，白素素、朝天椒都在这，回头率能不高吗？这里就是东城最大桑拿场屋丽的半壁精英！我又很懊恼道："这半壁江山就被我弄丢了。"

有个小孩居然冲过来要朝天椒签名，他认定是南部卫视的选美大赛在拍外景，并认定了朝天椒会是冠军。

我们一路笑着冲到一个幽谷前，旁边没有游客。

朝天椒突然大喊："我是朝天椒，我要吃辣椒……"山的那边也传来了微弱的回音。

这可把囡囡们高兴坏了，一个接一个对着山那边鬼哭狼嚎起来。

水蜜桃一边跳一边大叫："我是水蜜桃，我要吃雪糕！"

秀秀大嚷："六合彩一定是378，一定是378！"

琳琳坨大叫道："明天我要嫁给解霆锋，一定要嫁给解霆锋。"

笨笨狗道："我要当医生，三甲医院的医生。"

空气里充满了压抑后尽情的欢笑。

突然，猪猪大叫道："我想回家……回家……"

刚说出来，猪猪就后悔了，这两个字基本上囡囡都不愿意提，全国的囡囡都不愿意提。

猪猪说出来后，笑容僵住了，两滴眼泪，轻轻地滑落下来，她的家乡在川都。川都地震时，她的父母都被群众冒着生命危险救了出来，但家里房子还是垮了，从小养大她的爷爷和隔壁的一起长大的堂姐都死了。

白素素川成帮领袖，听着猪猪的话，站在悬崖上，不知该说些什么，憋了一会，大叫道："大山啊，我的母亲！"

张小盛真敢不把自己当外人，他轻轻抱过素素，对着悬崖也大叫："大山啊，我的丈母娘！"

惊天动地啊。场上又重新开心了起来。

美女们蹦蹦跳跳的，真像一群学生在兴高采烈地郊游。

快四点时接到楚妖精的电话，她高兴地道李鹰听说我们组请假出来玩，也带着她们组过来了。

我苦笑地想，肯定是李鹰一看我在比赛时间内，居然带全组休假，就理解成投降了，算了这个差距，本身就应该投降了。再说我江磊滚了后，白素素朝天椒还要跟着他混的，还不如给白素素和自己组做个顺水人情，也带着全组跑来了。

我心里有点郁闷，但反正输了，道："来吧，你跟白素素玩得挺好，人多点，热闹点。"

李鹰冲过来就搂着我的肩膀，"江磊，今天的花销我请客了，哎，这次李哥真是不好意思啊。"胜利者真有风度，妈的，老子要胜利了，老子更有风度。

我笑道："没事，技不如人。难得出来一趟，今天不谈工作，只谈风月。"

十六个绝色囡囡，加上笨笨狗和三个大男人，在山谷下围成一大圈，除了朝天椒和粉条之间，大家都很和谐，有说有笑。囡囡们捧出自己早就买好的零食，随意地铺在带来的报纸上，女人真是一种恐怖的动物，尤其是有钱的女人，这十七个囡囡带来的零食可以开个小杂货店了。当然我脸皮厚，什么也没带。

张小盛提议大家唱歌，我们从上世纪八十年代的《潇洒走一回》唱起，一直唱到近两年的《隐形的翅膀》，中间夹杂着《机器猫》、《七个葫芦娃》的主题歌，楚妖精和笨笨狗居然合唱了《圣斗士星矢》的日文主题歌，技惊四座。我们会唱的就唱，不会唱的就跟着哼，一直玩了三个多小时，玩到无歌可唱了，就合唱了一把国歌。蓝天绿草，风和日丽，我躺在笨笨狗的腿上，楚妖精时不时喂我块牛肉干，唱得天都黑了，我道："不如今晚就睡在这里吧，露营。"

白素素望着身后巨大的观音像，道："我也想睡在这里，一直睡在这里。"

当然这不可能，帐篷都没带，说不定还有蛇。

张小盛道："吃了这么多零食，真的吃不下饭了，我还准备去一个高档酒店请两桌海鲜的。"

李鹰道："算了吧，这里都是高档酒店出来的，况且都吃饱了。"

"不行，这样吧。"张小盛一看有两桌人，计算了会，估计心疼了一下道，"去山上吃斋饭吧，来到观音山，吃个斋饭净净心。"大家没有什么意见。张小盛脸有喜色，这当然瞒不过我这个兄弟，什么净心，不就是吃斋便宜吗？

张小盛估计二十人是两桌，二十一人也是两桌，顺便又把齐哥叫来了。这算盘打得真精。李鹰一见是齐哥，连忙起身叫好，东城金牌打手，那真不是吹的。

齐哥听说是白素素生日，从车里拿出吉他，说要弹一首《同桌的你》送给同餐桌的你。齐哥一身肌肉，半头长发，白素素和几个囡囡望着他眼睛都亮了，弹毕全场欢呼。

体育系的学生一向都有一个光荣传统：爱国爱家爱师妹，防贼防盗防师兄。

张小盛一看势头不对，抢过吉他，弹奏了一首《生日快乐》——我和这厮交往多年，知道他就会弹两首曲子，一是《两只老虎》，一是《生日快乐》，还真唬住了不少花季妹妹。

我们一起唱着生日歌，张小盛停下吉他，拿出一个早就买好的大蛋糕。司马昭之心，路人皆知啊！他还嫌不明显，抢过白素素的刀，亲自切起蛋糕来。

他的切法很特别，把蛋糕上生日快乐四个字分开，切成了三段：生、日、快乐。

张小盛道："今天是素素出生的时间，'生'这块蛋糕由素素自己吃，'快乐'这一块蛋糕分给各位，大家都要快乐；'日'这一块，我张小盛包了！"

朝天椒率先大笑："你包得起吗？"全场起哄，素素的白脸全红了。

"包不起，我把自己卖给素素，可以了吧。"张小盛道。

一买单，张小盛傻眼了，两桌连着素酒3700元，比什么高档酒店还贵。那和尚解释说，进门时，听说有施主生日，就主动给素素烧了柱高香。其中1333，是香火钱。

张姐道："妈的，这庙里比我们桑拿还黑啊。"

张小盛看着门外那比房子还高的香烛，抓紧了拳头，满脸笑容道："便宜，只要能保佑素素，值了。"

第38章

绝地反击

回到屋丽，还是睡不着。我想起了《笑林广记》上的一个笑话，笑的是一个一事无成的人，文曰：初从文，多年不中；改习武，校场发一矢，中鼓吏，逐之出；后学医，有所成，自撰一良方，服之卒。初看时不觉捧腹，只觉得古人揶揄起人真是入木三分，后来江湖越老，就越发觉得这笑话背后深层的悲哀——这不是在骂我吗？

高中时崇拜古惑仔，立志统一老家益阳的黑道，结果戴副眼镜上了师范；十六年寒窗，自觉书已读透，报考苏南大学的研究生，结果差了两百来分；毕业后想仗剑江湖，快意恩仇，却被错收于庙堂，偶尔拍个马屁全拍到了蹄子上；只身南下后归隐于中学教坛，不忍欺骗与折磨孩子，再度离职；终于从庙堂之高流落到了江湖之远，现今隐身到了豪华酒店的勾栏之地，还是孔夫子搬家——尽是输。

屋丽窗外车水马龙，我已经奔三了，我到底干了些什么，干成了些什么？人是经不起审问的，我自己就是干嘛嘛不成，吃嘛嘛不剩的那种，像极了这个笑话的主人公。当然我知道，这样的人很多很多，在平庸的大多数里，追逐着自己觉得的一点点光亮；所以这个笑话很毒很毒，在无数的追逐中，成功永远是没有标准的少数，它在彼岸，你在此岸。回想起今天白素素躺在观音山的草地上，看着那具号称亚洲最大的观音像，说自己想睡在这里，一直睡在这里。我觉得，那一刻，她并不一定就是伪装。

好了，梦里已知身是客，那就一晌贪欢吧！我利用自己的特权，随手招来了两具鲜活的胴体，我不知道她们的真实姓名，也不关心这个，我只是搂着温香满怀，睡了一觉，什么都没干。第二天，这俩囡囡很有职业素质地一边一个帮我穿上了袜子。我捧着其中一个的脸使劲吻了过去，把囡囡都吓住了。

还有一周，尽情享受生活吧。

早上接到了毛老板的电话，毛老板道："我想延长比赛，让比赛变成两个月。"

我心想，这老狐狸，我和李鹰拼命，提高屋丽的业绩，你当然最高兴了，我道，谢谢卫哥，但我做事一向光明。

毛老板又说不管输赢，希望你能留在屋丽，辅佐李鹰。我想了想，拒绝了，我说我好面子。毛老板道："你这不对，在江湖上混，必须要有'什么都要就是不要脸'的精神。"

我苦笑道："或许吧，但做不到。让您失望了。"

毛老板生气道："你还是读了大学的，这么脆弱，真应该好好学学《毛主席语录》了……"

我在房间里发了很久的呆。太阳老高时，又接到了小五的电话，小五道："你基本上完蛋了吧，呵呵，算了，我也玩不过他。"

我说："这样也好，息事宁人，赢了这么多，李鹰估计也会轻松点。什么间谍啊，下套啊，都不会有了。"

小五道："你真的这么认为？我告诉你，李鹰绝对不是这样的好人，你的业绩比他差三成对吗，他一定会在最后一周，想尽办法把差距拉到五成、六成。然后当着一群囡囡的面，指着你的背影道，这家伙不错，差不多有我的一半的业绩了。"

我道："不会吧，我都基本投降了。昨晚还在一起喝酒呢！"

小五道："李鹰的词典里，没有不杀俘虏一词——我就试过。"

我苦笑："那也没办法，你是不是又准备把他培训的资料传过来，我看没有这个必要了。"

小五道："已经传过去了，最后一次吧。哎，拜拜！"

我很无聊地打开电脑，李鹰的讲课内容让我火冒三丈：

李鹰哈哈大笑了五分钟，然后对着楚妖精等说江磊组虽然认输了，但差距还不够明显，所以我准备对小组进行重组，然后像臭虫一样捏死江磊；我倒要看看在东城这一行里，谁敢跟我挑衅；江磊以后在任何一个酒店都不要混了，谁接受他，我就把这次和他比赛的成绩传一份过去，看看谁需要一个废材？有个别囡囡，脑袋不清楚，居然还羡慕江磊的组，现在呢？他要打包走了，你也跟着去吗？

我打了个哈欠，算了，成功者当然有资格嚣张一下，但接下来的内容，让我明白了失败之后，我要接受的不仅是离开，还有羞辱。

李鹰道："明天起，小鹤和梅花就不要在我们组了，我要做一些人员的微调。大家看看，我淘来的宝贝，这两人，母亲才三十五，挺漂亮的吧？女儿才十七，你们在最后一周取代小鹤、梅花。凭这人间少有的母女兵，我估计超过没有士气的江磊组五到六成，没有问题。到江磊走的时候，我会在屋丽楼上挂一条横幅——欢送空手道冠军江磊离去。哈哈。"

"我会跟毛老板说，空手道在国内是行不通的。嗨，毛老板英雄一世，也被小人骗了，你看，一样的牌，成绩是我的三成，哈哈哈！"

我有些怒了，篮球比赛，如果比分差距太大，就叫做垃圾时间，在垃圾时间里正常的队都不会下死手了，派替补，甚至不进攻，这是规矩，杀人不过头点地，赢了，你还要怎么样？虽然这不是篮球场，但做事留一线，来日好相见，也是江湖老鸟都明白的道理。李鹰显然不太打算明白了。

李鹰又对着粉条，发了一包药，道："马上你就要来大姨妈了，吃了它，最后一周不要松劲。"我睁大了嘴巴，这药所有酒店都有，可以推迟囡囡的例假，但除了特殊情况，比如一些不得不接的特殊客人点钟，桑拿也很少会用，因为这药副作用太大了，囡囡吃后，往往心烦、头疼，造成生理机能明显紊乱，严重点的会影响囡囡的生育。李鹰已经赢了，居然还逼着粉条吃药，只为了最后能更爽地羞辱对手！

我怒了，野猪之怒！

李鹰从抽屉里拿出个箱子，道："箱子里的东西早就准备好了，是个横幅，关于空手道的横幅，哈哈，姐妹们努力点，濠江花会还有集体项目，我可以把大家都带去。"

我关了电脑，抬一抬头，昨天，他也去了观音山，和我一起唱歌，搂着我的肩膀说，对不起，兄弟。

我要作战，继续作战，就算输，也不能让他太得意。况且——还有什么办法赢吗？

李鹰不愧是酒店业少有的奇才。阿红阿果的黄金双人组合已经让李鹰组赚够便宜了，现在又来这么一对母女——基本上天空才是极限了。看一看李鹰最后的阵容，榨汁机楚妖精，艳丽无比的云贵首席粉条，技术炉火纯青的北东首席张姐，按洋马处理的超模混血儿大眼睛，加上这云贵帮双人、母女两人，梦幻阵容啊。

没办法赢，真的没办法赢，何况白素素马上就例假了，给她吃药？我做不出来。况且吃了药也是一个输字。头好疼啊。

我走到培训二室准备抽支烟，想想办法，看看有没有可能出现奇迹。结果发现，培训二室已经被东东占了！她们以为老子弃权了。

我恶狠狠地道："东东，半个小时以后，我要上课。这是我的培训室，毛老板批的！"转身就走了。

风月场上，人一走，茶就凉，这正常。但老子好像还没走吧，我掐了一下自己的人中，确定肉体健在。

去书店找找灵感吧。

我快步走到旁边街上一个书店里，疯狂地寻找着灵感，我学过的孔子、老子、庄子、韩非子、墨子、荀子、孙子，你们哪个子可以帮我？我没有学过的黑洞理论、量子物理、相对论、宇宙弦理论，还有忘光了的三角形的全等公式，现在哪个理论能救我？我眼角瞥到了一本充满灰尘的书《毛主席语录》，想起毛老板的话，一把抢过来，打开它，却一个字也看不进去。

就这样盯着目录，盯着目录，整整二十分钟，我放弃了。要是毛爷爷还在，我也不要和李鹰比了，两个人都可以直接枪毙了。

我正准备放下书时，看见老板很郁闷地冲向发呆的我，我恍惚间觉得自己回到了高中，晚自修的老师来了，发现我在看书偷懒，出于本能，我马上装模作样地翻了一下书，一行字跑到了我眼里："建立革命统一战线，团结一切可以团结的力量……"我一个激灵，如醍醐灌顶，浑身颤抖了起来。

我马上向老板买下了这本书。老板盯着我看了好久，又把我给的钞票用验钞机验了五遍。发现我不是骗人，是真的要买这本年轻人基本不理的红宝书，一脸不可思议地递给了我。

团结一切可以团结的力量！是啊，李鹰既然可以换牌，那我为什么不可以？这是一线生机啊！

"小五，我还想陪李鹰玩玩，能不能支援我一个好点的囡囡，不是，不是，要很好的……没事，昨天屋丽新进了一批货，李鹰自己也换人了……好，你赶快去请示……如果行，今天下午到位，我落后太多了。"

过了一会儿，我又拨了个电话："114吗？请问复尊俱乐部办公室电话是什么？"

"黄总，我是屋丽的江磊……什么，你知道我……对，正在和李鹰打战……形势很不好，有没有兴趣整李鹰一把……支援我一个囡囡，要最好的。"

"张小盛，你不是要包白素素吗？这一周她空着，要不要我帮你预留？……好，什么，你要感谢我？……不用不用，买双耐克鞋给我就行了……不过，好像有点麻烦，白素素太红了……好吧，我滥用一下职权成全你了，帮你留钟！"过了一会儿，我又打了过去，张小盛还沉浸在马上就要做杨过的兴奋中："小盛啊，不巧啊……你别急，别急，她没被别人包，只是可能来例假了，你还要吗？……什么，也要？好吧，耐克不用你买了，我白帮你忙好了！……没事，好兄弟，讲义气。"

我召开了小组会议："感谢各位一向的支持，为了胜利，最后一周组内人员可能微调，个别囡囡可能被调出比赛组。同时我要求关系很好，又配合过的猪猪和秀秀正式组合成波霸双人组合。最辣的朝天椒和最嫩的水蜜桃准备好配对，暂拟命名为超白金组合，你们的容貌身材绝对配得上这个称呼，只是配合上还要急训。更重要的是阿红阿果的叫黄金组合，我只好叫超白金了。"

囡囡们和我关系处得不错，这几周请客吃饭的效果完全发挥出来了，大家虽然有些迷惑，觉得败局已定，但见我战意已决，也纷纷表示配合，反正闲着也是闲着，死马当活马医了。

处理完"后宫"，我第一次没能吃下屋丽的特供，坐在大堂，焦急地等着战友支援。会来，一定会来。以李鹰嚣张不让人的性格，在这个圈子里不可能不得罪人，我会有后援的，我握着咖啡杯的手都有些颤抖。

果然，没有多久，一个女孩子出现了，说是小五派来的。

失望，非常失望！

长得算漂亮，但谈不上绝色，有点婴儿肥，挺纯的感觉，就模样进A货没有问题，但身高只有一米五六？小五就给我派了这样一个货色？一米五六的货色，这样的屋丽可以抓出一百个来。这个身高，进A牌都要走后门。

我失望地叹了口气，天要灭我啊，那囡囡望我一眼，笑道："要不要找个房间，试试技术？"

我喝了口咖啡，被气得半天没说话，很无奈地道："也好，去试试吧。"

十分钟，仅仅十分钟，她连衣服都没脱，但我知道，我错了，我真的错了，要感谢小五，送给了我这样的精灵。

她一跳艳舞，我就目瞪了，鬼魅！

她一抓红绳，我就口呆了，仙媆！

高难度的魅惑动作，在细小的空间里，一个接一个。能在一根竖着的红绳上玩一字马，我估计连李鹰都没有想过；那双杠和太空球，简直就是她戏耍的宽广舞台；舞蹈，我已经不知道怎么形容了！

"你——你不是杂技队的吧？"我温柔地问。

"杂技队？哼，小看我了吧？我以前是体操队的。"

"你是？"

"到了这里，真名字早忘了。这里的人叫我西京之星。"

一百零八号，我抱住小巧玲珑的她，激动的心，颤抖的手，想说的话一句也说不出口。

这时我接到了复尊俱乐部黄总的电话，他道："江磊，西施，我借给你了，你给我省着点用，她还没在东城露过面。"

第39章

尔虞我诈

当西施走进我的宿舍，一种复杂的感觉冲上了脑门。这种感受只有初见何青时出现过，房间顿时笼罩在人在画中，人画不分的朦胧里，我有一种人类在美的面前自惭形秽的失落，有一种一辈子迷恋在光和影中的三流画家初见莫奈《印象》时的狂喜。

何青是科尔沁草原最亮的星光，大漠孤烟，纵马奔腾，会引无数英雄尽折腰。

西施就是江南水乡高悬的月亮，姑苏城外，一叶扁舟，将令多少才子空寂廖。

更重要的是，幽香，致命的幽香，清淡却不散。

"什么香水？"

"没有，我从来不用香水。"

"体香？"

"嗯。"

我深深地嗅了一下，道："西施不能用了，李鹰听过这个名字。这一周，你就叫含香吧。"

"是，黄老板吩咐过了，这一周我听江公子的指示。"含香戏谑道。

"真的是体香？"我陶醉地一嗅。

"呵呵，江公子要是不信，含香这就去沐浴……"

公子，现代社会多么奇怪的称谓，但从她嘴里出来，所有男人都会觉得理所当然。

王牌，复尊俱乐部隐藏的王牌，现在成了我的王牌！

李鹰，老子回来了！

"你会招蝴蝶吗？"我忍不住问。

"嗨，第一千次回答这个笨问题了。"含香无奈道，"《还珠格格》看多了吧？你想啊，要是体香真能招蝴蝶，那还不得被蜜蜂蜇死啊？"

有了含香，有了西京之星，加上被包的素素，我感觉我该赢了。

没高兴多久，我就想起一个问题，怎么能让李鹰同意换人呢？李鹰是培训部的头，酒店进了新囡囡，都要给他打招呼。李鹰要是不同意换人怎么办？让这老鸟瞄一眼含香，他就会感觉到不对的。怎么办？绕开李鹰？屋丽的一草一木换个方向他都会知道，这不可能。

正想着，李鹰来敲门了，我赶忙挥手让含香躲进隔壁小房间里。

李鹰热情地抱着我的肩道："江磊啊，住在这里还习惯吗？怎么说你也是培训部的成员，我太忙了，都没来你宿舍看看。真是失礼啊。"说着，站起来就要参观宿舍。

我心里着急了，你他妈的别参观宿舍啊，含香还躲在里面呢？

没办法了，我腾地站起，装出两滴眼泪来，道："李鹰，你他妈的别猫哭耗子了！"

李鹰一怔，哈哈大笑地停住步伐，坐了下来，显然他很欣赏我气急败坏的样子，温柔道："江磊，胜负兵家常事，这也不是李哥有意要为难你。我也是身在江湖啊！"

我握紧了拳头，道："无事不登三宝殿，你有什么事说吧。"

李鹰"慈祥"地看着我，道："不要着急，嗨，虽然你是个大学生，但现在大学生找工作也比较难，我是在想你如果走了，我是不是可以帮你点什么忙，在东城黑白两道，李鹰朋友不少，帮你找个饭碗问题不大。"

我道："不用了，江磊当官不可能，饿死也不容易。"

李鹰点头道："我最欣赏的就是江老弟这份硬气。"

"没事的话，就请走吧，我要看看书。"

李鹰道："我这次来确实有话跟你说。"

我道："请。"

李鹰悠悠道："虽然江老弟不一定把我当朋友，但我还是把你当朋友的。我觉得现在我们两个组差距太大了，这样你面子上也确实过不去。我想换下两个厉害的囡囡，换两个弱点囡囡上算了。这样差距小点，江磊你走时也有面子一点。"

我疑惑地看着他，道："不是忽悠我吧？"

李鹰道："你这人……好心当做驴肝肺。我换下的是梅花和小鹤！是浦海第一红娘和渤洋湾魅后！我换上的是一个三十五岁的人，和一个没调教好的新手。你要是不知好歹，我就不换了。"

我急忙道："真的是三十五岁？这么老，你拿来换梅花？"

李鹰真诚地睁大了眼睛，点头道："你不相信就去问东东，去问楚妖精也行，就是三十五岁。哥哥为了让你差距小点，仁至义尽了吧？"

我装做满脸感激，又马上坐下，道："你让我问东东，问楚妖精，是组团来忽悠的吧？"

李鹰玩了一下打火机，道："你这人疑心太重，真让我心冷。好吧，我直说吧！我反正已经赢了，你又是毛老板介绍的人，我换人也为了让毛老板不太难堪，一是帮你，二是为了讨好一下领导。既然，你不信，我不换了，走了！"

我赶忙拦住他："好了，好了，你这么说我就信了。李哥你还是换吧，这成绩老弟真是拿不出手啊……不管怎样要感谢你，如果差距能小点的话，我一定登门道谢，你知道，知识分子，好面子。"

李鹰一拍大腿："这就对了！其实呢，我挺喜欢你这人，乱七八糟的东西知道得够多，只是你要跟我比，确实是走错棋了。算了，算了，都是打工的。其实，江磊，你要明白，我们这样斗来斗去的，最高兴的其实是毛老板，我早就不想斗了，为了老板得罪同事不值得！"

我头一抬，一副茅塞顿开的样子，道："有道理啊，我怎么没有想到呢？"

李鹰笑笑要走了，我拦住他，焦急地问："真的是一个三十五岁的？"

李鹰一脸诚恳道："放心，我说要帮你就是要帮你，一个是三十五岁的老东西。一个是还没有接受过屋丽的训练的幼雏，我对你仁至义尽，帮着你缩小差距。"

我感动地抓紧了李鹰的手，不知道该说什么才好。

李鹰一脸惆怅道："我们在一起工作了多久了？"

我道："也有蛮长一段时间了。"

李鹰睁圆了眼睛道："缘分啊！"

我也睁圆了眼睛道："谢谢哦！"

一个小时后，我带着西京之星冲到了李鹰房里。

　　"李兄，我也要换人。"

　　李鹰道："为什么？"

　　"为什么你应该知道啊，你在我组里放了潜子吧？"

　　李鹰没有出声。

　　我气冲冲地道："我的水泡鞭子的秘诀，还有完事后陪睡的小技巧，都是你那潜子偷给你的吧！"

　　李鹰扬眉道："你发现了？是谁？"

　　我心跳到了喉咙上，一字一顿道："不就是那个小姑娘吗？"说小姑娘是深思熟虑过的，反正这八个女孩都可以叫小姑娘，我看能不能把这间谍诈出来。

　　我睁大眼睛一步不让地盯着李鹰。

　　半晌后，李鹰道："既然你已经知道了，那就算了。你也不用怪水蜜桃，我李鹰是带着她入行的，我让她办点事情她没法拒绝。"

　　水蜜桃？居然是她？我怀疑过秀秀，怀疑过猪猪，甚至没来由地怀疑过白素素，就是没有想过这个整天吃着雪糕的90后。天啊，她还是我马上要推出的超白金双人的主角，我马上冷静下来道："我要换人。"

　　李鹰很好脾气地道："你要想好了，水蜜桃虽然是我的潜子，但她并没有工作不努力，在你们组业绩排第三，这样漂亮的萝莉，可不好找啊。"

　　我道："那是我的事。"

　　李鹰道："好吧，你给我看看你要换的人。"

　　我把西京之星叫了进来，"甜妹，在长泥做过，不错吧？"

　　李鹰看了她一眼，一米五六的身高，让他脸角挂上了一丝冷笑。他点了点头。

　　我正要带她出去，李鹰叫住了："慢点，甜妹，你曾经做过这个，你表演几个动作，让我看看。"这家伙真不是一般的谨慎。

　　我对西京之星使了个眼色，叫她去吧。

　　"甜妹"的表演开始了，她慢慢地从床上探身上去，笨拙地爬上了红绳，前后摇了两下，把床摇得咯吱作响，然后扑腾一声摔倒在床上。李鹰哈哈大笑："长泥就这样训练图图的啊？"甜妹很不服气，揉身再上，结果手打滑了，连红绳都没有抓住，又摔了下来。

　　李鹰放心了，道："好好跟江磊训练吧……你……底子还是不错的。"

　　西京之星还在生气，对着李鹰道："我明明可以的啊，怎么回事？"说着又要去抓红绳。

我把她扯出了房门，恶狠狠道："丢人！"西京之星，轻轻眨了一下眼睛，这个体操队前牛人，还是个奥斯卡影后啊。

晚上吃饭的时间，我让含香低头走到我跟前，我跟她走到食堂外的洗碗池边，"恰逢"东东洗碗经过。此时，我们两人都没有注意到她，含香塞给了我一个大红包，我接到后，挥手让含香离开，转眼突然发现了东东，我很尴尬地站着，东东默默地在洗碗。

沉默了一会，我小心翼翼地对着东东道："你都看见了？"

屋丽四娘之首东东道："你收囡囡的钱？"

我沉默了会，恶狠狠地道："我只有一周就要走了，我警告你，别挡我财路。"

东东皱眉道："哼，这个囡囡是谁，我怎么没有见过？"

我道："我新招的老乡，我准备放进我们组里。"

东东轻哼一声，培训师和部长收点囡囡的贿赂，然后把B牌的囡囡放进A牌里，在这一行也是常有的事。她明白了，我是利用最后一周，收取贿赂，让一个根本达不到要求的囡囡，混进比赛组内，要知道屋丽给比赛组里的囡囡定价是最高的。

我伸出食指，指着东东道："再提醒一次，不要断我财路。"

东东道："行了，你一周后就要走了，我懒得理你。"

我道："也不要告诉李鹰。"

东东沉默了一下，道："你帮我问问，这个囡囡用的是什么香水？奇怪了，连我都闻不出来。"

"一般香水，这食堂味道太重了吧，把香水气给弄混了——你别告诉李鹰啊！"

晚上，我战战兢兢地打电话给李鹰，说我还要换一个囡囡，是我老乡，新来的。

李鹰在电话那边哈哈大笑，很干脆地说，可以。

我说："要不要带她来见你。"

李鹰道："不用了，我批准了。"

这就对了，东东是李鹰的死党，她怎么可能不告诉李鹰说我江磊受贿了呢？既然我江磊为了点小钱，把不合格的老乡弄到自己比赛组去，他李鹰又怎么能不成全呢？

朝天椒和水蜜桃的双人训练非常顺利，这两人，一火辣一清纯，一魔鬼身材一天使模样，一对一在我组也仅逊于素素，两个联手，更是能让男人迅速进入冰火两重天的玄境。我拿着阿根达斯搂过水蜜桃，呵着她耳朵道，你干的事我知道了，以后一心一意做事，你还小，就像我妹妹，是我一直最心疼的人，我不计较了。水蜜桃脸色数变，点了点头，我笑着开玩笑道："你要是不好好工作，我把你训练录像寄到你家里去。"

当晚，成绩斐然。含香的客人就没有断过，哪怕排在第一轮，被点的都是她。甜妹门盈若市，很多人不远十里，从西京赶了过来。杰安娜高傲女王，成绩一向稳定，不少京都沪地的豪客，坐着飞机跑来找虐，经常有遍体鳞伤的老板一脸满足地离开她的房间。猪猪、秀秀波霸天下，服务也好，逼近了李鹰组的野伕双姝。

朝天椒和水蜜桃靓女无敌，又是优势互补型组合，第一天也深受欢迎，让我郁闷的是，果冻这个白痴，把广告词的超白金组合，写成了脑白金组合。这让她们两个人的业绩比预想低了三成。

这个晚上，我睡得特别香，今天，从接到小五的电话开始，勾心斗角的密度，在我人生中是空前绝后的，死的脑细胞比考苏南大学的研究生还多。再想一想，干这行比研究生钱多，也就淡然了。

我叫来笨笨狗，先告诉她别想那事，我累了，就躺在她大腿上，睡着了。

逆转，不可思议的逆转。当李鹰大发雷霆时，时间已经过了三天，在业绩上，两个组接近三成的差距，变成了一成。

这三天里，李鹰的心情一天比一天差。事实上，当天晚上，当他知道了笨手笨脚的"甜妹"能在红绳上玩托马斯回旋时，他的心情就开始坠落。但毕竟优势过于明显，李鹰也没有太过在意。但当第二天见到含香时，他的心情就彻底坠落了，这头黄色的老鹰用鼻子一嗅就发现不对，这香水地球上造不出来，含香轻轻一笑，混迹酒店多年的李鹰当场就愣住了，据说，那一晚，一向注意保养的李鹰喝下了很多劣质白酒。第三天，超白金组合开始展现实力，朝天椒和水蜜桃迅速超越了野伕双姝，成为了屋丽名副其实的双人至尊。李鹰对着业绩单，这才明白，坠落没有极限，因为地狱有十八层。

当晚，东东向李鹰作出了批评与自我批评，认为自己当天被江磊"受贿"忽悠，是失败的主要原因。东东说，当时我就觉得不对了，这香味不对头，这世界上没有香水能瞒过我的鼻子。

李鹰打断了东东的话，道："应该怪我，这责任完全是我的，是我轻敌了。"

东东咬牙道："江磊太狡猾了。"

李鹰道："江湖上骂人狡猾没有意义，被忽悠了，说明你智商低，活该倒霉。"

东东叹了一口气，小心翼翼地问道："这含香是什么来头？会不会是京都玉宇凡尘来的？"

李鹰皱着眉头，摇头道："今天上午，我已问过了何青，当年玉宇凡尘的四大花旦，除了她都已经归隐，也没有这号人物。"

东东沉默了会，道："难不成是庆延山庄的五朵金花？"

李鹰顿了一下，想了会道："也不是没有可能，庆延山庄的七爷与毛老板有交情。不过，庆延山庄从来不插手桑拿界的事，没有理由跑到屋丽酒店来为江磊撑腰。"

东东道："会是厦泉红楼的芊芊吗？"

李鹰摇了摇头："她去了加拿大，肯定不敢回来。"

东东道："那会是谁？"

李鹰道："别猜了，国家这么大，有六亿是女人，突然被江磊捡到个把宝贝也不一定。只是，同时捡到两个宝贝，等于中五百万的彩票，一定是有人要整我。"

东东道："是啊，是啊，真邪了门了。那个甜妹居然可以在红绳上跳舞，这是什么技术，简直就是武侠小说里的'轻功'。我本想训练一下楚妖精，但那难度连我也做不到啊。"

李鹰道："别费这个劲了，我在东国留学这么久，也没见过协调性这么好的女人。她的底细我查到了，是小五给我下的套，她就是西京之星，是体操队的。"

东东道："九五玉的小五？体操队？要不要我们再换个组员，要同样技术的，国内找不到，就从东国运。"

李鹰道："去东国找也没有用，除非去熊国，只有熊国的女子体操队的才能跟她在红绳上拼一下。再说找不找得到另说，时间上也来不及了，剩下四天，办了护照再运过来，然后再出个广告，我李鹰已经变成死鹰了。"

东东道："那怎么办？坐以待毙？"

李鹰道："这也不一定，东东，你在这行有十几年了吧？我也是！"

东东一拍额头，道："你是说找熟客帮忙？对了，对了，江磊毕竟是个新人，在东城人头不熟，我们多打点电话，多发点短信，争取把熟客都拉过来。"在培训室里，两人开始疯狂地发短信。

我关了小五发来的视频。一声冷笑道，舆论战，广告战开始了。

我打开了收藏好的几个网站，开始疯狂发帖，并向站内好友发去了大量诚挚的有颜色的问候，甚至连搜狐论坛，天涯论坛这样正规网站都没有放过。弄得当时天涯副版的"非常男女"很多朋友，都想拥有一双隐形的翅膀。

第四天，我的业绩逼平了李鹰。

第五天下午，李鹰和东东的熟客们有不少跑来了，他们组的单日业绩足足提高了百分之二十七，成绩又一次超越我组，这给了我军上下带来了很大的压力，好在这也是李鹰组最后一次领先。因为当天晚上，网络上的朋友也呼啦啦地跑来了，完成了最后的逆转。

最嚣张的是天涯论坛的朋友，一个叫"不读左传"的文绉绉的网友，带着"TY板砖"、"麻雀虽小两蛋俱全"、"烟灰又掉地上"、"习惯性禁区抽射"、"生物小生"、"哥哥我姓艾"、"杨抚柳"等四十多人，包了一辆大巴，筹集好罚款，连闯了七个红灯，冲进了屋丽。看见我，眼睛就冒绿光，一个叫"快收衣服"的网友，抓住我的衣领，就嚷道："江磊，快上菜，都饿死了。"

一个叫山下野猪的，大叫："红薯呢？我的红薯呢？"

"上菜，上菜，楚妖精，白素素我都要了！"一个网友们居然一边摇着事先准备好的"天涯观光团"的大旗，一边激动地大嚷。

太嚣张了，这都谁家孩子啊？！你们犯法了知不知道？别以为真的法不责众。

再说，白素素还在张小盛房里了，楚妖精是李鹰组的，你们要白素素和楚妖精，你们他妈的是来帮忙的，还是来踢场的啊？

我将我组另外几个囡囡分配给了网友，等不到的网友就在我房间里斗地主，一直到第二天朝阳升起，我的囡囡没有休息过。网友们很配合地等待着，他们知道，江磊不能给他们幸福，但是可以给他们舒服。

……

第七天，雨，绵绵。

是个杀人的好天气。

李鹰拒绝了毛老板的挽留，毅然打了一个包，离开了屋丽。离开了自己日夜奋斗的舞台。离开时他没有"执手相看泪眼"，是笑着离开的。那笑容里，是骄傲还是憋屈，是失落还是解脱，或许连他自己也分不清楚。

东东扯着他的手，不让李鹰离开。

李鹰只说了四个字："愿赌服输。"

在他走出屋丽前，李鹰回头望了一眼桑拿部的招牌，眼睛终于有些湿了，楚妖精、白素素、朝天椒，还有被他逼着吃药的粉条……都在桑拿门口送他。

李鹰转过头去。

前面是一辆小车，他的小车，他就要离开了。小车上走下一个女人，没有打伞，笑着接过了李鹰的行李，我听说，那就是李鹰的老婆。第一次见面时，李鹰就曾说过要带老婆出来和我吃夜宵，结果不知为何，他老婆没有出现，今天终于露面了，比我想象的要丑了很多，但比起素素、妖精甚至何青，这才是李鹰最珍惜的港湾。

李鹰转过头来，笑道："你们这些人啊，技术别老这么差，让我走都走得不安心。"

"水蜜桃你还记得吗？我那次教你倒挂金钩的技术，后来你怎么都学不会，我去做示范，结果头撞到桌子上，缝了四针，你马上就学会了。"

"朝天椒，少吃点辣椒，女人青春很短暂的……"

"梅花，你也别哭了，我累了，回去休息一下，好好照顾你爸爸，我们忍着白眼干活，赚这么多钱为了什么？不就是几个家人吗？"

李鹰脱了一件衣服，帮已经被雨打湿的老婆擦了一下头，上车走了，车速目测超过一百五十码。

咸阳市中叹黄犬，何如月下倾金罍。

黄鹰坠落。

我瘫在培训一室的S椅上，却感觉到处是老鹰的骚味。客观说，李鹰并没有输，他带着屋丽的半壁江山，对抗着东城八大红场中的三个，九五玉、康皇俱乐部和丽屋另外半壁绝色组成的国际纵队，居然还差点赢了。这期间，训练战、分人战、间谍战、感情战、广告战都打得轰轰烈烈。我瘫在椅子上，也没有什么胜利后的兴奋感。

毛老板带着东东等走了过来，拍着我的肩膀道："李鹰……真是可惜。江磊，从现在开始，你就是培训部首席，濠江花会的事，就交给你了。"

我抬头望了下天空，越陷越深了，我苦笑着没有回答。

第40章

玉宇凡尘

李鹰走后心憔悴，寂寞梧桐空中飞。

李鹰在，我什么事都不用做，他不在，三百多个囡囡的管理就都压在了我的肩膀上。屋丽名为五星级酒店，但和大多数富丽堂皇的宾馆一样，真正的核心竞争力就是这个桑拿部。否则，东城又不是什么旅游城市，你还真的以为一个小镇需要近百家星级酒店？我身上的担子确实不轻，本来像我这样的闲适文人，早也该骑鹤远去，泛舟江湖了的，但我没有，因为毛老板把我的薪水上调到了月薪两万，美金！好吧，我承认，我很庸俗。

说来也是造化弄人，短短时间里，我因为偶然救一个兄弟，然后偶尔打了一场群架，又偶尔救了一个漂亮女人，偶尔来偶尔去就偶尔成了一家五星级酒店的非常重要的人物。想到这里，我真为国内大学每年毕业的成千上万酒店管理专业的学士、硕士、博士、圣斗士、烈士们感到深切的悲哀。阿门！

见的囡囡多了，受过良好人文方向学术训练的我，就忍不住要思考一些关于这行的社会学问题，比如囡囡干这行的原因是什么，她们的生活状况如何，她们幸福吗？

囡囡干这一行的原因，电视剧早就给出了答案。贫穷，被迫卖身。但据我观察，这个原因至少是部分错误的。有不少男人前来，都有一种"救风尘"的欲望，总觉得自己在社会上混的还行，帮帮这些可怜贫穷的女孩，既爽了，又做了好事。说句打击客人的话，至少东城桑拿的囡囡，干了一年以上的，比大多数哥们都富裕。一个屋丽比较差的B牌，算四百一个钟，每天三个钟，一年能赚多少钱？三十万以上。素质高点的A牌，年薪百万也是很平常的事。所以，什么华为的工程师，电力局的副科级干部，大公司的业务经理，纯粹比钱的话，那基本就是一经济适用男。

但穷才当囡囡，也有部分是对的。富豪家的女儿做囡囡的概率确实不大，让一个县委书记的女儿来干这个，好像也不怎么靠谱，她们基本上去米国读书了。所以囡囡基本都是普通人家或者穷人家的女儿。

比如屋丽的囡囡，就大多数来自于东城的小工厂，刚开始进厂打工时也曾"富贵不能淫，贫贱不能移"过。但渐渐的，她们发现不对了。首先，每天工作十二个小时，拿几百块钱，连买卫生巾都要选最便宜的，这也算了。关键是没有任何保障，这跟父母那一代当工人的穷是完全不一样的概念。以前工人也穷，但退休金总是有发的，到了劳动节那天，多少能收一个工会发的开水瓶子。而东城的小厂呢？请参考马克思理论的资本家原始积累部分，不需要任何修正主义。什么？有劳动法和三险一金？看来，星球联播收视率确实高，连你也听说过这个传说。于是，作为经济理性人，弃明投暗的人还真不少。

其次，在厂里面长得漂亮点的女孩，基本上不可能没有男人追，就如腥味必然引来苍蝇。对天下正常的男人来说，上半身是修养，下半身是本质，而修养是为本质服务的。漂亮女孩独身在外，这猎物要是不吃了，就有些没有天理了。问题是，吃人者又未必都是想负责任的，于是留下了很多怨女，这些怨女往往一点就通，很快想开了——男人没有一个好东西，还是钱靠得住。又有一些弃明投暗的。

最后，就算这女人找到了一个不错的地，厂很正规，按劳动法办事，工作轻松，收入也可以，还碰上了一个和善的老板，一个真心爱她的英俊的工人男友，像童话的故事，一起数星星。但，说不准过了几天这个厂就垮了，这不稀奇，尤其是金融危机的时候，东城每天都有几百来个小企业玩GAME OVER。她和她英俊的工人男友怎么办？能坚守多久？房东会不会被他们的坚守感动而不收房租？天空的星星能吃吗？

就这样，东城的世界工厂提供了大量勤劳而美丽的姑娘，支撑这东城的繁荣昌盛，也因此，我个人认为，东城是不可复制的。

除了厂妹外，现在很多找不到工作的女大学生也进入了这行。当然，客观地说，比例并不高，但基数大，绝对人数也很可观，反正托扩招的福，找不到工作又穷的人越来越多了，比如楚妖精就是。还有不少找不到工作就去酒店推销啤酒的，然后就陪酒，然后只准摸大腿，然后——陪着陪着半推半就就把自己赔进去了。

我预计，会有越来越多英语过了四级，带着学士学位的高素质囡囡进入这个圈子，她们思维敏捷，视野开阔，一定会为这个"悲苦"的行业带来更高的技术含量。

我手下就有十四个大学生，其中有一个运气好的，前几天考研究生走了，成绩也不怎么好，但研究生扩招了，于是三百多分调剂读了个地方二本的生物学专业。临走时我跟她说，行李不忙着带吧，说不定，几年后你还得回来。

所以穷人才卖身也有一定的正确性。算一条规律。

英国有句谚语，例外更加证明了规律的存在。有钱人卖的也不是完全没有，尤其是上世纪九十年代出生的小萝莉，经济条件还好，就是喜欢玩，玩着玩着就玩这行来了，这种非主流多在夜店酒吧，在桑拿还是少数。屋丽只有一个，她来这纯粹是为了收集包包，但父母给的零花钱不够（这父母绝对不穷也不算小气），于是就来自力更生了，她给白素素看过自己买的一麻袋LV，当场把素素吓呆了。

还有一些很不幸的人，报复自己男人来这行的，往往是自己男朋友在外边找女人被发现了，就用这样奇怪的方法报复。也有很别致的，比如男朋友不行，干脆干这行满足自己的。屋丽四娘之一的大师姐西蒙就是一个。

西蒙的不幸是嫁了这样一个老公，这个老公能力很强，可惜只在男人身上强。西蒙本来以为，凭自己的努力，终归可以感化他，再加上嫁鸡随鸡嫁狗随狗的思想，所以尽管老公都不怎么碰西蒙，她也一直不离不弃。直到有一天晚上，她才无法忍受，一气之下来到了东城。

西蒙自己说，那晚她的老公一边看书，一边主动摸她的大腿。当时把西蒙高兴坏了。

西蒙闭上眼睛，沉浸在颤抖的喜悦里。

摸着摸着，西蒙涨了。她羞涩地轻轻道："我湿了。"

"嗯。"丈夫漫不经心地翻着书。

西蒙问："做吗？"

丈夫道："不做。"

西蒙道："亲爱的，我都湿了。"

丈夫道："我知道。"

西蒙忍了会，很委屈道："不做，那你摸我干啥？"

丈夫道："湿湿手，好翻书！"

解答完囡囡的来源，囡囡的生活状态如何，她们幸福吗，我想，这两个问题基本上可以合二为一。

囡囡们的生活主线就是赚钱，每天的工作就是穿衣服和脱衣服。劳动成本不大，劳动强度也还可以承受——尤其是跟广大的工农相比，物质条件则相当优厚，基本达到了发达国家人民群众的水平，属于先富起来的那部分人，并且还带动了家乡不少漂亮的后富。但她们的生活状态仍然完全可以用灰暗、无聊来概括。

囡囡基本上脾气很好，所谓的烈马，大多也只是剧情需要。因为失足女青年这本身就是一个受气而且被鄙视的"演艺"职业，要面对形形色色要求各异的男人，没有平和的心态，是基本做不了一个月的。要知道林子大了，什么鸟都有，曾经有一个维港的客人找粉条，什么都不玩，就让粉条扮演一个受罚的丫鬟，头顶着他的皮鞋跪在厕所里整整一个钟，囡囡的好涵养就这么被"怪叔叔"们慢慢培养起来了。所以我一直认为，肚子里能撑船的除了宰相就是失足女青年。

客人的刁难倒也罢了，那毕竟只是一个钟，一场表演，忍忍就过去了。生活上遭到旁人摆明了的鄙视和痛恨，因为无处不在，更加让囡囡们痛苦，屋丽曾有个囡囡，在浅水一个高档楼盘里租了间房子，后来房东知道她是干这行的，仍像接受瘟疫一样接纳了她，只是把租金提高了三成，这个囡囡属于迟钝型的，压根就不怎么算数，从不还价，也从不欠账。半年后，囡囡转会去了西京，结果她的脚还没有出门，房东就当着她的面在自己房子里放了一把火，把床上用品，包括沙发的布，烧得干干净净，干这个的时候，还不忘戴上口罩。这位囡囡看在眼里，什么都没说，抹了眼泪挤出点笑容就走了。

因此很多百万富翁的囡囡都窝在酒店的职工宿舍里。

世人的鄙视还只算皮外伤，致命伤是被家乡人发现后被家人鄙视辱骂。有一些家庭明明知道了装不知道，这还算好。更有甚者，钱收下，人骂走……五千年文化熏陶出来的集体无意识，不是几句轻巧话可以改变的。辜鸿铭对北大学生道："我头上的辫子是有形的，你们心里的辫子是无形的。"当场让未名湖畔众多才子低下了头。

我可以肯定地说，多数囡囡都徘徊在被鄙视包括被自己鄙视的自卑、压抑的灰暗中，偶尔夹杂着赚轻松钱的快感，然后为了麻醉自己，赌博、吸毒、包养小狼狗，千金散尽还复来，恶性循环，直到人老色衰。

羡慕囡囡"腿一扒，钱一把"是个好职业的人，基本上是幼稚的。你根本就没有算清楚她们的真正成本。

还有一些代价是你们不知道，也是我在进这一行前看不见的。比如，失足女青年基本上没有性欲了，我是说基本上，百分之九十。性的快乐本来是大自然对每个人最大的赏赐，而老天对失足女青年收回了这个赏赐。请问，这应该值多少钱？

对于正常人来说，春不是叫出来的，是真刀真枪干出来的。对于囡囡来说，这句话就得改一改了，春是什么刀枪都干不出来的，基本都是叫出来的。经常有客人在网络上发表文章，说让哪个哪个失足女青年兴奋了，让哪个哪个囡囡高潮了，这百分之百是假的，说什么你是周润发？你是周润发也是假的。

综上所述，囡囡的生活很简单，睡觉、吃饭、等待上床、上床、被羞辱。在等待上床的过程中，又有化妆、发呆、玩手机、看电视几种生活，自从东城流行金鱼缸和秀场以后，看电视的权力也被剥夺了。于是，不少囡囡完全过上了吃、睡、上床、偶尔发呆这种猪一样的生活，可惜的是，却永远没有猪的快乐。

以上就是囡囡生活的常态，忍受鄙视、忍受变态、忍受性快感丧失，来换点钞票，换点以后生活的保证，能完成上面的常态还有个前提，没被扫黄，也没有染上什么"淋梅虱艾"什么的病毒，如果染上了，请记住，那也是常态。

收拾好行李，走进医院吧，这一行没有工伤这一说法，医疗费自理。这时囡囡会发现，赚了那么多钱，脱了这么多衣服，还是挡不住人家一件白大褂。

当然也有好的，如果你能无病无灾赚够了钱退役了，恭喜了。接着你还能修修洞口再嫁老公，喊声很痛表演成功，再次恭喜了。然后你拿出几十万的积蓄，拥有了一个临街店铺卖服装，在工商税务、消防卫生、竞争对手的"围剿"下，侥幸没亏，过上了小康生活，那就更加恭喜你。现在你已经属于成功的退役囡囡了，尽管这不算大概率事件，但也绝不是没有可能。如今，你要面对的就只剩下一件事了，就是如何保证永远不被家人邻居朋友发现你的过去，以免破坏刚得到的梦寐以求苦心经营的正常生活。以前的恩客会不会突然出现，会不会让你身边的人发现端倪？这种焦虑和恐惧会一直伴随着你，吞噬着你，一直说谎不是一件简单的事情，比搬砖还累，你需要有非常坚强的神经和很强的心理素质。如果受不了，崩溃了怎么办，找心理医生？江磊就是，他会给你开几颗维生素C片，然后用贝克的认知疗法，给你讲很多绝对正确的屁话……

什么，找一个能接受妓女的嫁了，我觉得买彩票中奖的概率更高点。

有个笑话叫穷得只剩下钱，对于囡囡来说，这不是笑话，是生活。

如果你还要问囡囡过得开不开心，我只好跟你讲个真实的故事了：楚妖精曾组织屋丽的一些囡囡和笨笨狗那家按摩店的囡囡出去搞活动，她们商量来商量去，一致选定了动物园。因为，她们说，在动物园才能感觉到自己还是个人。

因此，当你为了仅仅十分钟就要拿出十天的工资而心痛不已的时候，请不要愤愤不平，这是一种代价，囡囡在用极度的失去换来的。

那是一个明媚的星期天，我和翠翠正在训练一批新来的厂妹，卫哥打电话来说："江磊，马上来我家，带几个漂亮的囡囡来。"

我道："我正在训练啊，晚上行吗？"

卫哥急道："不行，放下训练，马上过来！"

我笑道："干女儿不够用了吗？我带水蜜桃过去吧？"

卫哥道："水蜜桃不行，太嫩！你把白素素、楚妖精带过来，不是我用，我要招待客人。"

我道："太奢侈了吧？上次李秘书长过来，你也没舍得派这两位啊？要不把何青都叫来？"我开玩笑道。

卫哥道："何青昨天已经从京都赶回来了，你马上叫上妖精和素素，让她们穿最好的，让果冻亲自化妆……"

我心里基本明白了：这么大谱，估计是广府甚至京都官场的大人物来了。我带着妖精和素素以最快速度赶往别墅，果冻就在车上给两位化妆，多说一句，果冻化妆的技术是国内一流的。

但一下车，我傻眼了，除了卫哥的坐骑，没有看见其他豪华车辆，却停着一辆囚车。囚车倒也没有什么不一样的地方，只是牌号是京都A，上面写着两个字：汉寨。

汉寨监狱？！我心里猛地震晃。

能住在那里的，都是些风云人物啊！汉寨监狱的车，怎么停这里来了？来抓人的？

我忐忑不安，犹豫着要不要进去，想了会，觉得如果要抓毛老板，公安局就够了。如果抓我，派出所就够了。咬咬牙下了车。

我按下门铃，还好，是个"干女儿"开的门，我心里稍微安定了一点，带着妖精、素素往里走，却看到了四个穿制服的持枪者，一身肌肉，我莫名地想起了大内高手。

还在发呆，卫哥看见了我，对我招招手，我走了过去。卫哥指着房子里一个带着镣铐的小个子道："江磊，这是秦煌秦爷。"

那小个子，长得相当凑合，坐在茶几的主位上没有起身，只是对着我轻轻一笑，顿时给我一种非常强悍的感觉。何青跪在他的身后为他捏肩。

我尴尬地笑笑，叫了一声秦爷，秦煌对我伸出了手，道："江磊，不错，年轻人永远不要被人看低了。"说着拿出一个镯子，递给我道："给你，送给你老婆，这玩意不贵，只是真正的景泰蓝，不好买，算见面礼了。"我拿着不知如何是好，卫哥点了点头，我收下后，他又向身后妖精与素素瞄了一眼，居然打了一个哈欠，不置可否。

毛老板道："秦爷出狱后还会重回玉宇凡尘吗？"

秦煌道："出不了狱了，这一次如果不是要紧的事，有关部门都不会同意我保外就医的！"

秦煌？传说中的玉宇凡尘的老板秦煌。他还活着？

是啊，玉宇凡尘已不在江湖，但江湖到处都有它的传说。

第41章

故老传说

　　迈克尔乔丹是NBA封神的人物，他的离去，意味着一个篮球时代的结束。秦煌在国内夜店圈的地位，同样是神话的，他开的玉宇凡尘，就是国内酒店业的标杆，几乎家喻户晓。几年前，他突然被警方带走，从此下落不明。华夏第一烧钱地，炎黄首席销金窝，从此灰飞烟灭，成了绝唱。

　　在进了屋丽之后，有幸结识了玉宇凡尘四大王牌之一的何青，惊为天人，也曾多次听她谈及在玉宇凡尘的点点滴滴；又与曾在京师夜店摸爬滚打多年的翠翠、大眼睛、小鹤等多次聊起玉宇凡尘；加上击败李鹰后，算是行内新星，与几位酒店业大佬觥筹交错过，对同道轶事多有了解；又曾被毛老板叫去抵足夜谈，论尽天下枭雄，"南盛月，北秦煌"，如雷贯耳。他们的传说多到你不想听都不行的地步。这就如一个初打篮球的菜鸟，总会有人告诉你，曾经有个23号，他干过什么什么。机缘巧合下，总算把秦煌与玉宇凡尘的来龙去脉，理清了两到三成。是的，只有两到三成，但我保证这两到三成都是真的。

　　秦煌被抓时，身份是月丽传媒董事长，越海系财团老大。

　　当年，国内民营传媒企业第一大富豪的月丽传媒实际掌控人秦煌，在家中被警方带走"协助调查"，在业界掀起了不大不小的浪花，各类文章、短评、内情介绍很是热闹了一番。但一旦议论偏离轨道，就迅速会被有关部门制止。

　　同秦煌相类似的民企掌控人被传、被拘、被控在国内已不算新闻。诸多号称"资本大鳄"的头面人物先后"落马"，使得众多关注他们的人们大跌眼镜。秦煌其实也不过是他们其中的一员，只是他太多的神秘面纱使人们平添了几分好奇，因为他还有一个身份，玉宇凡尘总经理。

"玉宇凡尘"夜总会的全称是京都常绿泰餐饮娱乐有限公司"玉宇凡尘"夜总会。法人代表森丽凤，外资企业，其实秦煌占了51%的股份，但他好像也有加国绿卡。

按照京都工商年检的资料，这家国内驰名的夜总会2001年度净利润仅为4.86万元；2002年度，利润总额为42.76万元；2003年度，竟成为亏损148.13万元的企业。也就是说，这家位于京都朝阴区东三环京都饭店西侧副楼，位置好得掉渣，离机场和京都国际展览中心各只有5分钟路的巨型娱乐场所，基本没有交过税。

"玉宇凡尘"夜总会还包括京都儿童活动中心的"宝石年代"夜总会和深蓝神堂苑酒店中的"玉宇凡尘"夜总会。

秦煌被抓后，曾在警局辩称："有六七个股东控股'玉宇凡尘'，目前自己只留了极小的一部分股权，已有六年没去过'玉宇凡尘'的办公室，现在也极少去。"实际情况是，除了京都"钻石年代"夜总会因为秦煌赖账而未能全部买下股权之外，其他两个"玉宇凡尘"的全部股份都是秦煌一人的，据说只有一个赵姓股东与其合作过几年，现已完全退股。"玉宇凡尘"夜总会是秦煌的"龙翔"之地，是他的印钞机，也是他结交权贵，实施公关的天天必去之地（不在京都时例外）。

"玉宇凡尘"的初期管理由黑道"四海帮"掌门宝哥派得力干将帮助打理，要求很严。挑选服务员有如下要求：身高1.70米以上，胸围80公分以上，腰围60公分以下，臀围75公分左右。尽管如此苛刻，"玉宇凡尘"歌舞厅也没有表现出太多的过人之处，转机出现在"三会"期间。

下面让我们穿越到明朝，看一看"明朝的那些事"。请勿古今不分，对号入座。

先帝六年，群臣毕聚于京都，召开内阁与军机处会议，是日，京畿之地，张灯结彩，京都最大青楼"玉宇凡尘"也洋溢着盛世之庆，当此时，一件突发之事，震动朝野，直至天庭，引龙颜大怒。被称为明朝第四大奇案。

此日，京都西城县令吴珍江、东厂锦衣卫崔子梦，以检查为名，便服私访来到"玉宇凡尘"，一炷香豪饮了一瓶"皇家礼炮"，不识相的酒博士张掌柜上前要求结账，正在梦境中的两位大人哪能在号称"京都第一选美场"的众名妓前丢人，眼一瞪道："这酒是假的，结什么账？！"

几句下来，话不投机，吴、崔两位既是堂堂朝廷要员，又都是衙内出身（其父均为老将军，官拜御林军的军师和禁军一部的副统领），当时就破口大骂，拿起酒瓶砸将过去。张掌柜忙不迭地请示正在楼上潇洒的秦煌，秦煌一声令下，亲自动手，众酒楼家丁一拥而上，三拳两脚就打倒了两位"镇关西"。两位官爷头破血流，其中一位还断了两根肋骨，仓皇逃窜。后吴珠江竟借以保卫内阁会议和军机处会议为名，私自调动了京都大军两个营，迅速将青楼"玉宇凡尘"围了个水泄不通。秦煌一见势头不对，从后门紧急开溜，直接跑回"紫禁楼"搬救兵。正当军爷实枪荷弹，把酒楼众家丁打得"头破血流"，个个若俘虏般高举双手罚跪在墙边等候处理时，"紫禁楼"的口谕已传到九门提督张将军处。据说圣上批示："何人敢在内阁军机会议期间，调动部队，以大臣之位，于风雅之地，大打出手者，严查严办，绝不姑息。"

诚惶诚恐的张提督，自然从严惩处：崔被清除出锦衣卫队伍，吴珠江散尽家财，上下疏通，贬谪至边缘小县，任小吏，并永不提拔。

此事影响极大，轰动了整个朝野，甚至大明属地、爪哇、锡兰等都有耳闻，居心叵测的北元王朝，更是利用"蒙都之音"做了报道。

其实风月勾栏之地，群架、砸场之事甚多，然以一青楼而逐两大员，上惊天子，下遗笑外邦者，从未闻于大明朝。秦煌者，一战成名，玉宇凡尘，一战成名。遂天下名妓影从。精歌舞者，精书画者，落魄官家之后，梨园未起之秀，走投无路之绝色，贪图钱财之荡女，无所不包。玉宇凡尘红极一时，船载的金，斗称的银，不过出入之间，片刻烟花而已。然秦煌仍无一分税收上交朝廷，自称年年亏损。

"玉宇凡尘"绝色者众，绝中之绝者有四人，人称"四大王牌"，之首的梁玉人后遭人盗抢而被杀害，捕快竟清理出梁的个人遗产有数十万两白银之多，珠宝首饰不计其数。小姐尚且如此，何况老板乎！然秦煌仍称亏损。

又一年，新任的京都某区四大神捕之首邢玉森，听闻"玉宇凡尘"皇城根下，无法无天，干尽欺男霸女，偷税漏税之事，欲"替天行道"，遂在高城饭店路口盘查青楼违法行为，尽被秦煌率众家丁拍着桌子赶走，后欲率众捕快报仇，速遭流放，至南蛮瘴疠之地。空负了一身才学。

太累了，穿越完了，回到现代吧。

想去"玉宇凡尘"玩，需要多少钱？我询问过何青。

玉宇凡尘之所以被炒作得如此神话，主要是因为能在这里消费起的个人还是很少的：首先，玉宇凡尘的DISCO消费平日是100，假日是120，这是女士的门票，男士是150，其实并不算贵了，还包含一杯饮品，也是大众消费水平。关键是进去以后还有消费，因为这种地方去玩的人真的很少，大多数都是找人陪干别的，所以真实去跳舞的基本没有，而如果找人聊天的话，小费最低500，这是不成文的价钱。当然如果你就想进去看看，一次的消费不会太高。DISCO的音响的确是很好的，而且打碟师一般都会请亚洲比较好的来。不想花钱的去看看MM跳舞，当然这里的MM都是非常非常漂亮的。

先说水果，品质是不错的，因为毕竟玉宇凡尘是个牌子，水果全进口的，不管是什么，口感都非常好，要比街上买的好吃，这也是品质的保证。另外，器具都会消毒，也比较放心。进去后，首先会有人递上热毛巾，然后就可以消费了，消费是有最低标准的，最小的房间2800，但是基本都会消费到3500以上，在这里，应该是没人会算计那么多的。一晚上下来，几个客人去消费5000就差不多了，要是有好奇的，一个人凑个1000，去见识下也够了。在这方面，也不是贵得离谱。

但，玉宇凡尘的服务生是必须给小费的，小费最低500，去过的人应该都知道，不管有几个服务生，都是要一人500的，而且还要另外给经理500。所以，只是小费，基本就要给出2000。你不要觉得不服，这里的服务员英语都是非常顺溜的，至少专业八级，而且很多服务员比陪侍者还要漂亮。

最后就是陪侍者了，什么？你不找？来花七八千块钱吃水果？我只能说佩服你，连秦煌都拿你没办法。但那样别致的人是很少的。

这里的陪侍者的确很多，很有钱，也很漂亮，而且和东城不同，这里陪侍者的文化素质很高，不少是有名艺校的学生，也有一些名流大学想赚快钱的女孩，还有很多想拍电影，想出唱片却失败了的女北漂族。既优雅又漂亮，当时的大学生还没有贬值到今天这个地步，是很能满足男人的占有欲和虚荣心的。

开句玩笑，东城服务甲天下，但囡囡的个人素质，文化内涵，那就比京都差了老远了。老远有多远？思想有多远，老远就多远。东城这地儿基本就是文化沙漠，这土壤只适合出美丽的厂妹。连个高校都没有，哦，我错了，有个东城什么的学院。

收费，3000-5000，没有想象中的贵吧，当然你多给，这里的囡囡也没有意见。多给的人也很多，因为来这的非富即贵，你也不要期待拿一万给陪侍者，就能感动死她。很有可能连谢谢都换不来一句。

玩到这里，上万了吧，口渴了，来，我们喝点酒。

最贵的酒叫金什么的，听说还没有人开，一瓶12万吧，是美金的价，这个当然我也没见过，东城都没有。但是常见的XO什么的，也分级别，普通消费里最贵的是12800。大多数的都在三四千的价位。

去消费的人，可以统一这样描述：只选贵的，不选对的。但秦煌在时，如果你真的有钱，很有钱，还是应该去看看，钱可以随时赚，绝色美女可不是随时可以得到的。

这么贵，谁消费？这个你就不用担心了，国内有很多有钱人，有钱到觉得钱和纸差不多。而且，你再想想，京都——那是什么地儿？

我望了一眼毛老板身后那个瘦小的身影，一阵澎湃，这个男人，曾创造了一个世界。

第42章

千钧重担

秦煌道:"毛老板知道渡边芬东吗?"

毛老板道:"山嘴组的第五代话事人,这次濠江花会的发起者。"

秦煌道:"他为什么要发起花会?"

毛老板道:"为了钱吧,想扩大山嘴组在情色业的地盘,这行利润太高了。"

秦煌盯着毛老板道:"还有呢?"

毛老板沉默了会,道:"可能想把自己的少女工厂,打造成最大的娱乐基地,重新夺回宿新的歌舞伎町,支撑山嘴组在黑道争霸?"

秦煌盯着毛老板道:"还有呢?"

我站在毛老板身后,看了一眼秦煌的眼光,那眼光让人很不舒服,一阵发麻。

毛老板道:"还有……还要请秦兄指教。"

秦煌道:"为了钱,渡边是山嘴组的太上皇,他缺钱吗?又或者,山嘴组很缺钱吗?为了黑道争霸?山嘴组已经是东国黑道不争的霸主了,他用得着为了一个夜店,对着'东关二十日会'大动干戈,又组织这样全球性的花会吗?"

秦煌停了会,将头靠在何青的胸上,道:"毛老板,你知不知道,山嘴组在东国还有一个名字叫什么?"

毛老板摇了摇头。

秦煌铿锵有力道:"东国皇民党!"

毛介卫腾地站了起来，我心里一震，毛老板道："东国右翼？！"

秦煌点头道："毛老板果然精通历史，你不要觉得东国右翼是很遥远的事。就在数年前，四月二十三日，皇民党制造街宣车闯入央国驻阪大总领事馆事件，就是渡边指挥的。这次行动引起了国家安全部门的高度警觉。渡边做的事，如果你认为仅仅是为了钱，那你太低估山嘴组了，也太低估东国右翼的野心与智商了。那么花会也就一败涂地了。"

毛老板笑道："我也听说过，东国右翼死灰复燃，但我听说，在东国支持右翼的，也只是个别人。我查过资料，现在东国右翼也只有不到十万人，应该成不了什么气候，难不成还敢侵略我们？"

秦煌盯着毛老板笑了会，道："你不明白东国的国民性。他们的忧患意识、集体意识是全世界最强大，作为一个地震频发的岛国，他们的不安全感，已经溶入了民族的血液中，这个本质属性是不会变化的。大多数东国百姓是善良的，彬彬有礼的，但一旦有人煽动，很快就可以变成一群狼。你认为十万右翼不足为道，但毛老板，国内有一些高层却忧心忡忡。你要知道，防微杜渐是什么意思，你也要知道邪恶的种子是什么意思。而且这十万人有多少是东国的精英你知道吗？东国普通民众的服从性你知道吗？我举一个例子，这次花会，说是山嘴组渡边组织的，但幕后还站着一个金主，川贤太郎，四菱重工业集团的会长，东国国会忌惮三分的铁杆右翼。"

"四菱重工？"

"受战败的影响，东国现在没有自己的军队，只有自卫队。但一旦东国想装备自己，凭借东国的科技与工业基础，就四菱重工一个集团，可以在十天内，制造出大量先进的飞机、坦克，甚至原子弹。"

秦煌点头道："确实。东国工业实在不可小觑，看一看东城，说是世界工厂，无非就是帮外国人贴牌打工而已，基本没有什么技术可言。只是……这跟花会有什么关系？"

秦煌道："东国要重新进攻我们，是不可能的事情，也是一件过时的事情。除了个别精神病，东国右翼也没有做这个梦了，当然如果我们内乱，而东国又摆脱了二战战败的阴影，比如进了安理会常任理事国，可以发展自己的军队，那就难讲了，至少相当长时间，是不可能的。但控制我们，未必要靠飞机坦克，先控制我们的经济，影响我们的政治，攫取我们的资源，这不也是很好的吗？"

何青道："东国鬼子啊，在床上花样也是最多的，不能不防。"

秦煌正色道："渡边举行这次花会，向国内各酒店发出了几十张请柬，而东国只有一个，名屋大酒店。说是名屋大酒店，实际上，是集中了东国所有的酒店资源，包括宿新歌舞伎町，渡边新打造的少女工厂，还有东国各大影视公司的新星与精英。到时。东国人会展现自己在酒店管理、酒店设计、酒店文化，尤其是酒店服务一条龙的强大实力。各自为战、一盘散沙的国内各酒店，自然只有也只能失败，进而崇拜的份。然后，渡边会以合资、共享酒店管理技术、提高我国乃至东亚酒店整体水平等名义，提出建立东亚酒店联盟。那自然是以东国为首了。然后，以之为契机与跳板，慢慢地，渗透并控制国内的酒店业。这是右翼计划里很重要的一环，也是举行花会的原因，甚至是山嘴组抢歌舞伎町的原因。"

毛老板道："这个不太容易吧？国内酒店这么多，而且跟有关部门关系也是千丝万缕，也有一些实力是很强的。"

秦煌举手打断了卫哥，道："最怕的就是这种思想，要不，我也不会从汉寨出来了。"

秦煌道："你不要高估了国内企业的实力，我们很多牛哄哄的民族品牌都被外资控制了。你不要小看了外资的实力和买办卖国的决心。如果渡边的计划成功，国内大多数龙头酒店都可能被东国控制，你也不要觉得是天方夜谭的事，当地政府还有可能把它当成招商引资的成绩，兴高采烈地庆祝。"

毛老板道："秦兄放心，屋丽做的虽然不是什么光彩的买卖，但卖国还是不会的！"

秦煌道："屋丽靠什么赚钱？"

毛老板笑笑没有回答。

秦煌道："桑拿部吧，明人不说暗话，国内大多数星级酒店真正赚钱的都是靠这个。现在金融危机，毛老板的屋丽，生意也差了一些吧？"

毛老板点了点头。

秦煌道："开酒店的，貌似很风光，日入斗金的，但干这个就像爱情动作片，看着的人很爽，干的人未必。只有我们自己知道，黑白两道需要打点多少人，这又需要多少钱。而且全打点了之后，仍然可能进牢里去，还增加了一个行贿罪。哈哈。"

秦煌苦笑道："如果，一个东国人，一脸诚恳地要给钱你，帮你对付酒店的金融危机；要给你东国最先进的技术，帮你训练囡囡，提高酒店的业绩；要把你的企业变成合资企业，帮你合法地降低税收，甚至帮你跨国逃税；尤其是在你犯事之前，把随时可能进监狱的你，弄到东国去享受人生。你认为，多少国内酒店的老板会拒绝？"

"然后，他们买通的市政府几个腐败的招商官员，前来开几个会，一边强调招商引资的好处，一边告诉你政府准备扫黄打非了……你怎么选择？"

毛老板深吸了一口气，咬着牙道："无论如何，我们屋丽不会卖国！"

秦煌道："毛老板是条汉子，但是，其他的老板呢？如果我是渡边，我不需要所有人都屈服，只要有人投靠，我就有了跳板。资金、技术、管理优势都在我方，我可以慢慢地击败不服我的酒店。比如，假设屋丽不服，我在浅水投资一家酒店，然后我把东国一线的囡囡运过来，跟你的屋丽打对台，打到你没有生意为止。到时就算毛老板不吃饭，毛老板的手下也要吃饭吧？"

毛老板担忧道："我只怕真到了那一天，国内酒店业全面沦落，大量资金会流入东国右翼之手。"

秦煌道："这都不算什么，最大的忧患是，毛老板，酒店桑拿业除了赚钱外还有什么作用？"

毛老板睁大了眼睛："交际！"

秦煌道："赖盛月一个红楼，笼络了一个省府半壁江山的官员。如果国内一流的酒店落入渡边之手，作为交际的平台，利用东国右翼无法想象的资金，培植一批亲东派，你认为胜算几何？有了这批亲东派，控制国内的经济，影响国内的政治，攫取国内的资源，还是不是无稽之谈？"

毛老板道："能不能现在通知国内的各酒店不去参加花会？"

秦煌摇头道："现在的世界是扁平的，示弱于人，终不是长久之计。"

毛老板道："那秦兄有没有国内参加花会的各酒店名单，我们通知一下，晓以大义，争取联手抗东。"

秦煌嗤笑了一下，盯着毛老板道："毛老板有没有把握把东城的酒店联合起来？"

毛老板摇了摇头。

秦煌道："那浅水呢？"

毛老板还是摇了摇头，"浅水六七个大场，谁都不服谁，屋丽也就是略领先一点罢了。"

秦煌道："我早就知道了。以国人长于内斗的特点，这个任务太难了。说句托大点的话，如果我还在玉宇凡尘，或许还有几分薄面，建立国内的夜店联盟。现在？谁敢挑头组织? 晚了! 这个名单是渡边精心挑选的, 都是国内业绩最好的酒店, 同时有几个在国内就是冤家。现在一个个摩拳擦掌, 很多都以击败自己同胞为目标。而且, 据我的线报, 就是这些挑出来的各地龙头, 估计有一些已经被渡边收买了, 比如沪地的'上一会馆'。"

毛老板凝色道: "渡边不愧是东国黑道的太上皇, 自己整合东国的所有资源, 却给我们发几十张请柬, 让我们各自为战。够狠! 我该做些什么?"

秦煌道: "第一, 想办法破坏东亚酒店联盟的建立。第二, 尽量团结可以团结的力量, 建立国内统一战线。第三, 尽力展现国内酒店的实力, 让渡边感觉到这个柿子不是软的。第四, 你们可能面临很多的困难, 要记住, 虽然我们是捞偏门, 但走出国门, 就不能丢脸。"

毛老板没有回答, 不敢回答。开玩笑, 让东城一个酒店对抗东国的山嘴组?

毛老板道: "秦哥你来这的目的是? "

秦煌道: "请你做国内酒店的中流砥柱。"

毛老板道: "为什么秦哥会找到我? "

秦煌道: "因为我的老板告诉我, 东城大酒店的大佬, 只有毛介卫是扛过枪的人, 信得过! "

毛老板站起道: "你的老板, 是……老人家吗? ! "

秦煌道: "嘘! 否则, 我也不能从汉寨出来了。呵呵, 我待的那个牢房, 以前住的可是姚军师, 还有陈市长啊。"

毛老板站起道: "我毛介卫一定竭尽所能。"

秦煌道: "这事不仅需要勇气, 而且需要脑子, 我已经知会过了庆延山庄的七爷, 如果毛老板卖我面子, 到时好好辅佐他。恕我直言, 名气在东城, 但高端还是在京城。七爷能够动用的人脉, 不在我秦煌之下。另外, 如果你能够统一东城的四大酒店, 那将是庆延山庄最强有力的帮手, 或许能够震慑其他想卖国的酒店, 把那些彷徨的酒店还有他们身后黑白两道的资源联合起来, 这是我们对渡边唯一的胜算。"

秦煌摸了一下后面的何青的娇臀, 楚妖精和白素素都一脸郁闷, 这个很拽的男人, 一直都没正眼看过她们。

我们都在思考秦煌的话, 这时, 外边走来一个狱警, 面无表情对着秦煌道: "781号, 时间到了, 上车回去! "

秦煌回头望了何青一眼, 苦笑了一下, 猛地吻着何青的唇, 又推开她, 站起道:

"哎，走吧。"

毛老板赶忙起身，满脸笑容地对着狱警道："这是什么话，刚来东城，马上就走，怎么也得过夜吗？几位长官，你们通融一下，我给你们开屋丽最好的房间，让我尽尽地主之谊，你们也可以休息休息，明天再走。"

毛老板从茶桌下抽屉里，拿出四个最大的红包来，满脸笑容地悄悄送到几个狱警的手里。毛老板在商场上纵横捭阖多年，这实在是必备的手段，黑白两道，很少失手。

那四个狱警个个肌肉发达，年纪也不大，却全部把手放在身后，领头的一个怒道："老板误会了，我们是汉寨的警察。"昂首阔步地把秦煌押走了。四个人，没有一个用正眼看红包的，齐步走了。

毛老板和我呆在当场，半天没有反应过来。

一会儿后，秦煌又被狱警押回来了，秦煌道："毛老板，忘了还有一句话要交代。东国人对国内的了解和研究，比我们做的还好，很有可能会利用很多敌对势力。你要万事小心。还有，不管此去成功或者失败，明年都会有一场大的扫黄，东城会首当其冲，请你保重！"

第43章

例行台风

秦煌此来，意味着濠江花会不再是一个遥远的传说，而是一个烫手的山芋，一个迫在眉睫的任务。毛老板对我说，你明晚就飞去京都，找庆延山庄的七爷，共商花会的对策。我留在东城，想办法联合九五玉、魅力滩和大唐盛世宫，争取先统一了东城的四席再说。

我道："这恐怕不太容易吧。"

毛老板叹了一口气，道："尽人事，听天命吧。再难的事总得有人做。"

我皱了一下眉头，欲言又止。

毛老板道："小江，你好像有什么话说？"

我道："没什么，只是突然有点恍惚，觉得这个秦煌会不会是危言耸听啊，说得像故事一样，我一直到现在都没有回过味来，太……离生活太远了。"

毛老板苦笑道："你以为汉寨监狱有兴趣放秦煌千里迢迢来果岭讲故事？你觉得离奇，是因为你入道不深。自古以来官场和风月场就是发生故事的地方。什么离奇的都有。说白了，哪一行有那么多的钱，有那么多的美女，都会发生几个离奇故事——因为全天下的男人就喜欢在钱多美女多的地方编故事！"

我道："我马上安排果冻训练新来的图图，我去收拾行李，订明天的机票。"

毛老板道："订机票这样的小事，你让别人做好了，明天白天你还要陪我去一趟江区长那里。马上就要庆典了，东城也要刮台风了，你吩咐果冻和东东，屋丽桑拿部停业三天。"

我道："台风？没有听天气预报讲啊。"

毛老板宛然道："就是扫黄，每年庆典左右都要扫一次的，例行台风。"

我不好意思道："会刮到屋丽吗？"

毛老板道："那倒是不会，但碰到扫黄，我们也必须停业几天，这个面子是必须给的。你跟东苍来的人说说，让他们先不要运货，过了庆典再说。"

我顿了一会，道："我能不能不跟东苍的人交往啊，东城的厂妹也够用了，我实在不想同这些人贩子谈什么生意。"

浙水一个地级市下属东苍县，有个灵西镇，镇上有一条非常不起眼的街，非常不起眼。但在业界，它却赫赫有名，因为这条街隐藏着最大的囡囡批发市场，拥有着最密集的皮条客。不少开桑拿的人都要过去进货。这些皮条客的翘楚侯老板，正住在屋丽，推销他手中的三十几个囡囡。准确地说，是三十几个女人，还不是囡囡。是自愿来的，骗来的，还是拐来的……谁都不清楚。但一个个都挺漂亮，而且很听话，听话得让我感觉到可怕。

侯老板对我说，江师傅，我们东苍人做生意绝对是有讲究的，我和李鹰做过多少生意啊，从来都没有出现过问题。如果囡囡不听话，你还给我，我打得她们听话为止。跟这样的人贩子做生意，我总有着很深的心理障碍。

毛老板道："不行！江老弟，我们都是夹缝里生存的人，在夹缝里生存的人是没有资格吃斋念佛的。东苍这个上游的货源，东城多少酒店求着来都来不及，做生意什么最重要？渠道，你别把我的渠道给堵了。再说，你知道渡边手里有多少个世界各地运来的性奴吗？我们只是用钱从国内市场挖掘几个好的而已。狼行千里吃肉，狗行千里吃屎，商场如战场，仁者不掌兵啊。"

我低下头，没有回答。我突然感觉，毛老板不算很坏的人，但被抓起来也没有什么冤枉。毛老板停了一会，道："一个正常女人变成囡囡，吃点苦是难免的啊。如果你真的不忍心，就让东东去跟侯老板谈吧。"

我道："谢谢卫哥。还是我去吧。"

第二天，跟毛老板去了江区长那，听江区长讲了很多精神文明建设的重要性，强调一定不能出现卖淫嫖娼现象，毛老板拍着胸脯做出了保证，一定以身作则，把屋丽营造成一座绿色酒店，绝不辜负政府的信任。

毛老板问:"听说东城突击扫黄就要开始了,区长能告诉我具体是什么时间吗?我掌握了一些线索,到时可以配合公安局的行动。"

江区长道:"你等等,我叫陈大队长说给你听。"

陈大队长过来后,道:"江区长,东城警务车辆实在太少,好几辆是跟武警大队合用的,请政府批点经费给我们扫黄大队买辆新车吧。东城治安长期不好,群众很有意见啊,警力编制的问题不好解决,警务硬件总要解决吧?!"

毛老板马上道:"警民一家亲,我们屋丽酒店捐一辆越野车给你们大队。"

陈大队长激动地握着毛老板的手:"我代表我们大队,还有政委谢谢你,我们新来的政委也兼任区武警中队的政委,我会向他汇报的,争取把今年双拥模范单位的荣誉颁给屋丽。"

毛老板道:"这是份内的事情。对了,你们大队什么时候扫黄。我有线索要汇报,屋丽后面几百米的地方,有条巷子,每天晚上有一些不三不四的女人,在那里站街,还穿着超短裙——我都不好意思看了,极大地影响了东城市的形象,请政府把她们扫掉。"

陈大队长做出沉思状,郑重地点头道:"你的线索很有价值。这一次行动,代号叫'慧剑'行动,取慧剑斩情丝之意。今天下午一点就开始了,突击的,谁都不告诉。毛老板说的这些流莺我们也注意到了,现在我向区长保证,这次行动一定做出满意的成绩。"

江区长道:"电视台已经叫上了,你们一定要表现出警威来,苍蝇要拍,老虎也要打。甚至星级酒店也要扫。不管牵涉到谁,后台有多硬,只要违反党纪国法,卖淫嫖娼的,就给我抓起来。"

陈大队长敬礼道:"是,我发现除了九五玉、屋丽、魅力滩、复尊俱乐部等几个大酒店是干净的,不少酒店都有打擦边球的行为。这是一种对法律的挑衅,是不能容忍的。"

江区长点头道:"也确实只有那些五星级酒店干净一些,好好干,等着你们回来庆功!"

我总算看见"台风"长啥样了,屋丽后面有条巷子,每天晚上都有几十个容颜老去的女人在站街,价格是三十块,那天晚上全部被抓了起来,还有好几个小店子的女人,像抓猪一样被抓上了警车,有一些鞋子都没来得及穿,有些囤囤文胸也没来得及戴，就被弄上车蹲着了。电视台的摄像机一个劲儿地向图图们挡着脸的手前面靠，一边靠一边问，你在哭什么？你后悔吗？你觉得可耻吗？太有敬业精神了。

只有一个三星级酒店被扫了，当场抓了四十来个图图和嫖客。四星级以上都没有被查，看来有关部门已经认定了他们都是经得起考验的好酒店了。屋丽停了业，但我听说，有一大半的五星级酒店连业都没停，乐去临大酒店还把大型秀场的广告挂在了健快北路的大街上，上面写着：空中飞人，庆典打折。

我坐着酒店的专车，飞向深蓝机场。庆延山庄，江湖中最神秘的庆延山庄，老子来了。正得意地登机，收到了笨笨狗的电话，笨笨泪不成声道："我被……抓了，救……救我啊！"

我心道：完了，怎么把她给忘了。

笨笨狗道："红姐和我们按摩店都被抓了，你快来保我出去。"

我道："我准备上飞机了，出差。"

笨笨惊叫道："有人打我……不，不……没有，没有人打我。"

我心里有点乱，咬咬牙，转身叫了辆的士，回了浅水。浅水已经半夜，办保释手续已经晚了，赶忙给毛老板打了电话。毛老板大怒，"这点屁事你给我打个电话不就搞定了，自己回来干吗，为了一个女人，连一点大局意识都没有。现在所里已经下班了，明天我给你搞定。"

第44章

庆延山庄（一）

到了京都，庆延山庄的人早已机场守候。一个汉子带着一个小姑娘，看见我后抢过行李，一口京片儿道："你是江磊吧，认识一下，我是冬瓜，这是我妹妹小冬瓜。七爷叫我们来接你的。"

我一听这名字乐了，太贴切了，身高和身宽都差不多，纯粹一等边梯形，不是冬瓜是什么？只是这小女孩也叫冬瓜有点亏，太可爱了，整个一瓷娃娃嘛。

"哥，您别听他瞎说，我才不是小冬瓜呢，京都哪地儿买得到这么漂亮的小冬瓜？"小冬瓜嘟嘴道，她穿着一身淡黄色秋装裙，笑起来没心没肺的，倒一点儿也不怯生。

"得嘞，小冬瓜是哥哥的尖果儿，长得跟哥这样的歪瓜那是不一样的。江老弟沿海发达地区来的，你看我妹妹盘亮条顺吧？"

"好可爱啊，我还以为是原福爱了，东国人我就喜欢她一个，你挺有她味道的。"我真心地说道。

小冬瓜叉腰火了："你丫乱说，我是小东国吗？再说妹妹我也有一米六一好不好！"完了，马屁拍马蹄上了。

"哈哈，江老弟，你要真喜欢我这妹子，你可得麻利点儿，我这妹妹从东区到西区，酒糟鼻子赤红脸儿，光着膀子大裤衩儿。想来嗅蜜的海了去了。"

我读中文系语言学时，学过一些京都土话，勉强听得懂，也皱眉道："冬瓜兄是京都本地人吧，这京片儿太有韵味了。就是听不太明白。"

冬瓜满脸红光地搂过我道："江老弟倍儿有见识，我就是这京都的土著，跟印第安人一样老，我祖上明朝嘉靖年就在这儿当官了，还是正二品礼部侍郎……"

小冬瓜笑道："得了，得了，哥，你打算说多少次啊？"

冬瓜满脸红润道："江老弟又不是外人儿，唠唠家常怎么了？不是我炫耀，只是咱国人最重祖宗祖籍，我就见不得丢宗忘祖的货色。以前有个外地人打了两年工，就在我面前装老京都。我说我住在直西门儿，他居然告诉我他住在安天门儿。我当时就笑了，京都人有这么说话的吗？真正的京都人，直西门可以加儿，安天门是不能加儿的，这都不知道，还在我面前装大尾巴狼。嫩着了。"

我郁闷了，敢情儿一来京都，就碰到个大京都主义者，一个京巴。

冬瓜道："虽然你不是京都人，我看你挺投缘的，你要喜欢我妹妹就直说啊，这阵子，我妹妹正在尼姑思凡儿玩了。"

小冬瓜一脚踩在冬瓜脚上。

我尴尬地岔开道："冬瓜兄这身肌肉真不错。"

冬瓜道："你别岔开话题，做不做我妹夫？呵呵，这肌肉，那是练的。"

哪有一过来，就抢着嫁妹妹的。我不置可否。

冬瓜睥睨道："我啊，从小在天桥玩国跤的。要不我们切磋一下？"说着就搂袖子。

髎你妈妈别，我说了一句潇湘土著的话。七爷怎么找了这么一位不着四六的爷来接我。我道："不了，我不会，我们去山庄吧，有要紧的事跟七爷说。"

冬瓜搂着我道："哥们，去什么山庄，现在这么晚了，你以为京都城是果岭的小地方啊，去山庄还有两百里地儿呢！跟哥哥逛逛京都的夜店，休息好了，明天再坐车去庆延。"

他开着车，吼着摇滚，基本不踩刹车直闯到了一个叫烟嘴斜街的地方。

我心惊胆颤道："你不怕超速罚款吗？"

冬瓜高兴道："没事，七爷局器着了，每次我一开车，都事先准备好了罚款。"

我们走进了一个叫"莲花"的酒吧。酒吧非常别致，从外看，每个窗口几乎都摆放着莲，京都的十月已经有些冷了，也不知道这家酒吧的老板是怎么找来这些宝贝的。走进去，遍地都是极富品味和特色，又充满女人味道的丝巾、披肩，融化在脂粉香里。说实话，我刚走进去就有点想见见这家店的老板，因为整个酒吧墙壁居然只有大红大绿两种颜色，能把这两种很俗气，配在一起都很冒险的颜色搭配得如此让人赏心悦目，这份艺术修养，我自愧不如，风尘之中，卧虎藏龙啊。

冬瓜在我和他面前摆上两只打火机，又拿了包'黄鹤楼'摆在打火机上面，小冬瓜一看，说："哥，我要回京都外国语学院宿舍睡了。"我才知道她是京都外国语学院的。冬瓜笑道："你早就该走了。"不一会，一个很漂亮的女人扭了过来，拿起桌子上的打火机，很漂亮地耍着，抛着电眼，妖媚道："哥，要妹妹帮你点烟吗？"

冬瓜毫不客气地拒绝了，很礼貌地道："前面还没有包子大，我怕你点不燃。"

那女子翘着嘴扭走了。

我奇道："我看那女的也算前凸后翘的啊。"

冬瓜道："屁个前凸后翘，胸围73.5，属于残废品。"

我心里奇道："那女子穿了好几件衣服，你能把握得这么准？"

又飘来一个小女孩，估计是嗑药的，脸化妆得像鬼一样。

那鬼吐出个带着舌环的血红舌头道："哥哥，我劲舞团的点卡不够了，你帮我冲点值好不好，你帮我充值了，我帮你点烟。"

冬瓜瞄了一眼道："你喜欢吃麦当劳吧？喜欢晚上在网吧玩累了去那吃薯条？这就对了。本来你是可以来点烟的，可是你这段时间应该是薯条吃多了，腰围都66.5了，减了再来吧。"

那鬼不服气，道："62。"

冬瓜不耐烦道："不可能，你出去量量，如果不是66.5，你马上回来找我，我给出一年的网费。"那鬼高兴得跳了起来，伸出食指道："大哥，这可是你说的哦，我十分钟就回来，谁赖谁小狗。"二十分钟后，飘来了好几批被拒绝的非主流，但那个鬼始终也没有飘回来。

京都就是京都，很快走来了一个洋妞，身材那叫一个棒。

冬瓜点点头，道："88，58，78。"说完后挥了挥手，"可惜左右乳不对称，右边明显高出2.1公分。"我靠，这也太……女公务员标准啊！我看了看冬瓜的眼睛，那哪是眼睛啊，完全就是X光，还自带了GPS测绘功能。

我正容道："冬瓜兄，庆延山庄的女人都是你选的吗？"

冬瓜道："不是，我只负责淘汰。"

我端起酒杯，对着这不着四六的男人道："冬瓜兄，失敬了，我敬你一杯。"

冬瓜道："哎呀，是哥不对。老弟是东城行家，可是第一天来京都，哥哥连给你挑个像样的都不行。明天到山庄，哥给你挑个好的。"

第二天一早，驾车去京都外国语学院接了小冬瓜，风驰电掣地向庆延县赶去，小冬瓜可能没有睡醒，轻轻靠在我的肩膀上半眯着。

我终于知道了京都的大，穿过九达岭，到了庆延，已经是近百公里，这还不算远，但加上京都作为首堵，堵车花了两个小时。到庆延后，我们还要跑到一个叫万家店镇的地方，这基本上是京都的边疆了。到了万家店镇，已是中午，我们下车吃饭。

我见这地，虽属京都，但山峦重叠，移步换景，已经迥异于都市风光。我问："想不到京都还有这样的好地方，我一直以为就是石屎森林，钢筋世界呢。冬瓜兄，我们快到了吗？"

冬瓜望了远方一眼，道："快了，下午再开两个小时就进山了，过了白河，再穿过滴水壶，再过了乌龙峡谷，沿着黑河换成摩托车，开三个小时就到了庆延山庄门口，然后换成轿子，抬一个小时，就到了山庄大堂。顺利的话，可以赶上晚饭。"

我嘘了一口气，道："我上网查了一下，记得庆延山庄没有这么偏啊。"

冬瓜道："扯淡，网上根本就没有庆延山庄的任何消息，也不可能有。你估计是查到了庆延温泉山庄、庆延长城山庄，还有庆隆山庄什么的，那都是赝品。"

我道："可是这么远，谁能过来玩啊？"

冬瓜道："这您就外行了，这年头高端多的是喜欢户外的人，而且我们有自己的直升机停机场，本来想去接你的，但山庄的两架直升机，正好去了海崴接两个熊国油田老板，还没回了。我们也不接散客，会员制的，所以也从不打广告。"

冬瓜的车技很好，只有一个缺点，从来不看红绿灯。但在一个路口，出事了，冬瓜突然急刹车，每小时一百五十多公里时速的车子猛地熄火，我和小冬瓜一起前倾，幸好撞到了前面的真皮座椅上，纵使这样，我头也撞了一个包。车子打了一下横，还撞碎了路边一个叫花子讨钱的碗。

小冬瓜急道："哥，你丫的干什么啊？"

冬瓜哈哈大笑："不好意思，不好意思，看美女去了，后面街中间那个女交警长得真不错，我们倒车回去看看。"

我们一起回头望了一眼，女交警正一脸怒气地赶过来。

"这女警臀部真漂亮，腰和臀结合之完美是我冬瓜生平仅见，做交警真是浪费了！"冬瓜扶了一下墨镜，解剖道。

女交警道："不要命啊你，驾照，罚款！"

"脖子略短了一公分，可惜了。"冬瓜用"善解人衣"的眼光盯了女警一眼道，"你叫什么名字？"

女交警气坏了，毕竟京都达官贵人太多，我们开的又是奔驰，不敢随便发作，敬了个礼冷冷道："我的警号是，210XXX22，欢迎监督。但您今天超速了，不管您是什么部门的，什么官职，都要罚款。"

冬瓜道："应该的。"

女警目无表情，开了张罚单道："严重超速，罚款2000。"

冬瓜往后对着小冬瓜一看，小冬瓜从包包里拿出一叠钞票来。

"这是4000，不用找了。"

女警横了一眼，道："照章办事，超过规定时速50%以上的，处以2000元罚款，记6分。我也不会多收。"

冬瓜道："我没有多交，只是先存2000在你那里。下次我来看你，那肯定会是超速的，就先交了。"

女交警简直不相信自己的耳朵，道："你说什么？"

冬瓜道："我说你这么漂亮，我会忍不住开快车来看你的。"

女交警笑容一闪而过，扔回两千，转身走了。

冬瓜看了一回背影，突然道："慢！"

女交警回头看着他。

冬瓜满脸堆笑道："紫色的内衣外面套着警服，搭配不合理，近色相撞。你最好能换一件红色或者白色的。另外你的内衣从领子上看，是特梦娇的吧，我建议别穿，虽然特梦娇是品牌，但是货都是国内企业代工的，质量监督值得怀疑。我建议你买安黛芬，从维港带，还可以美体，隆胸，你的胸再高一公分就完美了。"

女交警震住了，肩膀颤抖着，叫了声流氓，转身走了。京都大官云集，也导致了京都的警察是全国最文明的。

被撞了碗的叫花子，一脸可怜地挡在车前，伸出一只带血的手来，表示自己被飞来的碎碗片划破了手。

小冬瓜道："哥，他手受伤了，疼得哭啊。"

冬瓜笑道："自己划的呗，扔给他一百块钱，我保证他不疼了。"

小冬瓜赶忙下车，给了他一百块，那叫花子果然不疼了，高兴地大喊谢谢。

我们的车开出了一百来米，小冬瓜突然道："哥，停车！把你抽屉里创可贴拿出来。"

冬瓜停下后，拿出创可贴给她，奇怪道："宝贝妹妹，你受伤了吗？"

小冬瓜打开车门，回头走向乞丐，帮乞丐将划破的手臂伤口贴上了膏药。小冬瓜多漂亮啊，干干净净的连衣秋裙，让乞丐不敢靠近，离得远远的。但小冬瓜抓住乞丐脏兮兮的手，亲自帮他沾上了药。

冬瓜道："操，我妹妹真是个菩萨。"我看了看，菩萨倒不像，那个瓷娃娃的样子，倒有几分神似菩萨帐下的童女。

小冬瓜回身向汽车走去，乞丐居然直直地盯着她，跟随着走来，一个仙女后面跟着叫花子，这真是很奇妙的画面。小冬瓜走到车前，才发现后面还跟着个尾巴，嗔道："你回去吧，别跟着我了，创可贴不要碰水。"

冬瓜皱眉道："这家伙跟着小冬瓜这么久，干吗啊？找打啊！"

我道："这色眯眯的眼神，生活的折磨也打不倒男人的本能啊。呵呵。"

我和冬瓜干笑着。

突然那乞丐居然去拉小冬瓜的手，看得我和冬瓜都怒了，虽然美丽谁都挡不住，但牛粪也要明白，鲜花不是为它长的。小冬瓜使劲摆脱乞丐的手，那乞丐抓得紧紧的，冬瓜拿出了扳手，腾地从奔驰上跳了下去，我握紧拳头，也跳下去了。

乞丐的手松了，转身就走，我和冬瓜都呆在当场，冬瓜手上还举着扳手，乞丐将一百块钱强行还到了小冬瓜的手里。

"这个傻子。"

"摔坏脑袋了。"

我们都有些感动，于是纷纷用恶毒的话骂着。

第45章

庆延山庄（二）

开到下午三点，车终于停在了一座山下，山路前停着几辆摩托。开摩托的都是很漂亮的女孩子，身高都在一米七三以上，笑得非常甜。

她们看见冬瓜道："总监，这位是江大哥吧，七爷已经在等候着了，上车吧。"

冬瓜道："小杰，那黑鬼还在山庄吗？"

我正好坐在小杰的摩托上，小杰道："在啊，你们还要早点回去，七爷晚上还要陪他聊天。"

我问道："小杰，什么黑鬼还要七爷陪啊？"

冬瓜道："一个狗屁麦比亚的议会长，还在庆延山庄摆谱。山庄什么人没有见过？那次那个阿凡达的总统……"

小冬瓜大声道："哥，你又胡说八道了。"

冬瓜马上干笑两声，毕竟在哪里透露客户信息都是不道德的。摩托在山路上呼啸而过，旁边古木参天，是个天然的负离子氧吧。前面开摩托的小杰身材好得有些浪费，腰盈盈一握，胸也很高挺，在有些颠簸的山路上一起一伏的。小杰转身对我说："江大哥，搂着我的腰，路有些抖。"

我搂住她的腰，感觉她要是肯去屋丽，也不在猪猪、秀秀、阿果之下，顶多比朝天椒稍差一些。这样的人庆延山庄就安排开摩托？

我问道："小杰，你们在山庄负责什么？"

小杰道:"开摩托接送客人啊!"

我淫笑道:"其他的呢?"

小杰道:"其他的小杰还没有资格做呢。"

我搂着她的腰,不经意移动了一下,手感细腻。道:"暴殄天物了,你如果在其他地方,应该很快就可以找到很好的工作。"话刚出口,我就后悔了,怎么能这样讲话呢,好像来庆延山庄挖墙脚一样。

小杰没有在意,道:"没什么啊,我在外边也做过酒店服务员,还没这里好。"

原来是从各个小酒店挖来的美女。我道:"那是,在酒店擦地洗碗的也很辛苦,待遇也低。"

"其实我们那酒店待遇还好了,保险,住房公积金都有。就是训练严了点,还有老要淘汰人。"

"你是哪个酒店啊,还有住房公积金?"我奇道。

"钓鱼宾馆。"我松了手,差点从摩托上掉了下来,不带这么开玩笑的吧。

摩托车开了两个多小时,接小冬瓜的那辆摩托爆胎了,我们都停了下来,三个美女司机非常专业,很快从各自的摩托车箱里拿出修理器材,将胎补好。她们健康运动型的大腿,在阳光下白花花地格外耀眼。耽误了一会后,重新上路,沿着一条荒无人烟的山路,又开了好久好久,开得昏昏欲睡时,山路没有了。

我们下了车,我疑惑地跟着大队伍在没路的地方,扒开草丛转了一个五十来米的大弯,突然听到了水声,是一条小涧。跳过小涧,又看见路了,沿着路再转了一个弯,眼前出现了一座挂着瀑布的山崖,虽然谈不上飞流直下三千尺,但也颇有几分气势。瀑布的旁边有一座山林,不知有多深,但我知道我们已经到深山里面了。

小冬瓜跳了起来,终于到了,说着就脱了鞋袜,露出两只白嫩的玉足,到瀑布下的深潭去玩水洗脚。在大自然面前人总是快乐,冬瓜道:"快点上来,还要赶路。"

小冬瓜一脚把水踢到人群中间,道:"玩一会嘛,多好的水啊。"水把小杰衣服都打湿了,露出S型的曲线来,非常诱人。

冬瓜严肃道:"上来吧,别耽误了七爷的大事,到山庄有的是水给你玩。"

我看了看周围,四面环山,没有任何标志,奇道:"这就是庆延山庄吗?没有标示吗?"

冬瓜道:"这就是庆延山庄啊,你看看右边这座山,这里四颗大松树,看见了没有？"

好大的树啊，我抬头，很艰难地看见松树的顶，低头一看，松树皮被雕刻上了字，四棵树上，分别刻着：庆、延、山、庄。不仔细看根本不会注意到，这也太低调了吧！

冬瓜对着大山吹了一声口哨，很平静地道："山庄到了，但离大堂还有些距离。摩托车开不进去了，准备坐轿子吧。"

很快，三顶四人大轿出现在我们面前，抬轿子居然也是女的，只是比小杰等长得粗壮些。这让我很不舒服，没有上轿子。那几个女子道："上来吧，别小看我们，我们都是女霸王花，有力气。"但我还是选择了走路，让女人做体力活，我看不惯。冬瓜和小冬瓜只好陪着我走，一个小时后，走到一个平整的地方，出现一座古刹。非常幽静。

深山藏古寺。

我听见一阵鸟鸣声，但已经没有什么雅兴了，还有多远啊，大山深深深几许，我真有些累了。

冬瓜道："终于到了。"

我道："到了，在哪里？"

冬瓜指了指那座无名古刹道："这就是庆延山庄的大堂。"

我道："什么，庆延山庄是个庙？"

冬瓜笑道："不是庙，只是在庙里面。"

我一脸震惊地跟着冬瓜穿过大雄宝殿，宝殿上还有尼姑在修行，感觉和山外的庙宇没有任何区别。又往前过了罗汉堂，走到一个较大的广场前，广场两边是放生池，也养着些乌龟，一切都平平无奇。

只有广场尽头，靠着一座小山，有一尊睡着的弥勒，纯白玉雕刻，有那么点特色。

弥勒对着一脑袋浆糊的我笑着，笑天下可笑之人。

我不是被耍了吧，不是进了黑店吧？！难道庆延山庄本来就是一个骗局，是一个子虚乌有的地方？这也不对啊，总不可能秦煌、大小冬瓜、卫哥、我刚才见到的小杰，甚至我都是虚幻的吧。

正紧张着，冬瓜笑着走到弥勒佛前，把弥勒佛的肚脐眼往右边一扭，弥勒突然前移了两米，身后闪出一条窄窄的门来，我们走到门前，没有想到这清秀之地还有暗道机关。冬瓜按了几个密码，门开了，一个地道直直地穿过弥勒佛后的小山。

地道黑得伸手不见五指，我左手挽着冬瓜，右手挽小冬瓜，死也不放手，突然有种说不出的恐惧。门关了，我听见外面嘣地一声响，心中一跳，小冬瓜道："弥勒大肚子叔叔又回去了，你别怕，刚来这的都有点怕。"

冬瓜带着我走了几步，路开始变窄了，仅容一人通过，我只好走在冬瓜身后，复行十来步，有一丝亮光穿过，再走两步，豁然开朗。虽然还在地道之中，小山腹里，但什么都看得见了，电灯照射在每个角落。居然还有电梯直行。

坐着电梯，我仿佛回到了人类社会，才发现刚才我一直抓着小冬瓜的手，把她的手都弄得汗湿了。小冬瓜道："不好意思，我太容易出汗了。"

电梯一直通到山的另一边，冬瓜又按了密码，打开了另一边的山门，山门后，出现了一群大的宅子，旁边良田美池，屋舍俨然，我擦了擦眼睛，宅子上写着六个大字"庆延山庄大堂"。早有两个清秀女子帮我们把行李卸下。

一个清秀女子道："总监，小冬瓜，江大哥。七爷等了你们一个小时，现在会客去了。他临走时交代，那客人实在推不脱，又怕江大哥舟车劳累，所以请江大哥先吃饭，然后小冬瓜带江大哥去'苏茜黄'楼休息。明日上午再去迎宾阁详谈。"

菜太好吃了，尤其让我惊讶的是，我也在东城的五星级酒店白吃白住了一段日子，但除了一味熊掌，一味竹笋，其他菜我都不认识，又不好意思问。

冬瓜道："江磊，七爷很看重你，很看重跟东城的合作啊！'苏茜黄'楼可不是谁都能住的，以前有个南亚小国家的议长，想住在'苏茜黄'楼，结果被七爷给拒了。"

我满脸笑容，心里却忐忑不安地想："不吹牛你会死啊？"可看着那个给我添饭的女人，那完全是白素素跟楚妖精的加强版，又觉得还真未必是吹牛。

吃完饭，洗完澡，小冬瓜穿了一件碎花衣裳，纯洁得不行。

带着我来到一栋木制的黑色三层塔形别墅前，对我说"苏茜黄"楼到了，我走进塔，只觉得幽香扑鼻，是檀木天然的香味，"塔"内一楼大厅，家具应有尽有，却都是老土的欧式殖民地风格。厅中央竖着一个女人的裸体雕像，长相十分清秀。我问小冬瓜："这是谁啊？"

小冬瓜道："这就是'苏茜黄'啊，是二十世纪三十年代红遍沪地的交际花，当时可是放荡、引诱和裸露的代名词哦。漂亮吧？"

我道："漂亮。"

小冬瓜扶着裙子转了一个圈，道："有没有我漂亮？"

我有些发愣："你比她漂亮。"

小冬瓜道："亲亲我。"

我咽了下口水，小冬瓜已经侧着头吻了一下我。

"来，我们跳舞吧。"小冬瓜打开一个旧式的留声机，放进一张旧沪地的碟，我搂着她跳着慢四，灯光是淡黄的，小冬瓜是碎花的，音乐是汩汩流着的，我有些醉了。小冬瓜的舞跳得并不好，我也只有慢四能找到拍子，可是，这样的环境，在乎好坏吗？

跳舞跳渴了，我们扶着楼梯往上走，楼梯扶手上有很多倒好的葡萄酒。我和小冬瓜一路盘旋而上，踩着木制的梯子，嘎吱嘎吱，盘旋着，盘旋着，楼梯的尽头是一张软床。我莫名想起了王家卫的电影《东邪西毒》或《重庆森林》，总感觉有种醉生梦死的迷幻。一杯，两杯，许多杯，暂且醉生梦死了，醉了就舒缓肉体如梦，无望生死。

瓷娃娃已经脱光，低着头，居然有些圣洁。我咽了下口水，扑了过去……

瓷娃娃哭了，我赶忙道歉，"对不起，我不知道你……你竟然是第一次。"

小冬瓜擦干眼泪道："不怪你，我们再来一次。"

第46章

风流七爷

楼下还吱吱呀呀地响着《夜沪地》的旋律，让瓷娃娃睫毛上的泪珠格外闪亮。我觉得有些不忍，将她搂起，她后仰着，咬着嘴唇，一手搂着撕破了的碎花裙，一手搂着我的脖子。"苏茜黄"楼的顶层是一张软床，也只是一张软床，抬头就是透明的玻璃顶，月色泄下一些银灰，早被树枝剪得七零八碎，堪堪萦绕着空间，给人一种在野地里的错觉。我一边禽兽，一边伤感。

小冬瓜长得太灵巧了，无瑕，让我很想去毁灭，于是我毁灭了，我将小冬瓜绑起，让她用手顶着玻璃，背对着我，翘着的弧线……鲁迅说：悲剧是把美好的东西撕毁给人看，当我亲自撕给自己看时，悲剧快感来得是那样的浓烈。

我不想虚伪，人和禽兽本来就只有一步之遥。首先是禽兽，然后才是人。

我看着床单上的红，对小冬瓜叹气道："你多大了？唉，刚才我有些控制不住自己……"

小冬瓜用手绕着我胸前的红点点，巧笑道："十九了。你要是还能控制住自己，那我身为女人不是太失败了吗？"

我脑袋有些清醒了，道："你不是冬瓜的妹妹吧？是山庄的囡囡？"

小冬瓜道："什么是囡囡？"

我道："那个——小姐。"

小冬瓜低着头："嗯。"

我道："第一次的图图？"

小冬瓜抹了下眼泪，笑道："是啊，山庄还养着十来个了，有客人说了个笑话，说在京都城只有两个地方找得到处女，小学和庆延山庄。七爷叫我送你来'苏茜黄'，好像很看重你啊。"

我哈哈苦笑着，突然觉得七爷太深不可测了，真不知道他应该是怎样一副模样，不过他送我一极品，也算是很大方的，当然主要是给大名鼎鼎的东城同行面子了。不管了，明天就知道了。

第二日，睡醒后，小冬瓜已经把牙膏挤在了牙刷上，又一声不吭地伺候我穿上了鞋袜，那服务动作很是生硬，在屋丽待惯了，当然也不会有什么受宠若惊的感觉。只是这样一个京都外国语学院的瓷娃娃，能红着脸帮你穿袜子，也让人非常受用。但我还是弯着腰自己搞定了。

小冬瓜不安道："在庆延山庄是不能让客人动手的。"

我道："东城也不让，但我不是你的客人，我是你的朋友。"

小冬瓜满脸感动地刮着脸道："你……好虚伪哦。"

庆延山庄的大堂前，冬瓜一把抓住我，给我两条路，一是承认是他妹夫，二是跟他摔跤。我选择了第一条。

冬瓜道："美着你了，偷着乐吧，小冬瓜是庆延山庄'十香草'之首，你要做我妹夫，那还得好好孝顺我这大舅哥了。"

我早就知道小冬瓜不是他亲妹妹了，笑道："十香草？什么十香草？"

冬瓜道："庆延山庄的女人最美的是'五花十草'，你小子一进来就摘了一支香草。京都一晚情，流下许多精，快幸福死了吧？"

我道："那得谢谢大舅哥了。"

冬瓜道："那是，你大舅哥嫉妒你啊。咦，你起得挺早的，没被小冬瓜累趴下啊？不错嘛！不过你可能还要等会七爷。你看，虞美人来了。"

虞美人，李煜的虞美人？我疑惑地往前一看，躯体一震，是雪儿，著名影星雪儿？！尽管她的绯闻巨多，经常传闻和导演上床而出位。一看就知道是狐狸精类的人物。但毕竟是国内一线红星，而且从来就没有人怀疑过她的美貌。她也是庆延的图图？

冬瓜道："虞美人，在西海湖拍广告还顺利吗？"

雪儿道："累死了，在西海湖拍了广告马上就飞了维港，好几个导演想让我拍贺岁片，但我档期都排满了，要不是七爷亲自打电话，我还回不来了。"

冬瓜道："庆延山庄的五朵金花，七爷都叫过来了。"

雪儿道："罂粟花也回来了？"

冬瓜道："罂粟花还在路上，红玫瑰和蝴蝶兰都在七爷房间里了，鸢尾在和太太打麻将。基本上这两天都会到齐了。"

雪儿道："红玫瑰和蝴蝶兰都在七爷房间？她们真好命啊，说是五朵金花，只怕我这虞美人是最不得宠的了。"

冬瓜道："哪里的话，只是你在娱乐圈里呼风唤雨，七爷怕你应酬多，不好多叫你而已。对了，这位是东城的江磊。"

雪儿对着我媚眼道："江磊，做什么生意的啊？刚办的会员卡吧，雪儿眼生得很。"

冬瓜道："江老弟还没有办会员卡呢，他是七爷的客人。"

雪儿眼睛发光，伸出手道："江爷，以后多多关照啊？！"那声音真是酥媚入骨。我抓着她的手，一阵不真实感，坦率说，她真人没有电视里化妆后漂亮，走近看还有点黑眼圈，可能夜生活太丰富了。而且她真人比电视里感觉高多了，我一米七一，三等残废，但在南部的普通人中也不觉得很矮，可是站在穿着高跟鞋的她面前，就是觉得矮了个脑袋。

毕竟是亿万观众熟悉的影星，看着她白嫩的肌肤，高挺的身材，还有那尖尖的瓜子脸，不能不让人一阵恍惚。

我道："你是……"

雪儿捂着我的嘴，道："呵呵，在这里我是虞美人，这里的五朵金花之一。您做什么生意的？如果您的生意需要广告代言人，你可以找我啊。山庄的男人，我优先考虑。"雪儿在我手上划了个圈。

我道："我……我是打工的。"

雪儿笑道："哈哈，你真幽默。"

我道："真的，现在还好点，以前经常找不到工作，运气不好不坏时一个月赚三四千块钱。"

雪儿笑得更厉害了："哥，你太有幽默感了，逗死我了。每小时三四千，妹妹还信。"

"虞美人你也有时间过来了？"一个绝色佳人拿着个小紫砂壶踱过来说。说是绝色佳人，也就是给人很舒服，不染尘的整体感觉，跟楚妖精、白素素等相比外貌上各有胜场，毕竟，美人也就只能长到这样了，坦率说，一般普通人根本分不清世界小姐的第八名和第八十八名的区别。但她身上有那么一种飘渺的气质，确实是屋丽图图除了何青外缺乏的。

冬瓜道："鸢尾啊，刚才虞美人还在念叨你了。咦，你的腰怎么肥了一公分。晚上和太太喝甜品了？不是冬瓜说你啊，你这个……"

雪儿打断道："谁像你一样眼睛带尺子的，鸢尾妹妹，别理他，你别来无恙啊，你那小说写好了没有？"

鸢尾道："小说的出版社，费用，剧情，序所有一切都弄好了，就差开写了。"

我心里惘然，难怪这家伙眼里有那么点逸味，原来是喜欢文学的闺女，这就对了，多么想不通的飘渺的精神病，只要想到她是学文学的，就想通了。鸢尾道："江磊吧？听七爷说你是学中文出身的，一会儿能不能陪鸢尾聊聊文学，在这里太寂寞了。"

我大喜道："我也只是票友水平，随便聊聊。"

鸢尾哦了一声，明显有些失望。

被美女看瘪真郁闷，于是我说了句自己回想起来就脸红的话："地球的文学随便谈。"

鸢尾高兴道："那你喜欢南美洲的魔幻现实主义吗？《百年孤独》。"

我道："没看过。"

正尴尬着，又一个绝色美女走了过来，这人，有点红楼梦里薛宝钗的神韵，我只看着她那白藕般的胳膊，就觉得有些心旌荡漾，加上我想找本熟悉的文学名著回面子，不伦不类道："山庄真是个小号的大观园啊，什么美女都有。"

"小号的大观园？你看我这比荣国府差哪了？"远方飘来一个中气十足的声音。

几位佳丽自觉地站到了两遍，鸢尾道："七爷来了！"

七爷爽朗地笑着，是个四十来岁貌不惊人的汉子，温和的声音里又偏偏给人一种高高在上的感觉。这种气场让我想起了一个传说：三国时曹操，有敌军使臣来访，曹操觉得自己身高不够，无法震慑他人，就让一个高大的侍卫扮演自己，而自己却站在侍卫面前，抓着刀假装保护主帅。后这使臣回到敌营回他的主公话，曹操仪表堂堂，人也高大威风，但他前面的捉刀者才是真英雄。

七爷身后还站着一个女孩，一袭红色的旗袍，像个新娘，雕刻似玉玲珑的面庞，修长的身躯，不苟言笑的表情，还有略有些高的鼻梁，又让人觉得冷若冰霜，不好亲近。我心里嘀咕道：这人估计是红玫瑰了。

七爷道："江磊，你终于来了。秦爷从汉寨来了信，说屋丽可以信任，希望能够联手对抗东国，我就盼望着毛老板的人北上。原来以为是李鹰会来的，想不到是另一位年轻才俊，对了，李鹰那小伙子还好吗？"

我心里翻腾了一下子，道："李鹰身体有些不适，住院了，可能会退出江湖。"

七爷道："啊，这么年轻，怎么会这样？李鹰是个人才啊。他对东国风俗业的了解，在国内都是数得着的，我本还想着濠江花会，他可以大展身手呢——也好，退隐也好，在这行能做出点事情，又能全身而退也是一件值得庆贺的喜事。"

雪儿见七爷走近，一个趔趄倒到七爷的怀里，嗲道："哎哟，这鞋的高跟太细了，老站不稳啊。七爷，虞美人给您请安了。"

那红色旗袍的女子哂道："虞美人，我那有双平底鞋给你如何？只是，怕底太平了，你也不适应，会站不稳摔的吧。"

雪儿何等厉害的人物，却没有反驳，只道："红玫瑰姐，我给你带了一套藏银首饰，等会给你送去。"

七爷扬扬手，将雪儿推开，径直坐到了大堂中央柚木靠椅上，两眼看着我。我正在思考怎么和他沟通。

七爷道："说吧，你的毛老板准备怎么帮我？"

我心想倒是一个直爽人，我道："听说这次花会东国人来者不善，老板想请七爷出手，联合国内各参赛的酒店，组成统一的国内队，这样能充分整合资源，不让东国人优势太过明显，也能拖一拖渡边向国内酒店渗透的步伐。"

七爷道："这个秦煌秦爷已经跟我讲过了，不知道毛老板有什么具体的手段，毕竟东城是国内酒店的重镇，强手如林。我很想听听他的意见。"

我道："临走时毛老板跟我说过，他准备统一东城的四大酒店，如果可以的话，请七爷整合了京都各店。全国酒店业，如果东城和京都联手了，谦虚一点说也就等于半壁江山了，这样至少全国的各酒店有了一个主心骨。到时，毛老板愿意辅助七爷，成立一个统一的联盟。"

七爷闭上眼睛，假寐了一会，道："难得毛老板有如此胸怀，但现在离花会只有二十多天了，京都这一边没有问题，只是东城那边来得及统一吗？再说，渡边下了三十三张请柬，除东城四席，京都四席之外，还有二十五席分布在大江南北。有一些可能已经被收买了，这个统一战线如何建立？"

我道："七爷有花会每个酒店的名单吗？"

七爷道："请柬是渡边认真挑选，秘密发放的。我也是找到了有关秘密部门，昨天才拿到了具体的名册。蝴蝶兰，你拿给江老弟看看。"

蝴蝶兰就是那个"薛宝钗"，她敦厚地笑着，走到里屋，用纤纤玉手拿出一台手提电脑来，又插入U盘，输入了密码。

我看了看名册，不得不承认，渡边那一方对国内酒店的认识非常深刻。

京都四席：庆延山庄、瀚海精阁、八路公馆、宋家大院

东城四席：九五玉、魅力滩、屋丽、大唐盛世宫

沪地三席：极远会所、上一会所、吉米沐浴广场

杭城两席：东湖金琢、尤文国际

沈阳两席：黄金海滩、银色时光

惠城两席：小西湖大酒店、咸水天堂大酒店

成川两席：花湖满路、月光宝盒

津卫两席：塘沽三金叔、丽水修湖

武楚两席：玛瑙会所、马德里铁门

济东一席：白玉人宾馆

海角一席：海角半岛

珍海一席：香洲天豪

东安一席：古都大厦

长泥一席：海阔水都

温城一席：浙温城

渝庆一席：天外天上碑

拉藏一席：日上岛

七爷苦笑道："东国那边有很多央国通啊，他们选的酒店你不得不承认基本可以代表国内酒店业的实力了。你看看，这其中有一些本身就是竞争对手，多年的死敌。有些可能已经投靠渡边，成为光荣的合资企业了。"

我道："能不能确定哪一些投靠了渡边？"

七爷道："沪地上一会所可以确定，其他的不能，地域太广，牵涉到利益的事情

没有人会到处乱说，没有足够的时间去确定。"

我道："能不能试一试组织大家开个会？"

七爷道："谈何容易？谁组织？别人会不会怀疑你想当头，会不会卖你面子？如果秦煌的玉宇凡尘在还行，庆延山庄一直只在小圈子里做事，神龙见首不见尾，声望不够。东城虽然名气够响，但恕我直言，并没有突出一格的领军酒店，把这四家全部撤了，换另外四家上，也不会有太大区别。如果真开会了，为了谁做老大，如何排位置，各店参赛名额顺序的配置，就有一半的酒店可以先吵起来。"

我道："那七爷准备怎么做？"

七爷道："本来我想着集结庆延山庄所有的资源，带齐五花十草，单挑渡边的，但我的实力还是单薄了点。毛老板能帮我最好，能带多少人就带多少人，能统一东城最好，统一不了就带屋丽的人过来。东城小姐的素质还是不错的。对了，何青那丫头是不是在你那里？当年玉宇凡尘沉船，四大头牌一死两隐，只有何青还在，我去找她时，她去了沙漠治沙，后来被毛老板挖去了，心痛啊。"

我笑道："何青在东城挺好，七爷的意思是如果统一不了，就让山庄和屋丽两个顶上去吗？那其他酒店怎么办？他们接到了请柬总不可能不去吧？去了后没有统一的沟通，还不是一盘散沙，加上个别卖国的，我们的形势没有什么变化啊？"

七爷道："所以我打算让他们都不去，免得一片混乱，自乱阵脚，给了渡边可乘之机。"

我奇道："什么意思？"

七爷打了个哈欠道："要辨别出他们谁投靠了渡边，谁能做出什么事情来，时间不够了，但二十多天让上面扫扫黄，时间还是够的。"

我惊起道："七爷打算……"

七爷道："兵不在多而在精，反正全国最高水平也就是东城和京都的几个场子了，况且疑兵不用，与其加上一些胸怀叵测的盟军跑龙套，不如只靠自己熟悉的力量，集中精锐，战他一战。"

我道："这个残酷了一点吧？秦爷好像不是这个意思。"

七爷道："仁者不掌兵，在只剩下二十多天的时候，只能这样。你告诉毛老板，如果能统一东城四大酒店就统一，不能统一告诉我一声，我帮他料理了其他三家。二十天后，我带庆延山庄包机飞往东城，我们在东城会师做最后排练。"

我道："其他二十五酒店，全部沉船？"

七爷道："我让他们都沉船。"

我心里升起一丝阴影，半天没有做声，七爷已经站起，准备离开大堂，我咬牙高呼道："七爷，不可，如果这样，花会已经败了。"

七爷对着我射过一丝白光，睁圆的双眼如同森林里的豹子，声音却很平和，道："这话怎么说？"

我怔忪了一下，养尊处优久了的人，睁个眼睛会给人——尤其是我这样的小人物，一种自然的压迫感。我忙用心理咨询师的呼吸技巧让自己放松下来，道："渡边此次来，无非是利用花会立威，然后逐个渗透到全国的酒店业。就算渡边在花会把全国酒店的士气全毁了，再利用技术入股、管理入股、合资经营等方式实现这个计划，那也需要很长的时间，在各地都会遇到阻抗。如果七爷使用了这一招，就算花会暂时取得好成绩，花会之后，全国酒店也会互相怀疑，内战也就快开始了，全国各夜店内部彼此的联系信任都荡然无存后，最高兴的将是渡边，他最喜欢面对的是一个混战的国内同行了，到时……"

七爷点点头道："这个我也想过，江老弟确实有眼光！不谋万世者不足以谋一时，不谋全局者不足以谋一域。但是，一个人生病了只能先吃药，而不是先考虑药的副作用。现在东国人已经逼上来了，打了这一战再谈以后的事情。要知道，事情总有轻重缓急，先解决了急事，才能去谈后事，后面出了事，我们做爷们的，再去面对也就是了。"

我疑惑道："七爷想用报警这种同道不耻的'点灯'的方式，让其他二十五家酒店都沉船，有百分之百的把握吗？"

七爷："干任何事情，百分之百的把握，都是没有的事。但以我的人脉，八成把握是有的。"

我沉默了会，七爷笑道："你怀疑七爷的实力？"

我道："这个我倒是不敢怀疑，能在深山老林里挖隧道、修机场，收集这么多美女的人，配得上神通广大这四个字了。但是七爷要解决的人在当地也肯定是名流，关系照样盘根错节。要知道虎有虎道，蛇有蛇道，老虎再强大，要吃掉地头蛇，也是有些困难。"

七爷轻笑一声，用两个手指轻轻夹了一下，鸢尾给他拿过一支雪茄，薛宝钗蝴蝶兰抛着媚眼把它点燃，七爷轻蔑地望了我一眼道："哦！？小伙子，你觉得七爷做不到？"

我郁闷坏了，怎么说我代表着卫哥，代表东城而来，不能示弱啊，我道："不是我觉得七爷做不到，我是觉得谁都做不到。"

七爷后仰到藤木靠椅上，悠悠道："年轻人，在这个国家里，有一些人，说句话来，那就能让大地震三震的。即使我七爷不行，但我庆延山庄的客人很多都行！"

我摇摇头道："这个我信，只是，七爷庆延山庄的实力，自比政府如何？"

七爷道："不如！"

我道："晋西小煤窑比起七爷要解决的各酒店又如何？"

七爷瞄了一眼东拉西扯的我，道："也不如。"

我又道："晋西小煤窑赚的钱，比各大酒店桑拿部赚的钱如何？"

七爷好像明白我想讲什么了，道："还是不如。"

东拉西扯是我的特长，我道："那政府解决了晋西小煤窑的全部问题吗？"

"呵呵，毛老板养的人有点意思。"七爷一愣道，"江老弟多虑了，我也不是点死灯，只是利用公安在花会时期拖住各大酒店，免得他们碍手碍脚，影响我的人发挥而已。"

我还想说点什么，七爷摆摆手铿锵道："这个问题就不用讨论了，就这么定了！花会之后，他们有什么意见就冲着我七爷来好了，其实他们不来找我，我还想找他们，国内的酒店业也该整合整合了！"

我闻言猛地抬头，这人不是想做左冷禅吧！？

七爷咳嗽了一声，好个国际巨星虞美人雪儿，马上半蹲在七爷前面，手捧着手帕，举手齐眉地让七爷吐痰。

七爷抚摸了一下雪儿低垂的头，就像摸一只京巴。

七爷道："昨天小芷的服务还满意吗？"

我一头雾水，冬瓜道："就是小冬瓜。"

我点头道："非常满意，谢谢七爷，给我这么贵重的礼物。"

七爷道："我也舍不得啊，只是宝剑赠英雄，好货送行家。江老弟代表毛老板从东城这温柔之乡来，见惯了世面，不敢拿些庸脂俗粉糊弄你，风月场上，千女易买，一处难求。我是很看重和东城、和毛老板的合作的。"

我只有点头的份，心想难怪自己艳福齐天，还以为自己长帅了呢，原来是沾了东城的光。

七爷道："这次花会，东国就不说了，坦率讲，跟东国比，国内同行整体要差了一个档次，这是整个国民基础决定的，没有办法的事情，我也跟秦爷还有秦爷的老板说了，尽力一战，败也败得让他们不敢小觑罢了。其他代表队，实力也是不弱，玉佛国、竺国、越国、熊国、荷兰、法国、拉脱维亚、米国、澳国、南非、土耳其、芬兰、瑞国、桑巴、流求地区、东道主紫荆城加上央国、东国，十八路豪杰，九十多个酒店各有各的玩意儿，说不定我们就垫底了。"

我道："酒店业世界杯，除了拉伯人，都到了。"

七爷点头道："拉伯人虽然拘于教义，没有代表队参赛，但拉伯几个国家的王室，是这次花会最大的资助者，也是最大的买家。"

我目瞪口呆。

七爷道："现在关键是比赛方式完全由东国人决定，花会前半个月才通知给各酒店。对各酒店平时素质要求很高啊。"

我点头道："毛老板也说过，形式是很严峻，而且我们对对手，不管东国，还是对其他所有对手，我们都一无所知。"

七爷道："那也不一定，这些地方我都去过，冬瓜也都去过。我们也有自己的优势，不必妄自菲薄。"

我道："七爷见多识广，我只是听说过一些而已，听说玉佛国这个行业非常发达，竺国有庙妓，法国巴黎是浪漫之都，熊国女子做小姐是普遍情况，荷兰的阿姆斯特丹很厉害，它的红灯区是世界性都。看来濠江会有一场龙争虎斗了。"

七爷笑道："不是龙争虎斗，是凤争鸡斗。你听说的东西有些对，有些不对。玉佛国确实很厉害，我去提芭雅渡假，到了晚上，那就是女人超市，在那里，长得漂亮的女子不出来赚钱，简直就是败家子。提芭雅的街面上有四条巷子，分别是鸡街、鸭街、做同性恋的鹅街，还有一条专门的人妖街，每天晚上，世界各地买欢客云集于此，黑人、白人、黄种人，无数肉金，铸就了提芭雅性都的地位。诚实说，国内的东城和它比，还不在一个档次上，东城放到玉佛国也就二线偏弱的水准，低于提芭雅和谷曼，甚至低于迈清；竺国是个穷人社会，等级社会，有大量庙妓，也有大量的贱民可以任劳任怨地做任何服务，同时竺国诞生过《爱经》这样伟大的古代性爱宝典，他们有人会玩，也有人愿意被玩，实在不可小视。而且竺国属于混血人种，不少人都有雅利安血统，长得丑的不少，长得漂亮的也确实不少，我甚至认为最漂亮的女人就在伊国、桑巴、竺国三个地方，桑巴这次也会来，她们热情开放，有原始的野味，身材火辣，是绝对劲旅。伊国的女子太保守，我曾经去伊国蹲了一个月，也只是在王室的帮助下上过两个伊国女子，可以忽略。但竺国，美女遍地，又充满着神秘的宗教气息，一个个都让我想起楚辞里的巫女。我曾经在一个湿婆庙里遇到过一个'圣女'，她同时也是个瑜伽高手，那一晚让我回国半年内没有碰过一个女人，再也找不到感觉了。"

我道："三月不知肉味。"

七爷打开了话匣子，继续侃侃道："法国女子开放是真的，浪漫也是真的，她们对情调的控制能力，对性感服饰搭配的鉴赏力，对氛围的营造能力，都是领世界潮流的。她们天生能把激情变成艺术，国人说三代才出贵族，你要承认，在性这个领域，刚脱离张腿拿钱初级阶段的国内技师，跟法国同行比，整体上还是有些土。熊国就不用说了，你带足钱去斯莫科，多么漂亮的女人都是手到擒来。荷兰也很强，因为政府扶持，荷兰是世界上唯一虐恋、同性恋、吸大麻同时合法的地方，嬉皮士们醉生梦死的天堂有两个，一个是泊尼尔，一个就是姆阿斯特丹。不过，跟你说的不同，他的那个'世界性都'的称呼有些夸大，尤其是那个所谓的'红灯街'基本上是骗人的，尤其是骗央国人的，那只是一条几百米的小河，有百来个小姐，停着些花船而已，流行语言是'发票'。真正资深的圈内人，根本不去那里玩，本地人也不去。倒是拉脱维亚，这个小国不可小视，冬瓜曾经周游欧洲十五国，回来报告说，论身材，拉脱维亚女子天下第一，而且此地男女比例失调，男少女多，女子服务水准也是一流的，物价也便宜，那里是真正的男人天堂。另外越国也不可小视，曾经提出牺牲一代少女，提升国家实力的口号。水准也不在我们之下。"

我咽了一下口水，原来觉得自己也算是山庭湖的老麻雀，见多识广了。听了七爷一席话，真他妈自卑，我才明白'人外有人，山外有山'不仅仅是个成语，ORZ，我就是个路人甲，我就是棵背景树。

七爷道："想起在各国游玩的情景，我都有点热了。江老弟，陪我去冷泉洗个澡接着谈？"

第47章

东南西瓜

　　会客大厅后面是一汪冷泉。泉水冷，冷若冰霜。

　　七爷直接跳了下去，红玫瑰、蝴蝶兰、虞美人、鸢尾只是在泉边伺候着倒茶脱衣服，没人跳下去服侍。

　　七爷挑衅地看着我，我摸了一下泉水，真他妈的冷，但看到七爷四十多岁了都敢往下跳，一股傻冒的勇气冲上了脑门，我跳了下去，才发现原来上面的水还不算冰凉，下半身的水都快结冰了，我为了男人的尊严坚持了十秒钟，马上不顾面子爬上岸来。才二十秒钟，加脱衣服，全身就已经打颤，发乌了。我心里咒骂自己没用，要放在明末清初，我这货色八成也就一个钱谦益。

　　七爷若无其事地待在泉水里，哈哈笑道："我这一辈子醉卧美人腕，醒掌天下色。够本了！只是一直有个遗憾，七大洲中从来没有在南极洲玩过美女。于是，我泡了一个四十多岁的地质学女博士，她经常去南极采标本，我又修了这汪冷泉，天天在这里锻炼。这本来是天然的冷泉水，我又在下面最深处放了一些冰晶。只有这样，以后到了南极，才能实现我最后的梦想。"

　　疯子，我心想，毛老板说得没错，我确实不是做大事的人，这个疯狂的世界，确实只有偏执狂才能成功。

　　七爷道："虞美人，你不是发短信来说很想爷吗？下来陪陪爷啊。"雪儿尴尬地笑笑没有回答。

七爷道："去，找西瓜来。"

十月了，还想吃冰冻西瓜，好雅兴。我已经冷得不行了，鸢尾主动用身子贴着我，才感觉暖和了一点。

过了一阵子，一个好丑的女人过来了，估计有五十岁，在庆延山庄能遇见这么丑的女人，实在是一个奇迹。

红玫瑰、蝴蝶兰、虞美人、鸢尾却一齐鞠躬道："席老师好。"

七爷笑道："西瓜，下水来陪我洗澡。"

那个席老师缓缓脱了衣服，一身赘肉，长得人见人怨，鬼见鬼愁，完全违章了。她跳下了冷泉，一声不吭地游到了七爷旁。

七爷对我道："这是西瓜，还有一个南瓜去金国接罂粟了。东瓜、西瓜、南瓜是我的三羽翼，别看她不起眼，她以前可是一个地级市的副书记啊！"

我在庆延山庄两天里见了一辈子都没见过的怪事，也不多这一桩了，但脑袋也短路了几秒。

西瓜对我道："小兄弟，你那个屋丽我去过，有两个姑娘有点意思。七爷，还讲那些事干吗？什么副书记，正厅级干部，生命是国家的，收入是老公的，财产是儿女的，成绩是领导的，身体是情人的，只有缺点和错误是自己的。我现在就是山庄的培训师，是七爷的灭绝师太！"

七爷道："哈哈，西瓜你算是觉悟了，做干部有什么好？说真话领导不满意，说假话群众不满意，就天天说点套话和笑话。远不如这山里面清爽与自在。对了，瀚海精阁、八路公馆、和平里会所同意合并了吗？"

西瓜用毛巾给七爷擦着背，七爷顺手摸了一把西瓜前面的小西瓜，我迅速发现了七爷的一个优点：不挑食。

西瓜道："和平里会所和瀚海精阁都没有什么问题，只是八路公馆的李爷比较难归拢。八路公馆自认是玉宇凡尘之后京都最火之地，李爷又是通天的人，基本上难以买通，走黑白两道都难解决。"

东瓜道："席姐说得不错，我曾经和李爷打过交道，他连秦爷都不放在眼里，说秦爷就一倒插门，根本算不上海里的，认为只有他这样苗正根红的才算红旗下的蛋。山庄要归拢他，确实有难度，弄急了可能两败俱伤。"

虞美人雪儿道："那个李爷我陪过，是个变态，喜欢把人家关到狗笼子里养着。我们圈子里最怕的就是两个人了，维港的刘爷和京都的李爷。七爷你不要和他斗了，两虎相争，必有一伤。"

西瓜道："是啊，七爷，我们已经能够收拢京都的三家，犯不着再和八路公馆斗气了。李爷毕竟是我们的邻居，又跟官场有着千丝万缕的联系，没有必要招惹他了。"

七爷看了一眼冬瓜，冬瓜道："李爷，席姐说得在理，人在江湖，讲究的是花花轿子人抬人，我们山庄就和公馆井水不犯河水好了。"

七爷冷冷一笑，语重心长道："冬瓜、西瓜，你们都误会了！我记得我给你们的命令，是归拢其他三家，这次来也是商量怎么归拢的问题，不是商量要不要归拢的问题。这三家包括八号公馆吧？"

西瓜、冬瓜低了一下头。

七爷道："我对李爷有多少关系没有兴趣，我只对他加不加入我感兴趣。"

七爷抬抬手臂，扬声道："你们应该告诉我的是，有怎样的归拢他的计划。我给你们二十分钟，好好想想。红玫瑰陪我去紫霞洞里睡会。鸢尾，你不是老缠着我谈文学吗？你帮我陪陪江磊好了，他是搞这个的。"

说着从水里钻了出来，就这样在光天化日众目睽睽之下赤裸裸地往冷泉后的山洞里走去，大家也没觉得怎么不对，红玫瑰在他侧后两步远的地方，还是满脸冰冷地紧紧跟随着。

鸢尾趴在我身后，调笑道："二十分钟够吗？"

我对着她耳朵吹了一口气："我这人很有时间观念，一日就是一天，一天就是一日。"

鸢尾道："那，我们去牛栏里打野战吧，鸢尾想看看牛会不会飞起来。"

我忍不住摸一把鸢尾的脸蛋，真如鸡蛋清般白嫩。东瓜和西瓜已经焦头烂额了，还是做毛老板的手下好。我心想。

七爷有些疲惫地走了出来，红玫瑰趴在他后面帮七爷梳理头发，蝴蝶兰忙跑去泡茶，虞美人一脸淫贱地蹲在地上帮七爷舒松着大腿内侧。

冬瓜道："七爷，我想到了，李爷在津卫港有笔汽车生意，牵涉到走私，或许我可以找到海关截下这笔货。"

七爷道："那笔货值多少钱？"

冬瓜道："七十多辆豪华车，大概五千万左右吧，可能三天后到港。"

七爷皱皱眉头，斩钉截铁道："以后开会，不准使用或许、大概、可能、应该这一类的词。我要准确数字，另外你找海关的谁？他为什么会帮你？李爷会找什么样的关系应对？你的后续方案是什么？"

冬瓜抹了一下汗道："找的是副署长，另外京都和津卫报社的记者可以提前通知几个，我们山庄下属的葡萄酒厂是这两份报纸重要的广告商。如果不成，通知何局长，到了京都再截货。李爷会去找绿道帮忙，以特供物资的形式运输，那我们就……"

西瓜道："绿道的人我认识几个，我会提前去打个招呼，该送钱的送钱，该恐吓的恐吓，他们有几个首长也是山庄的客人嘛。只要事情有闹大的苗头，以首长的性格，一定不会出头。"

冬瓜道："席姐说得对，纪委的也可以通通风，现在他们也憋着股气要捉两条大鱼的……"

七爷摆了摆手，道："具体怎么执行是你们的事，就不用讲太多了。还是老话，要人给人，要钱给钱，我只要结果，做成了这件事，年终奖金我是不会小气的。"

七爷道："冬瓜，其实人是一种很容易控制的动物，因为他们会贪婪，会恐惧。我从来不怕谁，是因为七爷从来不高估人性。"

冬瓜道："要是南瓜在就好了，他最会算计人了，这一方面，我还是有点差距的。"

七爷道："有差距就学。谁都不是一开始就浑身是刀的，被砍多了才会坚强。对了，南瓜、罂粟她们回来了吗？"

西瓜道："没有，我收到了她们的电报。高局长要罂粟在一号家多待一阵子。"

七爷低头沉默了会，道："罂粟如果赶不回来，损失就太大了，我情愿不要八号公馆，也不愿罂粟关键时刻到不了紫荆城。"

我心里暗道：这个罂粟就是五花十草之首了，不知会是什么样子。

冬瓜道："我给南瓜发电报，催一催。"

七爷扬了扬手："算了——高局长的事要紧。"

七爷转过头来对我道："江老弟，就这样吧，我在庆延这深山老林里遥祝毛老板一统东城，二十天后，我带着山庄老小和京都联队去果岭与你们会合。那时，东国人的比赛细则也发下来了，我们再做下一步的磋商。"

我道："能不能让其他场也先去果岭？毕竟他们也有可能助力。"

七爷道："别婆婆妈妈了，如果是内奸怎么办？京都加东城，够了！"

山色如黛，一抹斜阳，照着庆延数百里坚硬的江山。

山的中间，是个好大的水库，好清的水。傍晚，山庄所有的女人都在水库沐浴。上百个全裸的女子，温柔了天地。

她们在水中洗头、沐足、嬉戏、打着水仗，一个个容颜甜美，曲线动人，但奇怪的是，却让人没有什么邪念。人回归了自然，也就没有了掩饰，没有了虚假，没有了诱惑，没有了背叛。只有青春和美好，堂堂正正地裸露在天地之间，连雪儿也只是个年轻的女孩子。

冬瓜道："江老弟，你爬在树上干吗？脱光了也去游泳嘛。这种天浴在国外很流行。"

我才看到冬瓜赤裸裸地走在山路上，连片树叶都没遮。我赶紧脱光了，只遮了一片树叶。

我道："冬瓜老兄，这次来京都，我算是开了眼了。你们这里的会员卡怎么开？以后我还要来玩玩。"

冬瓜道："这个容易，西瓜主管的，每年八月八日可以办一次，审查完资料后，就可以发贵宾卡。年费是八十八万，每住一天八万八，食宿和所有费用都包了，你看那条河里，想谁陪你都可以。"

我咽了一口水，道："这么高端，消费的人不多吧？"

冬瓜道："每年想来办卡的人都很多，当然我们会收集资料打掉不少。今年是新客户最少的一年，因为申办那天正好在开大会。"

我道："这么多美女，都从哪里收集的？这平均素质也忒高了点。"

冬瓜道："这事是南瓜负责的，我只负责淘汰。你是行家，你看看，这里没有歪瓜裂枣吧？"

我道："那南瓜也太厉害了。"

冬瓜道："这也不是南瓜厉害，是钱厉害。他每年都去电影戏剧学院、各地市选美比赛组委会蹲点，亮亮山庄的待遇，就有大把美女扑过来，弄得我这淘汰人的苦命人儿累个半死。你知道吗？每年电影戏剧学院毕业能找到工作的只有百分之七，能混成虞美人这样的，已经算是万里挑一、凤毛麟角了。我见你看虞美人的表情，就知道你听过虞美人的绯闻，说不定还鄙视过她。其实她真的很不容易，谁在那个圈子里都得这样。导演勾勾手，一个小丫头就得把剧组从定盒饭的到投资的老板伺候个遍。虞美人算混出头了，只要伺候大人物了。那些长得漂亮又没机会演戏的，我们山庄就只好有选择地接管了。"

我摇摇头道："潜规则哪里都有啊。庆延山庄都是从这些地方选人，我们是从东城的工厂选人，秦煌秦爷说得不错，名声在东城，高端还是在京都啊。"

冬瓜道："那是，京都怎么都是最牛的。南影、北漂、各地市风起云涌的各种选美小姐，她们最后去哪里呢？都成为明星，哪来得那么多明星？都嫁给豪门，哪来的这么多豪门？就说南影吧，那百分之九十三找不到片子拍的也要吃饭不是？你让她们去做售货员，赚一千五一个月？别逗了，她们没见过世面前还有点可能，现在，能这么选择的比金丝猴只少不多。江老弟你吃惯了肉让你吃素你也不干是不？能来山庄跟最高端的男人玩玩，赚够一辈子的钱出去，是很多漂亮女人最好的选择了。"

我和冬瓜走到水前，所有女人都笑了，莫名其妙地笑，好像唐僧师徒到女儿国被笑一般。我指着一个浑圆的裸体道："那个女人怎么这么眼熟？"

冬瓜道："电视台的主持人啊！"

我道："啊！？那个不是小冬瓜吗？她干嘛游走了。"

冬瓜道："哈哈，我这妹妹见了妹夫还会害羞呢。"

回去的路上，冬瓜和小冬瓜送我，又是一番长途跋涉，我有点发牢骚了："冬瓜，山庄干吗要修这么远？"

冬瓜道："这本来是大迈进时修的，为了防米帝国主义，在深山庙后面修了个工事。后来废弃了，七爷说太近的地方没有风景，就把这废庙废洞都承包了下来，还买了两个山头。你别说，就因为远，本来九十分的女人，在劳累了半天的客人眼里，就成了一百分了。"

我回头望了眼渐行渐远的山庄，突然有种强烈的不真实感，就如来时一样。我揉了揉眼睛，对冬瓜道："这七爷是什么来头？还有那个西瓜真的是市委副书记？"

"七爷的来头就不能跟你说了。西瓜是如假包换的，她虽然丑，但真的能干。哈哈，知道你还理解不了一个高干为什么要来干这一行，就像前几年没人相信大学生会下海一样。江老弟，所有理解不了的事情，你只要想到这行离钱最近，就都能理解了。"

小冬瓜道："七爷说，官场和风月场是最多故事的地方，因为这两处离钱最近！"

我道："这个西瓜长像……那个……她懂这个吗？"

冬瓜道："长得违章了，我知道，演聊斋都不用化妆。如果不是因为这样，她早就升官了，说不定真的不来山庄了，但她真的很懂伺候男人，哈哈。北东有个女干部，花两百万整容自己的臀部，呵呵，听说过吗？不管官场、商场、风月场还是娱乐场，有钱有利益的地方都是这样的。"

因为我提出要看一个京都的姑妈，到了庆延车站，我们就分手了。冬瓜故意落在后面，小冬瓜给了一个吻，说很爱我，那感觉像有些报纸写的一样真实。但毕竟是属于我的第一个处女，我不能免俗地牢牢抱紧了她。

"宝贝，你是我的女人，来果岭看我，我带你去深蓝欢乐谷玩，我想看见你快快乐乐的。"

小冬瓜用瓷娃娃的脸靠在我脸上，仰着头吹气道："我们这样的人，在哪个欢乐谷都很难欢乐了。到了果岭你早就把我们这样的女人忘记了。"

"不会的。"我吻着她。

"呵呵。"小冬瓜显然不想谈这个问题，笑道，"其实那天我可以不伺候你的，因为你又不是会员，而且七爷说过，我们这样的女孩，是可以自己选客的。你是我选的，知道为什么吗？"

"我长得帅。"

"蟋蟀的蟀。"小冬瓜吐了下舌头，道，"是因为那天你进山庄时，怎么也不肯坐女人抬的轿子。我想想，迟早要给人的，就给你好了。"

我叹了口气，佛祖说得对，善良总会有回报的，哪怕是禽兽的善良。

第48章

一统东城

　　顺便去看了一下大姑妈，大姑妈老了很多，也见到了十五年没见面的大姑爹，也是垂垂老矣。

　　我的家境不好，大学四年的学费都是大姑爹负担的，因此，才有缘在潇湘科大的樱花树下放肆，荒废自己的四年的青春。虽然现在不少人总结大学生涯：不是自己上了大学，而是自己被大学上了。但我还是对母校充满感激的，我发现潇湘科大骗了我四年，但教会我的东西，可以让我在外面骗一辈子。因此，我对我的大姑妈、大姑爹也充满了感激。

　　大姑爹是如假包换的老革命，官做到了九机部副部长，见过主席，现在已经退休了二十多年，算是高干了吧？我可以保证，他没有任何架子，还真的非常清廉，穿的还是十多年前买的衬衫，吃的也一般，每天自己买菜，菜都是大众水准，当然房子是国家分给他的，一百二十多平米，其他的都不怎么样。今年她的孙女毕业，大姑爹硬是不肯去找关系，居然没有拿到留京指标，去了外地一家小报社打工。对于这一代有信仰的老革命家，我是充满敬意的。

　　大姑爹一边做菜，一边问："小磊啊，一切挺好吧？还在教书吗？"

　　我说："还好，在一个教育公司做培训。"

　　大姑爹道："好，好，国家的教育事业是非常重要的，你要好好干，耐得住清贫，现在你身在沿海发达地区，外面有一些腐朽的东西，你要学会抵制。"

我低头道："嗯。"

大姑妈道："哎呀，小磊一向都是好孩子的，老头子你放心吧，不会受腐朽东西影响的。"我帮忙切着姜片，心道，那当然，我是专门腐朽别人的。

大姑妈拿出毛巾，给姑爹擦了下汗，这两口子相濡以沫一个甲子了，真让人羡慕。

我姑爹一辈子就我姑妈一个女人，像东城这样的服务，应该听都没有听说过。但，那重要吗？论享受，姑爹比不过东城的一个土老板，甚至比不过我，但他南征北战，为人民谋福利的人生价值，是混在红尘的我们可以比拟的吗？我们在灯红酒绿里，肆意追寻着感官的刹那满足，但那真的有这两口子手牵手买菜，然后粗茶淡饭地慢慢聊天来得幸福？

到机场时，时间还早，随便去了旁边一条巷子闲逛，心里还在想着庆延山庄八十八万的年卡、天浴、美丽的小冬瓜和高雅的电视主持人的裸影。一想到这一些，刚在大姑爹家受的教育消失得一干二净，我很惭愧，我是一个没有信仰的人，如果有，我信仰快乐，信仰自由，我是一个感觉主义者，一个人生的印象派画家。

心里还在想着冬瓜嘴里并不昂贵的八万八一次的消费，走着走着，不对了，两边居然站满了浓妆淡抹的大妈。我乐了，大水冲了龙王庙。怎么也要看看这京都的站街女人。

一个四十来岁的，抓住我的衣领道："三十块，来不来？"

旁边一个三十多岁，还有几分姿色，抓我道："三十五，去我家，好不好？"

我摆手拒绝后，另一个四十多岁的妇女，低着头，用明显粗糙的手，扯住了我的衣袖，说出了一个让我永生难忘的价格。

"十五块好不好，帮帮大姐。"

我没有回答。

她脸红了，觉得自己有些过分，道："十五块，送你个六块的快餐。"

我抓了一下头发。

她着急道："不能再便宜了，要不，你给二十，我送你快餐后，还送你一张碟。"

她对我说，她有个年龄和我差不多大的儿子，整天找不到工作，就喜欢玩游戏。

我给了她二十块钱，只吃了个盒饭。她不好意思地用自己并不丰满，而且下垂的胸部，强行塞在了我手上，我从来没有这么零距离地感受到，性行为是如此让人难堪的一件事情。在庆延山庄、屋丽酒店之外，还有另外一个圈子，一个更大的圈子，里面有无数人在挣扎，在讨生活。

飞机上有个空姐真漂亮，丢到庆延都不寒碜，我盯着她大腿三个小时，就到深蓝了，再打的到东城，天才完全黑。月亮像昏黄的手电筒，把这片黄土地照得更黄了。

我向毛老板作了简要汇报，告诉卫哥京都的形势，还有七爷的打算。

毛老板皱眉道："七爷这么做很得罪人啊，他有这么强的实力吗？"

我道："据我观察，七爷的实力强得有些夸张，现在没有什么好办法了，我们只有尽力统一东城四席，选出自己的参赛人选，等待庆延山庄南下会合吧。"

毛老板点头道："东城的四家已经同意联合了。"

我喜道："这么快，看来他们的觉悟还是挺高的啊！"

毛老板叹了一口气道："江磊，你还是有点……有点书生气。你以为生意场上的事情是可以靠人的觉悟解决的？大唐盛世宫同意联合，是因为他的老板以前欠我一个人情，这一次我又保证他在清城的小煤矿能拿到安全生产证，为此，昨天我去广府送了一百四十万；魅力滩肯联合是因为我保证利用自己的关系，帮助他当上东城商工联的副主任；九五玉肯联合是因为我把我龙门的玩具厂送给了张老板。"

我惊道："龙门的玩具厂？！那是卫哥您……。"

毛老板抬起了手，阻止了我的话，看得出他有些消沉，这个厂子是卫哥辛辛苦苦创业时的成果。草创此厂时，当地还是一片荒草，卫哥不知跟多少黑白两道的人斗智斗勇，甚至在无数税务工商消防卫生人员面前装过孙子，才有了这个有比较稳定业绩的中型厂子。这次居然把心血送人了。

毛老板苦笑道："不当兵后悔三年，当兵后悔一辈子。我当了几年兵，人就一辈子变傻了。"

毛老板喝了一口茶，道："我也不知道对不对，还没有开始花会，就为了秦煌的几句话，花了近千万。我是一个被洗过脑的人，呵呵，也好，人总得有傻的地方才叫一个人！钱是王八蛋，没了我再赚。我是真想做点正事，做点大家觉得傻的正事。"

我敬佩地站了起来，伸出大拇指："卫哥是纯爷们，我佩服。"

毛老板叹气道："算了，我赚的钱够多了，如果都能留下，奔到福布斯榜前百位都有富余。反正钱生不带来死不带去的，本来就是用来花的，只要花会能成功，我的酒店还在，我就不惜一切代价。江磊，花会你一定要努力啊。"

我郑重地点了点头，感觉花会真的跟我也有关系了。

回到房间，接到笨笨狗的电话，接着笨笨狗的手机又被红姐抢了去，红姐在电话的那一端千恩万谢的，说要带着笨笨狗来屋丽送点东西给我和毛老板。我道："这么晚了，不用了吧。"

红姐哽咽道："不行，毛老板为了捞我们，送了两辆别克君威过去，否则我们要在看守所过年了。"

我赶紧跑去找毛老板，毛老板道："有一辆是我早答应区长的，与你没有关系。另一辆确实是我为了帮你，捞你那个笨老婆的。你真的以为屋丽说句话就会放人？你太高估差佬们的雅兴了吧？"

我一阵羞愧与感动，三十万对毛老板不算什么，也就是桑拿部两三天的房费钱。但，你也要老板愿意给你出啊！我在教育公司的时候，那个老板给过我一个七千元的年终奖，为此他念叨了整整一个春天，还把它作为自己关心职工的典型事例写进了述职报告，后来还想在当地日报打广告，借此来表达自己公司福利有多好，自己对职工有多体贴，只是广告费太贵而作罢。

我心里暗想，从此之后，怕是真的要为屋丽好好工作了，我就是卫哥的铁忠。

卫哥拍拍手足无措的我道："一点小事，不要放在心上，送车反正也是搞好鱼水关系。哦，对了，还有两件小事，花会的人选要尽快确定，还有李鹰虽然败走了，但他确实是一个人才，我现在安排他在我开的一家沐足里做事，希望你能不计前嫌，让他回屋丽辅助你，没有问题吧？"

我涌起一阵不祥的预感，道："没有问题，只是——李鹰怕不是辅助别人的角色。"

卫哥道："江磊你一定不要小气，我还是那一句话，你替代不了李鹰，李鹰也替代不了你。李鹰就是胸怀狭窄，容不了人，才走到这一步的。希望你能引以为鉴。"

走在回去的路上，望着跟我打招呼的囡囡，突然有些冲动，估计是被那甜甜的空姐一路上刺激了。走到三楼，正好看见朝天椒要下去吃夜宵。我一把搂过她，把她掠到了套间里。

朝天椒睁圆了眼睛，像熊一样盯着我，道："你——你不找楚妖精吗？"

我摇摇头，道，"就你了。"

朝天椒高兴了一下，跳起又停下道："你真的不找楚妖精，楚妖精不是你大学的情人吗？"

我摇摇头，这都哪跟哪啊。朝天椒指着我道："骗人。屋丽都知道就是。"

我无言以对，朝天椒道："那你为什么不找白素素呢？哦，她在上钟。她是你兄弟的女朋友对吧，听说她给你送了十万块钱，是这样吧？"

我咽了口水，道："胡说八道，谁讲的？"

朝天椒道："呵呵，就当我胡说八道好了，都是这么传的啊。江磊老乡，为了花会我也可以出点钱啊。"我已经不想回答了，把她狠狠抛在床上，反正八卦无处不在，真相越抹越黑，娱乐至上。

我撕破了她的黑色网袜，我发现，我白天是印象派，晚上是野兽派。

[第49章]
东城邪足

东城联队一旦组建，将是业内最激动人心的一艘巨型航母。卫哥说："江磊，后勤补给我负责，船员的选择由你负责，情报工作由李鹰负责，训练由你、李鹰、屋丽四娘一起负责，如何？"

我答应道："没有问题，我和李鹰虽然有过冲突，但那属于在一个锅里捞饭吃，筷子和勺子的相撞而已，属于内部矛盾。在外部强敌面前，我相信我俩还是可以联合一战的。"

卫哥高兴道："那就好。只是——只是李鹰毕竟败在你的手下，他又是这行的老人，就这样回来，面子上过不去。你能不能给卫哥一个面子，亲自去沐足店把他接过来，一来可以体现你江磊的大量。二来也可以给李鹰一个台阶下。也可以给你们以后的合作打下个良好的基础。"

我想了想道："可以。"说实话，在这么大的压力面前，我还真希望有一个工作狂能帮帮我。

卫哥悠悠地望着窗外，脸上浮现出真心的笑容，道："江磊，相信我，我们三兄弟齐心合力，是能做出一些事情的。"

李鹰这人的实力和分量，卫哥最清楚，坦率说，除了有些小心眼和得理不饶人的张狂外，李鹰这人还是很有水平的。敬业，知识丰富到变态，对东城乃至东国所有名气的大场，每个图图的优缺点都了如指掌。而且长得也人模狗样，走路永远挺拔身躯，头永远是高抬着的，皮鞋上永远找不到一点点灰尘。是个有气质的流氓。

我属于剑走偏锋型，在人性心理的把握、女人艺术感觉的培养、闺房游戏的剧本设计、古代风月文学的研究方面有些造诣，属于有品位的色狼。

卫哥就不要讲了，初中文凭，却把《资治通鉴》看了两遍，在珠四角这个藏龙卧虎的地方，混成了一个委员、亿万富翁，黑白两道人人给面子。属于有知识的文盲。

一个有知识的文盲，加上一个有品位的色狼和一个有气质的流氓，准备掌舵天下最奢华的东城酒店业，面对全世界人民闻风丧胆的山嘴组，将会发生什么呢？豪迈与不安，萦绕着我，停杯投箸不能食，拔剑四顾心茫然！

相对来说，人选的问题是最好办的。东城四大场有着丰富的资源，甚至让我有种桑巴国家队主教练奢侈的烦恼。屋丽的何青是肯定要带的，九五玉的西京之星是应该参加的，大唐欢乐宫的妲己，那狐狸精的模样，似乎也不在庆延山庄雪儿之下，魅力滩雄霸西京多年，想必也有自己的顶级图图。还有，楚妖精不带好像说不过去？白素素雪肌童颜飘眸，难道这堂堂古墓派传人，可以排除在江湖之外？把她们都带去是没有问题的，问题是谁做花魁？另外复尊俱乐部的西施，此女纯粹一尤物，怎么着也要把她弄进东城队来。

正在筹划着，出事了。大黑崽冲进我的房间，道：“有个汉子在外边打伤了一个客人，还要抢走一个图图。”

我从容道：“保安呢？你找孙经理啊，保安他管的。”

大黑崽扔下擦皮鞋的工具，满身大汗道：“眨眼间，七个保安都被打倒了，孙经理也被打晕在地上。”

我问道：“是什么来头？”

大黑崽道：“不知道，好像是一个B牌233号的弟弟。也不知是真是假？”

我忙道：“通知毛老板，不，这种小事我处理，叫明姐通知齐哥过来。”我心里暗道，风月场上打打架不是什么大事，有客人争风吃醋的，有客人的老婆找上门的，甚至有图图彼此勾心斗角到分别请自己的狼狗互咬的。但基本上会被屋丽的保安搞定。屋丽的保安月薪有两千八百元，远高于这一行平均水平。中间有好几个都是退役出身，并非孱弱之辈，眨眼就被这人收拾了？

我急忙跑去一看，孙经理和几个保安像一群刚被扔下地的西红柿，轻轻地滚着，但都没有流血，也看不出什么伤来，那个小伙子一脸憨厚地大嚷：“俺只是带走俺姐姐，你们凭嘛拦俺？凭嘛拦俺？”他脸上也中了两拳，明显红肿了一块。

那233号，叫小兔子，扯着那小伙子，焦急道："牛仔，听姐姐话，先回去中不中？姐姐在这里没有事，没有人欺负姐姐，中不中？"

那牛仔嚷道："姐，你骗人，俺明明看到那男人压在你的身上，还脱你衣服，你说你好不容易在这大酒店做服务员，他凭嘛还要欺负你？俺打了他几下，要带你走，你店里保安还不让？你领导呢？你找他出来评评理。"

我一听这声音乐了，这不一傻根吗？我道："我就是领导。"

牛仔道："那好，领导，俺带俺姐走中不中？"

我道："你打伤了这么多人，就想走。先去派出所再说。"

小兔子赶忙道："江部长，这是我弟弟，他，他误会了，你放他走吧。"

牛仔道："是他们没有礼貌先动的手，俺只是自卫。要是俺真想打他们，他们早就废了。"

我正准备说点什么，又有三个保安从酒店后的宿舍赶了过来，他们嚣张惯了，看见一个乡巴佬在屋丽闹事，二话不说就是动手。我还没有看清楚，三个保安全部倒在了地上。

牛仔一脚抬高，准备踹躺在地上的保安，临了明显收了力道："算了，俺老林寺的弟子不欺负你们这些不会功夫的。"

小兔子急得直哭，扯住他的耳朵，道："牛仔，你给姐姐滚。"

牛仔被扯着耳朵不敢还手，道："哎哟，姐姐，好痛。俺不滚，你同俺回家。俺在老林寺苦练了十年，就是要让别人不敢欺负，俺不要人欺负你。"

小兔子跺了跺脚，急道："那好，你去取钱买车票。姐姐这就同你回豫南。"

牛仔高兴地跳了起来，道："这就去取钱，取钱，你等等啊，等等啊。"说着就自顾自地跑出去，跑了几步又回来，对着我挥了挥拳头，道："领导，你放不放俺和姐姐走？"

我咽了口口水。

牛仔道："你会不会卡姐姐的档案？"

我又咽了口口水。

牛仔道："你会不会扣姐姐的工资？"

我抓狂了，正准备笑，看着他握得紧紧的拳头，还有满屋子躺着的人，郑重地摇了摇头。

牛仔高兴地大叫："姐姐，俺去取钱，俺们回村子啊，娘可想你呐！"一蹦一跳地冲下了楼梯，这是六楼，明明有电梯，可他就是要跑楼梯。外面下着大雨，他不打伞就冲出去了。

这老林高手真是幼稚。

小兔子满脸不好意思，帮孙经理擦药，道："不好意思，他一直在山上练武，以为他交的学费，真的是姐姐做服务员赚的。我也不知道他会突然来东城看我。"

楚妖精一脸落寞道："小兔子，你运气真好，有这么好的弟弟。江磊，你不要为难他了。"

我心想，家人发现做服务员的亲人原来在干这个，恼羞成怒打上门的也有，但打完了还以为姐姐是被欺负，就纯洁得有些可爱了。想放他一马，又毕竟是桑拿部的头，不可能看着自己员工挨欺负吧？是不是该找派出所的关系关他几天？

正想着，齐哥来了，这个东城酒店圈第一打手看了看现场，哂道："现在保安素质越来越低了。"蹲下来，丢了两个金疮药，正要站起，突然咦了一声。

齐哥道："老林的高手？这是形意把打出来的效果，是老林三皇寨的人？"

我道："确实是一个老林高手，是形意拳吗？"

齐哥一脸兴奋："不是形意拳，是形意把，'宁教十趟拳，不教一个把'，老林寺的看家功夫。哦，你不是武林中人，是不知道的。一个武术专业的老师多次说过，想不到，真有人能用传统功夫，打出这样的效果。"

齐哥满脸放光道："他人呢？叫他过来，我研究生毕业了，准备去京体读武术方向的博士，正缺少跟这种民间高手切磋的机会。"

我道："他出去取钱了，我准备报警，把他抓起来。你看他把桑拿部打成什么样子了。"

齐哥道："千万别，看在我和张小盛的份上别让他蹲窗了。要练成这样不容易啊。"

我道："你总不能让我刚当了桑拿部的头，自己地盘出了事不处理吧？"

小兔子道："江部长，你开除我好了，我再赔两万医药费，这样行吗？我弟弟不懂事，虽然二十二了，但一直在老林寺，他就是一个山里的孩子。"

我正踌躇着，派出所来了电话，说刚抓了一个豫南的"捞佬"，说他姐姐在屋丽做事，让我们去保他。

小兔子当场给我跪下了，道："江部长，不要害我弟弟，他什么都不懂。"

我道："真不是我干的。"

我、小兔子、齐哥赶到派出所，牛仔果然坐在椅子上，一脸迷惑。警察们笑得东倒西歪。一个干警到："误会，完全是误会，我们把他当成抢银行的了。"

我问道："怎么回事？"

干警道："是银行报的警。这家伙大雨天跑到银行去，当时一个顾客都没有。他对着银行柜台的小姑娘，莫名其妙地亮了几个武术动作，说'大（第二声）姐（第四声），我取钱'。结果那女孩听成了'打劫，我缺钱'。把那女孩吓得浑身颤抖，这傻孩子看到女孩子颤抖，还以为是靓女看上了他，觉得他帅又有武功，又秀了会肌肉，那银行的姑娘一紧张就报警了。"

齐哥和牛仔的比武，打得相当难看，反正我是没看明白，两个人隔开好远，你一拳我一脚的，好不容易靠近了，就是抱来抱去，推来推去的，三分钟后就握手言和了。这两人还气喘嘘嘘，惺惺相惜的，却把我对武侠的好感都打没了。齐哥道："要好看，必须是专业打业余的。就像刚才牛仔打你的那些保安一样。"

牛仔道："你的功夫可好，是练散打出身的，还练过孟村的八极拳吧？这拳最是刚猛了，但再打几百招，你还是会输。"

齐哥道："那可不一定。我拿过省散打冠军哦。"

牛仔道："你刚猛有余，而收缩不够，再打体能就有问题了。"

我突然起了爱才之心，又突然觉得此去濠江花会，要跟山嘴组打交道，说不定有些危险，要是能带个老林高手防身，至少心里感觉安全很多。

我问："牛仔，你还要回去练武吗？"

"不了，俺已经出师了，在老林寺俺也可以排在前五位。"

"那你想不想找份工作赚钱？"

"想，怎么不想？你要给俺介绍工作？不过，俺可没钱。上次俺就被骗了一百块中介费，帮别人白搬了三天的沙袋。"

我笑道："这样啊，明天起，你来屋丽酒店保安部报到，薪水五千块，主要是随身保护我和酒店的老板，中不中？"

牛仔道："中是中，只是一年五千块是不是少了点？"

我道："一个月五千。"

牛仔愣了会，道："中！不过俺姐姐还是要回去，这里有坏人欺负她，俺怕控制不住自己失手打坏了人。"

正合我意，打伤了保安，总得处理点人吧，你姐姐就开除一下好了，反正她干这行的，换个酒店照样可以找饭吃，要是回到豫南什么的，以她在屋丽学到的本事，说不定就是当地的红牌了。

当晚，我带着牛仔走进了名流沐足，李鹰已经在大堂前等我。

李鹰道："江老弟，离开屋丽后本来准备退出江湖的，但毛老板把我骂了好几天，又强行把我流放到这洗脚店培养洗脚妹。这段日子我天天反省，觉得老哥我确实胸怀狭窄了点。只是，哎，世上没有后悔药吃啊！"

我忙道："李兄过责了，舌头和牙齿难免有相撞的时候。我也有不对的地方，李兄海涵啊。"

李兄一脸感动的神情："难为了江老弟宰相肚里能撑船，还能到这小店子看望我。老哥很受感动啊，对了，你今天没有什么公事吧？如果没有，老哥做东，请你尝尝东城的洗脚技术。"

妈的，这戏演的，我来这里干什么你会不知道，不知道你会在门口等着？

我一脸真诚道："我是来接李兄回屋丽的。李兄在这个小地方实在屈才了，还是到屋丽去吧。毛老板，我，还有整个酒店都离不开你啊。"

李兄没有回答，用太息的眼神望了眼远方，那表情叫个销魂，道："这事情慢慢再说，先去洗个脚吧。这位是？"

"新来的保安牛仔。"

李鹰轻轻哦了声，做出一个一并请的手势。李鹰一向蔑视劳动人民，都写在脸上的。

走进沐足房，我就感觉到气氛不对，那昏暗的灯光，那裸体的画册，怎么看都写着暧昧的味道。

李鹰道："老弟，这里的沐足有三种，四十五的才人沐足，八十五的贵妃沐足，一百八十五的皇后沐足你要哪一种？"

我奇道："我对沐足不是太熟悉，它们有什么区别？能具体说说吗？"

李鹰得意道："四十五的就是中药沐足了，手法很不错的。贵妃沐足和皇后沐足是东城的特产——邪足。贵妃沐足技师半裸服务，皇后沐足，技师……，呵呵，你懂的。"

我愣了会，我对洗脚这项活动不陌生，大四那年就充满好奇地去湘水的一个洗脚店腐败过。后来江湖上应酬唱和，也免不了洗个脚什么的。但洗脚就洗脚，这个还能来邪的？

李鹰道："就安排个皇后沐足好了，只是江老弟，你我都是行家，见惯了大场面。这个小地方自然是不能和屋丽想比的，就当是吃个风味小吃，别见笑啊！"

我轻轻点头，心想那是，能一个钟赚四百的，没有道理来赚一百啊。

李鹰走出了房间，顺便把牛仔带到了另一个沐足房。

服务员单膝跪着倒了杯茶，放了点水果，很快就走进来四个技师，全部穿着白色的超短裤，套着低胸的红色透明纱裙，长得也都还行，虽然基本进不了屋丽，但走在街上也不磕碜。见到我一起九十度鞠躬，乳沟都飘荡在粉红的灯光中。

我打着哈欠挑了个稍微清纯点的。其他三个一齐告退，临走整齐地说道："请慢慢享用我们的技师，爱生活，爱名流。"

娘的，口号都来了。这个李鹰，还真有点意思。

那女子开始跳艳舞，衣服一件一件脱掉，这玩意儿我见得太多，但同样的事情，在装着透明玻璃的沐足房里出现，感觉就完全不同了。这技师抚胸弄臀了会，跟屋丽是一个风格，跳出一些香汗后，就搬来一个小凳子，把我的脚上鞋袜脱了，温柔地放入药水里，轻轻洗了起来。一会儿后，用着捏、顶、揉、挤各种手法，按摩着我的脚部穴位，手法还真的不错。洗脚的女人长得都不算很好看，但正因为这样，还真有点邻家妹妹或糟糠之妻的感觉。洗好后，她帮我擦干，又将我的脚移到自己身前，技师抬眼对着我使劲地放电，真让人有做大爷的成就感。

我想起了在家乡益阳读高中的时候，在街上听到几个踩"慢慢游"（人力车）的男人一脸愤恨加向往地聊道："知道吗？资江河桥脚下有美女洗脚，一千块钱一次。"不知怎的，听到这话我莫名兴奋。男人内心深处，都有些大男子主义，你别否认，这种腐败生活就是很多男人的追求。柏杨说，男人都有皇帝梦。皇帝梦是什么？具体一点不就是这些东西吗？大四时我才知道，是有美女洗脚，但不要一千，只要二十五，我当时觉得简直便宜得难以置信，于是省出半个月的早餐钱，战战兢兢地去爽了一把。只是想不到现在居然有了美女半裸沐足，还能把你的脚抬到自己的身上。

正在享受，突然听到外面杀猪般的叫声，接着就是牛仔发疯了的敲门声。

我赶忙盖上毛巾，牛仔一脸被惊吓的表情走了进来，一只脚穿着沐足房的拖鞋，一只脚没有，两只腿打摆子一样抖着。牛仔道："江……江哥，她……她脱……我裤子。"

李鹰站在身后，一脸震惊。后面还跟着个小姑娘，满脸委屈。

小姑娘愤怒地用毛巾抹着脸上的洗脚水，估计是牛仔被吓跑时一招老林连环腿，踢飞了洗脚盆。

那小姑娘道："哪有这样的大哥啊，一进来就自己脱鞋自己洗脚。我一摸他，他就打冷颤，还双手握着拳头护着自己的脸。"

我脸臊得通红，堂堂一个东城龙头酒店的掌柜，带出来的人也太不上台面了吧！李鹰震了会，哈哈大笑道："江老弟，雅兴都被破坏了吧，别跟下面人生气，我们去大堂聊聊吧。"

我瞪了牛仔一眼，牛仔满脸不知所云。

在沐足店大堂，李鹰道："我还是不想回去，在这个沐足店，压力小多了。不是我吹牛，邪足全国只有东城有，而且算来算去只有几十家。但做得好的除了常闹的金地锋等寥寥几家，就是兄弟打造的名流了，我在这里挺舒服，我准备让这成为沐足业的标杆。"

场面上的戏还没有演完啊，你会愿意放弃五星级宾馆窝在沐足店？我心道。但马上一脸真诚地站起身，道："李兄，屋丽需要你，花会需要你，看在我的面子上，今天你一定要答应我回去。毕竟，我们要面临一场大赛，毛老板和我都认为，没有你不行啊。"我故意说得声音洪亮，名流大堂很小，估计全店的人都听见了。

李鹰犹豫道："这……既然江老弟看得起，那我就勉为其难吧……只是，首席培训师我是一定不做的了，我只是回去帮帮忙，这样可以吗？"官场和青楼都属于演艺圈，做戏就得做全套，还要ISO系统监督，这叫戏比天大，职业道德。

我一脸为难道："那怎么行……既然李兄这么坚持……那就委屈李兄了。"

李鹰爽朗地笑了起来，时近傍晚，李鹰拍拍手，服务员上了两道菜，李鹰道："江老弟请，试试我们名流的手艺，不吹牛皮，这菜虽然简陋，但五星级酒店那些千篇一律的特级厨师是做不出来的。"

我咬了两口，顿觉两颊生香。

一道是一个好大的生蚝，蚝肉雪白，上面留着点红色辣酱。服务员说，这菜叫做"初夜"。我眼睛一亮，取名字的实在是人才，太贴切了。另一道菜叫好逑汤，由鲜花、荷叶、竹笋、樱桃，一对鹧鸪鸟组成，我一听菜名就明白了，这是取"关关雎鸠，在河之洲，窈窕淑女，君子好逑"之意。只是关雎难找，以双宿双人的鹧鸪代替。我尝了口，半天回不过神来。想不到这小小沐足店，藏有这样不俗的厨师。

李鹰道："这菜在哪里都是吃不到的。说来好笑，这是我们店一个叫阿楚的技师做的私房菜，这人甚是好笑，一过来就要888号的牌子，比何青都多一个8，结果伺候客人的技术一塌糊涂，却做得一手好菜，全国名菜好像没有她不懂的，我就把她调去做了厨娘。江老弟要不要见一见？我知道你也是爱吃之人，要不要老哥帮你想点办法，让你把她给收了？虽然她长得远不如妖精、素素，但她是实用型的啊，专门负责给你做羹汤，也是件让男人很幸福的事啊。"我心里知道，这是李鹰给我送礼来了，但看一看那"初夜"，仍忍不住猛地点头，人间自有馋猫在，此情不关风与月。

阿楚被李鹰叫了出来，大概是雪糕吃得太多，有些微胖，倒也算是落落大方一女人。

李鹰道："阿楚888，你怎么又胖了？"

阿楚道："没办法啊，谁让世界上有这么多好吃的呢？嗨，没有韩虹的命，却得了韩虹的病。"

李鹰道："明天起，你就跟着江部长去屋丽大酒店吧，以后江部长就是你的老板，要听他的话，你在深蓝欠的赌债，我会给你还清的！"

李鹰拉起袖子，手臂上一道很长的刀疤，他道："江磊，回去的路上小心。这个区的黑老大是北东四哥，他和我们名流沐足的人有些不对付，我的手就是被他划的。"

我道："找毛老板打个电话不就解决了吗？"

李鹰道："没有这么简单，如果我在屋丽，或其他五星级酒店，涉外宾馆，他自然不敢去惹。但这种小沐足店本身就是要受地头蛇保护的，卫哥再强，也不能坏了东城黑道的潜规则，端了这些亡命徒的饭碗。惹急了这些货色，他们真敢干一票就跑路回北东了。就算不这样，只要每天凌晨扔石头砸坏你一块玻璃，你一正经生意人也受不了。所以我不能动卫哥的白道关系，只能用原始的方法保护自己的地盘。"我心想，晕，原来我们也算正经生意人。

阿楚还要清一些行李，我答应第二天来接她跟李鹰。于是带着牛仔回去了，一路上，倒也没有人来骚扰。牛仔还有些心神不宁。

我气道："处男啊？"

牛仔羞愧地点点头。

我呵呵笑着，眼珠转了转，一定要把他给破了，绝不能让一个处男活着走出丽屋，这是纪律。再说就这乡巴佬样子带去濠江，简直丢人。

牛仔道："江哥，你这么看俺，俺瘆得慌。"

我笑道："第一次带你出来，有什么感觉啊？"

牛仔道："俺……俺觉得师父说得对，山下的女人是老虎。"

我倒！

第50章

刀光剑影

第二天，开着公司的车接阿楚，半路上接到了一个老家的长途电话，妈妈对我说："你是不是找了女朋友，还骗妈妈，是不是叫白素素？她怎么知道我的生日的？这姑娘很不错啊，声音好甜的，我看比你大学追的那个江林好。你啊，以后就不要给妈寄钱了，妈这个年龄也不打算换房子了，这五万块，我帮你存着，等你结婚时妈再封个红包还你。"

我一头雾水："什么五万块？"

妈妈道："你不是让素素寄了五万块钱给我买房子吗？钱已经收到了，你跟素素说谢谢了，现在的年轻人不啃老人的就不错了。还能帮着男朋友寄钱给老人，这姑娘真是不错。你手头也紧，做教育也赚不了什么大钱，这钱我心领了，以后就别这样了。"

我沉默了，我1999年靠着大学扩招的运气，读了所二流大学，就一直是我妈的精神支柱。尽管这个身份并没有给她带来过任何实际利益，而只有四年沉重的经济压力、不良的营养、过早的衰老，或许，还有跟街坊吹牛时的骄傲感。

我记起曾和素素聊过，我老家是一个八十年代建好的单位宿舍，坐东朝西，冬凉夏暖，绝对违反一切建筑学原理，我和我老妈一直住在那里，赶明儿我要给她买一套五十平米的二手房，我们那房价便宜，估计几万块就可以搞定了。结果，明日复明日，明日何其多。

妈妈明显很兴奋，道："小磊，你自己还没有买房。现在又有女朋友了，你也得抓紧点存钱啊。素素说了，你有四千块一个月，你这人不嫖不赌的，应该存起来很快的。如果差一点，妈妈还有两万块老底，你先拿着吧。"

我悠悠道："知道了，素素给你的钱你收好买个二手房吧。我们公司在五星级酒店给高级员工租了宿舍。我不急着买房。"

妈妈道："别吹牛皮，说说正经的，你那单位宿舍条件怎么样？"

我道："很好啊。我不是说了吗，五星级。"

妈妈道："嗯，别吹了，你怎么不说住在天上。"

我泄气了，道："其实是招待所租的房子，八人一间。基本还行。"

妈妈放心道："这个我信，你那房子有水有电吧？"

我拨通了白素素的电话，白素素道："江磊啊，我知道你会打电话给我啊！是我寄的，你如果把我当朋友就别放在心上，你也知道反正我们来钱快。图图送点钱给朋友也是正常的嘛，我又不求你什么，你要是嫌脏就烧了好了。"

我叹了口气，有些理解当官的了，道："下不为例。"

放下电话，我有些不舒服，白素素摆明了讨好我，她想干什么，花魁？最难消受美人恩，现在做也做了，钱也收了，怎么办？她花魁了，何青与楚妖精往哪里摆？而且花会有没有人员限制？

想着想着，车子在名流沐足前面的路口突然不动了，车前涌来十多辆摩托，一个个都戴着墨镜，刻着纹身，生怕别人不知道自己是坏人。

臭名昭著的东城飞车党？不对啊，大白天的，东城也没乱到这份上啊，而且现在还没到过年的时候。

其中一个大汉一棍子砸在车盖上，道："是李鹰的朋友吧，不想死的下来，北东四哥的人。"

我坐在车上，有些紧张，手紧抓着手机。虽然，以我现在在屋丽的地位，卫哥的资源，出了事回来找回场子，问题不大，但好汉不吃眼前亏，挨了打再报复有多大意义？而且这些浑人，一没组织二没纪律，打了人就跑路回北东跟孔二狗喝酒了，咋办？

一小子用北东腔道："你别拨电话，等会120我们会帮你打的，谁让我们那旮旯的都是活雷锋呢！"

我呼吸开始变重，但男人总得面对现实，我正准备开车门去忽悠一下他们。

牛仔在我身后道："江磊哥，他们是你朋友吗？"

我差点喜极而泣，怎么把车后的他给忘了呢？都怪牛仔来的日子太短。朋友？有这样拿着棍子敲车的朋友吗？这什么智商！

我抓着他的手道："不是朋友。"

牛仔一脸笑容道："那他们来找你干吗的？"

我道："你没看出来？他们是敌人，来打架的！"

牛仔一脸落寞道："哦，你有架打真幸福。"

我怒道："什么有架打真幸福，你是我的保安，你去帮我打，知道吗？"

牛仔高兴道："真的可以吗？娘耶，俺最喜欢打架了，只是打伤了他们怎么办？"

我道："你怎么这么多废话，打伤了我负责。"

牛仔很兴奋地冲下了车，我正紧张着，他旋即又跑了上来，一上一下，两个动作快如闪电，动如脱兔，也就在电光火石之间，连下面那些北东"社会人"都看傻了，我心道：老林轻功果然名不虚传，只是他跑上来干吗？

牛仔很焦虑道："江磊哥，我很想打架，但师父说过在三皇寨外边打人不对的，我该怎么办？"

我捶了捶脑袋，又像人猿泰山一样捶了捶胸，囧道："那你这个保安是做什么的？"

牛仔道："守传达室，送报纸啊。对了，俺也正奇怪了，为什么屋丽没有报纸让俺发送？俺今天五点就起床等报纸了。江磊哥，你天天带着俺往外边玩，公家不会说俺工作不努力，算俺旷工吧？"

我花五千块钱一个月请人送报纸？看着车下一群狼，我不禁叹息，真是不怕狼一样的队手，就怕猪一样的队友啊。

下面的人等得不耐烦了，一个大胖子吼道："咋的？忽悠银（人）啊，下来啊。"

我堆起满脸笑容道："牛仔，你已经不在老林寺了，你师父管不了你的。现在你是我的人，你姐姐让你听我的话，你听不听？他们要打我，你帮不帮忙？他们都是坏人，你看，中间这个胖子，曾经到庙里面诱奸了一个尼姑，还放火烧了南老林。你师父有没有告诉你要行侠仗义？"

牛仔大叫了一声"啊"！这次真的冲了出去，带着红色的眼睛和十年苦修的形意把。

四分二十一秒，北东帮覆灭。

十二人倒在地上，中间那个胖子，口吐鲜血。牛仔轻伤，肩膀上被铁棒砸红了一块，大腿被匕首划了道口子。

"娘耶，这些人真的下死手啊。只可惜他们的棍法和刀法都不得要领，不对啊，这些人的武功，怎么可能放火烧了南老林？不对啊，我师叔说南老林清朝时被官府烧的啊？江磊哥，你是不是记错了啊？"

我开着车，看了看天空，没有回答。

到了名流沐足，李鹰见我走来，眼神里透出一丝慌乱，但一闪而隐，作为心理咨询师，捕捉一个人的神态尤其是眼神，是必修课。我心里突然打了一个寒颤，昨天李鹰说，这里有北东四哥的人跟他不对付，可能会伤害来名流看他的朋友。今天，四哥就真的出手了？李鹰料事如神？

看见牛仔脖子上的瘀伤，李鹰惊道："你们碰上了北东四哥的人？"

我盯着他看，好个李鹰，一脸关切地望着我。我点了点头。

李鹰道："江老弟别怕，我早就想收拾他们了。等会我叫几个人保护你走，顺便新仇旧恨一起报。"说着，李鹰又搂起了袖子，上面有他昨天所说的，被北东四哥砍伤手臂的刀疤。

我道："不用了，牛仔已经把他们料理了。"

李鹰很震惊地看了一眼牛仔这个保安，在他心中保安是拿八百一个月的下等人，不必放在心上，道："还是小心为妙，这次你们遇到的只是北东帮几个人，其实他们根深蒂固，经常聚在一起的就有十多个。"

我道："刚才我们碰到的就有十多个。"

李鹰看了看外边，咬牙道："这群没用的东西……还敢这么嚣张真是可恨……这位兄弟，叫牛仔？特种部队退役的？"

牛仔道："老林寺。"

李鹰点了点头，又道："那里不是已经发展旅游业了吗？还有能打的，不是骗人的吗？"

牛仔委屈道："俺们老林三皇寨车轱辘派都是凌晨四点就起来练武，俺练武骨折了三次，怎么会是骗人的。"

李鹰望了我一眼："江老弟挺能笼络人的。牛仔，你做保安可惜了，以你的身手，跟对人会有出息的。你们等一下，我去叫阿楚出来。"

我望了一眼李鹰离去的背影，跟对人会有出息的，什么意思？回想了一下他手臂上的刀疤，突然感觉到疑惑。李鹰手的刀疤是竖着的，跟小臂平行。按常理来说，被砍伤的伤痕应该是横着的吧？

我问牛仔："李鹰手臂上刀痕是不是不对？用手臂挡刀，应该是横着的伤痕吧？"

牛仔点头道："那不一定。只是竖着的很少，需要比较高的武功。"

我道："什么意思？"

牛仔道："李鹰那样的刀疤，从武学上是没有道理的，因为一刀横着砍在手臂上，比竖着沿着手肘到手腕的一条线砍下去容易得多，效果却几乎一样。但有些高手为了炫耀自己的武功，故意选择难的事情做，也是有的，听说武当岭的尤掌门，他用剑法就做得到，老林也有一个会龙爪的高手，好像也做得到，只是玩刀的里面……"

打住，我制止了他，我已经知道是怎么回事了。

李鹰，黑道资源，恐吓我自愿离开，或直接做掉我给东城新闻增加一个豆腐块？同时苦肉计，自己划破手臂撇清关系，然后濠江花会，首席咨询师，理所当然。

而江磊，一个流星而已，东城治安状态差的众多牺牲品之一，而已。甚至到时候，李鹰会去派出所敦促他们尽快破案的，卫哥也会帮他。

他唯一没有料到的是，会突然冒出个牛仔。

李鹰带着阿楚过来，笑着打哈哈。我也道："哈哈，李兄，阿楚我就带走了，我认真地想了想昨天李兄的话，对于李兄想退出江湖，急流勇退，深感佩服。这样做确实是对的，小弟今天才感觉到江湖险恶啊！李兄你不想回去就别回去了，我也不再强人所难。今天，就只带阿楚姑娘走吧。"

李鹰愣在那里，干笑了两声："只怕卫哥不同意啊！"

张小盛一脸兴奋地跑到屋丽来找我，道："牛主任过来了，你帮我安排啊。"

我道："什么牛啊猪啊狗的？"

张小盛道："就是辛龙钢铁厂的牛主任啊。"

我道："哦，就是那个忽悠了你两次要来没来的？"

张小盛道："这次真来了，现在已经上了到东城的火车了。"

我道："哦。"

张小盛道："你怎么不兴奋，兄弟就要发财了。"

我道："哦，恭喜。"

张小盛道："你把素素藏好啊，别被他看见，这人心理变态，素素受不了这样的苦。"

我笑道："我们魔兽张公子还会怜香惜玉啊？"

张小盛道："我爱上白素素了。"

我道："哦。"

张小盛道："我准备娶她。"

"哦。"我听明白了，突然扑哧吐出口茶水，道，"什么？你说什么？你不是玩真的吧？"

张小盛道："真的，飘荡了二十八年了，想找个地方歇歇。"

我不知该说些什么，只觉不对，"神经，你想清楚啊。"

张小盛道："我知道会有很多压力，我不在乎，做了这一单，我就找素素摊牌。她是好人，我要救她。你知道吗？川都地震她捐了十万。"

我紧张地捏捏手，这个……该支持还是反对？

晚上怎么也睡不着，老梦见我在山崖上把兄弟推了下去，兄弟满脸笑容，死态可掬。辗转反侧到十二点，终于有累的感觉、睡的欲望了，又接到一个该死的电话。

杨二兵道："喂，有没有时间，请你来长泥火宫殿吃臭豆腐。"

我道："没空走不开。"

杨二兵道："有事。"

我道："什么时候了，有屁就放。"

杨二兵道："一件坏事，一件好事，你先听哪件？"

我道："三十岁的人，幼不幼稚？"

杨二兵道："好吧，先说坏事，我辞职了。"

我清醒了会，道："你要想清楚啊，现在找工作不容易，尤其是有编制的工作，教师这行业虽然不怎么样，但毕竟是有编制的铁饭碗。现在除了公务员和做鸭，谁都难过啊。"

杨二兵道:"没有办法,现在职业技术学院的书实在太难教了,我本来不想教书,现在既然教了就想教好。结果他们没有一个听课的,你说干得有什么劲?"

我道:"他们交学费没有?交了你还管那么多干嘛?你一个有编制的,在体制内混混日子,以后按资排辈弄个教学组长之类的,再捞点学生的钱多好!"

杨二兵道:"江磊,你变了!也对,我觉得生活太现实了。现实得有点难受,我接受不了。上周饭局间,校长非让我找几个女学生来陪酒助兴,可身为教师的我怎能做出这种伤天害理的事呢。焦急间,我来到外面的沐浴店,见坐台的几个小姐长得挺青春的。于是上前让她们跟我走,台费按平时两倍收,唯一要求就是她们从头到尾必须说自己是我们艺术学院的学生,不料几个小姐喜极而泣说'大哥,你算真找对人了,我们就是那所学校艺术学院的啊'。回来后,我就辞职了。"

我道:"嗯。"

杨二兵道:"我是班辅导员,我发现我教的东西永远和社会对着干,我发现我要做的工作基本没有任何意义。帮领导安排图图,为了评估加班制造假资料,上网下载无数的心得体会,然后一本正经地讨论领导的英明神武,这基本上就是我一周的生活,一个月的生活,甚至一辈子的生活。算了,我不是那块料,我退出江湖。现在我专职炒股票,我发现,轻松多了。"

我道:"想退出江湖?有人的地方就有争斗,有争斗的地方就是江湖,你往哪里退?炒股票亏了怎么办?"

杨二兵道:"我不会亏的,我炒股还是有些天赋,也很谨慎。你是知道的,我大学就自学过金融学。完全退出江湖不可能,但我可以去一个单纯一点的环境,实现自己的价值。炒股票虽然风险大点,但在国内,是唯一不用拍人马屁的工作了吧!职业技术学院的老师?切,帮着一群不读书骗文凭的人一本正经地骗到文凭,这样的生活太没有意义。"

我道:"你的毛病是活得太认真,什么意义不意义的。算了,那好消息呢?"

杨二兵道:"我要和柳大波结婚了,下周三,所以请你来长泥。"

我道:"恭喜恭喜,你们简直是神话,爱情长跑啊。我肯定抽时间去。"

杨二兵道:"呵呵,我觉得我现在挺幸福的,做爱做的事,交配交的人,多好。"

"什么做爱交配的,我听不懂,我只是觉得难得,你们两人挺般配的,柳大波法律系毕业,口才很好。你中文系毕业,虽文采一般,但人挺踏实,做实事能力很强。

这叫什么来的？"我道，"这叫，女的能吹，男的能干。太般配了。"

　　鉴于手心手掌都是肉的现实，我突然有了个不成熟的想法，让楚妖精和白素素凑一对双人组合参加花会。这两人一个火辣，一个清纯；一个技术精湛，一个气质可人；是对互补型的组合，而且这两人单干都是天后级的人物，如果配合得好，将会发生什么？

　　我将她们两个叫到了房间，第一次用组合的眼光望着她们。别说，这样一看，感觉完全不同，我的眼里开始发光：

　　因为这两人在一起，一个妖娆了岁月，一个温柔了时光。

东城西岳 [下]

蓝药师　著

本小说纯属虚构，请不要对号入座

团结出版社

目 录
Contents

东城 西咎

[下]

目 录
Contents

东城·西咎

[下]

第51章

东国蓝衣女

一夜无眠，想着李鹰，想着张小盛，又想着杨二兵。

杨二兵结婚对我的刺激最大，是他让我又一次发现了自己的寂寞，就像窗外连绵的雨丝。

张小盛最让我头疼，"欢场无真爱，却多痴情债"是这行最古老的魔咒，他和素素能否打破这魔咒？

至于李鹰动用黑道，对于我来说反而是最好接受的事情，人在江湖，本来就应该是这样，但理解归理解，身在其中，还是让我出了一身冷汗。如果不是刚刚莫名其妙地捡了个老林高手，或许我已经成了残废，或者被赶出了东城。我望着楼下的车水马龙，看着桌上阿楚献媚地捧出的煲了六个小时的鸡汤，第一次感觉到，在这个五星级酒店高层的位置上，浮华背后，是怎样一个烫手的山芋。我不过是一个比较重要的龙套，一个高级点的打工仔，卫哥白手起家，成为浅水龙头，经历过怎样的惊涛骇浪？京都七爷呢，是安安逸逸地就拥有了庆延山庄，拥有了巨星雪儿？要想人前显贵，必定人后受罪。或许做个普通人，也没有那么糟糕，虽没有美女跪着伺候你，但还有一双勤劳的手；虽不能享受到帝王级的前拥后护，也不会有群笑容可掬的狼，随时准备咬你的脖子。泱泱五千年，多少帝王将相，又有多少开心长寿的？倒是西南一些鸟不拉屎的地方，动不动就一窝一窝地出着百岁老人，如何取舍，我好像也要好好思量一下。

窗外一看，雨下得正急，天公并不作美，但屋丽楼下仍然车水马龙，人真是个卑微可怜的动物，说白了都在为欲望打着工，有欲望，人就会痛苦，但没欲望，人就会无聊，矛盾啊。

东城的欢场从来不缺生意，我分析了一下原因，一是男人的本能，这毋庸置疑，男人口袋有点钱，腰杆以下不会闲。二是，或许，我只是猜想，比起痛苦人更加无法忍受无聊，狂欢是一群人的寂寞。

"卖糖啊！卖糖啊！正宗的东国优质良品。"天亮了，雨停了，小巷有个朴素的姑娘在卖糖，大大的眼睛，挺柔和的感觉。小楼一夜听春雨，深巷明朝卖杏花。她的小巧明媚把雨都弄停了，这姑娘真会做生意，大清晨的，城管还没上班，刚下班的图图们又最喜欢吃零食了。

我正准备叫阿楚去买点回来尝尝味道，发现她已经到了巷子口，笑得没心没肺，已经在讨价还价了。

走出家门，看见了牛仔，非常让我痛苦的是，他居然在挑水，鬼知道他从哪里淘来了两只巨大的铁桶，从一楼接了两桶自来水，单凭臂力拿着上四楼了，所有保安都面面相觑，只是被他打怕了，没敢说话。他走的是楼梯，也没有碰到几个下班的图图。

我皱眉道："在这里练功啊？去外边的广场嘛。"

牛仔道："江磊哥，你也起得这么早哩，俺不是练功，俺是挑点水冲茅房。"

我道："冲厕所，冲厕所要挑水吗？"

牛仔道："江磊哥，我也奇怪了，为嘛茅房里没有水缸，茅房也不臭呢？俺山上的厕所都是俺们师兄弟天天从山下挑泉水来冲的，都没有这么干净啊。"

我结巴了，道："你——想做什么？"

牛仔道："江磊哥，不用表扬俺，都是俺应该做的，昨天晚上俺已经买了大水缸放在厕所里了，你跟俺来。"

他举着两大铁桶水，满脸骄傲地走在四楼过道上，直接走进了培训室边的公共厕所，一进厕所，一个巨大的水缸摆在角落里。

牛仔道："哥，那水龙头放水太慢了，俺的桶也放不到这个小盆子里去，一楼那个总闸水龙头大些，俺觉得还是直接挑水快，呵呵，呵呵。"

我苦笑道："呵呵，呵呵，五星级酒店摆水缸，有创意，有创意，你有多少年没有下山了？"

牛仔道："十年啊，咋的？"

我用脚踢了一下自动冲水的按钮，牛仔目瞪口呆。

"发什么呆，快把这傻瓜水缸搬下去。放这里像什么样子？"

牛仔一声惊叫："娘耶，这东西太好用了，老林三皇寨怎么不安呢？"

我瞪了他一眼，他见我生气了，道："领导生气了，俺，俺这就搬，没关系，俺有力气，俺把这六个水缸都搬走中不中？"

"什么？六个水缸？"

"娘耶，早知道就不买这么多了，每楼的男茅房，俺都放了啊。"

上午十一点，正在跟西蒙讨论素素妖精配对的细节，东东在外边一声尖叫，一群在培训室闲聊的图图发出了整齐的惊呼声："李鹰？！李鹰？！李鹰部长回来了。"

李鹰夹着根黄鹤楼香烟，一脸镇静地踏入了培训室，道："江部长，李鹰前来报到。"

我热情地握住了他的手，心想，看我怎么搞死你，道："欢迎啊，欢迎我们培训部的元老，重归我们的大队伍。对了，你沐足店那边怎么样了？那边的技师虽然丑了点，但她们也离不开你啊。"

李鹰一愣，打了两个哈哈，道："我这次回来是配合江部长做事的。对了，你那个老林高手怎么样了，伤好了吗？"

我说："还好，以他的功夫，万军之中取上将首级如探囊取物。"

李鹰击掌道："对啊，对啊，我昨天就跟毛老板报告了。毛老板很高兴，我跟他说，这次江磊可是为屋丽捡了一个人才啊，用来保护毛老板，那是最好不过的。江老弟，毛老板不容易啊，说得好听，黑白两道都有很多朋友，换句话说就是，黑白两道也有很多仇人。我们做下面人的，应该处处为老板着想，我就把牛仔推荐给卫哥了。"

我呵呵笑着，没有回答。这家伙，摆明了还准备搞事的，他毕竟是东城酒店业的地头蛇，三教九流的人认识得多，如果把那傻牛仔掉走了，我还真有些危险。我找谁保护？张小盛倒会点三脚猫功夫，但特长基本在跑上，必须设个套，让李鹰钻了。

毛老板来到了酒店，先说了些精诚团结的话，让我和李鹰握了下手，对牛仔赞不绝口，当场任命他为保安队长。

李鹰道："江磊，你看毛老板这么惜才，我们就不要挡着牛仔的前途了，让他跟着毛老板，保护毛老板吧！"

我道："卫哥，我早就有这个打算了，只是李鹰也知道，我昨天刚巧碰到了李兄的仇家，北东四哥的人，我气不过帮李兄教训了一下他们，听说北东帮在东城人挺多的，毛老板，我还是想找你借牛仔用几天。"

毛老板道："四哥？他是什么东西？浅水什么时候轮到他讲话了？李鹰，你去处理一下。"

李鹰道："江老弟放心，这帮人我已经让派出所处理，北东四哥，现在已经在拘留所出不来了，江老弟你用不着害怕。"说完对着我眨了眨眼睛。

我道："谨慎点总是好的，卫哥，我一个手无缚鸡之力的文人，胆子自然是小的。北东四哥不抓进去还好，抓进去了，他的党羽或者其他镇的北东帮不会都坐视不理吧，万一要报复，我就完蛋了。当然，他们的经济条件、人脉都不足以同卫哥抗衡，可是，明枪易夺，暗箭难防，如果他手下有两个头脑简单讲义气之人，又喝了点烧酒，晚上偷偷摸摸捅我一刀，然后跑路回北东怎么办？这事在东城不少见吧。我出了事是小，耽误了花会事大啊。"

毛老板沉思了会道："嗯，江磊考虑的也对，这样吧，牛仔你就先带在身边吧。"

我道："还有一点，这个牛仔身手确实过得去，但是，他是一个纯净水级别的乡巴佬。昨天，他，他，他居然给屋丽每个厕所买了一个水缸，说好冲水。"

牛仔很羞涩地低头挠着他相当缺乏的头发，几个见到水缸的图图哈哈大笑，我道："这样的人确实缺少调教，我带在身边没有问题，但卫哥要带着，经常见些达官贵人的，我怕闹出些笑话，丢了卫哥的面子。"

卫哥使劲点点头："江磊能处处为花会着想，为老板着想，是个好员工。对了，今天你就要确定东城四大酒店的初步名单了，今天晚上可以集合她们开个会，京都七爷已经来了电话，东国那边有了一些消息。"

我道："这么急？确定了比赛规则和比赛人数吗？"

卫哥道：比赛规则还不知道，渡边他们要花会前二十天才给方案，说是由瑞国的一个什么学院制定，突击比赛，才能体现各酒店的实力。但，七爷通过秘密部门弄到了参赛人数，每个代表队不能超过十五人，这对我们很不利。因为七爷已经决定派八人参赛了，留给我们东城的只有七席。"

李鹰道："瑞国里诚兵酒店管理学院，她们办的《酒店服务推荐》是欧美高端最信任的内刊，嗯，东城四大酒店，七席，人员有点紧张啊。"

卫哥道："还有一点，要尽力照顾四大酒店的平衡，都是一个圈子的，我好不容易弄了个联盟，但联盟很松散，关系也很复杂。如果屋丽人太多，其他店人太少，以后我很难说话，这个松散的联盟也会消散。"

李鹰道："我来组合资源吧，这个圈子我熟。"

卫哥道："人员组合由江磊来办，你协助训练，"

我给出了我的腹稿："卫哥，这样的话，就这七个人吧，何青、楚妖精、白素素、大唐盛世宫妲己、九五玉西京之星，虎波堂我不熟，让她们推荐一个，再加上复尊俱乐部的西施。"

卫哥道："这样肯定不行，屋丽三席，另外三家加起来才三席，大家都有意见。而且跟这四家酒店的实力对比起来，这样的人员数量比例是明显失真的。屋丽顶多两人，最好那个西施就不要了，她就是含香吧，来屋丽帮过你的忙？她进来太麻烦，等于所有的东城酒店都可以派自己头牌来争一争，那又是一番大动作了。我的意思是四大场每店两个，到最后你们商量着淘汰一个。"

李鹰听到西施，脸黑了半边，皱眉道："我也觉得这个西施就不要来了，她是不错，但她不是四大场的。"

我道："西施必须到，卫哥，千军易买，一将难得。西施和何青都属于将级的，何青的气质或许还可以替代，但西施的体香是绝无仅有的。另外，我想带齐屋丽的三位，妖精、素素我已经着手让她们组合成双人配对了，全国这种花魁级别的图图基本都是单干的，一旦组合起来，绝对是独一无二的风景。我想，到时候我们也需要多几种配备。这样也可以让节目更丰富一些。"

卫哥想了想，道："屋丽三席绝对不行。我不好跟他们老板说话了。其他的，你看着办好了，卫哥我用人不疑，疑人不用。另外，培训师也要适当地加上一些其他酒店的人。"

这一下我痛苦了，何青、楚妖精、白素素，走哪个？我的第一反应是白素素，但我反复思考了两个小时，最后做出了一个疯狂的决定。淘汰何青！想到这，我拿水杯的手，都是颤抖的。

从逻辑上来讲，花魁只有一个，何青是有机会的，她是我见过的最迷人的女人。但西施也会有机会得；另外虎波堂的首席还不知道是谁，说不定也是个王牌级的高人；更别忘了庆延山庄的五朵金花，尤其是那个神龙见首不见尾的首席，罂粟。既然这样，屋丽干脆大度一些，把争夺花魁这最高的荣誉让给其他酒店，这样就算多派个人，卫哥也好讲话。而让楚妖精和白素素组合起来，成为一张特色牌，以这"妖仙绝配"的素质，应该不逊色于所有的双人了。因为毕竟花魁、天后大多高傲无比，高傲的女人总觉得自己一个人可以征服所有的雄性，这样的人多是不愿意和其他女人一起分享男人的，全世界都应该如此。以我之上马，搏敌之中马，必胜！

还有一点很重要，但说出来有点难为情。白素素送给了我五万块钱，又都被我……我这人不高尚，我承认。

培训师名单，我决定就要李鹰、西蒙、果冻、九五玉的小五，还有复尊俱乐部黄总手下大将六指了，六指这人我在接西施时曾跟他有一面之缘，这个人很豪气，值得一交。而且他对图图的服装搭配有独特的造诣。更重要的是，这个教练组阵容，我基本上可以架空李鹰了。

屋丽四娘里，东东是李鹰的死党，虽然是香水专家，淘汰。翠翠无关紧要，只是会做人而已，一旦我和李鹰开战，她肯定是左右逢源的，淘汰。果冻和西蒙基本上已经成为了我的人，她们以前就和东东一伙有矛盾，现在已经被我收买。而且果冻的化妆技术、因"湿手门"下海的西蒙对训练狂热的态度，从技术层面也是我需要的。小五在，就基本上没李鹰什么事了，六指是复尊的人，当然也不会给李鹰什么好脸色。

国人搞内斗就是厉害，我很悲哀地看看镜子里的自己，再看了看窗外，那街上骑自行车的大伯，可能就在琢磨着怎么搞人事斗争呢。没办法，这就叫环境，就叫酱缸，这就叫生存智慧和博大精深。

我把名单给卫哥看，卫哥看得一脸凝重，听我解释了半天，熟读历史的卫哥点了点头，道："自古将帅相疑都没有什么好结果，既然我授权给你了，你放胆干吧。只是，这个名单——我真心希望你能大度点，李鹰绝对是个人才。"我尴尬地笑了笑。

晚上八点，天下无双的东城酒店业第一次吹响了集结号。

楚妖精、白素素、大唐盛世宫妲己、九五玉西京之星"甜妹"、虎波堂花魁净净雅雅的"琴王"、复尊俱乐部的西施"含香"聚集在了一起，在小五的强烈推荐下，九五玉还派出了一个叫"毒药"的绝色萝莉，技术好得像"坐地能吸土"的五十岁寡妇，我有言在先，这个人留队观察。

教练组也按我的配置要求，准时到位。除了"毒药"、"琴王"是新人，其他都是我的老部下，李鹰一见到名单，就脸色土白，找了个不舒服的借口，躲在角落里一声不吭。

不舒服是吧，小样，老子要的就是你不舒服。

毛老板致了开幕词，然后就是觥筹交错。"含香"给了我一个香吻，那感觉，全世界都是旋转的，小巧的西京之星"甜妹"，拿出根红带，轻轻地在舞池玩着高难度动作，她是舞池的王后，据她说，配备音乐的自由体操这个领域，在亚洲，她没有对手。附带着舞厅内舞蹈这样低难度的东西，她基本无师自通。"毒药"挺安静，正在跟素素姐姐温柔地聊天，楚妖精最是交际之花，她穿着全套OL服装，黑色的高跟，透明的丝袜，陪着"干爹"四处敬酒。

突然一道清脆的声音响起，"各位前辈！"虎波堂的那个净净雅雅的"琴王"身着旗袍，宛然一笑，犹如春天开放，"小女子给各位弹首曲子助兴如何？"

各位自然说好，虎波堂的工作人员已经拿过来一张古琴。那琴也平淡无奇，但在琴王皓腕下弹出来，众人都听呆了。其实包括我在内，场内的大多数人对音乐都是七窍通了六窍，可偏偏这旋律就怪到能直直地打进外行的心里。琴声停了，全场的目光都对着那弹琴女子的方向，琴王道："献丑了。"含笑打了个万福，巧笑倩兮，美目盼兮，众人醉兮。全场欢呼，掌声雷鸣。琴也醉人，人也醉人，人琴合一，孰能不醉？

突然我身后的牛仔大叫一声："什么人，躲在这天花板上。再不出来，俺就要打你了啊。"

这一声，是如此洪亮，又是如此突兀，像一块巨石，突然投向平静的湖面，让所以人都觉得莫名其妙。

我们抬头看着天花板，除了灯光，什么都没有。我开始出汗，这呆子不是又发神经了吧。

牛仔仰头大叫："你出来，俺听见你了，刚才有个叫好的声音是从楼顶传来的，俺知道你是女人，俺不打你。"

全场寂静。天花板是刚装修好不久的，平平整整，一览无遗。只有两个中水小揽买来的大型吊灯，还是透明的，藏不了人。

"喂，你下不下来，你不下来，俺上去了。"

上面还是一片平静。一保安轻轻道："气性（精神病之意）。"我出汗了，你多挑点水我都可以接受，这公共场合，你别丢人好吧。

卫哥脸都黑了。

牛仔道："江磊哥，上面有个女人，我把她赶出来，中不中？"

我咬着嘴唇半天，道："中，可是在哪啊？"

牛仔道："砸坏了天花板，要不要我赔？"

我望了一下房顶，凶道："如果有人自然不要你赔，如果没有，扣你半个月的工资。"

牛仔一脸轻松，拿起一条椅子，对着天花板一扔，天花板砸出了一个窟窿，奇迹出现，上面超级狭窄的空间内，一个穿着深蓝色衣服的女子，戴着面纱，跳了下来。

全场惊呼，女子疯狂逃窜，速度之快，让我觉得不可思议，几个保安去拦她，连衣袖都没有碰到。牛仔道："想跑，没那么容易。"几个大步，冲了过去。

牛仔跟我说，轻功是骗人的，但他每天挑着水跑二十多公里的山路，身体确实比不会功夫的轻快很多，让他利用冲力，爬上个五米多高的墙壁，他有时能做到有时做不到。很快牛仔就追到了女子的前面，两人一交手，那女子就处于明显下风。十来秒后，那女子的面纱被夺了下来。

我觉得面熟，定睛一看，居然是今天早晨在巷子口卖东国糖果的那位小姑娘。牛仔已经抓住小姑娘的一只手，突然硬生生地倒在地上，小姑娘大叫一声，飞一般地离开了。

几个保安再也没人拦得住他。

全场震惊，我走过去扶起牛仔，牛仔的胸前中了一个六角型的飞镖，伤得倒是不重。我问道："这是什么武器？"

牛仔看了一下，摇了摇头。几秒后，翻着白眼倒在地上。难道有毒？

我们迅速把牛仔带到了医院，果然有毒，但在现代医学面前，问题并不大，只是也让卫哥找来的几个主任医师忙了三个多小时。齐哥走了进来，拿着这六角飞镖思考了很久，道："我没有见过这样的怪武器，我马上去叫教我武术史的蔡教授过来辨认一下，他对这个最感兴趣。"

蔡教授兴趣所在，很快来了东城，一看道："咦，忍术？这个不是飞镖，叫手里剑，是东国忍者最常备的武器。怎么可能在东城的大酒店里出现东国忍者？"

齐哥道："老师，你不是说东国忍术已经失传了吗？"

蔡教授道："这个说来就话长了，今天太晚了，我们明天再聊吧。"

回到屋丽，阿楚正在抓蚂蚁，抓一只蚂蚁就掐死一只蚂蚁。我没有理她，洗完澡后，我在想，东国人一向团结。央国呢？包括我在内，还在内斗，我该不该挖坑解决李鹰？算了吧，我不解决他，他就会来解决我了。因为当了这个培训室的头，我的薪水翻了多少倍？在巨大利益面前，没有仁慈可讲。在解决东国人之前，我必须解决李鹰，我知道这是央国人的劣根性，但没有办法，老子就是央国人。

想着想着睡着了，醒来后阿楚居然还在荼毒生灵。我道："阿楚，这蚂蚁怎么得罪你了。"

阿楚道："啊，江公子啊，这蚂蚁太可恶了，吃了我这么多糖，腰还那么细。"

无语，这女人的嫉妒啊。

[第52章]
李鹰入套

　　蔡教授道："确实，东国忍者源远流长，与央国也有很深的渊源。忍者的雏形是央国的类似于情报部门的间谍，专门窃取情报同时兼有暗杀职能，多于夜间出没，均穿黑衣。唐朝时被引入东国，其职能基本没变，最主要的作用仍然是情报的窃取和个别刺杀行动。"

　　齐哥道："老师，我听说这个来屋丽的忍者穿的是深蓝色衣服，是历史流变太久产生的变化吗？"

　　蔡教授点头道："在历史的流变里，所有的东西都会有变化。即使是现在的老林寺老林拳，跟古谱相比也多有改变。但身着蓝色衣服却是另有原因。如果我没有记错的话，东国忍者虽然流派众多，但几乎都着黑衫，只有一个派别例外，就是被称作最后的原汁隐术大成者，伊贺蓝衣流。如果我没有猜错，这个袭击屋丽的女孩，应该是蓝衣流的高手。"

　　李鹰皱眉道："伊贺？我去过，那里离东国渡边的少女工厂不远啊。确实，那里有很多忍者，我还去它的隐者村玩过。"

　　蔡教授笑道："东国忍者历史上就集中在三重县西北部的伊贺、滋贺县南部的甲贺两个地方。战国时期，东国竞争很激烈。这两个地方离京都很近，地势都属于重山险阻围绕的封闭小盆地。虽然贫瘠，但是在战略上的位置却是十分重要：它们离东国的中央近畿地带太近了，又对着京都居高临下，是兵家必争之地！在战国时代，伊贺与甲贺的弹丸之地上先后崛起了六十多家土豪，每家的最大兵力不超过50个人，按央国的算法他们充其量就是小股的土匪武装而已，可这些土豪的背后往往是几个敌对的将军或者大名。所以地盘虽小，这里的竞争却是超乎外人想象的激烈。大名们彼此虚情假意地结盟，暗中互相刺探，一旦抓住机会就予以对手无情的打击。这两块充满了残忍、狡诈的血腥山地逐渐演化成忍术发展的大本营。伊贺跟甲贺的忍者在上百年仇杀中，不断总结隐藏与暗杀的经验，编出了一本忍者的修炼宝典——《万川集海》。虽然流派不同，忍者们修练的经典都是《万川集海》这本书，这本书的内容就是教导忍者如何施行忍术的一切理论基础与技能指导。"

蔡教授望着天花板，停顿了一下对李鹰道："不过你见到的忍者基本是假的，东国忍术九成以上都已经失传了，没失传的也不可能在舞台上表演。现在的所谓的忍者村，基本都是东国政府为了发展旅游业而设置的。只有一家除外，伊贺蓝衣流。"

齐哥望着天花板的窟窿道："很神秘的样子，这个流派很能打吗？"

蔡教授轻抚着他的爱徒，道："你马上要去央体攻读武术博士了，你是四岁练武吧？传统武术练到你这样的，也算凤毛麟角。如果单打独斗，你不惧蓝衣流所有高手。问题是如果你真的和他们作对，你脑袋掉了都不知道怎么回事！他们根本不可能给你光明正大决斗的机会。他们修炼的是刺杀之术，是阴影里的武者。"

齐哥爬上三角梯，一脸凝重地望着天花板上狭窄的空间，没法想象，一个娇气的女孩子是如何蜷缩在缺光缺氧的方寸之地，几个小时一动不动的。

蔡教授耍玩着"手里剑"道："能躲在这小窟窿里并不奇怪，忍者一辈子练的就是人与环境的天人合一。忍者的思想源于《孙子兵法》，善守着隐于九地之下。其九字箴言'临、兵、斗、者、皆、阵、列、在、前'，则来源于古代的道家典籍《抱朴子》，是道家隐逸的书籍。先隐而后杀，不求闻达，只求必杀，就是他们的武学要旨。"

我听得十分惭愧，《孙子兵法》和《抱朴子》我都看过，没有领悟到任何武术诀窍，就觉得它们做枕头太硬。看来苹果确实要砸对地方，砸到牛顿有效，砸到我就把它吃了。

蔡教授道："这个蓝衣流的创始人，却是个央国人，名字和生平都已不可考。只知道此人在明朝时是个武官，明朝灭亡后不肯降清，东渡到东国，后改名为服部佐大夫。在东国以卖草药为生，后因缘巧合，娶了东国三大忍者之一，'果心居士'家的后人，将中原武学和东国忍术柔和成了一门特有的功法。他的弟子多是流亡过去的央国人，也有一些东国、金国的底层民众，为了生存，其中不少弟子投靠了伊贺的土豪。当时东国战争极为激烈，迫切需要情报，可是所谓正统的东国武士是不会去从事这种偷偷摸摸的行为的，正统的东国武术只适合两个人互相约定站好了砍对方的脑袋，就是现在大家可以看到的东国剑道练习的方式，伊贺、甲贺是山区，那些窃取情报、山中伏击、在各种地形下进行的不拘一格的战斗不适合'武士道'的发挥。于是给了忍者发挥的舞台，但也导致了忍者的大量伤亡，为了补充血液，这位明朝遗臣后来叫服部佐大夫的弟子被大量录用，在战斗中大放异彩。因战绩突出，服部佐大夫也渐渐被东国忍者界所承认，因其素喜蓝袍，卖药为生，又常常面朝大海，远眺故土，自称'天涯沦落人'，被东国忍者界称为'天涯蓝药师'，这就是如今蓝衣流的渊源，但当时还没有蓝衣流这个名字，他的弟子入乡随俗，杀人放火时穿的也是黑衣。"

蔡教授、齐哥和我都看了一眼远方，对"天涯蓝药师"的生平充满向往。

蔡教授道："说来也是怪事，'天涯蓝药师'在时，他的弟子是忍者界最火的流派，'天涯蓝药师'走后，这个流派迅速遭到东国忍者界的一致排斥，认为这不是正宗的东国忍术，是异类，谁修炼谁就是欺宗灭祖，是东国忍术界的叛徒。在当时，基本上砸了蓝药师弟子的饭碗，后来这些人更是遭到伊贺和甲贺十二大忍术流派联手绞杀，只逃出了四大弟子。从此后，这四大弟子，在各地秘密传授本门功夫，与忍者界保持着若即若离互相学习利用又各有所忌的微妙关系，此派门人，也不再身着黑衣，为了纪念蓝药师，便着深蓝服饰，这就是蓝衣流。"

齐哥道："老师，这个流派是怎么成为了最原汁原味的忍术呢？"

蔡教授道："说来好笑，正所谓福祸相倚。东国政治改革后，传统的武士地位一落千丈，包括忍者在内也受到了波及。个别对政府不满者，雇佣忍者刺杀当时东国首相，虽未成功，但震动了当时的东国朝野。国王大发雷霆，下令取缔了忍者这个行业，附带着不允许修炼忍术，否则以危害国家安全论处。经过这场浩劫，东国忍术实质上已经失传，所以我才讲现在的忍者村，完全是为了发展旅游业，骗外行米元的。但蓝衣流却因为长期被东国忍者界排斥，不被忍术界承认而幸免遇难，居然比较完好地传承了下来。后来，东国政府改变想法，想重新捡起传统的宝藏，却发现忍术基本已经失传，只剩下蓝衣流的几个人还在沿袭了几百年前的训练方式，东国政府十分开心，称之为最后的忍者。这个门派弟子人数很少，几乎都被内阁调查会聘任。"

我问道："什么是内阁调查会？"

蔡教授道:"东国最高情报组织,他们的FBI。"

李鹰道:"看来玉宇凡尘的秦爷说得没错,这次花会错综复杂啊。"

我对齐哥道:"齐哥,牛仔受伤了,还要两天出院。这两天你陪着我怎样?"

李鹰很复杂地看了我一眼,齐哥老江湖了,闻言一愣,什么都没问,就满口答应了。

无论如何,队伍总算建立起来了,七个美女,六个教练,十三人加上老板卫哥,阵容不可谓不强大。我做出了初步的分工:我将根据比赛规则,尽可能地合理安排东城方面的阵容,小五、西蒙负责训练,六指负责服装搭配和外交,果冻负责化妆。至于外去签证、后勤等卫哥派了他的一个很稳重的司机一手操办。李鹰,他的身份是高级顾问,对训练负总责。顾问顾问只顾不问,负总责的意思就是训练不要他管,输了他负责。我还在想辙怎么弄走他,只是李鹰毕竟在屋丽根深蒂固,尤其是毛老板对他信任有加,暂时还找不到什么好的办法。

我在等一个机会,等李鹰一个犯错的机会。我深信,只要是人就会犯错,尤其是一个充满事业心又被架空的男人。

名不正而言不顺,东城队既然组建了,就应该有一个名字,这活自然落在了我的肩膀上。屋丽队肯定不行,东城队又显得太空洞,而且一看就是一个城市的联盟,而我们的主要对手名屋大酒店号称只是一个酒店,这样我方胜之不武,败之更羞。本来我想起个"波大精深"队,还颇得意了一阵子,"波大精深"这四个字较全面地概括了东城优秀男女的基本素质,但又觉得这名字太俗气,而且波大还好证明,精深怎么证明?又准备取"深度诱惑"队,总觉过于直接,缺了点蓄美。"花王"队?"七女下天山"队?"龙之凤"队……全东城的酒店都知道屋丽请了个秀才,如果取个太庸俗的名字,难免会议论纷纷,影响我的面子和威望。

辗转反侧了半天,终于做出了一个抉择,就叫"烎"队,这队名简单明了,又有励志作用。更重要的是基本没人认识,因此也不会有什么反对意见。我去街上很快就做好了一面刻着烎队字样的旗子,往队伍中间一放,所有人兴致勃勃地望着大旗,然后笑容枯竭,半天没有了言语,我问道:"好吗?"

几个囡囡默默地点了点头,然后又很落寞地走开,小五很用力地点了点头,果冻皱眉道:"好是好啊,真好,就是不认识。"有一个人先承认了,事情就好办很多了,几乎所有沉默的囡囡齐声笑道:"不认识。"

我心里大为高兴，要的就是这种效果，这就对了，刚才你们的表情弄得我以为大学又扩招了呢！我道："这是一个銀字，读银子的银，和赢得胜利的赢读起来也差不多。大家看看这个字，上面一个开，下面一个火，意思是光明，又表示'遇强则强，斗志昂扬，热血沸腾，你越厉害我越要找你挑战，坚决要开火之意'，我们就叫烎队，一来表示我们有不惧强手的勇气，二来希望我们都有银子，而且花会能赢。"

所有囡囡都鼓掌起来，基本没有意见地通过了。废话，正常人都不认识的字，还提个屁意见啊。

李鹰道："领导，你太有文化了，烎队，还可以淫荡的淫，解释为淫荡之队，很贴切啊。"老哥，不用这么坦率吧。

有小五在，李鹰很快就发现了自己无事可做的现实。他环顾了一眼，素素、妖精、含香、甜美，加上小五的毒药，他也指挥不动谁。憋屈得跑到一楼大厅喝咖啡。我则忙得团团转，真是三个月不知河东，三个月不知河西啊。

毛老板买了这七个囡囡的全钟，在后勤上基本做到了不用我操心，这些人在一起仅一天的人工花费就接近十万，卫哥连眉头都没有皱一下。我才真正感觉到了东城酒店的老板是多么的有钱。

马克思说，百分之百的利润，会使人不顾一切法律。只要想到这一点，所有不可思议的事情，什么山嘴组、庆延山庄、黑社会，都变得理所当然。

有官方数据显示，浅水民企投入酒店业近200亿元，投入房地产30亿元，投入工业22亿元，经济整体运行良好。

正在抓紧训练，看见张小盛一脸愤怒地走了上来。

我道："怎么回事，我派出朝天椒了，连她都没能伺候好你那辛龙的小蛀虫吗？"

张小盛道："不是她的问题，这个牛主任太不是人了，吃了，喝了，玩了，还收了老子这么多钱，就是不办事，又在说研究研究，好像讹上我了。"

我问道："那怎么办？"

张小盛怒道："能怎么办？凉拌。继续送呗，老子的一点家底都快被他掏空了，现在我一看见他，就会觉得自己口味重得不得了，都喜欢上极品熟女了，因为我发现我总想操他奶奶。"

我咳嗽道："恭喜你又进步了，这个志向，一般狼友都是没有的。"

张小盛还在咬牙切齿，白素素款款走了过来。张小盛迅速变了脸，比川剧还快，一脸温柔道："素素，今天我是来请你看电影的。《功夫熊猫》。现在来接你。"

白素素道："小盛，我还要训练啊。"

张小盛大声道："切，跟着江磊能学什么，你想学什么我教你，当年还是我怂恿他来东城的，第一次进发廊，这小子一走进去就坐在椅子上要剪头发。弄得我直接怀疑他的智商。后来他总算知道怎么回事了，进了后面小房间，半天后我听见一个小肥婆不满说'兄弟，还不快点，坐在这也是要给钱的……'"

我纠结地看着楼下正在训练的众名凤，咳嗽道："素素，我批你的假了，不，今明两晚我们炗队都休息一下。后天再练。"

我带着笨笨狗，张小盛带着白素素走向了电影院。那一路上，虽然素素不断地抗拒着，张小盛的肢体语言就没有离开过她，有时看得我和笨笨狗都不好意思了。

我和笨笨狗是何等人物？奸夫淫妇。我们都看得不好意思了，可见张小盛是怎样一个纯粹的渣滓。进了电影院，素素的小腿就被蚊子咬了一个小包，张小盛直接跪着舔了过去，被素素一脚踢在了地上。

老实说，《功夫熊猫》是拍得很不错，情节虽然老套，但台词搞笑，还充满了央国元素。笨笨狗被逗得直往我身上靠，整个影院都充满欢乐，只有张小盛，根本就没看屏幕，尽盯着素素裙子以下看去了。

素素嗔怒地望了一眼小盛，将裙子扯长了点，腿并得更紧了。张小盛没有管这一切，仍然盯着素素玉藕般的小腿，素素生气了，不再理他，专心看着电影。将近一百分钟，张小盛都保持着这个姿势，电影完全没有看，好色到这个份上，累不累啊。

出了影院，天空又下起了雨，素素故意跑到我的伞下。张小盛马上收伞，也挤了进来。什么伞能罩住四个人啊，素素嘟着嘴道："张大少爷，你请我看电影，素素谢谢了。你尽盯着我的裙子下干吗？我虽然是……但也没必要在大庭广众下这样吧？你要看，等素素花会回来，你点我的钟也就是了，素素这样的人，没权力拒绝的。"

张小盛道："啊，这电影挺短的啊。我不是看你的腿，我是怕又有蚊子叮你，就帮你一直守着。"

我呆了一下，笨笨狗抓了抓头发，素素鼻子微颤了会，拿过张小盛手里的伞，嚅嚅道："过来，傻瓜，别做江部长和笨笨的灯泡了。"

四个人两把伞，踟蹰着到了一个石桥边。素素打了喷嚏，张小盛很自然脱下衬衣给她披上，跟我与笨笨狗相比，倒显得他们两人认识得更久，走着走着，张小盛搂着素素开朗地讲着黄色笑话，素素突然道："张公子，你何必呢？"

张小盛道："你说什么？"

素素道："你这是何必呢，张公子，我很承你的情。今天你的兄弟江磊也在，我就直说吧。我们没有结果的，我会嫁给一个不知道我过去的人，你明白吗？"

张小盛道："我知道你的过去，你给两个弟弟寄过学费，供了冠心病的奶奶在西华医院住院的医疗费，还在川都地震中捐了十万块，没错吧？你也要知道我的过去，我活了二十七年，一分钱都没有给父母寄过，还要了蛮多。对了，我上次做好事是哪年来着，1985年6月，我帮幼儿园的小芳打了抢她冰激凌的小军，对，应该是这样。奶奶的，难得做一件好事，我记得很清楚。"

素素苦笑道："我知道，你因为我善良，我漂亮就爱上了我。听我的，囡囡中有一半给家里寄过钱，有一大半都给川都捐了款。但我们仍然是囡囡，你知道吗？"

张小盛道："知道，不就是囡囡吗，我认了，就当我的自行车被人骑过几圈又送回来了呗，反正我又不是没有骑过别人的车。"

素素咬着牙，退了一步，大半个身子都到了雨中央，张小盛赶忙走近，用伞挡住她。素素推开他，张小盛斜打着伞，再次挡住素素，却让自己淋湿，素素眼睛红了，声音却越来越小，道："你知道什么是囡囡吧，就是妓女，妓女！"

张小盛道："我们是绝配，你没有听过吗？野鸡配色狼。只要你不嫌弃我这三等嫖客，我就一定要把你这一等妓女娶回家。整天就做两件事，想你，爱你。"

素素摇摇头，哭道："张小盛，你知道不行的，真的不行的，你不要害我。"

张小盛一把搂过素素，雨水把白素素淋得曲线毕露，格外迷人。我正想感动，小盛顺手摸了素素一把，把这纯情的意境毁了一半，道："等我赚了这一笔，我就把你娶回来，我们到赣都源婺盖个房子，那里的油菜花真他妈的漂亮。我和你就在油菜花边生很多很多孩子，在赣都超生一个罚六万，我准备三十万给计生委。我就喜欢囡囡，如果找一个自以为是啥也不懂的，还要我重新调教，你多好，我这人懒，就认准你了，懒得追别人，我不逼你，你考虑下吧。"

"走近点，湿身事小，淋病事大。"张小盛把素素搂过，又将伞递给素素，突然转身对着我们跪下道："我向所有兄弟姐妹发誓，如果能跟素素结婚，我以后也一定懒得离婚。"

这他妈哪跟哪啊，回过头，笨笨狗哭得泪人似地望着我。素素搂紧了张小盛，将伞扔到了一旁。

张小盛啊张小盛，你，你回去准备怎么忽悠你爸妈啊？

回到屋丽，风声，雨声，叫床声声声入耳。各人有各命，算了算了，我不想管了。

第二天，笨笨狗告诉我他的爸爸要过来，我说，是不是那个泗阴的高级教师。笨笨狗十分紧张地说，他爸爸可能起了疑心，要看看她的工作，让我想想办法糊弄过去。我说，这好办，你来屋丽上两天班吧，做酒店的文员。

训练很正常，七个囡囡各有各的绝活，因为比赛规则不确定，也谈不上什么针对性，只是互相了解，增加磨合而已。傍晚，张小盛又过来了，一边走一边喝着红牛，别人追女仔买玫瑰，他老人家带着一把药走了进来。对素素道："昨天没有感冒吧？这个草熬一下，可以治感冒的。"

素素低头道："没事。"张小盛把红牛易拉罐拉条套在素素的手指上，道："哦，钻戒买这么大就够了。"素素将手挣脱，训练任务还不忙，晚上再次放假，两人又去压马路了。

凌晨一点多，我下去买包烟，正好看见两人慢慢踱回来，我刚拿出钱，就听见两声巨大的爆竹响，停车场所有的汽车都响起了警报，宿舍的灯也都亮了。

回头一望，白素素紧张地左右观望，

"我说了要送你一份礼物，让这宿舍楼所有的灯光为你点燃，让这停车场所有的汽车为你拉响警报。你说我吹牛，现在相信了吧。"

张小盛一脸淫笑，看着脚下的两个二踢脚。

李鹰徘徊了一会道："江磊，还是给我分配点具体任务吧，我和你不同，你能享受安逸，而我快憋死了。"

我道："你可以去训练组指导一下小五嘛。"

李鹰哼了一声，我道："你也可以去道具组指导一下六指嘛。"

李鹰又哼了一声，我道："我不是不想用你，是不知道怎么用你，你的才华远在我之上，派你做什么呢？你做多了，我得了便宜，好像在利用你一样。"

李鹰叹气道："我知道，领导重视你的时候就是领导利用你的时候！但我现在渴望被领导利用！"

我道："让我想想。"看着李鹰焦虑地离去的背影，我心道，你完了，拨通了手机。

"红姐，现在李鹰正在空窗期，准备好了吗？"

"放心，姐妹们都在等着他了，就怕他不上钩。"红姐的无名推拿店欠我一个大人情，有机会帮我做事，也格外卖力。

谋事在人，成事在天，李鹰会不会上钩呢。我赌我的心理学学得够好。

"陈队长，我是屋丽的江磊，毛老板让我问问上次屋丽资助你们的那辆越野车性能还好吗？……不用客气，卫哥是当过兵的人，知道拿枪的人的苦。警务费用的缺口很大，我们不支持，谁支持？这叫鱼水情。年底跟你们联谊的事情，毛老板就交给我来办了……不用客气，不用客气，都是自家人，前一天跟毛老板去江区长家汇报你们工作，毛老板就谈到了你们的辛苦，还特意指示我以后要代表屋丽为东城治安工作继续尽绵薄之力，陈队长如果有什么用得着屋丽的地方尽管说……对了，我得到了一个情报，听说有一伙发廊的老板准备租场地，好像要搞一个色情技术培训的论坛……好的，我现在还不是很确定，有了确定消息，我一定第一时间报警，这是一个守法公民应尽的责任。"

我挂了手机，心潮澎湃。

红姐道："江磊啊，大鱼没有上钩啊，我说了是十八家发廊久仰他的大名，想请他来讲讲课，让他帮忙培训一下囡囡，可是他吞吞吐吐地拒绝了。"

我道："大鱼是老江湖，没有这么容易上钩，你继续轰炸，每天至少三个电话去邀请，多给点虚衔，什么首席顾问之类的。"

我挂了电话，心想李鹰果然挺厉害啊，这样都能闻到杀气。既然这样，我继续架空你，红姐继续勾引你，双管齐下，我们慢慢玩。"

第二天，红姐道："我给他打了四个电话，他虽然没有明确拒绝，但也没有答应，好像在担心安全问题。"

我道："你告诉他，说东城发廊准备建立一个联盟，虽然现在还比较低端，但参加的铺子多，潜力很大，想请他做技术总监，提高一下发廊的整体素质。安全没有问题，他可以兼职，甚至可以不使用真实姓名，只要他来论坛上两节课就可以了——对了，可以告诉他央国性学会的专家也会来，而且性学会准备在这个论坛吸收几个理事。"

第三天，红姐道："大鱼上钩了。下午四点，收网吧。"

"是扫黄打非办吗？我找陈队长。陈队长，我是江磊，今天下午四点二十，健快北路七十七号六楼，有一些发廊聚众组织色情论坛，可能有人传播色情信息。"

"是电视台的周记者吗？我爆料，东城扫黄打非办准备扫黄，是一种色情传播的新形式，听说是组织色情论坛请专人讲解性技巧，来培训失足女青年。如果你们没有时间，我就爆料给其他记者了啊。好的，好的，你们马上派记者过来。"

健快北路，世界上酒店密度最大的地方，宝马雕车香满路。但繁华的一角偶尔会被突然打破。七十七号六楼，陈队长很痛快地扫黄立功，《新闻一线》、《东城日报》、《东城法制报》同时到位，李鹰被抓。据说，被抓时，他当时正在台上神采飞扬地点开一个毛片，做非常具体的讲评。在公共场所传播淫秽信息，人赃俱获。

台下还坐着红姐叫来的七八个发廊的失足女青年，她们纷纷表示原来以为是听防止艾滋病的讲座，没有想到是讲这个。也被警方抓去协助调查。

陈队长打来电话问："江磊，你是不是搞错了，好像是你们的李鹰。"

我道："啊?！不可能，陈队长，你看错了，毛老板是不准屋丽的人兼职的，李鹰更不可能。"

陈队长望了一眼旁边媒体摄影机，恍然大悟："那就一定是看错了，我都知道了。谢谢你提供的信息。"混官场的人，哪怕是个小吏，都是冰雪聪明啊。

我赢了。而且，我明白李鹰很难翻身了，他即将失去卫哥的信任。酒店业最忌讳的就是拿着张家的钱帮同行的李家做事，这用果岭话来讲，叫"炒更"，是行业大忌。卫哥这么信任李鹰，给李鹰这么高的待遇，他居然上班时间去给同行的发廊讲课，这等于当着整个东城同行的面给了卫哥一个巴掌，该死。

李鹰是懂规矩的，所以他拒绝了两次，但被我架空这么久，难免憋傻了，自视甚高又怀才不遇的人，一碰到可以一展身手的机会，尤其是一而再，再而三的邀请，很难把持得住。这是通病，是人性的弱点。古往今来，多少才气横溢的文人阿谀奉承，舔痔拍马，无非想得到一展身手的机会，卿本佳人，因此做贼。红姐答应他安全，又答应他可以不使用真姓名，甚至告诉他有央国性学会这样的学术组织来挑人，只是希望他能来做点他最擅长最喜欢却憋着不能做的事。李鹰来了，可以理解。因为他的心理，已经被我这个心理咨询师揣摩了太久，算计完了。

以卫哥的实力和两人的关系，如果李鹰犯了别的事，一个电话就把他捞出来了，可偏偏他干的是"炒更"这样不忠的事。卫哥也不可能保他了，这是弄死李鹰唯一的可能。卫哥的心理，我也算计到了。

溺者善于水，自古皆是。

当然，这也源于我处在一个优势位置上，我能选人，所以才能有架空李鹰、憋死李鹰的机会, 憋到一定程度, 红姐的引诱才可能成功, 警察才可能抓他。我能代表屋丽给陈队长打电话, 能最大程度地利用自己的优势资源, 包括警方, 也是这次胜利的重要因素。

毛老板在派出所狠狠地打了李鹰一个耳光, 什么都没有说, 转身就走了, 李鹰目光呆滞地望着地板, 或许没有明白自己怎么会鬼迷心窍地犯这种低级错误, 或许他已经明白是怎么回事, 可偏偏无法辩解了。

毛老板蜷缩在自己的奔驰上, 用呢子大衣把自己包裹起来, 寒风中突然有了些老人的感觉, 我笑着递过一瓶水道: "这个李鹰太不小心了, 毛老板待他不薄, 怎么能这么做人呢? 卫哥, 你也别生气了, 没有李鹰, 我们也会努力的。"

卫哥脸色铁青地转过头来道: "江磊, 你还是出招了。你们两个都让我很失望。"

张小盛的QQ名改为了"拒绝"。看来, 白素素的魅力真的势不可挡, 连这个会走路的器官都懂得拒绝了。我问他: "真的打算收手了? 为了一片树叶, 拒绝整个森林?"

张小盛道: "你不觉得这个名字很好吗? 因为都加了偏旁, 显得含蓄多了。"

第53章

王者归来

　　我用手托起楚妖精的下巴："来，给老爷唱个曲儿。"楚妖精在六指的指导下，外披着苏州的红色丝绸裙，里著着紫色的一抹肚兜，只露出芊芊玉手和如雪的两只小脚，那微张的小小红唇，时刻激发着被男人欺负的欲望。楚妖精仰视着我，轻轻把我的手打开，笑道："老爷，你为难贱妾了。本人只卖身不卖艺。您还要吗？"

　　我喘着气用手搂过楚妖精的背，楚妖精一声娇咛，就势一倒，我把中指放在她唇边，楚妖精婉转着眸子吸吮起来，我道："妖精，你真骚！"

　　楚妖精道："呵呵，我正想问你呢，我老听人说闷骚闷骚，闷骚是什么意思啊？"

　　我道："就是外表清纯，内心饥渴。"

　　楚妖精道："哦，就是有了快感都不喊。那我应该不是闷骚，我是明骚。"

　　我道："不对，你应该是全骚。"

　　果然，我挨打了，楚妖精一阵香拳袭来，妖精一身香汗地趴在我身上悄悄道："我的骚从内到外，媚质天成。谢谢你为了我，连何青都敢不要，你放心，骚货会争气的。"我堵住她的嘴，没想到做了个大人情，我顺水推舟道："这话也就我们两人时私下说说，有他人时千万别说。"

　　楚妖精点点头："这个我知道，你看，不骚的来了，你要不要试试小五刚教我们的'天翻地覆'？我和素妹现在配合得可好了。"

　　白素素从后台款款走来，她的装束也是苏丝，只是全套绿色，连束胸也是绿的，一片青翠里藏着傲人的胸器。她的神情和妖精截然不同，妖精从头看到脚，风流往下跑。从脚望到头，风流往上流。一看便是豪贵床上精致的尤物。素素却如雅致的闺秀，眉宇间竟是淡淡的矜味，久在风尘里，真不知她是怎么做到的。

　　素素踏着徐步，笑不露齿，行不动裙，见我后蹲着做了个万福，素素显然是初妆，一如青花瓷上含苞待放的牡丹。我又看到了她在雨下哭泣的样子，她的美一缕飘散，去了去不了的地方，却让人不由地升起一份爱怜。和妖精一样，她也是赤足，秀白纤嫩地飘在波斯地毯上，更加了两分女人味。

　　素素偎着我的手臂道："江磊，张小盛那边，我都不知道怎么对待了。"

　　我左拥右抱道："工作时间不谈私情，明白吗？"

　　素素点点头，我对着她努努嘴，却对着楚妖精亲了过去。别说，被张小盛这么一闹，搂着素素还真有点心理障碍。

　　楚妖精看了一眼楼上，含着我的耳垂道："老爷，要不要听个曲儿？"

　　我道："你不是卖身不卖艺吗？"

　　楚妖精道："但我们疢家有姑娘卖啊。"妖精眨了个媚眼，对着二楼一间房的珠帘后，轻弹手指，琴声扬起，旋律说不出的优美。素素已经起身，搬来一副古味十足的茶具，跟妖精洗起茶来。

　　乐曲绕梁，穿越千古，我听着耳熟，奇道："这是什么曲子，如此纯美？"

　　白素素道："春江花月夜，是唐代张若虚所作。"

　　我道："孤篇压全唐。唐诗第一的作品，难怪，只是太过伤感，'不知江月待何人，但见长江送流水'。跟永恒的月光比，人太脆弱了，红颜易老，就如长江流水一般啊。"

　　楚妖精倒茶的速度明显减慢了下来，是啊，如今青春正茂，无数风流子拜倒在石榴裙下，那真是武陵少年争缠头，一曲红绡不知数。但这样的光阴能有几年呢，然后老大嫁作商人妇？伴着大红袍浓郁的香，楼上飘来了歌声：滟滟随波千万里，何处春江无月明。那音调极高，音色极悦耳，但又甚是奇怪，幸好大学曾经背过，才勉强听懂。

　　白素素轻轻道："昆曲。"我忍不住重新打量了下素素，又望着楼上赞道："这琴王琴弹得好，没想到歌也唱得这么好，而且还是这百戏之祖的昆曲，要知道卡拉OK唱得好容易，传统戏剧唱得好不容易啊。"

　　楚妖精笑道："琴是琴王弹的，歌可不是她唱的，唱歌的是妲己。"

我道："妲己，这狐媚？这……这还让男人活吗？"说话间，楼上帘子被打开，两个古典女子一琴一歌，配着墙壁上的山水画，让我刹那间宛若身在瑶池。

白素素道："小五教练按照你的吩咐，让我们尽可能地保持原来的风韵与特长，再练出点央国风的味道。含香和甜妹也正在排舞，请的是流求地区的舞蹈老师，六指说，两岸三地，流求地区的国学保持得最好，但现在还没有成形。听干爹讲，花会上集体才艺是必然要展示的一个环节。"

我道："嗯，很好。央国五千年的文明，随便拿出点来，唬唬外国人还是没问题的。"

正在胡思乱想，西施含香走了进来，那个雍容华贵，那个艳丽妩媚，顿时给训练场点了睛。含香随意穿着白色的衣裤，却别有一番滋味。女要俏，一身孝。看来果然如此。

正在琴声里发呆，训练房的木板上传来咚咚咚的声音，明显是有人穿着皮鞋奔跑，把人清梦都扰了，焚琴煮鹤。谁这么活泼啊，我正要发脾气。

一个有点婴儿肥的小鬼冲了出来，非常激动地跑到白素素面前，道："素素姐，你看我，你看我。"

白素素道："小毒药，你干什么去了，小五找你训练都找不到。"

"素素姐，你没看见吗？"毒药一脸兴奋，指着自己的眼珠子，又对着别人指了指，自豪道，"蓝色的，隐形眼镜。我跑了整个浅水加龙门才买到的，漂亮吧？"

说着说着毒药很得意地自己笑了起来。她本来就应该在爸爸怀里撒娇的。

我的火气全没了，笑道："毒药，你到底多少岁了？怎么感觉你还像小朋友。"

毒药道："胡说。"

我故意逗她道："哦，你多大了？没成年吧。"

毒药道："我十八了。"

我道："不是十六吗？"

毒药鼓着腮帮道："十六已经过了，不就是十七了吗？十七不就是进十八了吗？"

我道："别算了，怎么算你都最小。"

毒药不服气道："我十八，我大。"

我瞄了一眼她的胸前："哪大啊？"

毒药得意地望着我道："江磊哥，你不看星球联播吗？"

扑通，我倒在了地上。肚子笑得有点痛了。

"什么笑话啊，笑成这样，也说给我听听。"我的笑容戛然而止，心道，你还是来了。

这人满脸严肃，睁圆着杏眼，不柔和却惊艳，她一走进训练室，马上吸引了所有人的目光。

何青，那个完美的何青，王者归来！

何青穿着名贵的靴子，牛仔裤加白衬衫，像极了国民党时期的女特务。

"江部长，听说你不带何青去花会，本来我就有事不打算去了，但我总想见见自己输的人，一好奇就坐飞机过来了。"何青大刺刺地坐在椅子中间，眼睛溜圆道。

"开玩笑，玉宇凡尘四大花旦，别说东城，就算全国也没有几个人敢说胜过你。"我抓着心口道，"只是，综合考虑了很多因素，才忍痛把你给换下。"

"好个忍痛啊，看来哥哥还是心疼我的。"何青咯咯一笑，帮我把前面的茶杯倒满，"嗯，大红袍，楚妖精的茶道有提高，只是略浓了一些。"

楚妖精斜着眼睛，看着外边，冷哼了一声。

白素素道："何青姐，你一直是屋丽的头牌，我知道素素是没有资格参加的。如果你回来，就你参加吧。你和楚妖精配对，一定会更好。"

何青笑道："你觉得我会和人配对吗？又或者楚妖精会欢迎我？"

楚妖精道："知道就好！"

白素素道："姐姐你说怎么办，要不和干爹说说，再加一个人。"

何青哈哈笑道："素素，整个屋丽三百囡囡我只佩服一个。"

白素素道："谁还值得何青姐佩服？"

何青道："你啊，素素。论聪明，屋丽三百个囡囡，没有一个比得上你这川成帮老大，只是每当你要撒谎的时候，你的眼珠都会先往左边移动，然后你那漂亮的长睫毛会抖动三下。身在欢场，难免要讲点言不由衷的话，但被发现就很难过的。所以啊，你要注意了，眼睛会出卖你的心，以后少说点谎啊。"

白素素冷道："谢了，何青姐，你是玉宇凡尘的王牌，比心机谁比得过你。"

何青美目盯着白素素看，白素素对盯了一会，又将头轻轻转开。何青道："素素，你说得对，我们都很聪明。读万卷书不如行万里路，行万里路不如见百样人。我们都阅人无数，因此我们都不应该愚蠢。只是有些人天性单纯一些，如楚妖精，有些人，天性复杂点，如我和你。我在玉宇凡尘阅了很多电视里才能见到的人物，这让我比别人多了几倍的阅历。所以谁也别在我面前耍手段。"

楚妖精道："切，不就仗着你读书多吗？想干什么直说，别在这里欺负白素素，欺负老实人。"

何青望着楚妖精，摇了摇头。回头对我道："刚才这里是谁在弹琴，把我也听痴了。"

我道："琴王，是虎波堂的头牌，唱歌的是妲己，大唐盛世宫的人。"

何青回眸一笑，蹬蹬蹬地就上了楼。说话间，琴王和妲己一脸茫然地走了出来，何青掀起了帘子。她翘着脚很慵懒地一抹头上秀发，道："琴王妹妹，这琴借姐姐试试。"

说着，轻弹了两声，古典的旋律又一次流淌出来。刚弹着几个音阶，琴王就一脸惊讶。这《春江花月夜》在何青指下，调子和自己弹的一样纯美。过门一走，何青居然边弹边唱起昆曲来，字正腔圆。音乐我是外行，我只感觉悦耳而已，却看到琴王的脸色越来越苍白，妲己的眼睛也睁得越来越圆。过了一阵子，很显然，何青的调与琴王的调比发生了变化，我能感觉到一份柔和从伤感里满溢出来。大弦嘈嘈如急雨，小弦切切如私语，这玉宇凡尘四大花旦还真不是长得漂亮就可以当的。

曲罢，一只硕鼠轻轻爬过，但声音顿时传遍了整个训练场。

妲己道："你就是屋丽的88号吧，这昆曲是怎么练的？"

何青道："还是你唱得好，我只是经常在央戏蹭课听而已。一听你的音就知道是梨园长大，从小玩熟的，何青自愧不如。只是我想给点个人的意见，也不知对不对，你从尾字的拖音，到第二句高音的转化，似乎欠缺一些稳度，转得有些急，你的天赋虽好，但再大的肺活量承受这么长而且高的气，都会有点颤的。"

"琴王妹妹，你的琴算是炉火纯青了，只是，太忧伤。尤其是这两句。"何青笑着，素手一弹，"人生代代无穷已，江月年年望相似。这两句是悲哀，但悲哀背后有希望。人生的短暂无法和皓月常在，但是可以代代相传，生生不息，这不也是一种幸运吗？古往今来的评论者，说到这一句，都认为是哀而不伤。但琴王妹妹的旋律是又哀又伤，似乎改变了张若虚的原意。是不是你有什么心事？"

琴王腼腆一笑，点了下头。

何青指着我说："有心事找他，他干这个骗饭吃的。不过你要小心一点他。"何青唱起了越剧："此人衣冠楚楚，端不是好人啊！"

我急道："我可没有骗过谁。"

何青道："呵呵，琴王你小心了。这年头，男人都不讲实话，说股票是毒品，都在玩；说金钱是罪恶，都在捞；说美女是祸水，都想要；说高处不胜寒，都在爬；说烟酒伤身体，都不戒；说天堂最美好，都不去！！说自己不骗人的是最大的骗子了。呵呵，江磊哥你别生气，在国内不骗点人，早饿死了。"

何青走到我耳边，轻轻笑着，露出两个小酒窝："你说实话，你换下了我，是不是把妖精素素都潜规则了？"

我咕噜了一句："我那是为了工作。"

何青呵呵笑着，旁边走过来的含香正好听见这话，也笑了。

何青道："这位是……好漂亮啊。"

"在这里我叫含香。"

"含香？"何青嗅了一下空气，指着我道，"好名字，是那堆臭石头取的吧？"

含香道："在苏洋时就曾听一个老板说过，京都的玉宇凡尘有四大花旦，还老怂恿我去京都做事。真是想不到啊，在东城碰到了。"

"想不到还能见到一个活的。"何青打趣道，"含香，你算是天生丽质了，你刚才打了球还是跳了舞？汗都是香的。"

"刚才还在跳舞。"

"你要小心点你的腰。"何青蹲下摸了一下含香的脊椎，"刚摔过吧？你是跳双人舞？看你的脚就知道你的舞跳得不错。你那个舞伴就……很野啊，好像很喜欢玩高难度动作……不像是玩舞蹈出身，倒像是练杂技的，这种人很抢风头但并不是很懂艺术，和她配合你要多注意啊。"

含香使劲点了点头。

何青站起，从LV包里面拿出副太阳镜，清闲道："江磊，我问过卫哥了，既然屋丽不能出三个人，你就准备在楚妖精和白素素间淘汰一个吧。我对花会以前还有点兴趣，但现在没了，但我准备去紫荆城华都赌两场，想搭你们的顺风车。"

我道："何青，你的水平毋庸置疑，但我真的有其他安排。我想让妖精和素素组成双人，她们个人素质虽然比不过你，但这样水准的图图一加一起来，拼别的队的双人应该是可行的吧？至于花魁，你当然也可以考虑，但含香也可以考虑，妲己也能拼一拼，还有七爷手下的五朵金花，个个漂亮，之首的罂粟艳丽无比，而我只有七个指标，要照顾四大场的平衡，所以只好抱歉了，而且……"

何青停顿了一下："罂粟，她也会来？她不是在金国……家吗？呵呵，那就更好玩了，你说的也有几分歪道理。这样吧，既然你这么舍不得你的双人组合，那就安排一个比赛，何青一人对他们两人，让李鹰叫几个培训师做裁判，谁赢谁去，怎样？"

我苦笑道："李鹰已经在看守所了。"

何青道："知道，你下的套。不过没什么，人在江湖漂，谁能不挨刀？我已经叫人放了。"

我呆住了。

白素素道："你去找了毛老板吗？"

何青笑道："你认为我何青不去找你们干爹，在东城就捞不出个把人来吗？素素，你还是小看我了。"

何青戴上太阳镜，道了声"再见"，谁也不看就往前走去，那旁若无人的大家风范，真的很有"腕"的感觉。

老实说，美女长到一定层次，就各有千秋了。除了庆延山庄冬瓜这样的变态，很难有人能直接说出哪个美女脸蛋更漂亮，哪个身材更魔鬼，但气场却可以差得很远。记得有一次，雪儿和某著名影视女明星一起出席活动，老实说，身为庆延五花之一的雪儿，单论长相，似乎也不在她之下。可是两人并排走，雪儿还是明显地被压住了，尽管她挤出最标准的微笑，而且比她还高了半个脑袋。可大多数人的目光，就是被这位女大明星牵着。

白素素单看起来也很美丽，为什么跟何青在一起，就如同关羽和周仓，一看就不是一回事呢？人，气场还真是有的。

毒药显然被震住了，傻傻地跟着何青走了几步，何青停下道："妹子，这么小，还挺漂亮的，以后啊，肯定又是个万人迷。也不知是你福气还是不幸。"

毒药咬着泡泡糖道："我叫毒药，你好厉害啊，又会弹琴又会唱歌。刚才你们说的什么玉宇凡尘，什么四大花旦，是什么意思啊？"

何青蹲下，捏了捏毒药白嫩的脸蛋，突然有些哀怨道："有机会找个对你好点的傻男人嫁了吧，干这个别太久。"

毒药望着何青的背影道："我什么时候也能成这样的'角'呢？"

出口处传来了何青的声音："不要迷恋姐，姐只是一个传说！"

第54章

凤舞九天

何青的回归，让我手忙脚乱，本来以为以各酒店平衡为借口，以大局为重的狗屁理由，加上双人组合的人数优势，能够侥幸抛下这原玉宇凡尘的尤物。事实告诉我遮住自己眼睛也无法遮住科尔沁草原的星光，就如掩住耳朵也不能去偷门梁上的铜铃。

更头疼的是何青捎带着把李鹰复活了，当晚，她带着李鹰去了卫哥家，一阵道歉后，卫哥虽然仍流放着李鹰，但以两人的旧交情加上李鹰的才华，重新重用他甚至威胁到我的地位，并不是没有可能。并且卫哥答应了何青与楚妖精、白素素的比赛要求，裁判由毛老板亲自从珍海选。我和李鹰都回避。

我对着电脑发呆，做出了好几个方案，都觉得不满意，一旦我的妖仙配失败，我能驾驭抛弃过的何青吗？如果妖仙配失败后，何青失控了，她和李鹰联起手来，会发生些什么？

楚妖精和白素素听说要与何青比赛决定花会人选，士气低迷得很。我说低迷是因为楚妖精还有点士气，白素素基本清零了。

妖仙配，相貌、气质、才华、人脉甚至江湖经验都逊于走南闯北的何青，更重要的自信心差得更远。毕竟她们的对手，曾在传说的玉宇凡尘变成了玉宇凡尘的传说。玉宇凡尘是什么地方？他们老大还在汉寨关着了，那地界老百姓去不了。如果哪天何青告诉我新闻里的哪位领导曾经临幸过她，我一点也不会感到惊讶。什么叫顶级，这就叫顶级；什么叫天后，这就叫天后。

楚妖精和白素素？东城一个比较优秀的五星级酒店的王牌，而已。即使加上一些恭维和祝福也只是：下一站，天后。

好在小五和六指比我更不喜欢李鹰，他们人头很熟，表示我的妖仙配不一定会输，我正为知音感动中，他俩纷纷表示珍海请来的评委他们可能会认识。这个圈子不太大，如果能事先知道是哪几个评委，再搞定那几个评委，我们可以作弊取得胜利。

言外之意就是，我选的人不作弊肯定输。

正犹豫中，小五传来了珍海十五个桑拿培训师的资料，这小子，天生就是千军统的天才，只是生不逢时，否则不知要害死多少人。小五还告诉我这些资料是他从珍海一个朋友通过潜子弄来的，他核实过一些，基本正确。要我打印出来后，电脑里不要存底，这一行竞争激烈，互相间矛盾很深，忌讳也多，对情报都看得很重，甚至已经有一些大酒店雇佣专门的网络人才，做网络信息保护和跟踪了，难保屋丽也有其他店包括珍海的潜子，被发现后可能会连累到他在珍海的朋友。小五传给我之后，也会把资料从自己电脑里删除。我经历过李鹰被潜子盗去技术后的大发雷霆，也经历过和屋丽潜子接头的紧张刺激。我明白其中的厉害关系。桑拿是一张网，网前面是名正言顺的酒店业，网后面就是人人回避的情色业。这网里面却是数不清的饭碗和金钱，面对巨大的利益，尔虞我诈、勾心斗角都在所难免。身在圈子外，自然可以当成笑谈，身在圈子中，我也是不敢大意的。

把资料打出来后，我收好，放在桌面上，正好接到笨笨狗的电话，大喊着救命。我正紧张着，她说她爸爸过来了，正在屋丽门口。我赶忙出去，走到电梯口，才想起资料还没有删去。我马上给办公室里的牛仔打电话，吩咐他把电脑桌面上的资料弄到回收站里去。牛仔听不懂，我只好解释道，"电脑看见了没有，正开着的，你看见的地方就叫桌面，上面有个WORD文档，就是文档，把它拖到回收站里去。"牛仔答应了，电梯到二楼，我还是有些不放心，又折了回去，正好碰见牛仔从房间里出来，牛仔的手臂到胸前还裹着纱布，一脸微笑道："放心，俺都搞定了。电脑俺认识，俺们山脚下也有，动动手的事情。"看来他还没有活在石器时代，达摩保佑。

我下去后，正好碰到了笨笨狗和他家老头子坐在酒店的咖啡厅里，这老头子也算精神，一副农村知识分子的派头。如果他的女儿正经一点，或者我再痴情一点，就像上个世纪的大多数人一样，说不定这个家伙就是我岳父了。

笨笨狗站起道："江部长，这是我父亲，他一定要来我工作的地方看看。我拦也拦不住，请不要怪我。"笨笨站起轻轻地鞠着躬，这模样真像个受苦受难的秘书，表演得太专业了，让我都有些发呆。要知道笨笨狗除了在床上偶尔犯点花痴，生活中一向彪悍，她这么温柔简直可以用灵异现象来解释。

他父亲也站了起来，道："你就是苏萌的领导。我是他的爸爸，请领导多多关照。"

苏萌，原来笨笨狗叫苏萌。妈的，是听她说过一次，只是基本忘记了，咋一听还很新鲜。这个年代真他妈的有趣，不知道身份也可以恋爱，不知道名字，也可以在床上一边说爱一边做爱。

我伸过手去道："苏萌工作很努力，今年被评为了优秀职工，感谢您为东城的五星级酒店培养了这么一个出色的女儿。"

她父亲笑了笑，拿出一大袋花生，估计有七八斤，递给我。老一辈的知识分子虽然没有什么钱，基本的礼节是不会缺的，道："这是我们泗阴的特产，四集小花生。你们这里什么都有，我送点家乡的土玩意，给你尝尝鲜，谢谢你对小女的照顾，不要嫌弃。"

我接了过去，笑了笑。那老人嘴巴动了一下，犹豫了一会道："苏萌从小被我惯坏了，吃不得什么苦，其实我是不想她干什么秘书之类乱七八糟的工作的。我已经给她在卫生院找了工作了，她又嫌工资低，又嫌没有编制，又嫌每周两个晚班。但那毕竟是国家单位吧，来这边连保障都没有。我准备今天就带她回去，去广府火车站的票都买了。"

苏萌父亲拿起一支烟，苏萌道："爸爸，这里是五星级酒店，咖啡厅是不能抽烟的。"

我道："没事，没事，你爸难得来一回。"我起身帮他把烟点着。

苏萌父亲感谢地看了我一眼，把烟熄灭了。道："苏萌，你领导挺好的，我还是劝一句，你们都年轻，还是找个正经工作吧。"

苏萌道："爸，在酒店打工哪里不正经了？做文秘而已嘛。"笨笨狗委屈得眼泪都下来了。女人天生会演戏，更何况囡囡这种演艺职业。

苏萌父亲道："好，好个屁啊。前两年我跟邻居说我女儿在东城五星级大酒店做事，我还很骄傲哩。结果哩，我的邻居背着我都在笑，好像在东城酒店做事就是在……干那个……我说不出口。你爸爸是人类灵魂工程师，是高级教师。我这一辈子没有钱财，没有官位，只是在那小地方还算被人尊重，被人尊重了一辈子！都退休了，居然被人指着脊梁骨。"

苏萌道："那搞不到编制怎么办？搞不到编制就是一下等人。你以为卫生院就很干净啊，那些乱开药赚提成的，那些女的药品推销员和医生之间，你是没有……"

苏萌父亲一掌拍在咖啡桌上，一声巨响把旁边静静喝咖啡的客人都给惊了，服务员正要上来干涉，见我在，犹豫一下回去了。整个五星级酒店的员工都知道，真正养着他们的是以前李鹰、现在江磊负责的地盘。

"苏萌，你从小淘气，你要是真的能考上正规本科。爸爸拉下老面子，这么多学生，这么多学生家长总会给你弄个编制。现在呢，这样的文凭进了卫生院就不错了，总比你在外边不知道干什么好吧。卫生院乱，那也是国家开的，事业单位，有政府管着，能乱到哪里去？"

我赶忙道："大叔，你误会了。我们是正……正规酒店，五星级涉外酒店。而且苏萌做的是文秘，主要是写稿子。"

苏萌父亲脸色好了点，仍然一脸疑虑道："我就是教语文的，苏萌从小语文不好，六百字的文章可以有十几个病句。她真的在做文秘？"

我道："是啊，东城确实是个花花世界，不瞒您老说，确实有那么一两家，两三家有个别女人做了失足女青年的，但我们屋丽绝对没有，我向主席发誓没有。"

苏萌父亲道："我也是相信萌萌的，不管邻居怎么说，我总相信我的女儿，书香门第的女儿肯定不会干败坏门风的事情。其实，我是很放心的。只是今年中秋，她一下子给家里寄了五万块钱，我才起了点不该有的疑心。江部长，她一个打工的，能赚这么多钱？"

这傻子，有这样寄钱的吗？这里大把图图都是两百、三百地寄。我火了，道："笨笨，哦，笨笨的苏萌，你怎么不跟你爸爸说清楚呢？你不就是想爸爸早点买房子，向我借了三万块吗？你说从你工资里每月扣一半，扣满三年为止。孝顺父母有什么不好说的呢？"

苏萌父亲一脸震惊，苏萌低下了头，半天没说话，还没有想起怎么接这茬来，苏萌父亲道："萌萌，你真的……你真的傻啊，爸爸不需要啊……你一个女孩子在外边也难，爸爸只要你平平安安的，不受人欺负，不被人说坏话也就够了。"

苏萌把头低得更深了。

苏萌父亲一脸骄傲道："萌萌抬头让爸爸看看，你寄来的钱爸爸一分都没有花，等会爸爸就把钱还给江部长。"

苏萌抬起头，眼泪在眼眶里打转，笑得比哭还难看。

苏萌父亲剥了几颗四集小花生，连红色的皮都捏了，白嫩嫩的花生肉放到笨笨狗手里，道："这是你最喜欢吃的东西，这边吃不到吧？乖，爸爸背了三十斤过来，一麻袋了。"

苏萌父亲的头发明显有些花白了。他噘着嘴微笑着说："你跟我回去，家里穷是穷点，养个闺女吃饭没有问题。爸爸给你做三杯鸡，你小时候就爱吃的东西，你不喜欢别人动你的东西，你那个小书房，两年多了，样子都没有变哩。"

苏萌道："爸，我不回去，我在这做得好好的，我干嘛回去啊。"

苏萌父亲道："还是回去吧，你一个人在这里，爸爸不放心啊。"

苏萌道："你回去吧，真的。"

苏萌父亲道："外边太复杂了。爸爸老了，就想有个女儿在身边。"

苏萌咬着牙，吼道："我不回去听见没有！你来这里干什么？"苏萌哭着站了起来。

"苏萌！"我拦住她，道，"大叔，您别在意。苏萌这人脾气就这样，有时连我这个领导都凶的。她在这边工作很不容易，能干到部长秘书，花了很多功夫，一下子肯定舍不得这边的事业。她事业心强啊。"

苏萌父亲呆呆地望着发火的女儿，伸在半空的手掌还托着几颗剥好的花生。

苏萌父亲结巴道："萌萌，我……我只是……不想你这么大了，还在外边漂，找个男朋友，找份工作，成个家，爸爸这一……一辈子就没有什么放不下了。"

苏萌看着花生，道："别逼我，爸爸，你不知道我付出了多少成本才走到今天，我不回去。"

我看了看，这场很难圆了。一个女人下海后，不捞够钱做补偿是不可能收手的。在国内，做囡囡的成本，尤其是隐形成本，比如声誉损失、内心的自卑感等，绝对是不低的。

我道："苏大叔，我觉得您的观念也有些落伍。其实现在事业单位、铁饭碗什么的也不算什么了。有志气有本事的年轻人还都希望在外边闯闯。在五星级酒店做事，那叫什么？叫白领。现在工资不高，以后发展空间大着了。而且，苏萌在卫生院又没有编制，这种同工不同酬，还处处低人一等的生活有什么意思？其实苏萌就是觉得不公平，才过来的，她这么拼命，也就是为了多赚点钱，给您买房子，等回去不被人看不起。你看，她的事业刚刚起个头，您就来打断，她当然有些情绪。"

苏大叔沉默了，半晌道："闺女啊，我希望你能过点安稳日子啊。我们家乡把东城的酒店说得太恐怖了啊！"

我道："苏大叔，不瞒您说。我就教过书，还有过正规编制，不也来这东城的酒店打工了吗？如果真这么恐怖，我还丢了铁饭碗，来这里做坏事？"

苏大叔道："你真的教过书？不要铁饭碗来这个店做，你诳我吧？你教什么的？"

我道："语文，跟您做过同行。"

苏大叔讪讪笑笑，又不放心道："你真教过书，那我对这酒店就放些心了。那江部长，我问问你啊，你说中学语文文言文的虚字要考多少个？"

苏萌道："爸，你考试上瘾啊，江部长都出来这么多年了。"

我挥了挥手，道："按教育大纲规定，人教版初中十二个，高中十八个。"

苏大叔不置可否，道："那江部长能不能说说最简单的'之'字，在中学有几种用法？"

我笑了："四个，取消句子独立性、语音助词不翻译、的、走去。"

苏大叔微微点了点头，对苏萌道："嗯，你跟的人应该是正派的，是做过人民教师的。"

我赶忙道："当然正规，你看一看墙上。"苏萌爸爸顺着我的指引，盯着大堂的墙壁，上面挂着文明办发的年度精神文明先进单位和镇联防队发的年度扫黄打非先进单位的奖牌，显然这两块牌子对老人家杀伤力很大，他猛地点了点头。

老人满脸高兴道："都是国家部门发的，我就放心了。江部长啊，能不能看在曾经同行的份上，帮我一个忙啊？"

"您说。"

"帮我把这两张奖状照个相片，再给我寄到泗阴六中去。闺女啊，爸爸……爸爸不挡着你在这边工作了，爸爸知道你好强，这些花生你拿着啊。"

苏萌高兴道："谢谢爸爸，爸爸，你的腿怎么呢？走路好像不稳当啊。"

苏大叔道："有点风寒，老了吗，总有一些三病两痛的，没有关系。江部长，请你好好关照一下我的女儿。"说着他鞠了一躬，整整九十度，我赶忙闪开。

苏大叔道："江部长，我这女儿性子倔，还淘气，你帮我照应着她，别让她被人骗了。"

我和笨笨看着他转过身去，一瘸一拐地走出豪华的大门，显得寒酸而高大。笨笨赶忙过去扶着送他。

苏大叔搂着笨笨狗，爱怜道："萌萌，你真是爸爸的小棉袄啊。天气快凉了，你要多穿点衣服啊。"

笨笨狗道："多住两天再走吧，爸爸。"

苏大叔道："算了，算了，票都订了。爸爸放心就好了，你别送了，这么大的酒店，工作挺忙的，爸爸不能耽误你工作了，你看，你们江部长还在等着你哩，快过去吧。记着多吃点家乡的花生啊。"

苏大叔向前走了几步，他穿着一套相当土气的西装，估计费用不超过一百元——笨笨一个钟的收入——但他肯定不肯用女儿的钱。摇摇晃晃地蹒跚在满街冠盖的路上，旁边树叶已飘落一地。苏大叔走得十分有力，显然感觉挺踏实。

笨笨正要哭，苏大叔又蹒跚地走回来了，笑道："乖女儿，爸爸想请你今年过年回来，行吗？你两年过年没有回来了……当然如果酒店实在忙，也就算了。"

苏大叔有些迟疑，又看了一眼墙壁上的奖状，欣慰地笑着，道："算了，算了，年轻人工作要紧。"

笨笨哇哇大哭，弄得我心里也有点怪怪的。

苏大叔忍着发红的眼，拍拍笨笨的肩膀，很轻松平静地道："想爸爸就多打电话，不够电话钱爸爸给你寄，爸爸是高级教师，退休金就有一千四哩。"

苏大叔转过身去，只留下一道背影，走了几步，又转过来，几滴眼泪从脸颊流下来，道："萌萌，都是爸爸不好，爸……爸错了，爸爸不该怀疑你，你不要怪爸爸。"

苏大叔拿起那因放下了几十斤花生而空荡荡的编织袋，这次是真的走了。

苏大叔的走，让我们陷入了短暂的不开心中，笨笨满脸笑容地去了迪厅，疯狂地跳起舞来，我今天撒了谎，心情也不是很好，又为了陪着笨笨狗，也跟去了，点了几瓶酒，坐在迪厅角落里抽烟。闪烁的灯光和巨大喧嚣始终淹没不了那一点点内疚。

我知道，撒谎不算什么，站在心理学的角度科学地计算，每人每天都要撒几个。人都有阴暗面，如果你没有，那说明你不是人。但对着一个老人，一个曾经的同行，一个父亲，利用他的善良和信任，去编织一个单纯的老人无力看穿的谎言，只为帮着他心爱的女儿继续做囡囡，怎么想也觉得不是味道。只好不想。

苏大叔一走，笨笨狗就把整麻袋的四集小花生扔掉了！她是爸爸的女儿，这屋丽上下三百多囡囡谁又不是呢？

阿红阿果也恰好在迪厅玩，见到我大为高兴，一个劲地往我身上黏。我搂过阿红，自顾自地喝酒。

阿红用云贵普通话道："部长，你不开心啊，从来没有见过你来KTV啊？！"

阿果道："要不要妹妹陪你去唱唱歌，男发愁要唱，女发愁要浪。唱唱就没事了。"

笨笨狗从舞池冲了过来，一把推开阿红，道："要浪一边去，他带老婆了。"

阿果呵呵笑着："你是那个推拿店的吧，听说江磊哥喜欢你，运气不错啊。要不要我教你点技术，这样才能留住他。要知道，我们那还有楚妖精、白素素好多美女想往你老公床上爬啊。"

笨笨叉腰道："笑话，老娘要你们教技术？不想死的给我滚。"

阿果轻轻把腰里的刀放在桌台上，道："我们就是不滚，你打算怎么办？浅水还没有人可以让我们姐妹滚的。"

笨笨狗红了眼睛，啪地一声就去拔那把刀。这孩子以前没这么勇敢啊，今天是压抑坏了，从她笑着扔花生的时候，我就知道今天谁都不能惹她，谁惹她都可能出事。于是陪了一路的小心，结果还碰到了这两个女魔头。我赶忙制止道："笨笨狗，这两个是我手下。别闹，别闹，没事，我们去开个房间，唱唱歌，心情就好了。"

阿果和阿红很无所谓，满脸笑容，好像笨笨拔的不是刀，是灰面棒，还屁颠屁颠地跟着我们进了K房。

笨笨道："你们还跟着！"

阿果道："得了，别这么小气。都是姐妹嘛，再说江磊是什么人，你还想着江磊这坏蛋为你守身如玉？反正你已经玩过江磊了，借我们姐俩也玩玩，我们现在就想玩他了。"

笨笨的精神状态极度异常，她停了一下，哈哈笑道："好啊，我们三个一起玩他吧。"我睁大了眼睛，刚才还为了我拔刀子，这么快就把我当美食分享了？女人心海底针啊。

笨笨望着我打了个嗝，满是啤酒味，凶道："看什么看？你以为我不知道，你背着我还勾引过好多女人，就只准你们男人玩女人，不准我们女人玩男人吗？今天你睡下面，我们一起玩你。"

阿红阿果拍掌道："就是这样，就是这样，我们三个玩死他，把他绑起来，给他穿上女人的丝袜。"

我迅速跑到沙发上，躺好，大声叫着："来吧！"

笨笨坐在我脖子上，掐着我一块小肉，那小肉都红了，道，"别叫，春不是叫出来的，春是真刀实枪干出来的。"

我忍痛笑道："来吧，三个甜心，我爱你们。"

"哎哟！"我狂叫，笨笨又揪了一下，道："爱也不是说出来的，爱是做出来的。"

阿红阿果像看到唐僧肉的妖怪，对着我的脸蛋一左一右舔了过来。

正有些感觉，阿果道："姐姐们先别急，煮死的鸭子飞不掉。"很酷地跑出去，对着外边一个服务员打了声招呼，很快一个大哥大大方方地递给阿果一包东西。

妈的，什么叫煮死的鸭子飞不掉，她们的语文到底是哪个地方的老师教的？阿果道："吃点这东西，玩起来就更爽了。"

阿红道："我不吃了，你吃吧，我吃了反胃。"

阿果拿出张锡纸，将小包里的粉小心翼翼地倒下，点燃后，一缕青烟腾腾升起。阿果两只眼睛全翻白了，一脸陶醉地使劲吸着。

吸毒，我还是第一次亲眼目睹，整个身体都颤抖了。

笨笨迷惑地看了阿果一眼，拿着胸罩悠悠道："吸这个真的能没有烦恼吗？"

阿果："你想试试？"

笨笨当然知道这是毒，仍然两眼涣散地点头道："真的没有烦恼了。"

我大声骂道："笨笨狗，你想早死啊！"

笨笨道："早死晚死有什么区别，活着有什么好？"

我急了，道："你答应你爸爸要回去过年的！"笨笨醒了点神，我忙道："过来，跟蝶梦倦客做会儿梦。"

笨笨狗一震，蝶梦倦客，多么遥远的名字，又或许会牵动她一点点的留恋。我突然明白，与其说当年笨笨狗与蝶梦倦客曾在网络上爱上了彼此，不如说在似水年华里，一对年轻人怀着对美好生活的向往，一不小心恰好撞在了彼此编织的向往里。但有向往总是好的，对吧！？

笨笨狗呵呵笑着，啪地一声，把我的内裤给撕烂了。

新买的啊！十五块啊！三枪牌的啊！名牌啊！

接着就是山乡巨变和暴风骤雨了，反正我是很傻很天真，笨笨是很黄很暴力，我像花朵一样忍受着摧残，见到后面还有着一对配合娴熟的姐妹花，居然挺兴奋。有回书是什么来着：三英和吕布。

刚一兴奋，完了，这天状态无比之差，水库还没修好，雨很快就下了。我很失落，人生总是不完美的，总有那么多的事情让你伤感：阴晴圆缺，悲欢离合，阳痿早泄……

笨笨狗一掌打在我屁股上，很失落地道："喂，你可以改行了。"

我抽着烟，大马金刀地坐着。道："改什么行？"

笨笨道："改行去开F1了。"

回到屋丽，很是痛苦，牛仔好像知道我的心，很不好意思地遮住脸帮我冲了杯牛奶。我讪讪道："牛仔，李鹰说自己曾一个晚上做过七次，你觉得是不是真的？"

"做嘛呀，李鹰做嘛做七次啊？"他托着头，眨着双天真明亮的眼睛问道。

算了，跟这玩意说得通吗？我见他左脸上有个红红的掌印，奇怪道："怎么呢？"

牛仔赶忙用手又捂住脸，见我盯着他，慢慢放下，低垂着头道："被打的。"

被打？牛仔被打？牛仔被别人打？居然？

我站起来，一脸震惊，"是，是小东国蓝衣流的高手吗？"

牛仔道："切，她们算什么东西，上次是俺没注意。"

我道："那是谁。"

牛仔不说话，半晌，眼里含着晶莹的泪花："你们城里人不讲道理，是公车上一个女的打的。"

"她为什么打你？"

"俺坐在她后面的座位上，见她裙子拉链没有拉好，俺就大声地提醒了她，结果她不理。俺一见肉都在外边了，怕她着凉，就帮她拉好了。"牛仔委屈道，"结果，好心帮了她，她还骂俺流氓。俺觉得她八成是怕热，俺帮忙帮错了，所以俺就又把她的拉链拉下去了，结果这大姐不谢谢我，回身就打了俺一个耳光。"

我握紧拳头道："牛仔，这大姐不对，不淳朴。"

牛仔使劲点了点头。

我道："怎么能只打一边脸呢？不对称不好看嘛，两边都要打才对。"我捂着肚子在沙发上打滚。

牛仔摸了摸自己白嫩的那半边脸。

正笑着，六指一脸愤怒地闯到我房间来："江磊，你们屋丽的图图素质太低了。"

我道："怎么回事啊，六指兄？"

六指愤愤不平道："她们居然打开我的电脑下载毛片。"

我笑道："私自打开别人电脑是不好，但爱岗敬业、不断进取总是一件好事啊，我也想打造一支学习型的囡囡队伍。"

六指叹气道："我不是指这个，我气愤的是，她们下载没有问题啊，问题是下载时居然用剪切！"

我望了眼悲凉的六指，剪切，叔可忍婶不可忍啊。

六指走后，我赶忙把自己的电脑打开。毛片都在，正在高兴，一看不对，我要牛仔删掉的文档，也在桌面上安静地躺着呢！

我大怒吼道："牛仔，让你删除文件，你不是说已经删除了吗？"

牛仔高兴道："领导，你让俺把文件弄到回收站去，俺很快就做好了，不用去回收站那么复杂，当时就来了个收破烂的，俺当场就卖给他了。"牛仔非常小心地从口袋里掏出三毛钱，整整齐齐地递给我道："江磊哥，这是卖废纸的钱。"

我紧张地向桌面望去，我打印好的珍海各培训师的资料，连同我写好的妖仙配训练方案都不见了，我的心跳到了嗓子眼里，我道："牛仔，亲爱的牛仔，你不是把我桌子上的文件卖了吧？你快告诉我不是。"

牛仔点头道："这不是你叫俺干的吗？把电脑桌面的文档弄到回收站去。哥，你接着，三毛钱。可好哩，在豫南，这点纸最多卖一毛钱。"

我跺了跺脚，忍不住一巴掌打在牛仔的脸上。

牛仔抬起头，冲着我直乐。我转过头，指着他道："你知道我为什么打你吗？"

牛仔呵呵笑着道："知道，谢谢哥，哥觉得俺脸上的红印不对称，不好看。"

我抓了抓了头发，说这家伙脑袋不好使都是高估了他，他是完全没有脑袋。

我一记冲拳打了过去，牛仔纹丝不动，笑道："哥。你找我练功吗？你打俺吧，没事，你力气小。"

小东国啊，当年你干吗不把北老林也烧了呢？！正卖国无门中，毛老板打来电话道："江磊啊，何青跟妖精、素素的比赛就放在三天后吧，我请好了裁判，地点就设在龙门的九天宾馆。"

我沮丧地放开牛仔。九天，凤舞九天，我还有胜算吗？

牛仔道："哥，以后卖废纸的活就交给我吧。"

我道："滚！"

第55章

雪里的姐姐

　　三天的训练很常规，长城不是一天修成的，琴棋书画、妩媚功夫也都不是一天练成的。靠三天突击训练解决何青，基本没有可能。据可靠消息，何青根本就没有训练，飞到钱塘东河湿地陪一个市长去了，这就叫功夫到了家，一日睡九觉。

　　小五和六指都在忙碌着联系自己在珍海的朋友，但都不得要领。临比赛前一天，小五发火道："怎么搞的，毛老板在珍海一个裁判都不请，居然跑到利德去请裁判了。"

　　六指吐了口口水道："利德的酒店是什么水平？四流偏下。他们的培训师懂个屁啊？叫珍海的过来还有点讲头，毕竟人家也是桑拿发达地区。利德？是来卖家具还是卖电器？"

　　我苦笑道："六指兄，利德桑拿有熟人吗？"

　　六指道："没有，一个都不认识，你说桑巴国脚会认识在央国踢球的人吗，丢不起那脸啊。"

　　小五摇了摇头："别望着我，那地方经济上是欧洲，娱乐上是非洲。没听说过非洲也有桑拿的，有咱也不知道。"落后就要挨打，歧视无处不在，看来哪行都这样啊。

　　小五道："怎么能这样呢？珍海的人我还是有一些熟的，毕竟一起进行过业务学习。会不会是我弄资料时走漏了风声？"

我镇定道："别胡思乱想了，这样也好，你对这行很熟悉，想必李鹰也很熟悉，玩关系我们也未必能赢。现在请几个第三世界的来做裁判，至少大家都不认识，可以公平地比一比。毕竟我的妖仙配也算是特色产品了，一场比赛运气成分大，说不定我们就赢了呢？"

小五道："现在是靠老天爷保佑了。也好，反正利德桑拿的人什么都不懂，我们反而有胜算。"

六指道："也不要歧视人家利德，说不定也有懂行的高人。大东城主义是不对的，虽然我们暂时代表了先进的生产力，但看不起落后地区的同行总是不对的。"

小五道："六哥说的是，我觉悟不高，是不应该轻视别人。"

六指道："这就对了，不要歧视别人，明天我们就好好表演，给那些乡巴佬开开眼！"

毛老板请来了五个裁判，都是利德的同行，什么吴村明珠会所的首席，什么南滘高尚酒店的瓢把子，什么大良凯旋饭馆的部长，大良杏花村的的经理，乐从澳海酒店大当家，有一个共同特点，所在的桑拿完全没有名气，百度都查不到的那种，哦，说错了，查得到，零零散散有几条，其中一半是投诉。

小五是个人来熟，马上就跟明珠会所的一个李姓男人攀上了老乡，李生道："老乡，有空去我们那里，装修得很漂亮啊，就在镇中心联顺广场的后边，连房费收四百九十八。"

小五问道："哦，四百九十八，不算贵，那是什么级别的图图，全套吗？"

李生道："什么全套，就是陪你聊聊。我们那里没有这些服务，技师也没得选，送给你哪个就哪个，基本不准换。当然跟技师混熟了，带出去开房我们也不管。"

小五道："这个，也有生意？"

李生笑道："生意火得不得了，我们是吴村镇第一，利德区第二。"

小五目瞪口呆。

李生望了一眼九天的客房，一脸落寞道："利德第二，东城第屁。"

六指悄悄对我道："难怪有个从复尊去了利德的图图给我发短信，就六个字——钱多，人傻，速来。"

我正准备笑，突然看见一个好熟悉身影。我愣了一下，擦了一下眼睛，将姐姐的喊声咕噜进了肚子，径直向她走去。我真切地感觉到了时空的转移，在一个如此奇怪的场所，碰到了这么亲的一个人，人生的机遇真是妙不可言，我知道是无数的偶然才构就了人生，但有些偶然的出现还是会打我一个措手不及，是的，我的姐姐，雪里的姐姐。

果岭没有冬天，于是我有时会无端地怀念家乡的雪，还有雪里的姐姐，红润调皮的脸。

算起来，我被姐姐欺负了整整六年，后来没人欺负我了，还真觉得有点不习惯。

记得那是一九八八年的第一场雪，好像比以往时候来得更晚一些。银妆素裹的大地，寒假的清闲，还有马上到手的压岁钱，把每个孩子的心熏得暖暖活活。我和寄居在我家的表姐走在河堤上，我七岁她九岁，枣红色的棉袄，遮耳的棉帽，将我们裹得像两颗小小的粽子。伴着山庭湖岸烟水清濛，沙洲里晚钟清幽，两个胖胖的娃娃，提着一水的灯笼，摇摇晃晃，晃晃摇摇，走啊走啊，走到了小木桥。那时我们是多么地清纯啊。

表姐突然停下，捧起一把桥栏上的雪，伸到我鼻尖，清脆地道："这是鹅毛雪，最干净的雪，你吃了吧。"我望着一直有点崇拜的姐姐和那大把冰冷的雪，有些犹豫道："瑶瑶姐姐，这，能吃吗？"

"能吃，能吃，这是最好的东西，这是天上的水。"她眨着眼睛说。

这是天上的水，我默念一遍，就勇敢地将头埋在她的手心，寒冷的冬天，静静地吃雪，这在整个地球生物界都很少出现的场景，让幼小的我整个牙齿都在颤抖。

吃完后，姐姐大声赞叹道："真是姐姐的男子汉。"听到表扬，我深呼一口气，腆了腆肚子，满不在乎地站直了身体。布娃娃一样的姐姐呵呵一笑，帮我拂掉肩上的雪花，轻声问："好吃吗？"

我呆了呆，正在想怎么回答。姐姐抱住我，温柔地说："来，姐姐再喂你吃一次。"弯下腰去，又捧起一把更大的。我这次是真的呆了，眼神里流露着无比的惊恐。姐姐歪着头，翘着嘴，期待地望着我，我摇摇头，姐姐却将手放得更近了，我再摇头，姐姐突然眨着童真的眸子幽怨地道："你不吃姐姐的东西吗？姐姐喂你啊。"那种语气，让幼小的我感觉事情严重了：如果我不吃下去，姐姐就不跟我玩了，我伤了姐姐的心，这是不尊重姐姐，这是不尊重大人，我就不是好孩子。犹豫半晌，我终于用尽全力吃了下去，这回五脏六腑都冰冷起来，厚厚的棉袄再也遮不住从内而外的天寒。北风那个吹啊，雪花那个飘啊，苦命的娃儿在外头啊。

姐姐居然又捧起一把雪来——我开始疑惑我到底是不是她的亲弟弟了——笑面桃花地伸到了我嘴前。道："吃雪要吃三把，这样才有营养。"我摇头拒绝了，姐姐笑盈盈地一抹自己的羊角辫，道："只要你吃下去，姐姐给你买跳跳糖吃。"

那时的跳跳糖正流行，含上一点点，糖果会在舌尖跳动很久，价格自然也不菲，我记得很清楚，要一块五毛钱，这对当时的小孩子来说是天文数字，无疑我面对着巨大的诱惑。看了看那滩雪，又想了想跳跳糖，我像哈姆雷特一样艰难地抉择着。

姐姐倏地探头望了望桥边的商店，还故意大声咂了咂嘴巴。

我又努力地吃了下去，我是八十年代后出生的幸福一代，对于没心没肺的我来说，这件事就是二十世纪整个童年最大的悲剧。

我的肚子不再冰凉，而是火辣辣的生疼，像独自吃了一大碗野山椒，还特小的那种。

姐姐心满意足地哈哈笑了，我捂着肚子蹲在地上，嚷道："跳跳糖！跳跳糖！"姐姐道："什么跳跳糖？"我怒了，简直不敢相信自己的耳朵，在我童话般的世界里居然真有这么"大灰狼"般无耻的事，而且做这件事的是我美丽的姐姐！我歇斯底里地嚷道："我吃了三……三块雪，你要买……买跳跳糖。"她说："哦，是啊，但我没说什么时候买啊。"她爱怜地拍了拍自己的弟弟，冷静地道："不久的将来，姐姐一定买给你。"

沉默，沉默，空气中充满了无语凝噎的味道。姐姐笑得更甜了，漆黑的眸子，弯成新月，非常漂亮，就像个巫婆。我奋不顾身地马上跟她打了两架，结局没有悬念：第一次我没赢，第二次她没输。

一晃二十年了，已经记不清那次是什么原因去大堤——孩子做事大多没有什么目的却自有他们的快乐——正和长大后相反。但那次的"深仇大恨"却让我刻骨铭心，我怀疑我至今记得这么清楚：姐姐欠我一个跳跳糖自然早已不是主要原因，真正让我难受的，是这件事情完美地展现了我从小就智商不高的悲哀现实。

我和姐姐就这样一路刀光剑影里慢慢长大。她比我大两岁，女孩子又发育得比男孩子早，我总是打不过她。久而久之面对她也就没有了士气，挨点小打也就不敢还手了。而对于姐姐来说，弟弟是干什么的？就是用来欺负的。好在姐姐除了经常性地欺负一下我外，其他地方对我还算不错，出去玩或者吃东西一定会带着跟屁虫一样的我，也绝不允许别的人欺负她的弟弟。偶尔兴致来了，会捧着我胖乎乎的小脸亲上一口，又或者帮着我欺负一下别的小朋友。

潇湘的夏天出奇地热，晚上一家子人一定会跑到资江河边歇凉。我和姐姐睡在一个凉席上，望着漫天的星星，漫湖的蓑草，漫地的萤火，漫无边际地说话：人生、理想、新白娘子，还有孙悟空与济公谁能打架。当初我俩正年少，你爱聊天我爱笑，不知不觉睡着了，梦里花落知多少。

姐姐很聪明，踺子、沙包、跳绳、铁环没有她不会玩的。同时成绩也很稳定，每次都是学校倒数第一名。她小学六年级那一年，我正是春风得意马蹄急的时候，担任着这一辈子最大的官职——班长兼小学少先队大队长，成绩好到拿班上第二名都不好意思的程度。慢慢地便有点看不起姐姐——歧视成绩差的学生在央国是天经地义的事情。连和蔼的爸爸也悄悄跟我说过几次：少和姐姐玩，别被带坏了。我倒也没看出姐姐坏在哪里，但家长老师都说她坏那她自然是坏的了。每次考试之后，姑妈（表姐的妈妈）往往怒火中烧，我再拿着自己成绩单到姑妈那里一晃，姐姐就更免不了一顿"竹笋炒肉"，我就躲在门口呵呵地笑。这样的事我干了不少，姐姐挨打我反正是不疼的，对于年少的我，有个地方可以让我炫耀一下好孩子的成绩，那是赴汤蹈火也要去炫耀的。

小学毕业考试，姐姐再次发挥了自己一贯的水准，语文数学两科相加五十五分，位列全区倒数第一。我怎么也想不通，人的脑袋怎么会做出这样的成绩来。我带着自己的疑惑，向姑妈坦诚地交换了自己的意见。那一天，姐姐被打得鬼哭狼嚎，第一次向我发出愤恨的眼光。不过一周后，她又带着自己的弟弟出去玩了。

后来姑妈买了一个小房子，姐姐一家就搬了出去。住在一起这么久，两家的大人难免有些磕磕绊绊，弄得我和姐姐也逐渐生分起来。先是天天在一起，然后是每周聚两次，不知什么时候起，半个月也见不着一次。我这个人天性冷漠，也谈不上多么想念她。

上中学的时候，维港电影风靡全国，什么四大天王流求美女统统进入内地。潇湘自古就是土匪味很浓的地方，古惑仔系列的电影更让年轻气盛的学生血气沸腾，我当时的偶像是郑伊健演的陈浩南，加入黑社会是我作文本以外真正的理想。姐姐已经辍学，还偶尔到学校来看看我。有一次，我们又谈起将来的愿望，让我大吃一惊的是，姐姐的夙愿是当个人民教师，整天跟小朋友在一起。对这种没出息的想法，我是嗤之以鼻的，我的目标很明确，要统一维港的黑道。姐姐就呵呵地笑。

初中生显然是不能当老师，姐姐慢慢成了社会青年，开始染头发，爱打扮，人也沉默了很多，她这种人在当时的教育体系下，这么做不奇怪，不这么做才奇怪。姐姐长得很漂亮，这也让她招到不少闲言碎语，无心或者有意的，都认为她是坏青年。不少次我见到她一个人低头不语，闷闷不乐，望着我，也只是黯淡地笑笑，也不怎么和我玩了。后来又和一群同样不喜欢读书的朋友混在一起。

我高一那年，她做了黑社会，业绩很是不错，山庭湖南岸的混混里面，说起"黑凤凰"袁瑶瑶没有不知道的。姐姐笑着对我说：既然我不能证明自己不是坏蛋，那我就只好证明自己是坏蛋了。那一天起，姐姐再次成了我的偶像，我好几次想过去跟着她混混耍耍，可她却死活也不答应。硬生生地把我这个"有志青年"逼成个三好学生，这不是逼娼为良吗。这一下子，跟姐姐算是彻底生分了。

当时我们中学也有个小混混组织，自号"封魔党"，都是由在校不安分的学生组成。主要的业务是抢篮球场和抢电子游戏币。现在看起来，很有点滑稽。可在当时学生眼里，确实是离得最近的黑社会了。本质上讲，他们连坏人都不算，也就是青春期多动症，或者看电影看多了，觉得打架是很酷的事，就来"酷"一下。

有一天，我正在为考上大学埋头苦干，一个"封魔党党徒"吊儿郎当跑到我位子上，嚼着槟榔对我说："喂，哥们，老子见过你哦。"

我抬起头，满脸笑容，很认真很斯文地道："哦，可我不认识你啊。"

我憨憨地推了推眼镜。

他将槟榔吐在我的数学练习册上，拍着桌子道："认识黄哥吗？黄哥都不认识，你也在六中混？老子是'封魔党'黄哥的手下，赵舟。"

我点点头，心里有点莫名其妙，道："你们找我干什么？"

他指着我说："上次看见你去玩了游戏，今天我们黄哥要去，你准备三十块钱请客。"

我这人从小智商不高，又很有不耻下问的精神，就问了一句："为什么？"

赵舟勃然大怒，一脚踹在课桌边："为什么，'封魔党'要你的钱是看得起你，有本事你不交啊！今天下午五点钟我们来收钱，不给打死你。听着，有种别告诉老师。"

我本来还想问几个为什么的，赵舟却满脸笑容地飞快走了。抬头一看，物理老师进了教室。

旁边的同学嘀咕起来，一些人认为有必要告诉老师，一些人建议我给点钱消灾，以免后患，还有几个平时就跟我关系不怎么样的，强烈建议我跟"封魔党"打一架，还表示可以把家里的菜刀借给我。我说："谢谢哦。"

物理课时我越想越不安，报告老师不太符合我一向的审美观；一个人灭了"封魔党"固然很有吸引力，总觉得缺少可行性。思来想去，我决定去找姐姐帮忙。

姐姐抹着浓浓的胭脂，涂着彩绘的指甲，一席长发披在枕头边，恹恹地闷闷坐在床头，眼珠青黛无神。听我说完这件事，猛地站了起来，大眼珠中发出兴奋的光芒，一字一顿道："我的弟弟也敢欺负，他算是活腻了！"

姐姐显然对我出了事第一个想到她很是高兴，一手搂着我道："别怕，有姐姐在这里，下午姐姐去你们学校。"那一刹那，好像又回到童年，有小朋友跟我打架，姐姐就帮我。

第七节自习课快下课时，我听到窗外卡车开来的声音，一车子粗壮的混混，猎豹一样守在教室门口，一个年轻女人从车厢走出，很复杂地望了一眼教室。

……

我从来不知道打人的声音原来这么难听，跟电影里演的完全不一样，拳头打在肉上闷闷作响，然后就是鬼哭狼嚎。我想：赵舟，这名字取得真不怎么样。赵舟，找揍。

整个过程只持续了两分钟，"封魔党"没有一个人上来帮忙，那个"黄哥"倒来看了一眼，马上以刘翔的速度跑了。识时务者为俊杰，他果然是绿林俊杰。从那天起，"封魔党"宣布解散。据说那是市中学界打黑工作最大的成就。

姐姐走到我教室旁，给了我一个茶叶蛋，居然嘱咐我好好读书。我靠，精神病，她嘱咐我好好学习，没搞错吧？当下也不怎么领情。

我们的交往越来越少，有一次碰到，在一起走了半天，却都感觉无话可说，马上又散了。我虽然还是那个满脑袋幼稚思想的弟弟，她却不再是那个抱着弟弟吃雪打架的姐姐。刚开始还略有点惆怅，慢慢的也就习惯了。

1999年，我考上了大学，我家大人已经和姑妈家的关系水火不容了，姐姐也自然没有来祝贺，我和她开始形同陌路。就像两条平行线，两家隔得并不远，只隔了两条大街，却永远不可能相交。

象牙塔里的日子最是张牙舞爪，忙着读书、写作、失恋，正是年少轻狂、不可一世的时候，自然也就忘记有瑶瑶姐姐这号人物。有一天，宿舍窗外大雪纷飞，白茫茫一片好干净，忽发踏雪访梅的雅性，走到一座小树林里，看到一对小朋友在那里玩雪，是一个姐姐和一个弟弟。突然感觉似曾相识，又如梗在喉，仔细一想却怎么也想不起来，只有怔怔的迷茫。远处不知谁家飘来巫启贤的歌："你知不知道，思念一个人的滋味，就像喝了一杯冰冷的水……"我全身为之一颤，像吃了三把巨大的雪。是啊，你知不知道思念一个人滋味，就像喝了一杯冰冷的水。难道巫启贤也有个坏姐姐？瑶瑶姐姐，你还欠我一包跳跳糖呢！

后来我只身跑到果岭，做了几天教书先生，整天带着近百个小鬼跟语文考试较劲。想起年少时的梦啊，恍若昨天。命运偏爱开玩笑，曾经想做黑社会的做了老师，想做老师的做了黑社会。好在"公检法国地税，人民教师黑涩会"，都算让人羡慕的职业吧，我对自己说。

前几年还在当教师时，有一次，潇湘老家的母亲很高兴地来电话："袁瑶瑶被派出所抓了。"

我说："哪个袁瑶瑶？"

母亲说："你瑶瑶姐姐啊。"

我说："哦，什么事？"

母亲说："斗殴，卖淫。"

我想了半天，才道："怎么搞的？"

母亲平静地说："谁知道呢？她早晚要出事，家里没教育好，自己又不自爱嘛。"

我沉默了，想打个电话给关在派出所的姐姐，想要回她欠我的跳跳糖。可不知怎么，犹豫半晌，终究没打。

去年过年，炉火烧得很旺，还是山庭湖，还是大雪纷飞，还是小木桥畔。

母亲说："我听别人说，袁瑶瑶死了。"

我问："哪个袁瑶瑶？"

母亲说："你瑶瑶姐姐啊。"

我道："真的吗？怎么搞的？"

母亲说："谁知道呢？"

整个年，我在老家都没有再见到姐姐，连姑妈好像都搬家了。她大约是真的死了，我想，她还欠我一包跳跳糖呢。

我看了看茫茫的大雪，雪堆里好像有一个明眸善睐的小姑娘，枣红色的棉袄，遮耳的棉帽，被裹得像颗小小的粽子。然后我转身而逃，不再看她。

……

利德南滘高尚酒店首席咨询师阿瑶，就是你了，没错的。这家伙没死？干这行了？这样才合逻辑嘛。她这种学习成绩，又争强好胜的，又长得人模人样的，不干这个又干什么呢？我抹了一下眼角，拍了她的肩膀，她转身，职业的笑容半天不动，满脸写满了惊讶。

我轻声吼道："看什么看，你还欠我一包跳跳糖呢！"

瑶瑶姐把我叫出外边的走廊，很高兴地抱住我，然后随手给了我一个耳光："你干这个了？读这么多书干吗来干这个？你不准干这个，姐姐一直是为你骄傲的。"

我想张嘴申辩，却不知道怎么回答。世界上很多话，都在不说憋屈，说了矫情之间。我憨憨一笑，道："素素和妖精是我的人，等一会，知道了吧。"

……

比赛结束，一比四，妖仙配惨败。已经做足了心理准备的我，并没有太多的惊讶。白素素对自己能得到一，还有几分满足，只有楚妖精很沮丧。我明白这个一是谁给的。

老实说妖仙配已经表现得很好了，两人的茶道表演、双人媚舞、楚妖精钢琴独奏、白素素的英语歌唱；两人的红绳飞舞的表演，都有了一定的火候。

何青呢，她什么也没带。她把妖仙配倒出的剩茶闻了闻，说出了茶叶的产地和级别，把楚妖精带的钢琴打开，指出了其中一个旋律弹奏时的误差，并阐述了这台钢琴材质对音色的影响，然后走了一个猫步，转身跳了一支舞，这支舞也只露了两个肩膀。

灯光亮后，她嫣然一笑，所有评委都呆了呆，因为语言已经苍白了。然后就一比四了。

何青翩翩走向楚妖精，道："妖精，你们还想不想去花会？"

楚妖精翻了白眼，何青道："我可以让给你们，只要你们答应我一个条件。"

第56章

一无所有

楚妖精和白素素一脸茫然。

何青道："只要你们答应给我找到二十个老板，参加治沙组织，我就把花会的名额让给你们。"

楚妖精道："你别演了，在男人面前演戏是应该的，在我们几个面前你演什么？"

何青很真诚道："我何青需要演戏吗？我只是跟你们做个交易，你们愿不愿意随便。"

白素素道："你这么做的原因是什么，为了治理沙漠，你愿意不参加花会？我不信。"

何青妩媚一笑："钱我赚够了，那四百万美金的花魁奖金，对于我来说，不算多大的数字；名气，我在圈子内够大了，你们需要花会扬名，我不需要，就算拿个冠军也就是圈内名气大点，但我五年前就已经名气很大了，对吧？去花会能怎样，输了没面子，赢了呢？能被个超级有钱加好色的老板私有化，或者被个拉伯的卖油翁包下，也就这样对吧？这些我何青唾手可得。不管你们信不信，钱，对于我只是个数字，我现在寻找的成就感就是治理沙漠，成就感明白吗？"

楚妖精和白素素睁圆眼睛，没有说话。

何青拿起LV包，转身道："不同意就算了，那何青就去花会了。"

白素素赶忙道："可以，你说说具体条件吧。"

何青道："找到二十个身家超过千万的老板，只要你们能把他们弄到查诺尔沙漠来，剩下的事情我来办。"我们面面相觑。何青道："你们放心，不会很难，东城有钱人够多，贪你们美色，钱烧得慌又精神空虚，喜欢附庸风雅玩玩治沙之类环保事务的土老板不少，运气好的话半年你们就可以完成任务。"

白素素道："那好，我们干了。"

何青看了楚妖精一眼，楚妖精点了点头。

何青从LV包里拿出了合同："签了吧。"楚妖精和白素素看了看，楚妖精道："完不成任务赔偿五百万，这个，太黑了吧。"

白素素动了动眼珠，一声不吭地签了字。

何青道："你们别怕，让你们利用好自己的资源做好事而已。我去年拉了差不多六十个，而且只要到了查诺尔，剩下的事情我来办，放心，那儿不是十字坡，何青绝对不会把他们做成肉包子的。当然，你们要是想不守信用，参加完花会成了名就玩失踪，也可以试试。妖精你是不会的，素素，你川成老家前那棵老榆树可真粗啊，何青上次跟你们当地一把手过去玩，两人合抱都抱不住。"

白素素站起道："你……什么意思啊你？"

何青没有理白素素，对着楚妖精道："妖精，你签不签啊，再不签我可后悔了啊？我现在还在犹豫是去紫荆城赌几手还是去北方种树玩。"

楚妖精咬了咬牙，签了。

何青把两张合同放到LV包里，笑笑道："谢谢了。"

我带着来学习的毒药坐在一边，呆呆地看着这个戏剧性的变化，毒药一脸羡慕地望着何青，又望着何青的包，何青看了毒药一眼，和蔼地笑道："小妹妹，喜欢这个包？"何青把合同拿出，把LV甩给了毒药。

这个举动震惊了全场，太豪爽了，这个包包少说也要万儿八千吧。

毒药满脸喜悦地抚摸了一下白色的皮革，道："何姐姐，这么贵的包包我不敢要。"

何青当着众多图图，镇定道："是挺贵的，在义乌国际市场买的，四十五块。"

"啪"地一声，毒药和着椅子倒在了地上。

何青道："我早就不用真皮了，劝你们也别用，这对动物太残忍。姐姐带着这个西贝货，从来没有人怀疑。包是假名牌没关系，姐姐是真名牌。"

何青笑了笑，转身就走，突然对我说："我要走了，江磊，你不送送我吗？"

我受宠若惊，一肚子疑惑走到九天外，何青道："江磊，江部长，江大才子，你又是高兴，又是莫名其妙吧？"

我定了定神，道："可以理解一部分。"

何青道："哪一部分？"

我道："马斯洛说人有五种需求层次，生理需要、安全需要、爱的需要、尊重的需要、自我实现的需要，国内大多数囡囡还在为生理需要和安全需要，或者爱的需要而奔波，就算高级一点的如妖精、素素等也在为尊重的需要努力，而你却已经赚够了，又看遍了男人和沧桑，在圈内盛名显赫，受人尊重。已经达到追求自我实现的层次了。"

何青怪笑道："自我实现？马斯洛？你其实就是想说，我会这么做，就是因为不差钱，赵本山的不差钱对吧？"

我陪着美若天仙的科尔沁草原的星光，有种如梦如幻的感觉，不敢乱说话。

何青道："或许你说的也有点对吧，但还有一个原因，你不知道。是因为我生活的地方太现实了。从十九岁起，我尝够了这种现实，钱，需要，肉，四个字可以把所有故事讲完，不管是街边的美容店还是京城的玉宇凡尘，其实都只是这四个字的皮囊。而我们呢？太像一个东西了，一个投个币进去就会完成一组动作的程序，而不太像一个人。我觉得人总得有点其他东西的，所以我总是在寻找。生活现实得可怕，所以我才会喜欢，不，是迷恋，和一帮一点也不现实的疯子守在沙子边，和一群最单纯自由的灵魂一起对抗无情的大自然，每到这个时候，我就感觉自己像是那个冲向风车的骑士，江磊你知道吗？那感觉太美妙了。"

我一脸神往地望着北方，突然觉得世界真大，如果赚够了钱，去一个没有尔虞我诈，没有功名利禄，单纯地去干点自己喜欢的傻事还真好，只是我去得了吗，我这样一无所有？

何青道："而且，我也很庸俗，我突然想到，以我的名气，赢了当然是锦上添花，输了未免脸上挂不住，所以我就不去了，够坦率吧？呵呵。"

我不假思索道："你怎么会输。"

何青调皮地眨了一下眼睛，如古代女扮男装的公子般轻轻作了一个揖，道："本来也没有想过的，但我听说庆延山庄的罂粟会去，既然有罂粟在，我就懒得去斗了，万一在茭队都做不了花魁，丢了身份，还徒惹伤心。"

我道："罂粟？庆延山庄之首，你也怕她？她很厉害吗？"

何青点点头道："怕谈不上，在京都很小很小的权贵圈子里，流传这样一句偈语——巫山神女羞，罂粟花中秀。说起来她成名还在我之后，但成名之快，评价之高，在京城最高端的欢场圈子里无人可出其右。何青见过她一面，确实摄人魂魄。"

"巫山神女羞，罂粟花中秀。"我默念着这个句子。

何青道："有她在，何青去不去倒也不是什么天大的事了，或许你的妖仙配还真会成为秘密武器，特色牌。"

我道："既然如此，你为什么……"

何青道："为什么又要跑来捣一下乱对吗？何青又不是神仙，怎么知道罂粟会来？再说了，我身为屋丽的一员，玉宇凡尘的王牌，就这样被莫名其妙地在东城被撸了，总得找个说法吧。好了，现在面子找回来了。我可以回北方去治沙了。"

我说道："对不起，上妖仙配，我确实有私心的成分。"我难得这么老实。

何青摆摆手，打开车门，道："有朝一日，你愿不愿意去沙漠找何青玩？何青喜欢聊聊心理学哲学这样玄幻的东西，以前我老在京都各个高校蹭课听。沙漠中多的是豪爽的汉子，却少了些能聊禅的高人。"

我笑了笑，帮她打开车门："只要你在那里，一个电话，那是打断腿都要去的。"

何青娇嗲道："到那里要帮忙治沙哦。"

我傻子般点点头。

何青把钥匙一扭，露出一截白莹的玉碗，真如藕一般，配着奔驰车的方向盘，别有一种高贵的感觉。何青道："这次离开，我就准备退出江湖了。现在图图都不穷，但不穷不代表开心。如果可以，帮何青多鼓动一些人来帮我，不管是查诺尔沙漠还是科尔沁沙地都需要人帮忙。何青保证，她们来了后，会觉得生命的意义，不需要在摇头丸和小狼狗里寻找。"

我看了眼奔驰车，有些自卑道："只怕大多数人没有这样的境界，你毕竟是华清的。"

何青笑了笑，把车开了几米，停下回头道："假的，呆子，四十五块钱找个电线杆买的。"何青睁大眼睛盯着我。

我一愣，道："学历是假的，但学力是真的。"

何青笑得好甜，像春天突然盛开。她走下车，吻了我脸蛋一口，图图的吻不值钱，但这一下子，我却有种被点穴了的神奇感觉，何青转身，戴上墨镜，开车绝尘而去，我还在原地，呆呆不能动弹。

回到浅水，故意挤了一次公交车，想把何青吻的感觉保留久一点。在东城挤公交，那是一项包含散打、瑜伽、柔道、平衡木等多种体育和健身项目于一体的综合性运动。我一脸疲惫地想，在屋丽再干几个月，一定要买辆小车，否则，就算以后找到了个何青似的女人，总不会让这婆娘跟着我受苦吧。

下车回屋丽，我还在回味着何青和她那让人神魂颠倒的吻，差点被自行车撞到两次，在屋丽门口碰见了笨笨狗，我深恶痛绝地发现她今天怎么特别丑，这跟何青比……就是跟妖精、素素比……再退一步跟朝天椒比……跟大眼睛、秀秀之类的比比，算了，人比人，气死人。

笨笨狗落落大方地搂住了我的胳膊，我还在想着何青，回头看见这个黄脸婆，真是一点心情都没有，我冷冷道：“我要陪客人出去吃饭。”

笨笨道：“你怎么能这样，你答应下面给我吃的。”

我什么时候答应下面给她吃了，啊，啊，下面。

执子之手，方知子丑，泪流满面，子不走我走。

我狠狠一甩手，离开了她。

笨笨怔怔地望着我离开，眼睛红着，也不知是她的表演还是我的幻觉。

我转身道：“好了，好了，我下面给你吃了。”

回到房间，我俩趴在床上，笨笨狗帮我推拿着，我还是觉得有些委屈，都是何青闹的。我又想，不能怪男人去桑拿，男人都好美女，这是人类基因决定的，但现实生活中有几个一般男人的老婆长得如屋丽图图这么漂亮，还是黄脸婆居多吧？别说妖精、素素了，随便找一个A牌，那都是众多厂妹中千挑万选的。我望着笨笨，那鱼尾纹和胖胖的大众脸，心想：我是你转身就忘的路人甲，凭什么陪你蹉跎年华到天涯？

我们十指相绕。笨笨狗在我上面道：“江磊，嗯，我感觉现在我越陷越深了。”我道：“哦，你还不能自拔了。”

张小盛道：“江磊，我的积蓄差不多行贿完了，今天我问了白素素，白素素说我赚够一百五十万，就嫁给我。”

我道：“你还差多少？”

张小盛道：“差一百四十万。”

我道："白素素的口开得挺大的啊。"

张小盛急道："素素已经很体贴了，她只是要最低的生活保障，一套三室一厅市中心普通的房子，这要求高吗？一间三十平的小商铺，卖卖化妆品，这要求高吗？白素素怎么也是开宝马的美女，不可能让她从了良，连普通白领的生活都过不了吧？这随便算算，就是一百五十万了。"

我沉默了，张小盛道："我爸妈还有几十万的棺材本，还能找你借点钱吗？"

我道："兄弟一场，钱不是问题，问题是我没钱。"

张小盛道："妈的，真不愧是无产白领。兄弟，我想玩把悬的。"

我笑道："哥们，现在局子准备发年终奖了，你是打算卖白的还是黄的啊，打算去给联防年终奖作贡献？"

张小盛道："不是，我打算把辛龙的牛主任再请出来。"

我疑惑道："有用吗？你喂了他不少了，自己瘦了一圈，他倒是挺胖。我就怕你丢的钱都成肉包子了，要知道打白条一些'村干部'的传统美德。"

张小盛道："所以打电话给你啊，我买了个针孔摄像头，想借你们屋丽的房间用用。"

我停了一会，张小盛道："我知道你难做，出事后，他肯定会来屋丽酒店找你们的麻烦，但我实在是没有办法了。我要跟素素结婚。"

我喘了会气，张小盛那边也没有挂电话，我知道，这家伙基本上是不求人的。

我咬牙道："可以，我给你提前定房间。"

张小盛道："你不怕他来酒店找麻烦吗？"

我道："笑话，这是赣都辛龙还是东城？他敢来我让他回不去。"

张小盛挂了电话，连声谢谢都没有。对，这才是兄弟。

当天夜晚，我、笨笨狗、张小盛、白素素约着唱K，张小盛喝得半醉不醉，在大堂抢过麦克风，那真是跑音跑调跑感情，吼的是崔健的《一无所有》。

"我总是问个不休，你何时跟我走，可你却总是笑我，一无所有！我要给你我的追求，还有我的自由，可你却总是笑我，一无所有……"

嗷，嗷……

第57章

七爷南下

抽空飞到长泥，参加了杨二兵的婚礼。他的女人还是那个女人，从高中就开始交往的女人，在这个时代，这是多么难得的神话啊。

我还记得当时在潇湘科大破烂的蓝球场上，杨二兵总是飘逸在三分线外，戴着高度近视的眼镜，像木头一样投着球，虽然准确率跟六脉神剑一个性质，但已经是全班难得的外线好手了，这时场下总会默默地站着一个扎着马尾辫，同样戴着高度近视眼镜的小姑娘，挺着两只大木瓜，一脸的幸福望着杨二兵消瘦的身影。到了晚上，电话粥的香味，会一次又一次刺激我这只孤独的狼。

这一晃，多少年了？我玩着手指，只觉得，时间太瘦，指缝太宽。

飞机下是家乡灰蒙蒙的天空，我在这里混过了四年，那位我追求了三年的女孩子已经成了另一个女孩子的妈妈，据说她的女儿在幼儿园里已经有了男朋友，弄得我被她甩时立志生个儿子泡她女儿再甩掉她女儿为老爸报仇的卑鄙愿望，都变得那么渺茫了。悠悠万事，白云苍狗，我在世界上走了一遭，到底为了什么？

我？江磊？蝶梦倦客？心理咨询师？文人？酒店高管？大茶壶？皮条客？顶级白领？时代先锋？臭不要脸？那不远处的湘水樱花园里立志成为一代文豪的男孩子是谁？是谁在明湖边对江林说非她不娶？是谁跟笨笨狗游荡在幽雨下的飞麓山？我床上是谁的媳妇，我的媳妇在谁的床上？难道这就是生活：誓言用来背叛，承诺用来敷衍，爱情用来替换，回忆用来纪念，心灵用来埋葬，她用来遗忘，我用来装扮沧桑？

一股寂寞，就在空气中凝聚成压强，四面八方对着我袭来。我扣紧了衣服，抬头无语。我即兴作了一首可以加入央国诗协的诗词：

梨花弄·狗熊

自古英雄多寂寞，

我发现，

狗熊也一样，

寂寞从不挑食。

因为，

毫无疑问，

江林做的水饺，

是天下最好吃的。

杨二兵笑得很灿烂，柳大波带着泪光拜谢了父母的培育，从此嫁入了杨家那破烂的教师单身宿舍。那一夜烟花灿烂，衬托着我的强颜欢笑，我喝了一杯又一杯酒，觉得新娘子比印象中又丑了好多。在东城待久了，眼光也就高了。可是，我还是无限嫉妒二兵同志娶了个丑妻。这年头，从一而终，需要多大的勇气，又需要多大的运气。

张小盛颤抖着手，在房间里安装好了针孔式摄像头，他一脸憧憬地说道："江磊，顺利的话，三个月之后我就可以跟素素订婚了。"

我有些担忧，吞吞吐吐道："你到底想清楚了没有？娶一个囝囝没有这么简单。"

张小盛道："白素素不是普通的囝囝，她是为了给家人治病。"

我皱着眉头，半晌，摸着他的肩道："扯淡，一大半的囝囝都是为了家里，贪人家漂亮就直说。兄弟劝你一句，女人的漂亮是没有几年的，几年后，你准备怎么办？吵架时，你会不会觉得自己很委屈？万一有一天，你和白素素走在大街上，碰到一个以前的客人，调戏素素几句你怎么办？还有，你怎么骗过你的父母？"

张小盛道："我就说她是酒店的文员，因为不满酒店乌烟瘴气的环境，被炒了鱿鱼，准备跟我回赣都开家小店。我爸妈想孙子都想疯了，素素这模样，这修养，直接可以把我父母乐疯了。他们真调查起来，我爸妈认识你，你就说是你在屋丽混时的文员, 通过你认识的。"

我道: "这是小事, 只是你不怕有朝一日被发现吗? 毕竟纸包不住……"

张小盛打断我道: "我以后永远都不会来东城, 也不会对素素提起东城两个字, 吵架时也不会。既然打算娶她, 她以前怎样就不应该在乎了, 她以后怎样才是我该想的。做完这一笔, 我就回神山, 给她开个化妆品铺子去。万一有一天被发现了, 我先打死不承认, 实在没办法了, 我认了也就是了, 不就是从桑拿里弄了个失足女青年从良吗, 那又怎么大逆不道了, 怎么着? 我找个老婆还要别人管? 这么多失足女青年都不嫁人了? "

我伸出一个大拇指, 道: "爷们, 纯的, 你不是想回赣都源婆吗? "

张小盛道: "我是想回去, 漂了这么久, 还是觉得赣都好, 这里的鸭脖子都不辣。只是素素说她有鼻炎, 怕冷, 喜欢南方的天气, 那就去神山好了。怎么讲那也是我的老窝。"

我道: "私定终身了啊, 呵呵, 到时我去你房子睡, 你叫素素好好招待我啊, 我可是她的老上司。"

张小盛冷冷地瞪了我一眼: "你敢碰素素, 我剁了你的小鸡鸡。你看看, 藏这个位置会不会被牛主任发现? "

我感觉自己下面凉凉的, 抬头看见一个摄像头装在了洗手间玻璃的上沿, 还真是难以发现。

我道: "你这么做违法了, 知道吗? "

张小盛淡然道: "废话, 牛主任不违法吗? 屋丽不违法吗? 东城不违法吗? 收了老子的钱, 又不给老子办事? 我违下法怎么了? 我这叫正当防卫。当生活心怀歹毒地将一切都搞成了黑色幽默, 我就理直气壮把自己变成了一个受过高等教育的流氓。"

这家伙, 跟我混久了, 说话一套一套的, 还带着押韵和文采, 真是近朱者赤啊。

毛老板跟我说, 游戏规则已经明确, 七爷晚上就带着大队人马到深蓝机场了, 我们去接机。今天下午我们还要先去副市长家一趟, 叫东东从财务账号里调两万块钱出来, 副市长的舅娘死了。

我问毛老板: "副市长的舅娘? 这个远了点吧, 这也要去吗? "

毛老板意味深长地看了我一眼: "他是他舅娘带大的, 而且你是中文系的, 应该看过《西游记》吧？"

我道："看过一点，主要是电视。"

毛老板问："有什么感想？"

我丈二和尚摸不着头脑，毛老板停了停对我道："《西游记》告诉我，凡是有后台的妖怪都被接走了，凡是没后台的都被一棒子打死了。我们就是这个社会的妖怪，你应该知道怎么做妖怪了吧！？"

副市长舅娘家的灵堂非常朴素，副市长本人也是痛苦中不失风度，对每个来访者都鞠躬言谢，倒是称得上有礼有节，平易近人，对络绎不绝的吊唁人群，副市长没有丝毫架子，当然按照央国的风俗，礼物也还是收的。

我和毛老板满脸戚容地说了一些场面话，正准备从灵堂里出去时，我接受了一个非常震撼人心的教育。

江区长，也就是上次我和毛老板拜会过的江区长，面对棺材，跪在地上号啕大哭，几近昏倒。逼得旁边的几个小爬虫也都跪下了，包括屋丽的靠山之一，浅水镇的镇委委员，也只好跟着跪下了。江区长一边哭一边磕头，大喊道："舅娘啊，你就等于是我的亲娘啊，你怎么就走了呢……"一会儿用手敲打着瓷砖，一会儿哮喘般痛苦地抽泣。

旁人看不下去了，要扶他起来，两个汉子拉他，怎么拉也拉不动。

副市长只好跪在地上，反过来劝他节哀，他哭得更厉害了。半晌后，副市长只好踢了他一脚，我当时离得不远，清晰地听到副市长小声道："我都知道了，起来吧。"江区长才带着两眼闪亮的泪花，悲痛地站了起来。

江区长也五十好几了吧，这么重情重义真让我感动。

我当时就有两个收获：一，央国得不到奥斯卡也是有原因的，一流的人才都当官了。二，失足女青年出卖的东西，其实也未必算多。

七爷的人一下飞机，就成了整个深蓝机场绝对的眼球中心，美女太多了，把送行的空姐都比了下去。我认真看了看，老熟人红玫瑰、蝴蝶兰、鸢尾都来了，但没看见雪儿，让我惊喜的是我的瓷娃娃也过来了，另外还有三个女人我不认识，但个个都是绝色，其中有一个一看就知道是外族姑娘。

紧接着，七爷低着头和东瓜、西瓜走来了，后面还跟着个拿行李的，估计是南瓜。我对着卫哥点了下头，赶紧迎了过去。

毛老板握住七爷的手，我突然一惊，道："七爷，你的脸怎么了……"

七爷平静道："收拾八路公馆时，起了点小冲突，被李爷暗算，结果脸上被划了两刀，好在事情最后摆平了。"

卫哥吸了口凉气，道："下手够狠的啊。"

那刀疤从太阳穴一直滑到了脖子，小拇指般粗，我望着七爷半边被破了相的脸，不知道该说点什么好，多么威武的一个人啊，上个月还筹划着去南极洲了。

七爷笑道："你们别看了，没什么，人在江湖漂，哪能不挨刀，反正我七爷横行天下，靠的又不是脸蛋。"

我还在不知所措，毛老板已经轻松地笑了。

七爷看着天空，悠悠道："以前啊，我经常对着镜子做鬼脸，现在镜子总算扯平了。"

第58章

游戏规则

　　毛老板的司机兼心腹张叔，开着辆三厢长的别克君威，把东、西、南瓜，红玫瑰、蝴蝶兰、鸢尾，以及那个外族姑娘一股脑塞到了车里。

　　毛老板、七爷、我和瓷娃娃，还有另外两个姑娘则坐着另一辆车，是一辆加长型的豪华法拉利，毛老板坚持亲自开车。据毛老板介绍，这个车型全球只生产了五辆，但在央国内地就出现过六辆。尽管如此，这车仍然是极难得的，这次是为了接七爷，否则，他也舍不得把这个宝贝开出来，高速路上太扎眼了。

　　七爷是识货又见惯了沧桑的人，语气很平静，但也对车连声赞赏。

　　我看着他身边陌生的两个绝色，问七爷道："谁是罂粟啊？雪儿呢？"

　　七爷说："罂粟还没有回来，到花会比赛时，她会直接飞紫荆城。小冬瓜是你老相好，我把她带来做个替补。雪儿有档期暂时脱不了身，而且狗仔队追她追得太紧，也无法随大队伍活动。"

　　我随意地抓住小冬瓜的手，那两美女则主动地依偎在七爷胸前，其中一个面似桃花媚，一个则带着倔强的英气。

　　七爷道："这一个是京都名凤，京都大场瀚海精阁的压寨之宝云烟，西皖人，是红山旅游小姐选拔赛的冠军，后来落到京都，十日内红遍了西京街，预约的单排到了明年五月。右边这个叫双懿，是个女特情，也不知是冬瓜从哪淘换来的。为了她，我同时得罪了幽燕会所、八号公馆、902酒家等好几家兄弟单位，连关系不错的公路安全大队都得罪了一半人，算是前几天才刚刚硬抢来的。"

我震惊地放开了小冬瓜的手，扶正了近视眼镜一看，难道是……这倔强的英气……面熟啊！小冬瓜道："江磊，你见过啊，我哥带你去庆延山庄的路上，记得吗？我哥为了看她还差点撞坏一个叫花子。"

我耳朵里响起了冬瓜那镇定的声音："此人腰臀结合之美，为我生平仅见。"真的是她，仔细一瞧不是她又是谁？这才二十来天啊！

只有七爷想不到，没有七爷做不到。

我痴痴地看着这两个女人。

云烟魔鬼身材天使面庞，她一米七以上的身高，不染纤尘的鹅蛋俏脸，微翘的瑶鼻，樱桃小嘴红润柔和，尤其那双明亮漆黑又灵动如水的眸子，镶嵌在雪肌之上，用个不贴切的比方，就是画家张萱给自己的《簪花仕女图》完成了最后的"画龙点睛"。她身外罩粉色的甜美公主V领长款收腰双排扣大衣，里面一条米色带大领花的针织膝上裙，肉色的天鹅绒长筒保暖袜裹着两条修长匀称的大腿，粉色尖头小羊皮抓皱细杯跟中统靴，再配搭上脖颈上粉色的长围巾、头上雪白甜美气质的浅帽檐勾花兔毛公主帽，银色大耳环和水晶小项链，看起来确实靓丽无比。

双懿则毫无一丝的风尘味，身在东城，阅人无数，也只有白素素能勉强做到这一点，但白素素是柔和的水，双懿则是幽蓝的火。白素素让你想欺负又不忍欺负，双懿则让你心存害怕又向往征服。她像是一匹烈马，看她咬紧的双唇，时不时紧锁的眉眼，那别是一番风味。更重要的是她的身材，淡粉蓝的丝质上衣，柔软的丝质衬衫贴着她挺秀的双峰，雪白的乳沟隐现，看了让人心跳加快，外面罩了件白色的镂空钩花棒针对襟衫，下身是约膝上五公分的黑色迷你制服裙，玉足穿着双娇俏的白色长靴子，露出满满两大截洁白诱人的玉腿，裹在肉色长筒天鹅绒袜子里面的这双雪白修长匀称的美腿，美得让人抓狂。

七爷怎么把她弄到手的？利用天价重金收买？利用上级权势逼压？利用黑道威胁家人？利用虚荣勾引诱惑？还是兼而有之？这些东西对七爷都不是大问题。恐怕七爷和双懿自己不说，就永远没有答案了，风月场里多的是故事，甚至多的是无奈的故事。实在是没有追根问底的必要。

屋丽四楼。

南瓜道："这次花会游戏规则已经确定了，花会的正式名称叫国际酒店软管理论坛。其实就是一回事。比赛地点在紫荆城氹仔外海一艘叫蓝钻石的巨型游船上。这船的注册国是拿巴马，其实是马来东亚赌王林家的产业，但紫荆城和家也有参股。应该说在紫荆城公海这样背景的一艘船上，我们倒是不会有被东国黑道暗算的可能，七爷拜会过和老大，和家表示比赛时这船会驶入接近紫荆城的海域内，安全没有问题，算是半个主场，这比我们预料的最坏结果好多了。但比赛的细节，基本都是东国人制定的，对我们来说，难度很大。"

南瓜点开幻灯片道："十八个队被组委会分成了两个小组，东方组，央国、东国、高国、玉佛国、竺国、越国、流求地区、东道主紫荆城还有熊国九个队。西方组，荷兰、法国、拉脱维亚、米国、澳国、南非、土耳其、芬兰、桑巴九个队。比赛采取小组淘汰制，由于东西方文化和审美的差异，两组的冠军并列第一，两组之间不比赛。裁判是瑞国里诚兵酒店管理学院的人，同时还邀请了瑞国皇家文学院的一些东方美学方面的专家。表面上看，是基本公平的。"

南瓜喝了一口水，对着全体参赛人员道："跟一个月前我们得到的情报比，瑞国退出了比赛，说自己不能既当运动员又当裁判，增加了高国一席。第二个变化是，熊国被分到了东方组，这不是一个好消息。第三个变化是，受东国只派一个酒店的影响，基本上，很多国家都只派了一个代表队，或者联队，组委会方面也默认了这种组织形式。"

白素素举手道："为什么是淘汰赛，九个队怎么淘汰？"

南瓜道："问得好，东方组的东国队，西方组的米国队，因为上届花会成绩好，又是本次花会主要的投资者和策划者，所以不参加首轮，直接进入四强。也就是说另外的四个胜利者，成绩最差的那个淘汰，首轮不仅要赢，还要赢得漂亮，因为八个队只有三个名额。"

整个培训室的人都在认真地做着笔记。只有一人除外，双懿，她在玩手机。

南瓜道："一共有四个比赛项目，酒店环境设计包含房间硬件器具设计，也包含服饰搭配等；酒店服务技巧，主要是夜店技巧；艺术展示文化内涵深度，这一项鼓励体现民族特色；明星个人素质主要是美貌，也就是以前所说的花魁，前三个项目每个算一分，花魁一项占两分，分多者胜。如果首轮胜者，有两个队分值一样，再算小分，因为每个大项都有七个评委，每个评委都给小分，七打四胜。从而一定会拼掉第四名，取三席跟东国争。"

楚妖精道："凭什么东国可以直接出线？耍赖！"

南瓜道："这个不叫耍赖，他们有这个实力。"

楚妖精道："那凭什么米国也可以直接出线？"

南瓜道："嗯，因为他叫米国。"

楚妖精道："米国就可以不讲规矩吗？"

南瓜道："这个，这个叫以德服人，好了吧。"

东瓜道："现在再纠缠于耍不耍赖这个问题没有意义了，生活就是这样，公不公平都要面对，我们要做的是直面现实。东方组，我们不妨称它为A组吧，A组的情况很微妙。八个队有三个央国人的队伍，我们、紫荆城、流求地区，按照潜规则，首轮这三个队不会碰到一起，那么我们的对手，就应该是在竺国、玉佛国、熊国、越国、高国之中产生了。"

南瓜道："对，如果首轮碰到玉佛国，那毫无疑问是一场凶多吉少的恶战。玉佛国酒店业是她们国家经济的支柱产业之一，我们和她们差距巨大，实话实说，玉佛国和东国是庆延山庄预测的夺冠热门，我们最好能够避开她们。熊国的实力也强于我们，这次组委会让它脱欧入亚，这样她们的图图在身材上的优势就更明显了，熊国人身高、体型天生好过亚洲对手，这一点没有异议吧？碰到她们也是一场恶战。竺国国很神秘，就是去过竺国的七爷，也无法明白她们那十来家酒店还加几座寺庙的庙妓组成的联盟会玩出一些什么，双方是遭遇战，结局难料。越国曾经有个口号，叫牺牲一代少女，提升国家经济，实力也不俗，但相对来说，毕竟是小兄弟，还算好对付一点。高国也是一个理想的对手，首耳所谓的风俗区我们都去逛过，也就那么回事。所以如果首轮抽到越南和高国，是上签；抽到竺国、熊国算中签；抽到玉佛国，就算下下签了。"

红玫瑰道："这也太长别人士气，灭自己威风了吧。难道碰到玉佛国，我们就一定会输吗？"

冬瓜犹豫了一下，道："玉佛国提芭雅一个地方，就可以派出十个左右罂粟级的小姐，而且让你秋高气爽后，不知道对方是男是女。"

熟女西瓜道："抽签名义上公平，但实际上有很多猫腻可以玩，基本会被人控制。我估计我们首轮的对手，就会是越国或高国。"

我们都很惊诧，毛老板问道："为什么？"

西瓜道："很简单，按照秦煌秦爷的情报，东国人办花会很大的目标，就是想在央国酒店业前立威，从而携管理上的优势顺利进入国内市场。那么，他们最好的做法，应该是以巨大的优势亲自收拾我们。放我们进第二轮，就可以在同行前'阅兵'了，顺便还可以在首轮摸一摸我们的底。"

七爷道："一定要闯过去，对抗东国是我们必须完成的任务。否则，我的刀白挨了。"

六指道："我没有去过东国，对抗东国我们有多少胜算？"

冬瓜道："重在参与，尽人事，听天命。"

七爷横了他一眼："不要这么悲观，我们这群人，从来都是明知不可为而为之，现在不也都干得不错吗？"

七爷姓朱，卫哥姓毛，这一次朱毛会师宣告了央国最强的两支娱乐武装——京都军团与东城军团的正式合流，队伍得到了极大地壮大，虽然道路是曲折的，但前途是光明的。毛老板特别嘱咐张叔买了一面旗帜挂在培训室里，毛老板正色道："在外国人面前，我们就代表央国。"七爷拿着酒壶，一口喝了个半斤装，大声道："连最没用的央国男足都知道站直了，别趴下，我们是谁？我们也是国家的一份子。同志们，要坚信我们的力量！"

冬瓜建议，我们的队伍就叫京都队。这遭到了"东城方面军"的不满，后经双方友好协商，沿用了我提出的方案，名字就叫灭队。

"军队"在三湾风味小吃店进行了改编，参照部队的组织构造。总政委由七爷担任，司令员由毛老板担任。下设总参谋部、总训练部、总后勤部。

总参谋部由南瓜、我、西瓜组成，负责情报收集、制定作战方案、为训练出谋划策。

总训练部由冬瓜、小五、西蒙组成，负责节目编排，环境设置，临场指挥。为此，七爷还高薪请来了一个叫做"烟鬼"的导演，他已经在来东城的路上，他是"印在东湖"、"印在桂木"等大型表演中的核心成员，庆延山庄的"苏茜黄"楼就是烟鬼的手笔。

总后勤部由张叔、六指、果冻组成，包括财务工作、车辆安排、服装设计、后台化妆等等。算起来指挥部一共十二人，我排在第六把交椅。

冲锋陷阵的十五名风尘豪杰分别是：罂粟花、红玫瑰、蝴蝶兰、鸢尾、虞美人、云烟、双懿、阿依古丽、含香、楚妖精和白素素、琴王、妲己、甜妹、毒药。除了罂粟花还在金国，虞美人雪儿有档期走不开外，十三员战将都已各就各位，一旦有意外，瓷娃娃小冬瓜即可做替补上场，而且她还是个不错的翻译。

具体来说，比赛的四个项目，酒店环境设计自有烟鬼、参谋部和后勤部共同打点，六指的服装搭配，果冻的化妆技术都是专家级的。

酒店服务技巧方面这里个个都是行家里手，其中外号西施的含香与庆延山庄的蝴蝶兰堪称绝色，古典风有鸢尾和妲己，异族风情有阿依古丽，特技的有西京之星甜妹，双人有楚妖精和白素素，萝莉有毒药，冷艳如冰有红玫瑰，热情似火有云烟，绝色扮演虞美人雪儿本色当行，女烈有双懿。在这个环节，我暂时想象不出炅队有什么失败的理由。

艺术与文化展示环节，据我初步了解，炅队内，茶道、素琴、舞蹈、书法都不缺人才，比如琴王的琴、红玫瑰的画就到了很高的艺术境界，作为一个沉迷美学多年的文学青年，这点好坏还是能看出来的。而且央国有五千年独特而源远流长的文明，组织得好，随手抓点皮毛，都应该是不错的节目，用来震震化外之民、四方蛮夷还是没有问题的。只是将各有所长的众囡囡配合在一起，训练时间有些紧张。

最后的一个是花魁比赛，分值最大，反而不需要思考太多的问题，那考的是囡囡积累起来的个人素质，对这个环节，大家都没有多说什么，因为我们都知道，那个神龙见首不见尾的罂粟，或许是炅队最后的答案。

说实话，当这十五个女人站在一起时，我眼花缭乱了，心里充满了信心，什么人妖庙妓、交趾罗刹，去你妈的。

好吧，我谦虚地说一句，我们就是央国的梦之队。

当晚，一阵胡天黑地，我和冬瓜都没有完成"预赛"任务，具体说，是差得很远，但我赢了，楚妖精展现了完美的实力，她不是一个人在战斗，苏小小、陈圆圆灵魂附体。

我们两个很风光，一小时内如同皇帝，一小时后却都去医院打了点滴。

此战过后，我两腿像棉花一样轻飘飘的没有力气，更难受的是我对性产生了整整三天的厌恶，是真正的厌恶，整个人都空虚得不得了，莫名地感觉到人生也就这么回事了。

美女看多了也不是好事，古往今来的皇帝活过了七十岁的只有三个，唐朝武则天、南朝萧衍、清朝乾隆，这其中一个是女的，一个是信佛，基本对性没兴趣。所以纵欲真的不好，有点达不到的向往，就如喝酒到微醺，才是最好的境地。

老子曰：五色令人目盲，五音令人耳聋，五味令人口爽。驰骋畋猎令人心发狂。难得之货令人行妨。我一直觉得圣人是在放屁，现在才感觉到他的伟大。

跟参谋部南瓜商量着一些技术问题，接到了东东的电话，东东道："江部长，桑拿出事了，阿果中奖了。"

我道："嗯，中奖有什么了不起，经常有的啊，送医院不就行了。"

东东道："这次不同，是头奖。"

我一震，道："艾滋？"

东东道："嗯。"

我沉默了会儿，道："阿红呢？她怎么样？"

东东道："也是奇怪，她们一直都是双人，但医院检查过了，阿红没有事。"

我道："封锁消息了没有？"

东东道："封锁了，江部长，怎么办？"

我道："怎么这么不小心，算了，按照惯例处理吧。最快速度把她赶走，她的房间消毒，用过的东西都烧掉，千万要封锁消息。"

东东道："那阿红呢，她们想让屋丽赔点钱。你知道这是不可能的，这行没有这个规矩，但这两人都是不怕死的人，尤其是阿果这样了，以她们野蛮的性格，就更不怕死了，我怕不赔钱，她们乱说话。"

我想了会儿，道："钱不能赔，也不要叫黑道处理，阿果悄悄送广府艾滋病医院，现在看这病免费。阿红……通知110……她有卖淫活动，把她抓走送返。这是游戏规则。"

放下手机，我坐立不安，又回拨给东东道："从我工资里扣一千，不，五千块钱，以私人身份送给阿红，跟阿红说不要回东城了，来东城一次，110抓她一次。留在广府照顾妹妹吧。"

我咬咬牙，心里有了阴影，前面还是美女如云，招手便来，但我看见了美女背后真的有骷髅！

这也是游戏规则！

第59章

再拜观音

生活这条狗啊，追得我从容撒尿的时间都没有了。

花会的准备工作终于到了最后的收尾阶段，烟鬼归队，众神归位。大家都做了很多的事情。作为爽队第六号马仔，自然是忙得不可开交。创意、训练计划、对人员安排都还好，做幕僚一直就是读书人得心应手的职业，但我负责的对东国作战情报收集工作，就基本上是不得要领了。

上网百度，想要的资料经常找不到；委托熟人打听，又人脉不足。于是我想了个馊主意，派出了东城最后一个处男老林牛仔，满东城地捉拿小东国的忍者，想抓个活口，脱光她严刑拷打加狗头铡伺候，套出点情报来。牛仔一心报仇，工作也很努力，黄昏回来对我道："领导，俺逛了四个镇，东城可繁华了，但俺觉得用这个法子找人智商有些低。"

当牛仔都觉得智商有点低时，那智商就很难用数字表达了。于是，我悲哀地开始思念一个人：李鹰！

火上浇油的是，屋丽桑拿部那边也问题不断，阿果刚中奖，里面又出现了两起中小奖的事件；又有争风吃醋的客人在酒店里打了一架，双方动了刀子；然后屋丽北东帮的一伙娘们在张姐的带领下，不知为了什么居然跟粉条的云贵帮打了场群架，双方以笤帚、拖把、指甲钳为主武器，打坏了宿舍的一块玻璃；大眼睛转会去了常闹，这是正常流动还是有同行在屋丽挖墙角，值得分析和注意；市灭火队来检查工作时，发现我们的消防措施还是不达标，要罚款，交钱是肯定的，但交多少，因为弹性巨大，我们还要和领导沟通；市残疾人保护站表示，按照政策规定，我们酒店应该付出一点爱心，解决至少两个盲人和一个瘸子的工作问题，否则会影响酒店评定今年的精神文明先进单位称号……更关键的是金融危机让东城确实萧条了很多，严重点的如楠火镇，桑拿业业绩直接下降了七成——本来桑拿是客户谈生意最好的场所，现在没有什么生意可以谈了——所以节约型社会就打造成功了。不少昨天的小老板、出租屋小业主、二五二六的白领都从东城现代管理中回到了靠双手打造幸福的手工作坊年代。屋丽本月的业绩下降同样明显，如何提高"回床率"，这是值得我思索的问题，毕竟名义上我还是那边的主事，全酒店上百号弟兄都还指望着桑拿吃饭。

在现实生存面前，东城有些酒店开始免房费了。有些酒店开始会员打八折，还送一个正规推拿，有些酒店加一百元就送个实习生，名字叫1+1。万江有个桑拿第一次引进了熊国的洋马。屋丽如何应对，这绝对是风花雪月的世界里不可以风花雪月对待的事情。

于是我勤劳地奔走在花会训练场和桑拿训练场之间，当然这一切都要当着老板的面做。在老板面前，人才和裁人相隔得并不远。奔走多了，人还真累，我又开始想念李鹰。

东东道："新来的图图有几个思想不太稳定，整晚整晚地哭泣，训练时挑三拣四，还在客人面前机车，是不是要动家法？"

我道："动什么家法？什么年代了，要攻心为上，不要暴力。"

东东皱了一下眉头："可是有些图图真的很机车，都来了两个月了，还死活不肯服务，这个怎么办？难道跟她开绿灯，那其他图图跟她学起来，我们的服务质量还要不要？浅水这么多酒店，我们怎么混？"

我道："如果不肯做的遣送回去好了，反正现在下岗的人大把的。"

东东道："怕的是，她们又不肯回去，这么好的食宿条件，这么好的赚钱机会她们只会变着法子偷懒，然后希望酒店不发现。发现后，酒店的声誉已经毁了啊。"

我问道："我们不是有意见回馈表吗？有投诉制度吗？不好好工作的扣钱就可以了。"

东东道："没有这么简单，很多客人心慈手软，当场也不计较，加上图图的求情，吃了亏懒得来投诉或者抱无所谓态度的很多，所谓反馈投诉制度并不是万能的。可是一旦他去其他酒店享受到了更好的东西，我们就流失了一个客户，以及这个客户可能带来的其他客户。人家没有投诉你，但下次就不来了。"

我道："把罚款调高点吧。"

东东道："以前李鹰做过，但效果很差。想偷懒的还是偷懒。最直接有效的方法，就是动家法，杀一儆百后就没人敢了。你放心，我们有专干这个的队伍，不会打到脸的。"

我停了一会儿，嘀咕道："暴力解决不了所有问题。"

东东道："是，但暴力可以解决得了囡囡的服务质量问题! 这是桑拿生存的基础，如果不这样，哪个囡囡刚进酒店时会自愿给一个陌生男人不管老的丑的做那么多活？"

我叹了一口气，空气有些沉默，我道："为了帮助她们尽快成长，我……我认为东东你派人使用家法时，要注意尺度。"

我看着天空，又看了看镜子里的自己，我安慰自己慈者不掌兵。但我没打女人，女人却因我而被打。我总觉得心里很别扭。在本该文明的角落里，还是流行着森林法则，偏偏还这么有效。野猪并不勇猛，我又有些想念老鹰了。

我悄悄地走到五楼后楼一个最偏僻的角落里，那里是一个小黑屋。我听见了违纪女人的哭声，还有用针扎人后凄凉的哭声，这个刑法，够痛苦又没有伤痕，实在是居家常备，伤人于无形，暴力又内敛的不二兵器。

这次违纪的是三个女人，我都认识。她们都是很被人忽略的角色，跟妖精、素素、张姐、粉丝等比，是沉默的大多数。但她们照样有血有肉，有情感，有故事。

那个哭得最惨的叫阿叶，水电职业中专毕业，以前是一个小超市的营业员，本来也从没有想过到东城做家禽，后来有一次同学聚会，跟几个同样中专毕业的姐妹聊天，那几个姐妹有关系进了一个二线城市的电力局，阿叶以为别人谈的是年薪，后来发现说的是月薪。一怒之下来到了这里，两个月了，还是不能适应，经常该服务的环节不服务，屡教不改，昨天做服务时当着客人的面呕吐。小黑屋木头处理。

一个叫阿林，原来在一家大型电器厂装风扇，后来老公劈腿，又把家里的钱都挥霍了，觉得生活没有着落，就带着女儿到了屋丽。这人年纪偏大，将近三十二了，但有个优点，服务态度没得话说，叫干什么干什么，没有做不到只有想不到，所以屋丽也没有赶她。我跟她只见过两面，但她给我的印象很深刻，因为她第一次见到我时，向我讨教怎么教育自己的女儿，讨教了两个小钟，从学习方法到心理保健，几乎事无巨细地询问我。我能很负责地说，她对女儿真好，是含在嘴里怕化了的那种好，尽管每天一有时间就逼她女儿做作业，学钢琴，逼到了很变态的地步。第二次见她，她一脸幸福地告诉我，今天她生日，女儿在晚上九点的交通电台点歌节目给她点了歌。为此我也很高兴地鼓吹了大量囡囡收听，在屋丽，夫离子散的故事天天上演，而这样能享受点天伦之乐的故事太少了。结果，这女人和女儿的点歌节目成了一个笑柄，她女儿果然点了歌，点的是辛晓琪的歌《女人何苦为难女人》。昨天，她送一个大爷级客人离开时，不巧，她的女儿正背着书包放学到酒店寻找她做"会计"的娘，那客人很亲密很理所当然地抱过她女儿，顺手抓了抓这十岁女生的屁股。一向对客人逆来顺受的阿林毫不犹豫地在大堂一膝盖撞击了客人裆部，从此这个客人性生活不能自理。在大堂打客人，影响极为恶劣，也被关了小黑屋木头处理。

第三个女人叫阿花，长得极为漂亮，可惜身材不怎么好，空前绝后的。她包了一个小狼狗，这在囡囡中不稀奇。但她执着地相信，这个小狼狗跟她之间是琼瑶式的爱情，为此赚的钱全变成了肉包子。这个小狼狗喜欢赌博，她就做了"老公"的自动取款机，有时钱不够了，就被"老公"打。前天，她接一个客人时，客人满脸期待地叫她脱了衣服，她宛若雪白的墙壁打着两个图钉，客人大为恼火，打了她一个耳光。一气之下，阿花偷了客人的钱包，送给了"老公"。

阿花的老公我见过，极为猥亵。每天接阿花下班，并"检查"她的工作收入。东城就有这么一群人，喜欢找囡囡谈恋爱，编一个梦想的未来，然后"借"钱做生意，然后"生意"亏了，然后接着"借"。偏偏这些人对不少感情空虚、活在自卑中的囡囡还真有吸引力。正常人谈恋爱为了上床，这叫动机不纯。这群人，上床是为了谈恋爱，动机就更不纯了。

东东道，囡囡偷东西传出去可以毁了整个酒店几百号人的饭碗，应该重罚。在我的批准下，小黑屋，针灸加推拿，三天。

我遮着耳朵，离开了五楼。在这一行混的，绝对不可能是善人，适合我干吗？我善吗？

花会就要开了，含香、红玫瑰、楚妖精、白素素个个妖娆、宝马香车、高档香水，毫不吝啬。这是事实，但她们绝对不是囡囡的代表人物，因为大多数囡囡天生注定就不会是顶级会所庆延山庄或玉宇凡尘的王牌，也不会是楚妖精之类的酒店的花魁，甚至成不了大眼睛、朝天椒这样的女人，这些都是千里挑一的人物。大多数都是阿花、阿林、阿叶等小角色，甚至无名推拿馆的红姐、绿姐、蓝姐、白姐。她们钱赚得也算不上太多，气受得不会太少，牺牲很多东西换一个稍微过得去一点的生活，然后整天生活在被鄙视里。

赚够了钱就收山？能实现这个梦的有，但极少极少。如何对付这些苦命的人？

现在看来棍棒是有效率的，但我真的不太做得出来。

百无一用是书生，我召回了李鹰。

李鹰非常消沉，任何一个行业，奋斗多年做到高层，然后败给竞争对手，输掉自己整个天下，都是件郁闷的事。以东城酒店业一代名将之身份，屡败于一介书生之手，怎么说呢？那叫伤心总是难免的。

我找到他时，他正在一个准三星级酒店应聘人力资源管理，一脸灰暗，满嘴胡子，填写的履历表相当凌乱，姓名：李鹰，性别：男，爱好：女。

颓废到这个程度还想出来在酒店混，敬业乐岗啊。

李鹰一听说还有参加花会的机会，顿时眼睛发亮，如同世界杯上的英队，牛粪里的屎壳郎，不求天长地久，只求能够拥有。李鹰当场表示，以前都是他不对，以后一定配合我工作，同心同德，血战濠江，不求功名天下知，但愿马革裹尸还……我呸，要裹你裹，这种事别拖上老子。

卫哥见李鹰回来，没说什么，深情地拍了一下我的肩膀，道："你为了大局受委屈了。"我心里窃喜，含泪点了点头。

情报？建议？桑拿培训？交给李鹰吧。我的任务是赚钱和喝茶。

训练如火如荼，磨合也基本到位，美女前时间过得最快，这是爱因斯坦的相对论。转眼间，花会的时间到了。

出征前，是一个风雨天。

七爷和卫哥带着我们冒雨去了观音山，在道上混的，不管是黑、黄、白，甚至红，大都迷信。耶稣、关公、玉帝还是观音，这个倒是不太计较，只要觉得能罩得住的，香火盛的都是这些老大的老大，从心理学角度来看，这或许可以证明，一个人外表多风光，内心就有多悲怆。

我是第二次去，上一次，我正在跟李鹰斗法，现在李鹰成了我的手下。上一次是屋丽的众玫瑰争奇斗艳，而这一次我身后是全东城最美艳的佳丽，还有京都最华丽的凤凰，阵容空前强大了。十四员佳丽一齐跪倒在观音像前，天若有情天亦老，就保佑这满地注定凋谢的花儿都绽放一把自己的美丽吧。

七爷烧了把高香，对着佛祖吼道："菩萨，我是朱七，今天我来这里拜你，明天我将带队出征。为了这次出征，朱七在同行中得罪了很多人，甚至黄吃黄找人点了天灯。但我不后悔，若能凯旋，功劳属于我们这支队伍，属于我这十多个姑娘，若是失败，责任由我七爷一人承担，姑娘们的奖金照发。"

卫哥表情很严肃地望了队伍一眼，三天后就是比赛，我们会经历些什么？横行国内风月场多年的东城，在外国同行面前到底是什么水平？

这是一个不被承认的行业，带着五千年的风月传奇，穿过秦淮水与胡同月，去应对一场宿命的约会？不管成败，不管成本，这都是值得的。

那十来个女孩的命运会因为花会而改变吗？天知道。听说有一个奥运女子举重冠军在做搓澡工，但我仍然相信，她并不会因此而后悔参加了奥运会。

七爷道："南瓜，罂粟有消息了吗？"

南瓜道："还没有，估计要后天才能飞往紫荆城。"

李鹰磕头道："我想念你太久了，我心中的圣地。"

当晚，张小盛完成了对牛主任的陷害，又强行把出征前的素素弄进了房间，红着眼睛道："我为你做了一切，你也不要……早点回来。"

素素并不顾及身边的我，脱着外衣道："快点，我们马上就要出发了。"

张小盛挡住她的手，搂过她一阵暴风骤雨地狂吻，又帮她穿好了衣服。

素素一脸惊讶道："怎么呢？江磊你先出去一会儿。"

张小盛笑道："不用，我不怕江磊看，我和江磊经常一起互动。只是，你走吧。你刚才叫我快点，这是能快点的事吗？等你回来，我们再慢慢做，我能想到最浪漫的事，就是和你慢慢做到老！"

十辆加长型的奔驰，带着特种牌照，风驰电掣地驶向珍海海关。我带上牛仔，跟着七爷、云烟、小冬瓜坐在一起，对于这十辆奔驰组成的豪奢排场，我一点也不感到惊讶，最有钱的人除了晋西煤老板，就是东城酒店的黄老板。让卫哥弄出点钱来在外国人面前摆摆阔气，这完全不是问题，千八百万，过眼云烟。

倒是七爷的霸道让我很是吃惊，在高速公路上，他大叫了一声停车，然后大大方方地在公路中间小便起来，任随身旁车辆呼啸而去，身后的车喇叭按个不停，他却岿然不动。完了后，伸了个懒腰，踱着小步理直气壮地上了车子。这可是国家一级高速公路啊！七爷也太有主人翁精神了，把国内哪个地方都当自个儿家。

车开到了珍海市内，街上熙熙攘攘地又逢上堵车了，七爷喝多了水，又想新陈代谢，我正在担心，却发现七爷这次文明多了，估计因为车一直开，下去也不方便了，便直接指了指身边的云烟。

云烟这个选美冠军，脱了帽子，笑嘻嘻地蹲在七爷裤链前，七爷当着我、张叔、牛仔等的面，拿出东西来在她的鼻子上方寸许的地方晃来晃去，俏云烟眨着媚眼看着，又连忙用手捧起刚摘下的她的那个雪白兔毛公主帽，又用纤纤玉手慢慢鼓弄，转眼间它就弄成了一个溺器，云烟将浅帽檐细心地贴着七爷呵护着，鼓着婴儿肥的腮帮吹着口哨。

在奔驰车内，这只精美诱人的溺器如此特别，让乡巴佬的我永远无法忘记，才发现这个世界真的有意想不到的奢华，人的欲望无边无际，这种奢华自然也无边无际……云烟兴致勃勃地将雪白兔毛钩花帽子里面封好交给窗边的小冬瓜，小冬瓜拿着，等车开到环海路时，一把扔到了海里。

海面上，有几个渔夫在垂钓，有几只海鸟在翱翔。

珍海海关，我们是特牌，可以直接通关，正当我们为马上要去到这个黄赌合法的神奇土地而心潮澎湃时，出状况了。

我们一个车轮胎已经到了紫荆城，突然一群海关工作人员挡住了我们的车。

卫哥下车严肃道："我是省协毛介卫，去紫荆城有急事，请放行。"

为首的海关工作人员敬了一个礼，道："毛老板可以过去，所有持有维荆通行证的都可以过去，但京都办的不行！"

卫哥急道："为什么，这是什么规矩？他们是我的客人，我要见你们领导。"

那人又敬了一个礼，道："我们是办事的，收到上面的指令，说毛老板带的京都人，有组织不法活动，聚众卖淫等罪行，想利用紫荆城偷渡去其他国家，必须截留住。后面车里有个叫朱七的吧？"

卫哥和冬瓜等面面相觑，卫哥火道："对不起，我们真的有急事，我过一会儿再跟你的领导谈话。你叫你们领导来好吗？"

那人道："不用了，我就是领导，受上面派遣过来的。"

我仔细一看，居然是一个警监。

七爷下车踱着方步过来道："我就是朱七，这是怎么回事？怎么连我们这些良民都扣啊？你还是放我们走吧，我们生意做不成，你知道损失多少万吗？"

那人又敬了一个礼道："你损失多少，那不是我们的职责范围，如果你要投诉可以记住我的警号。"

七爷笑道："你们抓了我还是要放，何必浪费人力呢？"说完轻松地打了一个电话，半晌后，七爷笑着的脸渐渐冷冻了。

七爷轻声道："妈的，是八路公馆的李爷干的。"

卫哥闻声，马上开始拨手机，卫哥道："奇怪，马主席怎么会不接我电话？！"

七爷散淡地看了看天空，又望着我道："可能是操之过急。点天灯让八路公馆找到了很多盟友，武楚玛瑙会所的任老板，原来就是高层。对吧，海关大人。"

那人笑道："七爷，你们神仙打架的事，我们管不着，我奉命行事，请协助调查。"

卫哥道："再通融一下吧。钱好商量。"

那人道："这钱我不敢拿！"

七爷道："毛老板，既然这样，你们东城方面只好先去了，我摆平这边的事情，马上过去，你放心，最多不超过两天。"

卫哥点了点头，七爷问："我留下，这些图图可以先过去吧？"

那人摇了摇头，道："京都的全部留下，接受调查。"

七爷道："如果秘密局要放我们呢？"

那人道："这个到时再说，我只接上面的命令，我说过了，神仙打架的事我们不参加。"

七爷点了一下头："安守本分，理应如此。你是一个好同志！卫哥，你们先走吧。"

我望了望他手下的豪华阵容，有些不安道："七爷，不能想想办法现在过去吗？联系一下汉寨的秦爷。"

七爷道："既然李爷有心算计，现在又有这么多有实力的帮手，事情就没那么简单了，能在四方城开欢场的玩主，背后的水都深着呢。"

卫哥道："我认识一些人，走其他路线过去？"

我心里一惊，偷渡？！

七爷漫不经心地摆了摆手，道："算了。放心等我两天，两天内我肯定出去。其他的偏门不要想了，你我都知道，江湖再大也只是江山一隅！"

第60章

一战华都

　　炎队，出师未捷，刚到珍海，家当就丢了一半，人人心里都有些郁闷，只有一人除外，那就是牛仔，牛仔道："哥，那七爷怎么能这样啊，怎么能在姐姐的帽子里面尿啊，太不注意卫生了。当时我就不想跟他们在一起了，现在他们终于走了，俺可高兴了。哥，俺们是去参加什么表演啊，俺也可以上场吗？俺会表演功夫。"

　　我才记起，牛仔这一路上一直翘着嘴巴。

　　卫哥瞪大眼睛，问道："牛仔，你知道七爷，还有我们来紫荆城干嘛？"

　　牛仔道："来表演节目啊？"

　　卫哥咽了口口水道："你知道我们是什么人吗？"

　　牛仔生气了，道："领导逗俺哩，俺来了这么久，怎么会不知道单位是干啥滴，我们单位是酒店桑拿嘛。"

　　卫哥喝着一杯饮料，点了点道："嗯，还不算傻到家。"

　　牛仔道："领导，俺一直想问个问题，桑拿到底是干啥东西的啊？"

　　卫哥咳嗽起来，被饮料噎住了。

　　果冻眨着媚眼呵呵地笑道："牛仔，亲爱的牛仔，你觉得姐姐们是干啥滴哩？"

　　牛仔笑了，露出一排整齐的牙齿："这俺早就知道啊，姐姐们是演员，果冻姐是排节目的，还给演员化妆。前年师父说俺的功夫成了，让俺跟武僧团表演过金枪锁喉，也是一个排节目的大姐给俺化的妆，只是没有果冻姐化得好。"

含香、毒药都笑得花枝招展的，甜妹道："那俺是干嘛滴？"

牛仔一脸敬佩地望着甜妹道："玩杂技滴，奇怪了，你没有练过轻功啊，凭嘛这么厉害，俺们练轻功的也没有平衡性这么厉害的人了。"

妲己捧着肚子，道："哈哈，牛仔，你再看看我，不，再看看俺是干啥滴？"

牛仔道："唱歌滴。"

妲己道："那好听吗？"

牛仔道："嗯。"

妲己嗔道："什么叫嗯？"

牛仔道："嗯就是嗯。"

妲己跺脚道："到底好不好听？"

牛仔道："嗯，只是俺更喜欢豫南梆子。"

六指、李鹰互相做了鬼脸，我心想，真丢人，都怪我，不，都怪俺，俺一直忙，忘记把他从纯正中解放出来了。跟着我在屋丽混，居然还是处男，简直就是业界的耻辱。就今晚吧，我瞄了牛仔一眼，把他交给谁呢？呵呵，这个也要伤脑筋吗？就这东城的七仙女，随便丢一个给他，也算是在寺里烧的香火显灵了。

后天是比赛抽签，为了等七爷，我们决定在紫荆城内住上一天，等大队伍会合了，再去氹仔游船。大家商量了一下，决定在葡都安营扎寨。

我和牛仔、甜妹、白素素、毒药都是第一次来紫荆城，都希望能慢慢看看，其他人来紫荆城就像上厕所一样，反正也不赶时间，就迁就我们几个乡巴佬，拒绝了葡都赌场在关口免费的接送班车，一行人坐公共汽车逛紫荆城。

说实话，没有什么感觉，紫荆城街道挺窄，房屋也不高，骑电动车招摇过市的也好多，只是街道还算干净，秩序也还好。内地发展确实很快，紫荆城这样的城建水平已经没有什么值得羡慕的了，如果没有赌博业和情色业，它跟汕头、汕尾水平差不多。

公共汽车上人很多，没有座位的人在车上也是挤来挤去的。

牛仔把位置让给了一个老人，挤来挤去时不小心踩到一个内地游客的脚了，那游客转身就骂道："你挤个鸡八？"

牛仔低头不语，过了一阵子满脸通红道："一个。"

葡都有新葡都和旧葡都之说，其实相隔也就百米，还是连在一起的，葡都的房价很贵，这对于卫哥来说当然没有什么问题。他给每个人订了一个单独的豪华间，又各发了三千紫荆币，并道："来了这里不赌跟到了东城不玩有什么区别？砸人饭碗都是不道德的。去玩几把，祝你们好运。"全场欢呼。

听说新葡都二楼有AV真人秀，我们一致决定去那边。穿过一个走廊，不时地被东姑骚扰，看见男人就如同苍蝇看见了发臭的肉。直到我们带的七仙女从后面走来，她们才惊讶地离开，东城七仙款款走去，一时风光无限。说实话，这些图图长相也就过得去而已。据小五介绍，紫荆城的东姑有一半是珍海做的，练了点技术后，几十块钱签个证，到了紫荆城身价马上涨一倍。六指深恶痛绝道："来这里玩东姑的都是凯子，在紫荆城如果不开洋荤，比东城差远了。复尊就比这好多了，去复尊玩嘛。"

小五道："就是，不过也没有必要去复尊，应该来我们九五玉，九五玉可以把这灭两次。"

李鹰道："紫荆城是日落西山啰。说桑拿还是要来屋丽。"

我道："大家别吵了，说说看，去哪找个洋马？"

小五笑道："这个简单，我知道一地儿不错，等会儿我就带你去争光。"

楚妖精不满道："放着我们这些美女不要，去找那些庸脂俗粉干吗？"这话说的，来参加个花会，还真有点名妓的范儿了。

我突然有了主意，我道："妖精，给你一个任务，今晚，你去陪陪牛仔，这家伙没见过女人，就没有长大，是个男孩。把男孩变成男人是一个优秀女人的义务。你别让他跑了，上次在李鹰的洗脚店，他就跑过一次。你也别下手太狠了，对新人要鼓励为主啊。"

楚妖精面带诡异的笑容，显然对传说中的处男产生了必然的向往。男人有处女情结，逼得女人也有了处男情结。桑拿有个规矩，如果图图们碰到处男，不仅分文不取，还要给红包的。但这样的运气很难碰到，就算碰到了几个，这么丢人的事，男方也往往打死不承认。

楚妖精道："放心，还没有男人能从我房间跑掉。我一定会榨干他。"

我一身长叹：牛仔，从今天开始你好多上乘武功都不能练了。我都等不及看热闹了。小时候看《白蛇娘子》，我就曾邪恶地想，如果小青牺牲一下勾引法海，说不定雷峰塔就用不着了——我是什么破孩子啊。

看过了那盏号称世界最大的水晶灯，我们上了二楼。二楼一侧的秀台上，两个葡萄牙长腿妹妹跳着艳舞，还真有点吸引人；大厅另一侧布满了各种赌局，足足有几百个。而AV真人秀，就在上楼梯右边的一个角落里，三百三十紫荆币一张票，还没到上演时间。果然声色犬马。

我玩的是最弱智的押大小，我想这个赢的概率应该有一半吧。一上手，我就赢，两百赢两百，连续赢了三次，一高兴输回去一把。我决定按照自己的设想，一直押大，第一次押两百，如果输了就压四百，然后压八百，然后压一千六。除非连续出四把小，怎么都是我赢。我找了个已经连续出了三把小的盘，拼命压大，我满怀信心，坚信不可能连续七次出小。结果……我的三千澳币仅撑了三分钟而已。

葡都金碧辉煌啊，这金碧辉煌的背后有多少家破人亡啊。但身在这里，脑袋想得清楚，心却控制不了。我颤抖着手拿出三千二百元"老人头"，想接着压大，赌场的女人很客气道："对不起，不收"老人头"，旁边就有银行，换维币或者紫荆币吧。"这是什么破规矩？我火速换好钱，想回来接着压大。结果盘子被人抢了，一个修长脖子身着东国服的高贵女人，已经抢在我换钱的空隙压了大，赢了。那女子高兴地跳了起来，变出一堆钱来，把我气得国仇家恨都想报了。那女子又开始压了，我就一直在旁边诅咒着，别说，怨念是很有用的，她的钱很快就输光了。哈哈哈哈，让你抢爷爷的盘子！

这家伙赌博的手法跟我一样，一个劲地翻番压大，只是押得比我大点，现在好像输光了，说来也邪门，这盘子刚才又连续出了五把小。我直觉认为，这把应该是大了，那东国服女子显然也这么认为，可是没有筹码了，又怕去换钱被人抢了"喂熟"了的盘子——这点看，她比我成熟。正焦急地跺着脚。

我正在幸灾乐祸。那女人转身，一脸恳求地望着我，鞠躬说着鸟语，还用手指着银行。意思是先借她点钱，赢了这把马上取过来还我。

开什么玩笑，你他妈的，我冷笑道，但我看见她魅惑的眼睛了，慢点，这东国服这脸蛋怎么这么漂亮，这女人长得很顺啊，不仅是顺还有高贵！张小盛有句话说得我很赞同，东国人都该杀，美女除外。

别说，除了那个忍者外，我还是第一次看见穿衣服的东国人。鬼使神差的我居然把钱借给了她。

那东国服女子理所当然地拿了，又压了大，两手合十，祈祷着，这次是我的钱，我也就没有诅咒了。结果，赢。美女跳了起来，一口鸟语地要把赢的钱分一半给我。

我捏了一下她的手，柔若无骨，钱被我拒绝了。乡巴佬去了外边，自尊心莫名奇妙的强。

那东国服女子一愣，望着我笑道："阿里嘎多，谢谢。"我看了一眼东国服，里面好像是红色的内衣。

我轻轻地走了，正如我轻轻地来，我扯一扯裤脚，不带走一片云彩。

满脑子郁闷地跑去看AV真人表演，让我兴奋不已的是，居然是小泽利亚！那个混血儿，她的片子我下了很多，想不到今天居然能在紫荆城见到真人。

说实话，看到这个真人，还没有电脑里初见时惊艳，距离太近了，脸上的一些坑坑都能看见，小泽的皮肤并不是很好。但她的身材、她的叫声、她的动作和眼神——都是专家级的。尤其是电脑上经常出现的东西一下子下载到现实中来了，这种庄生梦蝶般恍惚的感觉，我还是认为这三百三十紫荆币，是花得最值的。我左右两边都坐满了同胞，有好几个手都伸在裤袋了，看完了正想回去，找小五为国争光。

有人碰了一下我的肩膀，我回头一望，那个借我钱赌博的女人吐了一下舌头，她居然一直坐在我身后，也在看表演。

我友善地点了点头，那东国服女子浅浅一笑，突然说出一串鸟语。这鸟语讲得真好，可惜我是灵长类动物，有点对不上号。东国服女子急了，又稀里哗啦地讲了一大串。

我心道：花姑娘，你在说什么？一边展现出大国国民迷人的笑容，你丫的，你害老子输了这么多钱，你现在到底想干什么？

东国服女子道："谢谢。"又用手指着自己的腹部，又轻轻张开自己的小嘴，我一阵激动，东国女人就是直接啊，正准备暂时接受央东友好亲善行动，东国服女子做出个吃饭的动作，我抹了抹汗，差点就误会了。

这丫头八成是为了谢我帮她赢钱，想请我吃饭吧？我一看时间，也快下午六点了。

去不去呢？就去吃个东国豆腐吧？

我向前一挥手，很客气道："没事，心意我领了。葡都有免费的糕点、咖啡，我就不去了，夜深一点你再请我吃夜宵吧。"

东国服女子见我挥手，八成也误会了，高兴地点了下头，又说了句谢谢，声音真像百灵鸟一样好听。她挽着我的手就往葡都门外走。

这女人也有一米六八，再加上高跟鞋，硬是比我还高了一块，我心里郁闷了，不是说东国人矮吗? 那我算什么? 我停下脚步, 准备找个借口回去。那女子挽着我的胳膊, 眼珠一转, 道: "等下下。" 扭着屁股跑去电梯处了。

拿钱包? 拿雨伞? 我浮想联翩。想走又不好意思一个人离开。等了好一阵子, 正不耐烦时, 东国服女子慢慢踱了回来, 走近一看, 她居然是去把高跟鞋换了, 穿了双平底小靴出来。我不好意思地笑笑。

东国服女子拿出张纸条给我, 上面写着两个字: "文子。"

文子, 哦, 我都不好意思点蚊香了。

小五看见了我, 兴奋地窜过来, 估计是想找我一起去骑洋马, 抬头看见文子紧紧地随在我侧后面, 望着我俩睁大眼睛竖起个大拇指, 转身就跑了, 刘翔一样, 叫都叫不住。

文子把我带到一个东国寿司店, 点了一大堆东西。殷勤地跪在榻榻米上不断把菜送到我碗里。我做出手势劝她也吃, 但她就是不吃, 还托服务生翻译给我, 说自己没有胃口, 厌食。

刚开始, 我们俩都想说话, 孤男寡女, 异国情调, 星月传奇, 多浪漫啊。片刻后, 问题出现了, 没有语言交流太困难, 靠手语偶尔比划一下, 活像两个刚参加完残奥会的。气氛越来越沉默, 说实话我也不算什么帅哥, 那美女慢慢失去了沟通的愿望。最后榻榻米上只剩下两人相互傻笑。早知道, 我就抓住小五去干点别的了。

沉默了一会儿后, 文子拿出钱包结账, 被我坚决制止, 我没有用女人钱的习惯, 忍痛付了两百多紫荆币。这时文子终于飘过一道欣赏的眼神, 我心里一边骄傲一边流血。

打的回去时, 已经是晚上八点, 一天时间损失五千元, 这在葡都自然屁都不算, 但对于我来说, 还是算一个比较大的屁的。于是我没有心情再出去找节目, 想径直回房间休息。文子心情好像也不怎么好, 虽然还是面带笑容, 但明显失望。

分手时我才发现, 文子跟我是同层楼, 文子对我低头一笑, 鞠躬道: "谢谢, 沙扬娜拉。"

我停下开锁的节奏, 道: "文子, 你饿不饿? 厌食是个心理问题, 不吃东西是不行的。" 我做出个要吃东西的手势, 并给了她个关切的眼神。

文子摇了摇头。

我又做出个一定要吃的手势。她不再回应, 低头走进了608的房间。

看了会儿新闻, 觉得实在无聊, 决定下去走走, 不一会儿就到了一个经常在电视里看到的景点，一看路牌，叫大三巴。那条斜着上去的路上有好多东西吃，尤其是猪肉松，很多内地游客在那里买手信。我不怎么感兴趣，东转西转在一个教堂转弯的小巷子里，居然发现了卖烤红薯的地方，卖货的是个正宗潇湘老乡，在紫荆城白天做"黑户"，晚上做"走鬼"。我一阵兴奋，居然在这个老乡手里买下了三斤烤红薯。

这红薯烤得很好，但一个人也吃不了三斤啊。想了想，决定做个顺水人情。我回到葡都，敲开608的门，送了三个大红薯给文子。

文子很惊讶我会十一点多买东西给她吃，又没有见过这玩意，在我的怂恿下，好奇地尝了一点。香香甜甜的，居然很对她挑剔的胃口，这真叫瞎猫碰上死耗子。文子对着我感激地一笑。

我做了一组手势，告诉文子："多吃点，是我亲手为你做的，我怕你饿，做了整整两个小时。"她听懂了，她的咀嚼明显慢了，再次蹦出她唯一会讲的那个汉语单词"谢谢"。

我点了点头，转身回到自己房间。休息了会儿，冲凉睡觉，刚打开沐浴器，听到了外边的敲门声，这么晚了来敲门的肯定是东城的几个囹囵，我也没在意随手披着个毛巾就去开门，干这一行就有这个好处，基本没有羞耻感，经常光秃秃地在女人堆里到处乱跑。结果门打开后，是一个穿着东国服的身影。文子！我赶忙进去，准备换条裤子。

文子呵呵笑着，也走进了浴室，红着脸阻止了我穿衣。

紫荆城，今夜请将我遗忘——我只是买了两个烤红薯。

第二天九点，卫哥包了半个厅吃早点，七仙女围成一桌，连见惯世面的葡都服务员也不免多看了几眼。吃着吃着，我看到了一个震惊的场面，楚妖精居然病快快地扶在餐桌上，脸色苍白。牛仔犯错般低着头，不时红着脸偷瞄一下妖精。天啊，该不是楚妖精被牛仔榨干了吧？！恐怖的老林童子功！我再仔细一看，牛仔的口袋里还放着个红包。

我们吃完后，准备回卫哥房间商量下一步的对策。七仙女排成一排，跟着我们走出餐厅，整支队伍赏心悦目的，旁边不时飘来其他男客人嫉妒的眼神，那感觉真好！可惜的是还有半支队伍滞留在珍海，否则这十四人组成两列纵队，整齐地走着，那该是多么强大，多么豪华啊。

刚刚还在幻想，真的有一群美女，组成两列纵队，整齐地走来，而且一点喧哗都没有，非常有秩序。

那个气场，把我们的七仙女都短暂地镇住了。

我道："痴女系掌舵人，木花里？小可爱，爱由子？那个……还有那个……好面熟啊？"

李鹰平静道："是穗泽跟菅野梨沙，她俩加上爱由子、木花里、东国AV界2004年出道的，被誉为AV史上黄金一代的四大天后全部到齐了。"

我道："哦，穿上衣服认不出来了。最后一个是小泽利亚，昨天已经看见她了。"

李鹰喘着粗气道："小泽旁边的是坛杏，被誉为东国百年一遇的神级艺术品，极少拍片。"

我道："难怪一点印象都没有。她前面的那个真小，是谁？应该是九零后的萝莉吧？"

李鹰道："不是，叫花音词音，1988年10月26日生，1.68米，三围是33，24，34。刚出道。"

我一脸敬佩地望了李鹰一眼。

李鹰紧张道："她怎么来了？真姬？"

我道："哪个？你紧张什么，这一个不怎么漂亮啊？"

李鹰道："真姬是不漂亮，但她是24公司最漂亮的了，这个公司以变态闻名于东国，口味重到大多数人难以承受，这个公司出来的女优，不惧任何挑战。"

我道："其他的都是AV吗？"

李鹰环顾了一眼，很有把握道："不是，AV就这八个了，其他六个都不是。"

李鹰深吸了口气道："那边是京东三羽翼雪沙、千子慧、真奈理，都是东国欢场顶级人物。前面那个是豆伊舞王夏木织，左边的是……是，如果没有猜错，应该是札帘圣主泽金爱，东国最著名的女王。嗯，那个穿东国服的是北洋道天后新堂香，是北洋道酒吧界的传奇。"

六指也深吸了一口气："都很漂亮！这应该就是我们在花会上要面对的对手了。想不到冤家路窄，提前碰到了。"

李鹰掰了掰手指道："奇怪了，怎么会只有十四个人，少了一个人啊？"

我们一行很客气地从大堂穿过。东国的众星们也在随意打量着我们，但没有任何紧张的神情。

　　快离开过道上电梯时，一个带戴着毛绒帽的东国女人，低着头穿过，只有一个侧影，就让我心跳加了速，我看了看她的脖子，又看看她的曲线，几乎完美，魔鬼身材！尤其是那身牛仔裤，把她浑圆的翘臀，衬托得恰到好处，我还以为是双懿来了了，那体香，居然比含香西施还雅致。但毕竟美女看得太多了，也不会过于大惊小怪。我们整个队伍都正常地走了过去，只有李鹰停了下来，浑身颤抖，目送毛绒帽女子离去，就像个教徒目送自己的教主。

　　我们很奇怪地望了李鹰一眼。

　　毛老板不满道："李鹰，磨蹭什么？要开会了。"

　　李鹰中了魔般，不断地喃喃自语道："是她……是她……真的是她！"

　　小五轻蔑道："谁啊？把我们鹰哥都吓成这样。"

　　李鹰仰天笑了，那笑声居然如哭般难听，李鹰道："她居然也来了！我们输了。她就是东国的王牌，东国的王牌，地狱女神——圣原爱！"

第61章

大海茫茫

中午接到七爷的电话，事情很棘手，京都八路公馆和武楚玛瑙会动用非常高级的关系，又发动了七爷"点水"后被当地警方控制从而丧失参会资格的沪地上一会所，一起向七爷发起了攻击，这三家合一后，以七爷神仙级的关系网也要费些周折。尤其是沪地上一会所，背景异常复杂，反正驻广府的东国领事馆，天天派人盯在珍海，上级那边也在博弈。"

卫哥喜道："这叫干涉内政，有这条就更好办了，我马上去一下广府吧。"

七爷想了会儿道："你去广府也要费几天。广府最赚钱的企业是什么？是合资的东国汽车厂。盯在珍海的那位就是汽车厂的高层，你们有个主管招商引资的同志，天天陪着小东国在珍海'办公'。算了，你不用回来了，不管怎么说，三天内我一定可以过去，这个我有把握。"

卫哥沉默了会儿道："嗯。"

七爷道："毛老板别误会，不是看不起你的实力，能在东城开五星酒店的人，一定也是一世豪杰，兄弟绝对佩服。只是你也知道托人办事最怕的是一事拜几主，万一我托付的人物跟你托付的人物有什么恩怨，事情反而容易办砸，是不是这个理？"

卫哥道："七爷你放心，我不是第一天混江湖了。那好，我就等你三天，哦，不对，花会后天就开始了啊。"

七爷道："是啊，所以我希望卫哥能想想办法，一定要让花会推迟一天举行。"

卫哥道："这怎么可能？明天抽签，后天上船，早就定好了，组委会又是东国人控制的，这个还能推迟吗？"

七爷道："嗯，事在人为，我让西瓜跟你说说。"

电话里传来一个女人自信而沧桑的声音："毛老板，你派一个能言善道的，去找找流求地区的领队薛子行，这个人是个深蓝……"

听完这番话后，我沉默了，对西瓜来庆延前的行政级别，我一直将信将疑，现在我完全相信了。

现实确实很危急，比赛后天开始，明天上午就抽签了，东国队阵容完整，而我军的大半主力还滞留在珍海，尽管咫尺天涯，但四面楚歌。受组织委托，我担任说客，前往尼威斯赌场，请求流求地区薛子行的支援，临行时我带上了含香，知道东城生意为什么这么好吗？因为女人是谈判时最好的润滑剂。

我心里暗暗祈祷，让苏秦、张仪、触龙都灵魂附体吧，当然，我知道，这不仅取决于口才，更取决于西瓜情报一定要准，如果他不是蓝的而是绿的，那谁去都没有用。

尼威斯赌场豪奢不在葡都之下，虽然没有葡都那么大的名气，也没有巨大的吊灯。但里面是哥特式的建筑，外面是可爱的护城河，河里是小小的贡拉多，加上不时飘来的意大利歌剧，确实是一个充满了异国情调和艺术品位的销金窟。不过这些艺术气息，对于大多数内地游客来说，好像没有多少意义，他们的目的基本就是赌和嫖。针对这一点，尼威斯酒店很懂得以人为本，不仅赌业兴隆，里面还穿梭着无数的各国妓女，东姑、马来妹、金丝猫，连黑姐都有，这让我也是开了眼界。客观地说，紫荆城和东城比，服务不占优，但有个很大的优势就是洋马众多。内地户籍以及出入境管得太严，所以除了北东一带能就近引进几个熊国妹，吉木有几个金国妹，旧疆有些中亚人，京都七星岛有些外国留学生外，想吃西洋菜是很难的。东城曾试图从熊国引进几个，但质量和服务都泛泛可陈，管理上还有大量麻烦，只好作罢。而这里——我突然想找个黑的再找个白的玩黑白无常。当然只是想想，公事要紧。

薛子行大马金刀地坐在太师椅上，跟现在流求地区的奶油小生真不是一回事。见到我热情地握了握手，直接询问来意。

我小心道："听说薛兄是内地过去的后人？"

薛子行道："哈哈，确实，但在这里只谈风月，不谈政治。"

　　我装做若无其事随口道："我和毛老板对国民党在抗战中付出的牺牲和努力深表佩服。李宗仁血战台儿庄，薛岳三战长沙，孙立人远征缅甸，一寸河山一寸血，十万青年十万军，这是每一位有良知的炎黄子孙都不能忘记的。江某是在潇湘读的书，经常幻想着自己能生活在那戎马倥偬的年代，能在薛军下做个小兵，在飞麓山对着日寇开上几炮，即使死了也无憾了。"

　　薛子行大为激动，红着脸道："难得你这么年轻还记得抗战，记得薛岳。这几年每年都去衡山忠烈祠参拜。不瞒老弟说，我就是薛族的后辈。"

　　我大为放心，西瓜的情报果然没有错，我鞠躬道："将门之后，佩服佩服。"

　　薛子行道："可惜啊……我们和……江老弟这次来，是有什么任务吧？"

　　我竖起大拇指道："确实，京都七爷和东城毛老板都期待能和薛兄再来个二次合作，联手对付东国人。"

　　薛子行为难道："这个？说实话，我带来的姑娘是北、中、隆好几个酒店联合挑选的，这个背后有不少老板的股份，这样的事我一个人做不了主。要合并进央国灵队恐怕不可能。"

　　我道："薛兄误会了，我们没有吞并贵队的意思，只是想请薛兄帮一个忙。"

　　薛子行道："什么？"

　　我道："我们被东国人暗算，导致半支队伍被扣在珍海，恐怕不能及时赶到紫荆城。所以想请薛兄演个双簧，能拖花会晚开一天，我们所有人就到齐了，到时自然可以和东国血拼一场。"

　　薛子行道："半支队伍被扣？怎么可能？难道是七爷被扣？这绝不可能。"薛子行见我没有说话，道："太不可思议了，我去过庆延山庄。既然是真的，要改变组委会的日程安排，也不容易啊，这个怎么操作？"

　　我道："很简单，请薛兄打出你们的旗帜参赛。"

　　薛子行道："什么意思，分裂？"

　　我点了点头。

　　薛子行一拍脑袋道："我明白了，然后你们就可以抗议，可以以退赛威胁，然后拒绝参加第一天的比赛，然后就可以逼着大赛推后一天！"

　　我道："是的，还望薛兄帮忙。"

　　薛子行道："东国会同意吗？这个花会是他们组织的啊，说实话，东国有能人啊，而且我手下的囡囡哈东的也不少。"

我道："这个无所谓，小东国同意或者不同意，至少面对突发情况都会开开会，商量个一天吧，毕竟他们的投入也不小，只要时间掐得好，赢得一天时间，勤王之师就到了。"

薛子行皱了皱眉头道："是着妙棋，但万一东国人不同意又如何？"

我道："如果东国人不同意，七爷会让统战机构给和家打电话，东道主紫荆城将退出。东道主都退了，花会如何开？而且我估计东国会同意的。"

薛子行道："为什么？"

我道："因为他们喜欢看炅队的笑话。"

薛子行没有说话，默默地点燃了一根雪茄："这样做，对我的声望很不好，因为大家都知道我是深蓝，突然唱这一出，我成出尔反尔之辈了。"

我道："大行不拘小节。为了对付东国，还请薛兄受些委屈。"

薛子行奇道："你怎么敢肯定你们会碰上东国？"

我道："是玉宇凡尘秦煌秦爷传的话，这次东国的组织者与右翼有联系，他们肯定会挑我们'教训'，为自己进入并控制酒店业做准备。之后的事就说不清楚了。"

薛子行笑道："想不到我薛子行深蓝了一辈子，临了要在紫荆城为深绿的独派摇旗呐喊一次。"

我道："这叫'身在曹营心在汉'。"

薛子行道："你把我比作关公了，我可不敢当。我爱央国，但我也是个生意人，事成之后，你们七爷和毛老板怎么谢我？"

我道："薛兄手下美女如云，钱财自然也不是问题。毛老板道，送什么礼物都是虚的，薛兄都不缺。只是到时，如果炅队能侥幸胜了东国，与流求地区队会师后，我们退避三舍，让薛兄的队伍赢，我想这对提高薛兄在流求地区酒店业的地位，也大有帮助。"

薛子行道："这个不必了，战友归战友，战斗归战斗，流求地区队不需要任何队让，包括炅队。"

我点点头道："我失言了，但我想薛兄帮我，一是可以帮帮您爷爷为之战斗过的央国，二是放炅队对抗东国，比流求地区队直接面对东国要好吧！坦率说，东国可真强大。三是事成之后我们毛老板愿意和薛兄合作，在东城再开家酒店。对了，毛老板还送了份礼物给您。"

我拨通了手机，等候多时的含香走了进来。

薛子行道:"体香? 这是什么意思吗? 这个我就不要了, 年纪大了, 不比你们后生仔。放心, 跟毛老板说, 你们的事我帮你办了。这孩子就不用了啊。"说着, 真把含香推了出去。

我信了你的邪了, 居然有男人推走送上门的西施含香?

愣了几秒钟, 薛子行又开了门, 咂着嘴巴说:"要不, 这孩子留下吧! 这也能体现我们合作的诚意, 下不为例啊。"

抽签结果, 我们首轮对高国。上签, 果然如西瓜所料, 李鹰道:"看来东国确实是准备亲自收拾我们了。"卫哥道:"那就来吧, 我们就是来碰他们的。"

牛仔突然很抑郁, 抑郁得如山庭湖的雷雨天般, 见谁都阴沉着脸。他本来是多么阳光的一个笨蛋啊! 虽然说抑郁是现代人的常见病, 没有什么奇怪, 但牛仔会抑郁就很奇怪了。要知道聪明敏感的人才多痛苦焦虑, 而没心没肺的人大多笑口常开, 牛仔无疑属于后者中的极品。

我用小眼瞪着牛仔的大眼, 道:"老林高手, 怎么回事? 童子功破了后就一直闷闷不乐啊。难道武侠小说说的是真的, 破了童子身, 好多武功不能练了?"

牛仔低着头没有做声, 眼睛红红的, 也不叫我哥了。

我急道:"你咋回事啊, 既然还俗了, 送个美女给你, 你应该感谢佛祖, 难道楚妖精还不够好吗? 难道以前在庙里有个小尼姑跟你相好, 或者看上了哪个老衲怀里的师太?"

牛仔还是低着头没有回答。

我怒道:"牛仔, 现在在外边, 不是在屋丽, 你要注意自己的形象, 维护队伍和领导的形象。你说我把你带出去, 你却连我都不理, 你让我的脸往哪摆?"

牛仔头埋得更低了, 我去抓他的肩, 以显示领导的平易近人, 牛仔居然把肩膀一甩, 我像触电般一个趔趄。我正要发火, 牛仔鼓起很大勇气道:"江磊哥, 你说, 俺姐姐是不是……失足女青年?"

我一愣道:"谁说的?"

牛仔道:"本……本来俺也不…不信。但是楚妖精亲口跟俺说的, 说……说俺姐姐和她一样, 都是那个……那个……"

我皱眉道:"她干吗和你说这个?"

牛仔道:"她想, 那个俺, 俺不依, 说她怎么这么贱, 她生气了, 就说俺姐姐和她一样贱，都是失足女青年，还说出了姐姐在屋丽的一些事。"

我心道，完了，楚妖精啊，说话和做爱一样，不戴套都很危险啊。我无奈地点了点头，牛仔一拳打在墙壁上，如果是内地开发商修的，这房子可能危险了。幸好这里是葡都，只留下了一个浅浅的拳印。

牛仔哭道："怎……怎么可以这样。俺不想待在这里了，俺要回去。"说着就开始打包。

我搂着他的肩膀道："我知道你一时接受不了，怎么讲呢？人活在世界上各有各的选择，也各有各的无奈，你知道吗？城市是一个早晨睁开眼就要花钱的地方，你姐姐没有学历，没有技术，去哪里打工都是朝不保夕，在这赚点轻松钱给自己以后的生活积累点保障也不是特别要指责的事吧？而且你在老林寺学武的学费都是你姐姐出的，对吧？不要怪你姐姐。社会有白有黑有灰，你下了山，就必须面对这世界灰色的一面。"

牛仔红着眼睛道："你们都骗俺，俺要回豫南。"

我停住了，愣了会儿道："开玩笑，花会万一有些意外，毛老板需要人保护怎么办？你一走了之？你是签了劳动合约的。就是走，也要等到花会之后！"

牛仔不理我，径直出了房门。我握紧拳头大骂道："牛仔，你走试试看。"

牛仔停住了，轻声道："哥……别拦俺。老林三皇寨都没人拦得住俺。"说完头也不回地走了。

他真的伤心了！

比赛前夜，东国人在球环酒店举办了一个酒会，宴请各参赛队的领队们聚上一聚。我们的第一个对手高国队也十分客气地邀请我们去他们房间聊天，还说准备好了高国的烤肉，请我们品尝。

我们正准备赴会，一个紫荆城队的朋友拉了拉卫哥的衣袖，道："小心了，他们准备了跆拳道表演，虽然不会是鸿门宴，但他们想趁机抖抖威风，折杀一下夹队的面子，那几乎是肯定的。"

卫哥眨眨眼道了声谢谢，嘀咕道："早知道就把齐哥带来了。"

我心里十分惭愧，怎么说牛仔也是我用老板的钱高薪引进的人才，老板最需要的时候他拂袖而去，虽然卫哥没有怪我，但我自己有些不好意思。牛仔啊，牛仔，这点事你就接受不了，你以后如何行走江湖？正嘀咕着，牛仔回来了！眼睛虽然是红的，但脸上镇定了很多，从男孩变成男人，表面上只需要一夜，内在里需要的是痛苦的磨炼。

牛仔道："江磊部长，你说得对。虽然俺不喜欢你们干的事，但俺签了这个月的约，就需要完成这个月的任务。师傅说人要守信，所以俺先回来，等花会后再走。"

楚妖精高兴极了，扯着牛仔的手道："就知道你会回来。"牛仔甩开妖精，十分冷漠。

球环酒店是个五星级酒家，大堂有个硕大的地球仪，可能因此叫球环吧，酒店不算特别豪华但比较实在。黄头发、红头发、黑头发，各路豪杰都聚在这里了，休息完这一天，按照计划，明日就要出海苦战。

一个鹰钩鼻的东国男人，铿锵有力地发表了支持讲话，先代表组委会会长渡边对各参赛队的到来表示感谢，又做了自我介绍，他叫龟田头沼，是渡边会长的秘书，希望大家多多关照，云云。

在这以后的日子里，我见识了素昧平生的东国人，但很多人的名字都如匆匆过客般忘记，只有他我记得很牢，因为他够坏，够绝，更重要的是，名字太好记，我们全队都简称他为龟头。

觥筹交错不是我的长项，我和毛老板坐在桌子边静静地吃了东国料理。李鹰就兴奋了，用标准的东国语在酒桌上长袖起舞，李鹰的学历是初中，东国语水平却已达到同声翻译水平，让绝大多数东国语系的本科生、研究生汗颜。这源于他多年来不断浸淫于各公司的东国大片，由此可见，用学历来衡量能力确实是不靠谱的事——尤其在国内。果冻与西蒙周旋在一群男领队间，如花蝴蝶般穿梭着，这两人本来就是屋丽的大师姐，这段时间被"后浪"们压迫着化化妆，订订衣服，早就憋坏了，这次来到领队酒会里，在一群"老"男人面前，颇为惹眼，都找到了一些青春的影子。

这时一个高国人走了过来，居然染了满头的黄头发。拜托老叔，一把年纪了还扮非主流？他径直走到我俩前，一边恭敬地鞠躬，一边生硬地用山寨版汉语说道："毛老板，朱老板，我们是你们第一个对手，是高国首耳川仁酒店的人，我叫金哲轩，想请你们上二楼吃点点心，顺便聊天叙叙。"语气虽然生硬，某些字也咬得不准，但他的汉语水平还是很值得钦佩了。

我和卫哥对望了一眼，该来的还是来了，卫哥道："这个不是朱老板，朱老板身体不适还在葡都休息。明天就要比赛了，就不打扰了。"

金哲轩笑笑道:"那毛老板,聊天增进一下友谊吧。再说,过两天比赛完了,你们就要回去了,再想聊天也没有机会了。"

这话说的,凭什么是我们要回去了,纯粹的挑衅啊。毛老板冷静道:"那就上去看看,聊聊。我们跟你们学习学习。"

金哲轩道:"请,上面定了个小房间,里面准备了些高国烤肉,等着央国的客人。"

我和毛老板带着牛仔走进了房间,这哪是什么小房间,分明是个总统套间。我们坐好后,金哲轩拍了两下手掌,响起了《太长今》的音乐,几个美丽的侍女穿着金族服装,端着盘子走了过来,满脸笑容地给我们奉上了小吃。

虽说就是冷面、泡菜、烤好的牛肉和一些常见的点心。但老实说卖相不错,尤其是那端菜的妹妹太有感觉了,珠光流溢的面庞,调皮的小嘴,有点像《我的野蛮女友》那个女主角。

毛老板望着中间一个美艳的高国姬道:"这音乐,这美食,真有点《太长今》的味道。"

金哲轩道:"是啊,《太长今》在高国拍的片子里面不算什么,但听说在央国家喻户晓,所以我也决定,随便在酒店里弄来了一个厨娘,表演个做菜,让央国朋友尝尝高国的厨艺。"

毛老板夹了一块牛肉放在嘴里,那牛肉确实入口即化,毛老板道:"随便找一个厨娘?这厨娘够漂亮的啊,这个'太长今'应该也是你们参加比赛的节目的一部分吧?"

金哲轩道:"这个……毛老板,你们那边表演什么节目啊?"

毛老板沉默不语,双方一起打了个哈哈。

金哲轩道:"高国和央国都是古国,能够展现的东西太多,说实话,我们很烦恼啊。大高文明曾经影响了世界,随便找点东西都能让世界震动。比如高医里面就有很多与性相关的文献,也有很多高国古代性爱器具,如果把它们展现出来,在艺术与文化展现环节,我们大高没有对手。"

毛老板道:"对不起,高国是央国北东边疆史,独立的高医并不存在,只是央国医学传过去而已。"

金哲轩冷眼道:"你们总是唯我独尊,这是一种大国的傲慢和无理。我们有大量的证据证明高国六千年文明的伟大,包括性文明在内,都是世界领先的。不信,你们看看视频。"

金哲轩打开巨大的背投，又命一个侍女放进一张碟，里面的介绍片很精美，展现着很多高文医书，据说都是古代关于性与养生的东西，还展现了一些高国的古代春宫图，以及几个小巧的器具。

金哲轩笑道："这些东西，我都带了原件过来，比赛时可以展现出来。甚至我们的图图会利用古代高国的器具，还原以前祖先们的生活场景。"

我道："哦，返祖表演。"金哲轩没有听太懂。

毛老板道："请你再放一遍录像。"金哲轩很自豪地又放了一遍。

毛老板道："前面的高文我不懂，但高文历史好像谈不上悠久吧？这些用高文写的高国医书到底是什么时代的东西？那两张春宫图倒确实是宋代的东西，而且真的就是古代央国的，因为我不巧都见过原件。可是那个时代是央国地盘最小的时代，基本在江南，江南的东西怎么去了半岛，难道那时高国也搬到了钱塘？这个器具叫缅铃，古代很流行，倒不是中原之物，是西域传来的，《金瓶兰》里有写。但怎么也成了高国的古文明呢？"

金哲轩一字一顿道："毛老板有所不知，这都是高国汉阴大学的研究成果。高国的学术水平远在贵国之上？想想吧，高国的科技多么发达，汽车、电子、造船、生物哪个不是世界一流。央国的学术科研则充满腐败，央国的大学完全没有独立精神，研究出的历史都是值得怀疑的。难道你们不相信我们大学先进的研究成果？"

我悠悠道："高国科学家，我就知道一个金禹锡。"

毛老板故作严肃道："金禹锡这个名字很耳熟啊，是干什么的？一听就觉得了不起。"

我道："搞干细胞的，现在造假给抓起来了。"

金哲轩脸白了一圈，干笑两声，毛老板道："金老板请我们来，不仅仅是为了交流感情吧？"

金哲轩沉默了下，道："毛老板，这次请你们上来，一是吃点大高风味，叙点同行感情。二是想跟贵方交个底，因为央高历来是邻邦，文化上多有交流，我怕我们的节目尤其是文化艺术展现方面会有撞车，这样可能会造成误会，所以请你们先来看看。"

毛老板望了一眼背投，一摆手道："这一点你放心，高国如果先展示，你们展示过的东西，我们绝对不用，就你那张碟展示的玩意儿，央国找个地摊能淘个大把。"

金哲轩咬了会儿牙齿，笑道："那就好。吃点东西，喝点烧酒吧。"

毛老板笑着接过酒，金哲轩道："这酒是高国的烧酒，真露，又叫见风倒，很烈。高国男人都喜欢喝它，你们南方人酒量小，就少喝点。"

毛老板道："呵呵，好说好说，央国人讲究感情深，一口闷，宁可伤肠胃，不要伤感情。我先闷三杯啊。"说完拿着大杯子，干了三杯。当过兵的，大半是酒桶。

金哲轩咳嗽两声，叫了声好，也一口气干了三杯。

毛老板又帮他倒上了，金哲轩干笑两声，毛老板道："高国男人都能喝酒，今天我舍命陪君子，我倒了江磊上，江磊倒了牛仔上。你就代表你们高国来个吕布战三英如何？"

金哲轩拍了下胸膛，道："可以，只是这么喝酒太简单了，弄点东西下酒如何？"

毛老板道："客随主便。"

金哲轩道："毛老板喜欢足球吗？我这里有高国在世界杯比赛的录像带。也有跟你们央国队比赛的录像带，我们一边欣赏一边喝酒如何？"

毛老板赶忙摇手道："我只喜欢看乒乓球，你这有吗？"

金哲轩道："哈哈，算了，我们看看跆拳道表演吧。"轻轻拍了两下手，门外走进来两个耍跆拳道的男人。

金哲轩站起身自豪道："这两个都是跆拳道高国国内冠军级的选手，就让他们给毛老板表演一下吧。"

那两人摆了下架势，虎虎生风地踢起腿来，金哲轩一旁解说道："跆拳道现在是奥运项目，刚勇无比，每个高国的男人从小都要练习，我的水平一般，但空手对两三人没有问题。这两位却是真正的高手。贵国武术据说也很厉害，特别是出现在电影和表演里。"

他们中间的一位，大喝一声，飞跳起来将一张木茶几踢裂。

牛仔看着窗外，轻声道："腿踢这么高，重心不稳啊。"

金哲轩冷望了他一眼，道："你想试试？"

我赶忙道："这只是一个普通保安而已，也学过一点三脚猫功夫，自然不是跆拳道高手的对手。"

金哲轩笑道："毛老板的保安啊，应该也是贵国功夫的高手了，上场试试吧。"

毛老板道："不行，他就是一个领八百元一个月工资的员工，只是老实而已，经不得打。"

金哲轩道："央国人的薪水也太低了，一百多美金就可以让一个会功夫的人工作一个月。呵呵，不打也好，他们练的不仅是奥运项目的跆拳道，还有以命相搏的古跆拳道！在六千年传统文化的保护上，我们大高国是做得最好的。"

金哲轩看了看牛仔，叹气道："可惜了，又少了一个央高交流的项目。"

我为难道："金老板这么失望，要不让我们的保安上场试试？不过有言在先，他只是一个保安，打不过是肯定的，让你们的人别把他打得太狠了。"

毛老板道："他只学过一点央国功夫的皮毛，金老板，我有言在先，你的人别打得太厉害啊？"

金哲轩一拍手高兴道："一定，一定，请央国高手上。"

毛老板拦住牛仔道："你这是耀武扬威啊。"

金哲轩道："不是，娱乐而已，娱乐而已。"

毛老板道："如果打伤了怎么办？"

金哲轩道："不管谁被打伤了，我们川仁酒店负责。"

我对牛仔使个眼色

牛仔低头红脸道："俺不去，俺怕。"

金哲轩轻轻一笑，毛老板怒道："怕什么？"

牛仔道："我怕把他们打伤了。"

牛仔走到房间中央，衣服都没有脱，拿起一杯水在地上随意地画了一个圈，道："俺出了这个圈，就算俺输。"

高国高手大怒，先行一礼，又飞一脚，再摔一跤，形成无限循环小数。

没有悬念，看得打瞌睡，后改为一对二，还是一边倒，两个跆拳道高手全躺在地上，准确地讲是趴在地上，伤势不明。

牛仔一脸疑惑道："他们脑袋怎么不会拐弯的，老踢这么高干什么？他们跟师娘学的吧？"

毛老板望了眼脸色发青的金老板，打了个哈欠，道："喝酒，喝酒，小孩子玩一把，金老板不要在意，这个保安的功夫是我教的，可惜功夫不够，还不懂点到而止。喝完这一杯后，我亲自下场跟金老板玩一会儿，试试老板你的刚猛跆拳道。"

金哲轩脸上绿了一块，道："喝完酒之后，我们还要排练一会儿。改天吧。"

酒足饭饱，气氛有些尴尬。金哲轩送我们下了楼梯，见到大堂前驶过一辆京都现代，终于骄傲了一把，道："这是高国的汽车，在央国那边销量非常地大。"

我们没有做声。

金哲轩高兴了，道："大高国的汽车占了央国市场很大的份额，又便宜质量又好，我们大高国的汽车业下个目标是东国，争取在央国大地上打败东国。"

毛老板不耐烦了，道："江磊，你去看看那个地球仪，高国在哪里。"

我一脸郑重地走到大堂中央，翻动着巨大的地球仪，终于找到了一个巴掌大的地方。我盯了好一会儿，道："高国果然大，都快赶上潇湘了。"

毛老板一摆手，制止了我的大国沙文主义，非常深情地望着地图，用手轻轻摩挲着高国的地图，就像摩挲一个久别的恋人。

金哲轩不解地望着毛老板。

毛老板道："我对高国其实充满了感情。"

金哲轩抬起了头。

毛老板朝三八线以南随手一指道："我家的那支部队，就在这里打败了米国。"

……

金哲轩怒目圆睁，握紧了拳头，又望了一眼目无表情的牛仔，很有道德修养地放松了拳头，用手指着地球仪上的北东方向，很骄傲地道："这块都是大高的地盘，我们的祖先在这里创造了大高文明，并极大影响了黄河文明的诞生。只是黄河文明一次又一次地侵略我们，又一次一次地被我们打败。"

历史功底深厚的毛老板和历史高考单科状元的我，闻言面面相觑。

我翻动着整个地球仪，对毛老板解释道："其实在古代，这都是高国的。这个不叫地球，叫棒球。"

当晚，流求地区队打出了流求国的旗号，并上交了参赛名单。炎队和紫荆城队提出了严重的抗议，紫荆城和家在特区报不显眼的地方发了一个告示，对流求地区队以国为单位参加世界酒店软管理论坛表示了强烈的谴责。国内相关部门也第一时间咨询了情况。毛老板更是怒叱薛子行为卖国贼，准备率队退出。龟头紧急公关，凌晨召开了协调会议，因争议无法平息，决定比赛推后一天举行。

第二天中午，七爷终于到了紫荆城，一下车就表扬了西瓜和我们。七爷道："本来可能还要多待半天的。流求地区队这么一闹，事情就触及了国内官方的红线。我立刻就被放行了，你别说，毛司令这么怒叱卖国贼，又要率队退出的，算是狠狠地拍了政府一个马屁。秘密局那边纷纷表示，小事情都不要追究了，让七爷赶快过去，跟爱国的队伍战斗在一起。"

我们一起打着哈哈。

七爷道："就是有点对不起薛子行，红玫瑰，你今晚帮我去感谢一下他。别让人白受委屈了。"

我道："雪儿和罂粟还没有到？"

七爷道："雪儿来不了了，她现在是大牌了，参加这种比赛，如果被狗仔队拍到的话，确实影响不好。说不定还会影响到整个队伍的命运，毕竟我们和东国、玉佛国不同，我们是冰激凌，人人爱吃就是不能让它见光。"

毛老板道："那罂粟呢？"

南瓜道："还在金国，估计要等到跟东国拼时才能回来。第一场的花魁就让含香上吧。"

我们分析了一下高国的情况，南瓜道："不用担心，我们对她们了解很深。正常发挥，高国赢不了我们，而且，我还掌握了他们队伍的一个弱点，到时你们就知道了。"

毛老板道："他们也有大把靓女，不能轻敌。我和江磊昨天会过他们，后来我俩分析了一些情况，他们肯定会表演《太长今》，现场做菜什么的。可能还会练练美女跆拳道，展现一些估计假冒的古籍文物。"

七爷道："他们就喜欢干这个，都是假冒的吗？"

毛老板道："也不都是假的，那露乳装就是真的，是高国古代女子服装的精髓。"

七爷笑了笑："兵来将挡，水来土掩，他造假，我们就做3l5好了，放心，我们知道抽签结果后，第一时间联系了高国的同志，他们会配合我们的。"

西瓜道："毛司令，这个高国的'太长今'怎么个表演法，做菜？我们的队伍有没有做菜好的，把她们给拼掉。就几个冷面、烤肉之类的东西，能和我们川鲁粤淮扬相比？"

我望了众囡囡一眼，但众囡囡都不说话。

南瓜道："可惜罂粟没到。"冬瓜应声咂了咂嘴巴。

西瓜道："其实也不用亲自做，我估计现场表演也就是一个样子，总不能当着评委的面把房子弄得烟熏火燎的，而且一弄半个钟头吧？肯定就是一边囡囡表演，一边让另一个做菜的囡囡带着下手去厨房，过一阵子再端出来而已。做大菜总得有个下手吧，这个猫腻就多了。"

七爷和毛老板半晌不语，一齐抚掌道："作弊？高！西瓜你可真是我们的女诸葛啊，这个不会被发现吧？西瓜你是怎么想到的？"

西瓜笑道："当年在衙门里做事，隔三差五地迎评工作，哪有不作假的。只是这个下手的人选马上就要选好，而且必须是年轻女子，这样不显得突兀，也不容易被怀疑。"

毛老板为难道："屋丽的厨师都是男的啊，隔壁楠火倒有个一级女厨子，但都五十多岁了！"

我拍了拍头道："我倒有个厨娘，名字叫做阿楚，水平很高，可以马上叫来试试。"

李鹰击掌道："对啊，我可以作证，她的水平不在一级厨师之下，还很有创意。"

百里急召阿楚，阿楚非常高兴，又可以来紫荆城赌两把了。跟她说可能要作弊，菜归她做，但名归其他囡囡，问她有没有这样的心理素质。阿楚更高兴了，道："作弊我最懂了，要不我怎么考进大学的。都是自己人，放心吧！"

东城跟紫荆城很近，几小时后，阿楚就出现在我的队伍里，更让我惊喜的是，她居然把笨笨狗带来了。

我道："笨笨，你过来干什么？"

笨笨道："你都不鸟我，我当然要来找我的鸟了。"

我道："想我了？"

笨笨一脸纯情道："不是想你，是依恋你。"

我呵呵笑着道："骗人越来越在行了。"

笨笨道："打不死你这负心郎。说，又摧残了多少美丽的花朵？"

我道："这个问题不回答，属于保密范畴。来，肉麻一下，说说你怎么依恋我的？"

笨笨道："我是裤子，你是皮带。"

我道："什么意思？"

笨笨道:"当裤子离开皮带,就知道什么是依恋。"

终于上了"蓝钻石"。这是一条豪华的大船,孤零零地飘荡在蔚蓝的大海上。东方组的各路美女都已上船,玉佛国、竺国、熊国、东国等都回到了指定的房间,果然是姹紫嫣红开遍,花了眼睛。过几天,就会有近一半的失败者离开这艘船,去接受新的命运,新的挑战,就如花朵总得回到泥土里。

李鹰道:"哈哈,这船真大,泰坦尼克啊。"

六指道:"我呸,你能不能说点吉利的话。"

炎队的美女们和李鹰他们打打闹闹。

我站在船头,半天没有话语,大海茫茫,超过了我的预料,作为一个山庭湖的老麻雀,我觉得自己见过风浪,但今天才知道什么叫无垠。我突然有种强烈的无力感,我们这艘船,这上百个绝色,包括七爷和卫哥,其实什么都不算,或者算沧海一粟?却天天勾心斗角,为了争夺一点点名利,人五人六地战斗不休,这到底是为了什么?

一个偶然,我进了这个行业。我有时在想如果我不进来,会不会就有赵磊、钱磊、孙磊、李磊进来,同样带着这群人来到这艘船上?人就是这样弱小,弱小到可以忽略不计,有时被命运的手,有时被自己的欲望,弄得到处飘荡。

当我被四周的蓝所包围时,我好像想清楚了一些东西。为什么楚妖精不缺钱,但她还是如此渴望参加花会?为什么白素素会为差点参加不了花会而哭泣?因为人太脆弱,太无力,太容易流逝,所以才更想绽放,尽管这种绽放没有任何意义,但至少是个抗争,是生命的抗争,是对被虚无吞噬的抗争!而花会、奥运会、选美会、政治竞选会乃至溜须拍马、购买彩票、努力工作,其实都是为了得到一个绽放的机会,而已。

因此有人练了武,有人从了文,志愿军能趴在冰天雪地里忍受十小时才抠响扳机,年轻学子能暮鼓晨钟寒窗苦读十余年为了一张通知单;也因此雪儿功成名就还处心积虑着拿奖,何青名震交际圈还跑到北方吃黄沙;还因此,无数艺术家灵感枯竭时,一边教人热爱生活,一边去吸毒去自杀。其实,绽放了,也就是浪花一朵朵。胜也好,败也罢,真的有这么重要吗?

我只能用一句哲学家的话来给自己一个交代:我们对这个世界没有意义,但我不存在了,世界也同样没有意义了。

远处的夕阳烧红了半边蓝色的柔波,几只海豚不时地翻出个身影,可爱而逍遥。

烟鬼在旁边抽着自制的香烟，道："真想死在这里。"

鸢尾迷茫着美目道："有时，我也在想，死在大海里真是一种幸福。活着的意义到底是什么？"

我望着茫茫大海道："看过《海贼王》吗？人活着没有意义，但活下去，总会碰到一些有意思的事情。"

第62章

开山大捷

　　《史伎》载：央朝五十九年，大事连连，先有冰雪塞于途，后有天摇地动震，继会天下健儿于京都，再有仙七奔于苍穹。大悲大喜，万国来贺，如冰似火者，莫出斯年。岁末，花界领袖曰朱七者，出于京都庆延府；果岭酒店业大亨毛介卫出于东城府，将两地花魁十数人，战天下群凤于濠江。此系华秋风月道，自管仲开业，秦淮兴盛，岁月千秋，首出朝门。

　　首战之敌，曰丽高，长居长白以东，以采参为业，常进贡于天朝。近自号万年强国，史记为千年属国。先数朝于中原，后长屈于扶桑，又央米逐鹿于绿鸭，两强相争不下，以八三为界，国拆为二。其北靡靡，其南励精，史称江汉奇迹，冠洲四龙。故近观其民，傲卑夹杂，恭倨相间。对外则精诚团结，常反噬于华宇。

　　战于海，碧波万顷，一叶花舟者，蓝钻石也。

　　首日，七爷之爪牙烟鬼，通宵巧置温柔阵。但见方寸之演厅，雕梁画栋，笔墨飘香，窗悬三尺青铜剑，窗下一张古素琴，一女曰琴王，美貌技无双，身着大红绸，皓腕弄轻音。嘈嘈切切错杂弹，大珠小珠落玉盘。旁为花梨木石几，上磊十方端州砚，各色笔筒，海内插笔如乱麻。左边几摆着文王鼎，鼎旁匙箸香盒，右边几摆着汝窑美人觚，插满着菊花香。西墙里，挂的是《烟雨图》，几可乱真米襄阳。图下边，一张紫檀桌，精雕天南地北双人燕，老翅几回寒。桌上边茶具皆紫砂，早有绝色双姝戏分茶。又有仿古大铜镜，凌于三尺古木床，床上西施对镜贴花黄，但见其化了淡淡妆，一袭素丝配羊脂，貂蝉当输三分香。又有红绳秋千隐红帐，知者心意马。

大红灯笼高高挂，一入只闻水玲珑，水头嵌瑞兽，水下盆六瓣，可容鸳鸯随意戏，名曰华清泊，早有美人红玫瑰，肚兜绕颈散华发，春寒赐浴华清池，温泉水滑洗凝脂，侍儿扶起娇无力，不知何处新承恩。溺器竟为玛瑙质，翡翠镶边金做板。试问七爷废几许，七爷指齿不足挂。

一帘幽梦隔大堂，古灶为表做厨房，妲己妖媚倾天下，如今巧手弄羹汤，旁有小婢轻递菜，不知谁家福泽厚，不劳太公姜子牙。

美女衬明堂，古典无可换。高人观之无颜色，仲裁连伸大指夸。烟鬼蜷缩船角处，一类北丐息华山。再入丽高房，几乎无可观，号称豪华帝王处，尽是西洋新家饰，间布东洋淫巧物，不伦不类不值晒，仲裁摇首，一役既克。

再战丽高重整军，却是才艺展，双方各入铁营盘，搭起对台唱。央高一女假托徐宫娥，盈盈入厨房。又剩几女不爱红妆爱武装，飞脚破木板。再有一女美声唱，声若天籁四海传。金国民族舞，群蝶舞中央，翩翩身姿几回眸，煞是好看！歌女再咏太长今，厨中女子翩跹返，身后几婢捧美食，尽是高国宫廷宴。仲裁食罢首微颔。厨女又奉大补丸，自谓古韩方，食后可以铸金枪，历今二千八百岁，有竹简可参。又有几女搬来一堵墙，墙上尽是古淫物，几许春宫，几许假阳，几幅怪模样。

再看炅方古琴扬，光影迷乱，十余美人纵成行，千手观音舞南海，一片清凉。忽有两女弄红绸，霓裳羽衣舞飘飘，一女将绸束腰间，一女持绸挂船颠，船颠离地三丈三，红绸飘飘三寸宽。只闻琴声转哀怨，幽咽泉流冰下难。冰泉冷涩弦凝绝，凝绝不通声暂歇。忽见一女立船颠，单足踩红绸，乃从天降。一线红绸，飘飘舞于风，一代佳人，媚媚舞于绸，天外飞仙，莫过于兹！众人愕然，仲裁擦眸。毛君介卫曰："此女曾是巾帼手，单杠圈里数风流，今日一战显身手。不负多年深山修。"

仲裁正彷徨，左右为难。

琴王琴声再度扬，妲己捧出私房馐，八个盘子，唤作：一品海参、诗礼银杏、花儿鱼翅、霸王别姬、雪里闷炭、八宝龙篮、福寿燕菜、猴头扒鸡，尽是曲阜孔家菜，鲁菜之冠，儒菜之王。一时色香弥大海，都乃阿楚手笔，却是妲己手端。又有一女红玫瑰，孔府菜前做文章，羊毫龙飞凤舞间，字如张旭行云水，更促酒香。韩菜失色。膳过两女笑泡茶：宜兴古紫砂，遥遥龙井茶。银装裹碧色，玉盏竖针花。

仲裁齐咂舌，遂再胜高。

三战床帏中，朱七鸣金曰："我方已两胜，此战无需惊。末战花魁大比武，已有妙计可安邦。此战宜留三分力，恐泄了军情，与了东瀛，不若存着实力，以待东国。"

高方背水一战，三军卖命，以古典器具演丽高古戏，惟妙惟肖。我军败绩。

翌日，花魁之战。高出一女曰公主，中出一女曰西施。高公主之美艳，动人心魄，无一处不柔情似水。中之西施，亦光彩照人，然体香没于海腥之间，外形亦未能凌驾于公主，只在伯仲之间也。高公主之媚舞，洞箫皆技艺超群。西施初逢强敌，又不精于乐道，渐处下风。

高之领队金哲轩仰首大笑，毛介卫则大窘，炙方战栗者不乏其人，如小五、六指者，汗如雨下。花魁之战，分值两倍于前，一子错则满盘皆输。悔不带何青者，悔罂粟未到者，悔误听朱七之令者比比皆是。唯有朱七爷及其爪牙南瓜一众，稳坐钓鱼台，无所喜亦无所悲。

尘埃落定，公主处上风，西施嗬，众人哀叹，出师未捷身先死，几可清包走矣。仲裁正欲宣判，七爷急目南瓜，南瓜起，忽道："诸仲裁，公主绝色，我方钦服。然有一事不明，还需请教一二。"

仲裁曰："何事不明？切勿横生枝节，亦耽搁吾等评分。"

南瓜曰："各国花魁可人造乎？"

仲裁相视一笑，曰："自然不可。"

南瓜启一牛皮纸封，道："高国公主，前后整容者四。其眸、其鼻、其颔、其胸兼为人造之物，此包内乃详细记录，其修身时辰、地点、乃至主刀大夫姓名俱备，请仲裁过目。"

高领队金大怒："尔等安敢含血喷人？"

七爷笑道："天下方家俱聚于此，肌肤之触与硅胶之触千差万别。金领队谓之吾等伪言，可否让公主出，仲裁一验？"

金不语，半晌，公主泪奔，首战大胜高师。史称开山大捷。

西瓜耳语毛君道："七爷闻高师袭来，迅遣秘线之友人相助，早知此战必胜。但恐人多口杂，泄露天机，或致高临阵换将。故昨日未曾言及，望恕。"

众人兼乐，离船庆功。

毛老板在沙滩上，看了看我刚写的《史伎——开山大捷》，皱着眉头道："早知文人酸，没想到文人这么酸。"

冬瓜看了看道:"这啥玩意儿,就不能说点人话吗? 江磊,你知不知道今夕是何年啊?"

西瓜呵呵笑道:"真没想到,这里还潜伏了一只文学青年? 更想不到在这沙滩上烧烤,有江磊在,还多了一道菜来。"

小五问:"什么菜?"

西瓜装出口北东腔:"翠花,上酸菜。"

众人哈哈大笑,把我好不容易写出现代古文的骄傲,全部笑没了。人心不古,斯文扫地啊。

七爷道:"好了,不管怎么样,高国被我们干掉了。江磊你别急着写你那酸文章,我们都要打起精神来。如果我没有猜错,下一个是东国了,东国可不是高国啊! 老人说得好,宜将剩勇追穷寇,不可沽名学霸王。李鹰,今晚你就要辛苦一下,把东国人员情况再做一个介绍,尤其是优缺点。"

李鹰郑重地点了点头。师从东国多年,面对自己的"师父",李鹰一定感觉很复杂吧! 不管如何,今天我们都很开心,我们冲过了第一关。

正在胡思乱想,蝴蝶兰唱起了歌,这首歌把所有人的兴致都勾了起来,我们全部放声哼唱,天籁之音、清醇之音、海豚音、绵羊音、三跑音全部交杂在一起,但,那有什么重要? 唱歌,唱的就是心情。

晚风轻拂紫荆湾,白浪逐沙滩。没有椰林缀斜阳,只是一片海蓝蓝。

第63章

赌局放大

　　大胜高国，除了七爷神龙见首不见尾的人脉外，烟鬼要计一大功。他在一夜之间把三个房间妆点成了极富央国风的"香闺"，这份能力，如果不是我亲眼目睹，是绝不相信的。这简直就是魔术。烟鬼一脸落魄地蹲在沙滩上，离大队伍远远的，一点也不合群，那邋遢的样子，如果在东城，我怀疑随时会被抓去办暂住证。

　　"会做"的卫哥使了个眼色，楚妖精就黏了上去。

　　楚妖精道："哥，你怎么这么厉害呢？我们表演的房间设计得太漂亮了。这些家具是怎么连夜运到海里去的？"

　　烟鬼一边摸着楚妖精的手臂，一边打着哈欠。贪婪地叭了一口烟后，道："这个，简单！前段日子某会开幕式，那个才叫复杂。"烟鬼挖了一下鼻屎，顺手抹在鞋上，又搭在了妖精的胸口，道："好在玩耍了不少，要不老子才不去了。"

　　楚妖精杏眼桃花嗔道："哥，你能不能注意点卫生啊？你这样，喜欢你的女人都不想跟你了。"

　　烟鬼闻言，望了一眼飘渺的大海，道："你说得真对，喜欢我的女人都不想跟我了。"眼眶竟红了。

　　楚妖精一脸疑惑地瞄了一眼这个怪男人，用手擦了擦他的眼睛："这么大的男人像孩子一样。嘻嘻，说，靠这招，你骗过多少个女人？"

　　烟鬼一听精神了，道："我们都不用骗的。无数美女主动献身，像你这样的，每年玩百八十个没有问题。什么戏剧学校的、电影学校的、追梦的、北漂的，招招手伺候得舒舒服服的。这叫潜规则，你不潜规则她，她就很失落。为了激励，我们搞艺术的只能用自己的特长来弥补她们的空虚。"

楚妖精道："吹牛。"

烟鬼道："不相信？只要你给得起钱，我马上可以把常见的一线明星约出来陪酒陪嗨。说全部那是吹牛，说一半那是谦虚。这个七爷最明白了。呵呵，其实我不喜欢玩星星，都是千人斩，不是干涩得像沙漠，就是宽广得像大海，就是演技好，但演技在我眼里不值钱，囡囡最精彩的部分在于调教，在于幼稚生涩伺候男人的感觉。这次跟着导师，潜了很多新人，那才叫舒服。"

楚妖精一掌打着一脸陶醉的烟鬼手上："什么叫千人斩？还不是你们这些狗头铡干的？残害花朵你还有理了，说说看，你怎么残害的？"

"什么叫残害，我是成全，成全她们。"烟鬼愤愤道，"就这一次开幕式，有好几个女孩都是我成全的。有个学生妹，死活想参加开幕式，大家都不要。我见她可怜，长得也还可以，就多看了她两眼，结果她当晚就跑到我房间来了。"

楚妖精道："你就白吃了？"

烟鬼道："我怎么会白吃？我从来不干这样的事。当场我就跟她说，'小姑娘，你还年轻，没事别往这个娱乐圈跑。什么叫娱乐圈？娱是吴和女，也就暗示着是无女不乐的圈。想跑个龙套，从导演到订盒饭的一圈都要伺候好了。'可她就是不走。她对我说，为了成功，代价总是要付出的，很多大牌都如此，她知道。我就跟她说，既然想通了，我就赏脸宠幸一下她吧。这家伙却突然犹豫了，这一犹豫让我喜欢得不得了！她问我，我能不能让她上开幕式，我说能。她又问如果只是背影她不干，我说一定给你正面。她又说，能有多长时间，能有一分钟吗？我道肯定不止一分钟，说不定有两个小时。这女孩当场就背过身来脱衣服了。后来我全部兑现了，见到运动员进场时的啦啦队吗，就有她。蹦蹦跳跳了好久，全正面，还有特写，回来腿都肿了。"

楚妖精哈哈大笑，打在烟鬼的身上道："你可真坏，哎，漂亮女人都是给你们这些坏男人准备的。"说完后就往烟鬼怀里钻，又猛地钻了出去。

顺着楚妖精的目光望去，牛仔正拿着根树杈，对着大海练功夫，那动作，真他妈白痴。楚妖精却满眼温柔。

楚妖精望了卫哥一眼，就静静地坐回到烟鬼的腿上，烟鬼摸着她的大腿笑道：

"去吧，你喜欢的是那个笨蛋，不是我。"

妖精沉默了会儿，道："我的任务是陪你，我才不喜欢那个笨蛋。"

烟鬼道："呵呵，别骗自己了，你的眼神不对头，我把你转让了，你的心完全不属于我，身体的表现就会差很多，我是完美主义者，对空空的躯壳不感兴趣。你跟牛仔时才能表现完美，是那种不用表演的完美，很让自己迷恋，对吧？"

楚妖精身子一颤，望着烟鬼。烟鬼又挖了坨鼻屎，踩在鞋底，深情道："去吧，你们活得够苦了，好不容易找到点糖，勇敢点，吃了他。说实话，你的眼光不错，这年头，这么笨的笨蛋很难找了。"

楚妖精道："我还配吗？嗯，我是配的。我这么漂亮，这么好！烟鬼哥，你这么聪明，你也会找到你的糖的。"

烟鬼洒脱地笑笑："抽抽烟，玩玩妞就算了。爱情是上辈子欠下的情债这辈子来还，我上辈子俗不可耐，所以今生无债可还！"

楚妖精屁颠屁颠地跑去给牛仔擦汗，牛仔不怎么理她。多情总被无情恼。正打闹着，李鹰冲过来道："摩托艇，好像是小东国的游艇，确实是东国人！咦，石井隆？！团谷六？！旁边那两个是谁？"

茕队所有人站起来，慢慢聚到了一起。四个东国男人，一脸平静地走上了沙滩，对着我们很有礼貌地鞠躬说着鸟语，其中一个翻译道："朱先生、毛先生，我们老板渡边芬东请各位前去赴宴。"

七爷微笑着，点了点头："你们叫什么？也来吃点烧烤吧？"

李鹰抢先道："石井老师，团谷六老师，好久不见了！"对着石井隆伸出了手，石井隆看见李鹰非常高兴，紧紧抓住李鹰的手，两人对话了一段鸟语。

李鹰回头道："这两位是东国很著名的圈内名人。导片无数，是东国的暗黑三杰，我在东国时曾经向他们讨教过，算是他们的学生。哦，另外一个是翻译，叫田中三郎，旁边这一个老头叫渡边淳二，我不认识。"

我虎躯一震，看着那个老头道："渡边淳二？"

李鹰、七爷都很奇怪地看着我。

我道："他怎么还没有死？哦，我中文系教材上有他。得过东国最高文学奖，写过一些很黄很暴力的作品，也写过一些很美的情色作品，比如《失乐苑》。"

毛老板道："写这些也可以得奖？"

我道："文学是人学，人学当然离不开性。文学在先进一些的国家都不忌讳这个。在东国就更正常了，东国文学之母是《缘氏物语》，就充斥了性爱，它在东国文学的地位相当于《红楼梦》。最近东国卖得最火的小说是一个80后作家写的《美女宗师》，听说很有希望冲击东国最高文学奖。那也是一本充满虐恋的小说。"

毛老板啧舌道："要是在国内，严打时，早当成流氓抓起来了吧。"

我道："不会，以这老先生的年龄，如果生在国内早枪毙五次以上了。"

七爷道："国内文学比起东国来如何？"

我摸着胸口道："至少好五倍！"

一行人随着小东国的队伍，乘着冲锋艇，在大海中航行了将近三个小时，开始还能看见沙滩和建筑，渐渐的，四周只剩下蔚蓝的海水和天空连成一色了，连金色的阳光也被揉碎在无边的蓝里，水面间或跳跃着几只不明的水生物，景色如此壮美，大自然如此鬼斧神工。

我却紧张起来，船上坐着几个如假包换的东国人，而船已经晃晃悠悠地开出了紫荆城，且马上就要去公海会一会山嘴组老大了，是福是祸，是被礼遇还是恐吓，是联谊宴还是鸿门宴，是被做成滚刀面还是混沌面？不得不让人担忧。李鹰看了看冲锋艇上东国文标志的导航系统，道："已经到公海了，嗯，出了仃伶洋，开进了太平洋。"我一身冷汗，环顾四周，风急浪高，真是个杀人的好地方。老子要是被山嘴组莫名其妙地干掉了，怎么办？好像小东国那个叫山嘴组的组织不怎么害怕杀人啊！我突然有一种强烈的恐惧感：我怎么会在这里？我要去哪里？去见世界级的黑社会老大？几个月前我还是一个普通的三好市民，只是为了多赚点钱，就跟一群开桑拿的违法分子去见世界黑道闻风丧胆的危险人物，我有病啊？尽管理智告诉我，我被干掉的可能性不大，但我还是克服不了恐惧的心理。这就像突然有人告诉你，你马上可以见到本拉登了，我想正常人不会太平静的。我饱含期待地望了一眼牛仔，结果发现牛仔晕船了，吐得一塌糊涂。

七爷望着我笑道："怕了？小伙子。"

我极力想维护自己男人的自尊，但偏偏不争气地低下了头。

七爷道："江磊老弟，你还是年纪不大，经事太少。"

我强行挤出点笑来："突然有点担心老家的妈妈。"

七爷点点头道："可以理解，我第一次出来混，为了抢一个女人，跟一个京都很有名的老大斗殴。这个老大当时住在九大处，是个老革命的儿子，他老爸是当时的四电部也就是现在的飞天部一个高级干部，这家伙还有很多的发小，基本都是京都的王子，高干子弟，而我没权没势的，就跟他斗了。斗之前我也想了很多乱七八糟的事，家庭啊、事业啊、理性啊，等等，有无数的声音告诉自己这事做不得，结果，我做了，还赢了。后来我又干了无数这样的事，直到我忘记害怕时，我赢得越来越多，所有人都开始尊重我了，我开始从七哥变成七爷。有时我想，那一架是很危险，但如果不打那一架，我会怎么样？可能是一个下岗工人，推着三轮车跟城管斗智斗勇，又或者拿着个茶壶等着社会补助？如果七爷命足够好，有一天我会退休，去种两亩茶叶，但我也不会后悔在江湖的日子，因为我不想我的生活平凡得像一张白纸。是的，我的生活是比较危险，马上就要见山嘴组什么的。但巴顿将军说'大多数的男人都是死在自己的病床上'，这又有什么好？"

我苦笑一下："我也经常这么想，可是过一阵子，我可能又会觉得平安是福。"

七爷道："是啊，又想阅尽风雨，又想风平浪静，这是不可能的。看，好多海鸥。"

我抬望眼，一群巨大的水鸟逍遥游于天际。所有的人都被吸引了，只有楚妖精目空一切地用手擦着牛仔吐出的秽物。

翻译官田中道："各位，我们到了。"

定睛一看，一个小小的礁石岛，精致而镇定地停留在汪洋之中，天荒地老。

礁石岛上有一片小而浓密的树林，树林里藏着栋东国式的木制别墅，龟头在别墅门口接待了我们，一见面就是鞠躬。龟头道："七爷，久闻大名，能用一己之力引导出一次'清扫'工作，逼得我们邀请的内地酒店大半扣留在当地，不简单！"

七爷道："这个……龟什么头，这话说得不对。内地扫黄是常规工作，与我没有关系，我也受影响，渡边呢？"

龟头鞠了一躬道："我们会长正在后面垂钓，请各位勿急，先在客房饮杯清茶，我马上派人去通报渡边会长。"

我看了看客房，倒也平淡无奇，除了两个美貌的侍女外，只有墙壁上"金玉满堂"的书法作品，算是风景。龟头打发了一个侍女去后面通报渡边。

龟头又鞠了一躬，道："毛老板，我们会长说，你能从一个小饭馆，做到东城数一数二的大酒店老板，非常了不起，还念叨说希望有机会跟您合作。"

毛老板笑笑不置可否。

龟头又鞠躬了，他道："南瓜兄你是央戏的高材生，如果在东国，肯定有用武之地。冬瓜兄，我的人告诉我，你的眼睛能穿透所有女人的衣服，确实让人佩服。西瓜姐，你的谋略水平让人惊讶，会长说，以你的资历去辅助七爷，别说在内地，就是在东国也是很难得的事。七爷能请到你，真是福气。"

龟头对着烟鬼狠狠地鞠了一躬道："张兄才气横溢，你编写的剧本《香格里拉的灵魂》非常精彩，我们都很奇怪，少有的魔幻意识流作品，为什么得不到巡演？话剧团的团长一直压着你，这是不对的。"

烟鬼腾地站了起来，瞠目结舌道："我十年前写的那个小东西，你们是怎么知道的？"

龟头笑了笑，又对着李鹰鞠躬了，这一下子，都数不清鞠了多少个躬，腰真他妈好。龟头道："李鹰是我们东国的学生，有句古话，青出于蓝而胜于蓝。你团谷老师说起过你，说李鹰如果在东城过得不顺意，可以来东国，几大影视公司，随便你挑，这里有更好的工作环境。"

李鹰笑了笑道："我吃不惯东国菜。"

龟头又对着六指、小五、西蒙、果冻鞠躬了："各位都是人才，六指兄你的服装设计很有造诣啊，可惜内地的厂家只会来料加工，不懂珍惜人才。果冻是在维港学的化妆吧，基本功很扎实，很有特点。小五、西蒙都是东城酒店圈内资深的专家，东城能迅速成为内地酒店业最强的地方，背后就是有你们这些人才啊。我看了你们对高国的比赛，内地真的很强，我们东国可能会输。"

毛老板道："龟田谦虚了。我们是来学习的。"

龟头又鞠躬了："江磊兄，你是在潇湘学中文出身的，文学和心理学都很好，也进了这个圈子，可见毛老板用人不拘一格，听说你还两次打败了李鹰，难能可贵。"

李鹰的脸色变得有些难看，我心里一惊，这赤裸裸的挑拨离间啊。但不得不佩服小东国做的功课，要知道，我在酒店业完全是个新人。以前听说过这样一个故事，故事是作家平凹说的，他说东国有汉学家专门研究央国当代文学，他们的功课做得非常细，细到委托他寻找安西一个村子里的小作家。这个作家，在安西文坛几乎没人知道。东国汉学家却有人把他的作品分析了好多遍。现在看来，这故事是真的，东国人的认真，和对情报的重视，是我们必须学习的。现在看来东国已经对我们非常熟悉了，而我们对对手却知之甚少。很多人听完龟头的鸟语，都有种不祥的预感。

侍女回到客厅，做出了一个请的手势。

渡边芬东正在一块石头上钓鱼，见到我们和蔼地一笑，放下了钓钩。

怎么会是这个样子？渡边完全不像一个烧杀抢掠的黑道大佬，也不像外界所传的是一个充满杀气有勇无谋的大将，反而像一个得道的围棋高手。我感觉到一种气度，一种我没有见过的气度。这气度让我像被无形的绳索绑住一样，连手都不知道往哪放。

完全无法想象，他身上的气度是怎么来的？

那种感觉是，你感觉不到他傲慢的痕迹，他却仍能让你觉得，所有对他的称赞都是理所当然，甚至，他还会让你觉得，如果你想对他有所批评的话，他是肯定不会把它当回事的，他完全没有养尊处优的炫耀眼神，眼里只能看到真诚与谦卑。可同时，他还能让你感觉，他可以和所有的人分庭抗礼，并且是理所当然——是所有的人！

我莫名紧张，觉得自己好逊，一句话都不敢说，手不知道放在哪里好，小五和六指等也好不到哪去。对于没有见过世面的人来说，装成熟自信是幼稚的，自信是写在脸上的东西，是学识和阅历共同堆积出来的。我们这边只有七爷好点，比较自然地坐下了。

来之前，我曾想凭自己的口才，舌战群英，在渡边面前侃侃而谈，甚至冷嘲热讽，骂一骂这东国黑道的领袖。结果，我很想吹吹牛，但这些确实都没有变成事实，渡边一出场，我就变成了鹌鹑，一句话都不敢多说。后来我安慰自己，这个世界上见到一个单位小科长就浑身出汗的人遍地都是，老子突然见到一个大人物，马上就能镇定起来，也不符合正常规律——这说明我是个正常人。呵呵，多少人能见到活的山嘴组领袖？——我就阿Q般得意了起来。

渡边用汉语轻声道："七爷，你也有个女儿，我也有个女儿。我们都是父亲。你的女儿还好吗？"

七爷有些惊讶地点点头道："渡边会长的汉语真好，我女儿去了米国，还算不错，成绩好，身体也好。"

渡边道："我那个女儿其他都好，可惜调皮了点，整天喜欢打打杀杀的。"

七爷道："虎父无犬女啊，都是英雄。"

渡边一脸幸福道："是都很头疼。"

七爷哈哈笑着，问："明天的比赛……"

渡边扬手打断道："比赛这样的小事我不管，都交给龟田处理。七爷，我们就谈谈女儿，喝点清酒，谈点历史如何？还有毛老板，听说你历史很不错。"

毛老板点了点头，笑道："渡边会长找我来不仅仅为了煮酒论史吧。"

渡边腰杆挺直，笑道："具体的事龟田谈，煮酒论史不好吗？"

酒过三巡，渡边道："七爷，你知道吗？紫荆城有赌博公司开盘赌我们的胜负。"

七爷放下筷子，道："还有这样的事情？赔率多少？"

渡边道："东国队一赔一点二，炅队一赔四点五。"

七爷笑了："呵呵，很不看好炅队啊。这个博彩公司在哪？我倒有兴趣去压点给炅队，万一赢了资产就翻四倍半啊，哪里找这样的好事！"

渡边没有笑容，虎目生威地望着七爷道："你真敢赌？"

七爷夹着一块生鱼片，桀骜不驯道："渡边兄，我这人赌性重，虽然我知道东国队很强，但有得赌，我输光了也要赌的。"

渡边叹气道："哎，七爷确实是豪爽的英雄。但七爷还是别赌了吧，说句不怕七爷你生气的话，除了展现历史文化这一分，炅队能跟东国队对抗一下外，其他都有明显差距。我也不愿意朋友输钱。"

七爷道："说不定你是拦着我发财呢？"

渡边笑了笑，旁若无人地用手抓着块寿司慢慢吃了下去，道："七爷如果真想赌。我渡边陪你赌场大的如何？"

七爷做了个请的手势。

渡边道："一共是五分，如果炅队能得到两分，就算东国队输。"

毛老板道："得到五分三胜，得到两分也是炅队输啊？"

渡边道："那算东国队输。"

七爷深深叹了口气，道："赌注是什么？"

渡边道："如果我输了，我赔七爷二十家五星级以上的大酒店，不管是京东还是北洋道，七爷你任选。"全场沉默了，这样的大手笔，就算是山嘴组也不是小数目，渡边居然说得如此轻巧。

七爷和毛老板呼吸都在加重。

渡边道："如果东国队侥幸赢了，我只要庆延山庄百分之五十一的股权。"

七爷捏着酒杯，酒杯滴下了很多水，李鹰在桌子下踹了七爷一脚，又摇了摇头。渡边不说话，看着窗外。

七爷猛地站起："赌了，一言为定！"

渡边道："不急，七爷你再考虑一下。我不反悔，但你可以随时反悔。"

七爷笑了："呵呵，七爷说话还没有反悔过，签约吧！"

牛仔一声怒吼："你出来，蓝衣流的忍者，我都看见你的脚步了。"

渡边望了望屏风后面道："我女儿回来了，她叫芳子，怎么你们认识？她跑去你们那里调皮了？嗯，她确实是忍者俱乐部的会员。"

后面的屏风被打开，两个女人露出了头。一个笑嘻嘻地在前面，正是上次躲在屋丽天花板上又打伤牛仔的女忍者，她对着渡边眨了眨眼睛。

另一个看着眼熟，我一拍脑袋认了出来，是文子。她正在优雅地踱着步。

第64章

梦幻东国

　　龟头过去抓住了文子的手，道："这是我的女儿。"

　　我大吃一惊，这么猥琐的男人居然能生出这么漂亮的女儿，只听说过鲜花插在牛粪上，没曾想牛粪还可以生鲜花，还是古语说得好啊，庄稼长得好，全靠粪当家。

　　七爷咋舌道："你老婆一定很漂亮，生出这么美丽的女儿来，就是瘦了点。"

　　龟头紧锁眉头道："没办法，这孩子不喜欢吃饭。"

　　渡边怜爱道："要是谁能让她多吃点东西就好了。七爷，毛老板，打赌的事就这么定了。贵客前来，没东西招待，有没有兴趣看看东国的相扑表演？我们男的看表演，让这两孩子给我们倒茶。"

　　渡边轻轻一抚掌，屏风后走出了两个露着硕大屁股的肥胖男人，像两只大肉虫在榻榻米中间摩挲了起来，一会儿你袭下我的胸，一会儿我袭下你的胸，要不是这俩球水桶腰太夸张，我还以为是同性恋表演了。但难看归难看，两肉虫互相撞击的力度还是很骇人的，尤其是身在现场，那感觉和在电视体育栏目里看到完全不同，只听到房间里萦绕着啪啪作响的撞击声，把海水冲击礁石的声音都掩盖了，我情不自禁地摸了摸自己的肋骨，莫名觉得有些生疼，要是我和他撞一下——我脑海里浮现了一幅奇怪的画面——一辆摩托车冲向了东风大卡……芳子和文子穿着东国服，脱下了木屐，穿着白色的棉袜，拿着茶壶风情万种地踱到桌子旁，那明媚的东国服夹在观看相扑的男人间，别有一番味道。相扑，美女，东国的力与美，阳刚与阴柔刹那间融合起来。

渡边目不斜视道："这两个相扑手都是大关。本来想请两个横纲过来的，但时间不赶巧，他们都有比赛任务在身。"

东国通李鹰解说道："相扑在东国地位崇高，大关是东国第二级别的相扑手，仅次于横纲，也是很难得的高手了。"

七爷和毛老板都斜望着牛仔，牛仔还在一脸怒气地望着芳子。

芳子跪着给我们倒茶，我们明明知道这是榻榻米倒茶的规矩，但一想到这是渡边的女儿，都站了起来，不敢受，连七爷都偏过了身去。渡边道："我的女儿也是东国的女人，遵守东国待客的礼节而已，各位不用客气。我们东国是很尊重传统的。"

文子低垂着头给我倒茶，我顺手捏了一下她的手，文子落落大方的抬头，才发现是我，不知为何把马上要绽放的笑容收敛了回去，只用蚊子般的声音轻轻道了声谢谢。

芳子来到牛仔边，笑得很无邪，牛仔却气呼呼了，芳子很无辜地道："老林高手，我是没办法才用手里剑扔你的，你不会生一个女人的气吧？"说完很委屈地给牛仔倒好茶，又转过身去指着牛仔对着父亲用东国语叽里呱啦说了一大串话。

渡边点头，饶有兴趣道："哦，老林功夫。"

七爷和毛老板相视一笑。戏肉来了。

七爷道："东国确实尊重传统，你看这相扑虎虎生威，看得我都出了一身冷汗，比较起来，我们的传统文化确实保护得不好。嗯，这次毛老板带了个保安过来，也会点老林寺的粗浅拳脚，算是央国传统竞技文化的一点皮毛吧。不如让这个保安去跟会长的相扑较量一下，也增加点喝茶的乐趣。"

七爷听说过牛仔在高国房间的身手，显然对他充满信心，要用牛仔折折东国的威风。

渡边笑了笑，道："这个可不是普通的保安，小女说他算是老林寺前几位的搏击高手了。"渡边拍拍手，结束了相扑比赛，指着其中一个相对瘦一些的相扑手道："也罢，既然七爷有雅兴，福田你和他比比吧。"

毛老板对牛仔打了一个手势，牛仔道："俺不上，要等等。"

毛老板道："等什么？"

牛仔道："他刚刚比赛完，要等他休息一会儿，恢复体力。"

渡边点点头，脱下一条手链道："听这话就知道是一个真正的高手。这次比赛不管谁赢，我这条手链就送给胜利者做个纪念。这手链是用景泰蓝工艺手工制作的，上面的佛像却是在尼泊尔找艺人雕刻活佛开光的，虽然材料不值很多钱，但你用钱却肯定买不到。还有，七爷，我有言在先，如果福田侥幸赢了，并不能证明什么。相扑运动也源自于央国，无论如何，东国有点历史的东西都源于央国，这个是不能变的。"七爷点了点头，我心里暗叹，这个渡边气度涵养跟高国金什么的比起来，确实不同。

房间里安静了一会儿，我对牛仔有充分的信心，以牛仔老林寺高手的身手，打个二级的相扑手应该没有问题，所以也没有紧张。但渡边、龟头他们也看不出一丝紧张来，又过了会儿，牛仔跟福田几乎同时站了起来。

牛仔正要动手。

渡边又道："那个老林寺的高手，你要注意了，福田有一百五十多公斤，另外他的腿法也很厉害，刚才是相扑比赛所以没有表现出来。我要提醒你一句，他是相扑圈里唯一一个在玉佛国打过职业拳击的人。"

牛仔一愣，朝渡边感激地鞠了一躬。

不得不承认，渡边说出的话确实谈得上光明磊落。

兔起鹘落，牛仔始终缠斗在福田外周，有几拳明明打到了福田胸前，福田只微微退了两步，没有多少反应。那一身肥肉简直就是肉盾。而牛仔只挨了一肘，却连退了数丈远。我们心里都感觉不好。牛仔定住身形，嘴角居然流出了血。我才猛然想到，老林寺虽强，技术虽复杂，毕竟没有经历过职业对抗的洗礼，至少在身体素质上跟职业选手还是有明显差距的，牛仔跟齐哥基本是平手，齐哥也只是省散打队水平，牛仔未必有想象的那么强，只是顶着老林高手的牌子，又一直跟一些不会功夫或练过几天军体拳的人交手，让看了多年金庸的我们都盲目了。福田一脚一脚踢过来，牛仔靠着步伐艰难地躲避着，身法越来越涩，挨的打越来越多，招式也越来越狼狈，正犹豫着要不要扔白毛巾，牛仔大吼一声抢了一个中门，就直杀到了福田近身，身法之快，让人叹为观止。我们却都惊呼完了，外行都看得出，跟一个将近零点一五吨的相扑玩近身摔跤，不是屎壳郎想吃饭找死（屎）吗?

果然，牛仔抓住福田的手转身向前一扯，福田阴笑着纹丝不动，然后搂着牛仔，另一只手随便一扔，牛仔被抛到身后，重重地摔在地上，腰椎又被福田踩了一脚，起不来了。

我们都沮丧了起来，胜负已分，牛仔输了。楚妖精发出一声惨叫，赶忙过去扶牛仔。

渡边脸上淡淡的，没有欣喜之意，龟头却满脸笑容，正要宣布比赛结果，福田突然摔倒，脸上掉下豆大的汗珠，抓住自己的手呻吟起来。他骨折了。牛仔近身抓手不是为了摔，是老林擒拿手，反关节技。

两大高手都起不来了。

渡边笑道："功夫还是有点玩意的。这局就算打平吧。希望明天能在船上见到更多精彩的东西。"

龟头送我们离开，在大堂鞠着躬拿出合同，跟七爷签下了新的赌注。龟头笑道："炎队只要得到两分就算赢。你们在文化艺术展现方面还是有些水平的，这一分炎队有机会。"

毛老板笑道："其他的分就没有机会了？环境布置、服务水平、花魁质量，东国就稳赢？"

龟头笑了笑，望着大堂中央"金玉满堂"的牌匾道："其实，就算是文化艺术展示，炎队也很难得分。南宋亡于元，央国很多好东西就只在东国保存了，你们民国时有位大学者已经说过，真正的央国在东国。"

毛老板脸黑了。

龟头马上鞠躬道："对不起，说话说过了，请不要生气。我们是很仰慕央国古文明的。"

渡边也踱了出来，看着桌面上的合同，勃然大怒道："龟田君，你让七爷签什么合同？七爷是什么人，一言既出，驷马难追。有必要签合同吗？以后不要这样了。央国是礼仪之邦，是不会不讲信用的。"

留在客厅的石井隆摇摇头，用东国语道："只怕是礼仪之邦已经变成传说了，央国古文明还能剩多少？"田中满脸笑容一字一顿翻译了出来。

我鼓起勇气，望着牌匾，道："渡边会长，你这字要换一换。'金玉满堂'不适合挂在客厅。"

渡边虎目圆睁，道："这字是我写的，不好吗？"

实话实说，突然面对一个黑道的大人物我还是有些哆嗦，我道："字…字是好字，但'金玉满堂'不吉利，它来自于老子的《礼记》，原文是'金玉满堂，莫之能守，富贵且娇，自遗其咎'。这兆头不好。"

渡边爽朗地笑笑："那就拆了吧，没想到还有央国的小朋友研究过《礼记》，我见内地很多酒店大堂都挂这个了。央国还是有些玩意的，七爷，毛老板，世界是扁平的，酒店要吸引各国的来客，就要在最快的时间里展现一个民族的特色，你们央国的话怎么说的，越是民族的就越是世界的。这也是我们比赛要设置文化展现环节的目的。"

毛老板和李鹰若有所思地点了点头，说实话，内地的大多数酒店还处在崇洋媚外、千篇一律、硬件豪华、服务雷同的阶段，而所谓的酒店管理就是徘徊在假装淫荡应付客人和假装清纯应付检查之间。这些形而上学的东西想得很少，谁想谁被鄙视。

渡边道："在这个方面，我们有些经验。以后可以多合作，多沟通啊。毛老板，以你的人脉，加上东国积累的酒店管理的经验。如果我们联手，内地这么大的一块市场，我们可以干出什么样的事情来？"

渡边顺手拿起签好的协约，很自然地撕成了碎片。渡边道："七爷一代豪杰，写什么合同。"

蓝钻石，今夜无人入睡。

烟鬼把房间再次精雕细琢，无论是作为央国式香闺，还是私房，还是戏台，都充满了央国风的艺术感和情趣。参谋部一次又一次推敲着节目的细节，果冻、西蒙早晨四点半就起来帮众姑娘打扮，六指摩挲着精心订做的表演服饰，像摩挲自己的情人。

顺便说一句，这次的服装价值不菲，表演服全部由高档面料订做，有些是苏州最好的丝绸，有些是川成最好的云锦，有些是从巴黎直接进口的内衣，最贵的两件给西施、罂粟准备着，光外套价格是二十五万八。连十五个图图平时穿的休闲装，都是统一的奈香儿牌，每件都是三万港币左右。一共需要多少钱，自己算吧。

七爷坐在船头，望着北方，一根接一根地抽着烟，他在等一个人。

毛老板陪着他道："五分中至少要得两分，否则，庆延山庄就是小东国的了。"

七爷淡定里带着焦虑，道："没事，花魁就有两分，这两分，罂粟就可以帮我搞定。"

毛老板吐着烟圈："还没来吗？"

七爷道："已经动身了，明天下午壤平的飞机，反正这个比赛本轮要比三天，后天才是花魁比武，时间绰绰有余。"

天已灰白，大海起了点风，大家都安静了下来，不少人都开始补觉。

李鹰却坐立不安，跑上甲板对毛老板、七爷嚷道："七爷、毛老板，我发现一个严重的问题？圣原爱不在这艘船上。"

毛老板道："地狱女神？"

李鹰道："是的，世界独一无二的地狱女神，东国圈内无上的神话！"

七爷凶道："李鹰，大战之前，不要危言耸听！再说，我们在二楼，东国队在四楼，我们根本就没有会过面，这游船上房间这么多，你一个个去过啊？你怎么知道那东国娘们不在？"

李鹰抓着头发道："一定不在，我感觉不到她的气场。如果她在，这艘船不是这个味道，绝对不是这个味道。"

七爷道："李鹰，你太累了，你去睡吧。"

李鹰抬着头仰望天空，天空飘下了几点细雨，李鹰道："她一定在上面某个角落。七爷、毛老板，我们一定在前三分里，抢到两分，不要对罂粟期望太高。否则我们会被杀个片甲不留！片甲不留！"

七爷甩开李鹰，走上了二楼的宿舍。

众美女都在假寐着，七爷东南西北中地摸了一圈，一边摸一边唱着京剧："择夫婿原本要品学为上，彩楼面试选才郎。"

唱着，唱着，七爷突然停住了，摸了摸自己被划伤的脸，道："四十七了！四十七了？怎么就奔五了呢？"七爷亲了一口鸢尾，竖起中指道："如果老天能让我再活二十年，我一定让老天看看什么叫做老不正经。"

首轮战罢，东方组里炅队首战四比一胜了高国队，玉佛国队展现了超一流的实力，居然以五比零完爆了澳国队，熊国队四比一完爆了神秘之师竺国队，流求地区队在薛子行的带领下顽强拼搏，无奈技不如人，二比三惜败给越国队，但按照组委会的比赛规则，四强取成绩最好的三个，算小分越国队也被淘汰。炅队、玉佛国队、熊国队三个队携手出线，加上空出首轮的东国队，东方四强尘埃落定。

组委会给我们寄来了首轮的比赛录像，但我们没有心情也没有时间查看与分析其他队的表现，我们的对手是没有露过面的东国队。

今日，明日，后日，三天里，炅队与东国队将一决高下，箭在弦上，一触即发。

上午九时，渡边与众裁判到位。

上午九点十五分，欢送失败者下船，失败的队伍意兴阑珊，章程规定的离别演说也都是匆匆而过。薛子行带着流求地区众美女最后一个离开。

毛老板上前感激道："谢谢薛兄高义，帮了我们大忙，否则能不能闯过高队这关都很难说。"

薛子行望着七爷捏在手里的旗子，黯然伤神道："不要客气，东国队很强，保重。"

毛老板接过薛子行送来的旗子，小心翼翼地折好，又双手捧着，叫他的司机张叔拿出随身带着的保密包，当着众人输入密码，将旗子收在包里面。毛老板道："薛兄……去留肝胆两昆仑……保重！"

只是一刹那，大海上只剩下一些寂寥的背影和一群缓缓离开的冲锋艇，三分钟后，冲锋艇消失在一片蔚蓝的水天交界处，蓝钻石瞬间少了一半多的人，就如同他们从来就没有来过。中间有个竺国锡克族的妹妹，明明到了大海深处，仍然回首望了一阵，那眸子，宛若把大海的水都聚到眼眶里，不舍的守望和不甘的委屈，炼萃成了望穿秋水的明艳。

猛然觉得人生就是很多场情节并不连贯的游戏，而每场游戏都有它的残酷，这艘游船就像人的一生，多少人兴冲冲地上来，勾心斗角地斗来斗去，然后又灰溜溜地下船"回家"，胜利或者失败，早点离开或者晚点离开，唯一注定的只有离别。

望着这个眉宇间有个红点的竺国女孩终于也逐渐成一个红点，我不禁吟唱着泰戈尔写下的诗篇：天空没有飞鸟的痕迹，但它已经飞过。

我们都会消失，对吧，渡边。我望着茫茫大海，又望着渡边的虎目剑眉心里笑道，害怕的情绪第一次降到了前所未有的程度，我顿时充满了斗志。既然都要消失，就没理由沉迷在害怕之中，让人生短暂的精彩也蒙上颤抖的灰尘吧。

上午十点，比赛开始，酒店环境设计环节与酒店服务技巧环节在第一天一起展示。

炔队的房间还是烟鬼的手笔，彻底的央国风，跟与高国队比赛那场没有太大的区别，仍是古画、古琴、古桌、古床，只是在古琴边增了个青花瓷，这瓷是雍正年间的真品，那床上多镶了个大铜镜，是明朝嘉靖年间的古物，镜边悬着两条红绳，全绳上下都是央国结。房外增了葡萄架，架上挂着个秋千，行家一见就知道是怎么回事。

其他的，浴室和茶室都没有多少变化。裁判检阅着，都有兴奋的表情，尤其是看到花梨木石几，汝窑美人觚，玛瑙镶金便器时，不住地点头，这种和谐而古典的奢侈，即使在迪拜也很难找到。裁判刚欲出来，红玫瑰、蝴蝶兰、鸢尾和含香四个千娇百媚的姑娘，又往房间里抬进了一顶轿子，红玫瑰将轿子掀开，轿两边是两幅古代的踏春画，轿子上边，布满了古代的器具，有木制的羊车，有合欢椅，还有一张弹簧小床，会随着轿子的前行上下抖动。

一个满头黄头发的里诚兵酒店管理学院的教授评委惊呼道："隋炀帝的逍遥车？"

烟鬼竖起大拇指道："本来想用真羊开道，羊车和逍遥车是央国古代帝王级的机械，但羊晕船，上不了大海。只能用美人代替。"

裁判还在震惊，红玫瑰、蝴蝶兰、鸢尾和含香身后又走出了八个女子，妲己、云烟、毒药、双懿、甜妹、楚妖精、白素素、琴王一字排开，全部身着苏杭绸缎，以汉服衣襟为原型改造，着蓝布绣花小鞋，行万福之礼。

从脚望到头，风流往上跑。从头望到脚，风流往下流。

一精致小婢瓷娃娃款款关上了房门，评委才发现房门上用隶书写着四个大字"太虚幻境"，突然烟雾在大堂里腾起，一番邦绝色女子阿依古丽走出屏风，翻开了书桌上一个大的书册，书册名为"警幻情榜"。

是的，我们在仿《红楼梦》的金陵十二钗。导演：参谋部烟鬼、江磊、南瓜。

玉带林中挂，金钗雪里埋，今夜，谁将以往。接下来舞动大观园，虚凰假凤，极富魅惑之能事。

然后阿依古丽女扮男装，穿梭在众花之间，逐个品尝。各美女把项目都完成得无懈可击，从眼神、喘息到咬嘴唇的小动作，每个细节都在训练部冬瓜、小五、西蒙的锤炼下，经过了反复推敲，连李鹰这样挑剔的人都声称找不到什么缺点。妖精和素素的比翼双人，完成得非常出色，甜妹在红绳上表演了七十二种体位身法，更是技惊四座，好像一个美丽的小肉球，飘飘荡荡，魅影横行于一绳之上，眼看就要掉下时，她又从一个不可思议的角度回到了绳上。毒药、双懿在阿古皮鞭的逼迫下，那略带稚嫩的笨拙反应，充分体现出纯真美好被践踏、被征服的邪恶美感。红玫瑰、蝴蝶兰、西施也在逍遥车里饱受摧残，梨花带雨……

满堂喝彩，连东国人也在惊呼。

七爷和毛老板在击掌，参谋部原来认为：在服务技术环节，我们很难赢东国，放手一搏而已。没想到，在没有心理负担，放手一搏下，效果如此之好。

至于酒店环境设置，以我们下的本钱，以这背后体现出来的央国古老的味道，还有烟鬼美妙绝伦的设计搭配，应该可以跟东国人一拼吧！

我们已经表现得足够完美了，这两分得一分，我们就可以接受，如果能够全得？我们说不定连罂粟都用不着，就爆冷干掉了东国。

暂时看来，胜算颇大。

"金陵十二钗"全部香汗淋漓，万福谢幕。连"龟头"都变了脸色。

冬瓜道："闷儿蜜吧，说不定两分齐活了，就这范儿，东国队还能超越我们？"

李鹰道："不要这么乐观，但这样的水平，一分应该可以拿到。"我们听到一向觉得东国的月亮比央国圆的李鹰这么说话，七上八下的心都放了下来。

东国队出场了。

后面的事实完全而迅速地推翻了我们自以为是的乐观。我们一分也没有拿到，完败。

是的，请相信我，我们见到了一个梦幻东国。一个地狱女神尚未到场的梦幻东国！

第65章

花船之巅

东国人的舞台设在花船之巅。

走到船的顶楼，我们目瞪口呆了，房间前居然出现了一片错落有致的竹林，竹不多，却恰到好处。穿过竹林，房屋门前露着两个小池塘，一泊养着几尾金鱼，一泊冒着沸腾的雾气，宛若温泉。那温泉水上漂浮着一朵莲花，莲花上居然盘腿坐着一个女人，女人白色的丝绸从头一直垂到了脚踝，水汽浸湿了她的衣服，使那雪白的肌肤和玲珑的曲线若隐若现，女人站起，裸露着的玉足白得晃人，她托起一个白玉瓶，双手轻轻合十，念了一声六字无上咒，身后响起了佛教的钟磬声，飘飘渺渺，似清风拂过一阵梵香。

大家都摒住了呼吸，连七爷都小心翼翼地道："这是哪里？"

毛老板揉了揉眼睛："紫荆城外，南海。"

我深呼了一口气："南海观世音的紫竹院。"

我们都呆了，环顾左右，只见竹林、温泉、鱼池浑然一体，又各不打扰，这是什么地方？这是在茫茫大海中的一艘船，一艘钢铁制造的大船，在钢筋混泥土的建筑物顶楼，一夜之间变出的一片竹林和湖泊来，这难道真是观音显灵？更加难以置信的是，我们几乎是猛然察觉到，其实，这一切，只是占了房间外的方寸之地，也就是组委会允许各参赛队利用的房间前的过道！

我依稀想起了一篇中学语文课文《核舟记》，说明代有个叫王叔远的艺人，能在一个桃核上，雕刻出五个人、一艘船、一个故事来，原本并不相信，今天一看，在充分利用空间上，真有高手能干出一些匪夷所思的事来，至少东国就有。

我定下心神回头一望，那一片竹林居然只有十二根竹子。

烟鬼昏暗的眼里射出精光来，喃喃道："怎么可能？"

我道："听说心理学应用方面的高人，能利用人的视差和错觉，把人的空间感受都扭曲了，看来东国帐下有高人。"

毛老板问："江磊，你行吗？"

我道："不行，差远了。"

梵音刚落，那"观音"闭着美目又盘坐在了莲花上。惹火的身材，若隐若现的肌肤，却配着无邪的面庞，空灵的眼神，慈悲的笑容，再混杂着神秘和庄重的气氛，让我突然紧张起来，灵魂在平静和冲动间挣扎着。我的平静，是上苍赋予，我的冲动，却是原始野性，我不得不压抑冲动，以免亵渎神灵。但我做不到太上忘情，我突然记起了仓央嘉措的佳作：那一天，我听了一首梵唱，不为参悟，只为寻你的一丝气息。那一天，我转过所有经轮，不为超度，只为触摸你的指纹。

我们一齐望着李鹰，李鹰道："这是南海道天后，新堂香，一出场就是全东国几十万家酒吧公认的头牌人物，这是下马威啊！"

我们走进了东国人的"和斋"，跟评委一起坐在大堂席上。

房间是木制的小阁楼，里面并不豪华，也不比丐队的大，但透着份特有的幽静与精致。精美的屏风，铺张开的榻榻米，穿着东国服的女人，还有悬挂着的千纸鹤。这些都告诉我们，这里是东国。

一桌、一几、一屏、一扇而已，却都是明显的东国古物，简约而不简单。

一女子身着紫色的东国服，跪坐在书桌前，悠扬的背景音乐响起，她开始时而蹙眉，时而奋笔直书，用的是上好的毛笔，悬肘垂臂间居然颇有功力，写罢仓拢拿起一看，封面上龙飞凤舞着四个大字《缘氏物语》。紫衫女子悠悠地叹了一口气，呆呆望着门外的竹子，眼角居然有泪水。

这时书桌远端一个屏风，飘出一副巨大的东国古典建筑的图画，又用幻灯片的形式，一字一顿地打出一行汉字：公元一千零八年，平南王朝，紫薇部。

这个屏风是某台电脑的背投，这个技术不怎么稀奇。

七爷道："这人在干什么？为什么会用汉字？"

李鹰道："这个是坛杏，东国的神级美女。身材超好，眼神超魅，刚才那叫什么? 江磊，是不是有篇什么东西，写过叫太息般的眼神。"

我道："呵呵，戴望舒的《雨巷》。这人演的就是紫姬了。是《缘氏物语》的主人公，这是世界上最早的长篇小说，嗯，比《红楼梦》还早。她快被统治阶级凌辱了，这书写作时还没有东国文，所以用汉字，东国还算尊重历史。"

七爷道："哦，她快被凌辱了，那真让人向往啊。"

话音刚落，屏风后走出一个中年男子来，一看，可以给紫姬做父亲了。很威武地用东国语吼着坛杏。一阵啰唆的鸟语对话后，坛杏明显被胁迫了，娇目含泪，咬着嘴唇跪了下来。五体投地了一番，低垂着头，红着脸蛋，开始帮那男子解开腰带……那不好意思的表情，让我们真切地感受到一种艺术品被毁坏的悲哀与快感。

他果然开始禽兽了，比禽兽还禽兽的那种禽兽，他把挣扎着的坛杏剥光了，坛杏只好挣扎着，无助地叫着，不时向我们抛来求救的眼神。男人不理他，有时还发出两声胜利的淫笑，仿佛在说："你叫啊，你叫啊，你叫破喉咙也没有人理你的。"我们夹紧自己的裤裆，义愤填膺道："禽兽。"

虽然演得活灵活现，但大多数人的正义感只停留在脑海里。

我只说大多数人，是因为总有一些是非主流。突然一道影子冲了过去，差点把整个比赛毁了，我大惊，是牛仔，他要去救人! 这个傻冒，这脸丢到太平洋了，我们正准备阻止，东国队真是准备周全，牛仔刚启动，四个相扑手便把他夹住，牛仔救人心切，始料未及，被当夹心饼干一样带了回来。

比赛继续，我抹了抹头上的汗，卫哥向牛仔投出一道愤怒的目光。七爷则很复杂地望了渡边一眼。这家伙早就安排好人盯着炃队的每一个了，人为刀俎啊。

紫姬伺候完"老人"，老人淫笑着离开，我们刚松了一口气。更加禽兽的事情出现了，老人又把紫姬留给他的儿子。这家伙又矮又胖，腆着肚子冲了过来，后面还牵着三条美人犬，就是被李鹰称作京东三羽翼的三位：雪沙、千子慧、真奈理。她们身着白色的东国服，带着渴望与卑微，在男人身后爬着。东国服里面没有底衣，白花花一片好干净。雪沙的甜美、千子慧的清纯、真奈理的妩媚，扔到哪里都是千百万男人梦里捧在手心的尤物，而现在就趴在脚下……紫姬呜咽着加入了进去，一起爬到里面的房间。

古色古香的东国调教室，因为拆了屏风，已经跟大堂连在一起。看到里面那个十多米高的钢铁吊链，和削得尖尖的木马桥，还有几个叫不出名字的古老的刑具，坛杏哭了，雪沙也哭，抱成一团，泪眼弄湿了衣裳……一番超复杂的折磨后，东国服零落地散开在地上，吊链上飘落无数的樱花。

樱花冢，花谢花飞花满天，红消香断有谁怜？

我们正在叹息。灯光全黑。须臾，灯光复燃。所有的家具都变了，刑讯物品杳然无踪，调教室和大堂连在一起，变成了一个充满着东国味道又伴随着现代气息的房间，尤其是门口的温泉池就在眨眼间搬到房间里面来了。这简直就是科波菲尔的魔术！

烟鬼叹气道："这池子下面有机关，是一个移动型的澡盆。我早就这样怀疑了，奇怪，他的制热系统在哪呢？是遥控的？真精致，外面一点都看不出来。唉，可惜我们开幕式的很多设备都要从东国进口。"

这时屏风背投放出一行字，用汉语、东国文、英文书写：欢迎来到豆伊情趣温泉酒店。

房间里有全套的家具，每件都很温馨，不认真看跟大多数家庭摆放的差不多，只是色彩搭配很舒服。认真看，才发现个个都有妙用，后来冬瓜说，他看一眼就明白这些家具八九分的妙用了，李鹰说他吹牛，这些家具他只看懂了一半，大多数人都糊里糊涂，比如说我，我就完全没有看懂。直到"观音"从"莲花"上走了出来，骄傲地在家具上左按按，右比比。我才发现弧线的桌子，下面两个圈不是装饰品，是用来固定脚的；枕头点一下，是可以变成气球的；那凳子轻轻一抽，屁股下正好可以放一个女人头的；床可以按照十二种频率震动，即使你腰椎盘突出，也可以享受生活的；粉红的蚊帐轻轻一抽，是可以变成蜘蛛网的；按一下遥控器，床头柜会变成透明的，里面藏着所有型号的工具，是琳琅满目的；木制沙发一对折，是会变成一个大型犬笼的；"观音"又回到了莲花上，打开莲花，里面藏有沐浴的各种液体。"观音"轻轻张开大腿，努着嘴巴，闭着一只眼睛，将大拇指和中指一弹，温泉水上立刻无声地铺上了一层柔柔的特制羊皮，温泉是可以变成水床的。

东城的设备跟这个比，那就是"踏安"碰到了"克耐"，不是一块料。

灯光一暗，"观音"不见了。一个挺帅气的男人不知什么时候坐在了床上，东国男人一向猥琐，但这个真的很不错，青春阳光，像个影视学校的学生。他百无聊赖地打开了等离子彩电。一个A片的点菜单就出现在荧屏上。那男人揉了揉肚子，说了一句鸟语。我们看了看李鹰，李鹰道："他说他饿了，边吃饭边看电视。"

东国男生拍了拍掌。床侧的一个屏风自动移开，"观音"推着一个餐桌，从屏风后缓慢而稳固地走到了床前。男生一脸阳光地揭开餐桌上的布。一个美女，赤裸裸地躺在桌子上，白嫩的肉上，错落有致地摆满了东国的美食。

传说中的人体盛！

那女子是花音词音，东国圈内的超级新人，不满二十岁。

电视里正放着"影视"作品；小男生幸福地夹着花音词音腿中央的生鱼片，又从美女的红唇中口对口抢去一截火腿，十分地惬意。然后他一边看片，一边埋着半边脑袋喝着美女胸前的豆浆。我们正在羡慕，小男生突然不喝了，把豆浆含在红唇边。看台上的评委哈哈大笑，我们也哈哈大笑。原来小男生正喝得欢，抬头一看电影，那片里的美女也在喝"豆浆"，小男生把真豆浆泯在嘴里，吞也不是，吐也不是，表情很是尴尬。

东国人的幽默，不得不佩服。

小男生气了，抓起花音词音胸口上的樱桃，烦躁地拍拍手，餐桌自动走了。小男生换节目。

木花里的教师系列痴女片，很精彩，都看过。

看着看着，小男生很遗憾地叹了口气，抬头看天，显然是在愤愤不平：为什么我没有这么漂亮的老师呢？这个动作一做，敲门声就响起了，惊醒了幻想中的他。小男生郁闷着开门。

木花里带着眼镜，穿着教师服，夹着课本，正好站在门外，手指上还带着根粉笔。

……

换台看爱由子，爱由子就穿着护士服，拿着体温计出现了。

……

小男孩兴起，换台看菅野梨沙，菅野梨沙穿着女仆装进来擦地板了。

……

看穗泽，穗泽穿着空姐服，从外边一架飞机模型下走出来了。

真单调！豪华的单调。

小男生终于撑不住了，打开冰箱，里面全是药。服了几颗药片。再也不敢看电视了，用手抓住台灯灯座的美人鱼左胸一扭，把光线调好了，捧起了一本小说看了起来。看着看着小男生油尽灯枯，正要睡觉，音乐响起来了，很有东国味道的那种，笛子，东国的尺八，旋律，《樱花》，所有的屏风和电视自动打开，组成东国各地的风景。正中间的屏风映放着富山，一个舞娘，从富山后缓缓走出。

那舞女看去大约十七岁。她头上盘着大得出奇的旧发髻，那发式我连名字都叫不出来，这使她严肃的鹅蛋脸显得非常小，可是又美又调和。她就像头发画得特别丰盛的历史小说上姑娘的画像，伴着音乐旋转起来。

脸是小巧的，但妩媚和纯洁全部交错，两种相反的气质却都很自然地流淌下来，谁也掩盖不了谁。楚楚可怜。是的，豆伊的舞女，不，豆伊的舞王：夏木织。

裙在旋，天在旋，山在旋，人也在旋。

我无端地联想着，如果给这个纱织一个金色的权杖，我愿意去做一名圣斗士。

灯光变暗，暗了很久，从古典到现代，确实很酷。七爷伸了个懒腰，道："确实比我们强大一点点。晚上吃什么？"

"啪！"一声巨响，灯光大作，七彩斑斓，让人睁不开眼睛。房间里放出摇滚的音乐，动人心魄。这一切延续了十秒。

我们刚开始心烦气躁，时空静止了，家具没有了，所有的屏风和电视背投连成了一条线，无论是评委还是观众全部站了起来，因为大堂中间，温水池畔，停着一架飞碟。

气氛变得十分诡异，背投上用三国文字写着——未来世界。

妈的，这也能玩科幻？

一群涂着金粉的雄性外星人走出飞碟，来到温泉池旁，池上的莲花已经变成了地球仪。

中间一个戴着皇冠的外星人领袖轻轻转动着地球仪，一拳把地球击了个粉碎。果然很黄很暴力。灯光又黑了，接着电闪雷鸣，一个很傻很天真的美女，穿着太空衣，拿着激光手枪，来拯救地球了。

小泽利亚！

一番激烈的争斗，小泽利亚手枪被夺，美女又拔出武士刀，可惜东国剑道也奈何不了外星来客，再被夺。小泽变成女烈了。

一群外星人硬生生地欺负小泽，惨不忍睹。又用金粉把小泽也变成了外星人的样子。

这还不算完。

外星人霍霍地淫笑着。领袖指着屏风，说了一大串火星语，字幕显示是要把所有地球的雌性生物都变成他们的奴隶。

完了，兔女郎夏木织，猫女郎雪沙，美人犬千子慧，母豹子泽金爱，女教师木花里，女护士爱由子，女空姐穗泽，女学生花音词音，女佣人菅野梨沙，女水手坛杏，女警察真姬，女职员真奈理统统被绑着出来，连"观音"新堂香也没有放过，穿着公主服，和已经变成了外星人的小泽，凑成了一组双人组伺候她们的国王。

这对双人跟妖仙配比如何呢？理性说，楚妖精、白素素还是差了一个档次。长相倒没什么差距，只是我的人毕竟都是半路出家，我们的技术是强行练出来的，她们的技术是文化传统下骨头里长出来的，再加上这两人在残酷的东国成人片市场里纵横多年，浪里淘沙，千锤百炼，都是深谙蒙太奇艺术的职业妖姬。这确实无法比，也因此，参谋部在服务技术环节上，根本就没有想过胜利。

一群美女跪在外星人前。看得人血脉喷张。

七爷道："今天是几月几号？"

南瓜道："十二月二十日。"

七爷道："告诉潘基文，把这天定为地球耻辱日。"

灯光熄灭，再亮时，所有的美女都涂满了金粉，仍然在痛苦地躲闪着。尤其可恨的是，他们的国王，坐上了一辆"马车"，而那匹马是一个女人。外星人的鞭子肆无忌惮地打在"马"的身上。

"马"已经鞭痕累累了。外星人又开始捧球棒来打。

李鹰道："老把戏了，真姬的口味一向这么重。"

牛仔的牙齿咬得紧紧的。

我赶忙抓住他，告诉他旁边有相扑。

牛仔横了相扑一眼，道："太欺负人了，俺不怕，体积大就了不起吗？恐龙不也灭绝了吗？"说着扎了一个马步。

毛老板一看要坏事，挡在他身前笑道："演戏？明白吗？是演戏。"

这时，屏幕上又打出了一组文字：外星人提出了条件，要营救地球，必须有一个美女自愿被吃掉。全场寂静。富山的樱花又飘落了。无数地球的女生物，翘着臀部，苟延残喘。

地球就是一滩绝望的死水，再也掀不起一丝涟漪。

正昏昏欲睡时，"咚，咚，咚"，鼓声响起。一个绝色美女带着面纱，从门外走了进来，圣洁，绝对的圣洁，尽管脸上由于害怕而十分苍白，但她仰着头，直挺挺地走上大堂中央的祭台。所有外星人都站了起来，围成一个圈。

面纱被风吹落。这是谁家姑娘？圣原爱？

李鹰摇了摇头，道："不是，她虽然很精巧，但跟圣原爱比，还缺了点女人的味道。"

冬瓜奇道："这五官和身材，是完美比例啊。"

西蒙道："这皮肤怎么可能连瑕疵都没有。"

外星人的国王拔出了一把刀，锋利，尖锐。一刀砍在马车钢铁链条上，链条迎声而断。他慢慢地走到了祭坛前。

外星人全部发出狼一样的嚎叫。其他的美女也光溜溜地站了起来，所有的灯光都对准了祭坛上的美女。

那圆睁的眸子，亮得如漆黑的宝石。

外星人扬起了刀。

毛老板震住了："渡边不会想真的杀人吧？"

李鹰喘息道："冰恋？食人欲望？"

七爷也咬牙颤抖起来，接着笑道："不可能来真的吧，这光天化日的。"

话音未落，外星人已经在她脸上划了一刀。鲜血直流。

所有外星人都伸出舌头，一脸期待的样子。女人们呆住了，西蒙发出一声惨叫。

祭坛中的女子哭了起来，声音很嗲，如林志玲般，平时是仙乐，现在却徒增一份凄惨。

七爷站起，对着渡边道："这个可不可以停止？太惨无人道了。"

渡边笑道："东国的酒店要表演的是满足所有人的欲望，是所有人的欲望！明白吗？继续。"

外星人挖下了一块她脸上的肉，放在嘴里咀嚼起来。

李鹰吐了，冬瓜也吐了，我压抑住反胃吼道："牛仔！你他妈死掉了！你的老林功夫呢？"

牛仔一脚飞去，跟四个相扑纠缠起来，这应该是牛仔的最高水平了，尤其是下的都是杀招，形意把没有了顾忌，插眼踢裆，发挥出了骇人的威力，三个相扑倒下了，但他自己也被另一个相扑死死压在地上。渡边脸上没有任何变化，跟龟头谈笑风生。

裁判也建议停止，渡边却摇了摇头。这家伙要是在战争年代，估计就是个杀人狂。东国的众女优也哭了。

李鹰道："早就听说渡边的美女工厂有个不把人当人看的车间，里面的女人都是从南美骗来的女奴，或者是世界各地被遗弃的女婴。这个被吃的美人估计就是那个车间的精品。"

我转过身去，不忍再看。

七爷捏紧拳头，站起吼道："烕队认输！"渡边置若罔闻。

外星人又把"祭品"的耳朵割了一只下来，美女惨叫，昏倒了过去，漂亮的头发遮住了血淋淋的脸蛋。几分钟前，是个精致的活生生的人，几分钟后，就变成了一个残疾人，或者食物？

李鹰暴跳而起，大呼："抗议，我抗议。"

裁判示意比赛暂停。李鹰道："这个人不是圣原爱吧？听说圣原爱会参加比赛，那加上前面这十四个，东国队十五人已经满了。这个被……被杀的是谁？"

渡边哈哈大笑，龟头向裁判走了过去。

李鹰道："你们违规了，每队只能有十五人。你们找了十六个。"

冬瓜随手打烂了一个瓷瓶，道："再下去，爷不活也要干场架。"我们全部腾地站起。

渡边伸出大拇指道："有古央国的侠义之气，我的朋友，不要太冲动。这个被杀的不是人，我们也没有违规。"渡边鼓了鼓掌，龟头叫停。一个外星人彬彬有礼地向我们鞠了一躬，跑上去将"祭品"的头发掀开了。

里面都是线路。

"电动仿真充气娃娃。东国都京大学和东国波筑大学联手研制而成，刚刚获得了全东国机器人大赛一等奖。"

我们瘫倒在椅子上。

花船之巅，零比二，输得心服口服。

第66章

地狱女神

一日之间，连失两镇，茇队的士气出现了一些问题。

我代表参谋部发言道："兄弟姐妹们知道茇队的茇字是什么意思吗？对，就是开火，既传神，又达意，妙不可言。'茇'的具体含义是遇强则强，斗志昂扬，热血沸腾，你越厉害我越要找你挑战，这年头，玩的不是酷，不是潮，不是寂寞，这些都OUT了，咱玩的是茇！人啊，重要的不是胜负，是茇！茇了你就赢了！"

毛老板意气风发道："对！况且五分我们还只是输了两分。鹿死谁手还不一定。等我们茇队赢了，我带各位去我老家耍耍。"

红玫瑰玩着手机道："东城那地方污染得比京都还彻底，没什么地方可以玩了。"

毛老板笑道："东城只是我成家立业的地方，我的童年是在将门度过的，那是我的祖籍，还算是一个山清水秀的地方，又靠着海。还有个很著名的旅游区，叫'小鸟天堂'。以前将门有个领导，普通话不好，有一次接待了一个京都首长，就去了小鸟天堂，他是这样介绍的'我们肛门啊，虽然小，但很近的地方还是有个小鸟天堂的，欢迎领导来玩一下'。你们可能不知道，"将"在这边就是读成"肛"的。那京都领导一听就激动了，不愧是改革的前沿阵地，思想就是开放！"

我们笑得捧腹弯腰，没想到不苟言笑的毛老板幽默起来还真不错。紧张郁闷的气氛被扫走了一半。

毛老板一脸严肃地继续道："后来这个领导又陪着京都来客，坐着小船来到了农村视察工作，看着将门的郊区日新月异，又发出了感慨，他对着领导一脸兴奋道，坐在床上看娇妻，越看越美丽。他把'郊区'读成了'娇妻'，京都领导一脸雾水，太直接坦率了，果岭人的思想就是前卫。黎领导又指了指岸边新建的一个厂子道，这是我们肛门最好的厂，大江阴毛纺织厂。这个毛织品厂位于大江之南，山北水南谓之阴，又以毛线衣，羊毛衫为主，所以取了个名字叫大江阴毛纺织厂，现在产品已经外销十来个国家。京都领导一听，脸都变了。思想活跃是对的，胆子要大点，步子要宽点，只是，这个原材料不太好找吧？！"

紧张气氛一扫而光。

毛老板又道："本来浅水屋丽也是不存在的，因为我准备取的名字就叫将门小鸟天堂，我的合伙人是一个将门人，结果很多果岭佬反对，他们说，取这个名字，外人都分不清是开鸡店还是鸭店了。哈哈。"

七爷也哈哈笑道："姑娘们，毛老板的笑话说得好不好？七爷的姑娘们！不用紧张，放轻松点，我刚刚通了电话，罂粟已经到了壤平机场。只要明日在文化艺术展示环节上打败小东国，赢得一分。罂粟一回，我们就反败为胜了，至少是战略反攻了。"

……

深夜，辗转反侧的西瓜道："还是使用一号方案吧，这一战不容有失，五分制的比赛，一旦零比三落后，罂粟回不回都没有太多意义了。"

文化艺术环节，东国队首先出场，她们出乎所有人的意料，一开始表演的居然是央国传统美女系列：从祸水妲己、西施捧心、昭君出塞、贵妃醉酒、公孙舞剑演到圆圆抚琴、黛玉葬花。一个流程下来，秦时明月汉时关，居然都成了东夷人的东西，你不得不承认，东国人表演得有板有眼，本来她们大半就是演员，又有很多央国通在背后指导。其中琴、舞、歌的穿插，都是无可挑剔的，原汁原味的央国古典乐曲，而且都跟我们的计划雷同。

芙队上下面面相觑，小五更是直接瘫倒在凳子上。因为她们表演的，包括背景音乐在内，就是我们训练了很久，囡囡们最熟悉的一号方案，《天下红颜》。

本来妲己演妲己、西施演西施……琴王演抚琴的陈圆圆，鸢尾演忧郁的文学女青年黛玉，组合起来还是很有特点的。结果，东国人先演了，我们是后上场，那还怎么演? 怎么演都变成了仿照和偷窃!

阴谋, 东国人的阴谋。

很明显, 我们在训练基地时有东国人"潜伏", 或者有自己人"投敌", 偷走了我们这个表演计划, 考虑到我们训练时间比较长, 训练地点也换了几次, 就算是东国余则成, 长时间不暴露难度也颇高。我们都倾向于第二种可能性, 可基地就那么几个训练人员, 会是谁呢?

东国演出完毕, 又以密宗欢喜佛为背景, 演出了一出与"光明妃子"共同修行的成人童话, 十二名美女展现了"六大轮回"。其中对真姬的拷问表演非常精彩和变态——地狱道; 坛杏、新堂香化身为猫犬——畜生道; 花音词音被饲养——饿鬼道; 然后京东三羽翼与女优四大天王为了争夺一个男人用东国木剑打了起来——法力无边且好嫉妒, 修罗道; 豆伊舞王在"云层"中的翩翩起舞, 宛若把给人带到了净土世界——天道。她们围着一个圈, 不断旋转着, 六道轮回生生不息。最后一个完美的东国艺伎, 就是那个电动玩偶, 跟一个白种人相爱, 生下了"小泽"——代表人道, 又化成了一朵莲花。

这玩意儿, 看起来不算热闹, 但展现的内涵深刻着了。佛学, 如何超越?

轮到尴尬的我们了, 情报战输了, 谁也不能怪, 硬着头皮, 上第二号不太熟练的方案吧。

事实证明, 我们的人也是可以打大战的。

炔队的替补节目,《梦回唐朝》, 总导演: 烟鬼; 服装: 六指、西瓜; 化妆: 果冻; 剧本: 江磊; 背景音乐: 南瓜。

小冬瓜打起了架子鼓, 楚妖精弹钢琴的手走得飞快, 蝴蝶兰唱起了《梦回唐朝》, 她们都穿着现代的公主服: 菊花古剑和酒, 被咖啡泡入喧嚣的亭院, 异族人在日坛膜拜古人月亮, 开元盛世令人神往……沿着宿命走入迷思, 仿佛梦里回到唐朝。

蝴蝶兰系江南美女, 歌舞团出身, 与一位歌星不合而归隐庆延。那歌声音质糯棉, 自成一派。正感觉着余音绕梁, 灯光一黑, 再亮, 弹琴者、歌唱者都已经不见, 仿佛是时光轨道, 钢琴、架子鼓都无影无踪, 只剩下一间古典的香闺。

香闺里, 红玫瑰粉雕玉琢, 一席红绸, 宣纸, 羊毫,《静夜思》, 正在行云流水, 写后悬于墙上, 颜筋柳骨, 蓬荜生辉。

冬天的夜晚天黑得快, 才八点, 一轮残月挂在天际, 暮色被游船的大灯割成杳明两岸。红玫瑰一声长叹，放下毛笔，走出船仓，眉头只是微蹙，却让人莫名心伤。依将秀发飘荡在海风之中，忧郁，顿时渗透了整个夜晚。

红玫瑰之美，似玉雕，除一丝婴儿肥，轮廓都是雕出来的。五花十草里的二号人物，端是含在口里怕化了，只论美貌，含香、雪儿只怕都排在她之后。但冷雪儿的表情，总让人觉得不敢亲近，如玫瑰者必之刺。可远观而不能亵玩。

她蹲在海边，海踩在她脚下，美人如花，岁月似水，左手月光，右手年华。

"小姐，我们走吧。"萝莉毒药穿着小丫鬟的衣服，欲挽起红玫瑰，"他还在等着。"

红玫瑰冰霜般的脸上飞过一丝浅笑，只淡淡道："那就让他等着吧。"

独下兰舟，轻解罗裳，脱下一件丝质披肩，露出一点明晃的香肩，在海水里洗起绸来。

"小姐，他还在等着了。"毒药焦急道。

红玫瑰没有理她，望着月亮，美目长长的睫毛下，飘动着两滴泪光。

西子迷人眼，美人浣溪沙。

再入房，南瓜一袭黄袍正在作画。见到红玫瑰欣喜异常，扬手道："爱妃，这是你最喜欢的荔枝，刚从果岭运来，尝尝! 你可曾为朕备了些新舞?"

红玫瑰冷冷道："万岁，只怕是想见那些跳舞的人吧。"

南瓜不言，只是微愠，君王嘛，哪里有独宠一人的道理，分你一些雨露也就罢了，你是贵妃，就没有这点雅量? 南瓜假笑道："爱妃不要调皮。朕只要你回眸一笑，就忘却了六宫粉黛。"

红玫瑰眼眸一亮，转而暗淡，只道了声："若如此，天下悠悠之嘴，也可将臣妾埋了。"

南瓜拍椅道："有朕在，鼠辈安敢?！朕会护着你一生一世。"

红玫瑰俯首谢恩，对着毒药点了下头。

乐声响起，唐乐梵音，满地黄光，十名仙子般的美人，施施而来，《千手观音》顿时惊艳全场。此节目自雅典闭幕式惊鸿一现后，好评如潮，千锤百炼之作，几乎无处需改，大唐风韵，中华艺术，刹那浓缩了。

我们的版本稍微简略了些，人数比雅典闭幕式时少，但长相都是千里挑一，无可挑剔的美艳，动作也基本到位，没有更改。舞后掌声一片。什么是经典? 经典可以复述，经典永不过时。

舞毕，众女环成一圈。响起钟磬敲击的声音，红玫瑰缓缓踱入圈内，万福拜过，顺手在中央放下一只碗。磬声停止，万籁俱寂，乐曲转为《霓裳羽衣曲》，红玫瑰转了起来，红带似春风飘过四野，南瓜也站了起来，呼呼地转着气。

红玫瑰的豪乳在丝绸的束缚下挤出深深的沟，镶嵌在红色的苏州绸巾里，如血海里的一掬残雪，消融进了所有人的心田。

正在我们为这绚丽的舞姿倾倒时，红玫瑰踩进碗里了，她站在碗里跳舞！传说！！这是一个古老的传说！！！

南唐后主有个媚后叫潘玉儿，她能在一只碗中翩翩若飞，接着无数人把自己裹成三寸金莲，今昔何昔，此技居然能重出江湖？而且红玫瑰那羊脂白玉般的玉足也没有小到那个莲底生花的程度啊，几个裁判擦了擦眼睛，渡边也站了起来。

七爷骄傲地说，红玫瑰出身于桥吴的一个杂技团，桥吴这地方，上至老人九十九，下至小孩刚会走，都会几下子杂技。但能在碗里跳舞的也只有寥寥几人，还这么漂亮的，就绝无仅有了。即使她没有进庆延山庄，现在也上春晚了！服了，庆延山庄的压寨之宝：玫瑰绝学，笑傲江湖。罂粟不出，谁与争锋？

且慢！

突然一束白绸在空中飞过，刚好搭在了三楼准备好的铁扣上。一唐朝仕女，飞身踩绸，凌波微步，罗袜生尘。在没有任何保护的情况下，刹那间登到了楼上，这一绝技也不在玫瑰之下。牛仔的眼睛都看直了，众人正在恍惚，此女于九米高处金鸡独立，如云霄的仙女，眉间还点了个红点，反身抱了把琵琶。千娇百媚，又庄严肃穆。

背投，屏风组合成的背投，演化出莫高窟来，莫高窟的壁画，轮动转着，最后停在了闻名遐迩的一幅上，《莫高窟飞天》！是的，甜妹飞天，这个西京之星，这个平衡木绝顶高手。十五年修行，没能与刘璇等一较高下，却在这里一展所学，你遗憾吗？掌声，或许是对你最后的，也是最好的安慰。

南瓜从金銮椅上站起，从一个古色古香的箱子里，拿出颗"红丸"服下，呆呆地走向甜妹。这红丸绝对是按照古方研制，鹿茸、淫羊藿、补骨脂、巴戟草熬制而成，每个成分都有中医证明，并早已向每个评委送了一盒。

红玫瑰低头闪出一条道来，南瓜抓住甜妹的手，泪水溢在红玫瑰清俊的面庞。

电闪雷鸣，干戈四起，冬瓜扮演的安禄山来了，安禄山之爪伸向红玫瑰，划出一条血痕。安禄山败北，这些画面配合着背投一闪而过，比龙套还龙套，但稍微有点历史常识的都知道，盛唐完蛋了。羞涩的红玫瑰慧手自制了一条束胸，以挡住那抓伤的地方，她再次出现在南瓜面前，渴望着情人的保护与怜惜。

历史可以作证，这束胸是世界上最早的乳罩，发明者，杨贵妃。是的，有着婴儿肥的红玫瑰演杨贵妃，南瓜演唐明皇。

唐明皇呆呆地望着杨贵妃，杨贵妃只剩一块最原始的乳罩，这是多么的楚楚可怜，尤物，冷艳加可怜的尤物。唐明皇正要微笑，身后发出了震耳欲聋的怒吼：处死她，处死她，就是她让你不能上朝，就是她让大唐衰落……

南瓜颤抖着手往后一望，甜妹对着她翘起了嘴巴。南瓜指了指前面的一口井。

红玫瑰睁圆了眼睛，浑身发抖，继而笑了，冷冷一拜，既然是红颜祸水，自然就要跳到井里去。质本洁来还洁去，一抔黄土掩风流。

这井是从庆延山庄带来的道具，相当逼真。红玫瑰站在井口，身后的南瓜已经抱住了甜妹。红玫瑰无限凄凉回首一望，纵身一跃……

古琴声响起，是琴王，这次弹的是《长恨歌》，古色美女妲己轻声唱着白居易凄凉的歌词，悠悠晃晃，催人泪下："杨家有女初长成，养在深闺人未识。天生丽质难自弃，一朝选在君王侧。回眸一笑百媚生，六宫粉黛无颜色。春寒赐浴华清池，温泉水滑洗凝脂……七月七日长生殿，夜半无人私语时。在天愿作比翼鸟，在地愿为连理枝。天长地久有时尽，此恨绵绵无绝期。"

美人死去。小五和六指在后台燃放了很多烟花。灿烂、短暂、寂寞，犹如她一般。

我们气喘吁吁地等待着判决，爱因斯坦的相对论没错，现在时间就拉得很慢很慢。

文化艺术展现环节，七个评委，小分，央国四比三多一分，险胜！炗队欢腾了，我的姐妹们顶住了压力，她们是炗的，很炗很炗的！

大比分，央国还是一比二落后。但最后一战花魁环节算两分。一旦胜利了，炗队就三比二实现逆转了。当然，一旦败了……

剩下的，最终的对决：

罂粟VS圣原爱。

巫山神女羞，罂粟花中秀VS东国史上最完美的女人，地狱女神。

比赛是在明晚十二点，时间还剩下二十七个小时。

七爷和渡边一起道："我们快赢了。"

凌晨一点，包括我在内，刚睡下的荧队男同胞，几乎是同时莫名其妙地醒来了，我之所以说几乎，是因为牛仔没醒。大家左看看，右看看，都没来由地觉得烦躁不安，却又都说不出为什么来。

我故作轻松道："没事，考前焦虑，正常的。没想到中学生的玩意儿，还能迁移到这里来，困扰着这么一大群老爷们。"

冬瓜道："都怪这高考制度啊，来，大家伙抽抽烟吧。"

李鹰接过烟，手颤抖着，打不燃打火机，道："你说隔壁七爷和毛老板睡得好吗？"

冬瓜道："估计好不了，七爷可压上了半个身家啊。"

李鹰苦笑着道："这次七爷的半个身家估计凶多吉少。"

找揍，我们围着他一顿暴打，我很文明，只踹了两脚。

打打闹闹间，冬瓜道："喂，假洋鬼子，你说说你那个地狱女鬼有什么厉害之处，把你吓成这个样子。"

李鹰两眼发出精光，一副威武不能屈的贱样跃然脸上，道："她可以让大雁沉落，让蝴蝶让道。让樱花失去色彩，让月亮没了光泽。含欢如羞蕾待绽，吹气似春风拂兰。所有的男人刹那纯洁，所有女人忘记妒忌。"

冬瓜、南瓜、烟鬼、小五齐刷刷地看着我，我摇摇头："不是我写的。"

李鹰道："你们可能觉得我夸张，但我说的都是心里话。而且我有个感觉，她虽然不在船上，但离我们很近，可能就在我们的头顶上。"

小五道："神经病，我们今天住顶楼，楼上是避雷针。"

李鹰还要说话，被六指挡住："未战先怯，真丢我们东城方面军的脸。我说，哥们，今晚睡不着，隔壁的娘们明天也没有比赛了。我们就这样虚度光阴吗？过去玩玩。"

这群老狼，我还在穿鞋，他们就跑出去了。

红玫瑰，我要红玫瑰，老子被杨贵妃刺激了，要去做一晚上皇帝，我一定不让你跳井，我想跳进你的井。

刚过去，便被笨笨狗截住了，家门不幸啊。正想找个借口偷溜，笨笨狗捂着肚子说："小石头，我痛经了。给我倒杯开水。"

刚倒了开水，笨笨狗把我压在了床上，"小样，想去找红玫瑰对不对，被刺激了对不对，不想要糟糠之妻了对不对，看见床前明月光，就想地上鞋两双了对不对？"

我很烦躁，干脆把她也反过来压到身下了，我道："红玫瑰终究会变成一抹蚊子血，你才是床前明月光。"心想，完了，又要闭上眼睛假装享受了。

笨笨狗笑盈盈地拿出一个雨衣，我说不用行吗？老夫老妻的，穿着袜子洗脚还有什么味道。

笨笨想了一想，扔开雨衣道："江磊，给我一个孩子吧？"

我漫不经心道："好啊，你学过护士的，不是说生孩子太恐怖了，不想要孩子吗？"

笨笨狗道："是啊，但听说生了孩子就不会痛经了。"

我一把捡起扔掉的雨衣。

还在索然无味地亲吻中，我突然感觉到一种压迫感，笨笨狗好像也有感应，也停了下来，望着上面的天花板。

我听见一阵繁乱的脚步声，跟着笨笨狗穿着拖鞋冲了出去。见站着一群人在甲板上仰望星空，夜色如洗，一切正常，连"戈多"都没有一个。正失望着想离去时。我听见了机器轰隆隆的声音，慢慢地，一架小型直升机向蓝钻石号降落了。

李鹰像个教徒虔诚地望着停机坪，双手合十道："她，果然在天上，她，终于来了。"

一个女人，走出了驾驶舱，因为夜黑，又穿着航空服，带着墨镜，看不清楚模样。但仍然感觉得到停机坪那里是世界的中央，是焦点，是岗仁波齐，一种无法言说的神秘气场，笼盖了四野。

地狱女神，她真的来了。

七爷流着眼泪，颤抖着道："罂粟来不了了，她死了！"

第67章

罂粟无声

西瓜还在接电话："高局长，你这样做我很被动，对于罂粟不明不白的牺牲一定要有个说法，怎么讲她也是山庄的人，是七爷的人……是，我说错了，她也是国家的人……凶手一定要严办，请给大使馆一些压力……什么，你说什么？算了？"

七爷冲了过去，直接把电话按成了免提，发飙道："高局长，你他妈的是不是人？你当初怎么说的？说保证罂粟同志的安全，保证花会时出现在紫荆城，现在不明不白地死了，你居然说算了。"

高局长悠悠道："朱七同志，对不起，但请冷静，你是见过风雨的同志，也应该知道罂粟同志工作的性质，还有我们工作的性质……"

七爷吼道："我不管！你当初答应的话全部都是放屁了吗？我当初就不同意她去什么文团，结果你们百般怂恿，现在呢，把人送到火坑，烧了死了，你们就不负责任了？你们是什么东西？你们有人性吗？把一个二十出头的女人杀了就说声对不起，你们是畜生吗？"

电话那边沉默了一会儿，七爷咬着牙冷笑。

高局长道："朱七同志，请你冷静，我们的监控显示你身边还有其他人。按照我们的规定，我应该要挂机了。鉴于罂粟是你从五岁带大的，情同父女，她又为国家作出了突出的贡献，现在我违规操作，仍然跟你说几句。罂粟的死我们也很伤心，她是个好同志，年轻漂亮精明能干，我们已经准备用专机将遗体运回京都，这个已经是破例了。而且我们准备把她葬在……"

七爷道："九宝山对吗？你怎么不去？你说这些没用的干什么！我要的是凶手，追拿凶手你明白吗？不就是……家族吗，有什么了不起。"

政治经验老道的西瓜望了望我们，不住地拉七爷的袖子。

高局长道："朱七，你应该知道，自特科成立以来，无数人成为了烈士，他们中很多人像罂粟一样年轻，一样优秀，甚至更加优秀，这是一个天生危险的职业，罂粟入行时就已经知道了。你所说的缉拿凶手，是不可能的事。罂粟牺牲了，我很难过，但不可能因为一个女人而影响国际关系吧。你要知道，友谊背后是更多人的血……"

七爷道："就这么算了？我要闹，在网络上曝光，开国际记者招待会，我要为罂粟鸣冤昭雪，哎呦……"西瓜一脚踩在七爷脚上。

高局长冷笑道："呵呵，朱七，那你的庆延山庄十分钟内就会消失。"

七爷停了好一会儿，才咬着牙道："少拿这个恐吓老子，老子不怕！"

高局长道："怕不怕是你的事情。还有一点我要提醒你，你如果闹，没有结果是肯定的，罂粟本来就是我们派出去的人，已经暴露了，你怎么闹都没用，而且你还会让罂粟的牺牲突然变得没有了价值，甚至影响她在他国埋了很久的线，让她走得不安心……罂粟入了这行又付出了牺牲，确实是很可惜，但正是入了这行，并牺牲了，她的美貌聪明才有了最大的意义，我想罂粟肯定不愿意她的七爷坏了她在世时钟爱的事业吧。"

七爷手哆嗦着："我要……我要宰了……"

高局长赶忙打断道："你身边有其他人，请说话注意点，别忘了家法。我们商量好了，让她葬在九宝山，抚恤金按照特级标准发放给你——虽然你肯定不需要。组织能做的就这些了。"

七爷鼓着腮帮，西瓜抢下了电话，道："谢谢关心，谢谢关怀，我们一定妥善处理好丧事。"

高局长叹了口气，对西瓜道："我知道罂粟不是一般的女子，是七爷的心肝，你劝劝七爷，节哀顺变。"挂了电话。

整整半个小时，七爷有些老年痴呆，这是我见到他后从来没有发生过的事。帮他点了一根烟，结果烟烧着了手指。

妲己刚刚赢了比赛，她的歌声给炅队增添了色彩，所以妲己十分高兴，一晚都睡不着，正在门外走廊上轻快地哼着周杰伦的歌："我送你离开，千里之外，你无声黑白……"

七爷一个激灵，抬头很委屈地望了望西瓜。

西瓜道："我明天就飞去，一定会让她好好回家。"

七爷凄凉一笑道："嗯，江湖再大也只是江山一隅，江山一隅啊！"

灾队紧急开会，毛老板道："圣原爱已经来了，直升机从天而降，架子不小。罂粟来不了，刚才大家也都知道了。红玫瑰或者含香要做好出场准备，大家还有没有好的办法，来集思广益一下。"

李鹰举手道："恕我直言，含香和红玫瑰上，其实就等于放弃了。我明白这三人的实力。红玫瑰才色双全，但太冷傲，总归是个弱点。含香天生丽质，但太生涩，也没有什么才艺。毕竟，绝色美人是一回事，天生尤物是另一回事。前者万里挑一，后者可遇不可求。圣原爱消沉完全是尤物级。"

七爷十分消沉地躺在椅子上，道："可惜罂粟不在了，毛老板，给你添麻烦了。"

毛老板道："七爷，你别这么讲。明天如果输了，我们丢人，但损失最惨重的就是你啊，半个庆延山庄就是东国人的了。我们得想办法赢。想什么办法呢？李鹰是我的老部下，东国通，他的判断应该不会错……"

冬瓜道："我去金三角旅游时，见过一个傣族妹妹。哎，明天比赛，太远了。"

西瓜一拍大腿道："上次在沈阳夺得花魁的玲姐如何，让她重新出山。"

小五道："算了，她已经归隐了，我上次在广府见到她，她整天柴米油盐的，老了好多，就是复出，现在有没有资格代表灾队上船都难说。再说，图图好不容易上了岸，我们这些人，就留条路，不要打扰她好不容易得到的平静了。"

六指想了会儿，道："找赖盛月帮忙还来得及吗，红楼的芊芊在他身边……算了，就算通知到芊芊，芊芊再收拾一下从加拿大飞回来，那可以吃年夜饭了。"

冬瓜摇头道："该来的基本都来了，能超过庆延山庄和东城联队的组织她妈妈还没有怀孕。要是玉宇凡尘的四大名旦还在就好了，只是……"

玉宇凡尘，四大花旦，我们几乎齐声嚷道："何青！还有何青！"

刚有些高兴，李鹰沮丧道："何青还不知道在北方的哪个沙漠里，剩下不足二十个小时，这千里迢迢的，怎么赶得过来。"

李鹰拨了下手机，道："电话打不通，不是关机和占线，应该是那地方没有信号。天不助我们啊。"

小五道："李鹰，你是不是很爽啊，东国赢了，你的偶像们赢了。"

毛老板扬手制止了他们的争吵。

七爷恹恹道："回不了也得争取回，西瓜，你给高局长打电话，我不想跟他说话，告诉他两个小时内确定何青的位置。然后我通知中心，派专机接何青过来。红玫瑰，你也做好准备。死马当活马医吧。"

两小时后，高局长回电话道："半夜三更的，你朱七怎么跟周扒皮一样啊。你要找的人最后一个电话是在新巴尔虎左旗打的，旁边的呼伦贝尔草原荒漠化严重，她八成去了那里。通过军事卫星收到了信息，确实有些人在沙漠里搭帐篷住着，具体位置东经124.21度，北纬29.16度。扒皮兄，我的人可以收工了吧？"

西瓜大声说着谢谢，七爷抢过电话，恶狠狠地道："你欠我的多着了，你慢慢还吧。"啪地就把电话挂了。本以为七爷在我们面前没有分寸这个概念，今天看来，他老人家在谁面前都没有这个概念。

西瓜打完电话，焦急道："七爷，不好了，这地方不归中心管，归北方管，我们跟北方不熟，而且半夜三更的，更没有办法让他们派飞机了。"

六指道："让她自己坐民航回来赶得及吗？"

毛老板道："应该不行，那地方跟北东挨着，开车去机场得七八个小时，飞到紫荆城又要五个小时，还未必买得到票，更重要的是现在不知道何青在沙漠的哪个位置，如果在沙漠中央，路不好走，走出沙漠就要七八个小时，七八十个小时也有可能。"

西蒙道："还有一点你们需要考虑，何青也不是那种召之即来，挥之即去的人。"

我们全部瘫倒了，凌晨四点了，太累了，刚点燃的一点希望之火也被浇得奄奄一息了。七爷脑子转得真快，眼皮都睁不开了的他道："看来，只能找汉寨监狱的秦煌帮忙了。"

毛老板道："来得及吗？秦煌能行吗？他毕竟都进监狱了。"

七爷道："不知道，谁也不可能把全国的关系都打点好。但秦爷背景深，他的玉宇凡尘风光了近十年，比我的庆延山庄历史长多了，时间长说明他结交的贵人多，结交的贵人多，说明他拥有的贵人的把柄也多，只要他不死，心惊胆战的人也多，他说的话自然就有人听。所以在监狱还是在外边，这个问题倒不是很大。秦煌口风紧，不乱咬人，帮他的人也多。如果不是这样，北秦煌、南盛月，他们犯的事儿，枪毙三次都算宽大了。"

天蒙蒙亮，汉寨监狱传来骂娘声："朱七，你怎么还是这么讨厌，正做春梦，你硬生生地把我的蝌蚪给憋回去了。行了，北方已经派飞机去了。何青的思想工作我来做。"

晚上八点，我正在看罂粟的照片，那和善的面容，无邪的微笑，透着一种圣洁的模样，我只觉得相见恨晚，正唏嘘着，何青一个人驾着摩托艇，迎着海风过来了。

第68章

谁是抗手

2008年12月23日，月朗星稀。

既然睡不着，就写写日记吧。

好多年都没有写了，打开这本发黄的本子，看到上一篇居然还是2003年年底写的，大学刚毕业，文章里还充满着张牙舞爪的傻傻忧郁，读起来觉得十分可笑。想当初买这厚厚的精装本时，我曾雄心勃勃地计划着每天更新，写到退休，写出波澜壮阔的一生，再看看这5年一篇的频率，真觉得自己懒到无话可说。年轻人信誓旦旦的计划几乎都这么理解，那是对着一个脱光的女人说的絮絮情话，听听也就罢了。

但我又突然问自己，江磊，既然你这么懒，为什么走到哪里都要带着这个本子呢？我想，兴许5年不写日记，并不仅仅是懒惰这么简单吧？还因为日子过得太无聊，昨天今天明天，柴米油盐酱醋，每天光怪陆离地生活着，本质就是给自己找口饭吃，这跟老家隔壁卖猪肉的赵叔叔，隔壁的隔壁卖牛肉的马小骚，或者一只野猪，一只野狗，基本上是一样一样的。如果不为了装A与C，确实是没有写日记的必要。因此，据调查，在语文老师不罚抄之后，能坚持写日记的很少很少。偶尔有几个曾国藩、蒋中正之类的，都成了风云人物。

可我总是带着日记本，据说还有很多人比我夸张，经常心血来潮地去买个漂亮的本子写几篇后又锁起来，然后过几年忘了又心血来潮买个新本子——说明我们还是盼望着生活能发生点什么，能够记下点什么。然后这个"什么"像搅屎棍一样把生活这一潭死水搅出一些颜色，最好是"让油腻织一层罗绮，霉菌给他蒸出些云霞"。

可惜生活并不格外地偏爱我，我变成了跟某某某一样的人才，或者和某某某一样的废材，社会衡量这两才的标准是：赚到的老人头的数量。然后我就和许许多多人一样，为几张纸用同样的姿势抢跑着……每个人出生的时候都是原创的，可悲的是，大多数人渐渐都成了盗版。而盗版却总等待着自己有一天会与众不同，于是装模作样地带着个日记本。

其实，普通人的生活苍白得很，连想要的女人都多半碰不到，所以琼瑶流行了。

但是，我今天要写，因为今天太特别，确实值得一记。我碰到了我想要的女人，确切地说是爱上了一个想要的女人，一个所有男人都想要的女人，一个注定不属于我的女人。她对着我一共说了两句话："你好，江磊。""再见，江磊。"她把江读成了家，发音极度不准确。

于是今天有了意义，于是今天格外特别——太阳当空照，小鸟对我叫——见鬼，现在外边一片漆黑。

我承认，我已经激动了1个时辰，已经有些神志不清，我肯定，激动的人不止我一个，现在是凌晨3点，炙队，除了牛仔，男同胞都没有睡着——牛仔是我捡到的半个和尚，据我观察，他和我们的区别，远大于火星人与地球人的区别。

这个女人叫圣原爱，很多年前，东国人就开始称呼她为地狱女神。很多年后，她还会是地狱女神，再变成永远的传说，一如篮球场上的乔丹或绿荫场上的马拉多纳。

她从东边过来，像赴一场朋友的约会。

我现在满脑子还是她的眸子和她微红的脸蛋，我不知道怎么形容这个女人。

风未启而香至，舟欲动而萍开。秋始恍惚入春，叶嫩花初，俯仰如诗。荷香浓得沉在水里，然后随艳阳缓缓落下，感染每一缕路过的风。风尽余香。于是尘世成了阆阖，人间疑为九天。

这够了吗？嗯，太白描了，太保守了，圣原爱比上面的文字漂亮得多。

她跳了一个舞，名字忘了，旋律也忘了，只记得这个舞我的初恋女友恍惚也跳过，只是没有那些旋转的香。我记得她注视过所有的观众，尤其是我，一直是我——这个后来又变得不确定了，因为小五、六指、李鹰都说圣原爱一直望着的是自己，甚至小五跟六指因此吵着吵着打了一架。她的一颦一笑，一舒眉一弯眸，确实让大家都觉得自己应该被收买，所有的人都觉得她在跟自己谈恋爱。须臾之间，让数十个纵横花丛、背景迥异的男人感觉到初恋的味道，而没有一丝突兀。这是什么仙魅？

圣原爱，晚稻田大学艺术学、社会心理学双博士，内心应该非常丰富吧，但你感觉不到复杂，她的笑一如婴儿般圣洁，你只觉得轻松，再轻松，踩在棉花上，溶在云朵里。她是博士？不是我等的邻居家的情妹妹吗？

她望着周围的直愣愣的眼神，她努着嘴，泯然一笑，居然，绯红了点点雪色冰肌。她脸红了，这多么让人动心啊。

大海寂静，只有呼吸清晰可闻。她从东边过来，像赴一场朋友的约会。

"离开玉宇凡尘之后，我去了一个沙漠，见到了另一种生活。"她说："我从西边而来，来参加一场约会。"

她明眸善睐地一笑，大方地脱了靴子，清去了里面的残沙。我猛拍自己的额头，才终于记起，这是一场比赛。众人看了看这说话的女子，本想怒斥她的插嘴，却都不由得呆了。散淡慵懒，笼盖了船舶，满天的星光有一半照在了她的身上。

她谁都不看，谁都不在乎，她声音很温柔，可偏偏你又觉得她一直睥睨着你。圣原爱也有些惊讶，回首媚笑地望着她。

龟头站起道："敖登格日乐，科尔沁草原，博尔济吉特氏，何青，你好，早想到你会来，后来发现你没来，结果你还是来了。"

科尔沁博尔济吉特氏，难道是孝庄大玉儿之后？难怪！

何青笑了笑，直视着龟头道："绕口令吗？这个何青很擅长。何青差点来不了了，沙漠要人，要钱，所以我挣扎着来了。"何青一拉裤子，小腿露出一个明显的血洞，我们一惊，怎么搞的？大赛之间，怎能自暴其短，如果早知道她受伤，是不是上红玫瑰更好？何青道："这个伤疤，是前几天被狼咬的。草原没了，狼就开始乱咬人了。好在我回头望了这畜生一眼，哀求着它。这畜生望着我哭了，呆了一呆，就跑掉了，但我的一个战友，一个米国人，他待我如同亲妹妹，曾经在沙漠救过我两次，却死在狼群嘴下。"美女温柔地讲述着本应该惊心动魄、匪夷所思的故事，但大家莫名就信了。

她是一个怪人，她本来应该成为一个权贵昂贵的奢侈品，养尊处优地被豢养在别墅里，可是她从沙漠里来。

她从西边赶来，来参加一个约会。

她说："我带来了一种酒，酒名叫醉生梦死，请允许我喝上一杯，再为各位献舞。"

大漠苍狼，美人如玉。

何青自顾自地喝酒，是皮囊装的酒。圣原爱走上前去，何青直刺刺地盯着她道："好可爱的姐啊，看得我都恍惚了，你也喝上一口？只是没有杯子。"何青试探着将皮囊伸了过去。圣原爱秋波流慧，大大方方地把刚从何青嘴里拿出来的壶子放进自己口里，仰首动喉，理所当然地喝下了一大口。

何青睁大了眼睛："你可真迷人，我要是男人，就追你。"

圣原爱眸子弯成了月亮，道："姐姐，听我们的人说过你，你是京都最漂亮的女人，而且你忠于自己，这真难。真想陪你多喝一点。"

何青微翘着调皮的嘴，竟搂过圣原爱，亲了她脸蛋一口道："那我们就喝酒，让这些臭男人都等着吧。"

圣原爱呵呵笑道，道："对，就让他们等着。"

……

这是我上船以来见过的最奇怪的比赛，甚至是我一生见过的最奇怪的比赛。一般来说，面对巨大的荣誉和利益，比赛选手们，包括电视里那些粉丝众多的偶像，总会小心翼翼地装扮着自己，讨好着评委，而何青和圣原爱仿佛当裁判不存在，当我们不存在，当巨大的赌注不存在。在舞台中央，自顾自地喝起酒来，而且是像老朋友一样你一口我一口地喝起酒来。这种旁若无人的大家风范，真让人窒息。

天地间，飞过两只海雕。

我们被凝固在一种奇怪的气场里，身为评委和观众，被演员晾在一边，却没有人想过发火，包括瑞国里诚兵酒店管理学院见多识广的几个教授，也只是呆呆地望着她们，没有一丝催促的意思。

何青狡黠道："姐姐酒量很大，你不怕姐姐把你灌醉了，你比不了赛，糊里糊涂输给我吗？"

圣原爱道："输有什么关系？做自己喜欢做的事才是最重要的。"

何青点点道："很对，但不行，姐姐还要弄点钱回去给咬我的狼种草。嗨，再喝三口，姐姐就要去跳舞了，你也全力一战吧。"

圣原爱点头认真道："姐姐小心，我从来没有输过。"

何青一笑，喝过一口酒，圣原爱接过皮囊也咕噜了一口，再接过再喝，何青突然哈哈大笑，圣原爱也呵呵直乐，何青随意穿着牛仔裤，裹得臀圆腿长，宽松的简洁紧身白衬衣，映衬得她别有一种洒脱的味道；圣原爱穿着一袭和袍，雪白的肤色浮着淡淡的红晕，羞涩了海角的晚霞；何青大马金刀地横坐在桌上，圣原爱则仪容娴婉地倚在桌前。

一个美貌中带着风沙后的沧桑，一个清纯里附着水样的灵秀。

一个豪迈不失娇娆，英姿飒爽；一个婉约不缺爽朗，如梦如幻。却都是眉如翠羽，肌如白雪；腰如束素，齿如含贝；气若幽兰，婉兮清扬。

一个词概括就是绝代双骄！

何青喝了第三口，圣原爱接过皮囊后，失望道："姐姐，酒没了。"

何青鼓着腮帮，抱着圣原爱理所当然地吻了过去，将第三口酒口对口渡给了她一半。

那是，女人对女人，汪洋恣肆的一吻。

"我要表演的是《一个真实的故事》，我今天才从北方飞过来，所以没有伴唱，没有伴舞，没有伴乐，也没有舞美，我自己清唱，自己跳舞。原始简陋，还请见谅。"何青用开着玩笑的口吻道。

听到这话，我脸上有些发烧，如果不是我决定抛开何青，何青定是有所准备，那效果肯定比现在好。如今临阵征将，何青千里赴戎机，纵有千般能耐，这样单刀赴会，匆忙上阵，表演形式又如此原始。恐怕也凶多吉少，如果输了，我的责任也是不小。

何青就是何青，她一个人把所有观众带到了艺术世界。唱，唱得悲切动人；舞，舞得柔和舒缓；只听她唱到：

有一个女孩她从小就爱养丹顶鹤

在她大学毕业以后她仍回到她养鹤的地方

可是有一天她为了救一只受伤的丹顶鹤

划进了沼泽地里就再也没有上来

走过那条小河你可曾听说

有一位女孩她曾经来过

走过这片芦苇坡你可曾听说

有一位女孩她留下一首歌

为何片片白云悄悄落泪

为何阵阵风儿轻声诉说

呜~~~~喔噢~~

还有一群丹顶鹤轻轻地轻轻地飞过

有一位女孩她再也没来过

只有片片白云悄悄落泪

只有阵阵风儿为她唱歌

还有一只丹顶鹤轻轻地轻轻地飞过

　　说来也怪，何青唱歌没有哭，我们却忍不住鼻子发酸。尤其是那声"呜~~~~喔噢~~"，连笨蛋牛仔都眼红了。

　　何青的舞，像鹤舞沙洲，又似天鹅之死，最后优雅地倒在地上，半天没有起来。全场掌声雷动，艺术没有国界，感动总在心中。掌声停下，何青还是没有起来，手又轻轻抖动了几下，像是跳舞，又像是求救。

　　全场窒息，按照道理，舞应该跳完了？何青是在干什么？

　　圣原爱突然迈着芭蕾舞步，翩翩上了舞台，这个插曲不仅我们感到吃惊，渡边他们也睁大了眼睛。

　　小五不满道："她想干什么？还要不要规矩，何青在表演，她作为对手怎么能冲台？"

　　我们正在不满，我看到何青对圣原爱投去感激的眼神，额头上还冒着一点香汗。

　　甜妹道："别动，圣原爱好像在帮何青的忙。"

　　圣原爱居然发出一声惟妙惟肖的鹤鸣，在何青身边盘旋了几个身姿，将何青轻轻扶起，何青娇柔地趴在圣原爱的肩膀上，像爱鹤的女孩的尸首，被自己养的鹤衔走，两人缠绵着下场，整个舞蹈有了画龙点睛的味道。

　　甜妹长嘘了一口气，道："要谢谢她，我们都忘了，何青姐的腿被狼咬伤不久，这支舞是咬牙坚持跳完的，最后倒地不起，不是舞蹈的需要，是她真的起不来了，但我们都没有反应。如果不是圣原爱救场，何青姐就不能站起来谢幕了，只能一直趴在地上，或者爬起来一瘸一拐地离开，这对于一个完美的舞蹈表演来说，损伤太大了。"

　　鸢尾道："这个圣原爱倒是个憨人。"

　　我承认，这时，我已经有点喜欢她了。

　　何青坐在我们中间休息，她用手按着小腿，看得出她舞后很痛，但她还是风度翩翩地坐着，一点都没有失态。巾帼英雄也。

圣原爱开始弹钢琴，那调子十分奇怪，我听见琴王道："这有违和声学原理啊，嗯，倒也不算难听。"我对音乐不敏感，没有感觉到圣原爱乐曲的魅力，只觉得十分无聊，转身看评委的表情，也是昏昏欲睡。正在大家准备去周公家打麻将时，让人震惊的事情发生了，空中突然飞来了一群海鸟，越来越多，越来越多，明显都是冲着这乐曲声来的，这些各式的海鸟，安静地盘旋在钢琴上空、甲板窗前，不是不怕人，也不是贪图食物，是被这怪调吸引了。其中居然有猛禽安然地蹲在一只海雀旁边，静静地守候着音乐，要知道，她们是天敌啊！

上百只各色的鸟，把天空遮住了一半。

毛老板幽默了一下道："你们不用去肛门了，小鸟天堂到了。"

我内心一颤，难道这曲子不是给人类准备的，是专门给鸟儿准备的？圣原爱挥了挥衣袖，意思是让这些鸟都走，鸟儿不动。圣原爱生气了，嘟着红唇，对着天空吹了一口气，一些鸟儿飞走了，一些没有走，圣原爱笑容可掬地弹出一组更加奇怪的音符来。

鸟儿几乎都飞走了，只有零零落落的几只海雕还在发呆。

圣原爱站起谢幕，全场没有鼓掌，因为全部和海雕一样在发呆。

半天后七爷一声长叹，这个艺术学博士，还真不是水货，她的艺术修养已经超越人类，自成一派了。慢慢地掌声零落，迅速地变成掌声如潮。

圣原爱把所有的风光都抢走了，何青突然道："琴王，借琵琶我使使。"琴王不解地送过琵琶。何青道："好俊的女子，好脱俗的音乐。妹妹你怎么做到的。"

圣原爱笑着，露出两个酒窝，这酒窝真黏人，我直接就醉了，我发誓非她不娶——已经开始盘算着哪个和尚庙要人了。

圣原爱道："姐姐，我在读艺术博士前，读的是生物学专业，专门研究海鸟的习性与听觉。只要你肯跟它们交朋友，跟得久了，就自然知道它喜欢听什么了。"

何青道："妹妹真是聪明，嗯，偏偏这两只海雕有眼不识金镶玉，居然不听妹妹你指挥，刚才你帮了姐姐一个忙，现在姐姐帮你送它们走好不好？"

那两只海雕，身形硕大，一点也不畏人，在船顶耀武扬威，人倒是有点畏惧它们，一个工作人员，已经拿出猎枪了。

何青站起，对雕吹了声口哨，雕转头望着何青，何青一笑，弹起了琵琶，乐曲却是粗犷的草原民谣，蒙古的大调配上这江南的乐器，感觉仍然怪怪的。她真的能赶走雕吗？

何青琵琶弦扒拉得越来越快，因为是北方古语，我也听不懂在唱什么，只是能感觉到苍茫勇敢，估计跟草原人狩猎有关。突然何青将一个弦拉出了个半月，对着空中嗖地一声脆响，雕甚为烦躁，何青又唱了起来，越唱越快，海雕越来越烦，何青再把琵琶弦拉成了个满月，一直警惕地望着何青的海雕，长叫一声，应声飞走了。

一代天骄，成吉思汗，只识弯弓射大雕。

让琵琶假扮成弓箭，唱着北方古人千军万马一起狩猎的古调，然后成功地用一把琵琶吓走了海雕。真不愧是苍狼与白鹿的子孙！

圣原爱一脸喜悦地款款走到何青面前，我亲眼看见，何青跟圣原爱笑着对望，是一种惺惺相惜的目光。

比赛结束后我问何青，你当时赶雕有把握吗？何青道：没有，只是很小的时候跟叔叔打过雕，他唱的就是这首歌，雕儿都怕。现在草原的雕都不见了，我也就是碰碰运气。

里诚兵酒店管理学院一个叫霍华德的洋毛，劈里啪啦、抑扬顿挫地说了一串英语，瓷娃娃小冬瓜翻译道："你们的表演很精彩，让我大开眼界。你们的才艺如此神奇，你们的长相如此美丽，你们让我想起了希腊神话里的海伦，你们能够让国家毁灭，你们能使海水变红，请原谅我使用最高级来形容你们，因为你们是人类的宝贝。你们让评委陷入了矛盾，为了公平起见，我们还设置了两个环节，这两个环节相对客观，可以作为我们的参考，请两位选手各自努力。第一个环节，鉴于美丽没有完全客观的标准，但肌肤的滑嫩是所有国家女性的追求，因此，我们带来了一组科学的仪器，来测量两位肌肤的滑嫩程度。第二个环节，后面有两间房子，房子里各坐着四位男性，等会儿两位小姐各进一个房间，谁能最快地让其中的一个男性喜欢上自己，并愿意向自己求婚，就算胜利。鉴于两位都是男人毒药，我们增加了点难度，里面坐的八个男子，都只喜欢同性，这个你们要注意了。"

这些评委，真他妈的绝。

一个评委突然抱来了一个婴儿，又有工作人员推来了一台仪器，霍华德说："婴儿的皮肤是最光滑，最娇嫩的。这个仪器是德国慕尼黑大学最新研制，它会测出这个女婴皮肤的嫩滑值，你们两位谁的皮肤嫩滑值越接近婴儿，谁就胜利。"

婴儿得分换算为10分，圣原爱得分为8.63分，这个分数已经相当高了，因为据工作人员介绍，十八到二十五岁的普通黄种女性平均得分为7.04，超过7.5分为优秀，超过8分为极优秀，超过8.5分的为超常。这个数据的取样范本为17026人，是一个东国很有名的教授，花了五年时间得到的数据，信度和效度都在9.4左右，很值得信任。

说实话，我一个文科生对这些科学实验用语基本不感兴趣，但圣原爱有种魔力，因为有她参加比赛，我忍不住把这些数字都背了下来，就像一个粉丝能把明星所有的家属生日记得清清楚楚。

何青在我们的关注下上场，得分只有8.42分，霍华德伸出了大拇指，道："何青这个分数已经是有史以来排第39位的好成绩了，圣原爱的数据可以排在前5名。用你们央国的话来说，都是天生丽质。"

我驻足凝望了一下圣原爱的肌肤，真的如蛋清一般，只滑滑的白亮着。

圣原爱道："姐姐，这不公平，你刚从沙漠过来，风沙总会留下痕迹。否则，你可以更高的。"

何青笑道："算了，不高就不高吧，谁叫那个喜欢往沙子里钻的傻子，就是姐呢？呵呵，姐有些朋友为沙漠付出了生命，我只是皮肤差了那么一点点，老天已经很照顾我了。要是肌肤还像你这么好，那还有天理吗？"何青摸了一把圣原爱的脸蛋，道："真嫩，姐都忍不住想吃点豆腐。"

"请两位抽签，选择一个房间。"霍华德指了指前面的暗阁。

圣原爱往前走道："姐，你有颗绿色的心，我看得出来，你是真心做环保的，这是普渡众生的事，真好。"

何青道："没那么高尚，姐只是想做点事，没想过普渡众生，只是为自己活着。"

圣原爱停下了脚步，道："姐，你要我帮忙吗？"

何青微笑道："好啊，你这么漂亮，帮姐弄些人进来，我们就成为央国草原最大的NGO组织了。"

圣原爱撅起嘴巴，指了指桌面道："姐姐，你喜欢环保，为什么要用那个皮包？"

何青道："假的，在广府火车站一百块钱三个，你喜欢你拿去。"

圣原爱笑了，非常甜，她大声用英语、东国语、汉语道："我申请和何青换一个房间。"

全场安静了，圣原爱道："我申请和何青换一个房间。"

没有回应，圣原爱高声道："我申请和何青换一个房间。"

东国席上有人坐不住了，龟头说了一串东国语，李鹰翻译道："为什么？你抽签抽了左边的房间，就应该服从。一个优秀的东国女人一定要懂得服从，而不是胡闹。"

圣原爱一脸正气道："我怀疑烎队在这个环节做了手脚，他们一向恶劣，买名牌买假货，看电影买盗版。为了比赛公平，我要求换到右边的房间去。如果烎队买通了裁判，在抽签时做了手脚，又在右边的房间里放了个自己人，那我还比什么啊？"

我们全部懵了，千古奇冤啊，组委会是东国人啊。

半晌，我们反应了过来。这比赛有鬼，圣原爱这么做，是在帮我们。

何青和西瓜最早反应过来，对着圣原爱投去了感激的一瞥。

我们脸上又烧又羞，一群老江湖，又生活在神奇的国度，还被外国人坑蒙拐骗，真是祸不单行。龟头的脸都青了，渡边还是很镇定地坐着。

裁判商量了一下，道："一般来说，比赛规则不能改变，这个提议不能通过。"

圣原爱笑得像婴儿一样甜，很不好意思地低下了头，望着何青斜斜一笑，说出了一句让在场观众都很吐血的话："那我不比了，我弃权。"

龟头腾地站起，嗔目怒视圣原爱，圣原爱温柔地望着他，龟头盯了半晌，眼光往左右游离。

何青道："我也弃权。"她指着李鹰道："李鹰，你是不是作弊了？"

李鹰吞吞吐吐。

渡边站了起来，轻轻叹了一口气，鼓着掌道："这两位都容华绝代，既然不想比赛了，也不必强求分出个你高我下，还坏了风雅。既然都提出弃权，裁判已无法评分，这局就算打平了如何。"

七爷第一个表示好，卫哥也表态可以接受，裁判见状想了想也纷纷附和，牛仔冲出来大骂道："搞什么搞，俺们要赢了，你们就不比了，要比，一定要比。"

我慌忙扯开了牛仔，圣原爱也温柔地望着牛仔。牛仔不说话了，他居然呆呆地望着地狱女神打了一个寒颤。

何青抓住圣原爱的手，悄悄道："妹子，谢谢，本来你赢定了。"圣原爱道："姐姐，别客气，我不要这样的胜利，我是学生物的，和你一样，也是绿色的。"

结束时间比预想地提前了半个钟头，这群人仿佛都没有早睡的习惯，没办法，职业病。大家都围在俱乐部跳舞，闪烁的灯光，绝色的美女，还有上好的威士忌。海上的蓬莱仙岛也就是这样了吧。

李鹰、小五等都很活跃，我还是不太习惯这种场合，就去了二楼，在一个偏僻的角落抽雪茄，这种雪茄是古巴进口的，我抽着抽着居然抽醉了，好像这是我这么多年第一次抽烟抽醉，甚至这么多年唯一一次想到了自杀。在一片颓唐的如梦如幻中，我看到一个不落尘埃的仙女在另一个角落慢慢地画画，我觉得身子越来越轻，越来越轻，她那身合体梨花纹的东国服，跟雪茄混为了一体，我爬上前去，这女子轻轻拍了一下我的肩膀，不可思议地把我从天上拉了回来。从这一刻起，我突然有点相信，亚当是被夏娃拉出伊甸园的。

我问她在画什么，她抬着迷蒙的眼神道，在画音乐啊。那一瞬间，我仿佛看见了一个绝色梵高。我心烦意乱地又点燃一根雪茄，却怎么都醉不了了。

绝色、典雅、脱俗、善良、聪明、独立——哦，我愿意下地狱，只要能陪着我的女神。

天已泛白，日记就写到这里，圣原爱注定不是我的，我配不上她，她的仰慕者可以站满整个赤道，她是贝壳里难得一见的珍珠，而我只是沧海随处流浪的一把细沙，但，感谢上苍，让我见到了她。金风玉露一相逢，便胜却人间无数。

忘记说了，炗队输了，我为之付出了很多心血的炗队一比二输了，但那没有什么了不起，太阳明天还会升起。日子还是要过，比起草原边上不时被肆虐的沙漠吞掉家乡的人们，我们这样的奢侈、优雅、美丽、性感、故弄玄虚，都是一种吃饱了撑出来的罪恶。何青明天就走，温柔地站在漫漫黄沙中，远望，就像个永久的雕塑。失败没有太多好惋惜的。

唯一有些难过的是，庆延山庄百分之五十一的股权要归东国人了。

那也没办法，愿赌服输，睡觉。

第69章

最后的阴谋

老子曰：夫唯不争，故天下莫能与之争。

圣原爱不争，于是超越了争；何青躬耕于沙漠，于是超越了灯红酒绿；转眼间，这两人在花船上留下了永久性的造型，然后飘然而逝。实在让人叹惋。

一比二惜败，让我开始浮想联翩，如果一开始就把何青带进炅队？如果罂粟能够归队？如果七爷能真正联合起大江南北的各路欢场，而不是严厉打压？如果我们凑成央国最梦幻的阵容……我们是不是可以跟东国队一拼？

我的答案还是否定的，炅队和东国队相比，差距是明显的，是代差，是半职业选手与职业选手的差距，至少在短时间内无法超越。

如果单纯从个体美艳一个角度来分析，那么因为人口基数，以及因巨大的贫富差距造成的图图数量，选出几个尖子来玩一对一，是没有多少差距的。但，如果整体分析，差距就明显了，这个在第二个环节夜间服务里体现得淋漓尽致。我们毕竟是一个国家立法铲除的行业，她们是一个国家扶持的产业，在我们不断追踪东国的技术，以标准化为目标时，东国已经在剧本化、特色化、多元化、个性化、艺术化、原创化发展。我们的精英人物包括李鹰，甚至包括我，无非是东国的学生，说实话，如果没有东国，央国的很多人很可能还生活在视前戏为变态的阶段。

在东国，这个行业有人专门研究心理学、有人专门研究器具、有人专门研究女人的眼神和喘息、有人专门研究摄影、有人专门写作剧本，甚至有人专门研究性与植物神经系统的关系。她们得到的尊重并不输于其他行业，而我们，得到的鄙视是所有行业之首，从来没有见过一个图图，不管赚了多少钱的图图，敢跟自己的家人谈论自己在这行的风光。我们是靠几个神通广大的犯罪分子，几个有点天赋又不得志的艺术家，如烟鬼等，带着一群在夹缝里生存的人，对抗着别人的一个国家的产业链？

我们的图图做了这个行业，骨子里或多或少地都透着一种自卑，包括楚妖精和白素素，也包括笨笨狗，随时都想着上岸，离开，楚妖精甚至差点自杀。这只是一份工作，一份赚钱但羞耻的工作；而东国的图图，还有玉佛国等的图图，她们至少有一部分人，把这个当成一个事业，一个演艺事业、一个奉献事业，至少一个普通事业在经营。久而久之，这个差距就更大了。

国内不缺人才，七爷、卫哥不说，李鹰、冬瓜、南瓜、六指，甚至客串的我和烟鬼，都有一技之长。但，天才需要生长的土壤。

所以，一比二，已经是最好的结果了。这个，老实说还与圣原爱的放水有关，圣原爱比起何青，我个人觉得还是略有优势的，即使东国不做手脚，圣原爱可能也会小胜，后来跟李鹰、六指谈，他们也是这个感觉。想想吧，就凭这个名校的双博士一曲召来众飞鸟的绝技，还有以绝世容颜溶入天地万物的自信与自得，也许只有天空才是她的极限。

何青能接圣原爱千招而不凌乱，据赛后东国说，已是空前绝后加运气了。

当然，我们的何青也很强，即使面对着地狱女神也绽放着自己的光芒。但就算她赢了，也只是个例。

七爷、卫哥面对这个比分，都没有说什么，静静地打包准备下船。

天空没有飞鸟的痕迹，但它已经飞过。

荧队离开前，出现了一个小高潮，塔卡尔的一个王子，带走了鸢尾和琴王。这个家伙出手相当豪迈，六百万美金一年，豪车别墅随便挑。琴王想了想，没拒绝，原以为鸢尾玩文学的会矜持一下，结果她跳得老高。这让我感觉愤愤不平，懂什么叫安能摧眉折腰事权贵吗？懂什么叫不为五斗米折腰吗？我让瓷娃娃问王子，塔卡尔还有没有公主？

在鸢尾等被带走的同时，又有一群拉伯人走到了我们面前。这时，我才看明白，每次花会背后还有一群超级有钱的狼，他们是这个星球最神秘的富翁，也是每年花会群"花"的买主，每支参赛队下船前，都会碰到"大客户"的采购，这些金主也是花会能秘密却大规模开展下来的原因，老实说我没有感觉到意外，这符合人类的规律，缺稀资源总是属于有钱人。

毒药被一个尼突斯的拉伯人领养了，说买去做女儿。甜妹被一个长相非常猥琐的联阿酋酋长带走了，为期两年，这年头鲜花多数不属于观赏者，多数属于牛粪；西施被特沙人包了，时间三年，价格没有公开，但那个大胡子挺帅；红玫瑰本来被一个道国人重金收去了，但七爷不放手，买卖没有成交。甜妹看着酋长，转身偷偷哭了。商品没有办法挑选主人，这是悲哀，也是规矩，也是成为商品的成本，

还有一个米国人看上了豆伊舞王夏木织，尽管东国还有比赛，但他已经提前抢购了一个。这个米国人出手比拉伯卖油翁都大方，仅仅在东方组，就同时采购了四个竺国美女、三个越国美女以及花魁周子媚，出手之豪迈，反正把我震晕了，可组委会好像很平静。后来一聊天，才知道他是一个每届花会都来的采购商，职业经纪人，内地简称二道人口贩子，无足轻重的小人物，但他的背后站着的居然是米国最大的豪门组织"骷髅会"。也就是说很多我们在电视里可以看到的，在米国国会打架的大人物以及各大学经济系顶礼膜拜的商场大牛，都是花会的买主，当然他们大多数是不会直接出面的。就像《战争之王》里所说，这个世界最大的军火商是米国总统，但你要在子弹上找到他的指纹，这个比较难。

我们这个行业某种程度上跟军火业有些类似，好赚不好听，权贵都喜欢，却都要装作不喜欢。基本上，这个世界是由法律、道德控制的，但这两个行业除外。

熊国队一个翻译很骄傲地跟我讲，斯莫科有15万女人在从事这个行业，去年做到了65亿美金，超过了斯莫科最骄傲的机械制造业。而一个玉佛队的华裔领队送我们离开时说，提芭雅是玉佛最大的城市之一，那城市就是他们开的。卫哥只是笑了笑，没有说话。

就在这艘船上，就在我们离开的那天，米国的高米梅酒店与拉伯一个叫拜迪世界的组织签下了一个草案，要投资80多亿美元打造一个极乐岛，目标是娱乐业。娱乐业到底是什么？为什么值这么多钱？别问我，我不知道。我只是一个跑龙套的，而且是一个死跑龙套的。

但马克思告诉我们，面对巨大的利润，资本家可以冒着被绞刑的危险，因此这个行业有再多的尔虞我诈和不可思议，都不需要怀疑。

龟头来送我们，公平地讲，小东国在细节上是绝对不失礼数的。

龟头道："渡边会长说了，以后在内地的生意还是要依仗各位，庆延山庄董事长是我们，但经理还是七爷，一切事务还是听七爷的。"

七爷眨了眨狡黠的眼睛，道："既然渡边做了董事长，我朱七就不参加了，祝你们发财吧。"　　　　　.

龟头一愣道："七爷，你不是想退出吧？"

七爷道："钱赚够了，该走了，况且朱七做惯了老大，对做经理之类的不太感兴趣。"

龟头一叹道："渡边会长说了，七爷你要是不玩了，我们那百分之五十一的股份就是废纸一张，在内地玩这行靠的是人脉。如果七爷不玩，庆延山庄再漂亮，过几天就是一群被封的建筑物了。"

七爷没有否认，点头道："渡边倒是个聪明人。"

我心里暗叹，难怪七爷这么轻率地拿庆延山庄来赌博，他真有办法输了却让东国人什么都拿不到。

龟头道："因此，渡边会长说，他只要百分之四十九的股份，原来的那百分之二他私人送给七爷，如何？"

七爷道："这感情好，但我这人不习惯占人便宜。"

龟头道："渡边会长说，七爷要是嫌少，庆延山庄他可以不要，只要七爷肯跟他合股，在京都另外开店也可以。"

七爷道："庆延山庄可是好地方啊，渡边这样吃了吐，不觉得亏？"

龟头道："我是觉得亏，但会长说，值钱的是七爷这个人，不是一个地名。还有，会长听说七爷喜欢喝葡萄酒，他送了个法国里昂的百年老厂给您，希望您不要嫌弃。"

七爷没有说话，只是一笑表示拒绝，但这一笑，多少有点复杂。

龟头道："会长还说了，七爷可能对我们有误会，我们只求财，有时所谓的右翼形象只是一种政治表演，一种生存手段。还请七爷放心，大多数东国人和央国人一样，只对钱感兴趣，我们山嘴组更是如此。"

讲到这里，七爷斜目斩钉截铁道："谢谢你们的坦率，不管你们是不是右翼，但朱七赚够了钱，决定走了，谁也留不下。"

龟头道："七爷真的不多想想吗？东国在这行的实力您也看到了，以我们的技术，加上内地的市场，再加上七爷的人脉，只要我们联手，完全可以打造央国最大的平台，日入斗金。"

七爷眯着小眼睛，很牛逼地道："我本来就有最好的平台，钱我赚够了，现在我已经看破红尘，名利于我如浮云了。"

龟头不说话了，半晌悠悠道："渡边会长还说，如果七爷愿意，圣原爱会来京都陪您三个月。"

我们集体"啊"了一声，七爷浑身一震，闭上了眼睛。

摩托气艇向一个小小的荒岛驶去。

七爷下了很大的决心，拒绝了龟头。龟头非常诧异："七爷，是圣原爱啊。"

七爷的手指狠狠地抓着游艇的椅子，指头已经青了，道："谢谢，我这人什么都敢做，就是不敢做汉奸。"

龟头道："那可惜了，圣原爱那股子香味，多年无人享受了。本来以为佳人可以配上英雄的，可惜落花有意，流水无情啊。"龟头的汉学功底不弱，但语调生硬古怪，总之让人听得极不舒服。

龟头一脸惋惜地望着七爷，七爷咬了一会儿牙，艰难着道："我要去一下厕所。"

时间过了好久，在这天荒地老的大海里，尤其感觉到久，久到我们都开始疑惑着七爷是不是从游艇小小的马桶中掉入了大海喂了鲨鱼时，七爷回来了，一脸舒爽，哈哈淫笑道："多少年没有自己动手了，圣原爱可真有味道。算了，龟头，老子想通了，给自己留点遗憾吧。"

显然七爷靠着某种精神，熬过了这绝品尤物带来的"天人交战"的煎熬，龟头一脸铁青，没有说话。

七爷伸伸懒腰道："我说龟头啊，你们那个美女工厂到底祸害了多少闺女啊，回去跟你们渡边讲，做了这么多坏事也要顺便做点好事，就像我一样，我在云贵就建了一个希望小学，资助了二十多个小孩。说实话，我建这个学校时只是为了找点社会资本，现在我准备退出江湖了，才突然觉得，就养着这群小孩最让我感觉到有意义。说真的，人生就像台电脑，说死机就死机了，等我们死机的时候，我还可以骄傲地说，老子除了制造病毒也制造了点希望，渡边呢？"七爷抓着脚丫子，笑得很灿烂，也很嚣张。

龟头指了指前面的荒岛道："我可以制造死机。"

我们被十几个黑衣人用手枪指着，被迫走到了荒岛上，卫哥回头对一个小子笑了笑道："玩具枪吧，给我看看，哥们，老子玩枪的时候你们还没有生呢。"黑衣人目无表情，黑黑的枪管仍然对着我们。卫哥想发脾气，但形势比人弱，忍了下来。

我的腿不听使唤地抽搐了起来，我不是英雄，从来没有想到会被人用枪指着，我咬了咬牙发现不是在演电影，心跳开始加速，从背到脚跟都是软的，轻的，只有头是硬的，重的。我突然想到，这场风花雪月的浪漫背后，是山嘴组，东国山嘴组！我们一直都在谈笑风生地与一个横行百年的黑社会组织争名夺利，这叫与虎谋皮。

卫哥道："龟头，你要明白，这里是紫荆城，是我们的地盘，你不要乱来。"

龟头道："哈哈，毛老板，你太不小心了，你们一船人居然都没有发现这早就出了公海了？你们就是马虎，不严谨，难怪什么都做不好，白白浪费了这么辽阔的土地。这个岛是我们美女工厂的一个车间，是渡边会长1993年就买下来的私人领土。你们现在属于闯入东国公民私人属地，是偷渡，是违法的，出了任何事情一切后果由你们自己负责。"

七爷道："你信不信我一个电话就可以调动一支部队，把你这小岛给灭了。"

龟头道："在京都我信，但在这我不信，你给国际维和部队打电话试试，看看他们给不给你庆延山庄面子？而且这里根本打不通电话，除了打给我以外，所有信号都被阻止了。"

小五偷偷拨了一个电话，果然没有信号。

七爷道："你们到底想干什么？"

龟头道："很简单，只要七爷跟毛老板肯跟会长合作，你们这群人马上可以离开。否则你们就待在这荒岛上自生自灭吧？"

七爷道："怎么要扯上毛老板了？"

龟头道："本来没有毛老板什么事的，但对于七爷不讲江湖道义，准备把会长的庆延山庄变成一个空壳，我们非常不满，于是决定加一点利息。东城也是个战略要地，我们也决定跟毛老板合作一把。"

七爷点头道："好，我同意，放我们走吧，别拿这'烧火棍'吓了女人。"

龟头道："早说不就行了吗？这是合同，请你盖个手印。"七爷满脸笑容地把手伸向印泥，龟头道："七爷可得想清楚，你除了送出一半的股份外，必须从事庆延山庄的管理至少十年，而且每年业绩不能低于这三年的平均水平。你在米国加芝哥大学读财务管理的女儿真漂亮，我们可真不忍心她因为有一个不守信誉的老爸而遭到什么不幸。"

七爷一震，红红的手指停滞在了半空。

龟头道："还有你在云贵里凯县大山初中资助的两个干儿子，也准备上高中了……"

七爷捏着拳头，低头道："让老子再想想，你别他妈着急。"

龟头道："我不着急，只是据海洋气候分析，这个岛所处的海域过几天可能会有一场大的风浪，这么一个小岛被淹没个十天半个月是难免的。你们这些偷渡者，流落在这荒岛，要是岛淹没了还出不去，那可不是一个好消息。毛老板，我要走了，我们入股屋丽的事，你也好好考虑一下，你偷税漏税可不是一般的多啊，我这里有你的账本。"说完转身向汽艇走去。

七爷吼道："喂，你们什么意思，就这样走了，你们不留点食物什么的吗？"

龟头道："岛的正中心，也就是最高处有个电话，拨五个一我就会接到，拨其他的都没有用。炎队的兄弟姐妹别逞强，熬不住了就给我电话。只要七爷和毛老板签个约，你们就可以回去继续享受生活了。"

毛老板道："你们不派点男人来看守我们吗？你们不怕我们逃走吗？"

龟头望了一眼红玫瑰，又望了一眼楚妖精和白素素道："我不敢派男人来看守你们，你们的女人太厉害，很难挡住。我劝你们别跑，刚才我们的汽艇跑了两个小时，如果你们有兴趣做一艘木船而又不散架的话，划回去大概要十五个小时，哦，现在海水往米国方向流，那需要一千五百个小时。另外忘了告诉你们，这个地方盛产鲨鱼，没事别下水。会长的这个岛也是山嘴组一个航运公司捕鲨船的定点捕鱼处。"

东国人上了船，龟头道："天照大神保佑你们，能早日想通，或者能像鲁滨逊一样生活，并早日进化到石器时代。"

牛仔的脚在微微挪动，我慌忙给他一个眼色，要他冷静。牛仔看到我的眼色，大为高兴，飞地一脚跃上了船，他要抢船。

这他妈什么智商！

砰的一声，牛仔的小腿中了一枪，直挺挺地落到了海里。电影里经常出现的挨了一枪还继续战斗的场景没有出现，牛仔躺在冰凉的海水里，没有一点继续战斗的意识，鲜血把一小片海水染成了红色。

以牛仔的身体素质，小腿中一枪便马上昏迷，可见大多数英雄电影身中数枪还顽强战斗，这胡扯到了什么程度。楚妖精第一个往牛仔身边奔去。

我只觉得心惊胆战，第一次见到实弹演戏，挨打的居然是自己的朋友，我顿时感觉一片黑暗，我当场建议七爷是不是可以考虑一下投降了。

七爷白了我一眼，没有说话。我开始忏悔自己的骨头怎么这么软，一枪打在别人身上，自己就做了顺民。我虽然也觉得丢脸，但我还是怕，恐惧吞噬着我的神经，理性变得微不足道，面对生命威胁，学多少心理学理论都没有用，看得出大多数人包括李鹰、小六、冬瓜等都很害怕。只有当过兵或者见过大场面的卫哥、七爷、西瓜平静一点。白素素已经面无人色了。

东国人的船慢慢退到海中央，龟头望着海水摇头道："年轻人就是冲动，你们不是有句老话吗？退一步海阔天空。"

[第70章]
荒岛漂流记

事实证明，我们不是鲁滨逊，连黄蓉、郭呆子都比不上。

我们想做一艘船，结果树皮怎么都搓不成麻绳；岛上倒是有几棵树，但没有刀砍，又没人会降龙十八掌；我们只能下海捉鱼吃，四个大男人忙了三个小时，只捉了一条基本不长眼的小鱼；为了早日从猿猴时代进入石器时代，我们派出以西瓜、冬瓜、南瓜为核心的三瓜取火组，他们认真地敲击着石头，争取让石头间摩擦出爱情的火花来，无果。

之后，白素素和琴王两个巾帼英雄为了避免变成母猴，捡起一块尖尖的石头，对着一棵大树玩起了钻木取火，无果。过了一会儿，我们茭队全体同仁都围了过来，我们抓着一条大约二两重的"大"鱼围成一个圈，眼巴巴地等着火种能出现，把我们重新带到文明世界，继续无果。六指手里边的小鱼渐渐地变成小鱼干，冬瓜他们那边火星都没有冒几个。我们才明白，现代人想返祖实在是一件比较困难的事情，违反进化论的事在这个星球上是没有好结果的。一想到昨天我们还在最豪华的游船上享受美酒雪茄，今天却为了回到了老祖宗的生活水平而努力，而且这老祖宗还不是一般的老，我就顿悟了人生如梦、色即是空的道理。我们开始变得沮丧，焦躁，抑郁。七爷骂起娘来，气呼呼地冲上去，自己拿着石头打了上百下，打得手指都起了血泡，火星终于飚出了，一闪而逝，根本点不燃枯藤，七爷有了盼头，来劲了，又打了几百下，星星之火倒是有，可他妈的就是不燎原。七爷一屁股坐在沙滩上，惯性地从口袋里拿出一根香烟来，南瓜惯性地走上去，从口袋里摸出一个打火机来，啪的一声惯性地帮七爷点燃了香烟。七爷抽了两口，我们还没有发现有什么不对，突然七爷对着香烟发呆，猛地把香烟扔了，一脚踢在南瓜身上："你他妈的有打火机？你还跟着我们一起敲石头？"我们全部反应了过来，石化在地上，泪流满面。

说实话，南瓜也是个人才，比如选选美女排排艳舞，有事时训练一下风尘少女，没事时调戏一下良家妇女，那不是专家级也是专业级。问题是猛不丁地被黑社会绑架了，又见牛仔被真枪崩了一下，又扔到这杳无人烟的小岛上，这就完全超过自己的专业范畴了。他算是慌了神了，根本没意识到了自己带了什么东西，估计挨了这一脚他还是迷糊着的。

七爷还要踹，被卫哥拦住。卫哥道："呵呵，这让我想起我当兵的时候，一些上过越国战场的老兵跟我说，新兵第一次打仗时，基本都是废的，别怪他，他暂时还处在废的状态，人都有这个过程。大家都翻翻口袋，看有什么用得着的东西。"

这一翻不得了，翻出三个火机来，很惭愧，这还不包括我在自己衣服胸前口袋里找到那个，我红着脸收了起来，作为心理咨询师，我太不淡定了。让人惊喜的是，在几个女士的包里，还搜刮出了一大袋面包，两小盒饼干，一瓶牛奶来。

我们欢呼雀跃，今天饿不死了。今天就不用投降了。

我们环顾着整个岛，岛不大，但转一圈估计也要个把小时，海风徐徐，沙滩洁白，也有点绿地，要是郊游，这还真是个好地方。

我们在岛中央发现了一个洞，走近一看发现是个关女奴的地牢，见了很多稀奇古怪的刑具。参加完花会的我们也算见过大世面，虽然见怪不怪，但还是为小东国的变态与创意震撼了一下。李鹰仿佛见到了武林秘籍，仔细摩挲着每个怪东西，不时做若有所思状，也算是淫贱不能移了。我们顺理成章地住在了地牢里，又在门口升起了一个火堆。

小五道："李鹰你烦不烦，老摸那些铁索干吗？不就是吊女人的吗？"

李鹰一脸郑重道："在京东也没有见过这么高的铁索，究竟是怎么用的呢？还有这两堵互相对着的凹凸不平的墙壁，这个设计是什么意图？不符合人体工程学的原理啊。"

在座都是行家，思考了半天得出了结论，东国人变态。

李鹰摇摇头道："听说美女工厂一共有八个车间，其中三个在海外的小岛上，这里就是其中一个了。如果能参透了这里的器具，我的水准可以提高一个档次。"

卫哥显然为这样的员工感到高兴，他道："嗯，只是现在还是想想怎么出去吧。"

李鹰诧异道: "出去? 干吗要出去? 我们在这多学一会儿吧, 我早就想来看看了, 一直没有机会。"

小五竖着手指道: "雄鹰就是雄鹰, 跟我们这些小鸡是不同的, 只是麻烦你偶尔用大头而不是小头想想, 我们吃什么, 饼干面包都吃完了, 连那鱼干都吃完了。"

李鹰冷静道: "饿一下有什么关系, 你们太没追求了。"

小五、六指冲上去把李鹰一顿暴捶, 我表示赞同, 这种 "朝闻道, 夕死可以" 的神经病, 不打他打谁?

冬瓜提议用火烧断两棵树, 让树变成独木舟, 然后趴在上面飘回去。对这种充满京都侃爷浪漫主义精神的想法, 我们直接无视了。没听说过十二月份抱着颗烂木头挑战太平洋的, 再说以现在海浪的流向, 如果侥幸不遇到鲨鱼, 不遇到台风, 不遇到海浪括弧包括小浪, 那么漂个一年半载的, 我们的骸骨估计会出现在墨西国或者米国哪个港口。

西蒙建议假投降, 先签了约出去再说, 反正受了胁迫签的约, 法律是不保护的。

七爷摇了摇头: "道上有道上的规矩, 难不成渡边还会跟我到国际法院打官司吗? 只要我签了字, 最后又不执行, 理亏的就变成我了。渡边要报复我都没什么。" 七爷发了一下愣: "关键是我女儿危险了。以山嘴组的实力, 他们在占理的情况下, 要报复个把人, 那是防不胜防的。" 七爷回头看了一下地牢的设施, 估计又想了想自己的女儿, 很明显地也变了脸色。无情未必真豪杰, 怜子如何不丈夫?

西瓜道: "当务之急是想想办法弄到食物, 否则不投降也得投降。同时, 我们可以跟他们谈谈条件, 关我们在这儿可以, 让他们派人送点衣被食物过来, 否则, 我们饿死了, 对他们也没有好处。只要他们派人过来, 我们就有转机, 到时对着送东西的人使使美人计, 就凭我们炙队美人的素质, 兴许能弄到船只。"

卫哥摇头道: "以我对历史的了解, 东国人根本不可能送东西过来, 他们这个行动, 除了迫我们签约外, 还想挫挫我们的锐气, 他们不会这么配合地送吃送穿, 一定会饿我们几天。因为如果他们以后真的在内地登陆, 不管是做我们的领导还是对手, 都希望我们听话点。"

西瓜望着卫哥点了点头。

七爷道: "不管怎样都要想办法快点出去, 约是不签的, 人要出去。明天我们在海滩上写个大的SOS, 再用裤子连成一个SOS挂在树上, 希望有路过的飞机或船只看到。同时明天一早大家就三人一组, 看看有没有什么食物, 捉鱼不太现实, 但捉个虾，捡个贝，在沙滩上抓抓螃蟹，应该可行吧，只要饿不死，我们就可以撑着，撑着就有希望。"

双懿道："我是海边生的，我看了一下，弄点吃的没有问题。"

冬瓜喜道："你终于主动说话了，从京都过来，这还是第一次呢。"

双懿白了他一眼，不理道："七爷，你刚才看着地牢，想着你女儿，好像变了脸色，对吧？"

七爷竖着大拇指道："不愧是特科出身的，会察言观色。"

双懿轻声却冷冷地道："七爷，你有没有想过，你有你的女儿，而双懿也是别人的女儿？"

七爷呆了一呆，望着前面的火把。

双懿转头盯着冬瓜看去，冬瓜罕见地低着头。双懿回头望着那些刑具，眼睛红了，道："你们都是犯罪分子，不比渡边他们好多少，对吧？"

卫哥赶忙转移话题道："还是谈谈回去的办法吧？"

西瓜道："对，好好想想，困难总没有办法多。我突然想到，能不能选出一个水性好的往海水中间飘个两千米，岛上电话信号被监控了，但游出去这么远，兴许就可以打出手机求救了。"

南瓜抚手道："好主意，好主意，西瓜不愧是庆延山庄头号智囊，只是这水性要很好，大海不同于游泳池，那凶险着呢。我们中间谁的水性最好？"

大家都沉默了，虽然南国的冬天不算太冷，但毕竟是十二月了，又波涛汹涌，风吹浪打的。这不是一件低技术含量的事情。

双懿站起道："我没有问题，十公里都没有问题，海边泡大的。只是七爷我救你们有个条件。"

七爷道："你说吧。"

"如果我成功了，你让我把冬瓜打一顿，你再把冬瓜开除成吗？而且你发誓再也不逼人进山庄了。"

我们都觉得很尴尬。

冬瓜低着头，我从来没有见过这京都土著，号称明代礼部侍郎的后代，把头放得这么低过。

七爷停了一会儿，道："等我回去了，我就带着冬瓜一起退出江湖，我们哥俩去云贵养猪。"

双懿沉默了会儿，道："好，希望我不会碰到鲨鱼，不会被淹死，不过无所谓，至少海里不会碰见坏人，祝你们明天就能回去吧。"

西瓜道："来来来，妹子，不想那些不开心的事，明天我们就回去了，你还是可以做你以前。"

双懿咬着嘴唇，眼角红了一块，道："人回去有什么用，该回去的回不去了，再也回不去了。"

李鹰不知从哪里满脸幸福地冲出来道："回不去才好了，卫哥，我们多在岛上住几个月吧。"

晚上，我们刚刚入眠。突然听到外面有狼叫，顿时紧张了起来，小五赶忙去洞口加了点柴，拨了拨火。六指拿起了一块石头。毒药紧紧地抱住了我，楚妖精则抱住了一直昏迷的牛仔。双懿主动站在了几个图图前面。

谁都知道狼总是以群为单位的。形势危急。

但冷静下来转念一想，不对啊，海岛上怎么可能有狼，况且，这还是渡边的一个培训基地，美女工厂的一个车间。

狼叫声越来越大，越来越近了，我们疑惑地互望了一眼，但没错，是狼叫，笃定是狼叫。卫哥做了一个手势，我和李鹰壮着胆子，慢慢地移出了地牢。

瑟瑟寒风中，只见七爷自得其乐地站立着，鼓着腮帮，正在学狼嚎。

七爷见到我们，得瑟道："哈哈，吓坏了吧，惟妙惟肖吧。七爷我的口技可不是吹的。"

李鹰结舌道："七爷，不带这么玩的。"

卫哥也苦笑着摇了摇头。

七爷道："我见大家这么紧张，调节一下气氛。大家没有被吓傻吧，哈哈，都醒来了吧？"

我再次石化了，七爷，I服了You，在这样一种环境下，你居然还有这种闲情逸致玩吓人。真不愧是漆黑夜里的萤火虫，无论在哪里都闪闪发光。

七爷走进洞里，望着站在一群美女前面一脸惊恐的双懿温柔地笑道："你醒来了也好，七爷就是因为你睡不着觉，才在外边学狼叫的。本来七爷什么都不想说的，因为七爷十二岁就威震京都了，九大处的高干子弟被七爷打了一个遍，进局子像逛菜园，从来不觉得需要对着谁废话。七爷的宗旨是，黑暗的社会，曲折的人生，固执地活着，不需要解释。但今天七爷破例了，七爷想跟你说句话，闺女，叔叔对不住你了。"

七爷轻轻地弯下了腰。

早晨起来，想去沙滩找点不起眼的海鲜吃吃。说来也怪，除了钻了无数小洞的小螃蟹外，这个海滩上什么都没有。而这种小螃蟹比一节手指头大不了多少，根本没有办法吃，我们都饥肠辘辘了，正在环岛搜索吃的。

楚妖精冲到我面前，吼道："牛仔快不行了！"

不会吧，不就是被手枪打了一下小腿吗？按照电影里的逻辑，他应该只是惨叫一声，然后接着用拳头打敌人啊？！哪有一个武林高手才被打了一枪就这么脆弱的？我心道：牛仔，我对你的表现已经很不满意了，给老子像样点，你要是死了我扣你工资。

我走过去一看，笨笨狗看着用我们衣袖做成的包扎带道："伤口感染了，今天要是送不了医院，他就没救了。"

我凶道："你昨天不是取了弹头了吗？"

笨笨狗道："没有药品，没有医用器材，我又只是个学护士的，能用小石头把子弹取出已经不错了，感染是难免的，他现在已经发烧了，磊，你快想想办法出去吧？"

废话，我有办法不早走了。我看了看茫茫大海，又回头望了一眼牛仔，一阵恍惚，仅仅数十天前，在屋丽酒店里，那个将老林形意把玩得出神入化的傻小子，就在这没了？

双懿在海滩上发呆，大海已经起浪了，啪啪地向岛上冲，这时下海往外游，难度太大了。

"啪！"我突然被楚妖精打了一个嘴巴，楚妖精红着眼睛望着我道："江磊，你给我想办法出去，牛仔要是死了，我跟你没完。"

"这……这关我什么事？"我摸着火辣辣的脸蛋又奇又怒道。

"没有你，牛仔会来紫荆城吗？没有你，牛仔不是早回去了吗？最后不是你对着牛仔使眼色的吗？我告诉你，牛仔要是有个三长两短，你一辈子也别想好过，我也会天天诅咒你。"

我脑袋一冷，被楚妖精一骂，好像第一次感觉到了这个问题，我隐隐约约觉得楚妖精说的也有哪里不对头。但无论如何，我不杀伯仁，伯仁却因我而死，这总是一件糟糕的事。说实话，我进了这个圈子，完全是因为钱多，好奇，顺便住住五星级酒店见见世面而已，属于玩票性质。到这个岛上之前，我一直都感觉挺好玩的，今天看到地上直挺挺地躺着个昨天还生龙活虎的人，我才突然感觉不好玩了。

我只是个普通人，我只想过赚钱，没想过死人。

但——可能已经晚了吗？

人就这样，你偶尔幽生活一默挺好，生活幽你一默就完了。

我耳朵里不由地响起了在屋丽跟李鹰打对台时，李鹰约我去华都酒店里说的一段话：干这行，利润大，风险也大……你读了这么多书来干这个干吗……做个安安稳稳的体制内吧，没必要捞偏门吧……干这个迟早要跟黑道的兄弟碰面的……

江湖很好吗？菜鸟都很神往，因为他没有见过里面的人哭。

楚妖精眼睛肿了，哭声倒是不大，是抽泣，出不了声，她不住地用手摩挲着牛仔的脸，牛仔的脸明显瘦了，还有一些脏。

我转过身去，去找东西吃了。

现在已经接近晌午，就靠昨天的几块饼干撑到现在，都已经饿到极点了，但食物还是找不到。大家围成一圈盘腿瘫在地上，正在绝望时，阿楚跑了过来。

厨娘就是厨娘，阿楚居然在岛后边挖出了六个野生的红薯，这灵敏的嗅觉，直逼山下野猪了。我们又有了力量，虽然红薯不多，但总能让部分人吃上几口，我们小心翼翼地把它们烤得很香，我们的口水都流了出来，但没有人动手。大家都饿了，红薯只有六个，明显是僧多粥少，怎么分呢？阿楚毫不客气地抢了一个大的，七爷笑了笑，又叹气道："就这五个了，烤好了，留着吧，到实在撑不住的时候再吃。呵呵，等我们老了死去的时候，今天可是一个重要的情节点啊，大家都跟我有素质点，挺住！嗯，双懿，你可以拿两个。"

双懿看了看大海，拿走了两个小小的红薯。

卫哥看了看前面三个红薯，道："我们在战场上挨饿是常事，没有什么。但我想不到大家也这么优秀，到了东城，我请大家吃满……满汉全席。"

我们都砸了砸嘴巴，看着红玫瑰小心地把剩下的三个红薯收在一起。

楚妖精走了过来，在众目睽睽下理直气壮地拿了一个大的，转身就离开了，我们回头望着她，楚妖精走回身后的洞里，掰开了红薯，哼着儿歌，喂着牛仔。结果牛仔吐了出来。小五大骂道："好人都吃不了，给一个废人吃什么？别浪费了，我们还不知道要在这待多久了。"说着，就上去抢红薯。

楚妖精完全是一种拼命的姿势，护着红薯，恶狠狠地一脚踢在男人最脆弱的地方，小五蹲在地上，刚要站起，楚妖精横跨一步，插了插腰，恶狠狠地对着小五一瞪眼，小五居然呆住了，恶狠狠地骂道："你这个疯婆娘，你这个疯婆娘，你没有治了。"

楚妖精咬碎了红薯，嘴对嘴地喂牛仔。

过了中午，海浪变小了，双懿吃了一个红薯，伸了伸手臂，走到了海边，正准备下海，变天了，风起云涌，风浪又开始变大了。阿依古丽抓了抓双懿的衣袖，这一路上，这个妹子跟双懿已经有了感情，双懿回头看了看我们，又望了一眼楚妖精，长叹了一口气，一头跳进冰冷的海里。

在苍茫的大海上，狂风卷集着乌云，在乌云和大海之间，双懿像骄傲的海燕，在高傲地飞翔。

几分钟后，倾盆大雨，像机关枪子弹一样砸下来，七爷惊呼："遭了！"我们都没有去避雨，站在雨水中，眼汪汪地望着双懿被一个浪吞没，又被另一个浪吐出来，又吞没，又吐出来……渐渐看不见了。

我们都努力把眼珠睁得最大，可是真的找不到，雨水把眼镜弄得水雾缭绕，用手轻轻擦掉了一点，定睛一看还是找不到。

天地不仁，视万物为刍狗。

良久，我们转身走回地牢，谁都没有多说话。阿依古丽一步三回头，突然惊喜地大叫一声，我们齐整地向后转，又失望了，远方跃起了一只海豚。

……

天越来越黑，越来越冷，地牢终于成了牢。妲己晕倒在了地上，红玫瑰递给她一块红薯，笨笨狗按了她半天的人中，才缓缓醒了过来。

七爷哈哈笑道："琴王，你弹个曲子，给大家解解闷吧。"

琴王望着七爷勉强一笑，爬到琴边，清脆的音符飘了出来，乐曲很通俗，几个姑娘跟随着哼了起来：长亭外，古道边，芳草碧连天……天之涯，地之角，知交半零落，人生难得是欢聚，唯有别离多……琴王弹到这里，手一涩，呆了呆，不弹了。

很多人想起了双懿，又望了一眼躺在地上的牛仔，不少囡囡哭了。

红玫瑰道："七爷，投降吧。"

七爷用枯枝扒着火堆，低着头，没有回答。

外边雨下得越来越大。我们像丐帮一样横七竖八地倒在洞里。

冬瓜道："真他妈贼天! 爷想喝一壶二锅头, 要京都马栏山出的。"

白素素小心翼翼道："七爷, 办个合资企业而已, 我们还是可以控股的啊, 这样下去大家都活不到明天了。"

七爷站起望了望最高处的电话, 走了几步又坐下。

牛仔身子有些发僵了, 我和楚妖精把他移到更接近火堆的地方, 笨笨狗不顾楚妖精的白眼, 时不时地把手指放到牛仔的鼻孔下。

夜深了, 火苗的声音变得恍惚起来, 我已经出现了一些幻觉。

一道声音划破了长空, 刚猛遒劲, 如狮子吼, 又如金刚吼, 把大家都从睡梦或恍惚里惊醒。七爷抬着头, 唱起歌来了, 是秦腔, 是陕西冷娃的秦腔, 是《金沙滩》中杨继业的几句："两狼山……战胡儿啊……天摇地动……好男儿……为家国……何惧死生啊……"

我们都不再说话, 也没有说话的力气了。但内心深处竟升起一丝莫名的力量来。

过了好一阵, 正当我们树立起抵抗的决心时, 七爷号啕大哭, 咬着嘴唇道："大家伙, 跟着我朱七受苦了。请再坚持一个晚上, 我总觉得双懿这丫头不可能就这样没了。明晨, 就明晨, 如果没有奇迹, 我……我就给龟头挂电话。"

夜太漫长, 凝结成了霜。

楚妖精几次冲上去想打电话, 都被西瓜拦住, 我对着笨笨狗使了个眼色, 这"二把刀"现在毫无疑问是楚妖精唯一信任的专业人员, 楚妖精根本不看我的眼色, 笨笨狗道："牛仔没事, 要死的话已经死了, 只是他身体素质太好了, 再熬一晚应该没问题, 也可能马上就死了。"弄得楚妖精哭笑不得。

天蒙蒙亮, 我们挣扎着爬起, 海滩还是寂寥无人。岛中央树上用裤子编成的SOS的记号, 还在左右摇摆, 愁没渡江, 秋心拆两半, 怕有人是上不了岸了。

阿楚和红玫瑰打了起来, 阿楚要抢红薯, 红玫瑰不给。阿楚道："这是我找到的, 为什么不给我。"

红玫瑰不说话, 但就是不给。阿楚力气大, 抢到了手, 阿楚放在嘴边, 红玫瑰哭了, 阿楚呆了一下, 环顾左右, 这一群人都两天没吃饭了, 都带着狼般的眼珠子望着她。阿楚也哭了, 她知道自己昨天多少还吃了一个大的, 这批人都是颗粒未进, 阿楚犹豫了半天, 咬着牙扔回给了红玫瑰, 哭着道："我从来没饿过这么久, 从来没饿过这么久，嗯，我再去找找。"

七爷叹了一口气，跟跄着向电话机走去，一群人跟随在他后面，三百来米的路走了将近半个小时。

七爷艰难地把手抬起，拨起了号码，整个手都是颤抖的，按最后一个号码时，阿楚从山后大叫道："双懿！是双懿！"

七爷用力挂了电话。我们全场惊呼，七爷却突然直挺挺地倒在地上，激起半卷尘土。

南瓜凄凉地大声叫道："七爷……七爷……"

蝴蝶兰也哭了，道："不是……不是……"

七爷猛烈地睁圆了眼睛，大骂道："哭丧啊，老子还没挂，一晚没睡，睡会儿还被你们吵！"

红玫瑰抹抹眼泪，递给他一个红薯，七爷转过身去，道："去，给双懿。"

沙滩上，双懿像一滩烂泥般倒着，衣服已经不成样子，昨晚风急雨骤，茫茫大海，真不知道她是怎么熬过来的。那个被冬瓜誉为生平所见最完美的背部，都是伤痕和青瘀，双懿见到我们只会动嘴唇，已经发不出声音。

狼吞虎咽了一个红薯后，双懿马上吐了出来，然后就吐出了很多海水，这是我永生难忘的一次恐怖记忆，那种呕吐，简直触目惊心，感觉肝和胆都要被吐了出来。双懿，昨天还是一个绝色美女，现在成了一个垂死挣扎之人，吐得眼珠都快暴出眼眶。

冬瓜过去扶着她，良久，冬瓜被突然摔倒在地。双懿怒视着冬瓜道："谁让你扶我的！七爷，给紫荆城的电话打通了，但没用，他们说这里是东国领海，如果闯进来会很复杂，他们没有这个权限。"

我们伫立在风中，像一群亚细亚的孤儿，冰冷的绝望。

"但，我昨天晚上游到一个海岛上，正好碰到了一艘偷渡去东国的渔船，船长答应今天上午过来救我。"

上岛的第三天，也就是公元2008年12月25日上午11点16分29秒，我们被一个专业偷渡的福设船长救上了船。

那一天正好是圣诞节，耶稣在一个马棚里呱呱落地，感谢上帝，感谢主，你是人类一座永恒的灯塔。后来终于上岸了，七爷、南瓜、红玫瑰、琴王还有楚妖精，都成为了虔诚的基督徒，这是后话，在此不表。

第71章

重返人间

那个福设船长姓施，很洒脱地一笑，五短身材，两眼却冒着精光。跑江湖又捞偏门的大多很四海，他对我们的来头，对我们为什么会像一群叫花子般流落在荒岛，统统不问，却早已安排了一桌饭菜，让我们感动了半天。

面对一桌饭菜，红玫瑰却还紧紧握着最后一个红薯，把她烤热，又不舍得吃。我们哈哈大笑，红玫瑰盯着红薯调皮道："再看我，再看我，再看我就把你吃掉。"说完，眼红红地对我们道："你们知道这两天最辛苦的是谁吗？是我，我一直想吃这红薯，想得都梦见自己变成野猪了。"

白素素笑道："哪有这么漂亮的野猪。"

红玫瑰紧紧地将红薯又揣回自己怀里。

船长夹了一筷子菜，道："昨天傍晚见到那位姑娘在海里游泳，我吓了一跳，还以为看花了眼，看见了传说中的美人鱼呢？哈哈，幸亏停下了船。一听说这姑娘为了救自己的同伴，已经在海水里泡了几个小时，从一个荒岛游到另一个荒岛时，我就竖起了大拇指。这么有情有义的女人不多啊，当时我就应该来救你们，但干偷渡这行，约好了时间就没有办法更改航线，所以一做完事我就连夜赶回来了。"

卫哥很感动地取下了手腕上的手表，双手递给施船长道："毛介卫，大恩不言谢，来东城一定到屋丽酒店来，再酬谢。"

船长接过手表，轻轻一笑道："卡地亚牌，瑞士名表啊。毛兄你小看兄弟了，这玩意儿兄弟有好几房间。你送给美人鱼吧，这美人鱼我收了做妹妹了，你们可别欺负她啊！不过东城是个好地方，我一定会去的，哈哈。"施船长的脸上带着男人都懂的诡异笑容。

七爷道："也欢迎来京都，到了京都一定要找朱七，只要是朱七办得到的，都给你办到，办不到的拼了命也给你办到。"

施船长敲了敲桌子，双懿嘟着嘴巴，像妹妹一样给哥哥倒上了一碗酒，施船长道："嗯，在外边混靠的就是朋友，你们这些朋友我交定了，如果各位来福设晋河，随便哪个沿海的村子，就说是施老大的朋友，自然会有人招待你们的。"

李鹰道："福设晋河，你和赖……"卫哥瞪了他一眼，李鹰自知失言，收住了话语。

施船长毫不在意道："他啊，害得自己家里真惨。他跟我是好多年的竞争对手，以前他比我混得好点，现在他比我混得差点。1994年为了一条航线，我跟他打过仗，现在他走了，我还真寂寞。"

听完这番话，我们全部肃然起敬。

我曾经在广府某文化局工作过，我可以很负责地说，某文化局里面有一群半文盲，还有一些全文盲是高官的家属，说他们全部是酒囊饭袋有点冤枉，说一半是酒囊饭袋，绝对有漏网之鱼。倒是市井之间，真不缺豪爽的英雄好汉。

施船长望了望远处："马上就离开东国的海域了，过了那个小冲岛，我们就安全了。"

我们全部端起了酒杯，可就在小冲岛，就在喝酒的时候，出事了，一艘东国大船，生生地拦在了我们面前，一个女人，带着一群拿着枪的东国女海警，跳到了我们船上。

施船长回身一手拿手枪，一手拨手机，被老江湖卫哥挡住："施老弟，这还在东国，你不用为了我们这样，我们会有办法解决的。"

施船长把手枪放了进去，奇道："见鬼了，从来没见过东国突然派出这么多女警？"

七爷苦笑道："渡边和龟头太谨慎了，为了防我们的美人计，全部派女警上了。施船长，这没有你的事，一人做事一人当，你就不要卷进来了，我们已经很谢谢你了。"

施船长道："放心，只要不是大事，到时我去东国保你们出来。"

我们都不置可否。施船长很倨傲地坐在桌子上。

东国一个女警官说了一大堆话，翻译过来是怀疑我们的船非法入境，有不良动机，可能贩卖毒品，要带回警察局调查，叫男的都蹲下。施船长和七爷不理会她们，转身进了男厕所。

贩卖毒品？这太毒了吧。我蹲在甲板上用眼角一瞟，突然脑袋发麻，有了一丝希望，那个带头的美女，是文子，在葡都跟我一夜欢愉的文子，龟头的女儿文子！

一夜之情会有情吗？

我走到了文子面前，文子看见了我，不是很意外，但也低下头，一言不发，并没有放我们走的意思。这年头，那点事，算个屁！

我回头，从一脸迷茫的红玫瑰怀里要走了最后一个烤红薯，再一次走到了文子面前，道：“还是不吃东西吗？我一直都想着这事，每天都为你准备着，只是没机会给你，终于又见到你了。”红薯还有余温，是刚烤过的。

文子石化了，突然哈哈冷笑，笑后又无限复杂地望了我一眼，我用一个心理咨询师的所有定力汇聚了双真诚的眼睛。

文子抬起头，对着我说了一串东国语，因为李鹰等男同胞都蹲在地上，会东国语的瓷娃娃就走上前做了翻译，她道：“你爱上了我对吗？别傻了，我要嫁人了……不过你的红薯我会记得的，真的好少人爱过我，我要嫁的人也不爱我，她们只把我当成工具……”

文子对着女警的头儿又说了一大串东国语，那警官做了个手势，文子回首望了我一眼，我们被放行了。

我回首望了一眼小冲岛，觉得自己很不是个东西。

海关，张小盛睡在珍海出关口上，正在等着我们，我正要感动，他冲上去抱住了白素素，满脸泪水说，他已经在这儿等了四天了。把我完全当做透明人。

妈的，他认识白素素几天？认识老子又是几天？有异性，没人性。

珍海群民医院，牛仔被救活了，因感染严重，小腿动了手术。

当手术室一明一暗的灯光终于停止了闪烁，楚妖精第一个紧张地站了起来，那大夫满脸笑容说道：“这家伙身体素质真好，子弹头也取得及时，现在没有什么事了。”

楚妖精抱着笨笨狗含着眼泪跳了起来。

大夫又满脸笑容道："只是这一只脚估计废了，你们给他买个拐吧。"楚妖精矗立在房间门口，沮丧布满了脸庞。

七爷道："要不要送到京都找好的医院试试？"

大夫道："去米国哈神也没用。中弹后时间拖太长了，肌肉已经坏死。这已经是最好的结果了。当然，你们不放心也可以找更大的医院试试。"

我们望了望笨笨狗，笨笨狗点了点头，作为前乡镇医院没有编制的护士，基本的原理还是明白的。

楚妖精号啕大哭起来，我心里也很难受，一代老林形意把高手，此生再也不能一展所学了，我眼前又一次倏忽地闪过他那双粗壮灵敏的双腿，顷刻间血洗屋丽；紫荆城苦战相扑；还有提着几桶水，踩着马步送到四楼的厕所里……

他被我忽悠瘸了——我想。

"吃饭吧？吃饭哦？"小五在手术室门口华丽丽地倒下了。一种剧烈的饥饿感瞬间打中了每一个人，让每个人都无法多愁善感。

我们一行人离开医院去吃饭，只有楚妖精坚持留下来照顾牛仔。

饭桌上大家都很冲动，尤其是看到葱油鸡第一个端上桌子时，所有的人都带着一种恍惚的幸福感，然后以迅雷不及掩耳之势一扫而空，吓得酒店经理跑过来，坚决要求我们提前结账。

卫哥递给他一张花旗银行的金卡，嘴含鸡肉，眼含愤怒道："你狗眼看人低，随便扣，只要上菜快点。"

经理一脸疑惑地看看这张外国的卡。

卫哥道："看什么看？这卡全世界的刷卡机都可以刷。就你这破酒楼，我一个小时可以赚一座，再看我把你们酒楼买下来，让你洗碗去。"

我们目瞪口呆地望着卫哥骂人。在我印象中，卫哥是非常随和的，尤其是对打工者更是如此，属于果岭老板特有的低调。这么骂人，属于反常之极，属于饿得失去本性了。

我们也没有多计较，也没有多考虑卫哥，因为我们对久久不上第二盘菜，同样愤怒得要命，是一种革命性的愤怒。

李鹰突然一拍脑袋，问道："我们多久没吃饭了？"

我们全部停下了筷子，三个小时前，在海上，我们已经吃过了，是的，刚吃饱不过三个小时？

我们的思维瞬间短路了，然后一齐望着那个只剩下油水的菜盘哈哈大笑。我们都觉得不可思议，为什么我们会感觉这么饿，像没吃过一样，还是集体的？

是啊，仅仅两天，饿的记忆和恐惧已经把我们俘虏了，刻骨铭心了。难怪鲁滨逊回来之后，一定要把自己的房间装满面包，这不是小说，是生活。

所以不要嘲笑那些挨过饿的人小气精明；不要觉得在菜市场为了一毛两毛大声争吵的人没有品味；不要觉得面对老板的辱骂不敢挺身而出的人是缺乏个性；更不要嘲笑那些山里的女人为了三十块钱出卖肉体太没廉耻；甚至不要以为某些小康家庭，省吃俭用从不享受，却始终守着几十甚至百万存款防病防灾是人生观不对。

如果你挨过饿，甚至只是曾受过挨饿的威胁，你会明白很多事。

生活有的时候不是对不对，或者有没有品味的问题。生活，首先是生下来，然后是活下去。正如德国哲学家叔本华所说的：没有彻夜常哭过者，不配谈人生。

我对笨笨狗道："笨笨，你留在珍海多陪一下妖精，我怕她或者牛仔醒来后情绪不对。如果出现过度抑郁，比如连续几天不说话，一个人躲着哭之类的，你打我电话，我马上赶来。"

笨笨狗点头道："不会这么脆弱吧？"

我道："难说，牛仔没心没肺的可能还好点。楚妖精看来是动了真情，她又多愁善感的，又有想自杀的前科，万一……"我皱着眉头一本正经地思索道。

笨笨狗也有些紧张，很崇拜地冲我点点头，我的灵魂还在假装于A与C之间，楚妖精满脸春风地走出来了，是的，满脸春风。瞬间打破了我的玻璃眼镜。

"小箫，哦，不对，笨笨，你说我买的这个粉底好不好？在紫荆城买的，紫荆城的化妆品好便宜啊。等牛仔出院了，我们一起去维港再买点别的？"我咽了口口水，这情绪挺好啊，不是情绪受刺激反常了吧？我道："妖精……你还好吧？"

楚妖精使劲地点了点头，道："好啊，我突然想明白了。牛仔残了一条腿，我就可以照顾他了，他就会越来越离不开我了，对吧？"

这逻辑，太琼瑶了吧？

笨笨狗啐了一口，道："晕，你就觉得他一定会喜欢你？"

楚妖精绕了一下舌头，妩媚地道："废话，我就不信了，给我楚妖精这么多时间，还有男人我搞不定？"

笨笨狗点头，道："你搞不定，我帮你搞。"

楚妖精道："你敢？我每天都找江磊，看你吃什么。"

我打住她们道："好好照顾牛仔吧。我们可能要先回东城了，离开酒店这么多天，还有大把事情呢。"

楚妖精抹了一下牛仔的头发，道："放心吧，牛仔这么聪明的一代豪杰，落在我这绝色红颜手里，我一定会好好照顾他的。"

我结巴道："你说什么？……聪明？牛仔？"

楚妖精点了点头。

我用手扶着墙，努力支撑着自己一百三十斤的体重，我怎么觉得这么反胃呢？琼瑶也不带这么写的。

张小盛兴奋道："那个蛀虫，一拿到我寄给他的录像带，马上就服软了。你别说，越简单的方法还真是越有效。我拿到了辛龙内部价的钢铁，倒到手，钱就来了，早知道就早用这招了。"

白素素很高兴，道："那恭喜你了，小盛。"

张小盛道："也恭喜你了。"

白素素道："恭喜我什么？"

张小盛道："恭喜你有钱了啊。"

白素素昂着头，翘着鼻梁道："哼，把你赚的钱都给我，统统地给我。"那显然是开玩笑的口吻。

张小盛道："没有了，已经按照你的指示在神山买了一块地皮，安排好建筑公司建房子了。而且按照你的要求，我还在联顺广场买了一个铺面，你可以做服装生意了。"

白素素睁大了眼睛。

我奇道："才这么点日子，你赚了多少钱啊？"

张小盛道："一百多万。地皮和房子预算一百二十万，还不连装修，铺面三十平，花了四十五万。钱不够，我把我爸妈的储蓄都借过来了。他们想着抱孙子，马上一次性付款，比银行豪爽多了，哎，棺材本都拿来了。"

张小盛的爸妈是县公路局的普通员工，内地事业单位加肥差，多少都有点钱，但也多不到哪去，这一下确实是要掏空了，生了张小盛这儿子，算是倒了血霉。

白素素道："真的给我买了？"

张小盛道："还有旅游结婚的地点我都选好了，在广滇的涠洲岛，钻戒我也给你买了，金六福的，LC级的。"

白素素惊呼道："好大啊，是不是有一克拉啊？"

张小盛捂着腮帮痛苦道："嗯，钻石永流传，一颗就破产。"

白素素非常兴奋拿到手里把玩。

张小盛道："我们大年初六结婚。"

"哦。"白素素把玩着手上的戒指漫不经心道。

"大年初六？"白素素听清了张小盛在讲什么，大叫了一声，"你在说什么？啊？"

深蓝机场，七爷道："双懿，你来时已经是'二毛'了吧。七爷答应你的事情一定做到。三个月内，我让你破格升上'三毛'。"

双懿道："怎么可能？按照程序走，没有十年八年，不立几个头功，升'三毛'我是不抱希望的。"

七爷道："正常情况下是这样的，问题是在所有的制度背后都有例外。七爷说到做到，升官这样的事情，对有些人来说确实很难，对有些人来说完全没难度，无非是让一毛二变成二毛一的事情，事在人为，你等着看吧。"

第72章

年的味道

一个月后。

竖未湖别墅。

李鹰、西蒙、我聚集在毛老板家的花园里。

李鹰道："一个擦皮鞋的能有多少能耐，卫哥您不用放在心上，大过年的没由得坏了心情。真没看出这小家雀还成了精，放心吧卫哥，他也就能蹦跶几天了，现在图图都回家了，大年初六一过，我的人就陆续回来了，东城这地卧虎藏龙，是他想进来玩就进来玩的？我们马上收拾他，保证他那小店天天亏损。"

我捶了捶自己的脑袋道："这个都怪我，怎么也没想到汉奸居然是他。去年羑队训练时也没有防着他，现在好了，居然学了屋丽的东西，拿着渡边的钱，自立门户跟我们打起擂台来了。不过渡边也够没眼光的，这样的东西也重用？"

李鹰和西蒙都哈哈大笑。

卫哥摸着"黑虎"的狗爪子，冷冷道："李鹰，江磊。你们要记住，英雄不问出处。大黑崽会投靠东国人，说明这人不是好东西，但是不是好东西跟会不会做事是两回事。他的店开张才半个月，就冲掉了常闹镇五分之一的市场，这人的本事不能等闲视之啊。不要看他在屋丽只是个跪着擦皮鞋的，就看不起别人，这样的人报复起来才够狠。对了，他开的那个店叫什么来着？"

西蒙道："和宝会所。"

卫哥道："对，就是这名字，这叫什么狗屁名字？派潜子去了吗？"

李鹰道："我已经派出了。但暂时没有成功。大黑崽在屋丽多年，人头熟，屋丽的人派不过去。而且虽然他只是个擦鞋的，但混了这么多年，他对东城的门道也稍有了解，暂时防范得紧。"

卫哥皱着眉头道："这人对门道不是稍有了解，是非常熟悉。这些年他在屋丽，用心了。"

李鹰道："嗯，但卫哥放心，我们已经在他的对门买下了一家洗浴中心，果冻和明姐会过去管理，最多三个月，挤死它没有问题。"

卫哥道："李鹰，你不是一直也想着自立门户吗？"

李鹰一愣，紧张道："卫哥，我对您忠心耿耿。"

卫哥摆了摆手："这两码事。我跟其他老板不一样，我对自己手下的发展一直都是鼓励的。袁世凯为什么厉害？因为他的手下六镇随便拉出一个都能称为军阀。你就直接跟卫哥说，你是不是想自己弄个店？"

李鹰站着，大冬天的开始冒汗，半晌道："卫哥，我确实觉得屋丽发展有些缓慢，很多东西也不能完全按照我的想法去施展，毕竟我的思想和很多同行不同——但是……"

卫哥打断道："不用但是了，你的意思我明白了，跟了我这么多年，你也该独当一面了。这样吧，和宝对门的那家洗浴中心，李鹰，你亲自去管理。挤垮了和宝，这个中心就是你的了，我送给你了。以后赚的钱大多数都是你的，搞扩张开分店也都是你的。条件是以后不管你怎么发展，只要是李鹰的店，我都要三成股份。这个不过分吧？"

李鹰满脸红光道："那太好了——我还是舍不得屋丽。"

卫哥笑容可掬地真诚道："扯淡。"

李鹰道："卫哥放心，我一定在三个月内把和宝料理了。"

卫哥抬头望了眼李鹰："不用三个月，一年内能把和宝解决掉我就很满意了，它背后站着东国人。李鹰，你是我得罪了同行挖来的，我一直觉得你是这一行最好的培训师，甚至没有之一，江磊本质上不是玩这行的，赢你靠的是运气。但你这人有些骄傲，有些急于求成，这一点我最放心不下。大黑闹崽这个气势绝对不是随手可以打倒的，这个你一定要有清醒的认识，你知道吗？常闹金狼俱乐部这么老牌的场子，十五天就被大黑崽冲得业绩只剩下了以往的四成，这已经伤了筋骨。大唐盛世宫仗着多年攒下的名声，虽然没有大碍，但也已经伤了肌肤，我跟他们赵总通电话，已经明显感觉到他语气里的寒意。"

大唐盛世宫？那是东城名场，妲己的场啊！

李鹰这才郑重地点头道："是，卫哥，我知道了。我能不能带几个屋丽的囡囡过去？"

卫哥道："不行，一个都不行，借可以。屋丽的囡囡可以随意借你三个月，你站住脚跟后，就得还，以后你就要靠自己了。还有，兄弟归兄弟，生意归生意，你还得答应不管你今后发展到什么层次，你开的店永远不进浅水。"

李鹰道："这个当然，我是卫哥的人，永远都是。"

卫哥道："希望你能一直记得今天的话。你想借谁去？不会是何青吧？呵呵。"

李鹰道："卫哥开玩笑，何青已经退隐了，我倒是想找，人家不理我啊。我想先调朝天椒和粉条过来，嗯，还有东东过来做培训师，我们配合惯了。"

卫哥道："潇湘帮老大和云贵帮老大？奇怪了，你怎么不要白素素，川成帮不是你的嫡系吗？我记得朝天椒的潇湘帮跟你一直不怎么对付啊？而且潇帮和云贵帮是死对头啊。"

李鹰道："呵呵，要是这点小小恩怨我都盛不下，还怎么出去做事？我倒是想用白素素，可她估计也快上岸了，花会结束后她一直就黏着那个张小盛，一心做她的老板娘了。走了白素素，川成帮也没有能撑住台面的牌，所以不考虑了。我就是想利用潇湘帮和云贵帮的不对付，这样他们互相竞争，互不服气，我的店服务质量才能保证啊。"

卫哥点点头欣慰地道："李鹰，你成熟了。"

我心想，这家伙确实成熟了，白素素放一边，楚妖精她提都没提——卫哥最疼的干女儿，身边还有个脑袋不清楚的瘸子高手，谁惹谁找死。

卫哥笑笑道："李鹰你过去打擂台，渡边和大黑崽该头疼了。过两天你和江磊跟我去广府拜年吧。"

毕竟旧历的过年才有年味，鞭炮虽然少了，但对联处处可见，果岭人更是家家买花，户户植桔。张小盛的地皮就买在一个叫吴村的花窝里。

吴村不是村，是神山的一个镇，利德富甲天下，这个镇在利德十镇里还排不上位，但也不比东城的浅水、楠火差多少。而且所产花卉闻名天下，常常一盆兰花就被本地人炒到上百万，可见当地的富奢。商业很发达，确实是一个生活不错的地方——自然也不便宜。

张小盛买的铺面，就在镇中心的联顺广场里，所买地皮离广场只有三百米。张小盛确实下了血本。他请我去吴村过年，我本来不想去，考虑到他父母过来了，做的菜很不错，为了蹭饭吃，我就过去了。

白素素待在张小盛的房子里，这房子是临时租的，但她也打理得很好，我去的时候，白素素正帮着二老包饺子。二老看着儿子找了个天仙，还这么勤快，觉得祖坟冒烟了，乐得直开花。

像白素素这样的女人，她要刻意讨好哪个良家百姓，那是谁都挡不住的。很明显张小盛的妈妈已经被白素素成功迷惑了，抓着她的手，满脸笑容，完全当自个儿亲闺女处了。

张小盛的爸爸，看着张小盛房间里分得老远的两张小床，眼神都透着种恨铁不成钢的味道，这么好的女孩，儿子怎么就不主动点，把握机会呢？我看了看这卧室的布局，一张小床在窗台，一张小床在跟客厅连着的过道上了，这两人真是太纯洁了，二十一世纪的天使啊。

张叔叔望着那两张床对我说："江磊啊，现在这么好，这么保守的女孩子很难找了。我家张小盛也是老实，现在谈恋爱这么规矩的年轻人不多了。"

我吞了口口水，不住地点头。

张叔叔笑着小声道："你跟小盛是兄弟，我不怕你笑话，我家这个小盛就是老实，快三十岁的人了，连女人手可能都没碰过。你说碰到这么好的女孩，也不会主动点，说句叔叔不该说的话，我都希望我儿子快点抓住素素。这媳妇我真喜欢，真满意。哎，也不知道是小盛哪辈子修来的福气。有时我真想劝劝小盛，又说句叔叔不该说的话啊，快点把生米煮成熟饭得了。"

我再一次悲哀地点了点头，生米煮成熟饭？这两人都是爆米花了。

我板着面孔对身边打魔兽的张小盛说："听到没有，要你积极点。"

张小盛满脸害羞，一扭身躯道："爸，你说什么啊，还没结婚呢。没结婚我跟素素就分床睡。"

我抬头看看挂历，发现牛年到了啊！

[第73章]
拜年

　　大年初二接受了卫哥一个新的任务，主编屋丽酒店的内部刊物《屋丽快递》，要求达到暧昧而不暴露，华丽而不张扬的艺术品位，并以这刊物为载体，逐步形成酒店的企业文化。"让低俗的人迅速虚荣起来，感觉到自己的高雅和前卫，多吸引一些年轻男女投身屋丽，就是我们的目的。"卫哥如是说。

　　"让人感觉到装A与C的快感。"我道。

　　"正确。"卫哥道，"从历史来看，我们本来就是文化产业。"

　　这是我的老本行，当场就答应了下来，并顺便提议给自己加点工资，被卫哥温柔地否决了。资本家就是资本家，他可以跟你称兄道弟，但剩余价值还是要拿的。

　　去周秘书家拜年是大年初五，周秘书住在一个破旧的单位楼里，一百来平的房子，装修得一般。如果不是事先有所了解，我怎么也不会相信这就是我的老大的老大的房子。

　　卫哥道："周兄，一向可好，来给你拜年了。李鹰你见过，这个叫江磊。"

　　周秘书很和蔼地点了点头："毛老板年年都过来客气，江老弟挺斯文的，都请坐吧。"说着就过去亲自倒了两杯茶，对毛老板道："你嫂子回娘家了，我一个人在家，也懒得做饭，正准备下面条你们就来了，要不要也一起吃点？"

　　毛老板点头道好，就跟着周秘书进了厨房，两人一起做起面条来。一个高级干部，一个亿万富翁；一个政坛精英，一个商界巨子，搂着袖子在厨房里忙活。把我和李鹰丢在客厅里，坐立不安。想去厨房帮忙，怕领导们有私话要说，又怕扫了领导亲自动手的兴；不去帮忙，身为马仔，坐在客厅等老板给自己煮面条，实在说不过去。

我和李鹰不约而同地选择了站起来，很尴尬地站在沙发边不敢坐下。

一会儿，周秘书出来，还挂着围裙，收敛笑容道："站着干嘛？坐，快坐，来尝尝我老周的手艺。"面条做得怎么样没有尝出来，但领导的平易近人，很让我们这些小民感动，以前我在"国际教育集团"任总监推销盗版教育磁带时，曾经跟一个镇乡财所的副主任打过交道，股级干部，准确地讲是副股级干部，官场俗称副屁级。那架子大得跟二五八万似的，差点就要求服务员小姐给他擦屁股了。我必须说一句，门难进，脸难看，话难听，这一般都是底层办事员干的事，他们心情一般也不好。中高层的干部至少外面来看，都是很有涵养的，都是平易近人的——如果你有机会接近的话。

但，他表现得越亲近，我就吃得越是战战兢兢，总觉得这满脸笑容背后有种压迫感。后来我才想明白，这年头，低调，才是最牛逼的炫耀！因为低调的基础是随时高调得起来，比如周秘书，比如卫哥。这跟只能低调不同，那叫窝囊。

毛老板也不客气，嗦嗦地把面吃了，道："大过年的，没有给你带什么东西，你们有纪律。我给你送了两盒茶叶，别看不起啊。"

周秘书哈哈一笑："毛老板还是了解我，做官的一定要一清二白，否则，今天不出事，明天也要出事，毛老板就送点茶叶，这是最好的，君子之交淡如水，喝喝朋友的茶叶，我心安理得。"

毛老板道："嗯，另外给你送了盆莲花。知道周兄爱莲，正巧有一个滇南的朋友过来，就拜托他送给我一盆，还请收下。"

那盆莲花是李鹰采购的，过年时盛开得这么好的莲花，我估计不比吴村最贵的兰花便宜多少，就周秘书这破房买一个都有余了。但送兰花和送莲花，意义不同，兰花是高雅，而莲花是廉洁。读过初中语文的都知道，这花领导好收。

周秘书看着那盆花，站起郑重点头道："出淤泥而不染，濯清涟而不妖。谢谢毛老板，我明白你的意思了。作为政府工作人员，我会把老百姓的嘱托放在心上的，毛老板你也是委员，我们共勉。"

毛老板点了点头："还有一事要跟周秘书商量，我们准备办个内部刊物，搞纯文学，提高一下酒店的品味，也创造一个好的企业文化，草创初期，我很缺能写这个的人才，还请周秘书不吝赐稿。"

周秘书道："嗯，这个好办，有时间，我就寄过去。不过啊，写了几十年公文，这纯文学估计不太会玩了。"

卫哥吃完了面条，擦擦嘴道："您谦虚了，您忙，我还要去丈母娘家接老婆，不在这多待了，新年快乐！"

周秘书道："不多坐会儿？"门铃声响了，"那就不多留了，你们也快乐，这年头办企业的也困难，尤其是金融危机，市场这么萧条的。有需要政府帮忙的地方尽管提，政府永远是你们，嗯，你们老百姓的后盾。"

李鹰开着奔驰道："卫哥，今年为什么不去楚主席家拜年呢？以前不是年年去吗？"

卫哥揉了揉太阳穴，半响才道："今年要改选了，风云莫测不能乱动啊。但周秘书上位基本上已经定了，拜了耶稣，就不好意思拜佛祖了。"

李鹰道："卫哥，我觉得我们还是去楚主席家里坐坐吧。这么多年了，我有些舍不得他。再说去年我们送的茶叶那都是在钱塘龙井村候了一个多月候下来的，还有送的那本书，虽然是提高道德修养的《大学》，可那是南宋版线装本，就这样算了？"

卫哥笑道："舍不得香火钱了吧？"

李鹰点了点头。

卫哥语重心长道："闯荡江湖小气肯定没有成就。李鹰啊，贵人都是被朋友捧出来的，别人凭什么成为你的朋友？因为你大方啊，你要舍不得点香火钱，别说菩萨不保佑，几个城隍小鬼就把你干掉了。别舍不得钱，我们赚钱快，但要想赚得稳，花钱更快，不仅我们是这个道理，干哪行哪业都是这个道理。"

李鹰想了一下，点头道："卫哥，这个我知道，但我还是想不清楚为什么不去楚主席家，这么多年砸出来的关系，应该保持啊。"

卫哥叹了一口气道："你还是太年轻，好吧，你也要出去独当一面了，有些事就给你透个底。果岭是什么地方，除了上面空投系的人外，就是竹帮和海帮轮流坐庄了，楚主席是外来户，本来是空投系的人，是很有前途的，但去年开始不知道为何他跟海汕人走得很近。周秘书是竹帮的，我总得有个取舍。而且我的人脉基本都是竹帮系的，所以这个菩萨我们不能拜了。平衡木是不好踩的，没这个技术就跟定一个老大，晃来晃去的人自以为聪明，其实死得最快。"

李鹰愣了一下道："卫哥，真复杂。"

卫哥笑道："现在你自立门户，要学的很多。不能像以前只沉迷在做事的技术上。江磊，你也是如此，什么写作水平，心理咨询技术，那都是雕虫小技。一技之长永远只能养活自己，一流的人才永远都在琢磨人，因为只有人才能帮你，懂吗？对了，明年区协商改选，李鹰你要争取选上，万一选不上，东城商工联理事的位置一定要争上，哪怕是砸掉半年的利润也要争上，明白吗？你和大黑崽的决斗，绝对不仅仅在酒店水平这一个层次，那只是明线，人事沉浮、起起落落，几千年来，很多成败是暗线决定的。"

我道："卫哥，我突然感觉你像个阅尽沧桑的政客。"

卫哥不置可否，道："生意做得大的人，至少在国内都是政客。其实无所谓政、商、农、工，站高点看，都是一回事，只要在五行中，就都是欲望的人质。说起来就是这两句话——天下熙熙，为利而来，天下攘攘，为利而往。"

车快开出广府城了。卫哥停下话头，拿起手机道："周秘书，你现在一个人在家吧？呵呵，我在你厨房的酱油瓶下放了一个利是……不是不是，老友来的，我当然知道您从不受贿……那点钱是提前支付的润笔，就是稿费……你现在欠我一万字的文学作品了……我就是怕你不肯写，所以先给酬劳了。是啊，是啊，无商不奸吗，但我真的想要您的文章又怕你不给啊，周兄的作品二十年前就名震果岭啊……不多，放心，完全按照行业标准支付的稿酬，您想多要我都不给了……好了好了，下不为例。真的，没听说连稿费都怕算成贿赂的，周兄您太廉洁了。"

卫哥放下手机道："江区长有个侄女，今年大学毕业，学酒店管理的，李鹰你安排一下，就去你们店，开七千的月薪，不要让她接触乱七八糟的东西，但也不要闲置她，让她感觉不到你的照顾，让她觉得是靠自己能力赚的钱，同时成为你的朋友，明白吗？"

李鹰道："明白，谢谢你，卫哥，我永远是你的人。"

卫哥微微一笑，道："还有明天庆德龙母寺今年第一次开业，你还是叫东东陪着何厅长的妈妈过去烧香，早点起来，去年就没有争到，把何厅长的妈妈气得要命。今年你让东东一定要争到，下午给庆德相关部门打个电话。去年那个港商抢了我们的头灶香，开价到了多少啊？六万是吧？就这点钱惹老人家不高兴，给东东十五万，这个头灶香一定让老人家享受到。"

第74章

光影之下

张小盛道："你看我和白素素结婚在哪里摆酒席好啊，神山还是川成，还是赣都？"

我哈哈了会儿，突然冷静道："你真的不考虑一下了吗？"

张小盛道："考虑个鸟，老子学体育的，不像学中文这种女人专业的人一样喜欢唧唧歪歪。我和白素素是纯洁的男女关系，马上要走入神圣的婚姻殿堂，这种幸福你不懂。"

我沉默了，半天不说话，在这行久了，见得越多就越不想说话，但张小盛，我总觉得应该说点什么。

张小盛生气道："我们又是什么好货不成？你不要不相信哥哥对爱情的忠诚，是的，结婚前怎么玩都可以，但结婚后，我就打算守着一个天仙一样的老婆，一个好大的房子，一个小小的铺子，好好过一辈子了。"

我道："就真的决定了？"

张小盛道："废话。房子都买了，哎，找个美女了此残生吧。"

妈的，这哪是了此残生的生活，这语气完全是在炫耀。我在屋丽太久了，对美女并没有太多感觉，但我能体会到，一个美女，尤其白素素这种花魁级的美女，对一个男人，尤其是一个独孤多年又没财没势的男人有多大的吸引力，否则，我们也不会日入斗金了。

我道："你决定了就好，但有一些话不好听，可我还是要说。你在果岭就我这个兄弟走得比较近，我不说就没人说了。白素素就是一个囡囡，你别不耐烦。听我讲完。一个人的职业背景绝对会给她的身心留下些什么，你如果真的觉得不亏，我是说永远觉得不亏，你就娶了她。否则，你就放了她，给她一条生路，这也是给你自己一条生路。白素素是很漂亮，扔到电视台也不逊色。但女人的美丽就那么几年，这个你要有心理准备。"

张小盛道："知道了，知道了。"

我道："还有一点，你不要期待白素素艰苦朴素，也不要期待她以后甘于平淡，不爱慕虚荣。这是不可能的，如果可能就不会做这么长时间的囡囡了。没错，是给奶奶治病，但那些医疗费，白素素一年半载赚的钱就足够了。你娶了她，你的压力会很大，尤其是几年之后。"

张小盛道："你什么意思啊？你不看好我们的爱情对吧？你这人就是庸俗。"

我道："你不需我的看好去证明你们的爱情，只有时间有资格做裁判。时间决定一件事的性质。比如赵四小姐十六岁去大帅府跟了张学好，她去一年，是作风问题；去三年，是瞎搅和；一去三十年，那就是爱情。"

张小盛停了一会儿，道："我已经准备给她三十年了。"

我停了一会儿，道："那我祝你们幸福，真心的。"

白素素对卫哥道："毛老板，我准备上岸了。谢谢你这几年的照顾。"

卫哥转过身道："素素？真的准备嫁人了。"

白素素红着脸道："嗯，收点衣服就走。"

卫哥笑了一笑，又叹了一口气。

白素素道："毛老板舍不得我啊？可是没有办法，女人总得有个小窝。"

卫哥道："屋丽的顶级囡囡，川成帮的凤头凰首，卫哥确实舍不得。哈哈，但你要走，我肯定祝福你，铁打的酒店流水的妹，要走是正常的。只是，真是嫁给江磊那个穷朋友？"

我说："对啊，叫张小盛，学体育的。"

白素素道："嗯，他也不是很穷，当然不能跟卫哥比，他给我买了个铺面。"

卫哥点点头道："劝你还是谨慎点，我们这行客人跟囡囡结婚的也不是一个两个，有好结果的几乎没有，卫哥开五星级酒店也这么多年了。凭你的素质，要找个有实力的老板包养易如反掌，你需不需要多想想？"

白素素打着包摇着头道："毛老板，钱我赚厌了，我跟张小盛不是为了钱，我也不想嫁给钱了。我很谢谢小盛，他没有嫌弃我这样的人。"

卫哥点点头："你不要因为这点而自卑，更不能因为自卑而嫁人。当然，张小盛肯娶你，这很不错。但那也没有什么。男人有一大半是依靠眼睛思考的动物，漂亮的女人如果离婚了，照样大把男人抢着要。而且，你确定过几年你容颜老去时，他还会不计一切爱你吗？容忍你所有过去地爱你吗？会不会哪次吵架后，会拿你在东城的事情说事？"

白素素愣了一下，微微一笑。

"坦率说，你找张小盛，我个人觉得有些亏。"卫哥道，"你要走了，我也不怕做一次恶人，以我的性格，这些话本来是不会说的，但你是跟卫哥在荒岛上共患难过的人，所以我才忍不住要提醒几句。你这个级别的女人，从古到今都是那些最优秀的男人才能拥有的。我不是说张小盛不优秀，只是，我怕的是过几年你跟张小盛都觉得自己亏了。"

白素素道："谢谢毛老板。囡囡没有资格考虑太多，钱很容易赚，一个爱自己的人太难得了。"

卫哥不顾我的眼色，道："你觉得钱容易赚，是因为你在一个容易赚快钱的地方，换一个地方就不同了。腾龙房产的王老板挺喜欢你的，要不要再考虑一下，至少跟着王老板，你后半辈子出门有车，入门有仆，吃香喝辣，不在话下了，就算他把你抛弃了，你捞个几千万家私，没有问题。"

白素素摇了摇头，道："我不想这么势利。"

卫哥道："呵呵，呵呵，或许是卫哥太势利了。只是……民初名妓小凤仙，她要是找一个民工，扫黄就扫走了；她找蔡锷，就流芳千古；她要是跟华盛顿，那就是国母。所以，不在于你做过什么，对于女人来说，关键是在于你跟谁干。好了，卫哥失言了，还是祝你们幸福吧。"

白素素低了会儿头，抬头一瞟，道："谢谢老板，但我想赌一把。我想过过平凡的幸福日子。"

"杨二兵，你小子是不是准备给我拜年，顺便还我钱啊？"我笑道。

"还钱？我有两只手，左手和右手，你说你要哪一只？"杨二兵道。

"你这个无赖，哪里还有一丝三好学生，为人师表的影子啊。说说看，跟你那个旧的新娘子玩得开心吗？要不要兄弟教你几招？"我道。

杨二兵的语气变得十分低沉，道："离了。"

我站起惊道："什么？这才几天？才两个月吧？"

杨二兵道："没到，四十八天时离的，这点时间，太上老君炼丹都不够，我们就玩完了——那天下雨。"

我道："你他妈的九零后吧，玩非主流吓人啊。"

杨二兵冷笑，道："别这么大惊小怪，别看你在沿海混，那地方民风还挺保守的。在长泥八零后的闪婚族，闪离族多的是。你OUT了。"

我道："怎么回事啊？你们是什么感情基础啊，能跟那些快餐相比吗？她又出去……"

杨二兵叹了口气道："要不是看着这个感情基础，我们也不会结婚了，这就叫感情用事。一个单身宿舍，两个没有工作，结什么屁婚？我的股票又全亏了，妈的，前两年老子不炒股，踏踏实实搞工作，傻瓜都赚钱了，等去年老子辞了职去炒股，都炒成傻瓜了。"

我道："所以就离了？"

杨二兵道："那还能咋地，鲁迅是不是写过一个言情小说，叫《伤逝》，说得好啊，人必生活着，爱才有所附丽。妈的，大师就是大师，看问题就是明白。好在现在我也看开了，爱情这东西死活都是死，生活这东西，死活都得活，这俩东西一掺和就折腾得半死不活，那就让爱情和生活分开吧。"

我道："嗯，新年快乐，想得开就好，大老爷们，千万别要死要活的。"

杨二兵轻蔑一笑："老子是这么脆弱的人吗？你也新年快乐。放心吧，我想得开，每天吃得好，睡得好，如释重负。"

凌晨四点，我下班回家睡觉，顺手关电脑时，发现QQ上杨二兵还在线，他在好友群里发着酒癫，自己跟自己说话玩。群里没有人理他，他自说自话，写的文字有几千字，但没有一个句子是通顺的，全他妈的病句。奶奶的，好歹你也是中文系科班出身好不好？真丢老子的脸，我准备关机睡觉，在一群废话里，倏忽里看见一行字，深深地震了一下。

20331724：……

20331724：……

20331724：心有一座坟，葬着未亡人。

20331724：……

蝶梦倦客：兄弟，你还好吗？

第75章

落花有意

正月十五，月圆，却无狼嚎。

元宵节，屋丽一片萧条。大多数男人总会在这一天想起，原来自己还有一个老婆。据资深业内人士统计，越是出来玩得多的男人，这一天越是不肯离开家，多多少少，大家都明白，人性人性，人也在性的前面。因此，这一天各大场子都是粥多僧少。

卫哥看着财务报表，紧紧地皱起了眉头。

"不算今天，酒店本周的业绩也很差，营业额创下了历史单周最低记录。按道理大年初六一过，男人们都该回来了，过年时又多少收了点年终奖，没有道理开门就这么萧条的？"西蒙道。

卫哥望了一眼果冻："你怎么看？"

果冻道："是很反常，其他酒店也很反常，我们的潜子说，楠火镇几个酒店都做不下去了，大街上空空荡荡，原来的大主顾港商们每年这个时候都来派派红包的，今年也不见人影。现在才一周，很多老板就叫苦连天了，大过年的，一方面烧香拜佛的费用不可能省下来，一方面生意这么清淡，怎么做得下去。"

卫哥道："嗯，你的情报很有用，金融危机真不是说着玩的，我们这行也要感冒一下了。我在商工联打听到，全国的外贸完全进入冰霜期，央国的鞋子被各国反倾销，东城这个鞋都首当其冲啊。说到底，货卖不出去，厂子垮了，酒店想繁荣下去，没有可能，'繁荣娼盛'是有道理的啊。本来我们去年下半年就应该出问题了的，现在这份萧条已经滞后了。大家要做好心理准备，经济什么时候回暖还不一定。"

西蒙道："屋丽家大业大，卫哥一直经营谨慎，财务上很稳健，撑几年也不会有事，只是苦了去年闯进来开店的老板了，尤其是从银行贷款玩这个的老板，现在亏惨了，听说西京镇去年刚开的准三星级商务宾馆波绿会所的杨老板，都想自杀了，也不知道是真是假。"

卫哥道："是够呛，但自杀不至于，他哪里舍得自己的五房老婆？西京跟楠火一样，也是重灾区，它们受维港影响最大。楠火原来就是维港人的二奶基地，这次维港人倒霉了，估计也很长时间没心情逛自己的后花园了。饱暖思淫欲，这都是没办法的事。"

我道："这次房价会跌了吧？我好多朋友都憋着劲等危机了买房住呢？"

卫哥道："做梦？经济越差房价越高，工厂不赚钱了，意味着银行和老板的钱就没地方去了，这些钱不炒房子还能干什么？等着它继续起飞吧。不过，江磊你只要潜下心在酒店做，买房子的事情不用担忧的，李鹰别墅都有两套。你干这行时间短，老人都知道，跟着毛介卫，不愁柴米费。你放心筹划你的龙腾方略吧。"

果冻道："龙腾方略我看过一点，太遥远了。卫哥，眼前还有一个坏消息。有几个大场撑不住，开始免房费吸引生意，很多小场闻风而动，免房费居然成为今年很多酒店的成例。还有个别酒店居然免了房费不说，还买一送一，这种价格战一旦燃烧起来，我们就更难做了。屋丽是不是也要想点办法，降价渡过这个关卡再说？"

卫哥摇了摇手："没到这个时候。我们是行业标杆，不能随便降价，这是行业龙头的责任。一旦我们降价了，那些小酒店就完全无法做了，恶性循环也就开始了。"

我道："所以我的龙腾方略，第一步就是建立行业协会，也树立行业标准。只是难度也很大，在具体操作方面，我需要琢磨的东西还是很多。"

卫哥点头道："这一步迟早要走，我放李鹰去常闹，也是想着让他冲一冲。屋丽还是太单薄，要是李鹰能成功打出一片天地，建成一个'屋丽系'，局面就好多了。"

果冻道："说到李鹰，我还真有点怨言，屋丽现在生意这么差，也有他的原因，他也太狠了吧，带走东东不说，还一口气借走了十二个当红的图图，包括云贵帮与潇湘帮的老大。卫哥，要不要召回几个？至少把朝天椒、粉条留住了，现在川成帮的白素素退役后群龙无首，北东帮的张姐毕竟又老了一岁，屋丽真是实力大减啊！"

卫哥咬咬牙："再看看吧，毕竟李鹰也有难处，而且我答应他三个月内随便借人的。哎，如果实在不行，先把朝天椒调回来，帮着屋丽撑撑台面。对了，今年来的几个新人还不错啊，可以培养培养吧，楚妖精这臭丫头老是守着她那宝贝瘸子，估计也长不了了。"

西蒙道："嗯，是还可以，毕竟工厂倒闭多了，生意少了，但下海的小妹反而多起来了，这叫塞翁失马，焉知非福，对吧？但，新人需要培训，不少老人回了川成、潇湘这次都没有归来，整体来说，还是青黄不接。这一周，屋丽捡到了一个原来在拉藏混的姑娘，自称'青河第一燕'的囡囡撑着台面。否则更惨。"

卫哥叹了口气道："容我想想，明天中午我再给李鹰打电话调人。也奇了怪了，和宝会所是从哪里突然冒出来这么多高素质的囡囡？"

我道："应该是东国姑娘，美女工厂出品的。"

卫哥道："不可能，我查过了。国内出入境管理是最严格的，不可能突然进来上百个友邦娘们。而且潜子也说，都是同胞。大黑崽还会玩魔术啊，这大过年的，他的囡囡居然都不回去过年，从大年三十开始，就一直在会所里训练与准备，这是一群怎样的非正常人类？"

翠翠也道："大黑崽，老娘真是中了你的邪了。"

第二天清晨，卫哥大发雷霆，据李鹰和很多潜子汇报，昨天，也就是我们在商讨业绩为什么下降的同时，大黑崽干了一件空前绝后，震古烁今的事情。他派出了和宝会所一百二十八名绝色囡囡，身着海陆空三种军队制服，分成六个方阵，在光天化日之下进行集中军训。军训后，他还带着浩浩荡荡的队伍集结在常闹火车站，又绕着繁华的大街游行达一千米之远，成了无数路人关注的核心，一个著名的敌对电台甚至当晚播出广播，维港的各大成人网站都出了消息。大黑崽气焰之嚣张，胆识之宏大，雷住了众多老江湖。

要知道，长期以来，东城酒店的经营都是躲在黑暗里展开的，从来没有这么正大光明地上过街，还"阅兵"？他摔坏脑袋了。在东城这块神奇的土地上，家喻户晓的秘密，毕竟也还是秘密，说出皇帝没穿衣服的那肯定是一个孩子，大黑崽按道理也过了天真浪漫的年龄了啊？是不是擦皮鞋擦得太压抑了？

卫哥站起，对外一望，说道："不管他这么做是什么原因，这都是一次示威，向各大老场的示威。西蒙，把张姐、水蜜桃、梅花、小鹤都调给李鹰，还有那'青河第一燕'，统统拨过去，这边内部装修，好好训练，暂缓营业。"

西蒙郑重地点了点头，屋丽自卫哥执掌酒店以来，面临超级台风时也没有"内部装修"过。卫哥沉默了会儿，又道："江磊，你叫李鹰查一下和宝会所的靠山，我就不信了，如果身后没有一个洞，哪只老鼠敢在猫眼皮底下游行？"

楚妖精欣喜道："江磊，牛仔终于肯跟我说话了，四十多天了，他终于肯跟我讲话了！"

我道："不会吧，拜托我的姐姐，你这么伺候牛仔，牛仔四十多天没有跟你讲话？你一个绝色妖精，四十多天，就算唐僧也应该吃了两头了吧？"

楚妖精道："一个人突然残废了，加上他对我们这个行业又有偏见，难免对我有点情绪嘛。不过没事，我天天给他擦脸，敷脚，倒马桶，终于把他感动了。你知道吗？他都跟我说话了，亲口跟我说话了！"

我无奈道："那……恭喜哦。"

楚妖精道："你不要知道他跟我说什么了吗？"

我道："哦，他说什么呢？"

楚妖精一字一顿骄傲地道："他说，他想吃豆腐脑，要我给他买，还要我给他天天买。多好啊，叫我天天给他买耶。我一晚上都没有睡着觉。"

我道："切，就这事啊。你干爹还问你什么时候上班呢？"

楚妖精道："别打岔，他叫我天天给他打豆腐脑了。班不上了，牛仔不喜欢我上班，反正我钱也赚够了，后半辈子我就跟着牛仔吃银行利息了。"

我笑道："我可告诉你，牛仔可是个赔钱货，以他的智商——你别瞪眼——我没说他低——我是说不高，武功又废了大半，以后真的很难养活自己，牛仔和你都是我朋友，我必须说说，你到底什么时候爱上他的，怎么感觉这么突兀呢？就紫荆城那一个晚上？我跟你说个秘密，其实我也很不错的啊。"

楚妖精道："你啊，差远了。"

我怒道："差哪了？"

楚妖精道："鞭长莫及。"

老子握紧了拳头。

楚妖精笑道："其实不是了，我就告诉你这个秘密，牛仔第一天被上帝派到我眼前，拳打保安，保护他姐姐的那一刻，我就有些心动了。这一次他姐姐来看他，牛仔已经知道他姐姐是囡囡了，还是好有感情地同姐姐聊天……"

见鬼了，他是佛祖派来的好吧？我抓着她的手道："你还是忘不了你弟弟对你的事情？"

楚妖精道："怎么忘得了，一个跟你一起生活了二十多年的弟弟。为此，我都快自杀了。"

是啊，否则我也不在这个地方。

移情了，难怪楚妖精会堕落得这么快，人啊，不管漂在江湖多少岁月，也不管身在何方，经过多少锤炼，饶是练到浑身是钢，也总有一些地方特别柔软。

楚妖精发出铜铃般清脆的声音："我先走了，打豆腐脑去。"蹦蹦跳跳离开了屋丽。

几天后，我正在倒腾我的《龙腾方略》——以表明自己不是个吃白饭的，楚妖精又打电话给我，泣不成声，她说牛仔爱上了那个卖豆腐脑的寡妇。

人生是一张茶几，上面放满了杯具！

第76章

龙腾方略

见熊囤镇，孺子牛酒家，牛人云集，牛碗满桌，牛鞭遍碟，屋丽卫哥暂执牛首，邀东城九大红场各瓢把子啸聚牛年，纵横捭阖，求同存异，为行业发展之"红牛"，共商大计。

这次大会因为众所周知的原因，没有被有关部门载入正史，甚至没能载入地方志——尽管与会人员所商谈之事业十年里创造了当地近半的财政收入，是最靓丽的东城名片——但没有任何新闻单位发出只言片语。

只好让我这个当事人越俎代庖前来评说了：东城孺子牛会议，是一次团结的大会，一次胜利的大会，一次鼓舞人心的大会，它像一座灯塔，发出了耀眼的光芒，在央国酒店业史上，它的地位是很特殊、很崇高的。这不仅是因为大会通过了由我执笔的《龙腾方略》，更因为众东城酒店大佬面对金融危机的寒冬，面对无序竞争造成的压力，终于求同存异，抱团取暖，第一次建立了一个松散的行业联盟。在此过后的三个月里，这个联盟发挥出了巨大的威力，以超曼赶东为目标，东城酒店业进入了前所未有的发展快车道，东城酒店业逆市上涨，全线飘红，如一头疯牛闯入了红色母牛堆里。如果你爱一个男人，把他送去东城，因为那里是天堂，如果你恨一个男人，把他送去东城，因为那里是地狱。

三个月后，一场由上而下，前所未有的大风暴扼杀了这个行业所有的风光，数百家星级酒店，数十万囡囡终于明白了什么叫做"牛年不利"，与会的大佬们自杀的自杀，被抓的抓，退隐的退隐，冰火九重天，相逢一瞬间，正如狄更斯所说的一样：这是一个最好的时代，也是最坏的时代，它荒淫无耻，它又利剑高悬……

但，在孺子牛会议时，还没有人预测到这一切，所有人都沉迷在重整秩序，战胜金融危机的憧憬里。那时的东城酒店业完全是一块涂着奶油和蜂蜜的玫瑰色巧克力，浓香四溢，艳丽如酥。因此，我对见熊囷孺子牛会议的历史定位是，或许，空前绝后，东城酒店业最后的绝响！

孺子牛酒店无足轻重，但作为东道主，他们的女老板若宛主持了会议，当她扭着屁股请出李鹰时，台下发出了不少掌声和嘘声，这个家伙的人缘和资历同样复杂，谁都知道，他是东城最具钻研精神的天才，一旦谈起工作来，目放光彩，却又目中无人，总之是让很多江湖大佬讨厌。

李鹰介绍了在紫荆城花会上的所见所闻，尤其是东国队的表演项目与实力，台下的各位老板讨厌归讨厌，但都听得格外认真。虽然大唐盛世宫、九五玉、虎波堂、复尊等都有派人参赛，不少老板或多或少都已经对比赛过程有所了解，但同行高手聚在一起，共同研讨先进国家的技战术，那感觉又有几分不同。尤其是李鹰，不管你喜不喜欢他，都得佩服他业务水准，讲得那叫个眉飞色舞，纤毛毕现，尤其是讲到东国人用电动美女拯救地球的事时，把我们都拉到了去年那个惊险又惊讶的花船瞬间，有些酒店老板听得目瞪口呆，若宛用手掩住了自己张圆了的嘴巴。

李鹰总结道："我们的囵囵发挥到了极致，但我们还是输了，输得心服口服。客观点分析，我们央国夜场现在在世界上的排名，也就处于第二世界中上游的水平，这还是建立在庞大的人口基数上单指东城的成绩，内地很多地方根本不入流。你们要知道，在我们下船后，这么强大的一个东国，几乎被玉佛国队逼到了绝境！在前三分里，玉佛国赢了两分，如果不是地狱女神圣原爱在最后的花魁项目里力挽狂澜，以微弱优势险胜了玉佛国年度小姐，东国也跟着我们的后脚打道回府了。我看了组委会寄来的决赛录像，坦率地说，我们不是玉佛国的对手，如果碰到它们，我们估计就是个一比四的水准，甚至有零比五被剃光头的可能。我在想如果我们首轮碰的不是最弱的高国，而是碰上熊国之类的话，有没有机会一碰东国都存在问题。我们还只是在东方组，西方组那边照样精彩。虽然因为文化差异，两组没安排直接交手，但西方惨烈程度强于东方，除了东国和玉佛国，西方整体实力强于东方组几乎是公认的事实。如果东西方各派两队，胜负难料，各派五队，西方就赢定了。包括炗队在内转到西方都是挨削的份。你别瞪眼睛，知道澳国墨都的Dailyplanet酒店吗？不知道？日月之星听过吧？就是它的中文名。还没听过？你们真是杯具，穷得只剩下钱了，我都不稀说你们，你们这等于做快餐的不知道肯德基，做球鞋的不知道阿迪达斯，太不把工作当事业了！我都不稀说你们。"李鹰喝了一口茶，台下很多老板被鄙视得很郁闷，但又强压怒火，估计也觉得李鹰既然说应该知道，那自己不知道有些丢人吧。

李鹰道："不知道的同志我建议回家百度搜索一下，它是全球唯一的上市妓院，2002年时就公开招股，并在2003年5月正式挂牌，提供的服务至少领先东城十五年，已经成为了最大的连锁式量贩式囝囝高档集中营。不服？请问在座哪一家能提供残疾人专项服务的？人家就能，知道这是多大的蛋糕吗，全球有上亿残疾人，但你们知道了也没用，你们能马上制定出针对盲人或者聋哑人，或者针对侏儒的服务方案来吗？什么是人性化，这才是人性化，什么是专业水平，这才是专业水平，什么是核心竞争力，这就是核心竞争力。我们引以自豪的所谓的ISO服务，只是入了门而已。再请问，如果客人是一个不举患者，我们的囝囝该如何处理？有多少囝囝能做心理服务的？Whilst they are physically attractive,they are first and foremost greatlisteners. Sometimes guests simply want femal ecompany and may wish to have a spa to talk about their day or week,or watch TV in one of the rooms. 这段英语是他们贴在墙上标明的主导业务之一，专门针对情绪沮丧、抑郁阳痿者展开的。也就是说，他们的囝囝有很多都是心理医生，这又是多大的市场？有多少男人状态不佳过？几乎全部吧？还有在座哪一家酒店能坚持给囝囝每周体检一次的？人家就能，知道这能给客人多大的安全感吗？如果日月之星这样的国际大鳄打通关节，抢滩东城，你说会发生什么？你还别说不可能，世界百强的酒店有九十八家都已经在国内布局了，一旦有几家国际酒店买通关节，和日月之星联下手，我们一大半的高端市场，会在半年内被蚕食干净，这就是事实。但你知道我想说什么吗？这一次澳国以Dailyplanet为班底，精英尽出，在西方组居然第一轮就被土耳其四比一横扫，这是什么概念？大家想过没有？土耳其是沐浴之国，确实很强大，但这个很强大的土耳其居然在半决赛被后来的西方组亚军荷兰零比五零封，这又是什么概念？冠军拉脱维亚又是什么水平？世界之大，远远超过我们的想象，这个无烟工业发展到的水平，我们连追踪都有些困难。因此我们确实要有危机意识，不要老满足于在国内做山大王。这个世界是扁平的，青蛙要是老以为温水很舒服，最终被煮熟是必然的。"

以李鹰为铺垫，在卫哥的授意下，我公布了《龙腾方略》，这份方略由我执笔，但内容是屋丽整体智慧的结晶，有一些是卫哥一直思考的东西。整体来说有以下九点：第一，建立行业协会，整合行业资源，尤其是各老板的各种资源，为行业安全编织一个更强大的网络。第二，建立准入门槛，控制酒店数量，原则所有新开的酒店，都要经过协会的允许，不懂规矩的过江龙，大家联手做掉他。第三，建立与完善人力资源管理平台，建立与完善囡囡培养与转会的制度，完善囡囡评优评先，安全退隐等机制。让东城囡囡率先完成从自由人到职业人的角色转化。第四，要形成体检制度，至少九个大场，半个月一次，坚持安全第一，服务第二的原则，不完全迎合于客人，营造绿色酒店，尽力保护客人与囡囡的健康。第五，九个大场不免房费，不私自降价，不买一送一，不打价格战，把内耗降低到最低水准。第六，九个大场的顶级囡囡大约三十到五十人，组成一个俱乐部，进行特别训练与包装，这些人不再随便接客，只用来结交权贵，或只针对顶级富豪进行推销，给他们营造一个七星级省心省力的新家（这一条灵感来自于只针对于米国骷髅会展开业务的米国约纽皇冠俱乐部。这样做的好处，便于建立更强大的社交网络，也可以赚更多的钱，同时可以避免顶级囡囡过快地磨损。）第七，细化行业服务标准的同时，向艺术化、个性化、文学化方向进军，为此，九大场在广府投资建立一个民办的演艺职业技术学院，在深蓝、广府、长泥、川成、渝庆建立模特服务公司，力争打造成一批隐形的东城囡囡的黄埔军校。第七，积极谋划东城扩张，要像温洋炒房团一样形成合力，争取五到十年内，布局到国内五十个中大型城市里，建立东城式服务连锁体系。第九，积极吸收国外先进性文化，协会统一出钱，邀请玉佛国、拉脱维亚等先进国家的培训师前来讲课，同时定期派遣部分精英囡囡以旅游签证的方式，去东国京东，玉佛国提芭雅，荷兰阿姆斯特丹，土耳其伊斯坦布尔学习。

这个《龙腾方案》如果能够得到彻底地实施，我认为国内的水准会得到一个很大的提升，超越东国短期内不可能。但携东城酒店业积累的天量巨资，先富带动后富，然后跻身世界列强之林只是时日问题。但我们没有得到这个舞台，在孺子牛会议的当天，一辆京牌不起眼的小车，悄悄地开到了东城西京，一个中年男人摘下墨镜，一双鹰隼般的眼睛打量着这个糜烂富饶的城市……

楚妖精很高兴，牛仔虽然瘫了，但毕竟出了院，而且在楚妖精挟持下，硬是逛遍了东城所有的大型商场，只要是楚妖精自己觉得漂亮的男装，她通通买下逼迫牛仔穿上，仅仅一周，牛仔的衣服价值已经超过六位数——在这周前，他加上袜子和内裤，也顶多值二百五十元。

楚妖精看着换上"八匹狼"夹克的牛仔，眼神都酥了，道："宝贝，你喜欢吗？打两个拳给姐姐看看，啊。"

牛仔心不在焉地化掌为铲，做了两个手势，楚妖精嗔道："人家李连杰打得多漂亮，你这是干什么？炒菜还是耕田啊？"

牛仔第一次眼睛发光道："咦，你还懂功夫啊？这个形意把就是老林寺的老和尚模仿用耙子耕田发明的，所以才叫形意把，你很有武学天赋啊！"

楚妖精翻了一个白眼，转身买单。

楚妖精拉着牛仔的手臂，柔情道："牛仔，我昨天买给你的意大利塞露蒂西服喜欢吗？"

牛仔道："布是挺好，就是练功不方便，不吸汗。"

楚妖精道："那条李维斯牛仔裤呢？"

牛仔道："咦，不中，那裤子是破的，膝盖上有洞，师父以为我投了丐帮，会打我的。"

楚妖精咽了咽口水，咬牙道："那高国的万宝龙的太阳镜你为什么不戴上？我红色的，你紫色，情侣眼镜，多好啊。你戴上嘛！中不中？"楚妖精撒着娇，摇动着牛仔的手臂。

牛仔道："不中，老林拳讲究眼观四路，戴上就毁了我的功夫了。"

楚妖精甩开牛仔的手："那我给你买这么多衣服裤子干什么？"

牛仔道："俺也觉得奇怪了，你说买这么多东西干啥哩？"

楚妖精睁大了眼睛。

牛仔道："你不是有弟弟吗，给你弟弟吧？"

楚妖精红着眼，转身不看他。

牛仔慌了神："咦，咋哭了？俺，俺就是怕你不高兴，才陪你买衣服的啊，怎么还是不高兴哩？大不了，俺穿那条破裤子好了。"

楚妖精仰天长啸，又哭笑不得，什么叫"陪你买衣服"，说得好像牛仔是受害者一样。不过楚妖精转念一想，牛仔怕自己不高兴就陪着来逛商场，也算心里有她了吧？这两个月在病房里伺候着他，他多少也知道了些，也不算完全没心没肺。这个木头，还得慢慢来，楚妖精抹干眼泪，转身继续依偎着他的胳膊。

走在大街上，牛仔捡了一根树枝，当剑一样虚晃着。楚妖精望着他练武，也心情大好，弯腰也捡起一根树枝比划，道："牛仔，你以后有什么理想啊？"

牛仔道："啥叫理想？"

楚妖精道："就是你以后想干什么？"

牛仔道："俺想买一副担子。"

"土，买担子干什么？"

"卖豆腐。"

回到楚妖精宿舍。楚妖精洗完澡，故意披散着头发，只披着浴巾走出来了，牛仔不理他，继续玩电脑游戏，住院几十天，楚妖精怕牛仔孤独，给他买了个手提电脑，在妖精的帮助下，牛仔终于学会了亲自开机、关机和玩游戏中的一款：泡泡堂——这游戏也很符合他的智商。

楚妖精斜着眼望着她，带着几丝浅笑，又轻轻弯下了腰。

然后，完了，楚妖精像雕塑一样，端站了半个小时，眼观四路的牛仔硬是没发现她。

楚妖精鼓着腮帮，摇摇头踹了他两下。

牛仔抬望眼，道："哦，姐，你什么时候出来的？多穿点衣服，会感冒的。"

楚妖精冷哼一声，转身把衣服穿上，坐在床头生闷气。牛仔继续玩泡泡堂。过了一会儿，楚妖精又走到牛仔面前。

楚妖精咳嗽道："牛仔，我好冷啊。"

牛仔赶忙站起，很绅士地给他披上自己的呢子大衣。

楚妖精暗喜，又道："牛仔，我还是冷。"

牛仔马上跨上床拿被子。

楚妖精不接，低头轻声道："以前我妈妈都是抱着我，用身体给我取暖的。"

牛仔闻言一怔，放下被子，很委屈道："姐，这么晚了，总不能让俺去湖鄂找你妈吧？"

当楚妖精把满腔委屈说给闺蜜笨笨狗听，笨笨狗又转述给我这个老领导时，我扶着墙，风中凌乱。

第77章

海外兵团

《龙腾方略》实施得并不顺利，尤其是让囡囡体检这一项，听起来很美，操作起来却非常棘手，尤其是囡囡的抵触情绪很大。这可以理解，让一个日夜操劳的囡囡半个月面对一次医生的抽血针，半个月提醒她一次有可能得了治不好还不好说的病，半个月感受一次昨晚可能是在一张床上的战友，今天就变成了送战友……这种精神折磨，实在太伤害人了，她们情愿醉生梦死做鸵鸟，也不希望整天被提醒自己处在"高危"。

这让我大发雷霆，身先士卒抽血体检，希望能做个表率，结果在医生抽血前，一种强烈的恐惧就让我几乎放弃，万一……抽完血后，检测结果还需要半天时间，那半天度秒如年，我一边告诉自己肯定没事，一边又隐约觉得说不定就玩完了。整个人就处在强迫与反强迫的冲突之中，几乎精神分裂——这还是一个心理咨询师做的事——几个小时内我甚至发了无数次誓，如果佛祖保佑我这次体检没有病，我退出江湖，不再日理万鸡。这样熬到了第二天早晨六点半，我第一个冲到医院拿到了体检单，阴性，谢天谢地谢春哥。但我已经当场决定，体检方案缓行，吓跑了囡囡，别说龙腾计划，就是虫爬计划也没有了。至于来玩的客人，自求多福吧，谁都没逼着你来对吧。

顶级俱乐部执行得也不是很顺利，在战略筹划方面，我算有些小才，做一个幕僚或者谋士我是合格的，但独当一面，处理具体事务，我确实不擅长。训练囡囡、处理囡囡之间的关系，我完全比不过李鹰。选择俱乐部秘密地点，成本预算，服装购买，甚至大堂布置，器具摆放都让我很伤脑筋，整个进展非常慢。客户联系有老板们在做，倒还好一点，囡囡的到位情况也很头疼，九大场的顶级囡囡都不是很积极，她们不差钱，又不想平白无故地丢了手头的生意，自然对这个顶级俱乐部不太上心。而老板们明里支持暗里也都在观望，毕竟囡囡是各大场的摇钱树，要他们毫无私心地先交到别的地方去训练，自然也都留着些心眼。偏偏在这个时候屋丽因为何青远遁，妖仙配不在，几大王牌又借到了李鹰处，实力骤减，实在交不出像样的人送俱乐部来，这方案也是外表华丽，执行无力。

李鹰的香汤沐浴终于在和宝对门开张营业了，营业当天，嘉宾如潮，九大场除了复尊俱乐部死活请不过来外，一把手都亲自到位。李鹰左手挽着心腹东东，右手挽着头牌青河第一燕，锦帽貂裘，煞是风光。对着谁都是昂着头汪洋恣意地笑着，只有卫哥来时，李鹰叫开左右，上前当众深深地鞠了一躬。

卫哥笑道："李老板，生意兴隆，恭喜发财。"

李鹰道："卫哥，没有你的栽培就没有这个香汤，以后不管屋丽有什么事，叫李鹰一声，李鹰永远冲在前面。"

卫哥道："有这个心我就满意了，李老板不需要这样，以后生意上该怎么就怎么，也不需要特别地让着屋丽，哈哈。你请大家干了这杯香槟吧。"

李鹰举杯，环视四周，笑道："香车宝马，美人红酒，君子快来，这儿都有。来，端起杯来，祝大家一起发财！"大家都是场面上的人，个个欢声雷动。酒过三巡，突然门外有人放鞭炮，李鹰笑着前去迎客，一出门，脸就绿了。

大黑崽，带着一副金丝眼镜，还带着两个西装革履的保镖，挺着腰杆走到门口，双手抱拳向李鹰道："恭喜李兄，李兄果然不是池中之物，恭喜，终于有了自己的地盘。"

别说，这还是我从花会回来后第一次见到大黑崽，士别三日，已经完全不是那副猥琐地总是单膝跪着的样子了，配上这金丝眼睛，甚至有点儒商的味道。人啊，怎么说呢，相由境生绝对是有道理的，抬轿子时和坐轿子时人就是不同，哪怕长相还是一模一样，但味道可能全变了。气质是靠学历、阅历和地位共同堆出来的东西，其中地位很重要，装是装不来的。

李鹰故意揉了揉眼睛，大声道："大黑崽？你怎么来了，向明姐请假了吗，别以为我李鹰不在屋丽了，你就偷懒，我告诉你，屋丽保洁部还归我管？"说着，就拿出手机作势要给明姐打电话。

大黑崽一愣，挤出点笑容道："李哥，老领导，别开玩笑了！我已经不在屋丽做了，对面那间小店和宝，我现在是那的头儿。你肯定知道的，李哥是逗我玩吧？"

李鹰道："霍？霍霍？野鸡也变凤凰了。你吹牛吧你？就那店，你能当头儿？"

大黑崽道："你真不知道？呵呵，欢迎你过来和宝看看，那小店也还过得去。"

李鹰道："放屁，那和宝是东国人开的，你是东国人啊？"

大黑崽道："那是误会，和宝是合资企业而已，股东里是有东国人。我是经理，这一点我很清楚。"

李鹰望着街对面，怔怔出神。

大黑崽笑道："等李兄的宴会完了，过我那边聚聚？"

李鹰点头道："那是要去的，我正筹划着在这附近给香汤弄间分店呢。"

大黑崽冷哼一声，强笑道："李鹰还是这么幽默，还是要谢谢你在屋丽这几年的指导，我从你身上学了不少东西。

"有吗？哦，你那跪式服务是我指导的，嗯，擦皮鞋的技术我指导得不多，那玩意儿简单，基本靠你自己的悟性。"

大黑崽脸白了一半。

李鹰道："等会儿我叫明姐把你工具箱拿来，东城他妈的灰尘大，你看看里面卫哥、磊哥的皮鞋都脏了，你去帮帮忙吧。"

大黑崽黑脸全白了，转身走了，一边道："李鹰，现在在常闹，我已经挤垮了三家店，香汤可看好了，再垮了，就可以过去凑一桌麻将了。"

李鹰哈哈大笑，笑得汪洋恣肆，道："大黑崽，你自己相信吗？"

我和楚妖精都听得心花怒放，西蒙啐道："就该让李鹰好好骂他，在紫荆城就因为他这汉奸，我们吃了大亏，训练了好久的节目都被盗了。李鹰骂得好，哈哈，他这嘴一如既往地损，像个湖鄂娘们。"

楚妖精白了她一眼。

只有卫哥摇了摇头，叹气道："李鹰做得太差火了，还是没有上道啊。"

我问："难道大黑崽不该骂？"

卫哥道："该，但不是这个时候，也不是这个场合，伸手不打笑脸人，这是做人的规矩。何况打人不打脸，当着他的手下讲他擦皮鞋的事干吗？这个梁子算结成死结了。李鹰嘴头爽了，以后会知道嘴爽是需要成本的。说句不该说的话，如果我是大黑崽，我真被李鹰弄死了，弄死前也一定要捅李鹰两刀，如果可以拉个垫背的，我一定拉李鹰。人在江湖漂，又是捞偏门，怎么可能没点把柄？"

楚妖精道："我就是觉得李鹰骂得对，汉奸一个，要不是他的东国主子，牛仔也不会瘸了。"

卫哥道："我要是大黑崽，也有可能做汉奸。说起来我们也有错，让一个大男人整天跪着，就为了多几个有虚荣心的客人，然后还要求这个整天被我们逼着跪着的人有气节，这算哪门子道理？江磊、西蒙回屋丽就把跪式擦鞋的规矩改了，至少把那些男员工免了，女员工也改成半蹲好了，说起来，这也是恶性竞争啊，平时把人当草民当奴才，打战时就是要求别人是主人，没有这样的理！"

我点点头："受教了，卫哥的话让我想起刘震云的《1942》，这让我再次明白了看事情不要那么绝对，直接，哪怕是对待汉奸，这个世界有的时候太黑了，为了自己生存得更好点，有些人马上会选择更黑，或许这就是人之初性本恶吧。"

卫哥不置可否道："你说的那本书我没有看过。但这个世界的复杂，人性的复杂，又岂是黑和白，善和恶几个字能概括的？"

李鹰兴高采烈地上前道："卫哥，我把大黑崽骂走了。"

卫哥翻了一下眼珠道："你还是太急，区商工联你加入了没有？"

李鹰道："办妥了，交了三十万的慈善基金，等特批了，还是理事会理事。"

卫哥道："我们来钱快，像慈善基金这种东西能多捐就多捐。这样就算中间被弄走了点，需要帮助的人也还是多少能多得点好处，这样也给自己捞点资本。这年头强调的就是双赢互利。对了，和宝的那些女劳模到底是什么人，你查到了没有？我又去海关查了一下出入境的登记表，那些图图还真不是东国人，什么来头？"

李鹰道："查到了，海外兵团。"

卫哥道："什么？"

李鹰道："都是在东国干这行的留学生，以及一些偷渡客。海外兵团又叫小龙女，说白了就是图图。渡边把在东国混得最好的图图集中培训了很久，这一次一古脑又送回来了，这就是为什么出入境查不到，过年不休息的原因。"

卫哥道："有这么多美女在东国做图图？"

李鹰道："世界各地，包括拉伯，不发达的东南亚，内地的图图都很多，小龙女就是这么来的。东国当然更多，这是九牛一毛。"

卫哥叹气道："果岭的囡囡大多是川成、潇湘、云贵、北东等穷地方，世界的囡囡这么多都是内地的，证明我们的国家还是很穷啊！贫穷就是种罪恶啊。"大家听到这话都没有什么语言了。

卫哥道："能从和宝挖回来几个吗？"

李鹰摇摇头道："她们都还要回东国混，不敢得罪山嘴组的人，听话得很。何况渡边这一次真是下了大本钱，他承诺帮在和宝表现好的留学生交在东国的学费，帮偷渡者想办法居住满三年，然后申请长期居住权，这种诱惑是去东国的人很难拒绝的。"

卫哥道："她们这群囡囡厉害在什么地方？"

李鹰道："八成是留学生，高素质，高文化，比文化素质她们完全高了一个档次，我们这行说实在的土鳖大学生比例也不大，海归更是没有见过了。而且更关键的是，她们在东国文化里浸淫这么久，会玩又玩得开，长相虽然不比我们强，但也是百里挑一，不比我们弱，她们的头牌是以前沪地某大学的校花，掐得出水来。另外这批人，毕竟有着国际视野，比我们的囡囡气质好点，顾忌少点是正常的。她们的家人都以为她们还在东国，所以也不用回去过年。培训师都是东国美女工厂原装，都是新宿的名家，加上大黑崽把屋丽的一套移植了过去，这支新军确实训练有素。房间里一边放着东国的片子，身边的女人一边讲着一口正宗的东国话，对很多客人来说，诱惑不小，等于是会国语的东洋菜了，国内男人不少都有东国情节。所以常闹一般的场子，确实比不过他。"

卫哥玩了玩杯子道："你搞得定吗？"

李鹰道："没问题。"

卫哥道："不是猛龙不过江啊？"

李鹰阴笑道："强龙不压地头蛇。"

卫哥咂了一口红酒道："一九七八年出产的酒，不错。找出他们的靠山了吧？"

李鹰道："还不明确，大约省商工联有他们的人，本地有几个委员正局跟和宝交往过密，另外有个厅级巡视员，是和宝的股东。厅级在东城这地也算高官了，不太好啃。"

卫哥摆摆手道："外事机构有参与吗？"

李鹰道："不清楚，估计有利益联系，和宝真被扫了，外事部门估计也不会明着出头。"

卫哥道："那就好办了。小东国毕竟是小东国，什么商工联巡视员，委员正厅，这都找的啥破烂？当官不带长，放屁都不响。做他！"

李鹰道："要不要找周秘书？"

卫哥道："还记得三年前我们怎么收拾白马舞厅的吗？"

李鹰转了转眼珠。

卫哥道："人情是有价格的，不能动不动就用，用了就没了。找个现管烦他。"

张小盛和白素素在吴村的房子奠基了，按照果岭人的规矩，房子前烧着香，要一直烧到两人入住。张家父母忙里忙外，乐呵呵地亲自设计，房子规划建四层，两层出租，两层住人，等房管局验收后，房顶还要违规加修一个小阁楼，小阁楼里筑了一个养龟池，专门养王八，以打发两老退休后的漫长岁月。

二老表示房子修建费用百分之七十由他们支付——基本上把一生积蓄贡献给果岭开发商了，唯一的条件是小盛和素素快点生个孙子。老太太每天风雨无阻，早八点晚八点在空地里上香，第一句话便是："土地公啊土地公，保佑我家素素早生贵子。"

小盛帮着素素白天收拾自己的服装店铺，晚上就手牵着手压马路，经常从吴村镇逛到了南溶镇，然后又傻乎乎地走回来，素素的脚酸痛了，张小盛就帮她捏脚。捏着捏着，素素哭了，在屋丽都是她帮男人捏脚的，她趴在张小盛背上道："小盛，我们结婚吧。"

两人领了结婚证，终于名正言顺地在二老眼皮底下纯洁地第一次又同房了。

楚妖精向牛仔道："牛仔，卖豆腐真的不好，赚不到什么钱，还要被城管赶的。"

牛仔道："切，哪个城管敢管俺？"

楚妖精道："大男人卖豆腐，总是不好。我不想别人吃你的豆腐。再说卖豆腐能养家糊口？一块钱一碗，房价是八千块一平方米，你要卖多少碗豆腐才能给自己买个房子？八十万碗？"

牛仔多少也在东城混了这么久，也多少知道钱的用处了，但终究是个没什么主意的人，他道："那俺能干什么？"

楚妖精摩挲着牛仔的脸道："你还会干什么？"

牛仔道："打拳。"

楚妖精开心道："对啊，你找个武馆去做教练啊。"

牛仔道："没用，在豫南时找过，别人不要，他们要有体委发的教练证，那东西只有体校毕业，或者参加过武术套路比赛的才有。"

楚妖精道："你没有参加过？"

牛仔道："师父说花拳绣腿搞表演，俺们三皇寨的人不参加。就算参加俺也拿不到名次，他们只看动作漂不漂亮。"

楚妖精托着腮帮道："那你还会什么？"

牛仔道："飞镖暗器。"

楚妖精托着腮帮。

牛仔道："养猪，俺养的猪可肥了，一个叫八戒，一个叫妖精。"

楚妖精托着腮帮，满脸怒色。

牛仔道："还会垒猪圈，我家的猪圈都是俺自己挑砖搞定的。"

楚妖精兴奋得跳起来："牛仔你太聪明了，你怎么不早说你还有这个特长？垒猪圈，嗯，你就做包工头搞搞房地产吧。"

第78章

同归于尽

"燕姐，你说电视里整天都在讲金融危机，金融危机的，这两个月为什么我们生意这么火呢？"小蓝狐问屋丽头牌青河第一燕。

青河第一燕道："看你这小狐狸这么高兴的，你这个月赚了多少啊？"

小蓝狐道："两万七，呵呵，数都数不完。"

青河第一燕笑道："瞧你这出息，才这点钱就数不完了，你这么漂亮，把技术练练，赶明儿我跟江哥说说，也调你到火凤凰俱乐部去，在俱乐部啊，运气好三个晚上就赚到这点钱了。"

小蓝狐道："算了吧，全东城只有四十九个囡囡有资格入选火凤凰俱乐部，还包括那些兼职的模特，整个屋丽除了燕姐，就上了朝天椒，连张姐、粉条、大眼睛都被淘汰了，听说朝天椒都找了江哥的后门，我下辈子重新投胎吧。"

青河第一燕道："你啊，就应该送到上师那里，伺候一下上师什么技术都会了，好莲花都是金刚捣出来的。你这样好吃懒学的，活该成不了火凤凰。"

小蓝狐道："现在也不错啊，我明天去银行把这两万多块全部换成一块的，然后这个月每天睡觉睡到自然醒，数钱数到手抽筋，不知道多爽了。你们这些名凤就不要逼我们这些小家雀成才了，呵呵。"

青河第一燕道："真得谢谢江哥，他的龙腾方略一上正轨，酒店生意一下就火了。听明姐说整个东城的酒店业绩都回升到了最佳时期，这还是各店抽出了王牌组建火凤凰俱乐部的情况下。你说现在男人的钱都从哪里来的，青河月薪两千的都算好工作了，俱乐部很多男人的钱都好像是捡的一样。"

秀秀道："我听江哥说过，国内有一个庞大的黑领阶级，他们的钱是数据体现不出来的，所以金融危机影响不到我们这个行业。就像内地的某些公务员，明账里一个局长也就一个月两千七百块钱，暗地里多少谁也不知道。你看看我们东城，有多少局长在挥金如土，他们真的就两千七一个月？"

青河第一燕道："那就不管他们了，只要给钱我们就是好人。"

秀秀道："你知道为什么这个月生意这么好吗？因为东城不准开新店了，也不准降价什么的，老店生意当然会好。而且老板们联合起来，联系了好多大人物来照顾我们的生意，很多人组团来东城，生意当然好了，还有李哥的香汤跟和宝同归于尽了，好多在常闹玩的又回到了浅水。于是就米西米西来钱钱了。"

我正巧在隔壁喝茶，听到这些议论走过去打断道："以后香汤和宝的事情就不要谈了，另外龙腾也不是我一个人折腾出来的，记住了，我只是跑龙套的，卫哥才是老板。燕，现在下午一点了，休息一下。你下午三点要去俱乐部陪马来东亚外贸局的陈司长，抓紧点；五点到七点去陪维港的霍公子吃晚饭，这是个大头，机灵点，别被狗仔队拍到；晚上九点回屋丽陪马首长去总统房，记住要快，晚上十一点务必督促首长赶回幽州，这人自制力弱，你一定要强硬点；十一点后市委黄主任请你吃夜宵，他老婆很厉害，不管他怎么央求，不要陪他过夜；凌晨一点我派司机接你回屋丽，米国的Mr.金等了你两周了，今晚多少留点时间给他，毕竟也是世界五百强企业的高层，太怠慢了也不好，影响招商引资。"

青河第一燕道："好的，江哥，明天我可以休息一下吧？我已经连续二十天没有休息了。"

我道："明天上午睡到八点，九点钟要陪卫哥出席商工联的一个庆典活动，穿红色旗袍，红色高跟，黑蕾丝丝袜。十点五十你们开车去神山南河，指导一下东城式连锁店的师妹们，在南河吃中饭，顺便可以在千灯湖玩会儿，下午三点南河区政府举行广神同城双城发展战略推演会，卫哥的意思是让你跟当地建委的李书记认识一下，他十天前在俱乐部见过你，这段时间老是在卫哥耳边嘀咕，食不甘味，而卫哥又准备在南河拿块地皮，这个推不掉。下午五点……"

"够了！"青河第一燕嘟着嘴巴道，"以前何青也像我这么累吗？"

何青，好遥远的名字，我看了看窗外道："你还比不过何青，你刚够上花船的资格而已。"

青河第一燕睁圆眼睛，跺着蛮脚，嗔道："哼，我可是清河第一美人，真比不过一个退役的传说。"

是啊，她早已不在江湖，江湖却有她的传说。我嘴里道："你也不错，多加努力。以后也是何青级的名凤。"

青河第一燕嘟着嘴道："我已经是了啊！"

卫哥站在落地窗前，无限感叹道："这次香汤与和宝同归于尽，真是杀敌一千，自损八百啊。"

我道："卫哥，还是我们赢了，大黑崽倒下了，基本没有机会再爬起。但李鹰我们再扶他一把，另一个香汤又起来了。"

卫哥摇头道："没有赢，平局。大黑崽只是个代理人，他无足轻重，和宝表现出来的战斗力，尤其是利用官场的能力，超过了我们的想象，这才是恐怖的地方。"

我和卫哥一起对着窗外发怔，是啊，能把卫哥的人在东城这一亩三分地逼到同归于尽，这需要怎样盘根错节的关系，又是怎样的社会能量，要明白，在国内开酒店的，其实拼的就是后台。

李鹰战大黑崽，按照卫哥的指示，采用了几年前对付白马舞厅的战术，买通了当地一个一直交好的镇税务所芝麻官，魏所长，然后让魏所长每天三次过去查偷税漏税，这个方法非常毒，国内开桑拿的都偷税漏税，去玩图图会开发票吗？我想给客人开，客人都不敢要啊。所以一抓一个死，讲句题外话，不管什么商人，表面如何风光，其实都是颗棋子，下棋的人一般不直接经商，只直接抽成。所以富翁榜上的人一个接一个入狱，这不奇怪，抓起九成来，也还有大量漏网的，这叫原罪。

大黑崽也算老于世故，几年五星级酒店的皮鞋不是白擦的。他很快报告了股东，第二天下午，这个魏所长受到了内部警告，同天晚上他收到了纯金打造的小牛。所长马上把他的难处告诉了卫哥，卫哥是什么人，当晚让李鹰砸去了两百万，并声称如果摆平了这件事，两年内帮他升副处，如果升不了再给他三百万养老。

接着魏所长化身为反腐斗士，连上级发话都不听，为了税收他勇敢地和黑恶势力作着斗争。他公开将金牛退给大黑崽，说："如果不能尽忠职守，我对不起税务干部的身份。"

为了配合所长的正义行动，周记者在李鹰的暗示与车马费鼓励下又一次出手了，一篇长篇报道《金山银山买不来对税务的忠诚》在东城日报发表，配的图片就是那个退还的巨大金牛。这个报道图文并茂，很有冲击力，尤其在这个物欲横流渴望英雄的年代，魏所长的事迹迅速在好几个媒体上发表，魏所长很快就得到了上级组织的表彰。周记者凭借这篇报道，在圈内获得了巨大的荣誉，年底时被评为优秀记者，后选调到了广府日报。这是后话，在此不表。

李鹰见到文章后微微一笑，免费请周记者到香汤来了个"健康桑拿"，卫哥又请他到屋丽做了个"绿色沐浴"，第三天我带着他去了一趟火凤凰俱乐部，玩了个"文明休闲"。回来后周记者就邀请好几家媒体的朋友对和宝来了个追踪报道。

周记者对着电视镜头义愤填膺道："这家逃税漏税又行贿的沐浴中心，据知情者报告，竟然很有可能隐藏着色情服务，如果是真的，这样的毒瘤不铲除，精神文明建设如何展开？我们注意到，在一街之隔的地方，还有一个小学，每天有无数的小学生从和宝暧昧的广告牌前面走过，让我不禁想起鲁迅在《狂人日记》里讲的话——救救孩子……"

李鹰很满意，又请了他一周的"绿色沐浴"。

这一套组合拳下来，和宝摇摇欲坠，但奇怪的是，这个本来很快就要炒热的题材，迅速地偃旗息鼓了，报社电视台都不再报道。本来已经被内定为典型的魏所长不仅没有升官，而且招到了冷遇，很快就把他平调到了宣教文卫科做了科长，谁都知道跟税务所比，那是个清水衙门。卫哥只好迅速支付了他一百万，让他安心养老。

不论如何，和宝毕竟出了事，被停业整顿了，树大招风，生意一落千丈。但一周后，香汤莫名其妙地起了一场火灾，没有人员伤亡，是由一个烂仔不小心扔烟头引起的，还没有报119，消防队很巧合的第一时间赶来了，扑灭了熊熊小火，一检查发现，香汤消防设施不达标，有严重的安全隐患。当地一家电视台迅速做出了报道：深蓝的悲剧尚未忘却，东城娱乐场安全走向何方。这报道一看就受了深谙政坛心理的高人指点，把这小火迅速地跟惊动天上的深蓝火灾事件挂上了钩，刺激了很多人最敏感的神经，你赚钱没问题，扫黄时配合一下就行了，但你不能在我任期内搞出负面新闻来，更不能给我惹事，尤其是重大安全事故。于是香汤也无限期停业整顿。为此，卫哥找了周秘书，周秘书表示上面知道了，而且听到的传言很夸张，说差点烧死了三十多个人，他不方便也不可能说话。

同一天，香汤跟和宝都关了门。李鹰跟大黑崽都被拘留，两天后都被取保候审。

我跟卫哥抽着烟，分明感受到卫哥的一种忧虑，香汤与和宝的同归于尽，互相弄不死对方，说明小东国竟然有实力在客场单挑他这个东道主了，要知道卫哥虽然还没有实力完全一统东城（也不可能），但通过花会和见熊囤会议，他隐约已是东城这最豪奢之地的夜场盟主了。

"江部长，有个小孩子捣乱。"我赶忙回到酒店大堂。一个十二三岁的小男孩正在大厅耍泼，我过去一看，乐了，这人我还曾想辅导他功课，是个二世祖，长期包养过白素素姐姐，以前我和李鹰火拼时，他算是帮过我大忙，正大声嚷嚷着要找他的素素姐姐。

我道："你素素姐嫁人了，不在这上班了。"

小男孩非常愤怒："胡说，姐姐说过要嫁给我的。"

我忍住笑道："你这么久不来看姐姐，姐姐生气了，就嫁了。"

小男孩忍住眼泪低头道："她嫁去哪里了，我要去找她。我放假去了澳国，后来爸爸逼着我学英语，耽误了几个月。本来素素姐姐教我就是最好了。"

我笑道："我也不知道她嫁哪里去了，呵呵，要不要在屋丽重新找个姐姐，辅导你写作业，帮你暖被子？"

小男孩低头抽泣道："不了，我只要素素姐姐。"

小男孩转身离开大堂，道："我肯定会找到她的，我有钱，我请维港的私家侦探。"

素素一进店铺，就迅速成为了吴村一景。在利德人BBS里，她有了一个外号：联顺西施。素素的店很热闹，每天无数男人装模作样地进去看衣服，看着看着就变成看老板娘了。但人多不代表生意好。她的衣服卖得很贵，精明的利德女人并不怎么买账，而男人们，往往带着自己的女人来买衣服，看看素素，又看看自己的黄脸婆，看着看着很愤怒，都不乐意掏钱了。所以刚开始，白素素还兴致勃勃的，没过一个月，生意惨淡，就兴致黯然了。

张小盛看着收银台惊喜道："素素，这个星期真不错，纯利润就有八百多啊？！"白素素耷拉着头道："还不如我以前一个……钟呢。"

房屋已经开建，暂时还是住在租的两室一厅里，这一家人也都算和美。老人心疼这白嫩嫩的媳妇，基本不让她干家务，但白素素还是很懂事，虽然基本不下厨做菜，但主动洗碗；虽然基本不拖地洗衣，但主动倒垃圾。

有一次晚上，白素素正在厨房洗碗，听见老太太大骂："这个臭婊子，破坏人家家庭。"白素素听得有些郁闷，含着笑走出来一看，老太太看着电视还在生气了，电视里一个男人被一个酒店的狐狸精勾引，然后不顾家庭，把自己生病的患难与共的妻子，还有三岁的小女儿弃之不理。"

老太太很有正义感地一声声婊子地骂着。白素素低头玩着手指，张小盛一笑，抢过妈妈的遥控器换成了体育频道，谁知这一下子让白素素更生气了，直勾勾地盯着张小盛。转过头去生起闷气来。

浅水西郊要建一个小的陶瓷厂，这厂的老板和牛仔是"连襟兄弟"，迷楚妖精迷得五迷三倒的，见牛仔这个建筑公司虽然没有什么资质，但来招标的公关经理居然是梦中情人，当场就给了楚妖精一个面子，送了个工程给牛仔做，随手给了牛仔一张图纸，让他按照纸上画的东西造。牛仔一看，简单，在一个车间顶上建一根二十五米的烟囱，工期两个月，造价二十八万，这玩意牛仔在乡下见过摸过还爬上去玩过，当场就答应了。

这是牛仔妖精好不容易接到的第一个工程，不过厂老板要求牛仔先垫资，两个月后工程验收后再给钱，这也是行里的规矩。楚妖精立马帮垫了。于是牛仔成为了东城建筑业最小的老板，江湖人蔑称"牛瘪子"。

"牛瘪子"喜滋滋地带上一群农民工，联系了几个砖泥厂，就动起工来。老林寺的人就是踏实，接到工程第一天，就在工地披星戴月挑红砖。别的包工头一般也就变成嘴力劳动者了，牛仔却干得比手下还卖力，工钱给得也足，只有一个不好，天天带着整个队伍吃豆腐。

没过两周，手下都感觉到了老板的呆，个个都开始偷懒，牛仔也不多说什么，只是一个劲地吃豆腐、干活。当然送豆腐来的，是一个姓宋的寡妇，长得也没有楚妖精说的那么难看，大众脸，挺朴实的一寡妇，两人一见面就都乐呵呵地笑。楚妖精见工地灰尘弥漫，来了一次后就基本没来过了，于是两人就在这个楚妖精争取来的工地里公然地好上了。

宋寡妇给牛仔擦擦汗道："老弟，怎么感谢你啊？"

牛仔笑得阳光灿烂，道："俺不要感谢。"

宋寡妇道："俺也知道你的心思，你是好人，你要不嫌弃，今晚俺陪你困觉吧。"

牛仔拍掌道："那敢情好，俺一直想着哩。"

东城建筑业的复杂，不亚于酒店业，利益多的行业都复杂，这符合经济规律。偷工减料那是行规，最离谱的是有人居然用篾片代替钢筋修大桥。单说东城，黑社会组织或者说黑社会性质的组织就有，单是红砖和水泥的供应，就被一个叫绿源的厂子很霸道地垄断了，价格比市面高很多，但几乎东城所有的工程都只敢用它们的东西。牛仔不认这个理，跑出很远，跑到深蓝买来砖头和水泥。一开始，因为他的工程实在太小了，绿源厂也没有注意到。但古道热肠的牛仔很自然地向其他工程队好心劝说，提醒他们砖和水泥买贵了。

终于绿源厂派来了两个梳着鹦鹉头，纹着青龙的汉子来找牛仔麻烦了，逼着牛仔买他们厂的东西，否则就要砸场子。

牛仔喜道："嘛? 你们要打架? 好咧，好咧，俺洗个手出来陪你们。"

两大汉十分愤怒，这残疾人是不想活了，拿出匕首就捅。牛仔让开，关了水龙头，大喜道："兵器，好，一寸短一寸险，但短兵器不是这样用的。"两手一挥，两汉子脱臼了。牛仔帮他们接上，道："刚才不算，重来。"

两汉子面面相觑，又挥拳攻来，再脱臼。牛仔又帮他们接上，多么富有白求恩精神啊。牛仔道："这次也不算，重来。"

两人抓狂了，同时骂道："等着瞧。"转身要跑，牛仔喝住他们，他们居然就停下了，平心而论，虽然他们打不过牛仔，但跑，牛仔现在的状态是追不上的，但他们都停下了。牛仔走上前，勾着两人的肩膀，很虔诚地道："咦! 你们身上的小蛇画得可好咧，谁画的，让他帮俺也画一个。"

两人跑后，偷懒的工人突然勤快了一点。

黄昏时间，牛仔和众人正在煮豆腐鱼，一辆吉普车带着七八个大汉，手拿着铁棍又过来了。

牛仔的手下对着老板使眼色，让他快躲躲。做建筑工的人见打架都见多了，也不怎么紧张。牛仔一望，喜形于色，拿着块砖头踏着欢快的小碎步冲了出来……结果……好像缺乏写的必要，这七八个大汉瞬间明白了什么叫拍砖。牛仔因为瘸子，也挨了好几棍子。

牛仔道："过瘾，过瘾，紫荆城回来就没有这么过瘾过。你们明天多带点人来好吗? 多打打功夫才会提高。"

此战之后，牛仔在江湖中也有了名号，由牛瘸子变成了瘸子牛。居然在这么黑暗的行业里没一人敢黑淳朴的他，他就像黑夜里的一颗星星，明亮了整个天空。手下的工人更是没一人偷懒了，都起早贪黑地卖力工作起来。

总算在第二个月月底烟囱搞完了。前几天厂长派人去验收，牛仔被骂了个狗血喷头，还没有钱拿。妈的! 牛仔把图纸看反了，人家是要挖一口井!

第79章

飓风过岗

二零零九年五月初五，即己丑年闰四月十一，立夏。

春未销，裳刚薄，百花开遍百花杀。先是血洗山城黑道，渝庆各桑拿老板，银铛入狱者过半；后有飞夺阴江城，当地酒楼第一大佬化作飞灰；又有神兵突袭广府，果岭王黯然双规，其在电视台工作的著名红颜，突成楚囚；一时间风声鹤唳，魑魅魍魉，都有被铁帚一扫而光之势。东城酒店业多年来领袖群雄，名声显赫，树大招风，成众矢之的，也有狐悲之寒意，有小道传言：台风又欲拂东城，风源不明，据说要在东城十步杀一店，千里不留行。

新香汤的老板李鹰道："哪年不来那么一次，跟大姨妈一样，过了就是安全期。"

东东笑道："又来了，可怜那些站街的又要倒霉了，这次不知道哪个三星级会成扫黄展览品。"

卫哥轻松地摇了摇手："不要大意，不要大意。说不定这次扫的就是五星级，就是屋丽。"说着说着，自己也笑了。

礼不下庶人，刑不上大夫，东城还没有五星酒店被查封的历史，去领奖倒是经常都有，串亲戚似的，总之关系十分和谐，东城的五星级酒店历来都是文明守法的标兵，都不稀说他。

当晚，五星级酒店九五玉被查封。老板被抓，小五被抓，很多图图被倒提着扔进警车里，像提一只真鸡一样，七十五个客人关进了拘留所。

卫哥道："什么！？"

李鹰道："什么！？"

东东道："什么！？"

西蒙道："什么！？"

果冻道："什么！？"

翠翠道："什么！？"

复尊黄总问："怎么回事？卫哥？"

……

分管旅游工作的副区长第二天在旅游局召开了一个酒店工作会议，面对众多充满疑惑的酒店大佬，他先是说了大串要求，借着休息时间在厕所抽着烟漫不经心地对着自己的把弟乐去临的老总提了一句："国内只有经济特区，昨天九五玉想搞特色，涉黄了就出事了。各位好好理解一下，要知道法不容情。"

接着，各大酒店房顶集体漏水，全部内部装修——这年头的房地产质量真让人不放心。

据扫黄当晚没去上班的图图说，上一周，一个有些秃顶的中年客人天天来九五玉，这人很是奇怪，气度不凡，又为人和蔼。进了房间就找图图，找到图图什么都不干，但一定要让图图一项一项地介绍服务项目，介绍完了，不等她们脱衣服，就搬张椅子做思想教育，教育满九十分钟，才放已经睡着了的图图离开，钱倒是照给。桑拿里怪人怪事多，虽然他是最怪的，但也没多注意。这几天酒店出事了，我们几个瞎琢磨了，会不会跟这怪人有关系？卫哥多方打听，都打听不到这怪人的来头。

几天里，风平浪静，美容店、站街妹，生意照常，照常这词用得还不对，因为各大酒店装修，这些低端服务者生意还更火了些。一周后，各酒店憋不住开始陆续营业，卫哥老谋持重，屋丽还在按兵不动。

一周后，屋丽正准备重新开业，又传来了一个令人震惊的消息。魅力滩被扫荡，动手的不是当地公安，是武警部队。经营多年的西京双雄，一点预兆也没有，就被连根拔起。

九五玉老板和魅力滩老板都不是等闲之辈，九五玉老板人面之广不输于卫哥，生意之大甚至在卫哥之上。他麾下的铜蛇实业有限公司，囊括了九五玉国际会所、双蛇岛国际会所、天虹宾馆、言多休闲会所等七家东城一线红牛的店铺，是圈内赫赫有名的铜蛇系，江湖甚至有言：东城三分明月，两分独照铜蛇。

魅力滩老板是我见过的所有桑拿老板里最热衷于国事的，他是真的热衷，不仅仅是为了钱，这人在我看来有些不可理喻。他一边组织着皮肉生意，一边觉得这工作包括赚钱毫无意义。认为自己最大的遗憾是生不逢时，没能在二战时死在斯大林格勒的城下，1991年苏联解体，他飞到莫斯科红场大哭一场，那时他还没什么钱，路费一半是借的，一半是所有的积蓄。从1992年前开始，他每年过年，都会去各级的老干所挨个拜年，聆听先辈的故事。边听边乐，经常高兴得手舞足蹈。刚开始老革命以为这家伙又是一个想利用他们余热的投机者，收了礼品讲了故事，也没多加注意，后来日子长了，这些老干部也都感动了，纷纷表示，就算被这种人利用，也心甘情愿。后来他在商场这个人情社会里，毫无家庭背景却奇迹般地发迹，据说老干部出力不少，而且几乎都是主动的。孺子牛会议后，我跟卫哥去过他家，家很简朴，床上到处是书，甚至是马、恩、列、斯的原著，什么《国家与革命》、《哥达纲领批判》、《家庭、私有制和国家的起源》，我翻动了一下，这些书还真不是摆设，里面密密麻麻地写满了笔记。

几天过后，这两位大佬还在牢里关着，凭他们的人脉，应该进去走走亲戚就被捞出来了啊。卫哥去探监居然被拒绝了，探他的口风，一问三不知，真是邪气了。

接着主管旅游的副区长突然被勒令出国，要去意大利学习两个半月，在风云诡异的公门，外派学习是件意味深长的事，毫无预兆地被单独勒令出国，更是匪夷所思。

卫哥问魅力滩的一个囡囡，有没有一个秃顶去你们酒店点囡囡不玩囡囡，却做思想工作。囡囡道："这个倒是没有。秃头，对了，我想起一件有意思的事情，我们店现在的两个头牌囡囡，'小白兔'和'阿尔卑斯'这一周里同时爱上了一个中年男人，还打起来了。对了，那男人就有点秃头，但人挺帅气，腰杆挺得很直，一口京都普通话，真好听。"

卫哥坐直在沙发上，呆呆不语。

这段日子，美容美发店、站街的生意越发好了。她们还不知道，她们的2012会提前来到。

李鹰来电话道："卫哥不好了，香汤今天下午进来了一个秃子，我当时正好不在，那家伙找了个囡囡上了一节课就走了。"

卫哥站起道："赶快关门！"

李鹰道："这家伙是什么来头？东城被他毁了一半了，我明天就关门，不让干这个，老天生我李鹰干什么，这不伤天害理吗？"说完挂了手机。

但李鹰没等到明天，就在这一晚，相当于四星级标准的新香汤被扫，李鹰被武警捕获。

卫哥瘫倒在沙发上，颤抖着点烟。

卫哥对复尊黄总恶狠狠地道："这家伙只打老虎，不拍苍蝇，只打老虎，不拍苍蝇啊！抓捕行动是部里直接指挥的，东城本地都被架空了，你在京都有关系，问问你大舅子，这台风是怎么回事，风源在哪里，什么时候走？"

黄总叹了一口气："部里？只怕事情不是那么简单，如果是部里还好办一点，只怕是更上级干的，你和我都要小心点，我问过了，来东城组织这次行动的确实是个工作组，是四大部委联合的工作组，领头的很神秘，姓包，外号笑面王，表面上只是个少将，但实际权力很大。

卫哥小心翼翼道："是不是一个秃子？"

黄总道："好像是，据说是个铁面无私的家伙。软硬不吃。我已经给几个大场的老板发过短信了，要他们多加留意。"

卫哥飞赴广府找到周秘书，问道："周秘书，你知不知道有一个姓包的少将，秃头，外号笑面王的？"

周秘书一个激灵，很快镇定下来，缓缓道："你怎么突然说起这个人，在党校学习时见过。"

卫哥道："这人怎样？"

周秘书面无表情，没有回答。

卫哥道："不瞒您说，我有个手下，就是李鹰得罪了他，现在想请他高抬贵手，你说我能不能先送点见面礼给他？"

周秘书道："那你不是送礼，你是送死。"

卫哥笑笑道："他喜欢什么？"

周秘书道："别费心了，这人油盐不进，软硬不吃，表面看很有魅力，幽默大方。骨子里极度正直，吃喝嫖赌一律不来，连上厕所都堂堂正正，一二三走上前，四五六握在手，七八九抖一抖。别费用不着的心思了。"

卫哥道："他有没有怕的人，比如他的上级？"

周秘书想了半天，道："没有。"

卫哥道："你看，你能不能帮我约他吃个饭？"

周秘书道："时间不早了，我还有个会要开。"

卫哥笑笑，站起来要走。

周秘书道："卫哥，不送你了，只送你八个字。"

卫哥附耳过去。

"飓风过岗，伏草惟存。"周秘书轻声道。

卫哥解散了火凤凰俱乐部，果冻问内部装修到什么时候，一些囝囝已经跳槽去神山、深蓝了，还有一些都想回老家了。

卫哥想了半天道："再等等了。"

第二天一早，卫哥叫来我和果冻道："总装修确实不是个事啊，而且我们在浅水这么多年，如果要找我们的辫子，那还不是维尔舞族的姑娘，辫子多的是。如果是普通台风，那我不会有什么事，如果真是龙卷风，现在装修也没用了，明天就开张吧。"

果冻道："嗯，囝囝都快旱灾了。"

卫哥道："但还是要低调些，广告全部撤掉，不准上网招客，不走秀，不提供双人。客人进门后，要相互介绍，万一真被冲店了，就说是男女朋友。从法律上讲，一对一可能是谈男女朋友，处理得好只能算道德问题；一对二就是聚众淫乱了，属于法律问题，捞都不好捞。另外雨伞最快的速度处理掉，不要留在房间，碰到秃子，一律不提供服务。"

果冻道："嗯，卫哥，你还懂法律啊？"

卫哥道："做老板什么都要懂点，法律是个很重要的工具，当然要会用。"

我们都沉默了。卫哥道："真有闪失，大家都不许互相咬。"

我道："放心，他们要敢严刑逼供，我先交代了，上了法庭再揭露他们。"

卫哥道："希望不要走到那一天。没事，相信卫哥，卫哥的人脉在东城数一数二，我罩不住，东城就翻天了。那个包什么的将军，真想会会他。"

卫哥的自信没有坚持多久，因为，京都传来的一个消息，让我们的自信毁掉了大半，连一向坚强的卫哥都是。我们早就明白却终于体会到了，我们在跟一个绝对无法对抗的剑手作战，你明知有输无赢，还不能自由退出，你可以风光无限，那是他不想理你，你可以手眼通天，但他就是那个天。他可以任意决定杀你，或者不杀，以及什么时候杀，和用什么方式杀你？这种砧板和鱼肉的关系，是每个鱼肉只能恐惧不能抗拒的宿命。他可以是灰太狼，但你永远不是喜羊羊。

这个消息是：京都庆延山庄被扫，朱七被抓。七爷以组织卖淫罪被公安部门公诉。卫哥当场摔倒在地上，这绝不是说他和七爷有多深的感情。我瞧了瞧天空，充满了恐惧感。

回到宿舍，和笨笨狗玩了一盘，好久没有碰她了。说实话笨笨狗的技术，尤其是身材、长相，跟很多屋丽的先进工作者没法比。比如说楚妖精，虽然现在她不跟我了，可我还是无限怀念她在床上的感觉，那真是莺啼鹂鸣、俯仰成趣，既紧张活泼，又严肃认真。笨笨狗那纯粹是老妻的感觉，就是那种用了很多年舍不得扔掉的老抹布，但我一有压力，一感觉害怕，或者感觉紧张，我还就想念她的怀抱。我总觉得，这才是我的亲人，我的窝。

除了被逼着戴雨伞，这个晚上一切都好。

内参报道，带队剿灭庆延山庄的是三级警督，双懿。这个智勇双全的女警，曾在山庄卧底了几个月……

青河第一燕道："卫哥，我刚才接了个秃头。"

卫哥和我都紧张地站了起来，卫哥差点站不稳了，他问："你怎么做的？"

青河第一燕道："那还用说，我拒绝了所有服务。"

卫哥焦急道："你一五一十地把在房间里跟秃子的对话复述一遍。"

青河第一燕道："他问我有没有艳舞，我说没有，他又问我有没有特殊服务，我说没有，他指着床上的红绳，问我有没有空中飞人，我说没有，他笑了，问我有没有冰火两重天，我说没有。他说那来个正规按摩吧。我说没有。他说这个可以有。我说这个真没有。"

第80章

诸神的黄昏

历经了三个芬布尔之冬的世界树枝叶枯黄，一经火焰巨人的烈焰点燃，立即就熊熊燃烧起来了。这样，整个宇宙都落入了一片火海之中，所有的九个世界都在火海中遭到毁灭，威格律特旷野中还在继续战斗的亚萨神、英灵战士以及巨人也都在大火中丧生，宏伟的瓦尔哈拉神宫轰然倒塌，金碧辉煌的宫殿化为瓦砾，家园在大火中成为一片废墟——《诸神的黄昏》

《法制全报》二零零九年第十九期：

公安部捣毁庆延一色情窝点

特派记者姜和

为迎接共和国六十周年，公安部近日开展了打击组织强迫妇女卖淫的专项行动，公安部扫黄打非司，在地方公安局的配合下，调动武警猛出快拳、立足稳打，对重点场所进行摸排，共关闭涉黄娱乐场所十八处，拘留九十七人。5月5日上午，更是一举捣毁了庆延市一个盘踞多年的重要色情窝点，当场捕获窝点组织者朱七，以及爪牙魏东才、周南、马茜（女）等，当场解救被强迫卖淫的女性八十七人，是近年来当地破获的最大的组织卖淫案。案首朱七等已被拘留，据公安局人士称，朱七多年以来，利用庆延山区特殊的地形，连绵的山脉作掩护，租用废弃的防空设施，非法组建了庆延山庄。数年来先后共收留、强迫女性从事性服务人数超过三百个。在审讯过程中，朱七对自己的罪行供认不讳。

目前犯罪嫌疑人朱七等已被刑事拘留，律师分析称，若案件查实，朱七最高可获十年有期徒刑。此案在进一步审理中。

公安部笔录

朱七案审讯纪实

京都公安局扫黄打非办

警官：你是否承认在二零零三年到二零零九年间，组织女性卖淫累计一千三百四十二次？

朱七：这个应该不止吧，太丢庆延山庄的脸了，有时一天都不止一千三百四十二次。

警官：你是否承认依靠色情业非法获利达到一千五百多万？

朱七：没数过，但你说的那个数是笑话，山庄买的那三架直升机就过亿了。

警官：老实交代有哪些人常在山庄嫖娼？

朱七：这个就多了，山庄最鼎盛的时候，一个妹子一天平均要做六个钟，百来个妹子，连续几年，你给我算算有多少男人来消费？另外你所说的二零零三年到二零零九年这个数字也不对，七爷我一九九三年就下海了，只是当时没有玉宇凡尘名气大，我还一直不服秦煌这小子，现在好了，也没什么不服的了，管他谁有名，都要进去了。你说哪些人来消费，我真记不清楚。呵呵，我们山庄经常为一些宾馆做他们要做又不方便做的事情……

警官：朱七！你是专政的对象，老实一点，别恬不知耻，得意扬扬，不谈这个问题，你知罪吗？

朱七：知罪。

警官：什么罪？

朱七：太嚣张，得罪了人，所以我就进来了。否则，我前脚坦白了，后脚就会有你上级的上级把我放了，现在看不行了。

警官：你知道组织卖淫触犯了刑法吗？

朱七：咋不知道呢？我还知道这法时灵时不灵，要严格执法，牢里面的人比牢外边的人多。

警官：你老实点！你是在神圣的司法机关认罪。不管你有多少歪理邪说，所有违法情况迟早都会付出代价，天网恢恢，疏而……

朱七：呵呵，知道，别背书了，小警察，七爷以前就政治学得好。对阶级敌人丝毫不会手软，……什么利用庆延连绵的山脉掩护从事不法活动，扯淡。七爷是靠山脉掩护吗？七爷是觉得山里面空气好，有利于客人发挥。什么租用废弃的防空设施，那是有人送给我的……

警官：你这么厉害，那你怎么还被抓了？

朱七：这很简单。我以前确实觉得自己厉害，现在倒是想明白了，厉害的都是位置，不是人。我是什么位置？

警官：你不要怨别人，要多反省自己的罪行。

朱七：那玩意儿有什么可反省的，该多少年就多少年。有本事自然出去，没本事反省有个鸟用。

警官：你应该想想你的行为给多少女性带来了痛苦！

朱七：这个没有吧，庆延山庄和那些低级店铺是不同的。我们为地方立了很大功劳。

警官：啊？啊？你还有功了？

朱七：是立过两次二等功，哪个部门发的就忘记了。

警官：你老实点，我跟你说，你老实点，你没有强迫过女性从事性交易？

朱七：好像没有。

警官：你不用狡辩了，看照片，认识这个人吗？双懿警督，这个女警可以作证，你的小妹也不都是自愿的吧，你有强迫女子卖淫，或利用权势威胁利诱女子卖淫的行为。

七爷：……双懿啊，好了，反正都这样了，我认罪……双懿这次可以升警监了吗？可惜了，要是我在外边还可以帮她点忙。

警官：双懿是扫黄英雄，用不着你帮忙。

……

卫哥拿着通过朋友从公安部内部弄来的笔录，一阵唏嘘。

我道："京都最高端的场子完蛋了。"

卫哥摇了摇头："傻孩子，高端场子不会完蛋，只是七爷完蛋了。"

我道："京都还有场子能替代庆延山庄吗？"

卫哥摇头道："暂时没有，但很快会有。这是春草和野火的关系。"我们不解卫哥的机关，呆呆地望着他。

卫哥道："道理很简单，只要有需求在，就一定会有供给，你觉得庆延山庄倒了，那些人士的需求就会消失了吗？这是任何时候任何地方都不可能消失的，欲望不消失，供给怎么可能消失？即使在世袭制以先进自居的野蛮国家里，下层越淳朴，上层也越腐朽。所以何时何地，高端的场子永远不会中断，只可能更隐讳，更先进，可能变成高尔夫会所，变成名士家园，变成私人俱乐部，变成名媛舞会……据我观察，越是成功人士占有欲望一般越强烈。所以高端场子可能会蛰伏，但永远不会消失。"

"七爷说得好啊，厉害的不是人，是位置，玉宇凡尘垮了自然会有人间天上，庆延山庄垮了自然会有海兰新会。倒是七爷，可能真没救了，说句事后诸葛的话，在紫荆城我就预感有这一天。七爷太霸道了，干这个伺候人的勾当，不应该霸道啊，有着英雄的性格，做着大内总管的活，肯定会是悲剧，时间长短而已。"

我若有所思，道："这个也是，卫哥一直这么低调，果岭的实业家低调的多，低调成卫哥这样的我真没见过，属下的佩服尤如滔滔江水连绵不绝，又如黄河泛滥一发不可收拾。这次东城大风，只有屋丽还在独自玉树临风啊。"

卫哥笑道："呵呵，江磊学会拍马屁了，孺子可教，可以去公考了。嗨，你觉得低调是一种气质，我以为低调是看透了太多东西的无奈。你看看那千年历史，自以为是却又想争名夺利的人几个有好下场？现在东城风大，靠着卫哥低调积累的人脉，好歹能挡挡风。要是平时趾高气昂的，得罪人稍多点，平时没什么，碰到这种运动，被扔块砖头，就可能倒了，越是在高处越要清醒，高处不胜寒啊。也怪了，局里的朋友现在都躲着我，李鹰就是捞不出来。"

西蒙气喘吁吁地把门推得很响，道："卫哥，不好了，不好了……"

卫哥皱眉骂道："急什么！你现在是屋丽的首席经理，出了事要冷静，着火了吗？你也跟了我毛介卫这么多年，什么时候见卫哥这么慌张过？"

西蒙咽了一口气，冷静道："卫哥，我听您的去找周秘书捞李鹰，到了广府才知道，周秘书被双规了。"

"什么！你说什么！"卫哥突然吼了起来，一点都不冷静和低调，脖子上青筋都露出来了。

"是谁下的手?"卫哥骂道。

从没见过卫哥这样的西蒙快哭了,道:"不知道。"

卫哥深呼吸,冷静了下来:"谁升了新职?"

西蒙道:"好像是楚主席。"

卫哥风化了几秒钟,哑然大笑。

我道:"是……"

卫哥很厌恶地挥手打断了我,半天后长叹道:"江磊,记住,说不定卫哥教你们一次少一次了。切记,神仙打架,观棋不语。我还是学艺不精啊,罢了罢了,愿赌服输。"

第二天早晨,卫哥来到培训室的镜子前,一抹前额,头发哗啦啦地掉了一片。

卫哥幽幽道:"人又不聪明还学别人秃顶!"

《南部都市报》5月26日社会版

东城酒店业知名企业家毛介卫被公安机关带走

记者胡协

南部都市报驻东城站5月25日电,记者从果岭省公安厅得到证实,近日,果岭公安机关专案组依法传讯了东城酒店业领军人物、屋丽酒店集团董事长毛介卫。据悉,毛介卫和他的屋丽酒店集团,可能受到违规圈地、财务不清、行贿受贿、涉黄经营等多项指控,目前,案件还在进一步审理之中。

没办法,卫哥这个级别,只配发个简讯。

几天后,神通广大的复尊俱乐部黄老板委托六指送来了卫哥在公安部门所做的笔录。

屋丽案件审讯录

果岭省公安厅专案组

警官:毛介卫,今年你是不是在神山南河低价圈了一块地?

毛介卫:我不明白什么叫低价,我的手续都是健全的。如果我叫圈地,那全国房地产商都要抓起来了。

警官：我们有证据证明你贿赂了南河区好几个部门的领导。

毛介卫：证据是什么？就凭我请了几个领导喝茶、吃饭？还是凭请他们在屋丽创办的刊物上写稿？哦，我送过牛局长一盆莲花，鼓励他为人民服务，希望他像莲花般出淤泥而不染；还送了两只乌龟给李副区长的爸爸，老人家一辈子教书，桃李满天下，希望他能长寿，这是文化。这个能算行贿？

警官：不要岔开话题，南河建委的李书记，曾经接受过你的性贿赂。

毛介卫：啥？我性取向很正常，我怎么可能性贿赂他？

警官：坦白从宽，抗拒从严是我们的一贯宗旨，你老实点。来到这里，你就不是商界老板，是嫌疑犯。明白吗？没有一定的证据，我们是不会请你来喝茶的。我给你提个醒，央金，认识吗？

毛介卫：我不认识外国人。

警官：不认识你会把她介绍给李书记？她不是外国人，是青河人。

毛介卫：哦，青河第一燕。是，原来她叫央金？我带她参加过南河区一个活动。

警官：一个活动，不是这么简单吧？事后她跟建委李书记待了两夜，然后你就低价拿了多灯湖边一块一百四十亩的商业用地。

毛介卫：这个能乱联想吗？她要和李书记待在一起，那是她们的私生活，和我有什么关系？你们双规了李书记不就行了，那顶多是他私人道德有问题，凭什么扯上性贿赂？

警官：我们有充分的证据证明央金是你们屋丽的一个失足女青年，屋丽还有涉黄的服务，延续很多年了。

毛介卫：哈哈。

警官：你笑什么？

毛介卫：屋丽是公家授予的扫黄打非先进单位，这奖项都好多年了。怎么到了这又变成涉黄单位了呢？既然你们有证据，屋丽多年涉黄，你们怎么不早抓了？我记得厅里来东城办过很多次案啊？

警官：不要扯其他的，你坦白说屋丽有没有涉黄的服务？

警官：看什么窗外？不要笑，严肃点。

毛介卫：这个是你们应该调查和回答的问题吧？让我回答，这肯定没有啰。当然，要说我们的服务员，有个别的和客人产生了感情，一见钟情进了房间。那可能也难免有一例两例的。现在的年轻人，太开放了。有时我这老革命都看不惯，什么80后，

90后，网友，非主流的，进了酒店就开房间。唉，有时我劝阻过，教育过，他们骂我老顽固。没办法啊。也不知道现在的学校和社会是怎么教的。

警官：应该是你们怎么教的吧？这是专案组包将军在你们酒店收缴到的培训资料。看清楚，可是你们桑拿部的纸张，培训师是李鹰，我们验过了，是你们酒店桑拿部办公室的打印机打印的。

毛介卫：哦，二零零六年的培训资料，当时你们怎么不抓呢？你说庆延山庄有深山做掩护，我们屋丽就在市中心吧？

毛介卫：怎么不说话了啊？

警官：我们会提出公诉，一旦罪行被证实，行贿、圈地、涉黄，数罪并罚，你最高可能面临十五年的监禁。

毛介卫：哦，当年真应该争取去战场，死在越国就好了。

警官：现在后悔了，知道自己违法了？

毛介卫：理论上，东城所有酒店老板都知道自己违法了；实际上，所有东城酒店老板，都不觉得自己违法了。

……

六指道："卫哥很硬气，黄老板说这次很难捞人，你们都躲躲吧。连东城领导都受到了内部警告，千万别去找老关系，害人害己。"

我躺在笨笨狗的胸口，莫名觉得一种恐惧。见东城大街上每个陌生人，都觉得他们居心叵测，握着手亲着宝贝，放下手骂着婊子；一听到警笛的声音，就觉得说不准是冲着我来的。

我打开窗户想起了慕容雪村的一句话：卖菜的眼神诡异，练摊的表情深邃，连修鞋匠都像国民政府的特派员。

我的身体被刺激得时冷时热，紧张得不得了，然后劝自己：算了，妈的，这几年什么世面都见了，什么都玩了，此生也没什么遗憾了。想到这平静了下来，过了会儿又想：凭什么啊？我干了什么坏事了？我才二十八岁，风华正茂，要进了监狱，老家的老妈还不哭死啊，老子还不如听她的一直在乡下教书呢。

可一直在乡下教书，似乎，又无聊了点？咸阳市中叹黄犬，何如月下倾金罍。

人生的平淡与绚丽，对对错错，得得失失，有谁算得清？

笨笨狗说："又有两个姐妹进去了，我们伤害谁了？如果是良家妇女来闹闹，骂我们抢了她们老公还可以理解。这群男人，板着脸抓我们，转过身又来调戏我们，这算什么啊？"

我摸着那失去弹性的乳房道："不管这些，人类都这样，性禁忌。"

笨笨狗道："为什么呀？"

我道："根据我浅薄的人类学知识分析，是权力，干涉别人交配的权力，最大的权力。生物界一直有个潜规则，强者才享有交配权，这个规律也影响了人类，万物之灵的人类更进一步，把干涉别人交配的权力当成了强者的标志，他们认为，你们要是可以自由享受身体了，我就没有特权感了。"

笨笨狗："真复杂。"

说完后，自己笑了，幼稚，在东城还说这样的话。

我道："没什么复杂的，人还没有发展到自由支配自己身体的阶段，从这个角度来说，人还比不上猪，人太聪明了，所以喜欢作茧自缚。"

笨笨狗道："自由处理自己的身体，谁知道这到底是进步还是退步、文明还是野蛮啊？"

"不知道，但法律规定，我要是想跟你交配，你要配合，这是你的义务。"

笨笨狗道："呵呵，凭什么，我都没有名分的。哎呀，戴雨伞。"

……

我道："你发烧了啊？"

笨笨狗："为前途焦急呗，转眼三十，不知哪里是归宿，一急起来就莫名其妙发低烧，就是焦虑。"

我道："这年头只有傻子才不焦虑。"

几天后，正当我和笨笨狗准备"跑路"利德投奔姐姐，我听到了一个又一个的坏消息，牛仔被抓了！张小盛离婚了！还有杨二兵自杀了！

宏伟的瓦尔哈拉神宫轰然倒塌，金碧辉煌的宫殿化为瓦砾，家园在大火中成为一片废墟——《诸神的黄昏》

第81章

老林之劫

话说牛仔离开了地产界，被楚妖精一场痛骂，羞愧难当，半推半就离家出走，跟着宋寡妇卖起了豆腐。半个月不到，牛仔迅速成长为酿豆腐里面烟囱修得最好的，修烟囱里面豆腐酿得最香的两栖综合型人才，这年头，拼的就是综合实力。

楚妖精找到牛仔，强忍着恶心喝了四碗做得相当凑合的豆腐花，扯着牛仔衣袖求他回去，牛仔没有答应，叫宋寡妇拿出一个包，里面装满了楚妖精给牛仔买的衣服，牛仔道："姐，俺知道你对俺好，也有本事也漂亮。但俺就喜欢宋姐，再说，俺不会跟囡囡结婚的。"

楚妖精变了脸色，突然大笑，笑得凄凉，然后转身消失在她本来就不应该出现的城中村里。

笑渐不闻声渐悄，多情却被无情恼。

要说在这东城社会里，钱多的行业华丽而险恶，钱少的行业同样不是世外桃源，很快牛仔发现有几个人准时来收宋寡妇的保护费，尤其是一个邓姓大哥，自号耒阴帮金牌打手。收完费就大刺刺地坐下吃碗热豆腐，还从不给钱，偶尔顺手摸摸宋寡妇的脸蛋。刚开始几次牛仔没在意，这人一向麻木不仁以为是税务局的，至于摸摸宋寡妇脸蛋这类的行为，牛仔在屋丽都看麻木了，觉得可能或许大概城里就这个规矩，也不觉得侵犯了她。直到有一次，税务局的真来了，牛仔忍不住骂了句怎么老收，被税务局一个小姑娘当街训了一顿：这位同志好没道理，我们每月来一次，怎么叫老收，我们是正规的国家单位，有编制的。牛仔才知道前面那群来收钱的不是税务局的，没编制，是群街头泼皮。牛仔顿时激动了起来。一个武林高手最大的梦想是什么？那就是行侠仗义，有群恶霸可以打打，这可是牛仔在老林寺苦练的原动力啊。这就叫梦里寻他千百度，蓦然回首那人却在灯火阑珊处。

第二天，邓大哥又来收钱，牛仔二话不说把他打了一顿。邓大哥完全没有预见性，在自己的地盘还有小商小贩敢在太岁头上动土？刚做出还手的样子，手就脱臼了，邓老大一边挨打，一边哭闹："死瘸子，哎呦，你给老子记着。哎呦，死瘸子，老子大把兄弟，哎呦，都是练过武的，哎哟。老子舅舅是局里的，哎呦，哎哟……"

后来邓老大找到几个真正的黑道来复仇，哗啦啦一拖拉机，运到了巷子里。其实所谓黑道，圈子就这么大，中间有好几个眼尖的一瞄，这不是传说中修烟囱的瘸子牛吗？有人说不是，是在屋丽干过的牛队长，我在那玩过女人，听那的保安吹过，没想到今天见到了只活的。大家齐道：误会误会，华丽丽地掉头就走。黑道？有黑得过建筑业和酒店业的吗？

从此后，这条街没有混混找他麻烦了，找别人麻烦的都没有了，因为这条街是瘸子牛的街。整条街的小商贩成为了东城最幸福的少数人，都很感激牛仔，时不时关照他的生意。所以除了每天下午五点十二到五点二十六准时跟城管做做猫和老鼠的默契游戏外，日子过得还是不错的。如果这种生活一直延续下去，牛仔将过上摆摊——赚钱——日老婆——生仔——仔大——再摆摊的幸福生活。

可惜，造物弄人，邓老大这家伙还真没吹牛，他还真有一个局里的舅舅。但你让堂堂一个公安局的舅舅直接出手为一波皮外甥报仇，抓起一个摆摊的，那也是扯淡，邓老大没了保护费，恨牛仔恨得咬牙切齿，但也没有办法。只能厚着脸皮整天在舅舅家蹭吃蹭喝，听了不少空话。他舅舅道，要不你去城管大队打打工，这行业适合你，可惜你学历不够，他们只招大专以上的。

邓老大闻言大喜，觉得这个工种最合他脾气，找了个电线杆，一个小时后就大专毕业了。又逼着舅舅找了点关系，邓老大就成了光荣的城管。城管有两种，一种是有编制的，相当于皇军；一种是没编制的，相当于伪军。这种货色直接编入了伪军，如果立了功，是慧眼识珠；如果闯了祸，是个人咎由自取，与单位无关。实事求是地说，正规城管也不是全没良心，混口饭吃的居多，偶尔被逼无奈才做点踢小贩砸摊子的事。一般的坏事，那大多是伪军做的。

邓老大成为临时工后，很是嚣张了一会儿，天天在各菜场上演制服诱惑。不是赶小贩，就是抢西瓜。叫嚣乎东西，隳突乎南北。城管局还不错，现在提倡柔性执法，很有些人看不惯他了，商量了会儿准备开除他。但他舅舅好像是个小队长，还有点面子，也一直没有下文。

这时邓老大嚣张归嚣张，并不敢去找瘸子牛的麻烦。

也活该这厮运气好，所以各人有各命，有些东西不服不行。他进了城管没几天，因为很多学者提出城管在法律意义上不具备执法权，本身是非法机构，建议政府取缔。让政府非常被动。城管这职业网络上人人喊打，甚至出现了一退伍军人刺杀城管人人称好的极端事件。有关部门商量再三，城管还是要有的，农场不养条狗，菜都被偷完了怎么办？没有执法权的问题也确实存在，是历史遗留问题。于是突然下达了一个政策，城管可以酌情并入公安局，享有民警一样的执法权。邓老大的舅舅抓住机会，硬是让这家伙混入了警察队伍。虽然做的还是城管的事。

转正当天，他带着几个同样的烂人，威风凛凛地杀到城中村。谈笑间，各小贩闻风丧胆，逃之夭夭。邓老大也不追，文明执法，执法文明，笑嘻嘻地看着这条空荡荡的街，就像衣锦还乡的汉高祖巡视自己的家乡。

想当年，峥嵘岁月稠啊。

豆腐摊闻风也撤了，没关系，躲得了初一，躲不了十五。你再敢打我，你就是袭警，可以当场击毙。邓老大心里很得意，只有一丝隐约的不得志，城管归了公安，但死活不同意给他们配枪。

这一天，他坐着机动偏三轮，一个兄弟不带地又来了。他按灭了警笛，悄悄地进村，破例不理会旁边乱摆摊的人，直冲村中心豆腐摊而来。

牛仔人缘不错，已经收到了风，但他没有转移。他出事了，他收了一个老太太一块钱，这个老太太给钱后上厕所去了，告诉他回来再吃。

牛仔有自己做人的原则，既然收了钱，就不能骗人，打好豆腐花，执著地要等老太太。宋寡妇拽他都拽不动。

老太太回来时，邓老大也回来了。

牛仔斜瞪了邓老大一眼。邓老大一个趔趄下了车，整整制服，又一个趔趄。

邓老大媚笑道："牛……牛瘸子，我现在是政府工作人员了。你知道吗？"

牛仔冷道："有事吗？"

邓老大道："我们城管归公安管了。"

牛仔冷道："有事吗？"

邓老大道："依法管理这里的小商小贩。"

牛仔更冷道："有事说事！"

邓老大道："这个，你对国家工作人员应该客气点。"

牛仔一掌拍在石椅上，留下个浅浅的手印："说事！"

邓老大软了，百炼金刚顿成绕指柔："你那个城市管理费没交。"

牛仔瞪了他一眼，还是叫宋寡妇把四十块钱交上。

邓老大见到牛仔乖乖交钱，胆子大了点，顺手又摸了把宋寡妇的脸蛋，道："其实了，以我们的交情，尤其是和嫂子的交情。你不交这钱也无所谓。你们子民也不容易，我们不缺这点钱，国家有钱着哩。"

牛仔道："钱拿着，走。"

邓老大将四十块钱揣进口袋里，道："我讲了你可以不交钱的。只是，你上次把我弄得手脱臼了，你应该道个歉，补偿点医疗费。"

牛仔举起了硕大的拳头，被宋寡妇拦住，牛仔啐道："道歉个屁。"

邓老大道："粗鲁，没教养，那我以后每天来收你的摊。"

牛仔吼道："你敢！"这一声，不知道有没有老林狮子吼的成分，反正邓老大又打了个跟跄，咬牙道："你等着。"回头要溜，突然看见自己边三轮上硕大的一个警字，一股巨大的勇气冲上脑门。

邓老大道："老子今天就收你的摊。"低着头，麻着胆子去抢宋寡妇的豆腐担子。牛仔没动，他傻，但从小就知道，警察打不得。

邓老大见牛仔没动，高兴了，哼着歌把担子扔上三轮，道："违章摆摊，没收了，以后多学点法。文盲加法盲等于流氓，知道吗？"

宋寡妇毕竟是个女人，守着这个豆腐担子过了好多年了，相依为命的，自然有些舍不得。上前抓着邓老大的袖子，哀求道："邓兄弟，留着这个吧，俺们要生活啊，俺们以后还是老规矩每天给你八块钱好不？"

邓老大得意道："你求我啊，你让你那野男人也求我啊。"

牛仔握紧拳头，看着天空。

邓老大道："只要这瘸子跪着说声对不起，我一直罩着你们，行不？"

宋寡妇道："俺给你鞠躬好不，俺还给你摸脸蛋。"用手抓着他的袖子不放。

牛仔怒视着邓老大，但有些手足无措。

邓老大一边骄傲，一边心虚，望了牛仔一眼道："咋的，你还敢打我不成，你打……打我就是袭警。"邓老大一踩离合，就准备开走了。宋寡妇还是拉着他的衣袖，邓老大不理，缓缓开动了车子，宋寡妇被车子拖出好几米，裤子都磨出了一个洞，但还是不肯松手，邓老大火了，加上他一向不害怕宋寡妇，一脚踢在她的肚子上，把她从车边甩开了，大声呵斥道："刁民，你敢妨碍公务？滚开！"

宋寡妇惨叫一声，牛仔飞了上去。

警察？只要牛仔觉得不对的，别说一个赤手空拳的警察，面对东国人的手枪照打。

第一拳打在鼻子上，咸的，酸的，辣的，一发都滚出来；第二拳打在眼眶际眉梢，红的，黑的，紫的，都绽将出来；第三拳，太阳上正着，磬儿，钹儿，铙儿，一齐响了。如果不是宋寡妇拦着，邓老大就见镇关西了，结果，邓老大变成了植物人。

这下子，宋寡妇傻了，道："牛仔，你快跑吧。"

牛仔低头望了眼瘫在地上的那团软肉，道："咋会这么不结实呢？俺走了你咋办，好汉一人做事一人当，俺去找公安自首。"

公安局惊了，邓老大再怎么不是东西，总归刚成了自己人，而且他舅舅还是老牌自己人，袭警袭成这个程度，那还了得，算是大案要案了，当场拘留并扔进了看守所，暗示牢房里的兄弟给牛仔松松骨头，结果牛仔又把牢霸给修理了一顿，他是一点潜规则都不守的。

管教亲自出手，拳打脚踢，按道理牛仔惨叫几声，哀求两句这事就过了，以他的功夫，狱警的拳头算什么东东？可是憨厚的他淡淡地来了句实话："力度不够。"东城看守所近两年文明多了，硬是逼得他们出动了近两年已经销声匿迹的电棍，才算安静。

宋寡妇天天给公安局免费送豆腐花，刚开始，警察都不理她。慢慢的，有几个好心的警察觉得这女人可怜，就透露了一点案情：牛仔这属于故意伤害罪，还是伤害执法人员，没人捞他的话，下半辈子基本就在牢里过了，那地方冬暖夏凉，吃饭免费，牛仔一身功夫，也没人惹，不错了。另一个警察摇摇头，恐怕没这么简单，他舅舅想把这案子变成杀警未遂，死刑也有可能，再说他舅舅是狱警出身，牛仔在监狱里能好？

宋寡妇当场就呆了，为了一个豆腐担子何必了。她想来想去想不出办法，突然想起那个漂亮得像天仙的女人，牛仔说过她又漂亮又有本事，而且凭女人的直觉，对牛仔不错，怎么也要找她试试了。

宋寡妇历经周折找到楚妖精，楚妖精火道："我为什么要帮你救你的男人？"

宋寡妇啪地跪下了，楚妖精转身不理她。

宋寡妇道："牛仔是个好人，你救救他，我什么都答应你。"

楚妖精道："好，我救他出来，你离开东城，永远不见他。"

宋寡妇道："好。"

宋寡妇走后，楚妖精打了无数个电话，包括给我的电话，寻求帮助，我就是从她嘴里知道了牛仔犯事过程的。有几个她在屋丽时结识的人物，答应帮帮她，屋丽花魁多多少少迷住了一些有权势的恩客。其中一个法院快退休的老头一口咬定可以捞牛仔出来，但有两个前提：一是受害者家人撤诉，他只能保证公安机关不上诉。二是事成后，楚妖精陪他半年，是只陪他一人半年。

楚妖精道："可以陪你半年，但不是只陪你一人，还要陪牛仔，但保证不陪第三个人。"

那老头想了想道："那我亏了，那得陪我一年半，不给钱。"

楚妖精道："行。"

楚妖精问我："怎样让他舅舅撤诉？"

我咬咬牙道："先找到他住在哪里，然后你使个美人计。"

楚妖精道："明白了，植物人的医疗费怎么办？"

我道："当时宋寡妇就不该拦着，打死了多好，一了百了。"

楚妖精道："我出吧，我赚了点钱。"

对于牛仔，我总觉得心里有些愧疚，我道："牛仔是我带出的人，钱我也出一份。但是我怕这家伙不死不活讹我们一辈子。我在屋丽一共赚了四十万，我拿出三十万来，你拿出三十万来，就这个钱给他舅舅，六十万了难。"

楚妖精："嗯，没问题，如果他舅舅不收怎么办？你知道东城的警察都有钱，未必把六十万放在眼里。"

我道："久在公门难好人，我不相信他会为了一个废物丢掉六十万，当然，这个要你发挥本事，多做工作。"

过了一阵，我打电话过去，道："我们再凑二十万，我通知朝天椒，让他邵阴帮的小狼狗出手，送植物人变成植物。"

楚妖精沉默了半天，道："不好吧。"

我轻轻一笑，很有点七爷满不在乎的风采，我嘴里叼着根牙签，用手轻抚了一把头发。道："只有这个成本最低。"

楚妖精沉默好久，咬牙道："好。"

我放下电话，突然虚脱，脑子生生地疼，入这花花世界转了一圈，钱全部赔光，现在居然要杀人！杀人！！一年前，我是多么地纯洁善良，顶多骗学生家长买点盗版学习资料，现在居然在准备买凶杀人。

我拿出一瓶红牛，怎么也拉不开易拉罐的拉头。

当晚，楚妖精重出江湖，换了套秘书OL制服，穿着黑色蕾丝边丝袜，带着黑边眼镜，以牛仔妹妹的身份，怯生生地找到了邓老大舅舅家。

第82章

妖仙双劫

　　白素素的铺面生意不算差，每个月扣除要交的七七八八，再赚两三千生活费应该是不成问题。问题是两三千刚好养她那辆别克君威，油钱、保险、路桥费加在一起，正好就是这个数，偶尔还支付不起。

　　张小盛坑蒙拐骗的钱已经全部投在地皮和铺面上了——这证明再坑蒙拐骗的人在国内也拼不过房地产商。现在全家属于坐吃山空阶段。看看自己小半辈子心血换来的硕大旺铺，再查查"账单"。张小盛镇定地问道："素素，要不我们换辆车吧？"

　　白素素非常体贴，温柔地道："算了吧，我在东城把沃尔沃换成别克，就是想低调点，铺子生意又不好，别换了。"

　　张小盛呆了呆，道："我的意思是换辆奇瑞。"

　　白素素睁圆了眼睛，张小盛怯怯道："当然不是奇瑞QQ，是瑞虎，那车也不错，省油。"

　　白素素笑了笑，眼角带着泪花。几年前，她还在川成，刚入圈子，就立刻轰动整个白眉山，川成美女如云，但她硬是凭一己之力，帮着东家三个月击垮了两家四星酒楼。只十天就赚够买奇瑞的钱了，还兴致勃勃地去车铺看过，结果回来一说，被老板姐妹们的嘲笑瞬间淹没：我们是大酒店的不是美发店的，素素你别丢了咱姐们的脸，再说，奇瑞奇瑞，修车排队……

　　一个肥肥的客人走进来，可能吨位实在太壮观，矮胖类似冬瓜，她轻轻一拉，扯断了挂在墙壁上的胸罩带，白素素一惊，客人转身用方言骂道："老板呀，你这里的货是不是伪劣啊，摸一下就坏了，哟，哟，哟，还卖九十八块哟。哟，哟，哟，还这么厚的，你们这些打工妹一点都不懂性感哪，现在流行透明的，知道吗？你们做服装生意要有点品位的啦。这个，还有这个，这个，这个，我是统统不要了，根本显不出我漂亮身材啊。"

白素素鞠了一躬，道："谢谢下次光临，您慢走。"

那客人对着白素素眨了眨自己狭窄如同秘鲁的斗鸡眼，摇摇头道："靓女，其实你长得仲系过得去咯，同我差吾多了，就系吾识拣衫（不知道挑衣服）。"然后摇着看不见的脖子横着步子走了。

张小盛哈哈大笑，蹲了下来，腮帮鼓动了几下。白素素踹了一脚："讨厌，你这是干什么呢？"

张小盛道："我是女子欧阳锋，正在练蛤蟆功。靓女，你跟我这蛤蟆长得也差不多吗，就是不会选衣服。"白素没有笑，对着门面外的横幅努努嘴，上面写着顾客是上帝。

张小盛还是在笑："一等姿色夜夜洞房，二等姿色供在庙堂，三等姿色赶去厨房，四等姿色发配工厂，有些蛤蟆，只配剁成肉泥砌墙。"

白素素扭过身子，骂道："刻薄，有这样背后说客人的啊？"但也对天翻着眸子，偷偷跟着笑了，蛤蟆，还真贴切。过了好一阵子，快打烊时，那客人又转身逛了回来。

"靓女，吴村就系个细地方（小地方），买性感的野仲系要系维港买，这呢度乜都冇（这里什么都没有）。我逛左一圈，寐起你呢度有对高跟鞋不错哦，你拿来我试试。"

白素素满脸笑容，把鞋拿了过去，又把一个镜子放在地上。

"哎呀，你睇我着低胸的了（你看我穿低胸了），怎穿啊？"

白素素勉强一笑，蹲下道："我帮你穿上。"

客人站起，扭扭腰身，肉哗啦啦地响起来，道："嗯，这个鞋链子还系吾靓。我吾要了，你帮我脱佐了。"

白素素脱下后，客人道："睇睇（看看）那对白色，你拿过来比我试试。"

……

"咁多对没有一对配得上我的，靓女，你帮手将我原来的鞋穿上吧，有新货我再来过。"

白素素脸色发白，道："谢谢下次光临。"

张小盛脸绿了，拳都抓了起来，白素素拉住他笑笑道："这种客人哪天没几个，昨天还有个疯婆子，自己老公经常来逛我这个店，她就跑来骂我狐狸精，还冲着衣服吐口水，我能怎么办？咱别生气，宝贝，我们去走走吧，做小生意就这样了。"

张小盛也久在商场，脸色很快柔和了，道："我现在已经重新找事做了，等我东山再起，或者这个店生意好点，我给你请几个服务员。我不想再看见你给别的女人穿鞋了。"

刚把铺面拉下，一个西装革履的小伙子走了过来，手里拿着一束玫瑰。白素素见多了，问都没问，露着两颗小糯牙，微笑着接了过来，张小盛风月中人，也没介意。哪知小伙子笑道："这就好了，接了花八哥的花，八哥就会罩着你。"

白素素轻笑道："什么八哥？"

小伙子鄙夷道："什么？你不知道谁是花八哥？吴村什么最有名？养花！八哥在整个吴村养花排第八。大人物，是村委副支书，财务所副所长。八哥说了，你陪他吃个饭，跟朋友去加州红唱个K，你这铺面的月租减半。"

白素素望着张小盛，耸耸肩膀道："村支书这样的大人物，我可高攀不上，花你拿回去吧。"

小伙子很惊讶地望着素素："靓女，你没有搞错吧，我们八哥可是好多电影明星都给面子的，连流求地区的伊都被他抱过，你不给面子？"张小盛不理他，转身关门。

小伙子急了，道："真的，你不信的话去八哥家看看，桌上有他和那艺人的照片，对了，网上也搜得到，你搜艺人陪酒就可以了。我们利德的老板虽然土，但勾勾手，大把明星过来暖场陪唱的，这年头，笑贫不笑娼。"

白素素摇摇头，走下电梯。那小伙子还在叫："喂，别怪没提醒了。联顺下个月要加轻轨建设税了。八哥可以帮你免了……"

白素素将头埋在张小盛的肩膀上："下个月加上轻轨建设税，这铺子连汽车油钱都赚不到了。"

张伯道："小盛，国土所的人说房子只准飘窗四十厘米，如果想飘窗出来八十厘米，必须多交五万块。你垫垫。"

张小盛道："要钱没有，要命拿去。"

张伯道："那就不飘窗了，可是顶楼的乌龟池还是要盖的，我们晚年就靠这个赚点钱了。内地的退休金在这边花还是不够。但国土所也不准，说加盖一个池子要交三万。这点钱也没什么，但我们都掏空了，你们那个店什么时候可以赚过来？"

张小盛道："金融危机啊。"

张伯用力地放下了切菜的刀："金融危机就暂时别开这么好的车啊，这个菜价又涨了！"

张小盛道："爸，你是老知识分子，何必呢？反正我是视金钱如粪土。"

张伯道："我视你为化粪池。"

白素素黯然伤神道："我白素素以后就为几个小钱整天早出晚归地受气了吗？这可能就是命吧？"

第二天，白素素刚打着哈欠开了铺面。一个小男孩一脸激动地冲入白素素的怀抱，痛哭流涕，白素素大为惊讶，看着泣不成声的小男孩，推开了他，惊奇地问道："小胖子，你怎么找到姐姐的？"

小胖子哭道："爸爸带我去外国，我天天想着姐姐，回来后就去了屋丽，屋丽说姐姐不在了，我就找维港的私家侦探社，才找到这来了。"

白素素哭笑不得。

小胖子撒娇道："姐姐你说过一直对我好的，说过一直辅导我功课的，上学期期末考试我进步这么多，都是姐姐教得好。我不能离开你。"

白素素抱着小胖不知说什么好，凭良心说，小胖也就十二三岁，你要硬说他道德品质败坏，是色狼什么的，估计有些冤枉。他也就是一个普通暴发户的儿子，东城有不少这种二世主，据我观察，大多挺单纯的，没什么坏心眼，比其他的孩子简单健康——他们没有生存压力。父亲常年在外做生意，很忙，不忙的时候也要忙着把穷人的海萍变成海藻，所以基本没人管。这些小孩没人管，又大把钱，这年头鸡肉都打激素，网上都是毒草，所以孩子发育得都早，情窦初开的，又不幸生长在东城，不出点事就有点对不起大好形势。比如这个小胖，他就是一不小心逛到了屋丽，反正钱多家里无聊，就包了屋丽的一个乒乓球室打球玩，一次打完后，一身的汗，听人说桑拿可以洗澡，就想下去洗个澡，顺便看看桑拿里有没有小卖部可以买动感超人，然后就碰到了神仙姐姐……

你要说这个小胖子跟白素素有真实的感情，也未必有错，比一半以上夫妻感情要真挚。如果小胖子身世再坎坷点，运气再离奇点，白素素的屋丽酒店突然面临一场地震，整个建筑沉到了地下。说不定，这两人就神雕侠侣了，一个杨过，一个小龙女。

白素素道："小胖子，回去吧。姐姐不在酒店做了，在这里很忙，没时间陪你玩。"

小胖子气呼呼地坐下了，道："不行！"

白素素一嘟嘴："不听姐姐话了。"

小胖子跳了起来，看着姐姐又不敢发作，道："姐姐说话不算数，说我期末成绩进步了，就一直陪着我，现在说话不算话，我不读书了，不回去了。"

白素素看着外边有不明真相的群众越聚越多，脸红了，镇定下来道："我弟弟，发脾气。"小男孩很小，大家也都没多想。

双方正在僵着，一个猥琐的中年男人出现了，很有气场地冲着白素素一笑，伸出手道："素素，一点面子都不给？自我介绍一下，八哥，这里的人都叫我花八哥。"

白素素礼貌地点点头。

八哥捏了一下小男孩的脸，把他赶到一边坐下了。道："你这个店不大，店主脾气不小啊。这个，陪八哥喝个早茶？"

白素素道："不了，要做生意呢！"

八哥左手大大方方地抓住素素的手，右手有意无意从素素臀部抹过，道："你能有多少生意，今天八哥陪你损失。五百块够了吧？还有，这个店其实可以按照联顺最低税收取的，不需要像上个月一样高。八哥一句话的事，每个月保证你少交六七百。怎么样？"显然，八哥觉得这个条件，对一个在联顺卖衣服的小买卖人很有诱惑力。

白素素没说话。

八哥一愣，马上明白了，呵呵笑着很潇洒地转了个圈，点点头道："你们店哪件衣服最贵，嗯，打包三件。走喝茶去，新君悦，四星级，没去过这么高级的酒店吧？"说完了，把手插在牛仔裤里，等着素素去挽他。白素素道了声："谢谢，今天不去了，弟弟来了。"

八哥道："弟弟？哦，小胖子，我给你十块钱，你去买碗肠粉吃，那里的六楼有游戏厅，你自己去玩好不好？"

小胖子哈哈大笑："不好。"

八哥一咬牙，一跺脚道："那我给你五十块。"

小胖子道："二百五。"

八哥道："哈哈，你小子太黑了吧，二百五，来看看你能不能抢到叔叔的钱包？"

小胖子道："我是说你是个二百五！"

八哥一愣。小胖子道："姐姐，别理他。这店子所有衣服我都买了，你陪我出去玩。"

白素素用食指对着小胖头上爱怜地一点，道："都是女人的东西，你要干吗？变态啊？"

小胖不说话了。白素素给他擦汗。

八哥生气了，骂道："你去不去给个准话。"

白素素道："这次不去了，八哥，您玩得开心。"

八哥脸白了，倏地站起："真把自己当着什么东西，镶金边啊。对了，还有一件事要跟你说，这个月税收会很贵，尤其是一些不听话的店，增加三成可能都不止。你这么大的店，估计要过两千了，祝你生意兴隆。以前偷税漏税的，这个月也要算账。哎，到时别说我不够朋友啊。"

白素素刚要说话，小胖火道："不就是钱吗？你是不是很穷没见过钱啊。老说这些庸俗的东西。这个给你，别烦我姐姐了。"说完，啪地一声，扔了一张支票在柜台上，拿起一支圆珠笔，自己在上面画圈圈玩。

画的不多，五万块而已。但，这年头，有几个人带支票跑的？又有几个人，可以在支票上画零玩的？用钱用卡的是废物，签单和开支票的是人物。

八哥毕竟识货之人，拿起支票看了两眼，又一时拿不稳素素的来头，对着素素语气缓和道："真人不露相啊。"转身走了。白素对着小胖子嗔道："你啊你，姐姐还要在这做生意呢？"

小胖子又拿出张支票，又画圈圈玩了，白素素翘着嘴巴，很不高兴，想了好一会儿，然后叹了声气，把两张支票接了过去。

后来，发生了什么，大家不需要智商都能猜到了。

比较有创意的是，白素素叮嘱了一番，就把小胖子直接带到了张小盛家，吃完了中饭，吃晚饭，睡完了午觉，睡晚觉。彻底贯彻了最危险的地方就是最安全的地方的白痴理论。鉴于小胖子的年龄，和一口一个姐姐的纯熟，张家上下都没有起疑心。张小盛做饭做菜做得十分热情，张伯和张伯母见这小鬼毕竟是女方过来的第一个亲戚，也忙上忙下，嘘寒问暖的。小胖子觉得十分惬意，家里虽然有钱，但从来没有这么温暖过。尤其是小盛哥还陪着他玩魔兽，他都有些乐不思蜀了。白素素发觉了危险，几次想赶他走，都未遂。夜路走多了，总会碰见鬼。有一天中午，张小盛找工作去了，张伯和张伯母也去了外边，小胖子满分做完姐姐布置的作业，一时得意忘形就按照屋丽的习惯，不顾一切地冲进素素房间里找奖励，素素睡午觉睡得也迷迷糊糊，就半推半就了，刚清醒过来，发现没关门，白素素惊叫一声，客厅外张伯和张伯母飞快赶了回来……

张伯决定不再在新房楼顶养乌龟了，他对我道：反正都养了这么多年了。

张小盛躺在病床上，时间超级充足，脑袋电光火石般闪过一些图景，那一次为了花会的指标，何青派人殴打白素素，被自己所救。自己的三脚猫功夫，硬生生地把几个"坏人"赶跑，超水平发挥。听江磊说，何青的人品、长相、才华都高过素素一个档次，那么——上次我顺利打败的是谁？——白素素的苦肉计？嫁祸何青来参加花会？白素素是个有心计的人。

张小盛又在想，是哪里出了问题。素素不爱我了吗？应该不是，老子没有麻木到这份上。这次白素素的背叛是什么缘故呢？张小盛想起一个真实的故事，他生意圈里有个大老板，国企的，国家就是他的企业。这人做得最缺德的事情是包几个女人，一人送台奔驰，送女佣，高档衣服随便买，山珍海味随便吃。玩腻了扔掉，只要一扔。这女人后半辈子就完了，张小盛亲眼见过，这样的女子只能做鸡，而且随时觉得自己不幸的鸡。原因很简单，一个曾经长时间坐着奔驰的人，她还能忍受一千多一个月吗？搞笑！大多数农村出来的大学生让他回农村都不愿意，这个落差还没这么大吧？这是人性，没什么好指责的。白素素出事是必然，这个小胖子是偶然。

张小盛望着在床前哭的白素素笑了笑。

白素素捧着他的手道："你醒了，吓死我了。你打我吧！"

张小盛道："谢谢你，你走吧。"

白素素道："原谅我，你说过你是我的猪八戒。"

张小盛道："我想起一个故事，跟江磊久了，就学会了讲故事。你要听吗？"

白素素点点头。

张小盛道："八戒对猴哥说，猴哥，当初你就拿这戒指跟紫霞仙子求婚的？你丫真逗！半克拉钻都没有，换谁都不鸟你了！当初嫦娥就这么臊我说，甭跟我说爱不爱，先看钻戒多大块！唉，现在的仙女多现实啊，哎，我告你，就这票仙女，你要拿一钻石板砖把她拍死，她都不带喊救命的！"

白素素道："我不是贪你的钱，我一时没控制住。"

张小盛哭了，道："我知道，谢谢你。但我们分开是迟早的事，迟不如早，你是奢侈品，还是要找个有实力的人，一个刚到小康的家里硬是要摆满金碟银筷，那不是福。况且这事我父母知道了，你们以后也没法子相处，老人和我们不同。"

张小盛道："别哭了，走吧。"

邓老大舅舅说："我觉得我亏了，我失去了一个侄子。你那几十万对我完全没有吸引力。"

楚妖精怒道："那不还有我吗？"

邓老大舅舅舔着楚妖精洁白得玉一样的脖子道："就是因为有你，我才会犹豫，否则，你那个瘫子已经死了。"

楚妖精道："你要怎样才肯撤诉。"

邓老大舅舅道："陪我一年，随叫随到。"

楚妖精咬着嘴唇，道："嗯，我本来就好喜欢你。"

老头一皮鞭抽在楚妖精身上："你违约了。"

楚妖精道："不要打了，我没有啊。"

老头道："在东城这一亩三分地，想骗我？这个系统的刑侦书都是老爷我编的。你说过除了你那个呆子，你只陪我一人。你却瞒着我去陪那植物人的舅舅。"

楚妖精哀求道："啊，老爷别打奴婢了。您听我解释，我没办法啊。"

……

老头摸着楚妖精身上的伤痕，狞笑着把点燃的香烟按灭在楚妖精细腻的肉上，楚妖精咬紧牙关，她知道这一求饶，会激起"老爷"更多的兽性。只听见白肉被火烧灼着发出的扑哧声。老头清脆地笑着，良久，老头叹了一口气，竖起手指道："有情有义，佩服，那个牛什么，老爷一定帮你捞出来。"

楚妖精擦了擦头上的汗，眼角的泪，狠狠道："老爷当女人是什么？高兴时又宠又爱，不高兴时又打又骂的。"

老头哈哈大笑，摸了摸楚妖精的下巴，楚妖精转过头去。老头道："女人都是艺术。优秀的男人，都喜欢搞艺术。"

楚妖精偎了过去，道："嗯，我好喜欢你。"

牛仔被放了出来，居然胖了整整一圈，所以天理这玩意儿是不存在的。楚妖精冲了过去，满脸泪痕地跳了起来，去拉牛仔的手。

牛仔问道："宋姐呢？她还好吗？"

牛仔回头道："没收的豆腐摊能还我吗？"

第83章

尘归尘、土归土

杨二兵死了，我没有参加葬礼，怕。

全宿舍只有我一人没有参加，还是怕。

亲戚或余悲，他人亦已歌。那个带着篮球，飘着长长的睫毛，飘在外线投三分的瘦高孩子；那一个单场独取二十四分，带领班队反败为胜荣获中文系冠军后长跪痛哭的激情汉子；那个寒冬腊月晚上十一点多，揣着两个包子走到二十里开外的湘水大学，给自己情人送去的痴情男子；那个和我贴在一起说着成人笑话、上着成人网站、租着成人电影乐此不疲的三好学生；那个热爱自己的学生却对当老师深恶痛绝的灵魂工程师。说没了，就没了，绳子、剪刀、农药、马加爵的锤子，一个都没用，杨二兵不需要道具，他轻轻一跃，仿佛又站在潇湘科大的三分线外——然后——人死前是什么感觉，有没有三分球掉落篮网时刷的一声舒爽？

生命，不可承受之轻。杨二兵是我大学最好的朋友，但没有他，我也便这么过，谈不上多些什么或少些什么，除了偶尔一刹那的落寞，还有心疼着他没还给我的钱。

葬礼当天，柳大波也没有去，事后黑胖子对我说，她喝了很多酒，独自跑回了湘水大学，站在大学的三拱门前，又走进学校的法学楼里，对着法学院的标志天平吐了一大口口水，然后哇哇大哭。湘水大学王牌，诉讼法学，这真是个笑话，那一年她以县第二十五名的优异成绩考到这里，那一年他们骄傲着集体失业。柳大波想，既然大学骗了我四年，我为什么就不能用大学教我的知识去骗骗别人？我有什么错，我只是想进个司法机构。为了当公务员，我怀上了公务员的孩子，杨二兵，你用得着这样报复我吗？

黑胖子还说，我在QQ上碰见了柳大波，聊起杨二兵，她说，别以为他死了他就对了，他这叫恶意自杀。

而我，焦头烂额，还要面对更加可怕的事情。

从来没有想过我居然会成为通缉犯，虽然是可抓可不抓的那一种。可，事实上，我被通缉了，于是我带着笨笨狗逃到了广府的城中村。千金散尽，根本就不知道会不会还复来。

笨笨狗还是莫名其妙发着低烧，我带她去医院一检查，艾滋。再检查自己，没有。我兴奋得跳了起来。再看看笨笨狗，全身都发颤了。

从来不得病的人一得就是重病，从来不中奖的人一中就是大奖。但，这没有什么好稀奇了，尤其是在这个圈子里。

笨笨狗笑了，很镇定。好像早有预感。

笨笨狗道："你不记得每次我都逼着你戴雨伞吗？"这句话说得我不寒而栗。

心理学书上说，得了这病，人会有四个时期：否认期、妥协期、抑郁期、接受期。国内的理论书大都不能相信，比如笨笨狗，直接就是接受期。她说，做的孽总要还；她说2012是真的，老天给了我一个标记。她说，这样也好，什么都还清了。

我还在被通缉，不能久留，转身就回了城中村，我跟她说，我会经常来看她。

笨笨狗点头微笑道："唾液会传染艾滋吗？"

我说："不会吧，你好好休息。"

笨笨狗道："不要告诉我爸爸。"

我故作轻松道："我会处理。"

回到城中村的握手楼里，我浑身虚脱，脑袋里萦绕着一种难以言说的快感，像记忆被抽空，然后一群蚂蚁在大脑的毛细血管壁上爬过，这个时候谁给我一包粉，我会毫不犹豫地吞下去，我再次声明，不是难受，是痛快。我很快睡着了，然后做了一个梦，梦见树顶上有一朵五彩的祥云，祥云上面飘着青草、溪流、松果，还有巧克力——小时候过年吃的那种，酒心的，小时候馋了好久。我带着一条捡来的小白狗，急急忙忙地想冲到云里去，但不是我走得太快，把狗落了下来，就是狗爬得太急，把我甩在后面。好不容易走齐了，却怎么也爬不上通向云朵的天梯，我们跳啊跳，爬啊爬，却离梯子越来越远。我焦急地一脚踢在小狗的身上，它冲着我呜呜地叫。

一觉醒来，整天没有任何力气。觉得举目无亲，却暗生了一分潇湘蛮子发蛮的倔强。走到门外小卖部，买了一堆生活必需品，又回到了房间，逼着舞藤兰和康师傅一起陪着我。举杯邀明月，对影成三人。然后就是麻木。

深更半夜，我一身冷汗，站了起来，妈妈的，大不了蹲监狱，我要去看看她。

广府第八医院，艾滋病科。我偷偷摸摸地走了过去，笨笨狗对着我哭了："这两天你去哪呢？"

什么？两天。我居然睡了两天。我憨憨笑着，没有回答。

笨笨狗道："好在你还是回来了。这医院好贵啊，我不要住了吧。"

我道："再贵也要住，钱我想办法。"

笨笨狗不跟我争论，道："小石头，我查过了，唾液真的不传染，虽然这个还有争论，但世界上还没有唾液传染的实例。"

我道："我知道啊。"

笨笨狗道："吻我。"

我俯下身子，嘴唇相接时突然涌起一阵强烈的恐惧。开玩笑，这是艾滋病房，相触一瞬间，我把头扭到了一边。笨笨狗抓紧枕头的手轻轻一抖，低眉道："没关系。"

我停了一会儿，觉得脚不听使唤，有些软。我骂自己窝囊废，多少革命烈士什么都不怕，我怕个屁啊。我站直了，道："再来。"

笨笨狗兴奋地点点头，将唇努起，像座小山坡。

我弯下腰，又把脸转开了。

我们都没有说话。笨笨狗道："不知道人有没有下辈子。"

我道："有，下半辈子，我给你补个婚礼，你嫁给我好了。"

笨笨狗幽幽道："算了，下半辈子，我做你的贴身丫鬟，就够了。"

出了病房，突然有个老太婆叫我，她的普通话很怪，勉强听懂是叫："江磊，你来看我吗？"我揉了揉眼睛礼貌地点了点头，不记得哪里见过这位长辈了。人上了年纪就是很奇怪，经常有陌生人很熟稔地招呼你，你却一点也记不得，还要装出亲切的样子微笑。

老太婆像幽灵一样飘到我前面，一脸皱纹，一脸白发，瘦得像一枚干瘪的桃子。

她说："你不认识我吗？我是阿果啊，你也得艾滋了啊？"

阿果，云贵帮顶级囡囡，双子星？！我浑身颤抖了。

阿果道："都是我妹妹在广府赚钱，我才能过几天化疗一次，化疗多了，头发都快化没了。不过医生说，我现在还可以活六年。"

我魂不守舍道："化疗痛吗？贵吗？"

阿果骂道："痛都无所谓，我们野伕部落的人不怕这个，就是贵。本来以为我们在屋丽是抢钱，到了这才发现，这些穿白衣服的比我们这些脱衣服的还会抢钱。病不起啊病不起，好在我妹妹阿红现在在夜总会三班倒，要不，我已经死了。"说完阿果唱着歌，又飘进了自己房间。

"啊，有谁能够了解做舞女的悲哀还能流着眼泪也要对人笑嘻嘻……"

我眼前一阵恍惚，突然睫毛下湿湿的，那不值钱的液体里面飘着一个女人：一身野性包裹着美艳，光芒万丈，笼罩着东城，一把刀卷起风雪，双姝合并，威震了浅水……

七爷被判了十年有期，卫哥无罪释放，不要问我为什么，我不知道。江湖太大，而我太小。并不是在酒店桑拿工作的才叫娼妓。如果你稍微有些阅历，你会明白我在说些什么。

七爷在法庭坦诚了自己有罪，但在法院审判时表现十分傲慢，表示山庄抓到的骨干、囡囡都是被他胁迫，应该无罪释放，摆明了对罪行大包大揽。宣判时，他做最后陈词，笑道："我有罪，我承认，你们呢？哈哈，判我朱七多少年我都认，朱七是基督徒，认罪。但我还是想说个基督故事，结束我的讲话，旧约有个故事，一个女人犯了通奸罪的话，刑法是被众人扔石头至死。有一次，耶稣在布道时，一批古犹太教教派的信徒为了要挑战耶稣，就抓了一位妓女，带到耶稣跟前，要耶稣给她定罪。耶稣很清楚这批人的目的。他们要看耶稣是否会跟随古经的教导。如果耶稣不根据古经的教义下判这位妓女有罪的话，他们就会指责耶稣是异教徒。耶稣当时就非常生气地说，'你们有谁没犯过罪的请扔第一块石头吧！'结果大家都不说话了，谁也不敢扔那块石头。抓我朱七没意见，请不要难为那些囡囡。"

卫哥叫我过去时，已经不住在别墅了，是一间普通民宅，一百来平，不算小，但想到这是卫哥的房子，还是悲从中来。众多干女儿都不在了，房子里只剩下那条狗，黑虎。

卫哥在给黑虎洗澡，道："江磊，我出事了，在官场挂了号，在江湖倒了威，再也不能东山再起。你是我倒霉后，第一个来看我的。"

我笑了笑："那是李鹰等都被抓了，很多囵囵都倒了霉，东东被判了三年，白素素离婚了，楚妖精……"

卫哥挥手打断了我："江磊背过李白的一首诗吗？什么什么，以色侍人者，能得几时好。这是应该的。"

我道："昔日芙蓉花，今成断根草。以色侍人者，能得几时好。古人睿智啊。"

卫哥道："所以我不听那些悲剧，见多了。"

说完埋着身子又开始梳理狗毛。

我道："卫哥你还是这么喜欢狗啊？"

卫哥叹了口气道："人见得越多，我就越喜欢狗。我回来时，别墅已经贴了封条，所有人都离开了房子。只有黑虎留在那里，饿了好多天了，就是没有走，等我死了，我拜托你一件事，把我和黑虎葬在一起吧。"

我笑了笑："狗这么重要？要不找个美女的墓，让你们葬在一起吧。"

卫哥道："不要，肉体的归肉体，灵魂的归灵魂。"

我们去大排档吃了个便饭，就是一人一个烧鸭饭。

我吞吞吐吐道："卫哥，我想跟你借点钱。我女人病了，需要大把钞票。"

卫哥把筷子放下，欲言又止，最后道："你因为这个来看我的吗？钱不是问题，问题是我没钱。有几个老本，也得留着买棺材，让你失望了吧。"

我愣住了，半晌道："不管你有没有钱，以后我会经常来看看卫哥。煮酒论史、踏雪访梅，只谈风月不谈钱。"

卫哥喃喃自语道："只谈风月，不谈钱。多好啊，有这地方吗？"说完后，自己笑了。

护士道："苏萌这一周医疗费是一万九千四百五十元，按照国家对艾滋病的优惠政策，可以报销五千八百三十五元。还要不要继续治疗？"

我说："嗯，这么贵？"

护士道："已经省着用药了，现在有种特效药，米国进口的，一支就要四千多。你开不开？"

我犹豫好久，在外边转了十来圈，犹豫着打电话给瑶瑶姐姐，我知道干这行的总会有点钱，我道："姐姐，支援我一些钱，我得了艾滋。"

姐姐道:"艾滋? 要多少钱? "

我道:"至少三十万,多多益善。"

姐姐啐道:"呸,平时不见你打个电话? 死了才好。要钱没有,要命一条。"说完就挂了。这就是我的姐姐,但我不怪她,没这个资格。

我过去陪笨笨狗,笨笨狗吃了太多药,副作用来了,身体显然有些虚弱,见我过去,也不多说话,把头埋到一边接着睡觉。我瘫在床的另一边,呼呼睡着了,起来时才发现笨笨狗帮我盖好了被子,在另一边偷偷抽泣。

我突然烦了起来,这女人怎么办呢? 杀掉怎么样? 最好是先买个保险,写着我的名字,然后制造一场车祸? 不行,这身体,保险公司不接。而且做得太明显了,公差智商虽然不高,但抓我这样的笨东西还是可以的。离她远去吧,我咬了咬牙,她关我屁事? 转身一看,笨笨狗一边抽泣,一只手还牵着我的袖子。我又觉得于心不忍。

我决定了,这女人值得我花钱治她,就花三十万吧,当我供了一套房子好了。三十万花完了,我就离开她,到时她自生自灭也怪不了我了。

我正筹划着到哪里弄这三十万,姐姐来电话了,在那一头哭得昏天黑地,道:"江磊,把你的卡号给我。"

我有些感动道:"姐姐,我就知道,关键时你还是会帮弟弟的。"

姐姐火了,大声道:"弟弟你个屁,你快点,别等老娘后悔。"

我对笨笨狗道:"钱来了,你有救了。"

笨笨狗不置可否,道:"江磊,吻我。"

我很兴奋,冲出了房门,不理会索吻的笨笨,冲下去找银行查卡了。

我战战兢兢插入卡,里面真的有三十万,我突然闪过一个念头: 我真是傻子啊,为了一个肯定要死的人花掉三十万,现在屋丽也没了,我也要为自己考虑一下了吧。这三十万够开家小公司了,以我的才华,加上这启动资金,是可以做一点事的。

我在街上来回走了好久,天人交战交得很辛苦,最后一咬牙一边骂着自己笨,一边还是去了医院: 笨笨狗,你是我前世宿命的冤家。

我把钱存入苏萌的医疗预存卡里,转身上去,突然看见艾滋病科手忙脚乱,一群小护士拐个弯后往笨笨狗的病室跑,我脑袋突然就充血了,心脏狂跳,十四岁生日的第二天,我父亲车祸同时,我在学校操场上也有同样的感应。我其实已经知道发生什么了,虽然说不出道理。我冲了过去,拐了个弯,果然是笨笨狗的房间出事了。

只听见砰的一声，医院的医生把反锁的病房门撞开了，病房上放着三块石头，笨笨狗静静地躺在石头边，鲜血流满了整个床铺。

割脉，只一刀，割完后，笨笨狗还打开了手机音乐。伴着音乐死去。

撞开门的医生看了看伤口，满脸微笑地赞叹了一句：这孩子肯定在医院干过，这一刀真漂亮，专业！

音乐还萦绕在房间里，是薛之谦的《钗头凤》

有人在兵荒马乱的分离中

折半面铜镜

漂泊经年又重圆如新

有人在马嵬坡外的半夜时

留三尺白绫

秋风吹散她倾城的宿命

有人在干涸龟裂的池塘中

见鲤鱼一对

用口中唾沫让彼此苏醒

有人在芳草萋萋的长亭外

送情人远行

落日照着她化蝶的眼睛

我唱着钗头凤

看世间风月几多重

我打碎玉玲珑

相见别离都太匆匆

红颜霓裳未央宫中

舞出一点红

解游园惊梦

落鸿断声中繁华一场梦

护士把笨笨狗抬到推车，推车缓缓被推向太平间，太平间的门轻轻关落，我冲上前，对着她的尸体重重地吻了下去，尽管已经太迟……

第84章

甘为人师

张小盛道："喂，我找了个中学教书！"

我道："有编制没有？"

张小盛："有，利德绿水中学。"

我道："不错嘛！找谁的关系？每周上多少节体育课？"

张小盛道："运气好。没有教体育，我教地理。"

我道："啥？你教地理？"

张小盛道："怎么呢？准备两年后评地理一级教师。"

我抓狂了，二零零六年世界杯特立尼达和多巴哥队和英格兰队比赛，身为英超球迷的张小盛一脸愤怒，拍着桌子道，没见过这么不要脸的，两个国家打别人一个国家。就这水平还教地理？

我怯怯道："哥哥，学体育的教地理，跨度太大了吧？"

张小盛道："这也算大？我有个同学以前学物流，现在做人流。"

我有些落寞道："恭喜了，我还没有着落呢。"

张小盛道："我就是跟你讲这个事，绿水中学还缺个语文老师，你有兴趣没有？"

我道："利德的编制不太好搞吧？"

张小盛道："有点难度，但还是有机会，你过来就知道了。"

到了绿水中学应聘，才发现这么小的麻雀单位关系十分复杂，恰逢学校华师派和德语系斗得天昏地暗，两败俱伤，一直斗到学校成为利德倒数的学校。于是人数众多的江湖派趁机上位，正在招兵买马。听说我是潇湘的，教过书，糊里糊涂居然就签约了。

诚实说利德教师的工资清贫是谈不上的，如果不被绩效的话，还是可以的。但生活十分无聊，整天一脸正经地干着逼猪学游泳的活。我就更郁闷了，前世杀猪，今世教书，前世杀了人，今世教语文。更让我不解的是，张小盛教地理居然成绩很好，全年级他班第一名，我教语文成绩马马虎虎，尤其是学生普遍反动，作文一塌糊涂。

学校领导多次暗示我要向张小盛老师学习，老子中了你的邪了。一气之下，我把张小盛刚想下手的一个生物实验员弄成了老婆。

这实验员叫阮文琴，超幽默的一个女孩子，坚决相信张小盛是处男，听说利德酒吧有男人做牛郎，处男可以卖两千块，就总想给张小盛挂块牌子卖给富婆玩玩，这是另外的故事，在此不表。

编制弄到手，一般来讲不想当官，就可以等着拿退休金了。对在绿水中学混个副主任什么的，见惯了世面的我实在提不起什么兴趣。有一次受张小盛暗示，懂事的我请江湖派的大佬，一个赣都籍的副校长去唱了会儿K，这个副校长提出天气热要洗澡，又请他桑拿了一下。整个过程我都毕恭毕敬地坐在休息室里，德高为师身正为范。

副校长对我很不满意，摇头道："小江，你人不错，但没前途，本来还想过几年提你一个科组长的，算了，你太老实了。"

庄生梦蝶

又到了想出去走走的时候。人啊，要不就看书，要不就旅游——灵魂和身体总得有一个在路上。至于为什么一定要在路上，我也不知道。《老人与海》告诉我，一切追问事情意义的行为本身就没有意义，存在就是一种荒谬。作为一粒被上帝随手扔下的骰子，我一直有一种身为小民的自觉。对我而言，去读书或者去旅游，除了充当跟身边人炫耀的谈资，尤其是对那些没见过世面的穷哥们，吹起来特有快感外，就是对抗一下日复一日的无聊，虽然这种对抗我并没有真正赢过。但我还是时不时地想对抗一下，就像圣地亚哥总得出海跟鲨鱼玩玩，这与胜负已没有多大关系。

拟去之地在粤北一个偏僻的小乡村，这里山多，以红茶蜚声遐迩，唤作九州驿站。名字就透着穿越，仿佛宋朝时有人曾在此歇马，又或者梦回大唐，向北运过荔枝……有爱走江湖的同学来报：那啊，古道西风没瘦马，小桥流水无人家，至于你是否是个断肠人，漫长于斯的花花草草也一点不在乎。只是有清香，清香的山草味道四处弥漫，有时山谷中薇菜青嫩，有时灌木丛中会捡到掉落的果子，如果水里爬过一条小蛇，也千万别怕，它们会倏地游走，万一不走，你还可以撑着雨伞嫣然一笑假装许仙，演绎一段新的传奇。又有人说那地方几年前还是荒山，有个老板在山里面挖红薯，不小心挖出了温泉，就在旁边盖了些茅草屋——这传说多半是假的，如果这都行还要地质队干吗？但那儿的房子都由原木做成，那儿的温泉都和大树连在一起，那儿的游客都住在蜜蜂和花朵中央，那儿的厨房一不小心就跑来只野猫——这些倒应该是真的，毕竟网络时代，有图有真相。

老婆追问："想好了没有？张胖子还有几个同事都在催了？"

我把鼠标移动了一会儿，心里痒痒地道："去！这多好玩啊，在家都发霉了，再不出去走走，后面又是几个月没假的日子。人没有休假，跟猪有什么区别。"

老婆高兴地"嗯"了一声，就开始收拾东西。

我看了看简介里游区的级别，突然紧张了，想到了一个关键问题："对了，多少钱一天？"

老婆慢慢伸出几个手指，我的心跟着越来越多的手指抽搐了一下，佯笑道："钱我倒是不在乎，我只是又觉得那里也不怎么好玩。温泉我们泡得多了，就不用这大过节的跟别人挤在一起洗澡吧——要不这一次就不去了？"

老婆绕着我的脖子，轻轻笑着，然后盯着我的眼睛看，看得秋水都泄了一地，看得我一大老爷们都不好意思了，她才把手指放下了几根："耍你的，早就知道你是小气鬼。放心，团购，三天两夜，还价还成了这个数了。"

"嗯。"我转过头去，如释重负，望了望小木屋的图片道，"真不是钱的事——你要真想去就去吧，谁叫我爱你了。"

老婆边收拾衣服，边道："虚伪，文艺青年就是不诚实。要带电脑过去吗？这几天还上微博跟粉丝调情吗，还上腾讯跟出版商联系吗，带你刚买的《股票操作宝典》去吗？"

我的脑袋马上五彩斑斓起来，迅速变得沉重，如同被汽车尾气习惯性地熏过，刚才还遗留着一点看旅游图片的小清新也只剩下挣扎。我道："股票的书就别带了。一个读书人，不要老想着钱，要这么多钱干吗？别没赚到铜钱就染了一身铜臭。我是一个纯文人，哪个纯文人游山玩水还想着赚钱啊？"说着说着，语气里就不觉地有了些前朝的飘逸。其实我心里想着的是，这青山绿水的，去研究股票，太不吉利了啊。

老婆嘟了嘟嘴巴："你这段时间研究股票研究得神经兮兮的，不带也好。别老想着钱，多少个午睡都没睡好了，去放松一下。"

我道："行，其实我也不是很在乎钱，在乎的是成就感，一种排兵布阵打江山的感觉，你不买股票你不懂。反正这两天股市也不开，等收假了，我再完善一下自己的操作系统，趁别人都恐惧时才冲进去贪婪——老婆，你的迪奥，我的奥迪，就弄到手了。"我的眸子发出绿光，流下一些哈喇子，兴致盎然，活脱脱一个精神分裂木僵型患者。

老婆抱着悠悠快步走到客厅，把电视声音调得很大，老婆对女儿说道："悠悠，让你臭爸爸一个人做梦吧。"

悠悠趴在妈妈身上点点头道："好的，让臭爸爸一个人做梦吧。"

我的谈兴瞬间就没有了，结过婚的人都知道老婆不配合男人的吹牛，是非常打击兴致的，不管是床上还是床下。我于是有些痛恨老婆了，觉得从小到大，老师、老板、老婆、老鼠，带"老"字的就没有一个不是麻烦东西。但必须承认，我确实花了大量功夫在研究股票上，可是仍然还赔了点家里的小钱。

为了寻找成就感，我下意识地随手打开微博，发现粉丝一个都没多，心情有些跌落。一会儿，多出了三个粉丝，虽然一看就像僵尸粉，但情绪还是高涨起来。觉得电脑还是要带去的，三天两夜的时间，没有电脑多不习惯啊。出版社那边说不定有消息传来呢？报社那边说不定有约稿呢？虽然好长时间没有了，但说不定就这两天又有了呢？名利双收的东西，不要白不要，要了还想要啊。关机，把电脑收进行李包里，绝不让这三天两夜有任何三长两短。

出去喝了一口水，看着小悠悠在妈妈身上撒娇，顿时充满着幸福感和不安感，总觉得只有一个女儿，含在口里怕化了，又盘算着让不让孩子读幼儿园特长班的问题，想到这就觉得头疼。一会儿感觉放养和自然教育法最有利于孩子，立志绝不逼孩子学这学那；一会儿又觉得，不能让孩子输在起跑线上，零岁教育的理念也有它的道理。想着想着眉头就缩一块了。

老婆突然哈哈大笑，我循声望去，电视台正在播放一则新闻，说昨天是国庆长假第二天，自驾游的人数太多，导致昆明到大理全程堵车。无数人被堵在高速上，堵车整整持续了十多个小时，向往着苍山洱海的游客，只能把无限的憧憬化为了等待和焦虑。电视画面里，几个司机扔瓶子、抽闷烟、摇脑袋，在秋风凄雨中煎熬着，就差撞车自杀了。我也跟着老婆笑了起来。人类啊，看到别人不开心的事情总会很开心，这是本能，专业术语叫"悲剧快感"。

笑着笑着，老婆紧张了，担心道："我们明天去，应该不会堵车吧？"

我也担心了，强作镇定道："不会，我们错过了旅游最高峰的两天，再说广东的路还是比云南好点。"

老婆继续看新闻，新闻里还在播着各个旅游区的情况，老婆道："这么多人，真恐怖！你看看，你看看，这什么山什么海，这个时候统统一样了，全变成了人山人海。"

我心里忐忑道："没事，我们那地方刚开不久，还没那么火。"心里盘算着真人山人海也只能认了。

老婆又道："你说，为什么大家明明知道会交通堵塞，还是忍不住跑出去？"

我道："因为大家都需要松弛一下，现实太不如意了，总希望找个借口逃离。我们都生活在此岸，所以需要制造个彼岸，哪怕达不到，找找、看看也好。"

老婆睁大眼睛道："这话说得不错，就是逃离现实。我也经常有这样的欲望，也不知道为什么。"

此岸，彼岸。我的脑海灵光一闪，刚才说这话时，我的目的只是假装于A与C之间，这是码字工的特长，但结果是自己被自己的话弄得浮想联翩。

是啊，逃离，此岸，彼岸。我跟这些被堵车的家伙一样，或者大多数灵长类动物一样，住在此岸，遥望彼岸。至于这彼岸是叫丽江还是叫驿站，是叫天堂还是叫灵山，既然是人造的，那倒是不怎么重要。

我独自走进房间，犹豫半天，终于把电脑从行李箱里拿了出来。我要逃离！

自从有了网络，自从见识了一群大侠的风光，我就开始疯狂地网上写作，就像打开了一个潘多拉魔盒。这几年里，我写了不少字。有人认为是经典，有人认为纯属垃圾。但没人知道，我无数次在电脑前诚惶诚恐，害怕写的东西没人满意，又害怕不写东西把自己废了，害怕出版商不来找我，又害怕找了我却卖不出去，我害怕写着写着自己江郎才尽，又害怕费尽心机却无人问津，我是如此地渴望成名，又小心翼翼不让别人知道。我是如此地虚荣，以至于有段时间我天天盯着自己的微博患得患失数粉丝，我总在想，等我有三千粉丝的时候，那就好了，我会怎么样怎么样。后来我有了三千粉丝，什么都没发生；我又在想等我万人迷了，又会怎样怎样。后来我粉丝真的过万了，结果却发现同样也什么都没发生，我又只好开始遥望十万，等待出版，等待获奖，如果等待戈多……累吗？真累。

还有我在单位跟这玩意儿和那玩意儿暗斗过一场，还有我为我的股票的操作系统辗转反侧，多久都没睡过午觉了。我想要的小复式，退休金，高级职称，还有那个她。我焦虑事业、焦虑工作、焦虑金钱、焦虑家人……更可笑的是，在我身边的几乎所有人眼里，我是一个以活得糊里糊涂而著称的洒脱之人，但，这么多庸俗的东西，就是我活着的此岸。

我突然对老婆大声地道："我不带电脑了。我想放下，放下一些东西。"

老婆停了半晌，道："嗯，带钱就行了，多带点，别那么小气。这点钱，买不了复式楼。"

我也咬咬牙，直接拿出一沓票子。出去玩，本不是玩钱就是玩累，不出点血是不成的。我老婆是个贪玩的狠角色，因此为了玩，家里经常性要出血，跟生理周期似的。

我把钱扔给老婆，道："放心，只要能找到感觉，我根本不在乎钱。钱是王八蛋，没了我再赚。人生的体验却是过了，就真过了。"

老婆道："虚伪，文艺青年就是不诚实。真不带电脑吗？"

我道："不带。"

第二天，开了四个半小时汽车后。我和张胖子还有同事七人，终于来到了驿站门口。谢天谢地，没有堵车，游人也不算多。到了门口一看，果然古树苍天，空气清甜，满眼都是木制的房子，错落有致地融在一片青黛色里，宛若占山为王的好汉。山中无庙却有脱俗味，氤氲里仿佛飘着禅意。由于老婆这一路上总爱批评我文艺青年不真诚，虚伪，我深感惭愧，就在山门前对着老婆脱口而出说了句真话："这地方要是带个情人过来多好啊。"

老婆一巴掌打在我的头上。嬉闹中见到，远处的环山在云丛中翩翩起舞，最远的青黛色只剩下一缕青烟。对山而望，又一次感觉到自己的渺小，却很想就这样渺小地老去。

繁华声遁入空门折煞了世人，梦偏冷辗转一生情债有几本，如你默认，生死枯等，枯等一圈又一圈的年轮。

慧海禅师说：修行就是吃饭睡觉。可见此岸也好，彼岸也罢。只要你的臭皮囊还在，就免不了先考虑食宿二字。

一行人登记好证件，就把行李搬进订好的度假山庄里。房子刚建好，外表很有气势，只是还有些新木头的味道，而且没有温泉池子。本来这也没有什么，但看见旁边还有单家独户的小寨子。这些小寨子有温泉有花草没气味，心理就不平衡了。于是以房子有味道没有事先告知为由，纷纷去前台抗议。尤其是张胖子，在单位正因仕途受阻憋着一肚子的火，这火苗一点就着。一马当先冲去前台又拍桌子又要投诉，还拿出相机要拍照片上网，表示不换成单门独户的小寨子誓不罢休。

那架势弄得我有点不好意思了，这么多年张胖子还是这么好斗。实话实说这山庄是有点新木头气味，但没到不能住的地步，也不是化学品，是原木。加上是预订好了的，在这个旅游旺季里，不给你换好像也说不出什么。但为了义气，我还是准备冲过去也拍拍桌子，耍耍流氓，连台词和表情都酝酿好了。

我忐忑不安地叼着根牙签穿着拖鞋满脸怒容走向大堂，要知道但凡在珠三角城乡结合部混过两年的人，演技都不错。没想到还没轮到我出手，驿站的经理就答应换楼了。并表示如果还不满意，明天给换成驿站最好的书院，搞得想吵架都没吵起来。这群乡巴佬，怎么说呢？实在是有些出人意料的淳朴，乡巴佬人好，所以笑起来也那么自然，衬托得我们这些平时靠演技笑笑的人很磕碜。

换好了房子，张胖子并没有多开心，还是在发怒，还是沉溺在刚才的怒气中。也不知道是入戏太深还是无名火太盛。所以我疑惑，这心情好不好与房子好不好到底有多大关系？

作为一个被唯物主义浸泡多年的人，我觉得关系肯定还是有的，作为一个有良知的文人，不能像于丹那样制造精神万能的鸦片。如果环境无好坏，那我们跑几百里过来干吗？不就是图个山清水秀，环境优美吗？这样看，因为房子而生气是正常的，毕竟八风吹不动的人极少，而蜗居之辈蝇营狗苟一生甘做房奴者极多。这个房奴不仅指经济上，还有心态上。但换了好房子就真的能开心吗？我抬头看了看，那死胖子还在发脾气，又望了望，不远处驿站大门的露台上，一群户外运动的驴友，正在扎帐篷。这些以天为盖以地为庐，守着月亮和露水的人们，又何尝不是在享受。又或者，好和坏的标准在哪里？怎样的房子才算好房子？怎样的人生才真的舒服？

这些问题我找不到答案，也许一辈子都找不到。但对于张胖子而言，这一怒，这三天旅游，就算已经亏了一天了吧。如果人生就是一趟旅游，还有多少人为了一套房子毁了十年二十年甚至半辈子的快乐？人是万物之灵却也只有三尺之躯，为何一定要为个大一点的空间而自寻烦恼呢？

道理归道理，我也不是什么脱俗的货。两年前，我也贷款买了个房子，刚还清，就开始嫌弃太过普通不够华丽，就总想把自己家那个小水泥盒子换成大一点的水泥盒子，我为之焦虑也发生很多次了吧？我的贪、痴加上张胖子的嗔，这就是新三大病毒啊。这三毒大概就是生活在此岸的原因吧？或者就是此岸本身。我突然有些沮丧，有些东西不是不知道，是知道了又能怎么样？谁能告诉我，我遥想的彼岸能不能达到，谁能告诉我，这个小小的山寨，能不能承担给我杀毒的重任？哪怕只是片刻。

老婆道："又在胡思乱想了。你看看悠悠，跟小姐姐玩得多开心啊。这里的牵牛花长得真漂亮，你也别锁着眉头了，浪费门票钱。"

我点点头道："是应该少想点问题。本来就笨，想多了更笨。"

老婆道："今天就吃吃饭，在家泡泡温泉。明天我们一起爬旁边的天门沟。"

我道："真爬啊，很高的啊，还带着悠悠这个拖油瓶？"

老婆道："爬到哪算哪呗。又不是一定要赢得什么。"

这句话使我醍醐灌顶，我道："是啊，梅，你说得对，又不是一定要赢得什么。"

安顿好住房，一群人聚在驿站大堂"饭醉"。觥筹交错，煞是热闹，这儿的菜没化肥没污染，极土极香极自然。尤其是红烧肉，比我老家湖南的那个还好吃。打听知道，那是土猪的肉，蔬菜也都是自种自摘，这让我们这群吃惯了地沟油注水肉，饭后再来份催熟西瓜的人很不适应。总觉得这一切很魔幻，又觉得这才是人应该过的生活。把菜吃得精光后，还不尽兴，又约好晚上去张胖子宅子烧烤。

这时，天还没尽黑，夕阳慢慢落下，余晖笼罩着山寨，我看见天空半边蔚蓝半边点了绛唇，把云都染成玫瑰，黄色的百灵鸟就在你眼前飞向空中。

此情此景，我们烤着鸡腿，都约好要讲点风雅的东西。不准谈钱，不准谈官，也不准谈政治，以免煞风景。这个提议非常好，得到了大家一致同意，可是谈着谈着，大家都觉得别扭了，很快就无话可说。人的习惯真不是一时能改的，尤其是我们这群货，哪怕采菊东篱下，也会马上想到何处卖菊花。很快就绕回了习惯的话题，谈起了单位人事斗争，还有领导的绯闻，一个个马上精神焕发。八卦无处不在，真相越描越黑，你说我们现代人，这是无聊了还是无聊呢？

张胖子问我："大师，你说现在可以进点货了吧？股票都跌成这个样子了。"

我一下子就来了精神，道："这取决于你的操作系统，你是长线还是短线，走趋势还是基本面？这是不相同的模式，你是喜欢长线潜伏，还是刀口舔血。是学习巴菲特还是威廉姆斯，或者缠中说禅？"

一番话就把所有同事都聚起来了。我马上口若悬河起来，阴谋论、稳定论、博弈论、发展论，听得大家啧啧称奇。

张胖子若有所思地点点头，道："大师就是大师。我都没想这么多，难怪亏钱。嗯，你有多少钱在里面，操作过多少兵马？"

我为难了一会儿，还是决定说真话道："不多，还不到一百万。"

张胖子一愣，道："你牛。"

张胖子又问："到底有多少？"

我道："一万八。"

全场都笑了，张胖子又惊又怒，转而大笑，大声道："这么多年你还是个忽悠。说话一套一套的。原来才这么点钱啊。还说要炒股买复式楼，买复式楼的厕所吧。你傻吧？"

我抬头看了看，也觉得有些不好意思，但嘴巴不肯认输："那你争得那个副主任，你为它做了这么多事，难受了这么多次。不也就一芝麻官吗？有股级那么大没有？"

刚说完，就有些后悔。张胖子果然被打击了，耷拉着脑袋幽怨道："是啊——搞个屁——大家不都是搞这些吗？叶老师，你那高级职称这次该过了吧？"

叶老师脸色变白，捋了捋不剩几根的头发："有人要整我吧。又没过——算了，过了也就几百块，吃个饭都不行，我已经不想了，算了，算了。"说是说算了，脸上却写满了不甘和落寞。

何姐道："我今年倒是过了，也没什么用，但不评又觉得可惜。评好了以后我啥事都不争了。只是这个绩效工资方案太不合理了，这些狗屁领导——看，那边好漂亮啊，是不是萤火虫？"

那哪是萤火虫啊，是山顶上的书院和宅子都亮起了灯，还有远方的天空缀满的星星，晚上还有烟雾，一闪一闪的灯光跟星星就混在了一起，像在谈恋爱。这儿四面环山，连绵几十公里没有污染，空气格外清冷，人也容易冷静下来，说些平时不说的事，想些平时不想的东西。太幽美的景物让人无法忍受自己太俗。

张胖子猛地喝了口酒道："我是多么洒脱的人啊，结了婚就变成这样。这样有意思吗？没意思。别说这些话题了。"

我们一致同意说这些没有意思，就又捡起了笑话。这样的夜晚，这样温柔的山，本该弹一曲古筝，可是却谈起了股票。笑话讲完，不知怎么地又回头讲起了房子买卖、孩子读书、怎么赚钱，还有一些鸡鸣狗盗的事。

张胖子喝多了，又或者假装喝多了，先是吹自己有过多少女人，然后就大骂起单位的主任。又嬉笑着表达对一个女同事的仰慕，被女同事一个白眼瞪了回去。我们已经在凡俗染得太久，想脱俗却都不知道怎么脱，要是脱俗像脱衣一样方便就好了。可惜，我们的茧太厚，票子位子房子车子孩子裙子面子，全部都是绳子，大多数人注定化不成蝴蝶。

回到自己的宅子，因为空气实在太好，也因为没带电脑。我突然觉得自己很闲，好像被解放了。我想既然我一直羡慕庄生，何不试一试看自己能不能化蝶。我坐在木头上，猛然想起一个问题，小虫子变不成蝴蝶是作茧自缚，那是自缚啊。那么是谁让我化不成蝴蝶？谁绑着我了？绳子在哪里呢？老认为自己一定会被绑着是被迫害幻想吗？既然心是你自己的，难道就不能不理会那些让你不开心的东西？你是自由的啊，你是可以选择的啊。想到这里，我的心境豁然开朗了很多，甚至有些不适应的战栗。于是，我马上又惯性地担心起来，扔了绳子会不会饿死——这想法一闪而没——至少现在已经吃饱了。

我哈哈大笑，叫老婆阿梅弄来瓜子和红酒。幸好没有带电脑，让我隔绝了热闹繁华；幸好有青风明月，让我如此松弛；幸好有个老婆，让我没有了独酌之憾；幸好有个女儿，让我有了天伦之享。原来我这么富足！我跳进温泉池子里，42度的温水瞬间打开我所有的毛细血管，让我身体变得柔软，而心也静谧起来，什么都不想，什么都不问，只认真地吃着瓜子，挠小女儿的痒痒。月光如积水空明，我和青山相看俱妩媚。原来放下并不是很难，这一刻，大约就是禅吧。

我和老婆交杯，跟她谈《在死之前好好活着》：既然在前方等着的永远是死亡，从没有什么可以永垂不朽，那么让我们享受今朝，相逢一场盛宴。如果苦难是一只蝴蝶，就让它在我的掌心蹁跹。整个世界都在跳舞，我和你，各取一杯红酒在角落里慢慢地饮。谢谢你，陪我度过这一段如此漫长的时光。

喝着喝着就真的醉了，瘫在温泉池子身子渐软，感觉快被蒸干，只好强行爬起身泡茶解酒。跌跌撞撞回到卧室里面，竟见一只松鼠，大大方方地坐在我们的床头柜上吃花生，看见我也不跑，站起摇摇尾巴。我不禁哑然失笑，笑得汪洋恣意，连松鼠都没有饿死，你担心什么饿死？

煮茶来饮，人沉浸在草木之间，是为茶也。房间里的水，接自天门沟不老泉，喝起来格外清甜。郁闷的是，这个驿站却找不到当地驰名的红茶，在产地喝不到特产，真不知是什么道理？茶叶只是涩涩的普通绿茶，配上这等好水。徒增伤感。可见世事没有完美。找前台理论，答曰这儿一直没有红茶，但可以送个花包，泡在温泉池里格外的香。我又笑了。试问卷帘人，却道海棠依旧。知否知否，应是绿肥红瘦。

第二日睡足，我带上梅，抱着悠悠，拿着干粮，开始攀登天门沟。据说这是一段很悠长很原始的路，悠长到了云彩中间，原始到了史书曾载。在山中小径忽闻游客提起，这一日居然恰是重阳。重阳登高，本是传统。但那些温雅的美好，现代人多已无福消受，我还是第一次在这一天里特意登高，羞愧里暗生几分兴奋。却又想起慢慢老去的亲人，以及天不假年的父亲，又潜长了一股子惘然。身边有小溪流过，佳木秀而繁阴，野芳发而幽香。隐隐约约能听见远处的瀑声，如雨又如离人泪。为探个究竟，于是继续前行。

闻泪生入林，寻梨花白，只得一行青苔，天在山之外，雨落花台。

其实，山大抵都这个样子，无外乎小径大树，流水竹桥。只不过这里的水更为清澈透明、甘甜润泽；石多为水晶或丹红，水石交融，漪涟顿生；路也显得更窄更凌乱，不似其他景区，有整整齐齐的麻石路，或者直接有缆车上下。虽说这儿是不太方便，我倒是偏爱这一份天真。

小小的路啊，像一根孤独的线，孑然飘零在巨大的面间，一片青翠都不见。人呢，人在哪里？人就在线上，依稀间有这样一些点，生若蝼蚁，死若尘埃。如果你真的放下架子和欲望，你会觉得你就是大自然之子，这不是刻意，只是回家。天地突然变得温柔，如襁褓，既然我是如此渺小，遍地又多是清泉野果，何不做个恣意撒欢的孩子，就如那只松鼠？为何还要背负如此多的累赘？在名利的路上越走越累？

这些道理，其实我早就懂了，更准确地说是早就听闻过。可当我身边的人组成一个巨大的网，只告诉我什么叫成功，什么才叫有出息，什么叫积极进取，怎样才能弄到美女时，我就误入尘网中，一去三十年了。这就叫集体无意识，石屎森林的集体无意识，可怕！只是到了深山，那随波逐流的心才突然有了停一停、擦一擦的勇气。我似乎有些理解，尽管大隐隐于市，但为什么高人大多还是在名山大川里闭关修行？人啊，总归是环境的动物。见到这妩媚的青山，我开始强烈地反抗。

为什么一定要成功呢？认真审视，我的痛苦多半就是源自于"要成功"的自我强迫与虚荣。其实张胖子、叶老师等，又何尝不是，尽管追求的东西表象有所不同。但不幸的人都是一样的，我们都没有活在自己的当下里，而是活在别人的目光与看法里，我们没有足够的勇气追寻自己的幸福，却都在彼此的"盗梦空间"中思考在别人中的位置。我得谢谢驿站，它不一定能成为我的瓦尔登湖，但至少让我多了点顿悟。

我有我的追求，我喜欢写作。其实一开始，我的梦想并不如此，我经常为自己居然搞了文学还搞出了一点小动静自卑得辗转反侧，以至于每次跟人吃饭，吹嘘自己发表了几个豆腐块赚了多少稿费时，我很疑惑这到底是不是同一个世界。我少年的梦想是做个篮球手，像三井寿一样一次又一次投进三分；或者做一个足球教练，带着中国队冲入世界杯；或者做个歌星，身边都是美女的尖叫。可是我注定长不到玉树临风身高八尺，踢球也不再可能踢到哪怕校队的替补，声音嘶哑已经五音不全，初恋的女孩不屑一顾地早已飘走，所有的梦都死于心碎。只剩下胡编些小说，来证明自己并非身志双残。一开始写作也只是用来吹嘘的工具，只是后来才明白那种独夫称王的创作快感。当我的第一篇文章被印成铅字，当我第一次惹出江湖风波，当第一次被人捧成网络大神，被人贬为文字罪人，一种虚荣心的巨大满足油然而生。然后呢？我就成了人质。我跟自己说要进入文学史啊，要成为文坛明星啊，要拍电影啊。于是战战兢兢如履薄冰，唯一享受的东西也快没了，这就是成熟？这明明是无名的贪婪，我总是希望得到别人的承认，胜过自己的快乐，此念一生，便是无穷苦海。

那么好吧，我想回头是岸，写得好又如何，写得不好又怎样？成功怎么样，不成功又怎么样？你看得起又如何，看不起又怎样？凭什么老子就要成功，花花草草也不答应啊，小鸟小松鼠也不答应啊。你看，那朵蔷薇，独自开得多好啊。想到这儿，我浑身轻快了。

天门沟高耸入云，在中间分成九站，每个站都有特点，一言概之也就清幽二字。九站之后是十里长廊，最后是野猪林。据说真正能到那的人极少，大多数到第五站或者第六站就败走麦城了。尤其是从第五站"天下金山"走到第六站"猴王墩"，更是痛苦无比。虽然直线距离并不远，但我们走了差不多四十分钟，身在其中，感觉是怎么也走不完。悠悠也爬累了，一个两岁半的孩子，能跟着爬这么久，已经深得过路游客的惊赞。

在猴王墩，老婆问："还上吗？"

我道："想上吗？"

老婆道："想上，想通关，但有点怕受不了。"

我道："真不像以前的梅了，以前你可是一只猴子啊。既然想上，就不要怕。这么好的风景享受都来不及，哪里来得及怕呢？来，悠悠我抱。"于是我抱着悠悠，梅牵着我的衣角，我们继续前行，前行在风中。

老婆由衷地道："今天你真不正常，一直在笑——很棒。"说完捡起一根树枝，当剑一样飞舞着，宛若五年前恋爱的季节。

山不知有几重，山中间的温泉不知有几口，路不知有多难，我也不知还能走多久。不知——真好。

越往上越难，同路的人渐少，又都匆匆而去，却表情各异。有个女孩子一直在埋怨自己的男朋友，带她来到这么苦的地方，语带哭声，面若梨花；有个男孩子，虽未哭却面有戚容，显然很后悔爬这鬼山；也有个中年人，背着大包飞速地往第七站跑去，看得我目瞪口呆；居然还有个老人家，年已耄耋，扶着拐杖也来到了这么高的地方。

前面还有漫漫长道，后面已是叠翠百丈，盈盈三尺间，尽也有人间百态，我们有的相逢一笑，有的擦肩而过。青山无言，境由心造。

张胖子也抱着小孩，早已经在第五站就气喘吁吁地下山了。这男人当年跑得多快，几年光景，沉溺于饭局交际，跑官要官，一个江西省的短跑高手就慢慢地变成了中年男人，而这变化宛若一瞬间。而我呢？膝盖也开始发麻，居然而立未到，就有了老夫聊发少年狂的感觉。岁月真是把杀猪刀，苍天从未饶过谁。转身望去，泪水婆娑，那个老人居然也上来了。

终于爬到第七站，看见了瀑布，瀑布精致，和老婆特幸福地把脚放进那清冷的水里，所有劳累刹那间消散。但那感觉也只是一瞬，再往上爬，疼痛感马上又回到了小腿。让我疑惑刚才疲倦的消逝是不是真的。第八站的瀑布更加瑰丽，却已没了第七站初见时濯足的雅兴。可见肉体也好，精神也罢，人本身就仅是一瞬又一瞬组合而成的帧集，这一刻的我并不是上一刻的我，下一刻的我又何曾是现在的我，每一秒身体都有无数的细胞生灭，每一秒都有无数的意头涌现。那我究竟是谁？我又到底在哪里？我真只是五蕴聚集里生生灭灭，还是个方生方死的流变？既然诸法无我，为何还有惆怅思念。

终于爬向第九站，已经没有了行人，慢慢挪动着，眼看就快到顶了，本想快马加鞭，无奈力有不逮，我和梅，抱着孩子，倒在一棵野枣树下，闭上眼睛，仿佛就拥有了整个世界。惊回首，离天三尺三。

梅道："爬不动了，真可惜，再走走就到顶了，这一次看不见野猪林了。"

我道："趁兴而来，尽兴而去，又何必一定要到那里呢？留个念想，下次来多好。"

梅道："是啊，这里都快没人了，我们已经算很厉害了，如果早起床一个小时，就能通关了——听说这条路是古代就有的，那时候的人真厉害。"于是边吃东西，边随手翻了翻旅游手册，才发现这里居然真是一条古老的驿道，原来叫尧山驿站。

我慢慢地站了起来，想起真有无数的古人，曾在这条小路上行走，忽生访古之豪情。也不知有多少缠绵悱恻的故事，湮没在历史的长河里，多少英雄豪杰才子佳人，湮没在自己走过的这条路上，顿生一种沧桑和敬畏感。原来，我和他们都只是过客，人生天地间，忽如远行客。

青山亘古，只是告诉人类的须臾。那些鸢飞戾天的野心，可以在驿站休了吧。苏东坡写得多好：人生到处知何似？应似飞鸿踏雪泥；泥上偶然留指爪，鸿飞那复计东西？

我决定继续写作了，写到自己不想写了就封笔。不理会别人叫我天才还是垃圾，也不为他人的赞赏和感受而战栗。我写作，只因为我还活着，所以就要笑着爬山。我想把我的感悟、体验与幻想，虚构进小说里，虚构一个"我"的世界。那里面注定有无数美女争妍，绝不仅关风月，这里面有无数男人斗胜，也无意影射现实。我是一个说书客，只想借一点笔墨，描述自己内心的繁华与苍凉：原来姹紫嫣红开遍，都这般赋予了断井颓垣。

趁着悠悠熟睡中，趁四下无人打扰，也趁着天色渐黑，我随手采了一堆野花，在空荡处做了一张花床，然后把惊慌失措的老婆推倒在花床上，我要活在当下，把自己的种子种在泥土之中，我知道我很快就会消融掉，我渴望消融。悠悠却突然醒来了，早不醒，晚不醒，偏偏现在就醒了，一把扑到妈妈的怀里，嘟着嘴巴冲着我嚷道："这是我的妈妈，不是你的妈妈！你不能亲。"

梅笑，抱起悠悠走开了，我无奈道："是你的妈妈，那还是我的老婆啊。"

悠悠道："也不是你的老婆，是我的老婆。"

咦，这孩子什么时候学会说"也"了？

我气道："什么你的，我的，这个世界上，也许压根就没有我。"

然后"我"就抱着孩子下山，身后遍地落花。

一壶漂泊，浪迹天涯难入喉，你走之后，酒暖回忆思念瘦，水往东流时间怎么偷。花开就一次成熟，我却错过。